UM
POEMA
para
BÁRBARA

MONICA SIFUENTES

UM POEMA *para* BÁRBARA

A história de amor
que ajudou a escrever
a História do Brasil

2ª edição

Com posfácio de António Pedro Barbas Homem

GUTENBERG

Copyright © 2015 Monica Sifuentes
Copyright © 2015 Editora Gutenberg

Todos os direitos reservados pela Editora Gutenberg. Nenhuma parte desta publicação poderá ser reproduzida, seja por meios mecânicos, eletrônicos, seja via cópia xerográfica, sem autorização prévia da Editora.

EDITORA RESPONSÁVEL
Rejane Dias

PREPARAÇÃO
Cristina Antunes

REVISÃO
Patrícia Sotello

CAPA
Diogo Droschi
(Sobre imagem de Gregory Costanzo/Getty Images)

DIAGRAMAÇÃO
Christiane Morais
Andrea Vidal Branco

Dados Internacionais de Catalogação na Publicação (CIP)
Câmara Brasileira do Livro, SP, Brasil

Sifuentes, Monica

Um poema para Bárbara : a história de amor que ajudou a escrever a História do Brasil / Monica Sifuentes. -- 2. ed. -- São Paulo: Gutenberg, 2023.

ISBN 978-85-8235-237-3

1. Peixoto, Inácio José de Alvarenga, 1744-1792 2. Romance histórico brasileiro 3. Silveira, Bárbara Eliodora Guilhermina da, 1759-1819 I. Título.

15-00005   CDD-869.93081

Índice para catálogo sistemático:
1. Romance histórico : Literatura brasileira 869.93081

A **GUTENBERG** É UMA EDITORA DO **GRUPO AUTÊNTICA**

São Paulo
Av. Paulista, 2.073 . Conjunto Nacional
Horsa I . Sala 309 . Bela Vista
01311-940 . São Paulo . SP
Tel.: (55 11) 3034 4468

Belo Horizonte
Rua Carlos Turner, 420
Silveira . 31140-520
Belo Horizonte . MG
Tel.: (55 31) 3465 4500

www.editoragutenberg.com.br
SAC: atendimentoleitor@grupoautentica.com.br

Para Helena e Beatriz,
o sol e a felicidade, meus presentes.

APRESENTAÇÃO

Mary del Priore

O Brasil precisa de história. Ou melhor, precisa conhecer sua história. E para penetrar o passado, querer-lhe bem e interpretá-lo são necessários bons livros. Ou melhor, livros como este que escreveu Monica Sifuentes, uma autora cheia de talentos.

Um poema para Bárbara conjuga duas qualidades importantes: uma ótima narrativa associada à pesquisa de época. Ai, o leitor se deixará levar deliciosamente pela mão à Minas setecentista, num dos seus momentos mais emblemáticos: o da Inconfidência. E poderá reconstituir esse evento através dos olhos de uma importante personagem: Bárbara Eliodora, poetisa e mulher de Alvarenga Peixoto. E de viver o momento histórico com emoção, pois se trata de uma *histórica história de amor.*

A Inconfidência contada e visitada por Monica apresenta o destino cruzado de vários de seus conjurados, entre os quais emerge, nítido e colorido, um retrato da mulher que viveu antes do seu tempo: letrada, apaixonada, revolucionária e companheira. O pano de fundo, amparado na bibliografia atualmente revista por vários jovens autores, oferece as mais claras informações sobre as singularidades que afetavam a região mineradora, quando as Luzes dos filósofos franceses em livros contrabandeados e o sonho de uma República esbarravam em fatos concretos: o esgotamento e o contrabando do ouro, a excessiva fiscalização, a dependência de Portugal e a cobiça dos próprios mineiros.

A fluidez com que a autora conduz o texto, as boas descrições dos cenários em Portugal ou no Brasil, a mistura equilibrada entre as vozes dos documentos de época e a linguagem atual estão aí para lembrar a epígrafe com que ela abre seu livro: "Toda história é literatura. Toda literatura é história". Que venham mais histórias como esta, tão bem contada por Monica Sifuentes.

"Toda história é literatura. Toda literatura é história"
Delson Gonçalves,
Cartas chilenas – retrato de uma época,
Introdução

SUMÁRIO

15. **Prólogo**

Parte I

23. O relógio de ouro
35. O grão Doutor
56. A dama das Picoas
79. Romance, dívidas e crime
91 Abalos
110. Tempo de retornar

Parte II

117. As pequenas princesas
124. O novo ouvidor da comarca
137. O sarau
149. Alecrim e manjerona
164. Emoções novas
174. Delicada flor
187. O contratador Macedo
192. Futuro incerto

Parte III

209. A Arcádia do Rio das Mortes
222. A Maçonaria
228. Declaração
233. Esperanças renovadas
245. Em segredo
260. Boas-novas
271. A paz dos amantes
283. Maria Ifigênia
298. Vida tumultuada
305. Ordem de casamento

Parte IV

315. Coronel Alvarenga
328. Inconfidentes
341. Família e dúvidas
357. Liberdade que tarda
374. Encarcerado
382. Primeiro interrogatório
396. Segundo interrogatório
403. No oratório da cadeia pública
413. Um poema para Bárbara

419. Epílogo
421. Referências bibliográficas
425. Agradecimentos

429. Posfácio: *Um poema para Bárbara* como romance histórico
  António Pedro Barbas Homem

No século XVIII o poder absoluto dos reis começou a ser fortemente contestado por um grupo de filósofos iluministas, que afirmavam ser a liberdade e a igualdade direitos de todos os homens. As Treze Colônias na América do Norte foram as primeiras a ouvir essa nova mensagem, e uma guerra sangrenta pôs fim à dominação do império inglês no seu território. A Revolução Francesa, no outro lado do oceano, colocaria o povo nas ruas, marchando pela derrubada da monarquia. Em Portugal, a fúria exploradora da metrópole esmagava com as suas garras qualquer esforço de crescimento da sua mais rica colônia. "Papagaio real, para Portugal", era a frase que começava a ser sussurrada pelo povo nas ruas. Significava que o melhor da produção ia para os cofres reais, enquanto a maior parte dos habitantes do vasto território brasileiro vivia na miséria. Em Minas Gerais, uma sociedade abastada e culta se desenvolvia e se ilustrava graças ao ouro e às pedras preciosas. Entre os seus, muitos haviam estudado em Coimbra e na França. Esses homens frequentaram com desenvoltura os salões europeus, leram com avidez os filósofos iluministas e discutiram as suas ideias. A Declaração de Independência dos Estados Unidos da América foi a fagulha que fez acender neles a certeza de que já tardava a hora de se desvencilhar o Brasil do jugo português e fazer do país uma nação livre e soberana. Em meio às montanhas de Minas, falava-se em liberdade, igualdade e fraternidade muito antes de o povo francês tomar a Bastilha, em 14 de julho de 1789. A insurreição, que ficou conhecida como "Inconfidência Mineira", foi precursora de um grande movimento de libertação que serviu para inspirar a ação de outros que vieram mais tarde. Nesse cenário de intensa agitação política e social, deu-se a história de amor entre um homem e uma mulher que, rompendo com os padrões sociais, ajudaram a construir a independência do Brasil.

PRÓLOGO
São João Del Rei, junho de 1789

> Não posso mover meus passos,
> por esse atroz labirinto
> de esquecimento e cegueira
> em que amores e ódios vão:
> – pois sinto bater os sinos,
> percebo o roçar das rezas,
> vejo o arrepio da morte,
> à voz da condenação
>
> "Romanceiro da Inconfidência", Cecília Meireles

Os sinos da Igreja Matriz de Nossa Senhora do Pilar tocaram lentamente doze badaladas. Anúncio um tanto fúnebre para aquela cidade onde os sinos, desde sempre, tinham uma linguagem peculiar. Um código secreto. As batidas revelavam mensagens somente decifráveis aos seus mais atentos moradores. Indicavam que era tempo de recolhimento e silêncio.

O sol castigava as ruas calçadas de pedras miúdas e arredondadas, formando desenhos diagonais próprios para facilitar o escoamento da água da chuva. Chuva que, na verdade, não tinha vindo em março, quando a vila de São João Del Rei era alagada com a esperada enchente de São José. O ar abafado e quente tornava a atmosfera pesada. Nenhuma viva alma, fosse pelo calor, fosse pelo dobrar dos sinos, ousava caminhar por aquelas ruelas. Os negros escravos que tinham ido aos chafarizes buscar água para o banho dos seus senhores procuravam, com dificuldade, alguma sombra ao lado dos casarões. Mesmo os pequenos manacás da serra, com suas últimas floradas, pareciam imobilizados pelo calor modorrento, incomum naquele final de junho.

As pessoas estavam dentro das suas casas, com medo. Todos tinham ouvido falar de uma conjura, uma rebelião contra a metrópole, mas poucos sabiam, ao certo, do que se tratava. Somente se teve certeza da seriedade dos fatos quando uma das pessoas mais importantes da região, o coronel Inácio José de Alvarenga Peixoto, foi aprisionado e levado algemado para o Rio de Janeiro pelos Dragões, a Guarda Real. Outras prisões se consumaram por toda a capitania das Minas Gerais, segundo se soube. O alferes Joaquim José da Silva Xavier foi o primeiro a ser preso, no Rio de Janeiro. Os rumores eram de que a fúria de Sua Majestade, a rainha Maria I, de Portugal, não tinha limites. A ordem era prender todo aquele que estivesse envolvido com o movimento, confiscar os seus bens e declarar como infames as suas famílias. Todos eram suspeitos. Ninguém deveria ser perdoado. O crime era de Lesa Majestade e significava alta traição à Coroa. A pena capital era a forca.

Da balaustrada do segundo andar do imponente casarão de amplas janelas com venezianas azuis, uma mulher jovem, de porte altivo e sedutora beleza, tinha os olhos vermelhos de chorar, marejados de lágrimas, fixos em um ponto qualquer no horizonte. Ainda não havia se recuperado do susto e do pavor da tarde de 24 de maio de 1789.

– Meu Deus! Foi tudo tão rápido! – murmurava para si mesma. – Aquele maldito tenente Antônio José Dias Coelho! Quando ele entrou abruptamente por aquela porta, trazendo Inácio algemado, achei que iria morrer. Nem tive tempo de chamar o meu pai para ajudar. Não nos deixaram sequer fazer os preparativos decentes para a viagem, que seria longa, à distante capital do Vice-Reinado, o Rio de Janeiro.

Ela inspirou longamente, tentando se acalmar. Ver o marido assim, humilhado, posto em ferros e levado como um escravo fugido por aqueles soldados brutos e arrogantes foi o pior momento da sua vida. Jamais se esqueceria daquela cena, enquanto vivesse. Ela ficaria marcada na sua mente, na sua alma. Só de pensar, sentia uma dor no peito, como se fosse estourar por dentro. Mal se despediram. Não houve tempo para um momento a sós. Nem mesmo os filhos ele pode abraçar.

Foi até melhor, pensou Bárbara. Emotivo como era o marido, teria chorado ao se despedir das crianças. Lembrava-se dos seus olhos ardentes e úmidos, enquanto lhe fazia a promessa de que tudo seria resolvido, de que ele iria ao Rio de Janeiro tão somente para prestar esclarecimentos e voltaria rápido. Tinha amigos lá. Não havia o que temer. *Ah, Inácio, tu sempre me dizias que eu tinha o poder de ler os teus pensamentos! Que infelicidade a minha ter sido capaz de enxergar o medo no fundo dos teus olhos, oculto pela placidez do teu rosto e pela firmeza dos teus gestos!*

Bárbara agarrou com força a cortina e, num gemido alto, quase um urro, gritou:

– Não, não pode ser verdade! Já se passou um mês! Nenhuma carta, nenhuma notícia... Meu Deus! E os amigos?

Ela se perguntava onde estariam o Dr. Cláudio Manoel, o primo Tomás, a gente de Vila Rica. Teriam sido eles todos presos? Como fazer agora com os filhos pequenos para criar, com os bens que seriam em breve fatalmente confiscados, a declaração de infâmia, o desprezo dos vizinhos, a vergonha de sair à rua? Logo ela, D. Bárbara Eliodora Guilhermina da Silveira, descendente das mais respeitáveis famílias das capitanias de Minas Gerais e de São Paulo! Ela que tinha entre os seus ascendentes os destemidos bandeirantes paulistas, que desbravaram aquela terra para que se achasse o precioso metal que agora garantia a subsistência de Sua Majestade. Não levaria a soberana em conta o fato de que seu antepassado, o aclamado paulista Amador Bueno, havia se recusado a levantar armas contra o antigo rei, quando quiseram lhe entregar o governo da capitania? Não teria a sua família um crédito de gratidão perante a Coroa para salvar seu marido, preso injustamente, e que se encontrava na certa apodrecendo em uma daquelas celas fétidas do presídio da ilha das Cobras? E pensar que Inácio chegou a oferecer uma ode a essa rainha fraca e demente... Pelo menos se lá estivesse o Marquês de Pombal, que a louca teve o despropósito de dispensar do seu Real Serviço! Meu Deus, como podia a vida ser assim tão ingrata com aqueles que, por amarem o seu país com tanta fidelidade, ousaram querer romper os grilhões que o ligavam a uma metrópole atrasada, perdulária, que sugava, displicentemente, as riquezas da sua mais próspera colônia! Não seria o ouro que se levava dali todos os anos o bastante para satisfazer aos seus desejos de glória e poder? Quereria também a rainha o próprio sangue dos seus súditos?

Bárbara soluçava, sacudia a cabeça, achava que ia enlouquecer. Parou um momento para acariciar uma das camisas de Inácio, que permanecia dobrada em cima da cama. Ela havia sido trocada às pressas por outra limpa, antes da saída para o Rio de Janeiro. Tinha o cheiro dele impregnado ali, vívido como a sua presença.

Querido e amado Inácio, pensou, com os olhos perdidos na paisagem lá fora. Tão terno, sonhador, idealista e, ao mesmo tempo, tão viril e apaixonado! Tudo nele, todas as atitudes que tomava, eram sempre assim; impetuoso, achava que podia tudo. Mas ela o amava e, por ele, teria ido ao fim do mundo. Ela também sonhava com um Brasil livre das algemas e de Portugal. Foi ela quem o havia encorajado nos momentos de desânimo.

Foi ela quem o tinha incentivado a ir em frente e a levantar armas contra a metrópole, se preciso fosse. Teriam eles confiado demais nos companheiros? Teriam sido ingênuos? Estava tudo tão bem planejado! Raios! O que havia dado errado, afinal?

– Sinhá... Sinhá...

A mão carinhosa de Tomásia, puxando de leve o seu vestido, pareceu percorrer quilômetros para alcançá-la e trazê-la de volta ao casarão.

– Sinhá... – insistiu. – As crianças estão esperando vosmecê para o almoço. Fiz doce de leite com coco para a sobremesa. Acabei de fazer e ele tá morninho, do jeito que a Sinhá gosta...

– Já vou, Tomásia – respondeu Bárbara, secando as lágrimas. – Diga para as crianças que mamãe já desce. A minha irmã trouxe a encomenda que eu lhe pedi?

– Não, Sinhá, por aqui hoje não veio ninguém. Somente o Seu Chico, com as conta da venda, pra pagá... Falou que percisava de recebê logo. Eu disse a ele que a Sinhá não tava boa, que voltasse outra hora.

– Está bom, Tomásia. Obrigada. Agora deixa-me passar uma água no rosto, antes de descer.

– Percisa memo, Sinhá... Senão as crianças vão vê que andô chorando, e vão querê sabê purquê... Ifigênia tá desconfiada que só. A pobrezinha veio me preguntá se o pai dessa vez demora muito... Ele viaja tanto que ela já devia de tá acostumada. Mas parece que tá sentindo as coisa... Já disse, Sinhá, que num andianta escondê as coisa daquela menina. Ela tem proteção dos santo.

– Já sei, Tomásia, tu já me disseste – refutou, com impaciência. – Vai, vai, desce que eu já vou...

Tomásia, a escrava que a acompanhava desde o seu casamento, balançou a cabeça com tristeza e saiu.

"*Oh, Inácio... Meu adorado... onde será que tu estás agora, meu amor?*" Bárbara não conseguia mais sufocar o choro. As lágrimas e soluços se misturavam a uma dor profunda, que penetrava pelos seus pulmões e pareciam atingir fundo a sua própria alma. "*Minha Nossa Senhora do Pilar, me ajude! Não sei se vou aguentar, me ajude!*"

Não soube por quanto tempo permaneceu assim, agachada na beirada da janela, em pranto convulsivo. Quando finalmente se acalmou, conseguiu levantar-se com dificuldade até alcançar a bacia de porcelana em cima da cômoda, para molhar o rosto e o pescoço. O frescor da água lhe fez bem. Bárbara acariciou o ventre. Mais um filho estava a caminho. O quarto, e este provavelmente o marido não veria nascer. Lá embaixo as três crianças, não aguentando a espera, já haviam almoçado. Sem ter consciência do que estava ocorrendo, continuavam na sala, inocentemente, brincando com as amas, sentadas no chão, esperando que a mãe descesse. Ela lhes havia dito que o pai havia partido para uma longa viagem, o que para elas não era nenhuma surpresa. O pai sempre viajou muito. Apenas Maria Ifigênia, a mais velha, atenta aos sentimentos da mãe, e que a viu chorar por mais de uma vez, parecia acabrunhada. Fez muitas perguntas sobre a tal viagem. Os outros dois, José Eleutério e João Damasceno, eram ainda muito pequenos. Seus filhos, seu tesouro, seu único tesouro. Por eles, ela precisava reagir, se reerguer e lutar. Era preciso coragem. E isso, Bárbara Eliodora tinha de sobra...

PARTE I

O RELÓGIO DE OURO
Coimbra, 1764

> *Marquei-vos pois, em lugar da Instituta e expositores,*
> *uma flauta, rabeca e machinho;*
> *pelos livros curiosos, uns dados e baralhinhos de cartas;*
> *porque, suposto o vosso gênio,*
> *esses serão lá todos os vossos estudos e curiosidades.*
>
> "O Palito Métrico, Conselhos de um suposto
> pai cujo filho vai partir para Coimbra",
> Antônio Duarte Ferrão, 1746.

— Rodrigo, meu caro, deixe-me dar-te um abraço, tu mereces!

— Eu hein? E por quê? – respondeu o rapaz franzino, que havia acabado de ingressar na conceituada Universidade de Coimbra.

— Em breve terás o privilégio de desfrutar da amizade de um homem rico. E esse homem está agora bem à tua frente – disse-lhe Inácio, o sorriso franco, abrindo-lhe os braços e caçoando da expressão de espanto no rosto do amigo.

— Estás a delirar, Inácio? Que se passa? Olha que eu te avisei que estavas exagerando na bebida ontem à noite – retrucou Rodrigo Álvares da Rocha, com ar de enfado, consertando os óculos sobre o nariz.

Inácio fez-lhe uma careta e começou a gritar e a correr pelos corredores largos e escadarias do velho prédio onde funcionava o curso de Direito.

— Espera, seu maluco, conta-me o que ocorreu! – Rodrigo tentava acompanhar o amigo, correndo atrás dele.

— Ouro, meu irmão, ouro... Yuupii... – E sacudia uma carta que tinha em mãos, enquanto dava pulos de alegria. – Vou ser um homem muito rico em breve!

— Calma, Inácio, calma! Para com isso ou vais tomar uma advertência do mestre de disciplina! Deixa de ser louco e conta-me logo o que está havendo...

Inácio subiu novamente as escadas e se voltou para perto do amigo, mostrando-lhe a tal carta.

– Meu tio, caríssimo, meu tio Sebastião diz-me nesta carta que preciso voltar urgente ao Brasil, para legalizar uma data de terras que comprou em meu nome, no sul da capitania de Minas Gerais. Imaginas isso? Eu, proprietário de minas na terra do ouro?

– Ah, é claro... – debochou Rodrigo, conhecedor das fantasias de Inácio. – Então... vais ao Brasil... Muito bem. E quem irá te custear a viagem, espertalhão, já que vives ultimamente sem uma moeda no bolso? Não penses que vou te emprestar algum dinheiro... – advertiu.

– Hum, vejo que não acreditas – Inácio olhou para ele, de soslaio. Então ouça:

> Meu caro sobrinho,
>
> Espero que esta o encontre em paz e saúde, aproveitando os estudos, com o que tu tens trazido muitas alegrias para este teu velho tio. Tenho boas notícias para te dar. Soube por intermédio de meu amigo Francisco Feliciano que seu primo José Maria resolveu voltar para Portugal e tenciona vender as suas terras no sul de Minas Gerais, na região de Boa Vista. São terras excelentes, bastante férteis, com boas aguadas para plantação e também para exploração de lavras. Dará uma boa renda no futuro, quando for explorada. É uma sesmaria de bom tamanho, com três léguas de comprimento e uma de largura. Pensei em comprá-la em teu nome, pois tu, quando obtiveres o grau de Doutor em Coimbra, certamente, espero eu, deverás retornar à tua Pátria. Aqui poderás melhor seguir os passos do teu pai e se tornar um comerciante de grande estatura, com os conhecimentos que tens, além de ficar mais fácil administrar os bens que ele te deixou e à tua irmã. Consideres essas terras como um presente deste teu tio, que muito te ama e quer te ver bem posto, sem estares a depender de empregos no governo, pois mais me alegraria ver-te aqui no Brasil, como te disse. O único problema é que José Maria precisa resolver essa questão das terras logo, de modo que há necessidade de que tu retornes ao Brasil antes do final deste ano, para que possamos tomar todas as providências. O portador desta, meu amigo e compadre José Almeida Brás, explicar-te-á melhor o que digo e dar-te-á as instruções para a tua viagem.
> Com a minha benção,
> Sebastião de Alvarenga Braga.

– O Sr. José Almeida, ao entregar-me a carta, disse-me já ter providenciado tudo. Devo partir para o Brasil no final de outubro, acompanhado do Dr. Feliciano Gomes Neves e sua esposa, D. Lourença Filipa Gonzaga. São eles tios do meu primo Tomás, e moram em Lisboa. Vamos ao Rio de Janeiro e de lá eu sigo sozinho, tomando a carruagem que vai até Santos, onde mora o tio Sebastião. Fico lá uns dias e depois eu e meu tio seguimos viagem para Boa Vista, no sul das Minas Gerais.

– Mas então, vais interromper os teus estudos? – perguntou, preocupado.

– Vou, mas por pouco tempo. Talvez uns meses, no máximo um ano. Meu tio diz que se trata de um negócio de ocasião, que não podemos perder. Magníficas terras, muito férteis! Além de tudo, têm potencial para exploração de ouro ou pedras preciosas. Maravilha! Vou ter muito dinheiro, caro Rodrigo, se não acreditas, ainda vais ver...

Os olhos de Inácio brilharam e o seu pensamento alçou altos voos, imaginando quanta riqueza as suas futuras terras lhe proporcionariam.

– Ei – chamou-o Rodrigo, segurando a sua camisa. – Sem querer interromper os teus devaneios, mas tu não achas que seria melhor se primeiro concluísses o teu curso e somente depois cuidasses das tuas terras?

– Ah, sim, claro. Isso seria o ideal, de fato. Mas não te preocupes, meu amigo. A viagem será breve. Logo estarei de volta a Coimbra para terminar o curso. Somente depois de formado é que retornarei ao Brasil, para poder tocar com liberdade os meus negócios...

– Tens muita sorte! – suspirou Rodrigo. – Meus pais querem que eu faça os exames para os lugares de letras, para ser magistrado em algum lugar por esse país afora. Nem sei se gosto dessa ideia. Tanto o meu avô como o meu pai foram juízes e querem que eu continue a tradição da família.

– Bom, eu não sei ao certo ainda qual será o meu destino, mas pelas notícias que vêm do Brasil tu podes ver que começo bem... disse Inácio, com uma piscadela, sem nenhuma modéstia, como era do seu feitio.

– Meu amigo – retrucou Rodrigo – qualquer que seja o caminho que sigas, estou certo de que serás bem-sucedido. Tu és daqueles que, como se diz por aí, têm "panache".

Inácio José de Alvarenga deu um sorrisinho, satisfeito. Estava com 18 anos e não podia se queixar da vida. Era um rapaz de excelente aparência. Sua altura superior à média dos moços da sua idade, a tez morena, resultado da vida ao ar livre, o porte atlético e saudável adquirido na prática de esportes, especialmente esgrima e cavalgadas, sempre o haviam destacado dos seus colegas. Tinha olhos vivos, aos quais nada escapava, e um sorriso sedutor. Era afetuoso, tinha charme e boa lábia. Conquistava, com facilidade, tanto os amigos quanto as mulheres. Embora tivesse ficado órfão cedo, nunca lhe faltou nada. A sua família, especialmente o tio, a tudo supria. Ademais, não fosse a pendenga judicial que se arrastava contra o seu antigo tutor, ele já poderia ser considerado um rapaz de fortuna, antes mesmo da generosa doação do tio.

Com a morte do pai e, pouco depois, da mãe, restou-lhe apenas a irmã Ana Bárbara Joaquina, dois anos mais velha do que ele. O pai, Simão de Alvarenga Braga, que havia ganhado muito dinheiro como comerciante na área de vendas por atacado, faleceu logo após o seu nascimento. Deixou-lhes uma boa herança, administrada por um primo distante, de nome Manuel da Silva Braga. Por ter sido sócio de Simão de Alvarenga nos negócios, Manuel foi nomeado pelo juiz como inventariante e tutor dos menores.

– Mas Inácio, diga-me: esse teu tio Sebastião, porque ele é assim tão generoso contigo? – perguntou Rodrigo, enquanto se sentava para examinar um livro que trouxe da biblioteca.

– O meu tio Sebastião ficou viúvo uma vez e depois disso nunca mais quis se casar e nem ter filhos. Mas sempre gostou de crianças e depois que meus pais morreram, eu e minha irmã Ana Bárbara nos apegamos muito a ele. Foi ele quem me colocou para estudar no colégio dos padres jesuítas, no Rio de Janeiro, bem como pagou professores particulares para minha irmã. Depois nos levou para morar em Braga, com nossos tios e primos. Achou que estávamos muito sozinhos no Rio de Janeiro. – Inácio respondeu, com olhar distraído, ainda pensando na viagem que faria em breve.

– Eu não sabia que tu viveste em Braga. Engraçado, nunca me contaste. Sabes que minha família é de Guimarães, não sabes?

– Ora, não sabia. Tu então és minhota? Pois eu também assim me considero, apesar de ter nascido no Rio de Janeiro. Adoro aquela cidadezinha maravilhosa, onde cresci entre videiras e plantações de milho! Volto para lá quase todas as minhas férias. A minha irmã Ana Bárbara entrou para o Convento do Salvador e não admite que eu passe mais de seis meses sem ir vê-la! Tu precisavas ver a festa que me fizeram quando ingressei nesta universidade! Vieram parentes de longe, até do Brasil! – Suspirou, perdido nas recordações da sua infância feliz, junto aos parentes e amigos.

– Ah, bom, agora sei de onde vem este teu espírito festeiro e folgazão! O povo do norte de Portugal não perde oportunidade de comemorar com a família!

Inácio balançou a cabeça e, rindo, continuou:

— Além do que, se não fosse o tio Sebastião, o tutor que foi nomeado pelo juiz para administrar a nossa herança teria nos passado a perna.

— O próprio tutor? — espantou-se Rodrigo.

— Um trapaceiro — respondeu Inácio, com raiva. — Ele era primo e sócio do meu pai. Mas estava vendendo os nossos bens por preço irrisório, para compradores falsos. Depois ele os readquiria para si mesmo. O tio Sebastião descobriu a jogada e aí foi uma confusão dos diabos. Juntaram os parentes e por pouco não deram uma surra nele. Mas mesmo assim o juiz não o destituiu e o processo ainda continua na Justiça. Até hoje não vimos um tostão desse dinheiro. Quem nos sustenta são os nossos avós e o nosso tio.

— Bom, então se é assim, devias economizar. Gastas demais Inácio! Não há dinheiro que chegue para as tuas extravagâncias.

— Ora, ora, seu muquirana! — Exclamou, dando um tapa nas costas do amigo. — Bem que tu gostas das farras que eu promovo, não é mesmo? — Continuou, com uma gargalhada. — E, por falar nisso, despacha-te logo com esse livro que vou sair já a combinar para hoje uma grande folia na Taberna Peregrino, para comemorar essas novas terras! Vamos beber, cantar e beijar todas as mulheres!

Inácio abriu os braços, como se fosse agarrar o mundo. Deu um salto e saiu disparado pelas enormes galerias da universidade.

— Espero-te lá, Rodrigo, às 19h30! Não vás faltar, hein? — gritou.

Rodrigo balançou a cabeça, e riu. Não era à toa que Inácio era o estudante mais popular em todas as rodas de Coimbra!

***

A cidade de Coimbra erguia-se sobre uma verdejante colina à margem direita do rio Mondego. O local se transformou em importante centro de formação acadêmica dos habitantes da metrópole e suas colônias a partir de 1537, quando ali se fixou definitivamente a mais antiga universidade do país. O conjunto arquitetônico formado pelo Paço das Escolas situava-se no ponto mais alto da cidade, construído sobre uma grande rocha que se suspendia sobre o núcleo urbano e a Igreja da Sé. Era dominado pela majestosa torre da Universidade de Coimbra, que abrigava o relógio e os sinos, cujas badaladas regulavam o cotidiano dos alunos e habitantes da cidade. Coimbra e a universidade encontravam-se imbricadas, unidas indelevelmente. Ao redor da última o comércio, a produção de gêneros para abastecimento, a vida social, enfim, tudo girava.

No complexo de construções se encontrava a capela dedicada a São Miguel, o anjo do arrependimento e da justiça, considerado o chefe dos exércitos celestiais. Ali o padre jesuíta brasileiro Antônio Vieira pronunciou, em 1663, um sermão dedicado a santa Catarina, patrona da Universidade de Paris e protetora dos filósofos. No pátio também se via a Biblioteca Joanina, antiga Casa da Livraria, cuja construção ocorreu no reinado de D. João V, que lhe deu o nome. Ricamente decorada com o ouro e madeira vindos principalmente da colônia brasileira, a biblioteca se transformou em verdadeira joia barroca. O dourado e o luxo das suas paredes e estantes de livros, ricamente decoradas com motivos chineses, contrastavam tristemente com o cárcere existente nos seus porões – a prisão acadêmica. A Universidade de Coimbra tinha foro privilegiado para a disciplina penal dos seus lentes, alunos e professores que tivessem cometido pequenas infrações.

Havia quem dissesse que em Coimbra não se estudava. Os maledicentes afirmavam que durante o dia a cidade dormia. As atividades acadêmicas sucumbiam em prol da vida boêmia, noturna. Diziam que os estudantes viviam em um ambiente de farra constante, que varavam pelas noites e madrugadas afora bebendo, fazendo serestas e se amando ao luar – e que luar maravilhoso se podia ver em Coimbra! De fato, à noite a cidade fervilhava com as suas festas, serenatas e amores. Pelas manhãs, as ruas estavam quase vazias. Entre um divertimento e outro, no entanto, os acadêmicos também estudavam. E aprimoravam o espírito com o culto da poesia, da filosofia, das artes e da música. Bem ou mal, há que se reconhecer que dali sairia a maior parte dos futuros administradores, magistrados, advogados e legisladores do reino.

Devia-se, portanto, admitir – por que não? – Coimbra era uma cidade em que Dionísio reinava absoluto, embora fantasiado de Apolo.

Não havia ambiente mais aprazível do que aquele para um espírito como o de Inácio José de Alvarenga. Para um jovem como ele, com boa aparência, boa conversa e, além de tudo, dinheiro nas algibeiras, a cidade caía-lhe aos pés. Ele era também inteligente, bom orador, tinha uma boa base filosófica, adquirida nos seus estudos com os padres da Companhia de Jesus.

Naquela noite da notícia sobre as terras no Brasil, Rodrigo o encontrou na Taberna Peregrino em meio a uma grande roda de poetas e trovadores. Tinha uma bela morena sentada no seu colo, enquanto improvisava versos dedilhando a rabeca, instrumento que tocava com maestria. Rodrigo fez-lhe um sinal com a mão e sentou-se em uma mesa próxima, onde se encontrava, bebendo lentamente uma taça de vinho e observando a cena, Tomás Antônio Gonzaga. Primo distante de Inácio, os laços estreitos de amizade entre as famílias faziam com que se considerassem parentes próximos. Tomás era bem diferente do primo: altura mediana, louro, olhos claros, tinha os traços finos e delicados herdados da família inglesa da mãe. O pai era juiz no Porto e ele se preparava para ingressar na universidade no próximo ano.

– Que bons ventos o trazem a Coimbra, Tomás? Ouvi dizer que estavas em Lisboa – indagou Rodrigo.

– Na verdade eu estava em Paris, meu caro, em viagem de estudos. Sabes como eu gosto daquela cidade, não é? – respondeu com um sorriso, já sabendo a resposta do outro, que balançou a cabeça, confirmando.

– Viste a sorte do teu primo, com as terras que ganhou do tio no Brasil? – perguntou Rodrigo.

– Sim, ele me contou – respondeu Tomás, com um muxoxo. Mas, para te dizer a verdade, não ponho fé...

Rodrigo o olhou, ressabiado.

– Ora, e por que não? Não vês como ele está alegre?

Tomás observava Inácio, distraído:

– Eu não sei como ele consegue passar as noites bebendo, jogando, divertindo-se com tantas mulheres que não lhe saem dos pés, e ainda consegue levantar-se no dia seguinte pronto para comparecer às aulas e se submeter aos exames! Tu por acaso achas que ele vai deixar essa vida boêmia aqui em Portugal para se meter em uma data de terras lá no interior do Brasil? Custo a crer!

Rodrigo não se conteve e deu uma sonora gargalhada.

– Olhe, Tomás, tu tens razão! Também eu já estou acostumado a vê-lo assim – e apontou para Inácio, que havia se levantado da cadeira para declamar um poema. – Não acredito que ele vá mudar de vida, nem depois de formado.

Ambos riram.

– Mas é um grande amigo, não é? – acrescentou Tomás, com admiração. – E como compõe versos bons! Sabia que nós dois estamos nos correspondendo com Cláudio Manuel da Costa?

– Uau! – exclamou Rodrigo. – Cláudio Manuel não é aquele poeta que depois de brilhar nos salões italianos da Arcádia Romana resolveu se recolher ao interior do Brasil, em Minas Gerais? Soube que ele é um advogado respeitadíssimo e tem prestado auxílio a vários governadores! Ouvi dizer que compõe versos em vários idiomas.

Tomás sorriu, com orgulho.

– Sim, é o próprio. Gosto muito do estilo dos poemas dele...

Rodrigo ia comentar alguma coisa em resposta quando ouviu o grito de Inácio, chamando-lhes a atenção:

– Os dois aí! Parem com essa conversa inútil e venham para cá, juntar-se a nós! O momento é de comemorar, meus amigos queridos. Deixem a filosofia para outra hora!

Rodrigo e Tomás se entreolharam, com um sorriso, e juntaram-se aos demais. Logo estavam bebendo e cantando também.

***

Havia um código não escrito de fidalguia entre os estudantes de Coimbra. Era considerado um lema de bem viver que *bom era ter muito dinheiro para poder gastá-lo depressa com os amigos*. Aqueles que tinham condições financeiras, portanto, por um ato de cavalheirismo e desprendimento, tinham a obrigação moral de ser generosos com os amigos menos afortunados. A atitude daquele que cobrasse de um amigo, ou sequer mencionasse o empréstimo que lhe fizera era considerada extrema descortesia. Sem contar que o credor ficaria para sempre com a fama de muquirana e sovina, motivo de discriminação e chacotas na comunidade estudantil.

A universidade era frequentada por fidalgos, por estudantes originários da nobreza de toga, por filhos de fazendeiros e também de brasileiros ricos e comerciantes. Mas havia ainda os filhos de pequenos proprietários de terra das redondezas e alguns menos afortunados, vindos de toda a parte de Portugal e do Brasil. Chegavam a Coimbra com o dinheiro contado das economias que os pais penosamente juntavam para dar ao filho a chance de ter um diploma de doutor. Esses estudantes sem renda se viravam como podiam, em geral à sombra e favores dos ricos, explorando, na medida do possível, seus companheiros. Chamava-se a esse modo de vida "andar à lebre", que significava viver daqui para ali, comendo e bebendo à custa de uns e de outros.

A cidade oferecia, de fato, muitas distrações. As tentações eram enormes e a variedade de diversões fatalmente levava a gastos supérfluos. Era difícil controlar o dinheiro em um ambiente tão favorável ao seu esbanjamento.

Além das casas de pasto, onde se comia bem e fartamente, havia as casas de mulheres, os teatros e, talvez mais frequentadas que as demais, as casas de jogos, onde se tentava recuperar à noite o que se gastava durante o dia. A moda entre os estudantes envolvia também frequentar as tabernas e aí fazer largo consumo de chocolate, café, vinho e os mais variados e deliciosos antepastos. Ali ocorriam animadas reuniões em que se tocava flauta transversal e rabeca, executavam-se marchinhas e minuetos franceses e italianos, ao som dos quais todos dançavam.

Inácio voltou do Brasil cheio de planos. A perspectiva de enormes ganhos com a exploração de ouro e pedras preciosas nas terras recém-adquiridas no Brasil o fez querer desfrutar logo da futura riqueza. Para que esperar? Gastava como se fosse rico e esse estilo de vida era tudo o que mais prezava.

Durante o período em que frequentou a universidade, ele sem dúvida poderia ter vivido folgadamente com o dinheiro que lhe enviava o seu tio, por intermédio do comerciante Bento Rodrigues de Macedo. Mas com a vida que levava, o valor nunca era suficiente para cobrir as suas despesas. Para liquidar as contas, ia se endividando, solicitando mais dinheiro emprestado e, por isso, pagando altos juros.

Houve um dia, no entanto, em que seu crédito findou. A dívida tinha se tornado grande demais para um estudante como ele. Precisava pagar contas vencidas e não tinha mais a quem recorrer. Tentou argumentar com Bento Rodrigues de Macedo, seu principal financiador:

– Dr. Bento, não quero ser inoportuno, mas, por favor, verifique o que o senhor pode fazer por mim, em nome da amizade que une nossas famílias.

– Vejas bem, Inácio, não mistures as coisas. Se eu continuar te emprestando dinheiro dessa forma, sem nenhuma garantia, irei à falência em pouco tempo.

– Que exagero, Dr. Bento! – exclamou Inácio. – O senhor é um homem rico. Sabe como sou: não sei dizer não a um amigo e, com isso, há vários colegas que me devem, mas não me pagam. Por isso estou nessa situação...

– Que isso te sirva de lição, para não ires além das tuas possibilidades, ora. Os teus débitos comigo já chegam a dez vezes o valor do que o teu tio te envia mensalmente. Vais terminar o curso no final do ano e ainda continuarás a me dever por muito tempo!

– Isso é porque o senhor me cobra juros muito altos! – protestou Inácio.

Bento Macedo suspirou fundo, controlando-se.

– Não, filho, sabes que isso não é verdade. Cobro-te juros até menores do que para outras pessoas. Eu vivo disso, Inácio, e eu também tenho cá as minhas despesas e responsabilidades.

— Mas, Dr. Bento, escute-me – retrucou. Tenho a garantia do patrimônio que meu pai me deixou no Rio de Janeiro! O dinheiro será liberado assim que terminar a questão judicial com o meu ex-tutor. Poderei pagar até com juros em dobro o que lhe devo!

— Não, meu rapaz. Sinto muito, mas agora chega. Essa tua questão judicial ainda demorará sabe Deus quanto tempo. Se os negócios em Portugal dependessem dos juízes da colônia, todos nós teríamos de entregar os nossos calções aos ingleses! E te consideres muito feliz por eu não mandar uma carta de cobrança agora mesmo ao teu tio. Vejas se consegues dinheiro para pagar o que me deves com outra pessoa da tua família, ou nada feito.

— Dr. Bento, estou enrascado – implorou. – O meu senhorio vai me colocar para fora se eu não pagar o aluguel até o final desta semana. Estou com seis meses de atraso!

— Mais esta! Tu és um irresponsável, Inácio! Barbaridade! – vociferou Bento, pondo as mãos na cabeça. – Teu tio vai ficar escandalizado se souber disso! E olhe que ele nem sabe o quanto de dinheiro eu te empresto, além do que ele te manda!

Inácio abaixou a cabeça, envergonhado.

— Que seja esta a última vez que te socorro, entendeu? – continuou Bento Macedo. – A última, estás me ouvindo?

— Entendi, Dr. Bento. O senhor está certo, mas afirmo-lhe que não vais se arrepender.

Bento olhou demoradamente para Inácio. Depois disse lentamente, medindo as palavras, com desagrado:

— Eu tenho uma condição, meu rapaz.

— E qual é, Dr. Bento? – perguntou, desconfiado com aquela nova postura do prestamista.

— Desta vez, quero que me dês um bem qualquer em garantia de pagamento.

— Um bem? Mas, Dr. Bento, o senhor sabe que o único bem que tenho disponível é a fazenda que me deu o meu tio, e que está no Brasil! Aqui em Coimbra não tenho nada, a não ser as roupas que eu uso, meus livros e a mobília. Sou um estudante, Dr. Bento!

— Ah, sim, Inácio, *eu* sei muito bem disso. Mas parece que *tu* és o único que não sabe! És um estudante que vive como um dono de navio! Pensas que não sei das farras que tu promoves, nas quais tu pagas bebida e comida para todos? Outro dia, o estalajadeiro da rua Direita veio me cobrar uma conta tua. Quase um conto de réis! Como pode um estudante gastar tanto em uma única noite, seu fanfarrão? – Bento Macedo tinha as faces vermelhas e gritava.

– Dr. Bento... eu... mas é que... – Inácio engolia as palavras, sem saber o que dizer.

– Sem mas e nem meio mas! Ou me arranjas uma garantia, ou nada feito! – afirmou, resoluto.

Inácio colocou a mão no bolso e segurou, com força, o relógio de ouro que pertenceu ao seu pai. Era o único bem de valor que tinha consigo, ali em Coimbra. Não podia recorrer ao tio, nem a qualquer outro parente, para pedir socorro. Deus o livrasse! Nem queria pensar no sermão que receberia das tias, por ter chegado àquele ponto. Aquele relógio era o seu talismã.

A história toda passou pela mente de Inácio num átimo, como se ele a revivesse. Lembrou-se daquele dia em que o seu tio Sebastião, após saber que ele havia sido admitido, com apenas 17 anos, na Universidade de Coimbra, o chamou muito feliz para uma conversa em particular, no seu escritório.

– Inacinho, meu filho, estou muito orgulhoso desta tua conquista e tenho certeza de que os teus pais, lá onde estiverem, sentem o mesmo que eu – afirmou, emocionado. – Tu orgulharás a nossa família, filho! Veja – disse, retirando de uma elegante caixa de veludo um relógio de bolso de ouro. – Este relógio pertenceu ao teu pai. Ele tem uma bonita história: foi o presente de casamento que tua mãe lhe deu. Eles se amavam muito e foram felizes juntos! Gostaria que tu o levasses sempre na algibeira. Ele te dará sorte, filho!

Ao ver pela primeira vez o relógio usado pelo próprio pai, Inácio também se emocionou:

– Não o tirarei do bolso e nunca me separarei dele, meu tio! Será como se o meu querido pai estivesse comigo, abençoando-me onde quer que eu vá – disse Inácio.

– Tenho certeza de que sim, filho – concordou Sebastião. – Inácio, outra coisa: nós, do norte, somos tidos como matutos pelos esnobes de Lisboa e Coimbra. Mas temos aqui nossos valores, muito caros, que nos orgulhamos em preservar. A família é o primeiro deles. O segundo é a honra. Tu deves ser, antes de qualquer coisa, um homem honrado. Lembra-te de que o teu diploma, quando o conquistares, deve ser usado para o teu bem e da tua família, mas, sobretudo, do teu país.

– Não me esquecerei disso, meu tio, e não o desonrarei.

A imagem daquela cena, anos depois, ainda era vívida na memória de Inácio. Ele respirou fundo, tentando esquecê-la, e abaixou a cabeça, sem conseguir olhar nos olhos de Bento de Macedo. Era como se ele estivesse vendo, ali na sua frente, o seu amado tio Sebastião.

Teria que dispor do relógio, era a sua única salvação. Depois faria de tudo para resgatá-lo, nem que tivesse que se matar de dar aulas particulares para os seus colegas menos inteligentes e mais ricos. Mentalmente, pediu desculpas ao tio, pela promessa que lhe fizera. Não havia outra opção possível: o jeito era entregar o relógio.

O GRÃO DOUTOR
Sintra (1769-1775)

> E, nas serras da Lua conhecidas
> Subjuga a fria Sintra, o duro braço.
> Sintra onde as Náiades escondidas
> Nas fontes, vão fugindo ao doce laço:
> Onde Amor as enreda brandamente,
> Nas águas acendendo fogo ardente.
>
> "Os Lusíadas, Canto III, estrofe 56", Luís de Camões

A formatura veio em 1767 e Inácio tomou o grau de Doutor em Leis, com destaque entre seus colegas. Mas dessa vez não houve festa em Braga. Tanta conquista não foi suficiente para suplantar o desgosto causado por determinada carta, enviada ao Brasil pouco antes.

Por ela, o Dr. Bento Rodrigues de Macedo, temeroso de que o estudante fosse embora de Coimbra sem lhe pagar o que devia, colocava Sebastião a par de todas as dívidas do sobrinho e exigia que fossem devidamente saldadas. Dizia-lhe ainda ter em mãos um valioso e raro relógio de ouro, que ele lhe dera em garantia. Se o débito não fosse quitado em trinta dias, com os juros correspondentes ao longo período de atraso, não lhe restaria alternativa senão vender o relógio.

Sebastião mal podia acreditar no que lia. Incrédulo, mostrou a carta de Bento ao seu secretário, que era quem fazia as remessas de valores para Portugal, em nome de Inácio.

— Veja isso, Ronaldo! Não acredito que aquele menino tenha chegado a esse ponto! E eu aqui sem saber de nada!

O secretário pegou a carta para ler e fez uma expressão de escárnio.

— Eu já havia lhe advertido, Sr. Sebastião, que Inácio gastava demais. Mas o senhor sempre mimou esse seu afilhado... Tudo o que ele pede, o senhor nunca nega.

— Ah, mas agora é diferente! Passou dos limites. Ele acaba de colocar na lama o nome da família! Dar o relógio do próprio pai em garantia de dívida, meu Deus, Inácio perdeu a cabeça! Se fosse ainda criança, eu lhe daria uma boa sova, isso sim...

Sebastião andava de um lado para outro, irritado, sem saber o que fazer.

– Pegue aí o papel e a pena, Ronaldo. Vou escrever imediatamente para Bento Rodrigues, e mandar às favas esse meu sobrinho e suas dívidas. Ele que se vire, afinal, já é homem feito.

– Sr. Sebastião, se me permite uma observação, creio que seria mais prudente se o senhor enviasse logo o dinheiro para Bento Macedo. Pelo menos, assim poderias reaver o relógio que, afinal de contas, tem um enorme valor familiar – ponderou, circunspecto.

Sebastião assentiu com a cabeça, resignado.

– É, tens razão Ronaldo. Vou seguir o teu conselho. Mas não o devolverei a Inácio, de jeito nenhum. Esse será o castigo dele, por tamanha falta de vergonha! Pobre do meu irmão. O que faria ele, que sempre foi corretíssimo com os seus negócios, com um filho tão perdulário? Certamente adoeceria de desgosto!

Sebastião foi até a janela do casarão em que vivia, em sua grande fazenda no litoral paulista, deixando o olhar perdido na paisagem lá fora. Estava preocupado com o destino do sobrinho. Bastava. Aquilo tinha sido a gota d'água. Já tinha perdido a conta das vezes que teve que mandar dinheiro além do combinado para Inácio, sempre o alertando para o volume dos seus gastos. Não havia dúvidas de que estava muito orgulhoso do que ele conseguira. Apesar de tudo, ele tinha se graduado com destaque em uma universidade que todos reverenciavam. Mas preocupava-lhe, sobretudo, a gênese do seu caráter! Essa sua atitude merecia uma lição. Definitivamente, não iria mais financiar as suas loucuras. Ele que procurasse meios próprios de se manter, enquanto não recebia a fortuna do pai. Só esperava que ele não colocasse a herança a perder, esbanjando-a irresponsavelmente como tinha feito até então. Que procurasse uma função de professor, de magistrado ou um cargo na administração do Marquês de Pombal, com quem a sua família sempre teve boas relações. Ele que se sustentasse por conta própria!

– Ronaldo! – chamou Sebastião, decidido, os olhos marejados, fixos no horizonte. – Escreva em meu nome uma carta para Inácio. Diga-lhe que estou resgatando o relógio do pai dele e que, a partir de agora, ele trate de encontrar alguma ocupação com que possa se manter.

O secretário fez um gesto de assentimento, e saiu. Sabia o quanto essa atitude representava de dor para o patrão.

***

Alguns dias mais tarde, Inácio leu, profundamente entristecido, a carta enviada em nome do tio. Rodrigo o encontrou sozinho, pensativo, sentado em um canto da taberna da rua Direita.

– Inácio, então tu estás aí? Estou a procurar-te há horas, meu amigo. Temos que fazer os acertos finais para eu ficar com a mobília do teu quarto, já que vais voltar para Braga.

– Não, Rodrigo, não vou mais – respondeu Inácio com a voz embargada, para a surpresa do outro.

– Como assim, não vais? Não me disseste que voltavas a Braga ainda por uns meses, antes de ires definitivamente ao Brasil para cuidar das tuas terras?

– Mudança de planos. Meu tio disse-me que passei da conta e agora tenho de me virar sozinho. Ainda bem que a universidade me ofereceu uma vaga para lecionar a cadeira de Institutas como professor substituto. Não é grande coisa o que pagam, mas pelo menos conseguirei me manter até aparecer uma coisa melhor.

– Compreendo – disse Rodrigo, com cautela, sentando-se ao seu lado. – E por que estás tão chateado?

– Na verdade, Rodrigo, tio Sebastião descobriu que eu havia penhorado o relógio de meu pai. Aquela raposa astuta do Bento Macedo escreveu para ele, contando. Eu não queria magoar o meu tio, Rodrigo, tu sabes o carinho e a gratidão que tenho por ele. Mas não o culpo. Eu realmente passei dos limites. Ainda bem que o tio resgatou o relógio, senão eu ficaria com remorsos por toda a vida.

– Deixa disso, Inácio. Tu sempre foste um otimista. Isso vai passar. Daqui a pouco ele esquece isso e tudo será como antes!

– Não, Rodrigo, dessa vez é diferente. Eu tenho que achar uma solução. Somente com o dinheiro de professor não conseguirei me manter. Não posso ficar eternamente esperando que as minhas terras em Minas Gerais comecem a produzir, nem tampouco que a ação judicial contra o meu ex-tutor termine.

– Então, por que não tentas a carreira da magistratura? As provas da "leitura de bacharéis" começarão daqui a três meses, no Desembargo do Paço, em Lisboa.

– Não tenho certeza se eu tenho vocação para ser juiz... – Inácio parecia desanimado. – Tu sabes como são as provas? Nunca me interessei, por isso não sei nem por onde se começa.

Rodrigo, cuja família era de antiga linha de magistrados, não se fez de rogado ao lhe explicar:

– Não é difícil, Inácio, creia-me. Especialmente para alguém como tu, que sabe se expressar tão bem. Há que se comprovar primeiramente a prática forense, por meio da participação em audiências judiciais ou no exercício do magistério na universidade. Ponto para ti, meu amigo, que serás professor substituto, pelo que me dizes.

– E o que mais? – perguntou Inácio, já mais interessado.

– Bom, aí vem a parte mais aborrecida. O Tribunal manda averiguar a vida pregressa não só dos candidatos, mas até dos seus antepassados. Uma maçada! Eles veem primeiro se tu és de família cristã e "limpo de sangue", o que significa que não descendes de família de judeus ou árabes. Depois, vão verificar se seus pais ou avós exerceram algum tipo de ocupação mecânica, como artesãos ou lavradores. Isso seria um indício da sua origem não nobre. Por fim, avaliam se o candidato tem caráter reto e bons costumes.

– Rodrigo riu e caçoou: – Quanto a ti, meu amigo, temo apenas por esse último requisito... e deu uma boa gargalhada, para animá-lo.

Inácio também riu, e completou:

– Acho realmente que não terei problemas quanto a nenhum desses requisitos. Pelo que sei, meus pais e tios sempre foram comerciantes, e meus avós eram donos de terra no norte de Portugal. Deste-me uma boa ideia, Rodrigo. Magistratura, aqui vou eu!

Inácio partiu para os exames em Lisboa certo de que alcançar o seu lugar entre os juízes de Sua Majestade seria fácil. Aliás, já se via com prestígio, despachando no fórum.

Estava enganado. Embora o Tribunal do Santo Ofício em Lisboa atestasse que ele *era cristão velho e limpo de sangue e sem raça alguma de cristão novo, mouro, mulato ou de outra infecta nação e menos dos novamente convertidos à nossa Santa fé católica*, sua habilitação foi suspensa. As investigações indicavam que o seu avô paterno exercitara o ofício de *imaginário*, denominação dada aos artesãos que esculpiam imagens de santos em madeira. A descoberta desse fato revelava que Inácio possuía ascendência mecânica, o que maculava e impedia o seu ingresso na magistratura.

Em razão disso, um processo de apuração foi aberto. Duas testemunhas declararam terem conhecido o avô do candidato, Sr. João Ferreira Machado de Alvarenga, e sabiam dizer que, durante algum tempo, ele exerceu o ofício de escultor. Foi feita uma rigorosa investigação no local onde a família paterna residira. Todo o inquérito se conduzia sob rigoroso sigilo. As testemunhas, ao serem ouvidas, tinham que jurar solenemente que nada revelariam sobre o depoimento.

Os inquisidores se esqueciam, no entanto, que em uma cidade pequena como Braga não existiam segredos, muito menos investigações sigilosas. Todas as informações eram, assim, passadas à boca pequena, e também com promessa de segredo, pela velha e laboriosa teia de cumplicidade e amizade que funcionou nos bastidores da vida social portuguesa desde sempre, muito antes de Portugal ter se tornado um reino. Os investigadores certamente também não sabiam que a vila de Braga era mais antiga do que o próprio país; antes de existir Portugal, a Bracara Augusta já existia e era capital da antiga região da Gallaecia.

Desse modo, embora as testemunhas chamadas a depor tivessem jurado não dizer a pessoa alguma o motivo da inquirição, em pouco tempo a família Alvarenga Braga já estava a par de tudo o que se passava. Sabiam até mesmo o que cada uma das testemunhas havia dito. E foi por essa silenciosa rede que se apurou terem o jornaleiro João Domingues e o lavrador Domingos Fernandes dado com a língua nos dentes. Ambos eram pessoas simplórias, ingênuas e certamente nem de longe imaginavam o alcance e as repercussões do seu testemunho. Mas o fato é que eles haviam se lembrado de que certa época João Ferreira Alvarenga produzira alguns santos em madeira. *Isso prejudicava o Inacinho!*, diziam as tias.

A família Alvarenga inteira ficou indignada com essas inquirições e solidária ao abatimento que recaiu sobre o sobrinho, que estava passando por uma investigação absurda e injusta. *Ora, por acaso essa seria uma ocupação menos nobre do que as outras? E o que é que tinha se o avô realmente esculpiu esses santos? Isso apenas provava ser ele um homem religioso, ora pois!*, confabulavam os parentes, na sua ingenuidade pura, sem nada saber sobre ascendências nobres ou heroicas que eram requisitos para se ingressar na magistratura.

As tias imediatamente mandaram recado ao sobrinho, de que não se preocupasse com isso, que iriam resolver esse mal-entendido. E entraram em ação pelos meios sábios e engenhosos que as mulheres do interior dominam tão bem. Conversando daqui e dali, fizeram sutilmente chegar aos ouvidos daquelas incautas testemunhas a parte do seu depoimento que o prejudicava, e exatamente o que deveria ser dito, naquela parte. E ai deles se esquecessem alguma coisa!

Ao serem novamente inquiridas, as duas testemunhas se lembraram com clareza do que era para dizer. E retificaram imediatamente o seu depoimento anterior, para atestar que, na verdade, nunca viram o Sr. João

Ferreira trabalhando como mestre ou como oficial de trabalhos manuais. Se ele alguma vez esculpiu alguns santos, foi apenas como um passatempo. Nem o mais insistente investigador conseguiu fazê-las se lembrar de mais nada.

Terminou-se a investigação, desse modo, favoravelmente ao candidato, chegando os censores à conclusão de que ele satisfazia todos os requisitos necessários para a sua habilitação ao cargo de magistrado. Na pequena cidade de Braga, as senhoras Alvarenga e suas comadres deram-se as mãos e puseram-se a rezar o terço à Virgem Maria, em emocionado agradecimento.

O fato é que, ao final das contas, aquela inquirição, embora demorada, ao menos serviu para reaproximar Inácio dos seus parentes, especialmente do seu tio Sebastião. A consternação com as investigações, a união em torno de "limpar" o nome da família, tudo isso redundou no perdão da sua conduta irresponsável no passado, e o reconhecimento de que, afinal, o rapaz parecia estar tomando jeito na vida.

Finalmente aprovado no exame que realizou no Desembargo do Paço, foi Inácio José de Alvarenga nomeado pelo Marquês de Pombal como juiz de fora em Sintra. Era cargo de bons vencimentos e alto prestígio social. Já podia, então, ostentar o "capelo vermelho" de magistrado, para a glória da sua honrada família.

**

A vida do novo juiz de fora em Sintra era sossegada. Dormia até tarde, comia o seu desjejum e ia para o fórum, onde despachava. Voltava para casa para cavalgar, ler Voltaire e Rousseau ou reler Camões, Horácio, Virgílio e, o seu mais novo mentor, Pietro Metastásio. Nas férias ia a Braga ou ao Brasil, para visitar os parentes. Algumas vezes viajava a Paris ou a Bordeaux. Assinava os seus despachos colocando *"O Dr. Inácio José de Alvarenga, provedor das sisas, presidente do Senado, superintendente das Décimas, juiz de fora e dos órfãos da vila de Sintra e seu termo, pela Fidelíssima Rainha Nossa Senhora e com alçada por El-Rei Nosso Senhor, que Deus guarde"*. Gostava do que fazia, sentia orgulho do posto que ocupava e se deleitava com isso.

Lisboa ficava relativamente perto, o que permitia a sua ida regular aos teatros, saraus e livrarias. Frequentava com regularidade a livraria de Desidério Marques Leão, ponto de encontro da nata da intelectualidade lusitana. Ali conheceu e tomou parte de um grupo de poetas que tinha como mentor o alentejano João Xavier de Matos, autor dos versos publicados no livro *Entre os pastores da arcádia portuense* e principal expoente do chamado "Novo Camonismo". Era ele considerado como modelo a seguir pelos jovens poetas afeiçoados ao neoclassicismo, movimento literário que alçava Camões ao mais elevado ideal poético. Dessas reuniões participavam ainda o poeta bucólico Domingos dos Reis Quita e Miguel Tibério Pedegache Brandão Ivo, que se tornaram seus grandes amigos.

O terremoto ocorrido em Lisboa em 1755 produzira efeitos danosos a Sintra, e alguns anos depois os seus moradores ainda lutavam para reerguer, aos poucos, casas e lojas de comércio. Apesar disso, a vila não tinha perdido o seu encanto e beleza. Considerada como "o belo jardim da Europa", ali em Sintra vários poetas e escritores famosos haviam se hospedado e se inspirado para escrever os seus poemas e viver ou lamentar os seus romances. Situada na serra, o entorno da vila apresentava uma vegetação exuberante, com frondosos arvoredos e abundância de águas, cujas nascentes rolavam pelas grandes rochas. Havia ali construções sofisticadas, como o Paço Real e as maravilhosas quintas, onde os reis e os nobres passavam o verão e praticavam a caça. As belas casas locais compunham o ambiente com os seus telhados regulares e muros cobertos de heras e musgos. O clima, temperado e úmido, era um pouco mais frio do que em Lisboa, em razão da altitude e da proximidade do mar. Dali a vista era esplêndida, perdendo-se em amplos horizontes onde se podiam ver desde a cobertura verde da serra até o azul das águas do Atlântico.

Inácio arrendou uma casa bela e confortável, com espaçoso jardim, em meio de árvores e hibiscos. Acrescentou-lhe alguns luxos, que ponderava serem condizentes com a sua nova situação de magistrado: móveis portugueses entalhados em madeira, ao novo estilo D. José I, bancos de varanda, tapetes de Arraiolos, cadeiras com estofado de veludo, cortinas adamascadas, mesa para jogos de cartas. Um escravo bem paramentado, com uniforme, luvas brancas e peruca servia chocolate, vinhos e licores sempre que havia convidados, o que não era raro. Por ter se tornado a casa local de encontro dos seus vários amigos brasileiros e portugueses, acrescido ao romantismo da paisagem, o poeta Miguel Tibério Pedegache a apelidou de "Paço de Eureste Fenício". Esse era o nome arcádico pelo qual Inácio Alvarenga se identificava nas suas composições poéticas.

Assim que se estabeleceu em Sintra, o novo magistrado organizou um grande sarau para comemorar a sua posse, que ocorreu em janeiro de 1769. Na data marcada a casa se encheu de convidados, que se espalharam confortavelmente pela sala e varanda. O primo Tomás Antônio Gonzaga discutia com o médico e poeta Joaquim Inácio de Seixas o seu *Tratado de Direito Natural*, tese que havia escrito para se candidatar ao cargo de professor na Universidade de Coimbra. Os poetas brasileiros Manuel Inácio Silva Alvarenga e José Basílio da Gama e mais alguns amigos se estiravam pelas poltronas da sala de estar, e travavam ardentes e ruidosas discussões sobre arte, mitologia e os movimentos culturais na França. Outro grupo, mais ao canto, entre goles de vinho e baforadas de fumaça de tabaco, falava de mulheres, de teatros e de badernas. Domingos Caldas Barbosa, o padre violeiro que começava a fazer enorme sucesso em Lisboa com a sua viola de corda de arame, cantava na varanda com Francisco Manuel do Nascimento e Rodrigo Álvares as melodiosas modinhas brasileiras. Domingos dos Reis Quita e Miguel Tibério Pedegache discutiam animadamente os versos do poema "Tragédia em Megara", que escreviam a quatro mãos e para o qual andavam em busca de um editor. Criados e escravos serviam vinhos, petiscos e doces em bandejas de prata.

A festa já tinha começado há algum tempo quando um respeitoso silêncio foi tomando conta do ambiente. Não era nenhuma autoridade que entrava, nem membro da nobreza. Ao contrário, era um senhor alto, olhos negros e grandes, nariz aquilino, os cabelos grisalhos. O desalinho dos seus trajes, desgastados, com puídos nas mangas da casaca, demonstravam que não possuía nenhuma riqueza ou poder. Tais atributos eram, no entanto, ofuscados pelo seu olhar inteligente, pela presença marcante do intelectual que tinha, assim como Domingos dos Reis Quita, toda uma história de superação de dificuldades para contar. Tratava-se do aclamado poeta João Xavier de Matos, a quem os convidados se levantavam para cumprimentar, com reverência. Inácio o recebeu com um caloroso abraço.

– Meu caríssimo amigo João. Que honra recebê-lo! Sinceramente, achei que não virias. E ainda mais sabendo dos teus hábitos de eremita, já que nunca sais de Lisboa. Pois então vens te meter aqui no alto da serra? Quanta alegria nos trazes!

– Inácio, meu confrade. Quem resiste a um convite teu? Ainda mais que aqui vejo quase toda a minha alcateia! – disse fazendo graça e já se dirigindo ao interior da casa para cumprimentar os outros amigos.

Entre sorrisos e abraços, os convidados foram se aproximando e se reunindo em torno de João Xavier. Já à vontade, ele solicitou ao criado que lhe trouxesse uma bagaceira da boa, que sabia ter Inácio sempre em estoque para, como disse, "abrir os pulmões". Todos riram e a presença do "cantor do Alentejo" deu início, como se fosse um acontecimento natural e esperado, a uma rodada literária, onde cada um, por sua vez, passou a declamar poemas de autoria própria ou de outros poetas.

A noite já ia alta e ruidosa, entre muita cantoria, taças de vinho, cálices de licor e bagaceira, quando João Xavier pediu licença aos presentes para fazer uma pequena homenagem ao anfitrião. Iria declamar um poema de saudação que compôs quando da aprovação do amigo nos exames para a magistratura. Fez-se silêncio na sala, e João Xavier tomou a palavra e disse, com a sua voz possante e rouca:

– Inácio Alvarenga, caro amigo! Todos aqui somos testemunhas não apenas do teu talento, como também do teu grande coração. A tua nomeação como juiz em Sintra foi para nós, que o admiramos, motivo de grande júbilo. Era preciso, no entanto, registrar esse nosso sentimento em versos que são, para os poetas, a ferramenta primeira de expressão. A esse desafio de louvá-lo que, sem dúvida, era de todos, eu tomei para mim a responsabilidade de externá-lo da seguinte maneira:

> Vai, ó sábio Alvarenga, expende, ousado,
> Para o ponto as doutrinas terminantes,
> Que a vencer em batalhas semelhantes
> Já vens do campo delas costumado.
>
> Vai, que Minerva o dom te há preparado
> Que só concede aos seus heróis Atlantes,
> Pois que quer que, entre todos, te levantes
> Com a coroa cívica adornado.
>
> No templo da imortal Sabedoria,
> Onde estão os Pompônios e os Trebácios,
> Desde hoje a deusa pela mão te guia;
>
> E assim como os Acúrcios, os Cujácios,
> Veremos entre nós inda algum dia
> Igualmente citarem-se os Inácios.

A casa veio abaixo em aplausos entusiasmados. Caldas Barbosa musicou na hora o soneto, que cantou fazendo de brincadeira trejeitos e salamaleques, com o que os demais caíram na gargalhada. Até tarde, a festa correu animada e barulhenta na casa do juiz de fora, com todos completamente bêbados pela fartura de vinho e aguardente. Assim, entre poetas e violas, com a sala apinhada de restos de tabaco, pilhas de copos e pratos, criados correndo com bandejas de comida e bebida, Inácio José de Alvarenga anunciava a Sintra a que veio.

***

Inácio Alvarenga participava do famoso Grupo da Ribeira das Naus. Este nome provinha da região em que os poetas participantes se reuniam, e onde ficava a casa de *Filinto Elísio*, codinome do padre Francisco Manuel do Nascimento, um de seus fundadores. Como era possuidor de grande fortuna, prestígio e, além de tudo, de uma excelente biblioteca, *Filinto* resolveu constituir uma associação rival ao grupo que jocosamente passaram a chamar de *Arcadão*.

Em Portugal o movimento do Arcadismo se iniciou em 1756, um pouco mais tarde que no restante da Europa, com a fundação da Arcádia Lusitana por três jovens bacharéis, recém-egressos de Coimbra: Antonio Dinis da Cruz e Silva, Teotônio Gomes de Carvalho e Manuel Nicolau Esteves Negrão. À semelhança da sua congênere romana, a Arcádia portuguesa também teve sua sede bucólica, à qual deram o nome de Monte Mênalo. Ali se reuniam os seus membros que, disfarçados de pastores, adotavam nomes fictícios. Esses nomes arcádicos, na verdade, cumpriam uma função imaginariamente democrática e congregadora. Em uma sociedade que prezava a nobreza do nascimento, substituir o nome verdadeiro pelo pastoril significava igualar os poetas, despojando-os, ao menos temporariamente, das diferenças de posição social. Poderiam assim, livremente, confraternizar-se em um ambiente que valorizava outra forma de aristocracia – a literária.

Nem todos os poetas foram, no entanto, convidados para ingressar na nova academia, e os preteridos passaram a chamá-la de *Arcadão*. Entre os seus críticos mais mordazes, que acusavam a Arcádia portuguesa de ser muito formal, estava justamente o padre Francisco Manuel do Nascimento, conhecido como *Filinto Elísio*, muito embora tivesse grandes amigos, como Domingos dos Reis Quita e Tibério Pedegache, que faziam parte da Arcádia.

Em torno da figura do instituidor do Grupo da Ribeira das Naus se reuniam, além de estudiosos das letras e do vernáculo, comerciantes estrangeiros, donos de navio e pessoas com dinheiro, mas sem prestígio suficiente para ingressar no Arcadão. Nesses encontros, não se falava apenas de literatura. As reuniões eram informais, animadas, e ali se jogava cartas, faziam-se negócios, bebia-se e conversava-se sobre as últimas novidades de Lisboa e da Europa. As diferenças entre os dois grupos acabou por se traduzir em uma sequência de sátiras mútuas, no episódio que ficou célebre e conhecido como a Guerra dos Poetas.

Inácio Alvarenga comparecia sempre que podia às reuniões do grupo, realizadas tanto na casa de Francisco Manuel como no escritório do advogado Jerônimo Estoquete, onde o carteado corria solto, até altas horas da noite. Ali tinha ambiente propício não só para dar vazão à sua veia poética, como também era um ótimo local para fazer amizade com os ricos burgueses, a quem podia sempre se socorrer nos seus apertos financeiros.

No tocante às suas pretensões literárias, sentia-se mais próximo de João Xavier de Mattos, conhecido por seu apego a Horácio, Ovídio e, sobretudo, ao autor de "Os Lusíadas". Não foi outra a inspiração que levou Inácio a escrever um soneto que começava com o seguinte verso: *"Por mais que os alvos cornos curve a Lua"*. A reação ao poema do grupo que lhe era adversário foi imediata. Logo fizeram um soneto parodiando o autor da imagem dos cornos da lua.

Não fosse o tal soneto explícito, para não haver dúvidas sobre a quem se dirigia, vinha ele com uma dedicatória inicial: *Ao bacharel Inácio José de Alvarenga, juiz de fora de Sintra, que fez um soneto que principiava: "por mais que os alvos cornos mostre a Lua"*. O soneto circulou pela cidade em tabernas, hotéis, teatros e casas de pasto, em panfletos distribuídos de mão em mão. O verso dos "cornos da lua" foi objeto da chacota e do deboche entre a estudantada. A comparação com o "burro" foi considerada genial e todo mundo queria saber quem havia sido o seu autor.

A fama cobra o seu preço e traz consigo contrariedades, desperta ciúmes, inveja e rivalidade, geralmente naqueles menos dotados. Inácio Alvarenga era homem invejado, pela sua posição e pelos seus dotes físicos e pessoais. Mas nem por isso deixou de ficar vermelho de raiva quando soube do ocorrido. Com seu temperamento passional e sanguíneo, o que queria mesmo era sair e encher de pancadas os responsáveis pela afronta, que ele desconfiava conhecer muito bem.

– Idiotas! Poetas de araque! Se eu me encontrar com algum deles pela frente juro que não respondo por mim! Faço com que engulam os seus colhões! – Clamava Inácio na livraria de Desidério Marques Leão, com os punhos erguidos.

– Ora, Dr. Inácio, deixa isso para lá... dizia o Desidério. Vais sujar as mãos com porcos? Isso são ciúmes de teu talento e popularidade. Sabes que esse pessoal coça-se de inveja de vosmecê. Um soneto tão bonito como esse... Vejam que rima perfeita:

> Por mais que os alvos cornos curve a Lua,
> Furtando as luzes ao autor do dia,
> Por mais que Tétis, na morada fria,
> Ostente a pompa da beleza sua;

> Por mais que a linda Citeréia nua
> Nos mostre o preço da gentil porfia;
> Entra no campo tu, bela Maria,
> Entra no campo, que a vitória é tua.
>
> Verás a Cíntia protestar o engano,
> Verás Tétis sumir-se, envergonhada,
> Nas rumorosas grutas do oceano;
>
> Vênus ceder-te o pomo, namorada;
> E, sem Tróia sentir o último dano,
> Verás de Juno a cólera vingada.

— Concordo contigo, Desidério — afirmou Tibério Pedegache, com um suspiro. — Os versos de Inácio são muito bons. Mas eu não tenho dúvidas de que essa turma de despeitados resolveu desmoralizar mesmo o nosso amigo, sem piedade. Olha o que escreveram:

> Certo aldeão de Sintra se apeava
> Do jumento, e a beber o conduzia;
> Bebeu o burro, e à volta pretendia
> Montar no dono, e nisto porfiava.
>
> — Burro atrevido, — o aldeão gritava
> Donde te veio a ti tanta ousadia?
> — Tenho alma como tu, e não sabia
> Que espírito tão nobre me animava!
>
> — Tu tens alma, ó burro? Mais preclaro
> És entre os burros. — Não é como a tua,
> Imortal, mas meu juízo é claro.
>
> — Quem te deu pois ou te emprestou a sua?
> — Quem foi?: aquele espírito tão raro,
> O grão Doutor que cornos deu à Lua.

— Ora, poupe-me, Tibério, por favor! — exclamou Inácio, com raiva. — Já estou cansado dessas provocações do nosso grupo rival. São uns moleques. Qualquer dia desses parto-lhes as caras, e aí eles vão saber direitinho como se põe cornos na lua!

Os outros três caíram na gargalhada. Domingos Quita emendou, mal segurando o riso:

— Inácio, meu amigo, não fique tão agastado por pouca coisa. Isso até aumenta a tua fama, sabias? Olha que não se fala em outra coisa aí pela cidade. E o que mais se comenta é que essa turma, ao contrário de ti, não conhece e nem estuda os clássicos. Os cornos da lua estão lá no 1º verso da estrofe 48 do Canto IX de "Os Lusíadas". Queria ver se eles teriam coragem de fazer versos debochando de Camões.

– Camões, coitado, deve estar se revirando no seu túmulo, de desgosto... – brincou Tibério.

– Não te preocupes com esses mequetrefes, Inácio. Esfria a tua cabeça. Se responderes, é como se passasses o recibo da afronta. Lembra-te do que se passou com dois grandes amigos teus: João Xavier e José Basílio da Gama – ponderou Reis Quita, com expressão serena.

– Ora, Domingos – ponderou Inácio –, não é a mesma coisa. Sabes que Basílio é um gozador, um fanfarrão. Não perde a oportunidade de fazer uma anedota, ainda que com os amigos. Se lhe dão chance, faz de um conto uma sátira. João Xavier é um homem extraordinário. Não se abalou com as besteiras de Basílio. Isso aqui é outra coisa. É deboche...

– Mas eles ficaram estremecidos, Inácio, bem o sabes – acrescentou Tibério Pedegache. – João Xavier chamou Basílio de desavergonhado, traidor de batinas e por aí afora. Está irritadíssimo!

– Vou restabelecer essa amizade em breve, tu verás – afirmou Inácio, convicto. – Basílio é boa gente. E João Xavier é nosso irmão. Agora, quanto a esses ignorantes que me insultaram, esses vão se haver comigo. Desconfio fortemente que são liderados pelo pulha do Antônio Lobo de Carvalho.

– Pois eu no teu lugar não daria confiança para essa bobagem – acrescentou Quita, dando de ombros. – Esse Antônio Lobo é um péssimo poeta, fala mal de todos e critica toda a gente. Qualquer dia desses vai ser encarcerado na prisão da Junqueira, pelo Marquês de Pombal. Bem se vê que não tem muitos amigos e morre de inveja das nossas reuniões aqui no Desidério – disse, batendo no ombro do livreiro.

– Ademais, tu logo irás ter a tua desforra, meu amigo – completou Pedegache. – Pense na cara *de lobo* do Antônio quando vir publicados os teus versos, que eu tenho certeza será em breve.

E fez um esgar com a face, imitando o Antonio Lobo, arrancando gargalhadas dos amigos, que se lembraram do apelido do poeta que era "o lobo da Mandragoa". Quita quase chorava, de tanto rir. Enxugou os olhos com o lenço, ainda sorrindo, e continuou:

– Escuta, Inácio, por falar nisso, soube que tu acrescentastes Peixoto ao teu nome! Como foi isso? Disseram-me até que já o usaste, no tal soneto que fizeste em homenagem ao poema "O Uraguay", do Basílio da

Gama – disse Reis Quita, mudando um pouco o assunto, para arrefecer o ânimo do amigo.

– É verdade. De agora em diante resolvi me dedicar mais à poesia e alterar o meu nome para Inácio José de Alvarenga Peixoto.

– E qual o motivo dessa novidade, homem? Não estás contente com o nome que tens? – Indagou Pedegache, com ar de deboche. – Esse Inácio tem cada uma...

– Meus amigos, sou um homem prático. Vejam que ao acrescentar Peixoto ao meu nome "mato dois coelhos de uma só tacada", como dizem no Brasil. Primeiro, evito que me confundam por aí com o nosso amigo Manuel Inácio da Silva Alvarenga, que além de ser poeta, tem Inácio e Alvarenga no nome, e não é sequer meu parente. Segundo, aproveito para prestar uma homenagem ao meu tio-avô ilustre, padre Dr. Antônio de Alvarenga Peixoto, que foi desembargador eclesiástico em Coimbra e Braga. Para a carreira na magistratura essas ligações são sempre bem-vindas – acrescentou, sorrindo.

– Tu és é um grandessíssimo pilantra, isso sim... – emendou Reis Quita, dando-lhe um tapinha nas costas.

A conversa continuou animada por mais um tempo, quando finalmente Inácio, consultando o relógio, pediu licença aos amigos para sair.

– Mas por que essa pressa toda? Ainda voltas a Sintra hoje? – perguntou Pedegache.

– Não, meu amigo, tenho cá ainda alguns compromissos particulares. Aliás, já estou um pouco atrasado! Passo a noite por aqui mesmo...

– Compreendo. E vais antes ao teatro, suponho... – disse Pedegache, piscando um olho.

– O teatro é o refrigério do espírito, meus amigos – respondeu, com um sorrisinho maldoso, logo pegando o tricórnio e fazendo com ele uma reverência, na saída.

– E pelo visto não é apenas o teu espírito que o tem apreciado. E cada vez mais... – acrescentou o Reis Quita. – Vais desencadear uma nova guerra, estou já a ver...

※※※

O motivo da pressa se chamava Anna Zamperini, cantora veneziana de voz sensual e corpo de Vênus de Botticelli que estava se apresentando em Lisboa com a ópera bufa de Baldassare Galuppi, *La ninfa di Apollo*.

Inácio conheceu a bela cantora, que tinha fama de enlouquecer corações por onde passasse, na noite do seu primeiro espetáculo no teatro recém-inaugurado na rua dos Condes. Ela inesperadamente resolveu sair do seu camarim, após a apresentação, acompanhada do maestro Giovanni Peri, para receber pessoalmente os cumprimentos daquele público que a acolheu tão formidavelmente, aplaudindo-a de pé. Os olhos de Inácio faiscaram ao ver aproximar-se aquela deusa loura, de olhos grandes e de um azul profundo, traços perfeitos, a pele rosada, macia e aveludada que se entrevia pelo decote e mangas do vestido. Toda ela era sedução e beleza. Caminhava elegantemente ao lado do maestro, enquanto acenava e distribuía autógrafos e abraços. Vinha, para surpresa de todos, em direção a Domingos Reis Quita, com um amplo e provocante sorriso.

Embora tivesse nascido de família humilde, Reis Quita havia estudado por conta própria vários idiomas, entre eles o italiano, no qual se expressava relativamente bem. Conhecera Giovanni Peri quando frequentava a quinta do conde de São Lourenço, seu protetor nos momentos difíceis e para quem exerceu durante algum tempo a função de bibliotecário. O maestro havia sido hóspede do conde por uma temporada no verão, ocasião em que teve a oportunidade de conversar demoradamente com Reis Quita não apenas sobre música, mas também sobre os destinos da Arcádia romana, a mais antiga, ao que se tinha notícia, das academias literárias. Ao rever o poeta ali no *foyer* do teatro o maestro sorriu de satisfação e deu-lhe um grande abraço.

– *Mio caro Domingos! Che piacere vederti! Vieni qui e dammi un abbraccio, amico.*

– *Il piacere è mio, Maestro.*

– *Guarda, siete stati introdotti ad Anna Zamperini, la nostra cantante?*

– *No, no ho avuto questo onore. Sono emozionato, signora* – disse Reis Quita, fazendo uma reverência. – *La vostra presentazione è stato belissima!*

– *Grazie tante, signore* – respondeu Anna, escondendo o rosto com o leque.

– *Lasciate che vi presenti il mio amico Inácio José Alvarenga, che è uno magistrato a Sintra ed è anche un grande poeta.*[1]

Inácio estava paralisado diante da italiana. Reparou-lhe a boca carnuda, sensual, os dentes brancos e perfeitos, atributo pouco comum naquela

---

[1] – *Meu caro Domingos! Que prazer ver você! Venha cá e me dê um abraço, amigo.*
– *O prazer é meu, maestro.*
– *Veja, já foste apresentado a Anna Zamperini, a nossa cantora?*
– *Não, não tive a honra. Estou emocionado, senhora* – disse Reis Quita, fazendo uma reverência. – *Vossa apresentação foi belíssima!*
– *Muito obrigada, senhor* – respondeu Anna, escondendo o rosto com o leque.
– *Deixe-me apresentar meu amigo Inácio José Alvarenga, que é um magistrado em Sintra e é também um grande poeta.*

época. Fez-lhe um galanteio e beijou-lhe a mão, ao que ela respondeu com um cativante e belo sorriso. Foi preciso que Reis Quita o cutucasse discretamente no braço, para que prestasse atenção a uma pergunta que o maestro lhe dirigiu, a respeito da existência de um teatro em Sintra. O maestro olhava para ele, esperando a resposta.

– *No, non ancora, Maestro* – respondeu mecanicamente, com os olhos ainda vidrados na bela mulher.

– *Che peccato. Una città bella come quella meritava un teatro* – respondeu o maestro, balançando a cabeça.

– *Certo, si, Maestro* – balbuciou Inácio, recuperando o fôlego.[2]

O maestro já se preparava para se despedir, segurando o braço de Anna Zamperini, quando Inácio teve a ideia de convidá-los para cear todos juntos no Hotel Real, o melhor de Lisboa, como seus convidados. O convite foi aceito prontamente pelo maestro, pela cantora e mais um ou dois atores que os acompanhavam. Inácio falava o idioma italiano com dificuldade, mas dele tinha grande conhecimento pela leitura dos poetas e também pelo estudo do latim, de modo que não houve qualquer dificuldade no grupo em se entender.

A noite transcorreu agradável, com o juiz de fora se desmanchando em mesuras e demonstrando a sua conhecida generosidade, ao proporcionar aos comensais um lauto banquete, no qual todos se fartaram. Anna Zamperini pouco falava, sob o pretexto de proteger e poupar a sua voz para a apresentação no dia seguinte. Não deixou, contudo, de corresponder aos olhares ardentes do magistrado que lhe declamou versos exaltando a sua beleza e o talento. As mãos se tocaram rapidamente por debaixo da mesa, por mais de uma vez, como um sinal de que a conquista era não apenas permitida, como também desejada. Na noite seguinte se tornaram amantes. Assim começou um relacionamento tumultuado, com grande atração sexual, em que se misturavam noites de amor selvagem, brigas por ciúmes, bebedeiras e reconciliações cheias de juras de amor.

Houve um dia em que Inácio retornou a casa em Sintra com os olhos fundos e o rosto cansado. Jerônimo, seu fiel criado, correu a recebê-lo para

---

[2] – *Não, ainda não, maestro* – respondeu mecanicamente, com os olhos ainda vidrados na bela mulher.
 – *Que pecado. Uma cidade bela como aquela merecia um teatro* – respondeu o maestro, balançando a cabeça.
 – *Claro, sim, maestro* – balbuciou Inácio, recuperando o fôlego.

retirar o seu casaco e o chapéu. Sentado na sala, lendo calmamente um livro, estava Rodrigo Álvares, que veio de Coimbra para visitá-lo.

– Rodrigo, meu caro! Que alegria me dás com a tua visita. Então, que notícias me dás de Coimbra?

– Notícias boas, meu amigo! Receberei o grau de bacharel no final do ano e também farei provas para a magistratura, embora não muito animado! – exclamou Rodrigo, abraçando-o.

Inácio fez um sinal para Jerônimo buscar-lhes um refresco e jogou-se em cima do sofá, com um suspiro.

– Mas vejo que por aqui as coisas não andam muito bem, hein, Inácio? Há três dias que te espero aqui na tua casa. Soube que estás enrabichado por uma cantora italiana. Cuida-te porque, pela tua aparência, acho que ela está acabando contigo! – E deu uma gargalhada.

Inácio sorriu, um pouco tristonho, e respondeu:

– Rodrigo, tu me conheces bem! Estou completamente enfeitiçado! Essa mulher é uma deusa, Rodrigo, uma loucura! Não consigo mais sair de perto dela. Conto os minutos para vê-la sair do teatro e levá-la para o meu quarto. Tenho perdido mesmo o juízo!

– Toma cuidado, Inácio, não vás pôr a perder o posto que conseguiste com tanto sacrifício por causa de um rabo de saia!

– Sei disso, Rodrigo, mas não consigo me controlar. Preciso dela, entendes?

Rodrigo olhou para o amigo, com apreensão.

– Saibas que os poemas eróticos que tu escreves para ela já estão a circular até em Coimbra! Não se fala em outra coisa, meu amigo!

– Esse é um dos problemas, Rodrigo – Inácio deu um longo suspiro. – Ela é um furacão! Os despeitados de sempre agora despejam versos ácidos e sátiras contra ela, porque ela não lhes dá atenção. Quita ri de mim afirmando que sempre soube que eu iria desencadear uma nova edição da Guerra dos Poetas!

Rodrigo riu e Inácio continuou:

– Tu zombas, mas não sabes como me sinto com isso. Quero protegê-la, mas, com esse meu temperamento, que tu conheces bem, acabo por complicar mais a situação! Não sei mais o que fazer.

Inácio parecia desolado. Rodrigo teve pena dele:

– Calma, Inácio, põe a tua cabeça no lugar. Talvez fosse bom se ficasses uns dias aqui na serra, para refrescar as ideias – ponderou.

– É isso mesmo que eu estou pensando em fazer, Rodrigo. Jerônimo! – gritou. Prepara-me um bom banho e uma boa ceia. Vamos colocar o assunto em dia, meu amigo, conversar sobre outras coisas. Quero que me contes tudo o que tens feito em Coimbra e me dês notícia dos amigos de lá!

Rodrigo e Inácio conversaram animadamente pelo resto da noite. No outro dia, para surpresa do visitante, Inácio partiu cedo para Lisboa. Não suportava ficar tanto tempo longe da cantora. A loura, de fato, provocava reações passionais e não era apenas em Inácio. Contava-se que certa vez, ao terminar um espetáculo, jogou para a plateia uma rosa vermelha que trazia aconchegada no seu generoso decote. O tumulto que causou a disputa por essa flor foi enorme e viu-se inclusive alguns respeitáveis senhores muito bem casados duelando aos tapas pelo singelo regalo. Muitos casamentos ficaram estremecidos depois desse episódio.

Na verdade, a maior parte dos homens, fossem poetas ou não, nobres ou plebeus, suspirava por aquela diva loura, que passeava durante o dia pela cidade com graciosos chapéus, belos vestidos e mantilhas de renda que mais revelavam do que cobriam os seus cantados atributos físicos. À noite, transformada em musa, Anna os seduzia com sua voz melodiosa e sensual nas *soirées* musicais do Teatro da Rua dos Condes. O filho do Marquês de Pombal, Henrique José, que se tornou conde de Oeiras quando o pai obteve o título de marquês, estava completamente apaixonado por ela. Em razão dessa paixão ele usara de sua influência como presidente do Senado para convocar uma reunião com as pessoas mais importantes e ricas da cidade, cujo objetivo era levantar fundos para manter a companhia teatral da Zamperini. De início reticentes, bastou uma aparição da cantora na sala de reuniões para que todos os cavalheiros presentes abrissem generosamente as suas bolsas, financiando a presença da cantora e toda a sua companhia em Lisboa.

Anna Zamperini, no entanto, para desespero do conde, não lhe dispensava mais do que uma polida atenção. Era Inácio quem a possuía e este, satisfeito com a exclusividade, a mimava com declarações apaixonadas, flores e presentes caros. Nas noites em que havia apresentações era comum vê-los tomar a carruagem após o espetáculo e irem juntos para o Hotel Real, onde ceavam e, com a cumplicidade do gerente, que lhes reservava quartos no mesmo andar, pernoitavam. Os amigos do juiz, solidários ao seu amor, celebravam-na em versos, contentando-se com a esfuziante e perfumada presença daquela *prima donna* nos saraus que promoviam em sua homenagem.

"O amor é fogo que arde sem se ver", dizia Camões. Ao final de seis meses a italiana, cuja beleza ocultava um temperamento passional, possessivo e ciumento, já não se satisfazia apenas com os secretos encontros noturnos ou os passeios cerimoniosos que dava com o seu jovem amante ao ar livre. Começou a Zamperini a manifestar reiterados desejos de subir a serra de Sintra e conhecer a casa do magistrado, participar um pouco mais de sua vida, usufruir a paz da vida nas montanhas, viver o que ela chamava de plenitude do amor. Diante das negativas de Inácio, que apesar de tudo não se animava a assumir publicamente o romance, ela tinha ataques de fúria. Quebrava as jarras de porcelana do quarto do hotel e, certa vez, por pouco não lhe rachou a cabeça, ao lhe atirar uma pesada escova de cabelos. Outras vezes, quando ele carinhosamente se explicava, dizendo que não podia ser assim, que era magistrado e não podia viver ali em Sintra com uma mulher sem ser casado, ela se contrariava, fazia beicinho e pedia mais dinheiro para as joias e a seda dos vestidos, sempre insuficientes para os seus desejos.

A situação o agastou. Embora fosse sempre generoso, especialmente com as mulheres, Inácio começou a se sentir explorado. O delicioso e desejado perfume da musa já não o excitava como antes, na verdade até o enjoava. Seus ciúmes o sufocavam. Além do mais, os amigos mais chegados, que sabiam das suas chantagens, agora já começavam a acusar a italiana de ser meio vigarista, aproveitadora, e até, reparando melhor, diziam, um tanto gorducha. Uma coisa eram os amores secretos e consentidos em uma cidade como Lisboa. Outra, bem diferente, era abrigar a amante em sua casa em Sintra.

Passou Inácio muito tempo a meditar sobre o que fazer para se livrar daquela situação. Por fim resolveu escrever à italiana uma longa e carinhosa carta, que mandou seu escravo entregar no teatro, acompanhada do mais belo buquê de flores que pode encontrar. Ali afirmava que iria se ausentar de Lisboa por umas semanas, talvez um pouco mais, pois necessitava estudar um caso judicial importante, que estava a lhe tomar muito tempo. Pedia que ela compreendesse a sua situação.

Esperava Inácio, com essa "pequena" mentira, ganhar um período de sossego, para as coisas se assentarem e terminarem naturalmente, pois, de fato, não queria magoá-la. Gostava dela e se lembrava com prazer dos bons e deliciosos momentos que passaram juntos mas, definitivamente, não queria se enredar em nenhum compromisso.

Anna Zamperini segurou a carta nas mãos e pediu ao escravo que transmitisse ao seu senhor um recado: não o abandonaria jamais! O escravo, tremendo, correu a contar ao patrão o que havia se passado. Com receio de que ela finalmente fosse a Sintra e ali fizesse um escândalo, Inácio voltou imediatamente a Lisboa, onde foi pedir auxílio a Reis Quita. Com a polidez e a calma que o caracterizavam, lá se foi o amigo a tentar resolver a situação da melhor forma possível.

Ao recebê-lo em seu camarim, Anna chorava convulsivamente, inconformada. Dizia que amava Inácio mais do que tudo e não poderia viver sem ele. Ele não tinha o direito de romper com ela assim, depois de tudo o que viveram juntos... Com alguns acessos de cólera, seguidos de choro convulsivo e descontrolado, entre lágrimas, dizia que iria se vingar e fazer um escarcéu em Sintra.

Domingos Reis Quita atenciosamente a ouvia, sem dizer uma palavra. E ela falava, falava e chorava. Ao final, quando achou que a moça já havia extravasado toda a amargura e começava a respirar com mais tranquilidade, Reis Quita lhe apresentou calmamente e com muito tato a sua proposta. O seu amigo Inácio não a queria mal. Ao contrário, amava-a. Mas admitia que a separação era melhor para os dois, naquele momento. Para dar a ela mais uma alegria, Inácio gostaria de lhe dar um presente, para compensar a sua ausência e a tristeza que involuntariamente lhe tivesse causado. Oferecia-lhe uma boa soma de contos de réis para que ela comprasse a joia mais linda que pudesse encontrar.

Ao ouvir a proposta de Quita ela secou as lágrimas com um lenço ricamente bordado, sentou-se corretamente e com elegância agradeceu a sua consideração. Perguntou-lhe, docemente, quantos contos exatamente ele pensava em lhe oferecer. Quando Reis Quita lhe falou o valor ela arregalou os olhos e engoliu em seco. Era uma quantia realmente irresistível. Simulando frieza e com alguma dignidade ela lhe disse que ao final da temporada teatral estava mesmo pensando em voltar para a Itália. Já tinha saudades da sua família e dos amigos.

A verdade é que, terminado o romance com Inácio, Anna Zamperini não hesitou em correr para os braços do filho do Marquês de Pombal, o conde de Oeiras. Completamente apaixonado, o conde gastou com ela o que tinha e o que não tinha. Temendo pelo futuro do filho e do seu próprio, o autoritário marquês acabou por expulsar a Zamperini de Portugal. E lá se foi a italiana, deixando para trás um rastro de corações destroçados.

A repercussão da passagem da cantora por Lisboa chegou até à colônia brasileira. Anos depois, no início da administração do vice-rei D. Luís de Vasconcelos e Sousa, as chuvas de verão romperam o aqueduto da cidade do Rio de Janeiro. As águas empoçadas se transformaram no foco de uma epidemia de caráter maligno, a quem o povo ironicamente batizou de "a zamparina". A peste era arrasadora, muitas vezes letal, e provocou verdadeiro "vendaval de insânia" entre os habitantes do Rio de Janeiro. Tal e qual a presença de Anna Zamperini havia causado na metrópole.

Inácio estava, alguns meses depois, liberto e curado daquela paixão violenta, embora a sua dívida com os emprestadores de dinheiro estivesse agora um pouco maior. Já refeito, voltou a despachar normalmente no fórum, onde certo dia conversava com Miguel Tibério Pedegache, enquanto assinava alguns papéis.

– Tu deverias se casar, Inácio. É sempre bom para um magistrado ser casado. Dá ares de respeitabilidade. Além do mais, o casamento às vezes previne certas tempestades amorosas – disse com malícia, rindo do amigo.

– Não pretendo me casar tão cedo, Tibério, se é que algum dia eu o farei. Mulheres fixas e poesia não combinam, definitivamente. Para se escrever versos bons, é preciso estar apaixonado, ou machucado pelo amor.

– Mas não há uma lei que diz que os juízes devem ser casados? Sempre pensei que devessem ser...

– Bom, é verdade que há essa lei e, mais que isso, aqueles que não o forem, ao assumir a função precisam se casar no prazo de um ano. Bobagem. Conversei pessoalmente com o Marquês de Pombal a respeito. Disse-me ele que relaxasse, pois o rei tinha coisas mais importantes com que se preocupar do que sair à procura de solteirões convictos, como eu.

– Bom, se é assim... muito bem, acho que tens razão.

– Ademais, adoro a liberdade de ser solteiro, embora isso às vezes me custe alguns contos de réis... – E ambos deram gargalhadas ao se lembrarem do quente episódio com a italiana.

Foi quando entrou pela porta do fórum um escravo bem paramentado, dizendo para o porteiro que a sua senhora necessitava falar com certa urgência com o senhor juiz. Lá fora, em uma luxuosa liteira, uma jovem e bela dama, elegantemente vestida, com um semblante sério e aparentemente nervosa, aguardava a oportunidade de falar com o Dr. Inácio José de Alvarenga Peixoto.

A DAMA DAS PICOAS
Lisboa

Ah, se Joana então honrasse a terra!
Ó esposa romana, ó grega esposa,
Não fora a Formosura a mãe da Guerra!

"Nem fizera a Discórdia o desatino", Alvarenga Peixoto

Uma brisa leve e fresca lavava as verdes e frondosas árvores da Quinta das Picoas. Há alguns quilômetros dali, no centro de Lisboa, o calor quente e abafado castigava os seus moradores naquele verão. A quinta situava-se no cimo de uma colina que, se por um lado não alcançava a vista exuberante do rio Tejo, por outro era agraciada com temperatura mais agradável e amena do que no resto da cidade. Na sua entrada, ao final de uma alameda de pinheiros, erguia-se o luxuoso solar de dois andares, em estilo clássico, presente dado pelo fidalgo Fernando Martins Freire de Andrade e Castro à sua jovem esposa, D. Joana Isabel de Lencastre Forjaz.

O casal tinha ali a sua morada, exceto no verão, quando se deslocavam para a grande propriedade que possuíam nos arredores de Sintra. Naquele ano, no entanto, haviam resolvido ficar em Lisboa. O fidalgo D. Fernando, já quase octogenário, encontrava-se acometido de grave doença que o impedia de fazer viagens, ainda que para lugares próximos. D. Joana Isabel, por sua vez, era bastante jovem e tinha grande disposição nos seus 28 anos. Ambos vinham de nobre linhagem das casas reais portuguesas. Quando se casaram, ele havia ficado viúvo há poucos anos e ela era apenas uma menina, com 13 anos de idade. O casamento o rejuvenesceu. Juntos, tiveram cinco filhos.

Viviam naquela felicidade artificial, em que a inexistência de paixão entre os cônjuges é superada por uma agitada vida em sociedade. As muitas festas, recepções luxuosas e o convívio com as pessoas encobria as pequenas contrariedades domésticas. Para compensar a falta de emoção na convivência com o pacato e já idoso marido, D. Joana Isabel se deleitava em abrir os amplos portões da sua mansão para receber a seleta sociedade lisboeta. Isso incluía não apenas a nobreza e a burguesia endinheirada de Portugal, como também alguns intelectuais, poetas e artistas pobres de fortuna, mas ricos em espírito, como era o caso de Domingos dos Reis Quita, Manuel Tibério Pedegache, José Basílio da Gama, Manuel Inácio da Silva Alvarenga, Francisco Manuel do Nascimento, Domingos Caldas Barbosa e vários outros. Era considerada, por conta disso, uma espécie de patrona e mecenas da arte literária em Lisboa, e os saraus que promovia em sua casa se tornaram famosos em todo o reino. D. Fernando, o amoroso esposo que nada negava à Joana, aprovava tudo o que ela fizesse, franqueando generosamente a sua fortuna a todos os tipos de extravagâncias e luxos que ela julgasse necessários à satisfação das suas vontades.

Joana não era mulher de dotes físicos extraordinários. Sua beleza era, a bem da verdade, bastante comum: tinha os cabelos e olhos castanhos, a altura média das mulheres portuguesas, os traços regulares, corpo bem feito, mas cheio. Embelezava fartamente a sua natureza, no entanto, vestindo-se com o luxo dos melhores e mais caros vestidos, modelados por costureiras parisienses. Era atraente, possuía um porte elegante, perfumava-se, enfeitava-se e, mais do que tudo, era alegre, inteligente, tinha vivacidade e muito espírito. Era excelente anfitriã e suas festas, disputadíssimas. Conquanto todo esse esplendor ao seu redor, aliado à indisposição do marido, a fizessem objeto dos olhares masculinos, o seu comportamento íntimo era o de uma freira carmelita. Sua aparência exterior provocava desejo, mas seu interior era de completa solidão amorosa. Embora fossem muitas as tentações, seja pelo respeito e consideração que tinha ao esposo, seja pelo amor aos filhos, nunca foi capaz – ou quem sabe, nunca foi tentada o suficiente –, de realmente traí-lo, a não ser em pensamento.

Sua melhor amiga, com quem dividia as atenções nos salões e nas odes dos poetas era D. Teresa José de Noronha, a condessa de Soure. Alguns anos mais velha do que Joana, Teresa possuía uma beleza invejável. Com a pele muito branca e aveludada, os olhos azuis claros emoldurados por grandes cílios negros, que se destacavam no rosto redondo e bonito, Teresa parecia ter saído de uma pintura renascentista. Foi educada em um convento na região de Bourgogne, pelo que apresentava os modos elegantes da corte francesa. Viúva aos vinte e poucos anos, não tinha filhos e o falecido marido lhe deixou dinheiro e propriedades ao sul de Portugal suficientes para viver regaladamente o resto de sua vida. Não quis se casar de novo, embora recebesse muitas propostas. Preferia cultivar sigilosamente os seus amantes.

Era a época das amizades sentimentais, em que as mulheres escreviam longas cartas umas às outras, embora morassem próximas, ou então passavam horas a fio em segredos e conversas íntimas. Naquela fresca tarde de verão no Solar das Picoas, conversavam as boas amigas Joana Isabel e Teresa em sussurros e risadinhas abafadas, tomando cuidado para não serem ouvidas, enquanto a criada lhes servia bolos e chás na varanda.

– Então, estiveste com o tal juiz, Joana – perguntou-lhe Teresa.

– Estive lá na terça-feira passada. Foi ótima a visita. Adorei! – disse Joana, suspirando e revirando os olhos.

– Foi mesmo? – perguntou Teresa, olhando de soslaio, estranhando a reação da companheira. – E o que tu disseste a ele?

– Ora, Teresa! – respondeu Joana, recompondo-se. – Simplesmente expliquei a ele a minha situação e pedi conselhos sobre como deveria agir. Disse que Fernando se encontrava impossibilitado de se deslocar para a nossa propriedade em Sintra e que por esse motivo eu mesma teria que tomar a frente e assumir a administração da fazenda, enquanto ele não se recuperasse. Há pagamentos e inspeções a fazer, como tu sabes, que não posso deixar nas mãos exclusivas do nosso administrador. Eu aproveitei para lhe perguntar se seria necessário que Fernando me passasse uma procuração, ou se eu mesma poderia resolver tudo sozinha. Há, além disso, certa questão problemática com os nossos vizinhos, a respeito de umas águas que estão nas divisas da nossa propriedade, e eu não sei o que fazer.

– Quantas perguntas! E ele não se importou em te responder? O que ele te disse? – Perguntou Teresa, mal escondendo a curiosidade.

– Ele foi extremamente gentil e amável. Disse-me que, por ora, vou pagando os impostos, os empregados e os rendeiros. Somente precisarei de procuração, pelo que me informou o juiz, se for vender ou arrendar novamente o imóvel. Ele me aconselhou, no entanto, a instruir Fernando para que constituísse o quanto antes um advogado para cuidar desses negócios, pois seria mais tranquilo para mim.

– Ele foi realmente adorável, não? – disse Teresa, com um sorriso enigmático.

– E como! Surpreendentemente simpático, para um juiz. Normalmente eles são tão arrogantes! O fato, Teresa, é que eu tenho uma intuição de que devo providenciar essa procuração o quanto antes, para o caso de o estado do meu marido se agravar. Ele sempre foi muito forte, mas ultimamente, coitado, depois da doença, teve uma piora preocupante no seu estado geral de saúde. Fernando não está bem da cabeça e temo que não consiga mais administrar os seus negócios.

— Pobre amiga! Assim, na flor da tua mocidade e cuidando de um marido tão doente e idoso! A vida está passando também para ti, minha querida.

— Sim, Teresa, tu tens razão. Muitas vezes me pego pensando sobre isso — a passagem inevitável do tempo — falou Joana, fazendo um gesto longo com a mão. — Acho que isso daria até mote para glosar um poema... — disse, pensativa. — Mas para dizer a verdade, em regra não tenho do que me queixar. Fernando sempre foi um marido afetuoso, bom pai para os nossos filhos e, além disso, dá-me tudo o que quero.

— Mas e o amor, Joana, e o amor?

— O amor, ora essa, o que é o amor, Teresa? Depois de cinco filhos poderei eu acaso ter esse tipo de ilusão? Esse amor de que tu falas eu deixo para a poesia. A vida aqui fora é diferente — protestou, com um suspiro.

— Meu Deus, Joana, como tu estás amarga. Que é isso, minha querida amiga! Tu ainda és tão jovem, tens uma vida pela frente. Quem saberá o que nos reserva o futuro?

Joana ficou em silêncio, com os olhos fixos na paisagem lá fora, onde um pássaro entoava um canto triste, como que a compor o ambiente.

— Mas vamos mudar de assunto, para alegrá-la um pouco. Conta-me mais sobre esse juiz. Soube que é jovem, bonito e, além de tudo, muito charmoso... — riu Teresa. — Ai, meu Deus! Dizem que o homem é uma perdição, é mesmo verdade? — E abanou o leque com mais força, como se uma onda de calor de repente lhe subisse até ao pescoço.

Os olhos de Joana brilharam.

— De fato, minha amiga, ele é isso tudo. Encantador! E não sabes o que mais. É poeta! Amigo de José Basílio da Gama e de Domingos Caldas Barbosa. Eu lhe disse que também gostava muito de poesias e estivemos a conversar um bom tempo sobre o grande Metastásio, o poeta da Corte Imperial de Viena. Ele sabe tudo sobre ele — detalhes da sua vida, óperas, poesias, tudo. Tem enorme cultura, esse juiz. E que sorriso! Além de olhar para a gente de um jeito, uh! nos deixa a imaginar coisas...

— Uau! Por santo Antônio de Pádua! Ficaste mesmo impressionada, hein, Joana? Depois daquele pequeno envolvimento que tiveste com o jovem alemão, na tua fatídica viagem à Munique, nunca mais te ouvi falar desse jeito de homem nenhum. Veja lá se não vais finalmente quebrar os teus votos, depois de tanto tempo vivendo assim, de jejum... — insinuou Teresa, com uma risadinha maldosa.

– Teresa, minha querida. Sabes que o meu pequeno, como tu dizes, *affair* com Johannes não passou de alguns inocentes beijinhos e fogosas declarações de amor. Tu me conheces muito bem e sabes que eu não seria capaz de trair assim o meu esposo – revidou, rindo. – Já tive várias outras oportunidades de fazê-lo e não o fiz. Tenho muitos defeitos, mas ninguém pode me acusar de ser infiel, pelo menos, não totalmente – e piscou o olho para Teresa. – Agora, jogar o meu charme e fazer o velho joguinho de conquista e sedução, sabes que sou boa nisso... Hahahahaha... É um passatempo divertido e inofensivo, e me distrai...

– Sei e conheço bem essa tua tática "inofensiva". Ora se conheço! Seduzes os pobres cavalheiros com esse teu charme irresistível e os deixa a suspirar por ti. Quando eles estão finalmente fisgados, com esses olhares que tudo prometem, cheios de falsas esperanças, a D. Joana simplesmente pula fora e os deixa a ver navios. Tudo muito calculado, com uma frieza que, sinceramente, Joana, às vezes me espanta!

– Bem, talvez já seja tempo de eu começar a pensar além das promessas, Teresa... – e reclinou-se mais na poltrona, rindo e olhando sonhadoramente para os verdes jardins da quinta.

– Hahaha... não estou te reconhecendo, minha amiga... Estou enganada ou mudaste o teu modo de pensar em relação aos homens? Diga-me, sem me mentir: quais são os teus planos em relação a esse nobre cavalheiro de Sintra? – indagou Teresa.

– Hahahaha! Essa é boa, Teresa! Que planos? Não tenho nenhum. Por ora, apenas deixei a isca. Disse ao doutor que daria em breve um sarau em homenagem a José Basílio da Gama, que nesse momento encontra-se aqui em Lisboa. O livro dele já está no prelo, sabias? Prestes a sair nas livrarias. E mais: assim que os preparativos estivessem prontos, eu e meu amantíssimo esposo ficaríamos felizes em receber Sua Excelência em nossa casa.

– Não acredito, Joana! – exclamou Teresa. – Fernando doente e ainda pensas em dar festas em tua casa? Vais querer que ele aprove essa sandice? O homem mal se levanta do leito, minha querida. Tu vais é dar motivo a que falem mal de ti! Se queres conquistar o teu juiz, convida-o primeiro para um chá, em privado...

– Eu alguma vez já me importei com falatórios, Teresa? – protestou Joana. – Eu sempre fiz o que me deu vontade, ora bolas! No entanto, nessa matéria... – Fez uma pausa... – Tu sabes que prefiro flertar em locais em que haja mais gente. É menos suspeito do que chás privados.

– Tu és muito má, Joana, ages como uma felina... – disse Teresa, sorrindo.

— Minha amiga, por favor, não penses tão mal de mim! Ademais, Fernando não está doente a ponto de não poder sair um pouquinho do quarto e vir para o salão, acompanhado dos criados. Todos vão entender que o meu objetivo é agradar e entreter o meu maridinho... – riu Joana, com ar de deboche. – Sempre ofereci essas festas e não vou desistir desse meu único prazer. Ademais, a vida continua. Não foi isso que tu mesma me disseste? Precisamos nos divertir!

— Ah, isso é verdade! Mas então, dize-me. O que aconteceu a Basílio? Não sabia que ele ainda estava em Lisboa. Não tinha ele sido enviado para as colônias africanas ou coisa assim, por conta da sua forte ligação com os jesuítas e o desapreço do Marquês de Pombal?

— E quase foi mesmo, pobre coitado. Mas Basílio é arisco, eu o conheço bem. Quando se viu enrascado, e que o marquês iria mesmo despachá-lo para Angola, resolveu safar-se escrevendo um epitalâmio para festejar o casamento de D. Maria Amália, que é filha do ministro, como sabes. O poema, aliás, é um primor. Foi muitíssimo elogiado por todos os que o leram.

— Ora essa! Esse marquês gosta mesmo de uma adulação! Então, pelo que dizes, bastou ao Basílio elogiar a filha para se ver livre do desterro? Custa-me crer que tenha sido assim. Pois se fosse, não haveria papel disponível para tanta poesia a ser escrita pelos inimigos do marquês!

— Mas é claro que não foi só isso, Teresa – retrucou Joana, rindo da observação da amiga. – A grande jogada de Basílio foi dedicar, atendendo a um conselho meu, o seu poema "Uraguay" ao irmão do marquês, Francisco Xavier de Mendonça Furtado. Aconselhei-o também a ser mais condescendente na parte em que fala dos portugueses e a colocar os padres jesuítas como vilões, para agradar ao nosso poderoso ministro. Tu sabes que Pombal há tempos vem perseguindo os jesuítas, que chama de exploradores dos índios brasileiros. Dito e feito! Ele agora é o mais novo queridinho da Corte.

— Que ótima notícia! Sabes o quanto gosto de Basílio. Tu és sábia, Joana. Não é à toa que todos esses poetas te adoram. Já estava a ficar preocupada com Basílio, andando de um lugar para outro, coitadinho, como um sem-pátria. Com aquele talento! E olha que ele também não é homem de se desprezar... Está certo que é um tanto baixo para o meu gosto, mas aquela pele morena, hummm... dá-me um *frisson*... – e piscou o olho para Joana. – Se eu pudesse, eu mesma o acolheria na minha casa... – disse, e ambas deram risadas.

— Tu és incorrigível, Teresa! Olhe lá que daqui a pouco teremos notícias por toda a Lisboa de que Basílio escapou do Pombal diretamente para a cama da condessa de Soure! Hahahahahaha!

– Neste momento, minha querida, isso seria impossível – disse Teresa, sorrindo. – A cama da condessa de Soure está ocupada, a menos que Basílio queira entrar na fila...

– Só tu mesmo, Teresa, para me fazer rir tanto assim! – exclamou Joana, dando gargalhadas. – Tens razão. É assim mesmo que devo pensar – continuou. – Não quero mais saber de doenças. Estou jovem e meu marido há de compreender. Vou organizar o sarau para breve, verás, e vai ser um sucesso. Vamos chamar todos os poetas brasileiros que estiverem em Lisboa e os nossos amigos portugueses. Vou escolher os melhores músicos e cantores, providenciar o banquete mais refinado e o melhor vinho. Vai ser uma noite memorável!

– Disso eu não tenho dúvidas. E tomara que o tal juiz de Sintra..., como é o nome dele mesmo?

– Inácio. Inácio José de Alvarenga.

– Pois. Tomara que ele venha! Estou ansiosa para conhecê-lo, acrescentou Teresa. Ainda mais depois desse teu interesse por ele, vamos ter diversão na certa!

– Ele vai vir, com certeza. Preciso dele para me auxiliar nas pendências em Sintra – disse Joana. – E, quem sabe, para alguma diversão a mais... Vou deixá-lo caidinho por mim, em pouco tempo, verás.

E ambas deram sonoras risadas.

***

Joana Isabel desfilava soberana pelo amplo salão do Solar das Picoas. Estava esplêndida no vestido de seda azul com bordados em pérolas que circundavam o generoso decote, revelando a curva dos seios e a alvura do seu colo, no qual se destacava um enorme camafeu em ouro trabalhado com pedras preciosas. Usava peruca alta, com aplicações de pequenas joias, como era moda na França. Pela ampla abertura em formato de gota na manga do vestido viam-se os seus braços bonitos, rosados, o que lhe conferia uma aparência sedutora. Estava radiante e seu entusiasmo e alegria a faziam parecer mais bonita do que realmente era.

Aquela noite tinha para ela um significado especial. Havia conseguido reunir em sua quinta as pessoas de maior destaque na sociedade lisboeta, as damas mais distintas, os maiores poetas, os melhores músicos, os ricos representantes da burguesia e da nobreza. O Marquês de Pombal não pôde ir, estava em viagem, mas ali compareceu o seu irmão, Francisco Xavier de Mendonça Furtado, ministro da Marinha e Colônias de Ultramar.

A condessa de Soure, magnífica em seu vestido escarlate, auxiliava Joana nas honras da casa. Juntas, resplandeciam em beleza, distribuíam sorrisos e afagos a quantos chegassem. D. Fernando, auxiliado pelos seus criados, por insistência da esposa circulou com um pouco de dificuldade pelo salão, cumprimentando com simpatia a todos. Rapidamente pediu licença para se retirar para os seus aposentos, de onde não mais saiu, deixando a anfitriã reinar absoluta naquela festa que, afinal, era somente dela.

Inácio José de Alvarenga Peixoto chegou acompanhado do médico e amigo Joaquim Inácio de Seixas Brandão e de Tibério Pedegache. Domingos dos Reis Quita, adoentado, não pôde ir. Os três conversavam animadamente e recebiam a atenção especial da condessa de Soure, que dizia estar encantada em conhecer o já afamado juiz de Sintra. Completamente embevecida, não se desgrudou um só minuto do grupo em que estava Inácio. Joana de vez em quando lhe lançava olhares furiosos e formulava pedidos velados para que se afastasse e circulasse mais no salão, recepcionando os outros convidados. *Estaria Joana enciumada?*, pensou Teresa, com um sorrisinho sarcástico.

Já ia animada a festa quando Joana Isabel pediu o silêncio dos presentes para uma pequena homenagem que prestaria ao seu nobre amigo, o poeta José Basílio da Gama.

— Meus amigos — disse Joana, chamando para si a atenção dos presentes. — Depois de tantos dissabores, que o fizeram viver momentos de verdadeira aventura nos últimos anos, o nosso querido poeta e hoje distinto convidado José Basílio da Gama finalmente conseguiu publicar o seu poema épico o "Uraguay". Em breve, estou certa disso, esse maravilhoso poema se tornará um dos grandes clássicos da língua portuguesa.

Fez propositalmente uma pausa, para que os convidados aplaudissem.

— Vou tomar a liberdade e pedir um favor especial a dois outros ilustres poetas — continuou Joana —, que hoje também nos honram com a sua presença, para que declamem para nós os sonetos introdutórios que ofereceram à obra de Basílio. São eles o brilhante juiz de Sintra, Dr. Inácio José de Alvarenga Peixoto e o talentoso médico, Dr. Joaquim Inácio de Seixas Brandão.

Os dois, surpresos, se entreolharam. Joana fez-lhes um elegante cumprimento com a cabeça, a que eles responderam com um assentimento.

— Como podemos recusar uma ordem dada com tamanha graciosidade por tão bela e ilustre dama? — indagou em voz alta Joaquim Inácio, com um sorriso.

Joana fez um gesto de agradecimento e logo declarou que, com isso, seria dado início a mais uma tertúlia poética em sua quinta. Os que frequentavam a casa sabiam ser esta a parte que mais lhe agradava nos seus saraus, completou, com entusiasmo.

Os convidados riram e tomaram seus lugares nos bancos e cadeiras que estavam estrategicamente espalhados pelo salão. O primeiro a declamar o poema foi o médico-poeta Joaquim Inácio Seixas Brandão:

> Parece-me que vejo a grossa enchente,
> E a vila errante, que nas águas bóia:
> Detesto os crimes da infernal tramóia
> Choro a Cacambo e a Sepé valente.
>
> Não é presságio vão: lerá a gente
> A guerra do Uraguay, como a de Tróia;
> E o lagrimoso caso de Lindóia
> Fará sentir o peito que não sente.
>
> Ao longe, a Inveja um país ermo e bronco
> Infecte com seu hálito perverso,
> Que a ti só chega o mal distinto ronco.
>
> Ah! consente que o meu junto ao teu verso,
> Qual fraca vide que se arrima a um tronco,
> Também vá discorrer pelo Universo.

A plateia aplaudiu animada, e Inácio Alvarenga também declamou o seu soneto:

> Entro pelo Uraguay: vejo a cultura
> Das novas terras por engenho claro;
> Mas chego ao Templo magnífico e paro
> Embebido nos rasgos da pintura.
>
> Vejo erguer-se a República perjura
> Sobre alicerces de um domínio avaro;
> Vejo distintamente, se reparo,
> De Caco usurpador a cova escura.
>
> Famoso Alcides, ao teu braço forte
> Toca vingar os cetros e os altares:
> Arranca a espada, descarrega o corte.
>
> E tu, Termindo, leva pelos ares
> A grande ação já que te coube em sorte
> A gloriosa parte de a cantares.

Os ouvintes gritaram entusiasmadas manifestações de vivas. Os dois amigos se abraçaram, estendendo o abraço também a José Basílio da Gama. Este, emocionado, com lágrimas nos olhos, afirmou a D. Joana que ela, patrona dos poetas de Lisboa, estava lhe proporcionando a noite mais feliz da sua vida. Os sonetos de Inácio Alvarenga e Joaquim Seixas Brandão não tinham por objetivo apenas saudar o poema que o amigo publicava. Representavam uma manifestação inequívoca de apoio político à ficção engendrada por Basílio, verdadeiro libelo em defesa das ideias e ações do Marquês de Pombal contra os jesuítas.

Em seguida Basílio pediu licença para que ele também fizesse uma homenagem.

– Primeiro, à nossa bela e sempre generosa anfitriã, D. Joana Isabel de Lencastre Forjaz, por nós conhecida e admirada como *Jônia*, musa inspiradora de tantos poemas. Essa homenagem se estende obviamente ao seu ilustre marido, o fidalgo D. Fernando Martins Freire de Andrade e Castro, que apesar da sua convalescência nos permite desfrutar da sua afamada hospitalidade. Segundo, à sua fiel amiga e nossa queridíssima condessa de Soure, a pastora *Márcia*, cuja beleza e formosura não nos cansamos de cantar em prosa e verso. E terceiro, mas não menos importante, ao ilustre Dr. Francisco Xavier de Mendonça Furtado, aqui presente, que foi governador do Grão-Pará e do Maranhão e agora é ministro da Marinha e Ultramar em Portugal.

E levantando a voz, num tom de orador, continuou Basílio, levando os convidados a escutarem em silêncio e com respeito:

– Honra-me dizer, não sei se é do conhecimento dos senhores, que no dia 6 de junho de 1755, uma lei promulgada por sua majestade o rei D. José I, quando o Dr. Francisco Xavier de Mendonça era governador do Grão-Pará e do Maranhão no Brasil, restituiu a liberdade aos índios que se encontravam sob a sua jurisdição! O Dr. Francisco Xavier teve papel importante na inspiração e, principalmente, no cumprimento dessa lei. Por isso mesmo, em um pleito de reconhecimento, a ele eu humildemente dediquei o poema "Uraguay", que retrata a bravura dos portugueses em suas guerras com os índios, padres e espanhóis no sul do Brasil. Os portugueses, como se faz ver o exemplo dado pelo governador Francisco Xavier, querem ver os indígenas brasileiros libertos e incorporados à nossa cultura. Queremos livrá-los da tirania daqueles que, sob o manto de missionários e o pretexto de catequizá-los, na verdade os escravizam. Lobos vestidos de cordeiros. Essa é a filosofia do seu irmão, o destemido Marquês de Pombal:

povoar aquele imenso território brasileiro com os seus elementos naturais, que aliados à bravura do povo português, seus irmãos, o manterão fora do domínio estrangeiro, seja espanhol, holandês ou francês!

O discurso era fortemente antijesuíta e pombalista como, aliás era o próprio poema de Basílio. Uma ode em que o verdadeiro protagonista era o Marquês de Pombal. A plateia, marcadamente pombalina, aplaudiu calorosamente. Francisco Xavier de Mendonça, sentado bem defronte a Basílio, sorriu com satisfação.

– De fato, Joana, Basílio definitivamente passou a rezar pela cartilha do Marquês de Pombal! – sussurrou Teresa, ao seu lado.

Empolgado, continuou Basílio:

– Vou ler apenas um pequeno trecho do Canto Segundo, pois não pretendo cansar-vos com um poema que é um pouco longo. Espero que os senhores me deem a honra de adquirir os exemplares, para ajudar esse pobre poeta a continuar a sua um tanto conturbada, diga-se, missão – completou, fazendo um gracejo, ao que todos riram. – Eis o trecho, que traz à baila a narrativa da batalha travada entre índios e conquistadores brancos. Nessa parte do poema o grande general Andrade dá liberdade aos índios e os abraça como se fossem seus filhos.

> Depois de haver marchado muitos dias
> Enfim junto a um ribeiro, que atravessa
> Sereno e manso um curvo e fresco vale,
> Acharam, os que o campo descobriram,
> Um cavalo anelante, e o peito e as ancas
> Coberto de suor e branca escuma.
> Temos perto o inimigo: aos seus dizia
> O esperto General: Sei que costumam
> Trazer os índios um volúvel laço,
> Com o qual tomam no espaçoso campo
> Os cavalos que encontram; e rendidos
> Aqui e ali com o continuado
> Galopear, a quem primeiro os segue
> Deixam os seus, que entanto se restauram.
> Nem se enganou; porque ao terceiro dia
> Formados os achou sobre uma larga
> Ventajosa colina, que de um lado
> É coberta de um bosque e do outro lado
> Corre escarpada e sobranceira a um rio.
> Notava o General o sítio forte,
> Quando Meneses, que vizinho estava,
> Lhe diz: Nestes desertos encontramos

> Mais do que se esperava, e me parece
> Que só por força de armas poderemos
> Inteiramente sujeitar os povos.
> Torna-lhe o General: Tentem-se os meios
> De brandura e de amor; se isto não basta,
> Farei a meu pesar o último esforço.
> Mandou, dizendo assim, que os índios todos
> Que tinha prisioneiros no seu campo
> Fossem vestidos das formosas cores,
> Que a inculta gente simples tanto adora.
> Abraçou-os a todos, como filhos,
> E deu a todos liberdade. Alegres
> Vão buscar os parentes e os amigos,
> E a uns e a outros contam a grandeza
> Do excelso coração e peito nobre
> Do General famoso, invicto Andrade.

O salão irrompeu em palmas. Basílio da Gama foi efusivamente cumprimentado ao terminar. Após ele, outros poetas tomaram a palavra, para dar continuidade ao recital. Antônio Dinis da Cruz e Silva, juiz auditor de Elvas e um dos fundadores da Arcádia Lusitana, começou a declamar o seu poema Hissope. Era um poema ainda não finalizado, mas que já despertava grande interesse pelo seu caráter cômico, ao retratar algumas figuras caricatas, principalmente personagens do clero em Elvas. Joaquim Inácio Seixas Brandão, entusiasmado, recitou mais alguns dos seus poemas.

Basílio olhou em volta, com emoção. Sentia-se recompensado, reconfortado por toda a atenção e honrarias prestadas por aquela seleta parcela da sociedade portuguesa presente ali no Solar das Picoas. Aquela noite tinha para ele um sabor de vitória. A história pessoal de Basílio tinha se convertido, nos últimos anos, em uma aventura digna de um romance. Não havia completado ainda 30 anos de idade, mas já tinha visto de tudo nessa vida. Reconhecia que era, sim, um *cavaleiro andante*, como no ácido poema que Correia Garção lhe havia dirigido, tempos atrás. Tendo sido entregue pelo seu tutor aos 15 anos de idade para estudar com os padres da Companhia de Jesus, nem bem tinha completado quatro anos de estudos junto aos jesuítas quando chegou ao Brasil o Decreto Real que determinava a expulsão imediata de todos os seus membros do território da colônia. De um dia para outro, sem que se lhes fosse dado prazo, sequer, para organizar a mudança, foram os padres jesuítas colocados de qualquer jeito em navios e mandados para os portos da Itália.

Dessa expatriação em massa escapou por sorte Basílio, que largou o hábito da Companhia de Jesus e foi continuar os seus estudos no Seminário de São José. Com o seu talento e brilhantismo, seu caráter ameno e afável e, principalmente, pela sua habilidade em contar anedotas, conquistou Basílio da Gama a amizade dos homens poderosos e ricos do Rio de Janeiro. Entre esses, ninguém menos do que Gomes Freire de Andrade, conde de Bobadella, que era o governador das capitanias do Rio de Janeiro e do Sul do Brasil. Em sinal da sua amizade e agradecimento pelo tanto que o ajudou, Basílio celebrou posteriormente os feitos do governador, o general Andrade, na campanha de retomada da Colônia dos Sete Povos das Missões, retratada no seu poema épico, o "Uraguay", que tinha acabado de declamar.

Do Rio de Janeiro, com o apoio de seus protetores, conseguiu Basílio partir para estudar em Lisboa onde, no entanto, viveu os primeiros tempos em estado de solidão e abandono. Não havia conseguido, apesar de tudo, se safar da pecha de ser amigo dos jesuítas, muito embora já tivesse deixado, há muito, de ser seguidor de Santo Inácio de Loyola. O poderoso ministro de D. José I, o Marquês de Pombal, declarou guerra aos padres da Companhia, de modo que qualquer um que com eles tivesse ligação acabaria fatalmente encarcerado em uma masmorra ou deportado para as colônias portuguesas na África. Ninguém ousava, nesse clima de verdadeiro terror, enfrentar o marquês.

José Basílio conheceu a miséria e o sofrimento em Lisboa. Ao saberem da lastimável situação do seu antigo e brilhante aluno, os padres dirigentes da Companhia de Jesus conseguiram que ele fosse mandado para a Itália, onde poderia encontrar melhor destino. A sorte então felizmente lhe sorriu. Encontrou Basílio na Itália um campo propício para que a sua inteligência e habilidade em se relacionar com as autoridades se expandissem e se aprimorassem. Não passou muito tempo e suas composições já faziam sucesso, motivo pelo qual acabou por ser admitido na Arcádia de Roma, reduto da intelectualidade e da nobreza italiana. Ali lhe deram o nome de *Termindo Sepilio*, com o qual se identificaria, a partir de então, em todas as suas produções literárias e poemas. Em Roma conheceu e travou amizade com outro mineiro, nascido próximo a Mariana, o padre José de Santa Rita Durão, que também fugiu de Lisboa em razão da perseguição do Marquês de Pombal. Foi um período proveitoso. Santa Rita Durão tinha já a ideia de escrever um poema com o tema indígena, para homenagear o Brasil – chamá-lo-ia "Caramuru". Basílio acabou por escrever o seu "Uraguay" antes dele.

Basílio tinha alma cigana. Embora estivesse bem estabelecido na Itália, sentia enormes saudades da sua terra natal. Resolveu arriscar-se e partir para o Rio de Janeiro, acreditando que os ânimos antijesuítas já tivessem se amainado. Esperava contar ainda com o apoio dos antigos protetores, bem como do vice-rei, o marquês de Lavradio que, embora fosse amigo próximo do Marquês de Pombal, não se tinha conhecimento de que fosse contrário aos jesuítas. Pois nem bem aportou no Rio de Janeiro, Basílio da Gama foi denunciado, preso imediatamente e reembarcado em navio de guerra para a capital do reino. Sequer teve oportunidade de avistar os seus amigos.

Chegando a Lisboa, após tantos infortúnios, foi obrigado a assinar um documento em que se comprometia a partir para Angola, no prazo de seis meses. Estava Basílio em estado de desespero, sem saber o que fazer, quando se lembrou do seu antigo colega das noitadas em Coimbra: Inácio José de Alvarenga, agora juiz em Sintra. Com a ajuda de Inácio, após publicar um *epitalâmio* em homenagem ao casamento de D. Maria Amália, a filha do marquês, conseguiu Basílio aproximar-se do temido ministro, com o que lhe conquistou a simpatia. Teve ele, obviamente, antes, que assegurar-lhe veementemente que nada mais tinha a ver com os jesuítas. Embora guardasse no fundo da sua alma a gratidão aos membros da Companhia de Jesus, que o acolheram quando estava desamparado em Lisboa, não havia como lutar contra o Marquês de Pombal. Que o chamassem de traidor, não se importava! Renegar o seu passado e as suas amizades na Companhia era uma questão de sobrevivência!

A comprovação da sua lealdade ao marquês veio com a publicação do poema "O *Uraguay*". Pombal tinha grande temor, desde que foi embaixador na Inglaterra, da possibilidade de perda das ricas colônias portuguesas. Incentivava, por todos os meios, a exaltação dos feitos de Portugal no além-mar, e o poema de Basílio se encaixava como uma luva nesse propósito. Era verdadeira peça publicitária! O ministro, portanto, ficou muitíssimo satisfeito com ele. Basílio sorriu, intimamente orgulhoso ao se relembrar de tudo o que havia lhe acontecido, da estrada que percorreu em sua vida até chegar àquele momento de glória. *"Um dia ainda vou escrever a minha história"*, pensou, satisfeito.

Ao se findarem os cumprimentos e recomeçar a música, aproximou-se cautelosamente de Basílio o seu irmão mais novo, Antonio Caetano Villas Boas. Há um ano estudando Teologia em Coimbra, Caetano tinha sido convidado pela própria Joana para ir ao Solar das Picoas participar da homenagem ao seu irmão. Ao contrário de Basílio, no entanto, que era espirituoso e possuidor de um caráter ameno e jovial, Caetano não atraía para si nenhuma simpatia – era sisudo, tinha um ar arrogante e cara de poucos amigos. Conquanto fosse esforçado, estudioso e tivesse se arriscado a escrever alguns versos, o resultado tinha sido pífio e medíocre. O fato de nunca ter conseguido qualquer destaque na vida social o mortificava e ele estava se revelando ser um rapaz rancoroso e arrogante. Invejava secretamente o irmão e, ciumento da nova roda de amigos que Basílio passou a frequentar, teve tempo ainda de o importunar, dizendo:

– Meu irmão, tu és um sucesso! Nosso velho pai ficaria orgulhoso se o visse aqui, nesse momento de glória! – afirmou Caetano, mal escondendo o seu despeito.

– Ora, o que é isso, Caetano. Tu exageras. Estou certo de que, em pouco tempo, quem orgulhará os nossos pais será tu – disse Basílio, com paternal carinho.

– Obrigado, irmão, sei o quanto tu desejas o meu progresso, assim como eu desejo o teu. E é por isso que me sinto na obrigação de adverti-lo contra as falsas amizades, que aparecem nessas horas de júbilo. Tomas cuidado! Tu, apesar de seres mais velho que eu, és muito inocente, Basílio. Crês que todas as pessoas são boas, quando na verdade ninguém se aproxima de ninguém sem ter algum interesse.

– Aonde queres chegar, Caetano? – perguntou com rispidez Basílio.

– Meu irmão, não precisas te exaltares comigo. Sabes que somente quero o teu bem.

– Sei, Caetano, tu és como um filho para mim. Sinto-me responsável pela tua formação. Mas tu tens que parar com essa mania de ver sempre o lado negativo das pessoas.

– Basílio, Basílio, abre o teu olho! Repara. Tu vês ali o Inácio Alvarenga? – disse Caetano, com cuidado, em tom de intriga. – Aquele é um dos que estão pegando carona no teu *"O Uruguay"*. Ele é um poeta menor, ninguém presta atenção nele, a não ser pelo fato de ser juiz. Todos aqui sabem, aliás, que ele somente conseguiu esse cargo por causa da interferência do pai de Tomás Antonio Gonzaga, de quem se diz parente. Mas nem bem fez o seu papel na magistratura e já está aqui, sendo cortejado pela anfitriã e pelas autoridades, recebendo parabéns por um sonetinho que *tu* lhe deste a honra de colocar na apresentação do teu grande poema.

Basílio olhou para o irmão de soslaio e com certo pesar. Sabia que Caetano, embora muitas vezes se hospedasse na casa de Inácio em Sintra, não demonstrava nenhuma simpatia por ele. No fundo, Caetano nutria um sentimento de disputa e, por que não admitir, de inveja em relação a Inácio, que Basílio não conseguia entender.

– Caetano, peço-te encarecidamente que não repitas mais isso. Sabes como gosto de Inácio, que me recebe, e também a ti, como a um parente em sua casa de Sintra. Devo a ele favores que tu nunca conseguirás compreender. Além disso, Inácio não precisa de mim para conseguir fama ou reconhecimento. Ele é querido de todos os que o conhecem. Boa pessoa, bom amigo e, devo dizer-te, sempre me socorre quando eu estou em apuros. Gostaria que tu tivesses mais consideração com ele, faz-me esse favor, em nome do sangue que nos une! – disse, com um tom exasperado na voz.

– Tudo bem, Basílio, tu és o mais velho de nós, sabes o que dizes. Não vou te contradizer. Mas aguarda que um dia me darás razão.

Basílio balançou lentamente a cabeça, em desaprovação. Realmente, não conseguia entender essa antipatia gratuita de Caetano. E, o que era pior, não era somente com Inácio, mas também com qualquer outro brasileiro que se tornasse seu amigo ou que se destacasse de algum modo. *Pobre Caetano*, pensou, *crê que conseguirá tudo sozinho. A vida ainda vai lhe ensinar o valor das amizades.*

Havia outras pessoas querendo cumprimentá-lo e comentar o poema, de modo que Basílio desviou a sua atenção desses pensamentos desagradáveis para se concentrar naquele momento que para ele era tão precioso. Caetano, vendo o irmão entretido em outra conversa, afastou-se, indo cortejar uma das damas que se encontravam sentadas ao fundo do salão.

A música enchia o ambiente com sons de harpa, flauta e clavicórdio. Os pares começaram a se formar para o minueto. Inácio gentilmente convidou a condessa de Soure para lhe fazer par em uma dança, ao que ela aquiesceu, encantada.

– Posso ter a honra de dançar com a dama mais esplêndida deste salão? – perguntou Inácio, oferecendo a mão a Teresa, com um sedutor sorriso.

– A honra é toda minha, senhor juiz. Mas fingirei não ter ouvido nada a respeito do "mais esplêndida" – disse Teresa, com um sorrisinho cúmplice. E segredou, em um sussurro: – Há outras damas aqui que não gostariam nada de pensar nisso...

Inácio olhou para a condessa sem entender e sorriu de volta, iniciando a contradança.

Estava Teresa dançando alegremente com o juiz de Sintra e a conversa entre eles estava tão agradável que nem reparou que Joana, logo atrás, a fulminava com os olhos. A anfitriã, que fazia o minueto com o conde de Alva, aproximou-se mais e fez a Teresa um imperceptível sinal para trocarem de par. Embora visivelmente contrariada, mas sabendo das pretensões da amiga, Teresa habilmente sugeriu a Inácio que convidasse Joana para uma contradança. Para ajudá-la ainda mais, dirigiu-se encantadoramente ao conde de Alva, no intervalo da música e, oferecendo-lhe a mão, suplicou-lhe o prazer de um minuto da sua conversa inteligente e agradável.

Inácio, embora sem compreender de início a mudança de comportamento de Teresa, com elegância fez um cumprimento a Joana, convidando-a para dançar uma quadra do minueto.

Houve mais de uma contradança entre Joana e Inácio, sobre quem a musa dos poetas jogou todo o charme de que era capaz. De início desconfiado com a atenção e indiscutível flerte que lhe dirigia descaradamente a bela dama, a qual sabia ser casada, Inácio acabou por se deixar envolver pelo clima de excitante pecado que havia naquela nova conquista. E assim o animado sarau transcorreu, entre poemas, músicas e trocas de olhares provocadores e insinuantes entre a anfitriã e o juiz de Sintra.

Para coroar o final da noite, Domingos Caldas Barbosa, o padre brasileiro baixo e gorducho, de aspecto bonachão e engraçado, pegou a sua viola, a famosa "viola do Lereno" e, atendendo a inúmeros e insistentes pedidos, começou a cantar as suas já célebres modinhas brasileiras. Fazia também brincadeiras com os convidados, contava anedotas e, de vez em quando, dançava ao som das próprias músicas. Há tempos Lisboa não via uma festa tão boa como aquela – era o comentário geral. Ao final, com os convivas já excessivamente alegres e alterados pelo vinho, que corria em baldes, Joana convidou-os para dali a duas semanas se encontrarem novamente. Teriam uma relaxante e deliciosa tarde de domingo em sua quinta. Propôs que se realizasse um piquenique nos campos, onde todos se vestiriam como pastores e pastoras e revelariam seus nomes arcádicos. Seria uma recriação da Arcádia grega! Mais uma vez, a anfitriã foi vivamente ovacionada.

***

No dia ajustado, compareceram poetas, musas e amigos aos verdes campos da Quinta das Picoas, onde foi armada uma grande tenda, ornada com flores do campo, lírios e rosas brancas, envoltos em verdes ramos de folhagem. O cenário, que havia consumido alguns contos de réis, imitava uma aldeia, reproduzindo a paisagem idílica da região da Grécia, inspiradora dos árcades. Foram colocadas pequenas cabanas, nas quais o serviço de cozinha era executado por criados vestidos como camponeses. Mais adiante havia um pequeno curral, onde vacas brancas e limpas produziam leite, despejado em jarras de porcelana. Ovelhas e carneiros pastavam calmamente nos arredores, vindos das propriedades de D. Fernando ao norte de Portugal. Embaixo da tenda, para fugir ao calor do sol, foram colocadas grandes toalhas, dispostas elegantemente com almofadas para o assento, cestas de vime e copos de cristal em bandejas de prata, para a realização do sofisticado piquenique.

Todos os convidados estavam vestidos como pastores e pastoras. As mulheres abandonaram os seus vestidos de sedas e cetins e usavam vestidos de algodão e gaze branca, adornados com flores e laços de fitas. O mesmo adereço era colocado nos cabelos, trançados como se imaginava ser o penteado das antigas pastoras gregas. Os homens vestiam calções folgados, de tecido grosso de algodão, curtos e amarrados na altura dos joelhos, com camisas brancas e chapéus do tipo camponês.

A rainha Maria Antonieta, da França, promovia os mesmos encontros arcádicos na paisagem verdejante do Castelo de Versailles, mais precisamente no seu retiro do Petit Trianon. Ela era a inspiração de Joana Isabel, que adorava imitar as modas da controvertida rainha e da sua faustosa corte. Para dar mais realismo à atmosfera criada, cada um dos convivas adotou o seu nome pastoril com que assinava as suas composições poéticas. Eles vinham identificados por cartõezinhos afixados nas roupas com graciosos alfinetes: Joana Isabel era *Jônia*; Teresa era *Márcia*; José Basílio da Gama era *Termindo Sipílio*; Domingos Caldas Barbosa era *Lereno Selinuntino*; Manuel Inácio Silva Alvarenga era *Alcindo Palmireno*; Antônio Diniz da Cruz e Silva era *Elpino Nonacriense*; Miguel Tibério Pedegache Brandão Ivo era *Almeno Tagídio*; Inácio José de Alvarenga Peixoto era *Eureste Fenício*, e assim por diante.

Conforme combinado, haveria uma sessão de improvisação poética, em que cada um daria um mote a glosar, ou seja, um assunto ou tema para que o outro o desenvolvesse com versos e rimas. Domingos Caldas Barbosa, o *Lereno*, declamou um poema de sua autoria, em que celebrava a beleza de *Jônia*, comparando-a com *Márcia*, a condessa de Soure. Nos seus versos igualava-as às deusas gregas e presenteava as duas mulheres com uma cascata de elogios. A Dama das Picoas respondeu com um soneto:

> Não me engana o espelho cristalino,
> Nele vejo, ó Lereno, o meu defeito;
> Mas nem sinto inveja o baixo efeito

> Nem infeliz por isso me imagino.
> Quando vejo o semblante peregrino
> Da bela Márcia, então louvo e respeito
> A sábia Providência, que tem feito
> Uma prova do seu poder divino.
>
> Longe de mim a mísera fraqueza
> Do gênio feminil, que não consente
> Ouvir jamais louvar outra beleza.
>
> A sorte repartiu prodigamente:
> À bela Márcia graça e gentileza,
> A mim bom coração; estou contente.

A anfitriã foi cumprimentada pela vivacidade dos seus versos, além de exaltada no seu desprendimento e modéstia. Mais alguns motes se seguiram e logo depois os convidados se dispersaram, agrupando-se ao redor das toalhas de piquenique e mesinhas, onde criados com luvas brancas serviam refrescos, frutas e quitutes. Formaram-se rodas em que alguns jogavam *twist*, uns conversavam e outros simplesmente descansavam nas almofadas, olhando a beleza da paisagem e desfrutando daquela tarde morna de domingo em Lisboa.

Joana Isabel procurou Inácio com os olhos e o viu sentado mais adiante, a conversar com Manuel Alvarenga. Desvencilhou-se polidamente dos que faziam comentários sobre o Marquês de Pombal e se dirigiu sozinha para um local um pouco afastado, onde havia sido colocada uma cadeira de balanço à sombra de frondosa árvore. Encontrava-se ali sentada, pensativa e solitária, quando Inácio Alvarenga aproximou-se silenciosamente por trás, trazendo-lhe uma singela flor do campo. Ela fingiu ter quase morrido de susto, mas na verdade já o esperava e tinha provocado essa aproximação.

— Não sabia que a senhora versejava tão bem, pastora *Jônia* — disse Inácio, usando o seu nome arcádico. — Parabéns por métrica e rima, dignas de grande poetisa!

— Ora, meu caro *Eureste Fenício*, não mereço tantos elogios — respondeu, estendendo-lhe a mão para apanhar a flor, que ele galantemente lhe oferecia. — Deixa-me dizer-te um segredo. E aproximou-se do seu ouvido para lhe sussurrar: — Eu combinei antes com *Lereno*! — E riu.

— Vejo que a tua modéstia somente perde para a tua beleza e carisma, idolatrada *Jônia*!

Joana fingiu estar envergonhada.

— O Dr. juiz me faz corar! Obrigada pela gentileza.

— Gostaria de dizer-te muito mais coisas, D. Joana — disse Inácio, aproximando-se. — Fosse-me permitido, eu derramaria um mundo de elogios aos teus graciosos pés.

— Ah, Dr. Alvarenga — suspirou Joana. — Sou apenas uma pobre mulher, presa na minha involuntária solidão em face da doença do meu esposo! Não me creio capaz de ainda alvejar qualquer coração — lamentou, abaixando os olhos.

— Tu continuas na tua inimitável modéstia, pastora. Sabes que muitos corações aqui são teus! Creio que não te ofendo se te disser que o mais apaixonado deles é o meu — sussurrou Inácio, aproximando-se mais e segurando a mão de Joana, em cuja palma depositou um beijo.

Ela sentiu um arrepio percorrer-lhe todo o corpo. Olhou apaixonadamente para ele, as faces coradas, os olhos úmidos de desejo. A distância em que estavam dos demais, auxiliada pela espessa folhagem que os encobria dos olhares curiosos encorajaram Inácio a puxá-la para si e envolvê-la com os braços, enquanto suspirava, com olhos ardentes:

— Ah, Joana, Joana! Tu me matas de aflição! Desde aquela noite da reunião em tua casa que tu não me sais do pensamento. Estou louco de paixão. Perdoa-me por te desejar tanto...

Lânguida, ela lhe ofereceu os lábios entreabertos e molhados, que ele beijou sofregamente. A cabeça dela girava, enlouquecida de prazer, enquanto ele lhe beijava a boca, os braços, o colo. Sentia o corpo todo tremer, com uma urgência desesperada de desejos e sensações esquecidas há longo tempo. Ele lhe fazia lembrar o quanto o seu corpo estava sedento e ansioso por essas emoções, as quais Joana nunca tivera coragem suficiente de satisfazer.

— Inácio, preciso dizer-te que pares, mas não quero. Os outros... vão nos ver... — murmurou Joana, entre gemidos abafados.

— Não, minha querida, estamos seguros aqui... não te preocupes... — sussurrou, beijando-a. — Nenhum poeta, apaixonado como eu, vendo-te aqui sozinha e tão maravilhosamente bela, resistiria aos teus encantos.

— Ah, Inácio, tu me provocas, tu me excitas... o que pode fazer uma frágil mulher, seduzida assim por um pastor tão ardente... — e abriu-lhe novamente os lábios para um demorado beijo. — Mas... tenho receio — continuou —, meu marido doente... — dizia, entre gemidos, enquanto se soltava nos fortes braços dele, cuja boca percorria lentamente o seu pescoço e nuca.

Encostados no tronco da frondosa árvore, longe da visão dos convidados, Joana e Inácio se entregaram às mais ousadas e íntimas carícias. A leveza do traje pastoril de Joana facilitava o movimento das mãos másculas e fortes de Inácio, que percorriam todo o seu corpo, arrancando-lhe suspiros de prazer.

– Joana, Joana – balbuciava Inácio – tu serás para sempre a minha musa...

Estavam assim completamente absortos em sua paixão quando ouviram barulho de gente se aproximando e rapidamente se recompuseram. Ainda meio tontos, conseguiram sabe-se lá como simular uma conversa amena. Teresa vinha a passos lentos, com o olhar desconfiado. Joana ainda trazia o rosto afogueado, mas disfarçou abanando-se com o leque. Simulando seriedade ao erguer-se e, aumentando o tom de voz, perguntou a Inácio:

– Mas então, Dr. Alvarenga, tens notícia de como está o Quita? Não veio hoje e fui informada de que ele está seriamente doente.

– Sim, está, D. Joana – respondeu Inácio, pigarreando. – Passei pela casa de D. Teresa Teodora de Aloim, onde ele está hospedado, antes de vir para cá. Infelizmente, as notícias não são boas. Creio que nosso amigo não ficará mais muito tempo entre nós...

Joana então se virou para Teresa, como se a visse naquele momento.

– Teresa, querida. Estava aqui conversando com o nosso juiz de Sintra, o poeta *Eureste Fenício*, perguntando-lhe sobre o Reis Quita. Soubeste que ele está doente?

– Ah, sim, soube ontem, pelo Dr. Joaquim Inácio – respondeu Teresa, aproximando-se e olhando para ambos, com um sorrisinho cúmplice. Ele o tem atendido gratuitamente. Mas Quita não tem passado dificuldades. O marido de D. Teresa – Dr. Baltazar, também é médico e, pelo que sei, cuida com zelo do nosso poeta.

– Pobre Quita! – exclamou Joana. – Quantos sofrimentos não terá passado nesta vida. Desde pequenino, a mãe com tantos filhos e ele tendo que trabalhar como cabeleireiro para sustentar a todos eles. Quantas privações, meu Deus!

– Sim, mas o talento venceu as adversidades – retrucou Teresa. – Vejam que mesmo sem nenhum estudo formal, por autodidatismo, produziu aqueles versos tão sublimes, de tanta delicadeza. Ele é melhor do que muitos que se arrogam em poetas cultos, e não são capazes de formular um verso sequer que inspire emoção.

– É, senhoras, de fato – ajuntou Inácio, ainda um tanto surpreso com a capacidade de dissimulação daquela que, minutos antes, estava nos seus braços. – Para compor é preciso emoção e sensibilidade. A técnica é apenas um complemento, mas ainda que no início não tivesse os recursos necessários, Quita a alcançou por seus próprios esforços, o que é notável! O seu falecimento – se isso ocorrer, e eu sinceramente espero que não – será uma perda irreparável para a literatura portuguesa. Eu, da minha parte, perderei um grande e querido amigo, o que me dará muita tristeza.

– Lamento muito, Dr. Alvarenga – ajuntou Teresa, realmente comovida. – Sei o quanto o senhor é ligado a ele, como a Pedegache. E pensar que seja uma triste fatalidade o poeta Correia Garção estar provavelmente a definhar na prisão do Limoeiro, enquanto o seu dileto discípulo, o Reis Quita, por sua vez, também esteja a padecer, doente em um leito.

– Toda a situação é muito triste, de fato, D. Teresa – afirmou Inácio. E voltando-se para Joana, perguntou: – Por falar nisso, como está o vosso esposo, D. Joana?

– Sinto dizer que ainda não está muito bem. – E suspirou, fingindo ter sentido uma indisposição, com o que Inácio delicadamente a segurou. – Acho que devemos voltar para tomar um refresco – disse Joana – o calor está insuportável!

Caminharam os três em silêncio em direção à grande tenda do piquenique e Teresa olhava de vez em quando para os dois, de soslaio. Ao se juntarem ao grupo, Joana já havia recuperado o seu papel de anfitriã alegre e encantadora, flertando com Basílio, dando motes a Domingos, rindo com o outro Inácio, o Manuel Silva Alvarenga, jogando cartas com as senhoras. Teresa apenas a observava, de longe, e ria para si mesma: *"Como é esperta, essa Joana!"*.

Inácio ficou por ali por mais um tempo, cantou um dueto com Domingos Caldas Barbosa e logo depois pediu licença à anfitriã para se retirar, pois tinha que retornar a Sintra. A partir desse dia, o dedicado e atencioso juiz começou a frequentar regularmente a Quinta das Picoas. A pretexto de auxiliá-la a resolver questões legais, deixava-se ficar por horas, a tomar o chá da tarde a sós com sua *Jônia*, a musa a quem passou a dedicar a maior parte dos seus poemas. Eram tardes tórridas, de amores voluptuosos, em que o reposteiro da pequena sala que dava vista para a varanda era cuidadosamente fechado pelas discretas mãos de Lindaura, a mucama de Joana. Ela ficava afastada, de prontidão para qualquer chamado da patroa, enquanto os demais criados eram dispensados para outras atividades, do lado de fora da quinta.

D. Fernando, repousando no seu leito, aos poucos ia sendo levado pela morte. Nada suspeitava da sua alegre e amorosa esposa. Nunca deixou de amar aquela mulher, a quem conheceu menina e se transformou em mãe e esposa exemplar. Guardava ainda na memória a imagem daquela moça franzina, com os cabelos arrepiados, olhar brejeiro. Já era homem feito, um respeitável senhor abatido pela viuvez, quando viu a encantadora Joana Isabel pela primeira vez. Decidiu logo que ia desposá-la. Como ela o tinha feito se sentir jovem! Com ela desfrutou, na calma e aconchego do lar, os momentos mais felizes e tranquilos da sua vida. Joana, sua doce e suave esposa!

Enquanto isso, na outra ala da enorme mansão, a irrepreensível Dama das Picoas gemia nos braços de um homem experiente, que lhe revelava sem pudores prazeres que até então lhe eram desconhecidos. As tardes no solar nunca mais seriam as mesmas desde que o nobre juiz ali colocou os seus pés. Ambos vivenciaram a paixão que antes era apenas uma rima nos seus poemas. Joana era inteligente, espirituosa, ardente, e Inácio viveu o tumulto e a incerteza do seu primeiro amor adúltero.

ROMANCE, DÍVIDAS E CRIME
Sintra

> *Benigno Amor, os ímpios que te ofendem*
> *E contra teus decretos se conspiram,*
> *É porque os laços inda não sentiram*
> *D'estas doces cadeias que me prendem.*

"Soneto XXIX", Domingos dos Reis Quita

A tuberculose levou Domingos dos Reis Quita, trazendo tristeza, para o seu grupo de amigos e admiradores. Havia rumores de que a morte de Quita não tinha sido natural. D. Teresa Teodora de Aloim, em casa de quem Quita se recolheu para tratamento da doença, sempre foi a musa inspiradora dos seus apaixonados poemas – a *Tircêa*. No entanto, por uma virada inexplicável do destino, Teresa Aloim, que também amava Quita, casou-se com o médico Baltazar Tara, cientista dado a experiências farmacêuticas. Dr. Baltazar aceitou cuidar de Quita em sua casa, e embora se desvelasse em tratamentos ao seu suposto rival, vivia corroído pelos sentimentos de incerteza quanto a serem ou não os amores do seu paciente correspondidos pela sua esposa.

Até 1755, ano do grande terremoto, Quita somente tinha a profissão de "peruqueiro" para se manter. Profissão, aliás, de certa importância em uma época em que as perucas faziam parte da indumentária dos homens e mulheres elegantes. A qualidade das perucas utilizadas por um cavalheiro ou uma dama era não só sinal de *status*, como de posição social. E para ostentar uma bela peruca necessitava-se de um bom cabeleireiro. O exercício da profissão de peruqueiro foi, portanto, um fator importante para que Quita se aproximasse das pessoas influentes na Corte. Somente assim ele teve a oportunidade de demonstrar uma outra qualidade na qual possuía maior habilidade e que lhe era muito mais cara: a de fazer versos. Foi por intermédio da influência do conde de São Lourenço, protetor nos momentos difíceis, que Domingos dos Reis Quita foi admitido na seletiva Arcádia Lusitana e ali se tornou um respeitado membro.

Um sobrinho de Quita revelou aos amigos a dúvida sobre se a morte do poeta não teria sido por envenenamento, em razão dos ciúmes do médico. Ninguém, no entanto, nunca comprovou esse fato. O pobre Quita, que tanto sofreu em vida por conta da sua origem humilde – *o cabeleireiro do Pasteleiro*, como era chamado, em razão do local onde morava – morreu deixando obra digna dos melhores letrados. Pedegache, seu fiel amigo, começou a colecionar os seus poemas para uma publicação póstuma, como última homenagem ao talentoso poeta.

Alguns meses depois, falecia o marido de D. Joana Isabel, D. Fernando Martins Freire de Andrade e Castro. Deixava para a esposa imensa fortuna em bens, propriedades rurais e urbanas, escravos e joias. No seu testamento, no entanto, entre declarações de amor eterno, um último e singelo pedido: que Joana não se casasse outra vez. Tal gesto, curiosamente, teve uma estranha repercussão no comportamento de Joana. Instalou-se no seu coração a dúvida sobre se o falecido marido fazia essa exigência por vingança, por ter tido o desgosto de saber que ela o traíra. Gostava do marido, sentia por ele um grande carinho e nunca quis magoá-lo. Ao pensar assim, sentiu remorsos. Começou então a ter uns tremores nervosos inexplicáveis. À noite tinha um sonho recorrente, em que o fantasma do esposo caminhava lentamente pelos corredores da mansão e a surpreendia nos braços de Inácio. Acordava no outro dia agitada, molhada de suor. Chamou um médico, que diante do seu ótimo estado geral de saúde apenas lhe receitou um remédio para acalmar os nervos. Teresa a visitava regularmente e a consolava, dizendo que nada daquilo era verdadeiro, que sossegasse. D. Fernando nunca soube de nada – dizia – morreu na firme certeza de que a esposa lhe fora fiel.

Apesar do consolo de Teresa, essas suposições trouxeram enorme apreensão a Joana, que acabou por se sentir enfraquecida, sem vontade de fazer mais nada. Recolheu-se ao seu luto nas Picoas e, para surpresa do amante, recusou-se peremptoriamente a recebê-lo em sua casa. Por várias vezes Inácio transpôs os portais da quinta, insistente, em busca de Joana. Os criados não o deixavam entrar. Ele lhe escrevia cartas e poemas, suplicando a sua atenção. Ela lhe enviava bilhetes curtos, em que pedia que compreendesse o seu estado e se afastasse.

Alguns dias assim se passaram, até que Inácio, elegante e educado, achou melhor deixar Joana entregue à sua solidão e respeitar o seu luto. Não deixou, porém, de intimamente se sentir ofendido em seus sentimentos. Por que motivo não queria vê-lo? Não eram cúmplices? Ela não havia lhe jurado, em seus braços, amor eterno? Queria estar com ela, consolá-la, distraí-la. Mas Joana não cedia e ele chegou à conclusão de que ele próprio é quem deveria se distrair, para esquecê-la. Por mais que a desejasse, ele era jovem, bem posto e havia outras mulheres que esperavam a sua companhia. *Lisboa oferecia muitos divertimentos e, afinal, não havia apenas Joana*, pensava, para se convencer.

Por vezes se encontrava com Teresa, a condessa de Soure, para se lamentar do descaso de Joana. Ela o consolava propositadamente, aproximando-se mais e mais. Nunca deixou de se sentir atraída pelo juiz de Sintra e ali estava uma boa oportunidade para ficar com ele. Joana o estava desprezando, portanto, pensava Teresa, não se importaria se ela desfrutasse um pouco da sua companhia. Bom conquistador que era, Inácio não se opôs aos encantos da nova amiga, cuja beleza, charme e simpatia eram notórias. Tiveram um pequeno romance, sem compromisso, afinal, ambos estavam desimpedidos, livres para se divertir. O breve relacionamento foi o suficiente para motivar a veia poética de Inácio, que compôs um belo soneto celebrando as qualidades de Teresa e lamentando o luto de Joana:

> Chegai, ninfas, chegai, chegai, pastores,
> Que inda que esconde Jônia as graças belas,
> Márcia corre a cortina das estrelas,
> Quando espalha no monte os resplandores.
>
> Debaixo dos seus pés brotam as flores,
> Quais brancas, quais azuis, quais amarelas;
> E pelas próprias mãos lhe orna capelas,
> Bem que invejosa, a deusa dos Amores.
>
> Despe a Serra os horrores da aspereza,
> E as aves, que choravam até agora,
> Acompanhando a Jônia na tristeza,
>
> Já todas, ao raiar da nova aurora,
> Cantam hinos em honra da beleza
> De Márcia, gentilíssima pastora.

O soneto, declamado com entusiasmo na roda dos poetas, acabou por chegar ao conhecimento de Joana, que ficou enfurecida com o comportamento da amiga. *Como ela teve coragem de agir assim, pelas suas costas?* O pior para Joana, no entanto, foi a suspeita de que Teresa estaria provavelmente tomando o seu lugar no coração de Inácio. Isso a mortificou. Ainda estava apaixonada por ele, por quem sentia uma forte atração física. Tudo isso minou as resistências de Joana e encurtou o seu luto. De fato, não se poderia imaginar que o coração de uma mulher jovem, que ainda não havia completado 30 anos de idade, resistisse eternamente às solicitações do amor. Resolveu procurá-lo e tentar reatar o relacionamento que ela mesma, estupidamente e por excesso de escrúpulos, segundo agora reconhecia, rompera.

Escreveu-lhe uma longa carta, pedindo-lhe perdão. Não obteve resposta. Aguardou por mais um dia, sem sinal da parte dele. Não conseguiu mais esperar. A agonia que sentia era imensa. Mandou preparar a sua carruagem e dali foi até o hotel onde Inácio se encontrava hospedado naqueles dias, no centro de Lisboa. Encontrou-o calmamente sentado no salão de entrada, enquanto tomava um café e lia o jornal do dia. Não houve cerimônias da parte de Joana – já tinha aguardado tempo demais. Caiu nos seus braços. Ali mesmo, entre beijos apaixonados e promessas de amor eterno, os dois se reconciliaram, para a tristeza da condessa de Soure.

Rumaram logo depois para Sintra, onde Joana, a pretexto de descansar, avisou aos amigos que iria passar uma temporada na serra. Assegurou a todos, como desculpas, o seu desejo de se afastar para administrar melhor a sua propriedade durante esse período e cuidar dos procedimentos legais para o inventário dos bens deixados por D. Fernando. Não obstante o estranhamento pela sua atitude, em face da sua recente viuvez, todos compreenderam imediatamente o seu verdadeiro objetivo. Mas na dissimulada sociedade portuguesa, que primava pelo culto às aparências, o retiro de Joana foi tido como plenamente justificado.

Sintra era o cenário ideal para se converter em ninho de amor para o casal de poetas. Foi um período em que ambos se encontravam apaixonados, deliciando-se em passar horas a fio em completa solidão na espaçosa e confortável casa que Joana possuía na serra. Envolvidos no seu idílio amoroso, saciavam os seus corpos naquela ânsia de desejo urgente, não admitindo outra interrupção que não fosse o gorjeio dos pássaros ou o serviço dos criados, se e quando solicitado. Nos finais de semana saíam os dois para passear a cavalo, em românticas excursões pela serra de Sintra. Levavam provisões para piquenique e estendiam toalhas embaixo das árvores centenárias que compunham a idílica paisagem da serra. Faziam amor nas pradarias verdejantes, como dois adolescentes que estivessem a descobrir a vida. Tomavam banho nos riachos e cascatas de águas cristalinas que corriam generosamente pela serra, em quase toda a parte.

Inácio estava completamente apaixonado por sua *Jônia*, a quem dedicava poemas e canções, cantadas por ele mesmo, na varanda da casa de Joana, sob o céu limpo e estrelado de Sintra. Joana, que no início do relacionamento pretendia apenas mais uma conquista, sem maiores consequências que não fosse a satisfação da sua vaidade e o divertimento para a sua solidão, viu-se de uma hora para outra mergulhada em um amor sensual, lascivo e envolvente. Nunca Joana havia tido um amor como aquele, mesmo nos tempos iniciais do seu casamento com D. Fernando. A verdade é que quando conheceu o seu marido, e se casou logo depois, ela era apenas uma menina, com pouco mais de 13 anos de idade. Nada sabia sobre a vida ou sobre o amor. Em seguida vieram os filhos, e Joana se fechou no seu casulo doméstico, não conhecendo outra felicidade que não fosse o dia a dia com as suas crianças. Depois vieram as festas, a vida social, que a fizeram despertar para a sobrevivência em uma sociedade na qual as pessoas viviam das aparências e valiam pelo que ostentavam de riqueza e poder.

Quanto ao prazer íntimo, Joana nunca soube o que realmente significava. O relacionamento sexual que conhecia até então, com Fernando, era formal e cerimonioso, na escuridão do quarto, embaixo dos finos lençóis de linho bordado. Fernando era homem de hábitos familiares austeros, reservado na demonstração de afeto mesmo na intimidade do quarto do casal. Inácio, ao contrário, lhe apresentou um mundo de sensações completamente novo. Ele era um amante exigente, insaciável, intenso, mas ao mesmo tempo romântico, gentil e tinha charme suficiente para conquistar a mulher que lhe interessasse. Os remorsos, portanto, que porventura restaram dos primeiros dias de viuvez foram logo dissipados pelo fogo de uma paixão que devorava a ambos.

Apenas se notava uma sutil mudança no comportamento de Inácio. Mais amadurecido, principalmente depois do atrapalhado episódio com a Zamperini, ele agora, escaldado pelo perigo, não abandonou as suas atividades profissionais, que cumpria com rigor. Não desprezava a lembrança da época em que ele por pouco não foi afastado do cargo de juiz, em razão dos dias seguidos que ficava sem aparecer no fórum. Mesmo porque, o objeto do seu amor e desejo estava logo ali, bem perto, e ele saía do trabalho e ia direto para os braços de Joana, de quem somente se despedia tarde da noite. Pernoitava em sua própria casa em Sintra, providência que considerava prudente para manter as aparências, o que de nenhum modo prejudicava os seus encontros.

Os portões da Quinta das Picoas ficaram provisoriamente fechados nesse período de idílio amoroso da sua dama, para desgosto dos seus frequentadores. A sua adorável anfitriã deixou de encantar os salões e saraus literários para se dedicar totalmente ao seu novo amor.

***

Mas as paixões são como o fogo: depois das chamas que a consomem, há o calor das brasas que acabam por se transformar em cinzas. Passado o auge do idílio, a vida tinha que seguir o seu rumo. O romance com o jovem juiz era lindo e empolgante, mas Joana tinha cinco filhos a esperar por ela na sua casa das Picoas. Voltou ao solar para retomar a sua rotina, assenhorear-se dos bens herdados, cuidar da prole e, porque isso fazia parte da sua natureza, novamente abrir os seus salões. Perdoou Teresa. Afinal, ela sempre foi uma amiga dedicada e leal. Nunca deixou de lhe dar apoio e consolo nas horas mais difíceis. Quanto ao namorico da amiga com Inácio, bem, vá lá que ela foi muito afoita. Nem esperou o seu caso com ele esfriar! Mas ela sempre soube da fraqueza de Teresa pelo sexo oposto. E, sendo sincera consigo mesma, ela própria contribuíra para jogar Inácio nos braços da outra.

Inácio chegou a propor-lhe casamento, que ela habilmente recusou. Seus sentimentos, por mais fortes que fossem, não eram capazes de lhe tolher a razão. Agora que estava liberta das amarras do casamento, não iria cometer a tolice de se prender de novo. As novas emoções que Inácio lhe despertou a fizeram perceber o mundo sob um aspecto novo e lhe deram a exata noção daquilo que ela, livre e com a fortuna que herdou do marido, poderia conquistar. Agora compreendia melhor porque Teresa nunca aceitou se casar novamente, mesmo tendo recebido várias propostas. Por isso, apesar de formalmente desimpedida, já que estava viúva, Joana negou-se a assumir compromisso com o juiz de Sintra, dizendo-lhe, como desculpa, que não poderia contrariar o último desejo do seu falecido esposo.

A negativa de Joana deixou Inácio com o orgulho ferido e amuado. Para piorar as coisas, o jovem estudante gastador e esbanjador de Coimbra não desapareceu completamente da alma do agora importante juiz de Sintra. Mais do que naquela época, a vida luxuosa e as casas elegantes que passou a frequentar no seio da alta sociedade lisboeta o induziram a maiores gastos, incompatíveis com o seu salário de juiz. As dívidas de Inácio já contabilizavam uma pequena fortuna. Bento Roriz de Macedo, o prestamista que por várias vezes o socorreu em Coimbra, voltou a emprestar-lhe dinheiro. Entre amigos, dizia sem nenhuma discrição que o juiz de Sintra, a quem passou a tratar ironicamente, a boca pequena, como "o sabido Alvarenga", devia-lhe quase 2 mil contos de réis. A natureza das suas dívidas demonstrava o descontrole da sua vida financeira. Elas avultavam não apenas em gastos supérfluos, mas até mesmo em despesas menores, que iam desde a conta em atraso do taverneiro de Belém e a Casa de Pasto de Sintra, até as dívidas com o afamado alfaiate José Lopes Teixeira, que lhe fornecia os luxuosos *habit complete à la française* com que transitava elegantemente pelos nobres salões.

 Joana estava já irritada com aquela situação, chamava Inácio de irresponsável e o acusava de estar colocando-a em uma posição desconfortável, para dizer o mínimo, perante a alta sociedade lisboeta, cuja convivência ela tanto prezava.

 — Hoje eu tive o desprazer, Inácio, uma vez mais, de ter que dar justificativas aos teus credores. Eles vieram aqui às Picoas à procura de ti. Um deles, a mando do teu alfaiate, que é o mesmo que fazia as roupas do meu marido, eu mesma paguei, porque fiquei envergonhada! – Joana bradou, vermelha de raiva.

 — Calma, meu amor! Já te disse que resolverei isso esta semana! Falei com o meu amigo, o Dionísio Chevalier, aquele que frequenta as reuniões da Ribeira das Naus, na casa de Francisco Nascimento. Ele vai me emprestar uma quantia suficiente até eu conseguir desembaraçar uma parte da herança do meu pai. – Inácio tentava minimizar a situação, embora soubesse que também com Dionísio já estava ficando sem crédito.

 — O capitão de navios? Enlouqueceste de vez, Inácio! Pedir dinheiro emprestado a quem acabaste de conhecer? E Bento Rodrigues de Macedo? Deixa que eu fale com ele. Sei bem como convencer aquele mercenário a aumentar o prazo dos teus empréstimos. Pelo menos assim tu dás uma folga para mim, destes teus credores. Daqui a pouco não serei mais recebida nas ricas casas de Lisboa. Quem é que quer se meter com gente endividada?

 — Não se preocupe, Joana, deixa isso comigo. E não penses que conheço Dionísio há tão pouco tempo assim. Fizemos uma sólida amizade, se queres saber! Muitas vezes que venho a Lisboa, e não posso ficar aqui contigo, é na casa dele que eu me hospedo!

– Pois então resolve isso logo, Inácio! – afirmou, imperativa. – Nunca tive ninguém à minha porta cobrando nada, e não quero ter. Tu levas a vida como se não te importasses com isso, mas eu me importo!

– Ah, minha querida! – Inácio aproximou-se dela com todo o cuidado, querendo dar-lhe um beijo no pescoço. Ela fez um gesto de resistência, mas acabou por ceder. – Tu nunca serás preterida em casa nenhuma, meu anjo! Pois és uma mulher fenomenal! Sem ti, as festas simplesmente não acontecem! – Joana deu-lhe um sorriso, satisfeita com o elogio. – Ademais, a nossa alma de poeta não deve se importar com essas mesquinharias, minha amada. Inácio continuou sussurrando no seu ouvido e beijando o seu colo. – Nosso pensamento deve voar alto, acima da pequenez desse mundo meramente material! – Ele envolveu-a pela cintura e a jogou no sofá, beijando-a com ardor.

Joana acabou por se entregar completamente a ele, naquele jogo de carícias e sedução que ele sabia fazer tão bem. Era mais forte do que ela. O seu corpo respondia a Inácio, sem esforço. Era um amor físico, irresistível. Mas no fundo do seu coração já estava plantada a semente da desconfiança. O seu instinto feminino lhe advertia de que o amante estava mais encrencado do que poderia admitir.

A questão das dívidas incomodava, mas o fato que abalou seriamente o romance de Inácio com Joana foi a notícia de que o juiz de Sintra teria de responder a processo disciplinar, na Corregedoria Judicial. Ele havia sido acusado de promover, juntamente com um dos seus escravos, o arrombamento do cofre da Décima – uma das províncias que se encontravam sob sua jurisdição na comarca de Sintra.

– Não, Inácio, isso não é possível! Tu és um juiz, como pudestes te rebaixar a este ponto! Eu mesma te emprestaria dinheiro, já te ofereci várias vezes! – Joana, descontrolada e nervosa, andava de um lado para outro, torcendo as mãos.

– Joana, isso tudo é mentira, crê-me! Algum inimigo, sabedor das minhas dificuldades, está espalhando essa calúnia para me desmoralizar. Eu não tive nada a ver com isso, eu te juro! – Inácio erguia os braços, lívido de consternação.

– Mas as notícias são de que o teu escravo, o Silvano, arrombou o cofre a teu mando! Toma vergonha, Inácio, tenhas ao menos a honradez de confessar!

— Se nem tu acreditas em mim, Joana, estou perdido! — Inácio estava emocionado e tinha os olhos marejados de lágrimas. — Aquele infeliz agiu com o objetivo de roubar o dinheiro para fugir com a mulher dele, é isso. Estão aproveitando isso para acabar comigo, Joana!

Joana, no entanto, balançava a cabeça, incrédula. Ela duvidava, em face do descontrole financeiro no qual Inácio estava metido, e conjecturava se ele não teria se valido desse abjeto recurso em seu desespero. Ou, quem sabe, hipótese que a assustava ainda mais, ele tivesse sido cúmplice no crime praticado pelo seu escravo, na convicção de que se tratava não de um furto, mas de um "empréstimo". Era bem do seu feitio fantasiar os acontecimentos, segundo a sua conveniência, pensava.

Após longa investigação pela Corregedoria de Justiça, apurou-se ter sido o crime cometido pelo escravo, que foi condenado a alguns anos de encarceramento. Inácio se incumbiu de reembolsar à província o dinheiro subtraído e prestou assistência ao rapaz enquanto esteve em Portugal. Para isso se socorreu uma vez mais de Dionísio Chevalier, com novo empréstimo. Ninguém nunca soube se prestou esse auxílio ao condenado por generosidade — e Inácio sempre fora, sem dúvida, um homem de bom coração — ou se para compensar os seus remorsos. O fato é que depois desse fato o amor de Joana arrefeceu, e o relacionamento de ambos nunca mais foi o mesmo.

***

O paço de *Eureste Fenício* já não abrigava, como antes, as ruidosas reuniões dos amigos do juiz de Sintra. A morte de Quita, a desconfiança de Joana, os acontecimentos recentes de sua vida, tudo isso acabou por deixar Inácio acabrunhado, deprimido. Com os credores à porta, não tinha inspiração nem para continuar os seus planos de escrever o sonhado livro de poemas em parceria com João Xavier de Matos.

Não bastasse tudo isso, desde que retornou à sua mansão na Quinta das Picoas, Joana já não demonstrava tanto amor por ele como antes. Aos amigos ela se queixava dos ciúmes de Inácio que, segundo ela, a sufocavam. Em casa manifestava indisposição para recebê-lo e mais de uma vez deu ordens aos criados para o despacharem da sua própria porta, com as mais inventivas desculpas. O humor de Joana mudou, assim como algumas das suas amizades. Francisco Manoel do Nascimento, o *Filinto Elísio*, criador do grupo da Ribeira das Naus, visitava agora com assiduidade as Picoas.

Por seu intermédio Joana passou a frequentar o parlatório do Convento das Albertas, em Chelas, onde se encontrava com Leonor de Almeida de Portugal Lorena e Lencastre, a futura marquesa de Alorna, conhecida no meio literário como *Alcipe*.

Enclausurada no convento desde os oito anos de idade, por ordem do Marquês de Pombal, D. Leonor cultivava em torno de si uma aura de heroísmo e coragem. Ela era neta da orgulhosa Marquesa de Távora, executada de forma cruel, juntamente com seu marido, por terem sido envolvidos pelo Marquês de Pombal na tentativa de assassinato do rei D. José I. Leonor, embora tenha crescido praticamente dentro dos muros do convento, logo se revelou possuidora de uma personalidade forte, ousada, bem à frente do seu tempo. Moça de inteligência invulgar, aprimorava a sua cultura pelo estudo das línguas, das ciências naturais e da filosofia. Afeiçoou-se à poesia e era participante ativa dos outeiros poéticos, reuniões permitidas nos conventos, onde vários cavalheiros compareciam para ler poesias, saborear os doces conventuais e flertar com as reclusas. Desse modo, mesmo enclausurada, cultivava amizade com vários poetas e intelectuais da época. O cárcere desenvolveu nela o amor pela liberdade e burilou um espírito altivo e orgulhoso.

O ambiente cortês e intelectual do Convento de Chelas atraiu Joana, que ali passava longas tardes a conversar com Leonor:

– Ah, Leonor, acho que tu é que tens sorte, por passar os teus dias aqui em Chelas. Estás presa, mas tens a alma livre, fazes o que queres e não tens homem nenhum a aborrecer-te – queixou-se Joana, sentada ao lado da nova amiga.

– Ora, Joana, deixa de te lamentares em vão! Tens fortuna, és bela e, o que é melhor – viúva! Se te prendes a outro homem é porque queres! O que foi? Enjoaste do juiz?

Joana deu um profundo suspiro.

– Sim, é ele, Leonor! Inácio é um homem fantástico – dedicado, carinhoso, viril – tudo o que uma mulher poderia sonhar. Mas sinto que depois das trapalhadas em que ele se meteu, as pessoas já estão a evitá-lo e, por consequência, a mim!

Leonor olhou-a de soslaio.

– Joana, desculpa-me a sinceridade – disse-lhe, com seu jeito firme. – Tu estás sendo egoísta, minha amiga! Pensa um pouco em como ele deve ter ficado abalado com toda essa história. Eu, no teu lugar, se o amasse, teria um pouco mais de paciência!

Joana virou o rosto, com expressão de desagrado.

— O que foi? — perguntou-lhe Leonor. — Então é isso. Não o amas mais? Já sei, tens outro em vista...

Joana deu um sorrisinho sem graça.

— Tão pouco tempo e já me conheces melhor do que ninguém, Leonor! É isso mesmo, acertaste na mosca! É José Anastácio da Cunha quem agora não sai do meu pensamento.

Leonor a olhou, admirada.

— Mas não perdes tempo, hein, Joana! O rapaz, pelo que soube, é o novo protegido daquele pulha do Marquês de Pombal, que nos mantém aqui, encarceradas. Bom, mas ele não tem culpa. Ouvi dizer que o moço é poeta dos bons e já é professor de Geometria na Universidade de Coimbra. Recita Shakespeare de cor, em inglês! Um gênio, segundo dizem. Como o conheceste?

— Ora, pelo nosso velho amigo, Leonor, o *Filinto Elísio*! O que aquele padre maluco e endinheirado não consegue? Levou-o às Picoas e desde então não consigo pensar em mais ninguém. Tu precisas ler os poemas eróticos que ele me escreve! Vou te mostrar, da próxima vez que vier aqui. Temos nos correspondido com assiduidade.

— Joana, minha amiga, tu não tens jeito... — Leonor balançava a cabeça, em reprovação. — E o juiz de Sintra sabe dessa história?

— Estás louca, Leonor! — Joana deu um salto. — Inácio é um romântico — afirmou, com desdém. — Ele bem que desconfiou, certo dia, quando chegou inesperadamente ao solar e me viu sozinha conversando com ele. Ainda bem que estávamos somente conversando — disse, com uma risadinha maliciosa. — Mas aí eu inventei uma história e ele acreditou...

— Ah, Joana! — suspirou Leonor. — Cuida-te, mulher! Tu pareces uma menina sem juízo. Pensa bem no que estás a fazer com o pobre Inácio! Ele não merece.

Joana deu de ombros.

— Não me importo com perdedores, Leonor! — respondeu, fazendo cara de enfado.

Desconsolado pelo abandono que lhe impusera Joana, Inácio ainda lhe compôs um último soneto, talvez o mais belo de todos. Falava da decepção causada pela perda do amor de Joana para outro, e do profundo sentimento de derrota que sentia:

Ao mundo esconde o sol seus resplendores
E a mão da Noite embrulha os horizontes;
Não cantam aves, não murmuram fontes,
Não fala Pã na boca dos pastores.

Atam as ninfas, em lugar de flores,
Mortais ciprestes sobre as tristes frontes;
Erram, chorando, nos desertos montes,
Sem arcos, sem aljavas, os Amores.

Vênus, Palas e as filhas da Memória,
Deixando os grandes templos esquecidos
Não se lembram de altares nem de glória.

Andam os elementos confundidos:
Oh, Jônia, Jônia, dia de vitória
Sempre o mais triste foi para os vencidos.

Foi ele mesmo quem certa vez disse a Tibério Pedegache que para se compor versos bons era preciso estar ferido pelo amor. Joana, sem o saber, pôs fim não apenas ao romance mas também às esperanças dele de se fixar definitivamente em Lisboa. Triste dia, aquele dos vencidos. Inácio possuía, no entanto, uma virtude que sempre o ergueria, nos momentos mais difíceis ao longo da sua vida: ele era, visceralmente, um otimista.

ABALOS
Lisboa (1775)

> *Vale mais do que um Reino um tal vassalo:*
> *Graças ao grande Rei que soube achá-lo.*
>
> "A Sebastião José de Carvalho e Melo,
> Marquês de Pombal", Alvarenga Peixoto

Houve quem dissesse que o terremoto de 1755 foi a desgraça mais feliz que poderia acontecer a Portugal. Nenhuma outra afirmação poderia ser mais sarcástica, nem, talvez, mais verdadeira. O tremor de terra iniciado em 1º de novembro de 1755, Dia de Todos os Santos, que continuou a abalar a cidade de Lisboa pelo Dia dos Mortos e os que se lhe seguiram, foi um dos mais terríveis que já se teve notícia na Europa. Naquele dia, por volta das 9h40 da manhã, um violento abalo sísmico fez-se sentir desde Lisboa, Setúbal, Sintra até o sul do país, na região do Algarve. Foi, no entanto, muito mais forte na capital, onde vários tremores em sequência de intensidade derrubaram a maior parte das casas, igrejas e monumentos. A sensação das pessoas era a de que a terra tinha de repente desaparecido debaixo dos seus pés. Nem bem os sobreviventes tinham conseguido se erguer e respirar em meio à poeira dos destroços, foram logo surpreendidos por uma avalanche das águas do mar, que se levantaram furiosamente contra a cidade, como um verdadeiro *maremoto*.

Há relatos de que as ondas chegaram a vinte metros de altura. A misericórdia Divina, pela qual todos imploraram, não conseguiu, lamentavelmente, estancar a fúria da natureza. Ao maremoto seguiu-se um devastador incêndio, que varreu o terreiro do Paço e lavrou durante vários dias, terminando o processo de destruição da cidade. Parecia que os quatro elementos – terra, ar, água e fogo – haviam se unido em uma confluência cósmica, com o único propósito de castigar aquele país. Por sobre as ruínas se viam corpos mutilados, desespero, sangue e morte. Os cavaleiros do Apocalipse davam sinais da sua vingança. Para os que gemiam e choravam em meio aos escombros era chegada a hora do Juízo Final.

De uma população de 275 mil habitantes da cidade de Lisboa, estima-se que pelo menos 40 mil morreram. Cerca de 85 por cento dos edifícios e construções foram destruídos, incluindo palácios, bibliotecas, conventos, igrejas, hospitais. A recém-construída Casa da Ópera, aberta há apenas seis meses, foi totalmente consumida pelo fogo. O Palácio Real, que se situava às margens do rio Tejo, foi destruído pelos tremores de terra e pelo maremoto. A biblioteca de 70 mil volumes e centenas de obras de arte, incluindo pinturas de Ticiano, Rubens e Correggio, foi para sempre perdida. Melhor sorte não teve o Arquivo Real, que guardava documentos raros, relativos às grandes expedições portuguesas. Da Igreja de Nossa Senhora da Misericórdia de Lisboa, sede da primeira Santa Casa do país, salvou-se somente a sua magnífica portada manuelina. Os pobres, que se socorriam dos serviços caritativos daquela instituição antes do terremoto, ficaram totalmente desamparados e sem mais ninguém a quem pedir auxílio.

A família real escapou ilesa à catástrofe, pois haviam partido de Lisboa logo ao amanhecer, depois de assistirem à missa. Depois do sismo, D. José desenvolveu uma fobia por construções em alvenaria, pelo que mandou construir no alto da Ajuda, região pouco sujeita a abalos, uma luxuosa e enorme cabana. Com cerca de quatrocentos compartimentos, feitos de madeira e forrados com veludos e cetins, o conjunto ficou conhecido como Real Barraca. Ali viveu o rei até a sua morte. Pelo mesmo motivo ele se recusou polidamente a comparecer à cerimônia do batizado de Maria Antonia, 15ª filha da imperatriz Maria Theresa da Áustria. Eles eram parentes e o rei português havia sido convidado pela imperatriz para ser padrinho do seu mais novo bebê. Maria Antonia, nascida um dia depois do terremoto de Lisboa, viria a se tornar Maria Antonieta, rainha da França.

Foi neste contexto de tragédia e confusão que a estrela do Marquês de Pombal começou a brilhar. Sebastião José de Carvalho e Melo era um homem imponente no alto dos seus 1,80 m, altura um tanto incomum para os portugueses. Tinha o rosto alongado e severo, mas agradável, e uma refinada elegância.

Nasceu em 1699, em família da baixa nobreza e dispersou irresponsavelmente a sua juventude, segundo se dizia, em uma vida de viagens e prazeres. Pouco tinha feito na vida até ser nomeado, aos 40 anos, embaixador de Portugal em Londres. Alguns anos depois foi enviado à corte de Viena, onde se casou com uma aristocrata austríaca, dama de companhia da rainha Maria Teresa. Foi por conselho e influência da mãe de D. José, que era natural da Áustria, assim como a esposa de Pombal, também ela natural da Áustria, que Sebastião Carvalho acabou por ser nomeado como secretário de Estado dos Negócios Estrangeiros e da Guerra, o mais baixo dos três lugares de ministro.

Sebastião José de Carvalho e Melo, tido como homem severo, diligente e pragmático, recebeu diretamente do rei D. José I a incumbência de encarregar-se da restituição da ordem e da administração do caos após o terremoto. Tarefa difícil. Nessa hora aflitiva, quem tinha sobrevivido com condições de fazer alguma coisa havia partido da cidade, procurando locais mais seguros, temendo a repetição do desastre. Em completo desespero, dizia-se ter D. José perguntado ao experiente funcionário: "E agora, o que podemos fazer Senhor Secretário?". – O Marquês de Pombal respondeu, calmamente e sem titubear: "Agora, Majestade, vamos enterrar os mortos e cuidar dos vivos". D. José, segundo voz corrente, era um homem indeciso, extremamente inseguro e mal preparado para o poder. A partir desse momento, passou a delegar todas as tarefas administrativas a seu cargo ao seu secretário de Estado, que viria a se tornar, em pouco tempo e pelos anos seguintes, o braço direito do rei e o homem mais poderoso do reino.

A primeira medida daquele que seria no futuro conhecido como o Marquês de Pombal foi ordenar ao exército e aos bombeiros que organizassem equipes para combater os focos de incêndio e recolher os milhares de cadáveres que se encontravam amontoados pelas ruas e escombros, de modo a se evitar epidemias. Os corpos foram jogados ao mar. Com providências rápidas e enérgicas, conseguiu impedir a fuga da população, providenciando primeiros socorros e alimentos para os sobreviventes da catástrofe. Os que se dedicavam ao roubo e ao crime foram severa e exemplarmente punidos. Vários foram enforcados nas dezenas de forcas espalhadas pela cidade em pontos estratégicos, para amedrontar os criminosos. Somente assim se conseguiu restabelecer a ordem.

Uma vez contornados os problemas urgentes, com a população começando a se acomodar, a providência que mais exigiria sacrifício e determinação naquele momento seria a reconstrução da cidade. Essa imensa obra se apresentava como o maior desafio e se revelava, para já, praticamente impossível, ante a escassez de material e falta de mão de obra. Sebastião de Carvalho não esmoreceu. Tomou a reconstrução de Lisboa como prioridade absoluta. Em 4 de dezembro de 1755 já haviam sido apresentados seis projetos para a reedificação da cidade. Para o trabalho de reerguimento seriam necessários vultosos recursos. Eles somente foram possíveis em razão do grande aporte de ouro e pedras preciosas que chegavam regularmente em navios ao porto de Lisboa, vindos da rica colônia brasileira. Apesar dos estragos do terremoto, muitas construções subsistiram. Para que se pudesse reconstruir livremente a cidade, Pombal determinou a derrubada dos prédios restantes e a limpeza de toda a área. Dizem que dormia em sua carruagem, para administrar de perto a obra. Não mediu esforços para que ali, naquele imenso espaço, outra cidade, nova e de perfil notoriamente iluminista surgisse dos escombros.

O projeto aprovado, de autoria de Eugenio dos Santos, constituiu-se em uma das mais audaciosas propostas urbanísticas da Europa à época. Por ele, a antiga cidade medieval, de ruelas estreitas e construções irregulares, deu lugar a um planejamento urbano com traçado geométrico racional, linhas retilíneas, com prédios projetados para terem a mesma altura. As ruas retas convergiriam para as duas praças mais emblemáticas da cidade: o Rossio, centro comunitário, e a praça do Comércio, antigo terreiro do Paço, centro político e econômico. Aberta ao Tejo, a grande praça do Comércio propiciava uma magnífica vista do rio, bem como do Castelo de São Jorge, acima da sua ala direita. Dali partiam três ruas retas em direção ao Rossio – rua Augusta, rua da Prata e rua do Ouro – a realeza e a fortuna – os pilares do reino português.

No centro dela seria colocada uma majestosa estátua, em homenagem a D. José I. Representava o rei montado em um garboso cavalo, enquanto esmagava com as patas um ninho de víboras. Feita de metal dourado polido, a estátua reluzia no alto de um pedestal, em um conjunto que perfazia quatorze metros de altura. Na coluna, alegorias sobre as conquistas portuguesas na Europa e Índia, além de figuras que representavam a "vitória" da reconstrução da Lisboa sobre a "destruição" causada pelo terremoto. Na sua frente, as armas do reino e um enorme medalhão de bronze, que brilhava com a efígie do Marquês de Pombal. Nada mais justo para com aquele ministro que, embora criticado pelos seus métodos, despóticos quanto ao governo e cruéis para os seus adversários, havia sido o principal idealizador e o responsável por toda aquela grande obra.

***

Eram mais de dez horas da noite e Lisboa dormia. A cidade já estava praticamente às escuras naquele frio final de novembro, a não ser pelos esparsos candeeiros de azeite que bruxuleavam nas ruas do centro. Apenas se via iluminado o luxuoso escritório do Dr. Jerônimo Estoquete, importante advogado dos ricos comerciantes locais, tanto portugueses como estrangeiros. Além da alta burguesia, passeavam pelos seus finos tapetes e estofados, em menor escala, a nobreza decadente e sem recursos financeiros, que procurava o advogado para intermediar empréstimos de dinheiro e a venda de suas propriedades, ou para interceder em seus casos de penhora e pendengas judiciais. Jerônimo Estoquete administrava, ademais, a enorme fortuna amealhada pelo padre Francisco Manuel do Nascimento, o *Filinto Elísio*. Por esse motivo, no escritório de Jerônimo se realizavam também, de vez em quando, as reuniões do Grupo da Ribeira das Naus.

Naquela noite se encontravam ali, jogando cartas e bebendo, além do anfitrião, uma turma assídua no escritório e frequentadora daquele famoso e ilustre grupo de poetas: Basílio da Gama, Inácio Alvarenga Peixoto e o capitão de navios francês Dionísio Chevalier.

– Vais ao Brasil agora para as festas de fim de ano, Inácio? – perguntou o advogado, enquanto fazia sinal ao criado que lhe enchesse a taça de vinho.

– Não, infelizmente não vou, Jerônimo. Minhas tias querem que eu vá a Braga para o Natal. Preciso ir visitar minha irmã Ana Bárbara no Convento de Santo Antônio – respondeu Inácio, concentrado no jogo.

– E tu, Basílio, ficas por aqui em Lisboa ou tens outros planos? – Indagou também Jerônimo. – Estou querendo companhia para as comemorações de final de ano na minha quinta -- acrescentou.

– Bem que gostaria de aceitar o teu convite, Jerônimo, mas infelizmente não poderei sair de Lisboa. Queria ir, do mesmo modo, a São José Del Rei, para ver minha família, mas não vai ser possível. Estamos lá no gabinete cheios de trabalho, como sabes, a começar a organizar a festa de inauguração da praça do Comércio e da estátua de D. José. O marquês é detalhista ao extremo e não descansará enquanto não estiver tudo conforme ele planejou – respondeu displicentemente o Basílio.

– Tu és um homem de sorte, hein Basílio – brincou o capitão Dionísio. – Depois que foste nomeado para o pomposo cargo de "Oficial da Secretaria de Estado dos Negócios do Reino" vives nas altas rodas. É Sr. Marquês isso, Sr. Marquês aquilo... Daqui a pouco esqueces os amigos!

Basílio deu uma risadinha, orgulhoso. Possuía agora um cargo importante, que lhe conferia grande proximidade com o marquês, o qual muitas vezes o convocava para trabalhos no seu próprio gabinete. Realmente, o "Uraguay" lhe abrira muitas portas e não poderia deixar de felicitar-se com a sua imensa sorte.

Fez-se uns minutos de silêncio, enquanto jogavam.

– E então, Inácio, tens visto Joana? – Alfinetou Basílio, com ironia. Sabia da desilusão do amigo. Ele mesmo, que sempre havia cobiçado aquela mulher, tinha lá no fundo uma ponta de despeito do juiz de Sintra porque a Dama das Picoas, quanto a ele, queria apenas a sua amizade e não dividir a sua cama.

– Se és tão meu amigo como dizes, Basílio, não me fales mais o nome dessa mulher – respondeu Inácio, bruscamente, fazendo com que os outros ficassem surpresos.

– Agora somente quem sabe dela é o Francisco "Filinto" – debochou o Jerônimo, intrometendo-se na conversa de modo a quebrar o mal-estar que se formou na sala. – Vivem os dois juntos lá para o Convento de Chelas. Se eu não soubesse da paixão do Francisco por aquela menina mais nova dos Alorna começaria a pensar que ele e Joana estão a ter um caso – disse, com uma gargalhada.

– Ora, vamos parar com essa conversa? – Irritou-se mais ainda Inácio, fechando as cartas e pondo fim ao jogo.

– Vá lá, Inácio, o que é isso, homem? Não precisas ficar assim tão exaltado, pois. Somos teus amigos. Somente estamos a brincar. Lembro-me de que te avisei desde o início de que aquela mulher não prestava – disse o Dionísio.

– Olhe, capitão, tu disseste uma verdade. Nunca entendi como é que Inácio foi se enrabichar assim por aquela dona – acrescentou o Jerônimo. – Bastava olhar para ela e ver que era uma boa bisca. Estava louca para o marido morrer logo, para cair no mundo...

– E por acaso se sabe as razões do coração, oh Jerônimo? – Defendeu-se Inácio. – Diga-me lá se um mulherão daquele estivesse insinuando--te, praticamente caindo em cima de ti, se tu irias desprezá-la, espertalhão...

– Ah bom, então se foi ela que se jogou, e não tu... – Riu o Jerônimo, piscando o olho para Dionísio, que lhe fez um sinal de assentimento. – Está certo que aquela viúva não era de se desprezar... Mas vamos lá que tu mereces coisa melhor, meu amigo. E não precisavas também levar a coisa assim tão a sério, não é? Casamento? Só mesmo tu, Inácio, que és um grandessíssimo pilantra. – E riu à solta.

– Sem contar que, com essa tua boa estampa e a lábia que Deus te deu, vais conseguir uma excelente rapariga em breve – acrescentou o capitão, apaziguador.

– Não quero mais falar sobre isso, se os amigos me permitem. Joana é passado e estou farto de falar dela. Daqui a pouco, será apenas uma lembrança. Eu cá, também, no fundo, acho que me empolguei demais e exagerei. Para falar a verdade não acho que levaria a termo essa história de me casar com ela. Mas não precisam ficar a me importunar com isso a toda hora – resmungou.

– Eu, se tivesse a sorte que tu tens com as mulheres, Inácio, já estava por aí desfilando com outra. Ah, se estava! E a amiga dela, a condessa de Soure, ouvi dizer que tu estavas flertando com ela.

– Teresa é apenas uma boa amiga – respondeu Inácio, enigmático.

Desde que terminou o relacionamento com Joana, Inácio tinha voltado aos amores com Teresa, em segredo. Joana não poderia sonhar que a amiga caíra-lhe de novo nos braços ou romperia com ela. *Ela era realmente apenas uma boa amiga*, pensou, *bem melhor caráter do que Joana*. E nunca lhe havia cobrado reciprocidade de sentimentos. Satisfaziam-se, gostavam-se, e era só.

Basílio ouvia a tudo calado. Remoía a sua inveja, sem contar a ninguém que após o rompimento de Joana com Inácio ele havia tentado, sem sucesso, substituí-lo no coração dela. Mas a essa altura Joana já tinha outra paixão em mente. *O pedantezinho do José Anastácio da Cunha, a quem até o Pombal agora vivia a elogiar... argh... Sujeitinho pretensioso, com ares de intelectual de meia tigela*, pensou. *Até uma vaga de professor na Universidade de Coimbra o Marquês lhe arranjou. Preciso me cuidar é para que ele não me tome o posto*, pensou Basílio *"era o que me faltava!"*.

Sem querer, suspirou fundo, o que fez com que os amigos se virassem para ele, desconfiados. Para desviar-lhes a atenção, exclamou:

– Ora, vamos então mudar de assunto! Vamos falar de coisas mais agradáveis! Tenho um convite para lhes fazer. Dia 20 de janeiro próximo é o aniversário do Marquês de Pombal – é também Dia de São Sebastião, o seu protetor. O seu genro, o Morgado de Oliveira, vai lhe oferecer um jantar e pediu-me que convidasse os poetas brasileiros que estivessem nessa altura em Lisboa para lá estar com ele. Ele quer que sejam feitos poemas em homenagem ao sogro, para o animar. Basílio bebeu de uma vez o vinho da sua taça e sorriu.

– E o convite por acaso se estende a nós, que de poesia só sabemos o gosto? – perguntou Dionísio, rindo.

– Claro que sim, ora – respondeu Basílio. – Pois um dos momentos altos da festa será a constituição de uma nova academia, sob os auspícios do filho do marquês, o conde de Oeiras. Disse-me ele que pretende juntar os melhores da Arcádia Lusitana com os da Ribeira das Naus. Já consegui o apoio de alguns antigos árcades, como Antônio Diniz da Cruz e Silva, Manuel Pinto da Cunha e Sousa e João de Saldanha de Oliveira e Sousa.

– Não gosto desse Cruz e Silva, Basílio. O homem vai para onde o vento sopra, se me entendes. É daqueles que acende uma vela para Deus e outra para o Diabo. Quanto aos outros, bem... Parece-me um tanto arriscado juntar essa gente toda, mas se é tu que o dizes, vá lá... – afirmou Jerônimo, bem-humorado.

– A questão não é o Cruz e Silva, nem aqueles fanfarrões disfarçados de poetas que existem lá no Arcadão, Jerônimo. Isso é apenas uma justificativa. O fato é que Pombal tem sofrido muitas críticas por causa da tal festa de inauguração da praça, afirmou Basílio. As más línguas dizem que ele está a desperdiçar dinheiro, que já não chega mais do Brasil na quantidade que vinha há uns anos atrás. O Morgado acredita que a festa que vai promover em sua casa, em homenagem ao marquês, irá lhe confortar o ego, mostrando-lhe o apreço dos amigos.

– De fato, o que se vê é que essa nobreza pé de chinelo em Portugal, que nesses anos de governo do ministro sempre reclamou de ter sido excluída dos favores da Coroa, agora começou a colocar as suas manguinhas de fora. Cheiram carniça de longe, aqueles abutres. O rei não está bem de saúde e eles no fundo torcem para que ele morra logo e que se ponha o marquês a correr – sentenciou Dionísio, com o que todos concordaram.

– Posso contar contigo nas récitas, Inácio? Farias um poema para a ocasião? – perguntou-lhe Basílio. – Falei muito bem de ti ao Morgado. Aliás, depois te conto com calma a respeito de um posto de magistratura que vagará no Brasil em breve e que, acredito, poderá te interessar...

– Mas é claro que farei um poema com muito gosto, Basílio – respondeu-lhe Inácio, readquirindo o bom humor. – E onde é este novo posto, se não te incomodas que eu pergunte.

– Não, de modo nenhum. É na capitania de Minas Gerais, na comarca do Rio das Mortes. O ouvidor que lá está já terminou o seu período de magistratura e deve partir assim que houver um substituto. Não sei de maiores detalhes, mas logo pensei em ti.

Os olhos de Inácio brilharam. São João Del Rei, Minas Gerais... Nada poderia lhe ser melhor nesse momento do que sair um pouco de Portugal e ir para o Brasil, arrumar a sua vida e os seus negócios, que há tempos não andavam nada bem. Depois voltaria, após uns anos, rico, com os bolsos cheios de ouro, compraria um título de nobreza e se estabeleceria para sempre em Portugal. Inácio sonhava, o pensamento voando alto. A risada do capitão Dionísio o fez voltar a si.

– Ó Basílio, não me leves assim o Inácio, está bem, porque se ele se for eu é quem ficarei a ver navios... – disse Dionísio, fazendo uma blague com a atividade que ele próprio exerce. – Sabes tu o quanto ele me deve?

– Ora deixe de ser ganancioso, capitão. Tenhas a certeza de que eu te pagarei cada centavo – retrucou Inácio. – Conte comigo para a poesia e o posto, Basílio. Fique lá de ouvidos atentos, porque o cargo me interessa!

– Não te preocupes – respondeu Basílio. – Verei como está a disputa e o que eu posso fazer. Então está combinado. Direi ao Morgado de Oliveira. Achas que o Francisco Manuel também participaria se o convidássemos, Jerônimo?

– Nem pensar – respondeu secamente Jerônimo. – Esqueceu-te de que as novas amiguinhas dele, as Alorna, são desafetas do marquês? Não dá para acender uma vela para Deus e outra para o Diabo... Isso é coisa para esses Cruzes e Silvas... Hehehehehe...

O convite deu novo ânimo a Inácio. A oportunidade de contato com o marquês e a aura de poder que havia à sua volta era um apelo irresistível. Começou imediatamente a trabalhar com afinco no poema que apresentaria na comemoração do aniversário de Pombal, oportunidade que teria para impressioná-lo. Isso acabou por distrair os seus pensamentos.

A poesia, que começava com o verso "não os heróis que o gume ensanguentado", era uma ode e uma profusão de elogios ao Marquês de Pombal. Não era, no entanto, como poderia parecer, nenhuma declaração fingida. Inácio, de fato, nutria forte admiração pelo ministro. Somente não tinha ideia, ao declamá-la, de como a repercussão daqueles versos na vaidade do homenageado mudaria sua vida para sempre.

No dia do jantar, iniciadas as homenagens, ele declamou os versos devagar, com o tom de voz correto, empostado, agradável de ouvir. Enorme silêncio se fez no amplo salão de festas da bela mansão do Morgado, quando a possante voz do juiz de Sintra reverberou pelo recinto:

>Não os heróis, que o gume ensanguentado
>Da cortadora espada
>Em alto pelo mundo levantado
>Trazem por estandarte

Dos furores de Marte:
Nem os que sem temor do irado Jove
Arrancam petulantes
Da mão robusta, que as esferas move,
Os raios crepitantes,
E passando a insultar os elementos
Fazem cair dos ares
Os cedros corpulentos
Por ir rasgar o frio seio aos mares,
Levando a toda a terra
Tinta de sangue, envolta em fumo e guerra,
Ensanguentados rios, quantas vezes
Vistes os férteis vales
Semeados de lanças e de arneses?
Quantas, ó Ceres loura,
Crescendo uns males sobre os outros males,
Em vez do trigo, que as espigas doura,
Viste espigas de ferro,
Frutos plantados pelas mãos do erro,
E colhidos em montes sobre as eiras,
Rotos pedaços de servis bandeiras!

Inda leio na frente ao velho Egito
O horror, o estrago, o susto,
Por mãos de heróis, tiranamente escrito:
Cesar, Pompeu, Antonio, Crasso, Augusto,
Nomes, que a Fama pôs dos Deuses perto,
Reduziram por glória
Províncias e Cidades a deserto:
E apenas conhecemos pela história
Que o tem roubado às eras,
Qual fosse a habitação que hoje é das feras.

Bárbara Roma, só por nome augusta,
Desata o pranto vendo
A conquista do mundo o que te custa;
Cortam os fios dos arados tortos
Trezentos Fábios n'um só dia mortos,
Zelosa negas um honroso asilo
Ao ilustre Camilo;
A Mânlio, ingrata, do escarpado cume
Arrojas por ciúme,
E vês a sangue-frio, ó povo vario,
Subir Marcelo as proscrições de Mário.

Grande Marquês, os Sátiros saltando
Por entre as verdes parras
Defendidas por ti de estranhas garras:
Os trigos ondeando
Nas fecundas searas;
Os incensos fumando sobre as aras,
A nascente Cidade,
Mostram a verdadeira heroicidade.

Os altos cedros, os copados pinhos,
Não a conduzir raios,
Vão romper pelo mar novos caminhos:
E em vez de sustos, mortes, e desmaios,
Danos da natureza,
Vão produzir e transportar riqueza.

O curvo arado rasga os campos nossos,
Sem turbar o descanso eterno aos ossos:
Frutos do teu suor, do teu trabalho,
São todas as empresas;
Unicamente à sombra de Carvalho
Descansam hoje as quinas portuguesas.

Que importam os exércitos armados
No campo com respeito conservados,
Se lá no gabinete a guerra fazes,
E a teu arbítrio dás o tom às pazes?
Que, sendo por mão destra manejada,
A política vence mais que a espada.

Que importam Tribunais e Magistrados,
Asilos da Inocência,
Se pudessem temer-se declarados
Patronos da insolência?
De que servirão tantas
Tão saudáveis Leis sóbrias e santas,
Se em vez de executadas
Forem por mãos sacrílegas frustradas?

Mas vives tu, que para o bem do mundo
Sobre tudo vigias,
Cansando o teu espírito profundo
As noites e os dias,
Ah! Quantas vezes sem descanso uma hora

> Vês recostar-se o Sol, erguer-se a Aurora,
> Enquanto volves com cansado estudo
> As Leis e a guerra, e o negócio, e tudo?
>
> Vale mais do que um Reino um tal vassalo;
> Graças ao Grande Rei, que soube achá-lo.

As pessoas presentes naquela sala levantaram-se para aplaudir de pé o poeta. Todos ali, amigos e admiradores do marquês, estavam visivelmente emocionados. O próprio homenageado levantou-se e, num gesto inusitado, abraçou Inácio José de Alvarenga Peixoto. Era visível sua satisfação com o poema que lhe foi dedicado e alguns juraram, depois, ter visto uma lágrima rolar discretamente pela face do marquês. Havia ali uma encadeação, um ritmo que inspirava, mais do que a admiração do poeta, a sinceridade dos seus versos. Não era uma laudatória vazia, feita somente para agradar, como era costume na Corte. A poesia sintetizava a vitória sobre tudo aquilo que Sebastião de Carvalho, o modesto fidalgo com origem na baixa nobreza, teve de enfrentar praticamente sozinho. A luta contra a ira de cabeças coroadas e de uma alta nobreza ociosa e fútil, que somente queria sugar as riquezas do país, sem nada contribuir para o seu progresso. Somente ele tinha sido capaz de fazer frente à onipotência dos jesuítas, que sob o manto protetor de Roma e com seu falacioso discurso de temor a Deus manipulavam os cordões da política portuguesa e europeia há séculos. Inácio conseguiu emocionar o poderoso Marquês de Pombal e, por isso, foi calorosamente cumprimentado pelo Morgado e seus convidados.

Basílio, por sua vez, a tudo observava, incomodado. Depois do estrondoso e repentino sucesso do seu "*Uraguay*", não admitia que nenhum outro brasileiro pudesse ter mais consideração do marquês do que ele próprio. A fama o tornara ciumento, egoísta. Queria tudo para si. Mal conseguia disfarçar a inveja que o corroía e que sempre sentira de Inácio, mas que atingira o seu ápice naquele momento. Em uma jogada rápida, resolveu retomar o seu lugar no centro das atenções. Pediu a consideração dos presentes para a importância daquela reunião, discursando sobre a necessidade de se formar outra academia poética em Lisboa. Ela seria mais eclética, reunindo os poetas portugueses e brasileiros, numa aliança que selaria a paz entre os distintos membros da Arcádia e os do Grupo da Ribeira das Naus. Com o seu talento de orador, afirmou que a nova sociedade, sob o patrocínio do conde de Oeiras seria o marco de um novo tempo no desenvolvimento das letras e da cultura nacional.

Em seguida, aproveitando a oportunidade de também mostrar-se ao marquês, falou Antônio Diniz Cruz e Silva. Encontrava-se em uma delicada posição. Por um lado, não queria desagradar ao conde de Oeiras, filho de Pombal; por outro, era difícil para ele reconhecer que uma nova academia poderia fazer sombra à Arcádia Lusitana. Mas Cruz e Silva conseguiu se sair bem da situação. Com seus volteios de linguagem e muita embromação, terminou por manifestar o seu apoio ao projeto do conde. Seria um espaço a mais em Lisboa e em Portugal para aprimorar a discussão literária.

Foram ambos solenemente aplaudidos e logo em seguida o jantar foi servido. Inácio aproveitou a distração dos convidados para se aproximar mais uma vez do ministro. O marquês o acolheu com simpatia no grupo que se encontrava à sua volta. Inácio sabia iniciar um assunto e, entre uma anedota e outra perguntou-lhe, como quem não quer nada, se já havia definição sobre quem seria o próximo titular da Ouvidoria da Comarca de Rio das Mortes, em Minas Gerais. Soubera da importância daquele posto não apenas para a administração portuguesa na colônia como para a sua própria carreira como magistrado, motivo pelo qual se mostrava interessado em conhecer maiores detalhes sobre a promoção. Ademais, ponderou, a sede da comarca, a cidade de São João Del Rei, situava-se bem próxima às terras que há algum tempo atrás lhe haviam sido doadas pelo seu tio, o comerciante Sebastião Alvarenga, conhecido do Marquês de Pombal.

O ministro assentiu com a cabeça.

– Sim, sei do que se trata, Dr. Alvarenga – respondeu-lhe solenemente, olhando-o diretamente nos olhos. – O atual ouvidor do Rio das Mortes ainda não foi substituído. E não há nenhuma outra pessoa, ao menos que eu me lembre, disposta a disputar aquele posto.

O Marquês estava, no entanto, mentindo. Mentira branca. Havia pelo menos cinco pretendentes para o cargo de Ouvidor da rica comarca do Rio das Mortes – a segunda em importância econômica na colônia. Paralelamente às pretensões, havia acirradas disputas sobre quem seria o responsável pela indicação do titular do cargo. Altos funcionários, clérigos e os comerciantes influentes e ricos tinham interesse na escolha. Em jogo estava a fiscalização da rendosa cobrança dos impostos das "entradas" e do "real subsídio literário", imposto concebido para pagar os professores das escolas criadas na colônia. Mas ao ministro não interessavam os lobos, que disputavam ferozmente quem ficaria com o melhor naco de carne. A ele interessava a fidelidade. A defesa dos interesses da metrópole e, por tabela, dos seus próprios interesses. Nessa luta, a balança começou a pesar a favor daquele rapaz que, embora um tanto atrapalhado com as suas finanças, como era do conhecimento do marquês, tinha, sem o saber, uma grande afinidade com ele. Seus tios do Rio de Janeiro eram *pedreiros livres*, tal como o Marquês de Pombal. Uma vez no lugar certo, a grande família da poderosa Maçonaria faria o resto para assegurar a fidelidade do novo servidor de Sua Majestade na importante colônia.

Inácio sentiu primeiramente um frio na espinha, como se tivesse de tomar uma decisão imediata e importante, talvez a mais importante da sua vida. Pediu aos céus, mentalmente, auxílio para a sua investida. Tomou coragem e disse ao ministro que gostaria muitíssimo de pleitear a nomeação para o posto. Prometeu honrar o cargo e ser leal ao rei, bem como defender os interesses da metrópole na colônia. Um discreto sorriso aflorou no canto dos lábios do Marquês de Pombal. Precisava de gente de sua confiança no Brasil, disposta a retribuir-lhe o favor, quando precisasse.

– Vamos ver isso, meu rapaz – sentenciou o marquês. – Ainda é cedo para tomar qualquer decisão. Preciso verificar em que pé exatamente está a situação da comarca. Mas para já te digo que tens toda a minha simpatia.

O coração de Inácio José de Alvarenga Peixoto parecia que ia sair-lhe pela boca. Os seus laços com a metrópole portuguesa começavam a ser rompidos ali, na casa do Morgado de Oliveira, naquela improvisada conversa com o Marquês de Pombal.

***

A nomeação do novo ouvidor da comarca do Rio das Mortes demorou mais tempo do que de fato tencionava o Marquês de Pombal. Havia alguns interesses a contornar, concessões a fazer, enfim, toda aquela tortuosa teia de arranjos e favores que precediam o preenchimento de um cargo de tamanha envergadura. A Maçonaria, acionada pelos familiares de Inácio e com o apoio dos comerciantes do Rio de Janeiro e de São Paulo, jogou todo o seu peso na nomeação. O seu dileto tio Sebastião empenhou-se pessoalmente e utilizou de toda a sua influência para garantir a volta do seu sobrinho ao Brasil. Mesmo assim, somente em 11 de março de 1775 foi possível a assinatura do ato que designava Inácio José de Alvarenga Peixoto como o novo ouvidor da comarca do Rio das Mortes. O nomeado teria a oportunidade de agradecer ao marquês, alguns meses depois, com mais um poema de louvor à sua pessoa e à sua obra. Foi na grande festa realizada para a comemoração da reconstrução da cidade de Lisboa. Um grupo de poetas, dentre os quais o novo ouvidor, participaria da cerimônia, declamando poemas laudatórios a D. José I e, obviamente, ao seu primeiro ministro.

O evento foi marcado para o dia 6 de junho de 1775, data em que o rei D. José I completaria 61 anos de idade. Os preparativos estavam em andamento desde o ano anterior e o Marquês de Pombal, detalhista como era, havia planejado e supervisionado pessoalmente cada etapa da extensa programação. Mal sabia que após anos de uma administração dura, que lhe granjeava igual número de admiradores e desafetos, aquela seria a última demonstração pública do seu poder e da sua onipotência.

As festividades ocorreram na imponente praça do Comércio, que substituíra o antigo terreiro do Paço, centro de toda a reforma pombalina. O ponto culminante seria a inauguração da colossal estrutura de bronze retratando um impávido e valoroso cavaleiro – a estátua equestre de D. José I. A praça do Comércio, naquele dia memorável, era uma mistura de espetáculo popular e solenidade oficial. Nunca se viram juntas tantas autoridades e gente do povo. Coches, liteiras e cadeirinhas, gente a pé ou a cavalo, nobres, padres, populares, mendigos, mercadores, prostitutas, vendedores ambulantes, não havia quem não quisesse presenciar o maior acontecimento de todos os tempos em Lisboa. Duas bancadas luxuosas haviam sido montadas, uma de cada lado da praça, para que se acomodassem os nobres, clero, oficiais e alta burguesia. O povo, acotovelando-se pela disputa dos melhores lugares, gritava vivas ao rei.

Achava-se Sua Majestade com toda a sua Real Família em uma tribuna ricamente armada nas janelas do conselho do Ultramar; e nas outras, que circundavam a praça, estavam as senhoras da Corte, o corpo diplomático e os ministros dos tribunais. Desde 1774, em face da piora de sua saúde, D. José I havia reduzido em muito suas atividades, especialmente as aparições públicas. Naquele dia assistiu apenas à abertura da cerimônia, para a qual chegou sem nenhuma pompa, recolhendo-se, logo depois, aos seus aposentos na Real Barraca. A sua doença enchia o seu corpo de úlceras, que lhe causavam muitas dores.

Ao fim de um enorme cortejo de carros alegóricos, o Marquês de Pombal descerrou solenemente a estátua de D. José I reverenciando-a com três cortesias de chapéu e com três mesuras, como era de praxe na etiqueta das audiências públicas da Corte. Foram feitos discursos, poemas e orações. Diversos papéis circularam em Lisboa com todo o tipo de versos em homenagem ao "dia feliz da inauguração do Colosso Real". Fizeram poemas Inácio José de Alvarenga Peixoto, Manuel Silva Alvarenga, Domingos Caldas Barbosa, Antonio Caetano Villas Boas e Francisco Manuel do Nascimento. Este último compareceu ao local a contragosto. Foi pressionado pelo seu amigo frei Manuel do Cenáculo, bispo de Beja e amigo do Marquês de Pombal.

À noite foi servido um lauto banquete, em um serviço de porcelana confeccionado especialmente para o evento. Seguiu-se um grande e elegante baile, animado por música, danças e representações cênicas. Indiferente a essas questões políticas, Inácio exultava de felicidade, esperançoso com a nova vida que o aguardava e ansioso pela volta ao Brasil. Estava particularmente elegante e garboso naquela noite do jantar reservado apenas para os familiares do rei, a corte, os ricos comerciantes que financiaram a festa e os convidados de Pombal. Circulava desenvolto pelo salão, alegre, cumprimentando efusivamente a todos os amigos que encontrava, distribuindo afagos e gracejos. De repente viu aproximar-se Joana, acompanhada da condessa de Soure e de José Anastácio Cunha. Disfarçando o mal-estar que lhe causava a presença dela, ainda por cima acompanhada do seu novo amante, Inácio curvou-se em respeitoso cumprimento.

– D. Joana, D. Teresa, que alegria encontrá-las aqui. – Beijou a mão de ambas, detendo-se propositadamente um pouco mais na de Teresa, cujos olhos brilharam.

– Meu caro juiz, há quanto tempo não o vejo! – Joana tomou-lhe a mão entre as suas, querendo demonstrar que não havia rancores entre eles. – Conheces o nosso amigo, o oficial e professor José Anastácio Cunha? Ele também é poeta, e muito bom – disse olhando para o outro com visível admiração.

– Já ouvi muito falar, D. Joana. – E virando-se para Anastácio, acrescentou: – Mas então o amigo não escreveu nenhum verso para a solenidade de hoje? – perguntou, para alfinetá-lo.

– Não, infelizmente não. Cheguei ontem de Coimbra e D. Joana pediu-me que a acompanhasse. Na realidade, nem sequer tinha convite para aqui estar... – respondeu José Anastácio, com sinceridade e timidez.

– Ora, meu querido! – repreendeu-o Joana, com voz melosa. – Sabes o quanto o marquês gosta de ti. Só não foste convidado porque não estavas aqui em Lisboa! – protestou.

Teresa olhou para Inácio, com cumplicidade, temendo a sua reação. Ele, no entanto, respirou fundo, contendo-se. Joana estava querendo provocá-lo, mas ele estava resolvido a não o permitir.

– Então, Dr. Alvarenga, soube que fostes nomeado ouvidor. És agora ministro! Meus parabéns! Mas então vamos ficar privados da tua companhia? Quando partes para o Brasil? – perguntou Teresa, mudando de assunto.

– Assim que eu acabar de arrumar as minhas coisas, condessa. Espero partir em breve...

– Vais deixar muitas saudades, Dr. Alvarenga... – afirmou Teresa. – Espero que não te esqueças dos amigos que deixas aqui – acrescentou, com uma piscadela.

– Os verdadeiros amigos não se esquece, condessa. Apenas se deixa para trás, em definitivo, aquilo que não teve valor – respondeu Inácio, olhando fixamente para Joana. – Mas podes ter certeza de que parto com o coração totalmente aliviado e recuperado, após algumas desilusões. Nada melhor do que as tempestades, para se conhecer as pessoas!

Joana corou. Teresa deu um sorrisinho. José Anastácio olhava para ambos, sem compreender.

– Se me permitem, senhoras, preciso deixá-las. Tenho alguns assuntos a tratar – disse Inácio, fazendo uma mesura e se despedindo.

Quando ele se afastou, Teresa comentou com Joana:

– Que bom que ele não tem ressentimentos contra ti, não é Joana? – sussurrou. – O Dr. Alvarenga é um homem maravilhoso, não achas? Ele é tão distinto, simpático, elegante... Há pelo menos uma dúzia de mulheres aqui que suspiram por ele – afirmou, enquanto pensava: *"Inclusive eu"*.

– É verdade, Teresa, mas há aqui hoje também vários homens interessantes, não é mesmo? – E virou-se para José Anastácio, cobrindo-o de atenções.

"É, minha amiga, tu não és tão inteligente como supões... Ainda vais te arrepender de teres abandonado Inácio", pensou Teresa, acompanhando-o com o olhar.

Inácio saiu dali pisando duro. No momento, havia conseguido manter o autocontrole, mas por dentro estava em fúria. Começava a ver o seu sentimento por Joana transformar-se em desprezo. *"Que mulher vulgar! E imaginar que eu estava a me derreter por um tipo desses... Tu és um tolo, Inácio, um bobo, como já disse minha tia Maria"*, pensou. Pegou um copo de vinho de uma bandeja que viu à sua frente e o bebeu de um só gole.

– Então, Inácio, estás a te embebedares antes que o banquete se inicie? Que me dizes? Grande festa, não? – disse Joaquim Brandão aproximando-se com um sorriso e dando-lhe um tapinha nas costas. – Gostei muito do teu soneto. Aliás, sempre gosto do que escreves. Teus versos são perfeitos! Tu conheces mitologia e antiguidade clássica como poucos.

– Obrigado, Joaquim. Mas falas isso porque és meu amigo. Tu também fazes versos muito bons – respondeu Inácio, ainda tentando recuperar a calma.

– Acredito que sim... para um médico... bem, sou capaz de dizer que não são totalmente maus – e riu com gosto, levando Inácio a rir também, aliviando a tensão que sentia.

– Viste por aí o Basílio, Joaquim? Preciso conferir com ele se o Marquês de Pombal autorizou o adiantamento do meu estipêndio, para que eu possa comprar já a passagem para o Brasil.

– Então vais logo, Inácio? Puxa, uma pena que não fiques mais aqui em Lisboa. Vais fazer falta nos saraus... Olhe, ali está o Basílio com o irmão, o Caetano – respondeu Joaquim, fazendo um sinal para Basílio se aproximar.

– Então, meus amigos! – disse Basílio alegremente, colocando-lhes a mão nos ombros de ambos. – O que estão achando disso tudo?

– Fantástico, maravilhoso! O marquês é mesmo estupendo em tudo o que faz. Que administrador, hein! Olhe que isso é festa para milhares de contos – disse o Joaquim Seixas, entusiasmado.

– Tu estás de parabéns também, Basílio. Imagino o tanto que trabalhaste para a celebração chegar a esse ponto – afirmou Inácio.

– Uma trabalheira, Inácio, uma trabalheira!

Caetano, ao seu lado, fazia um muxoxo. Olhava para Inácio com ar de desprezo. Também ele estava prestes a partir para o Brasil. Havia conseguido ser designado pela Igreja como vigário da paróquia de São João Del Rei, onde tinha parentes e muitos interesses. Teria, no entanto, que conviver com a presença que lhe parecia insuportável de Inácio Alvarenga e, o que é pior, sob a sua administração como ouvidor!

Nem bem os irmãos tinham virado as costas para se retirar quando Inácio comentou:

– Olhe, Joaquim, não sei o que ocorre com o Caetano, irmão do Basílio. Sempre o tratei bem, já o hospedei várias vezes na minha casa em Sintra, mas o sujeito é pretensioso. Dá-se grandes ares. Acha que é poeta e quer elogios. Além disso, soube que leva uma vida escandalosa, apesar de ser padre. O Basílio, no entanto, faz vistas grossas...

Inácio, ainda visivelmente agitado pelo encontro inesperado com Joana e seu novo amante, nem prestou atenção à sua volta. Continuou a falar, exaltado, agitando os braços:

– Ele não gosta de mim, Joaquim. Não sei por quê, sempre com um ar de superioridade para o meu lado. Logo se vê que somente presta para aquilo que vai fazer: ser um padreco. E padreco dos piores! – Inácio completou a enxurrada de impropérios com uma gargalhada nervosa.

Joaquim lhe fez um discreto sinal com o dedo, ao que Inácio olhou para ele, sem entender. Ao virar-se, viu atrás de si Antonio Caetano Villas Boas sair apressadamente, com uma expressão de ódio estampada no rosto. Ele tinha ouvido grande parte dos comentários de Inácio.

TEMPO DE RETORNAR
Rio de Janeiro (1776)

> *Tudo mostra o teatro, tudo encerra;*
> *Nele a cega razão aviva os lumes*
> *Nas artes, nas ciências e na guerra;*
> *E a vós, alto senhor, que o rei e os numes*
> *Deram por fundador à nossa terra,*
> *Compete a nova escola dos costumes.*
>
> "Soneto ao Marquês de Lavradio", Alvarenga Peixoto

Içadas as velas, o navio São Zacarias ia deixando lentamente o porto de Lisboa, rumo ao Rio de Janeiro. O céu estava muito azul e límpido e os ventos eram bons para zarpar. A viagem prometia ser calma e segura, dizia o capitão aos poucos passageiros que se encontravam ali no convés. A única dificuldade poderia vir na travessia do Mar Tenebroso ou Mar Longo, que era como os marinheiros chamavam o oceano Atlântico, e enfrentar os ventos ao leste do arquipélago de Cabo Verde, que ocasionava pequenas tormentas. Mas com aquele céu era impossível pensar-se em coisas ruins! Aquele céu, que somente se fazia assim, com esse azul profundo, na costa portuguesa, era certamente prenúncio de boa viagem.

No convés, afastado dos outros passageiros, Inácio observava, com certa melancolia, ir desaparecendo ao fundo a Torre de Belém e o grande Mosteiro dos Jerônimos. Era tempo de retornar ao Brasil. Levava consigo seus dois fiéis criados portugueses: Antônio José e Jerônimo Xavier. Levava, ainda, uma quantidade enorme de baús de viagem contendo o seu elegante guarda-roupa e o que pôde trazer das alfaias da bem decorada casa de Sintra. O navio estava previsto para chegar ao Rio de Janeiro no início do ano de 1776. Isso lhe daria algum tempo para repousar da viagem, aproveitando o convívio com os parentes e os amigos, antes de partir para a sua nova comarca no interior de Minas Gerais.

Pretendia o novo ouvidor, ademais, verificar de perto a quantas andava o complicado processo do inventário dos bens deixados por seu pai. Ao partir, deixou em Portugal muitas dívidas. O capitão Dionísio Chevalier, como garantia, o fez assinar um recibo no qual discriminou tudo o que Inácio lhe devia, com a promessa de que lhe pagaria assim que se estabelecesse na nova comarca. A dívida alcançava valor superior a inacreditáveis 9 mil contos de réis! O salário anual de um ouvidor no Brasil, contando com algumas rendas extras, como as da arrecadação de taxas processuais, poderia alcançar em torno de 2 mil contos de réis. Não seria preciso, portanto, muita matemática para se compreender que, sem fazer novas dívidas e economizando muito, seriam necessários pelo menos cinco anos para o seu pagamento. Ele precisava aprender a se controlar! Ali, no convés do navio São Zacarias, Inácio fez para si mesmo a promessa de que resolveria a questão da herança e pagaria a sua dívida com o capitão Dionísio, cuja companhia mercante estava, por sua vez, em situação financeira deplorável. Nova vida, sem aborrecimentos dessa ordem, era o que almejava para si, a partir daquele momento.

Tinha muito a agradecer ao Marquês de Pombal. Alguns meses depois da nomeação e da festa ao pé da Estátua Equestre, o ministro se encarregou de comunicar pessoalmente a nomeação do novo Ouvidor da comarca de São João Del Rei à Junta da Real Fazenda de Minas Gerais. Autorizou-o, por esse ato, a receber o adiantamento de 200 mil réis para cobrir as despesas da sua viagem. Não fosse isso, Inácio estaria em apuros até para comprar a passagem e fazer os preparativos para empreender a sua viagem até o Brasil, que não era nada barata. Sem contar que, antes da partida, tinha reunido os amigos para uma noitada de despedida, na taverna que costumava frequentar em Belém. Tinha sido uma noite memorável, com discursos, poesias, cantorias e mulheres. Muitas mulheres. As melhores que o amigo Tibério Pedegache conseguiu reunir. Iria sentir saudades das mulheres portuguesas – morenas, carnes rijas, olhares que prometiam aos homens os céus... Isso tudo havia lhe custado uma pequena fortuna. *Mas agora, enfim, vida nova, pensava, com um suspiro.* Pagaria *tudo* em breve!

Chegou ao Rio de Janeiro em um final de tarde ensolarado, em que os últimos raios douravam as águas tranquilas da baia de Guanabara. A visão do morro da Urca e do Pão de Açúcar, com suas encostas verde-esmeralda contrastando com o mar azul deu-lhe um sentimento de paz. Logo avistou, acenando-lhe do cais, o seu tio Sebastião, a sua tia Maria de Jesus, o seu esposo e filhinho. Em poucas horas já estava confortavelmente instalado na casa dos parentes, onde uma magnífica ceia o esperava, com a presença de quase toda a família e amigos próximos do Rio de Janeiro, que tinham vindo abraçá-lo e dar-lhe as boas-vindas. Tinham orgulho do Inacinho, que se tornou o membro mais ilustre da grande família dos Alvarenga.

Tão logo soube da sua chegada ao Rio de Janeiro, o vice-rei, marquês de Lavradio fez questão de conhecer pessoalmente o novo ouvidor. A fama de Inácio em Sintra e nos salões de Lisboa, como poeta e orador, o havia precedido. Tinham, além disso, vários amigos em comum. O marquês levou-o a conhecer as obras que estava realizando na cidade, com dificuldades imensas, pois pouco apoio lhe vinha da metrópole. Entre elas, uma lhe proporcionava especial orgulho: a Casa da Ópera. Queria inaugurá-la com toda a pompa e para isso encomendou ao ouvidor-poeta que traduzisse para o português uma grande peça do teatro italiano – a *Merope* – de Scipione Maffei. O vice-rei tinha uma aspiração nobre para a nova casa de espetáculos da capital: desejava que ela fosse frequentada pela maior parte da população. Para tanto, era necessário que as pessoas entendessem a história das óperas que ali se encenavam. Inácio aceitou com entusiasmo o desafio e em menos de um mês concluíra a tradução da peça que era, no momento, a mais representada nos teatros europeus.

A noite de gala dedicada à abertura da Casa da Ópera no Rio de Janeiro foi um evento de luxo e pompa que mobilizou toda a sociedade, contando com a presença das autoridades, damas e cavalheiros da elite carioca. À apresentação da peça, em cujo libreto vinha a assinatura de Inácio José de Alvarenga Peixoto, seguiu-se um elegante jantar no *foyer* do teatro. O sucesso foi tão estrondoso que logo após a inauguração, entusiasmado, ele compôs em versos um drama, a que deu o nome de *Enéas no Lácio*, igualmente adaptado para os palcos da Casa da Ópera. Marcava assim o agora ouvidor da comarca do Rio das Mortes, triunfalmente, o seu regresso à pátria.

A chegada de Inácio ao Brasil ocorreu em boa hora. No início do ano seguinte, em 24 de fevereiro de 1777, faleceria em Portugal o rei D. José I. Um dos primeiros atos de sua filha, coroada D. Maria I, foi o banimento do Marquês de Pombal e de todos aqueles que tivessem participado do seu governo. O período que imediatamente se seguiu, conhecido como a "viradeira", representou uma triste etapa na história portuguesa. A assunção de Maria I desencadeou um período de feroz perseguição religiosa, em que se repetiam, com talvez maior crueldade, os processos e condenações da época da Inquisição. No campo político, a Intendência Geral de Polícia andava no encalço de todo aquele que simpatizasse com as ideias iluministas. Livros de filósofos franceses e ingleses eram queimados em praça pública. Possuí-los era considerado crime de traição à Coroa. Os seus leitores e divulgadores eram condenados à morte ou ao degredo. O objetivo era extirpar, pelo medo e pela violência, todas as concepções filosóficas que pudessem perturbar as consciências dos povos.

Um pouco antes, no entanto, na América do Norte, na mesma época em que Inácio Alvarenga Peixoto se encontrava a caminho das Minas Gerais, as Treze Colônias se uniam para lutar contra o governo britânico, e colocavam em prática, em primeira mão, os ensinamentos de Montesquieu e Rousseau. No decorrer do conflito, os representantes das colônias inglesas na América conseguiram traçar os seus objetivos comuns no 2º Congresso da Filadélfia, de 1775. Thomas Jefferson se encarregou de redigir a Declaração de Independência dos Estados Unidos da América, promulgada em 4 de julho de 1776. Começava ela com a afirmação, de inimaginável repercussão política, de que todos os homens eram livres e iguais em direitos e obrigações. Alguns estudantes brasileiros em Coimbra leram atentamente esse documento. E pensando nos destinos da sua pátria, apertaram-se as mãos.

PARTE II

AS PEQUENAS PRINCESAS
São João Del Rei, 1776

> *Cantai, pássaros da sombra,*
> *Sobre as esvaídas lavras!*
> *Cantai, que a noite se apressa*
> *Pelas montanhas esparsas,*
> *E acendem os vagalumes suas leves luminárias,*
> *Para imponderáveis festas*
> *Nas solidões desdobradas.*
>
> "Fala à Comarca do Rio das Mortes." *O Romanceiro da Inconfidência*,
> Cecília Meireles

A casa do advogado José da Silveira e Sousa era das mais ricas e animadas da vila de São João Del Rei. O belo sobrado situado à rua da Prata, de cujas amplas janelas se via erguer a nova igreja dedicada a São Francisco de Assis, era arejado, confortável e decorado com capricho. Seus salões se abriam regularmente para receber autoridades ilustres, intelectuais e ricos fazendeiros que estivessem de passagem pela cidade. O Dr. Silveira era homem afável, cortês, bajulador. Gabava-se de ter amigos influentes tanto na metrópole, como no Rio de Janeiro, sede do governo real. Português natural da histórica cidade de Tomar, Silveira terminou o curso de Direito em Coimbra e logo depois veio para o Brasil, para a capitania de Goiás, onde se casou com Maria Josefa da Cunha.

Maria Josefa tinha linhagem nobre. Era neta do coronel Baltazar da Cunha Bueno, segundo filho do bandeirante Amador Bueno da Veiga, um dos comandantes paulistas na Guerra dos Emboabas. Sua família era descendente, por sua vez, de Amador Bueno de Rivera, que passou para a história como "o Aclamado". Em 1641 os paulistas quiseram se aliar aos espanhóis, fixados ao sul da colônia, para formar um estado independente de Portugal. Amador Bueno rejeitou o oferecimento dos seus conterrâneos para ser aclamado rei e jurou lealdade ao trono português. Por esse gesto de bravura recebeu o reconhecimento da coroa portuguesa.

Resolvido a fazer fortuna, Silveira mudou-se com a mulher para São João Del Rei, onde se estabeleceu como advogado e depois como fazendeiro, proprietário de grandes extensões de terra de cultura, lavras de ouro e águas minerais. Ali formou uma bela e numerosa família. Por duas vezes, Silveira tentou retornar à sua cidade natal em Portugal, a pequena vila de Tomar. Os seus pais haviam falecido e deixado vários bens, e suas duas irmãs solteiras necessitavam da sua ajuda para administrar e tocar as propriedades. Considerou o advogado, ademais, ser uma boa oportunidade de levar os filhos e filhas para serem educados em melhores condições na metrópole. O requerimento que enviou à rainha para voltar ao reino, no entanto, demorou a ser despachado. A resposta não vinha, o tempo foi passando e ele acabou por acomodar a sua família definitivamente em São João Del Rei.

A par da sua amabilidade, que o fazia muito bem quisto na rica sociedade local, o Dr. José da Silveira e Sousa era conhecido, sobretudo, pelos animados saraus que promovia em sua residência. Ali se reuniam poetas, músicos, intelectuais e vários amigos, pois Dr. Silveira gostava, assim como toda a sua família, de viver no ambiente relaxado e aprazível de culto à poesia, à música e às artes. A fama da sua casa se devia, ainda, ao encanto de suas filhas, cuja beleza era cantada em prosa e verso por vários admiradores de aquém e além-mar. De fato, além da graciosidade que naturalmente possuíam, D. Maria Josefa se empenhou em dar às filhas a educação mais refinada que uma moça da época poderia ter. A situação privilegiada da vila de São João del Rei, como polo cultural e econômico, propiciava a presença de mestres e artistas de boa formação e qualidade. Os filhos do advogado tiveram, por isso, professores particulares que lhes ministravam aulas de francês, gramática, literatura e música. Aprenderam as moças, ademais, tudo o que se deveria saber para se conseguir um bom casamento, como a maneira de se portar à mesa e em sociedade, como dançar, bordar e, do mesmo modo, como organizar a casa e a criadagem. Encontrar um rapaz que representasse um bom partido para as filhas era, tanto para D. Maria Josefa como para todas as mães do século XVIII, o maior objetivo das suas vidas.

Bárbara Eliodora era a filha mais velha do casal. Era uma moça alta, de porte altivo, tinha pele clara e os olhos muito vivos, de um azul profundo. O cabelo era castanho claro, cheio e cacheado, que apresentava uma tonalidade avermelhada quando ela ficava ao sol. Gostava de usá-los semipresos com uma fita, realçando-lhe o rosto em que se destacava a boca carnuda e benfeita, os dentes brancos, emoldurados por seu belo sorriso. Bárbara era alegre, mas de gênio forte, sempre disposta a contradizer o pai que, por sua vez, acabava por achar graça e desculpar os arrebatamentos da filha. Defendia os criados e escravos da casa como uma leoa aos seus filhotes, e não deixava que eles fossem maltratados de maneira alguma. Era, por esse motivo, idolatrada pelos serviçais da casa, que tinham a Sinhá Bárbara na conta de verdadeira protetora e era a quem recorriam sempre que precisavam.

Sua mãe se lamentava ao descrever para as amigas, um tanto desolada, aquilo que ela considerava "os arroubos e bravatas de Bárbara". Contava que certa vez a menina chegou ao ponto de discutir com o próprio pai, porque achou que o barracão nos fundos da casa, onde viviam os escravos, precisava de reparos no telhado, pois havia goteiras para todo lado no período de chuva. O pai não concordou. Disse que eles mesmos poderiam dar um jeito de se arranjarem, pois o conserto do telhado ficaria muito caro e ele não podia dispor dos recursos.

— Não acreditaríeis se eu contasse que a estouvada da minha filha ficou de frente para o pai e disse-lhe que se ele não tomasse uma providência, ela própria se mudaria para o barracão, e lá ficaria até que ele o mandasse consertar — exclamou Maria Josefa, enquanto tomava café com as amigas, na sala de estar.

— Que absurdo, Maria, e onde estava o Silveira que não lhe aplicou uma boa sova? Como ele permite que a filha lhe fale assim? Estranhou a sua comadre, Terezinha.

— O Silveira é um bobo, comadre, faz qualquer coisa pelas meninas. Bárbara é tinhosa, tem uma personalidade nada fácil, mas sabe mimar o pai e enchê-lo de carinhos, de modo que ele acaba cedendo.

— Não me diga que ele fez as vontades dela nesse caso? Essa seria para mim a maior das surpresas... Onde já se viu? Ah, se fosse lá em casa...

— Ele não apenas consertou o telhado como mandou caiar o barracão todo, e ainda construiu uma cozinha exclusiva para eles... — Retrucou D. Josefa.

— Não acredito! E como ela conseguiu isso?

— Ela simplesmente o pegou pelas mãos e o levou até lá. Ele, impressionado com o que ela dizia — e eu tenho que reconhecer, ela tem muita inteligência para argumentar — achou que ela tinha razão.

— É, Josefa, aquela, sim, se tivesse nascido homem, que advogado seria! Uma pena as mulheres não poderem estudar leis.

– Ah, Virgem Maria! – Resmungou outra. – Esse mundo está perdido mesmo!

A segunda filha do casal se chamava Francisca Maria do Carmo. Era um ano mais nova do que Bárbara e de estatura mais baixa. Tímida, romântica, de personalidade dócil, era o oposto de Bárbara. Era loura e tinha olhos claros, sonhadores. Passava horas ao clavicórdio, treinando para tocar as músicas clássicas e os famosos minuetos, cujas partituras o pai encomendava aos amigos da família, vindos de Portugal. Adorava especialmente a música barroca de Bach e seu sonho era conhecer a Europa. Quando não estava tocando ou lendo, divertia-se cuidando do jardim e dos animais de estimação da casa. Francisca era séria, compenetrada nos seus afazeres e a ela Bárbara confidenciava seus pequenos segredos.

Em seguida vinha Anna Fortunata, que ainda não havia completado 15 anos de idade. Era viva, alegre, engraçada, puxou o lado mais moreno da família Bueno. Não tinha o talento das letras, como Bárbara, nem da música, como Francisca e nem gostava de ler ou de estudar. A sua mãe fazia o possível para interessá-la em alguma outra atividade feminina, como o bordado ou a pintura, mas ela a custo se concentrava em qualquer outra coisa que não fossem os mexericos próprios da idade. Gostava mesmo era de conversar com as amigas, comentar as novidades, os namoros, olhar os moços bonitos que frequentavam a missa de domingo na Igreja do Pilar, à qual comparecia religiosamente a família Silveira, bem como todas as outras boas famílias da vila.

Havia também Teresa, filha de uma prima de Maria Josefa que ao falecer deixou a menina entregue aos seus cuidados. Tinha a pele bem morena, os cabelos negros e olhos castanhos. Com a mesma idade e altura de Bárbara, embora não tivesse a beleza marcante da prima, sua simpatia e amabilidade a faziam querida de todos. Como a prima, gostava de literatura e principalmente de poesia. Era considerada como filha pelo casal Silveira e foi educada como as demais meninas.

Maria Inácia Policena, com 12 anos, era como um botão de rosa prestes a desabrochar. Era igualmente bonita, embora um pouco mais cheia de corpo do que as irmãs. Tinha os cabelos castanhos e olhos esverdeados, anunciando uma sexualidade que parecia latente, apesar da sua idade. Já começava a se interessar pelos assuntos de namoro e, embora ainda fosse tratada como criança, demonstrava que seria espevitada como a irmã Anna Fortunata. Depois vinham José Maria da Silveira e Sousa, com 11 anos, Iria Claudiana Umbelina e Joaquina Maria, com 10 e 9 anos, além dos pequeninos Manuel Joaquim e Mariana Cândida. Com apenas 4 e 3 anos de idade, eram ainda crianças e enchiam a casa com o seu corre-corre, para desespero das amas. Maria Josefa, por sua vez, havia sido uma bela mulher na juventude. Apresentava agora o rosto sereno daquelas a quem os anos pareciam coroar a perda do viço da pele com a luminosidade dos olhos. Orgulhosa das suas origens, incutia nas filhas um sentimento de discreta superioridade, que se revelava no porte elegante, no comportamento discreto e educado, no modo de vestir e falar que as diferenciava, e muito, da maioria das outras moças locais. De fato, era reconhecido e comentado por todos os que frequentavam a casa que aquelas meninas não fariam feio em nenhum salão da metrópole.

Em uma terra onde escasseavam mulheres brancas em condições de se casar, as filhas do Dr. Silveira eram objeto dos olhares e da cobiça dos homens, fossem eles solteiros ou casados, de São João Del Rei e dos arredores. Isso lhes valia a indesejada inveja e o jocoso apelido, à boca pequena, de "as mimadas do Silveira", ou "pequenas princesas" alusão da qual jamais se livrariam, e pela qual pelo menos uma delas iria pagar caro, tempos depois.

***

O antigo povoado de Porto Real da Passagem foi fundado por Tomé Portes Del Rei, a quem foi conferido o direito de cobrança da travessia daquele trecho do rio das Mortes onde, de um lado para outro, transitavam pequenas embarcações. Eram bandeirantes, aventureiros, exploradores em trânsito para as terras mais altas, em busca do ouro fácil e dos diamantes das famosas minas de Vila Rica, Ribeirão do Carmo, Sabarabuçu e Arraial do Tejuco.

A região da Passagem era uma dádiva da natureza: situava-se em um vale com abundância de córregos e riachos que se encachoeiravam em quedas suaves, ou então se espraiavam em amplas várzeas e praias naturais. Circundado por pequenas colinas com vegetação exuberante que descia até próximo à margem dos rios, era possível encontrar-se ali uma grande variedade de árvores frutíferas, do que resultava também a presença de inúmeros pássaros e pequenos animais. Os campos verdejantes que se podiam avistar, ao longe, eram, além disso, bons para o pastoreio e o descanso dos animais. Nesse verdadeiro oásis, o clima ameno convidava ao repouso. A fartura de gêneros propiciava o reabastecimento das provisões das caravanas de passageiros que por ali fincavam as suas barracas, para se refazer da penosa viagem até a região aurífera. Era, de fato, uma boa terra para se fazer uma parada para descansar. Não por outro motivo, por ali passou a expedição de Fernão Dias Paes Leme em busca das suas esmeraldas, como também por ali passaram quase todos aqueles que, vindos do litoral, buscavam o ouro e as pedras das Minas Gerais.

O paraíso ocultava, no entanto, os seus pecados e a sua maldição. O agourento nome da região do rio das Mortes permanecia como reminiscência dos embates sanguinários entre os bandeirantes paulistas e os "estrangeiros" portugueses, na conhecida Guerra dos Emboabas, nos primeiros anos do século XVIII. Na região se contava, porém, que antes desse episódio, ocorreu outro: um grupo de paulistas foi posto a correr pelos índios Carijós, que os obrigaram a atravessar o rio a nado. Muitos morreram no desespero da travessia. Ocorreu também ali um dos mais dramáticos lances do embate emboaba, que tornou conhecido determinado trecho da estrada como o "Capão da Traição". Diz a história terem os paulistas, já derrotados, preparado uma emboscada para os adversários, atraindo-os a um capão no meio da mata. Ali atiradores escondidos nos altos das árvores os mataram impiedosamente. A revanche não tardou. Os emboabas cercaram os paulistas, que combateram até implorar por uma trégua. O comandante vencedor, Bento do Amaral Coutinho, jurou pela Santíssima Trindade que se os derrotados se entregassem, ele lhes daria o salvo-conduto para saírem ilesos da região das minas. O comandante mentiu, não honrou a palavra dada. Olho por olho, dente por dente. Após a rendição e entrega das armas, todos os cerca de trezentos paulistas capturados foram cruelmente assassinados. Nunca mais se esqueceu daquele dia, a desonra dos paulistas, a mancha da traição.

Em meio a tanto sangue e tantas promessas, não se tardou a descobrir que essa abençoada paragem, no caminho das minas, também possuía os seus filões auríferos. Próximo às colinas e montes foram logo encontradas ricas manchas de ouro, que aparecia farto, quase à superfície da terra. Foi em torno dessas aluviões descobertas no Arraial Novo do Rio das Mortes que surgiram os primeiros povoados. Ramificados pelas margens do córrego do Lenheiro, foram eles elevados à categoria de vila em 1713, com nome dado em homenagem a D. João V, rei de Portugal. O rio das Mortes acabou por dar nome à comarca, cuja sede passou a ser a vila de São João Del Rei.

No final do século XVIII, São João Del Rei era, portanto, depois de Vila Rica, o centro da vida urbana mais ativa e intensa de todo o interior da América portuguesa. As residências das pessoas enriquecidas com o poder do ouro eram tão bem edificadas e mobiliadas quanto as mais distintas casas senhoriais do Rio de Janeiro, São Paulo ou Vila Rica. As ruas eram largas e muitas delas calçadas. O comércio era variado, com grande número de lojas, muito sortidas, que vendiam mercadorias portuguesas e inglesas, como também as produzidas na colônia. Várias belas igrejas surgiram, financiadas pelas irmandades religiosas. A primeira delas, a rica matriz de Nossa Senhora do Pilar, foi consagrada à padroeira da cidade. Depois veio a construção da Igreja São Francisco de Assis, cuja planta primitiva e entrada principal foram encomendadas a Antônio Francisco Lisboa, o Aleijadinho.

A vida cultural em São João Del Rei, assim como nas principais cidades mineiras do século XVIII, era intensa e rica. Cultivava-se a música e o teatro. Ouvia-se Mozart, Boccherini, Pleyel. Um corpo de artistas de valor e uma plêiade de músicos e compositores animavam os serões na sala do teatro ou nas residências das famílias abastadas, à roda dos enormes candeeiros de azeite ou sob vastíssimos lustres de muitas velas. Uma casa de teatro, à exemplo da Casa da Ópera de Vila Rica, recebia artistas vindos da Bahia, do Rio de Janeiro e, algumas vezes, até da Europa.

Um século depois da sanha do ouro, quando o metal já não era tão farto e fácil de encontrar como nos primeiros tempos, São João Del Rei prosseguia como a segunda vila mais populosa e progressista da capitania de Minas Gerais.

O NOVO OUVIDOR DA COMARCA
São João Del Rei, agosto de 1776

> *Mostra Gaspar vaidoso a livraria,*
> *Donde o tio doutor sermões tirava.*
> *Mau gosto, que à razão não dá ouvidos,*
> *Vem numerar as obras que ditaste;*
> *Seja a última vez eu te asseguro*
> *Que não vejas fumar nos teus altares*
> *Do gênio português jamais o incenso.*
>
> "O Desertor", Canto V, Manuel Inácio da Silva Alvarenga

Eram meados de 1776 quando se soube em São João Del Rei que o novo ouvidor chegaria em breve à cidade. A posse ocorreria no dia 18 ou 19 de agosto, segundo a carta que recebeu o atual ouvidor da comarca, Dr. Francisco Carneiro Pinto de Almeida. Por ela, o empossando, que já havia apresentado o Ato Real da sua designação em Vila Rica, dava ciência ao antecessor da sua viagem e lhe solicitava o auxílio para os preparativos da chegada. Pedia-lhe o obséquio de lhe arrumar a casa para sua moradia e o que fosse necessário para alojar os seus dois criados portugueses, Antônio José e Jerônimo Xavier, que o acompanhavam desde que era juiz em Sintra.

Para as moças, a notícia de que o novo ouvidor era poeta afamado em Portugal, tinha pouco mais de 30 anos, boa aparência, fortuna e, sobretudo, era solteiro, atiçou-lhes imediatamente a curiosidade e causou grande burburinho. Não se falava, nas casas de família, entre as mulheres e as mucamas, de outro assunto. Especulava-se sobre o seu passado e sobre a provável razão pela qual um rapaz nessa idade, sendo juiz e com tantos outros predicados, ainda se mantinha solteiro. Os mexericos mais inesperados começaram a aparecer. As línguas ferinas levantavam até a hipótese de que ele, na verdade, nem gostasse de mulheres. Algumas admitiam ter ouvido falar que ele era do tipo efeminado e protegido de um misterioso conde no norte de Portugal. Havia ainda aquelas que, julgando-se melhor informadas, afirmavam, ao contrário, que ele teria deixado uma rica amante em Sintra, onde exerceu a magistratura por alguns anos. Diziam que a mulher era uma senhora casada com um nobre, e que o novo ouvidor precisou apressar a sua vinda para o Brasil, com o auxílio do Marquês de Pombal, porque o marido descobriu tudo e jurou matá-lo.

As especulações em torno da vida da nova autoridade não tinham fim. O cargo de ouvidor era de nomeação do rei e significava o mais alto posto judiciário na comarca. O seu titular exercia função judicial sobre as causas cíveis e criminais, acumulando também atividades administrativas, atribuídas ao corregedor, tais como a direção dos serviços de polícia. Era ele quem supervisionava o trabalho dos demais juízes, detendo competência para analisar em grau de recurso as decisões do juiz ordinário e do juiz de fora. Representava o ouvidor, portanto, a própria Justiça Real, zelando pela aplicação da legislação portuguesa – as Ordenações do Reino –, na ampla região compreendida na comarca do Rio das Mortes. Diante do acúmulo de tanto poder, era natural, portanto, que a personalidade e a vida do seu futuro ocupante suscitassem tanta curiosidade.

Não foi por outro motivo que acorreram à solenidade de sua posse, em 19 de agosto de 1776, não apenas as autoridades locais, como grande número de curiosos. O Salão Nobre do Senado local nunca esteve tão lotado de gente. Ali se encontravam os ouvidores das comarcas vizinhas, os juízes ordinários, os juízes de fora, vereadores, intendentes, procuradores, tanto de São João Del Rei como das vilas próximas. Compareceram ainda os representantes da rica sociedade local, advogados, fazendeiros, militares e membros do Clero. A cerimônia foi solene, com a pompa exigível para a transmissão de tão alto cargo. Visivelmente emocionado, José Inácio de Alvarenga Peixoto pronunciou um belo e poético discurso, enaltecendo as maravilhas da terra na qual exerceria as suas funções e afirmando o seu compromisso de trabalhar pelo bem de todos, no que foi vivamente aplaudido. Ao término da solenidade o maestro Antônio do Carmo, o mais respeitado músico são-joanense, apresentou ao novo ouvidor uma seleção de belas músicas portuguesas e modinhas brasileiras. As canções foram entoadas por um coro de crianças, treinadas especialmente para lhe dar as boas-vindas. Após a cerimônia, postou-se o novo ministro, tratamento que era dispensado aos ouvidores, para receber os cumprimentos. Nesse pequeno ato o recém-empossado já surpreendeu aos presentes: foi simpático, amável e jovial com todos os que foram cumprimentá-lo, desde o mais humilde funcionário dos órgãos públicos, até os mais importantes membros da sociedade. Nenhuma autoridade havia feito isso antes.

Entre os advogados militantes na comarca que foram cumprimentar o ouvidor encontrava-se o Dr. José da Silveira e Sousa, acompanhado do comandante da Cavalaria local, Luís Vaz de Toledo Piza. Feitas as devidas apresentações e após um início amistoso de conversa, o Dr. Silveira não perdeu a oportunidade de se aproximar do ministro:

– A vossa fama de grande poeta o precedeu, Excelência – disse-lhe o Dr. Silveira, reverente. – Perdoai a minha ousadia, ministro, mas permita-me fazer-lhe um convite. Saiba que daria imensa alegria a este velho advogado se aceitásseis ir à minha modesta casa. Eu e minha esposa teríamos muito prazer se tivéssemos a honra de organizar um jantar em homenagem à vossa chegada à cidade. Sei que Vossa Excelência é um homem solteiro e por certo tem outras ocupações mais interessantes, mas tenho certeza de que o senhor não irá se arrepender.

– E sem contar, ministro – acrescentou o comandante Luís Toledo, bem-humorado – que em nenhum outro lugar nesta vila o senhor encontrará moças mais bonitas do que na casa do Silveira!

A sinceridade e cordialidade de ambos cativaram o ouvidor que, embora realmente tivesse outros planos, resolveu aceitar o convite.

– Ora, ora, Dr. Silveira – disse Inácio, com simpatia – sou um homem simples e o senhor não precisa ter comigo tanta cerimônia. Claro que atenderei ao seu convite, com prazer.

– Excelente! Vossa Excelência escolha, por favor, a melhor ocasião. Permita-me dizer-lhe que será essa uma boa oportunidade para o senhor conhecer um pouco mais de perto a sociedade local, além da minha própria família, o que seria para mim e minha esposa motivo de muito júbilo.

Com a aceitação do convite e a marcação de um sarau para a semana próxima, começaram os preparativos na casa do Silveira. D. Maria Josefa, assim que soube da notícia mandou buscar na fazenda as suas melhores cozinheiras bem como as provisões necessárias para uma grande festa. As moças da casa estavam entusiasmadíssimas. Tinham ouvido comentários das poucas senhoras que puderam comparecer à posse de que o ouvidor fazia, sim, uma bela figura. Na verdade, afirmaram elas, nunca tinham visto antes um rapaz tão garboso, elegante e educado.

Anna Fortunata estava animadíssima, embora estivesse em dúvida se o pai a deixaria participar da festa, pois aquele seria o seu primeiro compromisso social. As irmãs mais velhas achavam que não, porque ela ainda não tinha feito quinze anos. Quando ouviu isso, Anna fez cara de choro e sentou-se em um canto, emburrada. Francisca, vendo a sua decepção, comprometeu-se em interceder junto ao pai, ao seu favor. Com essa promessa a irmã voltou a conversar animadamente sobre o seu vestido e o penteado que usaria para impressionar o ouvidor. Bárbara, ou Babe, como as irmãs a chamavam, no seu canto, entretida com o seu bordado, fez um muxoxo:

— Aposto que ele é do tipo vaidoso, daqueles que se julgam o centro do mundo, com mulheres bobas como vocês aos seus pés — disse para as irmãs, com ironia.

— Ah, deixa disso, Babe! Tu não sabes, mas quem o conheceu diz que ele é muito simpático e tratou o papai com muita distinção na sua posse, quando ele o cumprimentou. Além do mais, é um grande poeta, já plenamente reconhecido na Corte em Lisboa! — retrucou Francisca.

— Simpático é pouco, Francisca! — ajuntou Anna. — Disseram que ele é o rapaz mais bonito que já apareceu aqui em São João Del Rei! As moças da cidade estão em tempo de ter uma convulsão nervosa. Soube que a pracinha em frente ao fórum agora virou local de passeio obrigatório — elas se arrumam, se perfumam e vão lá à tardinha, só para ver o novo ouvidor sair do trabalho! E dizem que ele é tão cavalheiro... cumprimenta a todas, com o maior respeito... — exclamou, com um suspiro.

— Olha os modos, Anna! — repreendeu Francisca. — Não fica bem demonstrar tanto entusiasmo. Agora, que o homem está causando grande rebuliço, há isso está!

— Grande coisa! — exclamou Bárbara. — Pelo seu histórico, deve ser um convencido. A Josélia, nossa vizinha, ouviu o seu pai comentar que ele aprontou em Sintra, antes de vir para o Brasil. Parece que ele deixou uma pobre donzela a chorar as mágoas, porque a abandonou sem dar explicações.

— Isso não é nada cavalheiro — retrucou Teresa.

— Ora, isso são mexericos dos invejosos, minhas irmãs — retorquiu Francisca, sempre apaziguadora. — Não se pode acreditar em tudo. Está claro que o homem tem despertado a curiosidade de todos...

— Bom, vejamos quando ele vier aqui em casa. Isto é... *se* ele vier... disse Bárbara.

— Por que minha irmã? Duvidas que ele venha? — indagou Francisca.

— Eu duvido muito — respondeu, com convicção, pondo fim ao assunto.

A verdade é que, ao contrário das irmãs, nenhum outro homem despertaria o interesse de Bárbara, naquele momento. Ela estava, nessa época, com a ideia formada de que acabaria por se casar com Antônio

Luís, filho de um dos grandes amigos de seu pai, o Dr. Fernando Vaz de Albuquerque, já falecido. Entre Bárbara e ele havia uma amizade sincera, desde a infância, de modo que se conheciam muito bem e partilhavam dos mesmos interesses e gostos. Antônio era um rapaz bastante alto e magro, moreno claro, cabelos castanhos e olhos úmidos, expressivos. Em razão da sua altura parecia franzino, talvez por conta da idade – tinha acabado de fazer 20 anos. Embora não se pudesse dizer que fosse especialmente bonito, era um rapaz tranquilo, amoroso e gentil, portador de grande cultura, e que se preparava para ir estudar leis em Coimbra.

Antônio amava Bárbara, a quem considerava o seu primeiro e único amor. Dedicava-lhe versos em segredo, que não tinha coragem de mostrar a ninguém. Bárbara sabia dos sentimentos de Antônio em relação a ela, mas não os correspondia em intensidade. Sentia por ele um amor fraterno. Admirava-o pelas suas opiniões, sempre sensatas, e por sua inteligência, que ela considerava acima do comum. Isso lhe bastava. Achava que ele era o homem ideal: romântico, caseiro, atencioso e preocupado em fazer aquela que estivesse ao seu lado feliz, antes de tudo. Vários outros pretendentes já haviam tentado, em vão, cortejá-la, mas Bárbara permanecia indiferente a todos eles. Bastava-lhe o amor de Antônio, com quem não teria nenhuma dificuldade em se casar: filho de família conhecida e respeitada, já era rico, em razão da herança que o pai lhe deixou, por ser filho único. Porém mais do que isso, ele fazia todas as vontades da sua amiga, o que para uma moça determinada e de gênio como ela, era o melhor que podia acontecer. As outras podiam sonhar com o ouvidor o quanto quisessem. Estava satisfeita com Antônio. Mesmo porque, pelo que ouviu falar, aquele não era o tipo de homem que despertasse a sua atenção. *De sua parte, ficassem tranquilas*, pensava. *Já havia traçado o seu caminho, e este definitivamente não se cruzaria com o daquele homem.*

***

O dia tão esperado pelo Dr. Silveira finalmente chegou. Havia um alvoroço geral em sua casa em torno da organização do jantar em homenagem ao ouvidor. Mesmo entre os convidados a exaltação não era diferente. As mulheres conversavam sobre os vestidos e joias que iriam usar, se deveriam ou não pentear os cabelos à moda francesa ou apenas colocar uma peruca, bem como qual seria o comportamento mais adequado na presença de tão importante autoridade. Os homens davam ordens aos criados para a limpeza cuidadosa dos seus casacos e coletes bordados com fios de ouro e prata, usados apenas em ocasiões especiais. As criadas, sob a supervisão de D. Josefa, corriam pela casa com vassouras, panos e esfregões, limpando, lustrando e perfumando os cantos com água de alecrim e manjericão.

Na cozinha preparava-se o jantar que seria servido no final da reunião. A leitoa assava lentamente no grande forno a lenha, enquanto as galinhas, já abatidas, seriam cozidas com os bons temperos da cozinha mineira. Tutu de feijão com torresmos, mandioca cozida, verduras refogadas e linguiças serviriam como acompanhamento. Petiscos variados, bolos, broas e biscoitos saíam dos fornos de cupim, no fundo do quintal. De sobremesa, doces de frutas da terra – mamão, cidra, laranja, acompanhados de queijo fresco, além do famoso doce de leite, pastoso ou cortado em delicados pedaços em forma de losango, especialidade das cozinheiras da casa. Sucos de frutas, ponches, vinhos portugueses e o insubstituível Porto. Para os mais ousados, a boa aguardente fabricada nos engenhos de Pernambuco, servida com uma lasca de limão.

D. Maria Josefa andava atarefada, de um lado para outro, verificando se estava tudo em ordem.

– Teodora, já colheu as margaridas e rosas para os arranjos nos vasos de porcelana da porta de entrada? E os guardanapos de linho, estão bem engomados? Eliane, já preparou o ponche de frutas? – gritava Maria Josefa, aflita, para as criadas.

As filhas ajudavam a mãe com entusiasmo. A prima Maria Alice, filha de Maria Emília, irmã de Josefa, veio ajudar na decoração da sala e a colocar fitas e enfeites coloridos nas janelas, como homenagem à vinda do ouvidor. Ela tinha a mesma idade de Bárbara e Teresa, era uma moça bonita, animada e alegre. Enquanto ajudavam a enfeitar o salão, juntamente com as escravas que lhes serviam de mucamas, as irmãs e primas conversavam animadamente e planejavam o que iriam fazer durante a festa, como cumprimentariam as autoridades presentes e como se comportariam. Maria Alice havia conseguido uma revista com desenhos vindos diretamente da França, mostrando os penteados e vestidos que estavam na última moda nos salões parisienses. Pediram à Joaquina, sua vizinha, que lhes emprestasse a Xiquinha, escrava que tinha grande habilidade como cabeleireira, para tentar copiar os modelos de penteados europeus e empoar as perucas. D. Maria Josefa havia retirado do baú que pertencera à sua mãe, logo que foi marcada a data do jantar, algumas roupas de festa que poderiam ser reformadas e adaptadas aos novos gostos. O preço dos tecidos novos, na colônia, estava pela hora da morte. Tudo tinha que ser importado de Portugal ou da Inglaterra. A costureira reformou os vestidos para as meninas, de modo que pareciam recém-saídos das melhores modistas. Da canastra usada como cofre, escondida atrás do armário do quarto de vestir, vieram algumas de suas mais belas joias, que seriam usadas por Josefa e pelas filhas naquela noite.

Enquanto as demais conversavam e riam, Bárbara era a única que permanecia alheia a tudo, ela que sempre foi a mais animada em todas as festas. Embora estivesse ajudando a mãe e as irmãs, permanecia calada, o pensamento distante.

– O que foi, minha irmã, estás doente? – perguntou-lhe Francisca.

– Não, Francisca, não é isso – respondeu, desanimada. – Na verdade hoje não me sinto muito bem. Não estou com nenhuma disposição para festas. Eu não sei por quê, mas acordei hoje um pouco angustiada. Sabe aqueles pressentimentos que tenho de vez em quando, de que alguma coisa ruim vai acontecer?

– Vai acontecer, sim, minha irmã, mas é uma coisa boa: uma alta autoridade vem aqui em casa, vai haver uma festa e vamos nos divertir. Deixe de lado esses teus pressentimentos, Babe, vai dar tudo certo! – retrucou Francisca.

– Na verdade, eu queria mesmo era poder ter liberdade para fazer o que eu gosto e ir apenas aos lugares que eu quisesse. Se eu pudesse, hoje eu me esconderia para não ter que participar desse jantar!

– Hum... sei. Em outras palavras, o que tu gostarias mesmo é de ficar no meio dos teus livros, ou a escrever o teu diário e tuas poesias, que é o que te apraz.

– Ah, Francisca, a sociedade é tão injusta com nós, mulheres! Veja as primas. Estão todas agitadas porque vem aqui esse senhor, que elas não conhecem, apenas por ouvir dizer que é bem-apessoado, tem prestígio e poder. Resumindo, um "bom partido"! Outros "bons partidos" aqui estarão, e todas só pensam em fisgar algum. Estamos quase no final do século e o objetivo das mulheres continua sendo o mesmo de sempre! – exclamou Bárbara, indignada.

– Mas Babe, essa é a lei da vida e não há como mudá-la, pelo menos por enquanto – respondeu Francisca, segurando-lhe a mão. – Vejas o teu caso. Já estás com quase 19 anos e mamãe diz que é preciso começares a te preocupar com isso. Além do mais, se não te casas logo, também nós não podemos, porque devemos esperar pelo teu casamento. Assim papai quer que seja.

– E pelo visto, Antônio ainda demora a se declarar, ou pedir a tua mão – completou Maria Alice, aproximando-se e se metendo na conversa. – Soube que ele partirá no final do ano para Coimbra, onde deve ficar pelo menos uns cinco anos. Quando ele voltar, tu já serás uma velha – e riu, com ar de brincadeira.

– Isso se não voltar casado com outra... – completou Teresa.

– Ah, Teresa, que maldade! – retrucou Maria Alice.

– Já vejo Bárbara velhinha – zombou Anna Fortunata – esperando por Antônio, e ele chegando de Coimbra, com o diploma de doutor debaixo de um braço e... tchan... tchan... tchan... tchan... pendurada no outro... uma bela senhora.

– Ah, vai, priminha, não brinques tanto assim que a coisa é muito séria – retorquiu Maria Alice, em defesa da prima.

Todas deram gargalhadas, inclusive Bárbara, que já estava acostumada com as zombarias delas.

– Lembram-se do caso da Catarina? – perguntou Teresa. – Tia Josefa contou que ela ficou noiva de determinado rapaz aqui de São João, com aliança, promessa de casamento e tudo. Após dois anos que o dito cujo estava na França, onde foi estudar medicina, ele escreveu para a noiva uma longa carta, desculpando-se por tudo, mas que tinha resolvido ficar a viver por lá mais alguns anos e que ela se sentisse livre do compromisso.

–Bastardo! – gritou Bárbara. – Na certa encontrou uma francesa por quem se apaixonou e deu essa desculpa esfarrapada...

– Pois foi isso mesmo o que aconteceu – continuou Teresa. – A mãe do rapaz acabou por dar com a língua nos dentes e contar a história toda. A Catarina custou a se recompor e parecia mais uma viúva, do que uma noiva abandonada.

– Que horror! – exclamou Anna. – Pois eu no lugar dela dava de ombros e me casaria logo com o primeiro que aparecesse...

– Meninas, meninas, por favor, não pensem isso de Antônio – disse Bárbara, sorrindo, querendo pôr fim à conversa. – Todas nós sabemos que Antônio é um rapaz que tem bons sentimentos e é incapaz de magoar alguém, quanto mais a mim, que sou sua melhor amiga. Ele tomará uma decisão em breve, tenho certeza.

– Sei não, Babe. Agora, falando sério, ele parece mais que vai é seguir o sacerdócio, de tão sisudo que é – ajuntou Maria Alice. – Acho que perdes teu tempo em pôr a tua confiança nele, minha prima.

— Tenho certeza, Maria Alice, de que se ele ainda não tomou uma decisão é porque, cá para nós, tem muito medo do papai não aprovar, pois ainda não terminou os estudos. Mas certamente não vai querer que eu fique aqui a esperá-lo por todo esse tempo. Ele sabe que eu não suportaria essa agonia – completou Bárbara, sem muita convicção.

— Disso eu não tenho a menor dúvida! Principalmente quanto a essa última parte – acrescentou Anna, com jeito brincalhão. – Tu, Babe, com esse teu jeito, tão firme e decidida, não vais aguentar esperar por uma resolução dele. Há outros pretendentes rondando por aí e, afinal, tu não podes ficar escolhendo indefinidamente. Pelo menos, pense em nós!

— Oh, coitadinha da minha irmã. Por que essa pressa? Já tens alguém em vista? Tu, hein, minha irmãzinha, tão nova e bonitinha, já tens os teus segredos? E tu, Maria Alice? Vais ficar eternamente esperando pelo primo José Eleutério? Não, não, meninas, não sejamos apressadas – disse Bárbara. – Tudo tem o seu tempo. Vamos esperar um pouco mais. Enquanto isso, vamos nos divertir, que a vida é curta. Depois do casamento, vêm as obrigações, os filhos, a chatice... Vamos aproveitar enquanto é tempo. Ademais, nem sei mesmo se quero me casar.

— Hum, está bem, é essa tua dúvida o que mais me amedronta... Coitadas de nós, que não sabemos quanto tempo ainda teremos que esperar. Tu sabes que, como teus pais me criaram, eu também entro nessa fila – disse Teresa, fazendo beicinho.

— Para falar a verdade, Babe, pensando bem, eu tenho medo é por Antônio – disse Anna, fingindo seriedade. – Qualquer hora tu vais espantar o homem, quando te der na cabeça de tentar beijá-lo à força... Pobre rapaz! Ele acha que a Babe é uma santa! – acrescentou, caindo na gargalhada.

— D. Anna Fortunata! – protestou Bárbara, também aos risos... – O que é que pensas de tua própria irmã...

— Ah, irmãzinha, só digo isso porque te conheço... Sei que tens aí escondido um fogo... ou melhor: um fogaréu! Diga-me que nunca tentaste...

Bárbara corou. Mas as moças riram e retornaram para auxiliar a arrumar o salão.

***

O casarão da rua da Prata estava todo iluminado, aguardando a chegada do ouvidor. Aos lustres enormes, cheios de velas, acresciam-se os candelabros de prata, de cujas bases saíam mimosos enfeites de flores do campo. A mesa de banquete, forrada com rica toalha de linho bordada, encontrava-se enfeitada com arranjos de frutas, velas e flores. Os escravos estavam vestidos com esmero, com seus uniformes azul-escuro, luvas brancas e perucas. O serviço de baixelas de prata brilhava no salão de jantar refletindo as luzes das velas, o que propiciava um espetáculo à parte. A decoração era linda e caprichada e a casa parecia estar pronta para receber até mesmo Sua Alteza, o rei José I, se este alguma vez pusesse os seus reais pezinhos naquele interior de Minas.

Os convidados começaram a chegar. Na porta, Dr. Silveira e Sousa, com D. Maria Josefa ao lado, os recebia com gentilezas e mesuras. As liteiras e coches iam parando em frente da casa, conduzidos pelos braços fortes dos escravos. Delas desciam os senhores e senhoras, envergando trajes de luxo, como exigia a ocasião. Os grupos foram se formando, com as senhoras em um canto, abanando-se com os seus leques e exibindo as suas joias em vestidos decotados, como era a moda na época. Um animado grupo reunia as filhas Francisca e Anna, as primas Teresa e Maria Alice e mais duas amigas. Todas elas elegantes e lindas com seus vestidos bordados e perucas. Outro grupo reunia o amigo Antônio Luís, o primo José Eleutério e mais alguns cavalheiros, que conversavam animadamente. O comandante Luiz de Toledo Piza estava com o seu irmão, o padre Toledo, e ambos davam risadas com o fazendeiro Rezende Costa. O clima era de descontração e amizade. As mucamas, no canto da sala, a tudo observavam e serviam os refrescos para as moças e o ponche para os rapazes. Escravos com bandejas de prata, cheias de petiscos, circulavam pelo salão.

O burburinho só foi interrompido pela entrada do novo ouvidor no salão. Com risadinhas e comentários abafados pelo abanar dos leques, as senhoras logo interromperam a conversa. As moças, no entanto, tinham os olhos fixos no belo rapaz que havia acabado de assomar à porta, acompanhado de outros dois homens, sendo que um deles, mais humilde, parecia ser o seu ajudante de ordens. Dr. José Inácio de Alvarenga Peixoto. Porte elegante, trajava o *habit complet à la française*, que consistia em um calção justo e casaca até a altura dos joelhos, usada aberta para exibir o colete ricamente bordado com fios de ouro e prata, a última moda entre os nobres na Europa. Trazia as insígnias distintivas do cargo de ouvidor e usava o seu espadim. Era alto, tinha os ombros largos, o rosto másculo, a tez um pouco morena em razão do tempo que passou no Rio de Janeiro, antes de viajar para São João Del Rei. Os cabelos castanhos bem penteados, jogados para trás, o olhar inteligente, perscrutador e um belo e largo sorriso, traço que sempre o fez angariar muitas simpatias. Era um homem, sem dúvida, bastante charmoso e sedutor.

O outro homem parecia mais íntimo do ouvidor. Ao entrarem no salão ele cochichou algo no seu ouvido, e ambos riram discretamente. Era mais claro, rosto redondo e franco, olhos amendoados. Tinha nos lábios um sorriso irônico, denotando que talvez fosse um pouco debochado. Estava igualmente bem trajado e, embora não chegasse aos pés do ouvidor em beleza, era elegante, simpático e, juntos, eles dominavam o ambiente. Hipnotizadas pela presença dos dois rapazes as moças suspiravam e pensavam em uma forma de se fazerem notadas.

Inácio percorreu os olhos pela sala e logo o Dr. Silveira e Sousa veio correndo em sua direção. Estava, no íntimo, chateado pelo seu descuido. Precisou sair por um momento da porta de entrada, para atender a uma requisição doméstica e exatamente nesse curto espaço de tempo chegou o convidado de honra. D. Maria Josefa vinha logo atrás.

– Ministro, quanta honra nos dá vir à humilde morada deste seu criado. Desculpe-me não estar à porta para vos receber, mas é que...

– Ora, Dr. Silveira, não se preocupe com esses pormenores, que não passam de formalidades sem importância num dia de festa como hoje. Sou eu devedor da distinção de ser convidado para estar em vossa casa. A vossa fama de bom anfitrião corre fronteiras... – disse o ouvidor, com um gesto largo e voz potente de tenor.

– Bondades, Dr. ouvidor, bondades – retrucou o Silveira, lisonjeado.

– Aliás, Dr. Silveira, foi com base nessa informação que tomei a liberdade de trazer aqui comigo o meu amigo e companheiro de viagem, o seu colega advogado Dr. Nicolau Barbosa Teixeira Coutinho. Este maroto aqui resolveu abandonar um pouco a boa vida que tinha no Rio de Janeiro para me ajudar a me instalar nesta belíssima cidade – afirmou, descontraído, dando espaço para o amigo apertar a mão do Dr. Silveira.

– Sendo seu amigo, Excelência, só pode ser também muito bem-vindo a esta casa. – E, virando-se para o advogado: – Muito prazer, Dr. Coutinho, fique à vontade. Permita-me ministro, Dr. Coutinho, apresentar-lhe a minha esposa, D. Maria Josefa.

O ouvidor fez um gesto galante, e beijou-lhe a mão.

– Encantado, D. Maria Josefa. Se me permite a liberdade, Dr. Silveira, já tinha ouvido falar da beleza da vossa esposa, e de sua ascendência ilustre. Mas pessoalmente vos devo dizer que é mais bela do que eu imaginava.

— Oh, Dr. ouvidor — respondeu Maria Josefa, abanando-se com o leque, demonstrando pudor, mas adorando o elogio. — Não passo de uma senhora, já bem vivida. Venham os dois conosco — disse, dando o braço ao advogado. — O Silveira vai lhes apresentar os nossos filhos e amigos, para que Vossas Excelências se sintam em casa.

Silveira olhou em torno, procurando as filhas. Subitamente, franziu o cenho. Não viu Bárbara. *Onde teria se metido aquela menina?*, pensou. Deixou Maria Josefa, que conversava animadamente com o ouvidor e o seu amigo, que fazia mesuras para as outras senhoras. Caminhou imediatamente até onde as filhas estavam. Puxou Francisca de lado, bruscamente, e lhe perguntou:

— Filha, onde está a tua irmã?

— Ai, papai! O que aconteceu? — respondeu Francisca, puxando o braço, que doía. — Eu não sei da Babe não. Nós estávamos todas prontas, quando ela nos disse para virmos na frente, que logo desceria. Deve estar conversando com alguém por aí, ou talvez com Antônio. Não se preocupe, papai, daqui a pouco ela aparece.

— Antônio está ali conversando com o teu primo José Eleutério. Eu queria que estivessem todas juntas, para apresentá-las ao nosso convidado de honra. Como é que ela me faz uma desfeita dessas? — Silveira faz sinal para a jovem escrava, ama de companhia das meninas — Viste a menina, Sinhá Bárbara?

— Vi sim, sinhô. A menina me disse que num vai descê, procês num se importarem com ela. Está indisposta, a coitadinha. Achei inté que tava meio abatidinha... — mentiu, a pedido da Sinhá. — Pediu-me para fazer um chá de capim-cidrera e assim que eu levei pra ela, fechou a porta do quarto e num saiu mais.

— Venha comigo — disse, ríspido. — Pelo visto, vais ter que ajudar a tua senhora.

Lucíola olhou para o patrão, espantada e com medo. Silveira estava espumando de raiva. Ele fez um sinal discreto para Maria Josefa, para que distraísse o ouvidor, e subiu.

Lá em cima, trancada no quarto, Bárbara estava absorta na leitura de um pequeno livro que Antônio havia lhe trazido, de autoria de um poeta que estava fazendo enorme sucesso no Rio de Janeiro: José Basílio da Gama. Nascido na vila vizinha de São José Del Rei, Basílio se tornou uma celebridade em Portugal, pelo que soube. Publicou um livro com a benção do poderoso Marquês de Pombal que se chamava *O Uraguay*. Era um poema épico em que o autor descrevia a guerra entre índios e jesuítas no sul do Brasil. Curiosamente – pensava, enquanto passava avidamente as suas páginas –, a introdução ao poema era feita por outro poeta: ninguém menos do que o ouvidor homenageado pelo seu pai naquela noite.

O Silveira bateu à porta, com insistência.

– Bárbara! Abra esta porta! – ordenou, em tom imperativo.

– Papai? – respondeu Bárbara, assustada com a forma com que o pai se anunciou. – Espere um pouco, vou já abrir.

Bárbara estava com os cabelos em desalinho, trajando apenas a camisola de dormir. Os olhos de Silveira faiscaram de raiva. Olhou-a de cima a baixo. Ele, sempre tão calmo, estava a ponto de dar-lhe umas palmadas. Levantou-lhe a mão, como se quisesse esmurrá-la, mas parou no ar. Bárbara olhou o pai, amedrontada. Nunca o tinha visto com essa expressão antes.

– O que foi papai, por que o senhor está assim tão bravo comigo?

– O que foi? Então eu estou dando uma festa em minha casa e minha filha mais velha resolve me envergonhar na frente de todos? Por que não desceste? Já imaginaste o que dirão os convidados? Arruma-te imediatamente e vem.

– Mas, mas... papai... não estou me sentindo bem... Além do mais, tenho certeza de que, com tanta gente, ninguém sentirá a minha falta.

O olhar que o pai lhe lançou foi fulminante.

– Não quero saber de desculpas. Dou-te um quarto de hora para te aprontares. Tua mãe virá buscar-te à força, caso ouses me desobedecer. Lucíola irá te ajudar para que te vistas o mais rápido possível.

As duas se entreolharam, espantadas. Pela primeira vez Bárbara viu o pai furioso, quase a cometer uma violência. Era preciso obedecer. Ajeitou o cabelo e, com a ajuda da ama, vestiu rapidamente as anáguas e o primeiro vestido que encontrou. Ainda bem que era um vestido bonito, em um tom azul celeste que lhe realçava os olhos e o colo, no qual colocou um delicado colar que a mãe lhe emprestou para aquela ocasião. Sabia que se aparecesse na sala mal arrumada o seu pai pensaria que era pirraça e, depois de ver a raiva com que ele a tratou, preferiu não arriscar.

– Eu, hein – murmurou, pensativa, quando o pai a deixou sozinha com a mucama – por que será que papai ficou tão irritado comigo? A visita desse ouvidor deve ser muito importante para os negócios dele...

Amarrou nos cabelos uma fita da cor do vestido e os deixou soltos, caindo pelos ombros, porque não havia tempo para penteados. Empoou o rosto, borrifou um pouco de água de colônia no pescoço e nos braços e desceu.

O SARAU
São João Del Rei

> *Ao amor, cruel e esquivo*
> *Entreguei minha esperança,*
> *Que me pinta na lembrança*
> *Mais ativo o fero mal.*
> *Não verás em peito amante*
> *Coração de mais ternura,*
> *Nem que guarde fé mais pura,*
> *Mais constante e mais leal.*

"O templo de Netuno, Rondós", Manuel Inácio da Silva Alvarenga

Ao chegar ao salão, já com todos os convidados presentes, Bárbara discretamente se reuniu às suas irmãs e primas, que conversavam a um canto da sala. Viu de longe o ouvidor, rindo provavelmente de alguma piada que lhe contava o Dr. Toledo. *"De fato, não é de se jogar fora"*, pensou. *"Mas acho que para todas nós já está meio velho"* – e deu uma risadinha debochada. Daí a pouco se aproximaram das moças Antônio Luís, José Maria e José Eleutério. Silveira viu as filhas reunidas e sorriu, com satisfação. Realmente, tinha do que se orgulhar. Todas, inclusive as sobrinhas, eram igualmente graciosas, embora Bárbara nitidamente se destacasse no grupo. Ela possuía uma beleza mais marcante, uma sensualidade nata, involuntária, embora nem tivesse consciência disso. *O ouvidor certamente gostará dela*, pensou, satisfeito. *Só não tenho certeza se ela gostará dele*, e franziu o cenho, preocupado.

O grupo dos jovens estava tão animado, rindo e conversando, que eles nem perceberam a aproximação do Silveira, acompanhado do ouvidor.

– Agora que estão as minhas três filhas mais velhas reunidas, ministro, gostaria de apresentá-las ao senhor.

O ouvidor arregalou os olhos, visivelmente impressionado com a beleza das moças. Conquistador como era, logo se aprumou e abriu o seu melhor sorriso.

— Penso que o Doutor já foi apresentado ao meu filho José Maria e ao nosso Antônio, cujo pai foi meu amigo de infância. Aqui a minha sobrinha Maria Alice, filha da minha cunhada Maria Emília e minha afilhada Teresa. Creio que Josefa já se incumbiu de apresentá-las, também.

— Sim, já tive o gosto, Dr. Silveira. Encantadoras! Estou começando a achar que Afrodite resolveu distribuir os seus dons em profusão aqui em São João Del Rei — disse o ouvidor, fazendo uma charmosa reverência e sorrindo para as meninas. Elas, maravilhadas com a sua elegância e gentileza, abaixaram os olhos e fizeram um movimento com o leque, em gracioso cumprimento.

— E essas são minhas filhas: Bárbara, a mais velha, Francisca e Anna Fortunata. — Apresentou-as com vagar, estudando o efeito que as mesmas produziam no ouvidor. Ele beijou a mão de cada uma delas, demorando-se especialmente na mais velha. Pelo olhar que o ouvidor lhes dirigiu, Silveira concluiu que elas lhe tinham causado boa impressão. Sorriu, satisfeito, e continuou: — As menores estão recolhidas. Ainda não têm idade para participar dessas reuniões, mas posso lhe afiançar que são igualmente bonitas — disse o Silveira, já mais relaxado. — São elas toda a minha riqueza, Dr. Alvarenga.

— Estou encantado. O senhor é realmente um homem abençoado, Dr. Silveira. Bem me dizia o Dr. Toledo Piza, agora há pouco, que suas filhas eram muito graciosas e também muito prendadas — disse, galanteador, sem tirar os olhos de Bárbara.

Incomodada, Bárbara arqueou as sobrancelhas e torceu o canto da boca, em nítido sinal de enfado. O ouvidor a olhou, intrigado, e dirigiu-se ao Silveira tentando disfarçar a impressão que ela havia lhe causado:

— Certamente não é a beleza o maior mérito das suas filhas, Dr. Silveira. Soube que D. Maria Josefa também se esmera na educação das meninas. A beleza, como todos sabemos, esvai-se com o tempo. Ficam apenas, decorridos os anos, os valores, o caráter, enfim, os dotes da matrona romana, como se diz em Portugal — e deu um sorriso amarelo para o anfitrião.

— Bravo, Dr. ouvidor. Bravo! — exclamou o Silveira, também sorrindo. — É o mesmo que diz a minha Josefa!

— Confidenciou-me ainda o Toledo que a Srta. Bárbara é apreciadora de poesia, e que em ocasiões muito especiais, quando estão os amigos reunidos, declama seus próprios sonetos — disse o ouvidor, apreciando os seus bonitos olhos.

Bárbara enrubesceu um pouco e, sem responder diretamente ao ouvidor, virou-se para o pai e retrucou, levemente irônica, como somente ela sabia ser:

– Pelo visto, o Dr. ouvidor está muito bem informado sobre a nossa família, papai...

– Bárbara! – protestou Maria Josefa, que vinha se juntar ao grupo.
– Isso é jeito de falar ao Dr. Alvarenga? Desculpe-me os maus modos de Bárbara, ministro, e fez um sinal de desaprovação para a filha.

– Não vos preocupeis, D. Maria Josefa. Os jovens hoje em dia são assim, impetuosos – e deu uma risadinha... E virando-se para Bárbara, disse com um tom de complacência na voz:

– Tento me informar sobre os costumes e pessoas das cidades onde vou morar, menina Bárbara, afinal, isso faz parte do meu ofício... – ele realçou propositalmente o "menina". – Esqueceu a senhorita que sou juiz?

E deu uma boa gargalhada, com o que riu também o Silveira, para agradá-lo. Bárbara corou e escondeu o rosto com o leque, mordendo o lábio de raiva. A custo tentava esconder o seu desapontamento, principalmente pelo fato de ele a ter chamado de "menina". "*Ora, já tinha quase 19 anos!*", pensou, amuada.

– Mas no caso da família Silveira, nem precisava eu ir atrás de informações – prosseguiu. – A família é tão estimada em São João Del Rei que sempre há alguém falando alguma coisa. Eu já sei, por exemplo, que Francisca é grande musicista e sabe, com maestria, executar grandes composições...

– Oh, o senhor é tão gentil, ministro! Não tenho essa maestria a que o senhor se refere. Apenas gosto de música – afirmou Francisca, com um sorriso tímido. – Não mereço certamente esse elogio de um fidalgo tão distinto como o senhor – disse, completamente derretida...

Bárbara discretamente lhe deu um beliscão no braço, ao que Francisca olhou para a irmã, espantada. O ouvidor lançou-lhe um olhar divertido, e Bárbara simulou um sorriso, para disfarçar.

– Muito bem, já é hora de alegrar um pouco mais esta casa – disse o Silveira, pondo fim àquela conversa. – Vamos homenagear o ouvidor. Toque para nós uma música, Francisca – pediu, encaminhando-se com o homenageado para o clavicórdio.

A roda se desfez, os homens se aproximaram do instrumento musical e as mulheres tomaram assento nas cadeiras para ouvir a música tocada por Francisca. Embora um pouco ressabiada no início, acabou ela por executar várias peças, sendo vivamente aplaudida. Terminou tocando um minueto, e alguns casais na sala dançaram, com animação.

Inácio de quando em vez procurava Bárbara com os olhos, observando-a com um misto de admiração e curiosidade. Ela estava conversando com sua prima Maria Alice e o primo José Eleutério quando, do outro lado da sala, Antônio Luís, tendo já bebido várias doses de vinho do Porto, resolveu pedir a atenção dos presentes. Os rapazes e as moças, pegos de surpresa, sorriram e comentaram entre si, discretamente, estranhando a atitude de Antônio, sempre tímido. Alguns olharam para Bárbara, que deu de ombros, por não estar sabendo de nada.

– Atenção, meus senhores e senhoras. Peço a vossa atenção, muito obrigado! – E fez uma exagerada mesura para os seus amigos, que riam e brincavam com ele. Retomou um ar sério, e continuou. – Esta casa, como todos vós sabeis, destaca-se pelo amor à poesia. Os senhores conhecem a minha timidez – os convidados riram. – No entanto, como acredito estar entre amigos, gostaria de pedir licença aos nossos estimados anfitriões, Dr. Silveira e D. Maria Josefa, para declamar um poema em homenagem às suas formosas filhas.

Todos explodiram em vivas. Bárbara engoliu em seco. *Ai meu Deus! O que deu nesse Antônio? Tomara que não me faça passar vergonha*, pensou.

– Não, meus amigos, também não vamos tão longe – disse, balançando a cabeça e sorrindo diante da insistência dos outros jovens para que recitasse um soneto de sua própria autoria. – Infelizmente, Dr. Silveira – continuou Antônio –, eu não tenho tanto talento assim para a versificação que me atreva a mostrar aqui para este seleto grupo as minhas pobres e modestas composições.

Os amigos, já também um tanto alterados pelo vinho, protestaram em coro contra a modéstia de Antônio, cuja aptidão poética era conhecida e admirada por quem o conhecia.

– Mas, continuando – retomou –, vou me arriscar a recitar um trecho das Madrigais, que é a segunda parte do poema dedicado à sua amada Glaura pelo talentoso Manuel Inácio da Silva Alvarenga. O nome arcádico do poeta é *Alcindo Palmireno*. – Antônio fez uma pausa, olhando em volta, e se dirigiu ao ouvidor, com um inusitado sarcasmo na voz – Seria ele primo ou parente do senhor, Dr. Alvarenga Peixoto?

Esse frangote só pode estar querendo me provocar..., pensou Inácio, mas rapidamente respondeu: – Não, não é meu parente, mas é um amigo a quem muito estimo, Sr. ...?

— Antônio Luís — ajuntou, rápido, o Silveira.

Inácio fez um sinal para Antônio com o copo, como se o convidasse para um brinde. Houve entre os dois uma troca pouco amistosa de olhares, que foi percebida com preocupação por Silveira. A antipatia foi recíproca, sem qualquer motivo palpável. Instintivamente, sentiram que não seriam amigos.

Antônio ignorou a ironia implícita no gesto do ouvidor e prosseguiu.

— Perdoe-me a minha pequena ousadia, Dr. Silveira, mas as poesias do mestre Manuel Inácio da Silva Alvarenga são, como se sabe, dedicadas ao amor.

As pessoas que conheciam o rapaz se entreolharam, espantadas, pois essa sua atitude era, no mínimo, inusitada. *Ele só podia estar bêbado!* — era o que todos ali pensavam.

— Antônio, tu sabes que nesta casa não se permitem restrições poéticas! Ainda mais vindas de alguém como tu, que considero como meu filho! — afirmou o Silveira, querendo afastar um pouco o pesado silêncio que se formou na sala. Não queria desapontar o rapaz, por quem nutria verdadeira estima.

As prolongadas palmas que se seguiram ao aparte do anfitrião, certamente dadas pelos amigos para incentivá-lo, deram novo ânimo à Antônio. Ele então impostou a voz e declamou com emoção os belos versos de Silva Alvarenga, dirigindo-se diretamente à Bárbara, como se declamasse para ela. Ela, por sua vez, ouvia surpresa e um tanto sem graça:

Glaura — Segunda Parte — Madrigais

Suave fonte pura,
Que desce murmurando sobre a areia,
Eu ei que a linda Glaura se recreia
Vendo em ti de seus olhos a ternura;
Ela já te procura;
Ah como vem formosa e sem desgosto!
Não lhe pintes o rosto:
Pinta-lhe, ó clara fonte, por piedade
Meu terno amor, minha infeliz saudade.

II
Ninfas e belas graças,
O amor se oculta e não sabeis aonde:
As vossas ameaças

> Ele ouve, espreita, ri-se e não responde.
> Mas, ah cruel! e agora me traspassas?
> Ninfas e belas graças,
> O amor se oculta; eu já vos mostro aonde;
> Neste peito, ai de mim! o amor se esconde!
>
> III
> Voai, suspiros tristes;
> Dizei à bela Glaura o que eu padeço,
> Dizei o que em mim vistes,
> Que choro, que me abraso, que esmoreço.
> Levai em roxas flores convertidos
> Lagrimosos gemidos que me ouvistes:
> Voai, suspiros tristes;
> Levai minha saudade;
> E, se amor ou piedade vos mereço,
> Dizei à bela Glaura o que eu padeço.

Todos bateram palmas, menos Inácio, que fez uma cara de desdém. As pessoas no salão se voltaram para Bárbara, para quem Antônio claramente havia declamado o poema, cumprimentando-a com um aceno delicado, como se tivessem desvendado um segredo. Com o rosto em brasa, ela a custo disfarçou o seu incômodo com aquela exposição dos sentimentos de Antônio.

Entre as comadres ouviu-se abanares de leques apressados e os comentários:

– Meu Deus, Josefa! O rapaz está completamente apaixonado por Bárbara! – exclamou Gertrudes, esposa do comandante Luís Toledo.

– Mais explícito impossível, não é Josefa? Acho que muito em breve teremos notícia de casamento em São João Del Rei – ajuntou Maria Emília.

– Pois a mim parece que Antônio perdeu o juízo. Isso não combina com ele. Só queria ver se a mãe dele estivesse aqui se ele faria isso! Deve ter tomado uns bons goles a mais... – retrucou a amiga Candinha.

– Ora, ora – disse Josefa –, são apenas crianças...

– Crianças? Josefa! Será que não percebes? Bárbara já está passando da hora de se casar! – censurou a irmã Maria Emília, com o que as outras senhoras concordaram, balançando a cabeça.

Inácio ouviu a conversa das senhoras e observou Bárbara com o canto do olho. Sentiu uma inexplicável sensação de incômodo, o que fez com que se empertigasse, ajustando a casaca. *Seria ela comprometida com o rapaz que declamou a poesia?*, pensou, com despeito.

Silveira interrompeu o burburinho que se instalou no ambiente após a apresentação de Antônio, e pediu ao ouvidor que também declamasse um de seus poemas, tão afamados no Rio de Janeiro e em Lisboa. Inácio recusou, de início, mas diante da insistência do anfitrião disse que declamaria um pequeno soneto. Bárbara, por sua vez, ficou imobilizada, sem graça com os olhares cúmplices que as pessoas haviam lhe dirigido após a declamação de Antônio. Sussurrou para a prima que se encontrava ao seu lado:

— Maria Alice, acho que Antônio bebeu mais do que devia...
— E o que tem isso, Babe? Pelo menos assim ele tomou coragem para dizer o que sente.

Bárbara cerrou fortemente os lábios, o cenho franzido. Olhando para o ouvidor, que se preparava para declamar o poema, observou:

— Não te falei que esse homem era um exibido? Estava na cara que ele estava louco para declamar qualquer coisa — murmurou, com má vontade.
— Nossa, Bárbara, hoje o teu humor está mesmo péssimo, hein? E ainda por cima pareces não ter gostado nem um pouquinho do ouvidor, não é minha prima? — Maria Alice olhou para ela, espantada.
— Não é isso. Viste o jeito que ele falou conosco? Ele me pareceu meio presunçoso, já te disse. Assim, como se fosse o melhor homem do mundo... — retrucou Bárbara.
— Não tive a mesma impressão, Babe — afirmou Maria Alice. — Ele foi até muito simpático. E para falar a verdade, notei que ele tem te reparado muito, prima. Já o vi te olhando um par de vezes, não sei se percebeste... — Maria Alice olhou de soslaio para a prima, analisando a sua reação.
— Era só o que me faltava, depois dessa sandice do Antônio! — protestou Bárbara. — Acho que estás ficando louca, Maria Alice.

Maria Alice segurou a mão da prima e sorriu. Eram amigas e ela sabia exatamente como a outra estava se sentindo incomodada com a declaração de Antônio e, talvez mais do que isso, com a presença do ouvidor. *Hum... parece-me que esse doutor mexeu de algum modo com esse coração inconquistável da minha prima...*, pensou.

Lançando os olhos em torno, o ouvidor os desviou rapidamente ao se encontrar com os de Bárbara e, como se se dirigisse a uma plateia, falou:

— Certa vez um estudante de Coimbra e, como os senhores sabem, todos os estudantes de Coimbra são muito boêmios e namoradores, exceto eu, é claro...

Todos riram.

— Pois esse estudante de Coimbra ficou em situação um pouco mais complicada do que a do meu amigo Silva Alvarenga no tocante à sua amada Glaura. Afinal, Glaura era uma só... E esse estudante viu-se envolvido entre dois amores, e a força dos dois fê-lo hesitar. Os seus versos diziam assim:

> Eu vi a linda Estela e, namorado,
> Fiz logo eterno voto de querê-la;
> Mas vi depois a Nise, e é tão bela,
> Que merece igualmente o meu cuidado.
>
> A qual escolherei, se neste estado
> Não posso distinguir Nise de Estela?
> Se Nise vir aqui, morro por ela,
> Se Estela agora vir, fico abrasado.
>
> Mas, ah! que aquela me despreza amante,
> Pois sabe que estou preso em outros braços,
> E esta não me quer por inconstante.
>
> Vem, Cupido, soltar-me destes laços;
> Ou faz de dois semblantes um semblante,
> Ou divide o meu peito em dois pedaços.

Inácio exultou intimamente com o efeito que provocou na plateia. Ao contrário do rapazote, ele havia declamado um poema próprio e fez muito mais sucesso! Os homens deram gargalhadas e se aproximaram para cumprimentá-lo. As mulheres, ao seu turno, ficaram escandalizadas!

— Grande orador! Esse ouvidor é um colosso! Que versos! Que espírito! — exclamou o padre Toledo.

— Olhe Dr. Alvarenga, seus versos têm muita piada! Já sabia de sua fama, mas não o imaginava assim, tão bem falante e simpático — afirmou, sorrindo, o Rezende Costa.

— Ora, ora, meus amigos. São versos simples, nada mais. Foram escritos em meus momentos de ventura e despreocupação, quando juiz em Sintra. Tempo que me deixou muitas saudades — disse, com um suspiro.

— E pelo visto não foram apenas saudades da terrinha, hein — retrucou o Luís Toledo, e piscou um olho, cúmplice, dando-lhe uns tapinhas às costas.

— Dr. Alvarenga, o senhor tem que nos dar a honra de vir mais vezes à nossa casa! — afirmou o Silveira, dando-lhe um forte abraço. — Temos aqui uma reunião de vez em quando, assim uma vez por mês, mais ou menos, em que nos dedicamos ao culto da poesia, não é Toledo? Vêm aqui grandes amigos, e muitas vezes ainda temos o privilégio de contar com a presença de pessoas ilustres, como o Dr. Basílio da Gama, que sonha em formar uma Arcádia em São João – a do Rio das Mortes.

– Dr. Silveira, o senhor não imagina quanto prazer me dá saber que aqui em São João Del Rei irei desfrutar de tão ilustrado ambiente intelectual! Muito obrigado pelo convite, que desde já aceito. Conheço o Basílio, grande figura e fraterno amigo, com quem convivi longamente em Lisboa. Não sabia que ele tinha vindo a São João Del Rei recentemente.

– Nasceu aqui perto, em São José, como sabes. Vem de vez em quando a São João, onde tem alguns parentes, mas creio que gosta mesmo é do Rio de Janeiro, que é bem mais movimentado, não é ministro? – retrucou o Silveira, querendo ser simpático.

A conversa foi por aí afora, na maior camaradagem, como se fossem todos velhos amigos do ouvidor. Inácio tinha esse dom, de fazer amigos com rapidez. A ceia começou a ser servida e as pessoas foram se aproximando das mesas colocadas ao longo do salão. As mulheres, ao lado do clavicórdio, riam baixinho e comentavam:

– Quem serão essas duas mulheres, hein, que roubaram o coração do ouvidor? Por que o tal estudante é ele próprio, pois não? – perguntou a amiga Gertrudes às outras senhoras.

– Ora, está claro que é ele mesmo! Seriam suas amantes em Sintra? Duas? Oh! Dizem que o homem é mesmo um terror – espantou-se Maria Emília.

– Sabe-se lá o que não deixou para trás em Portugal. Para estar aqui assim solteiro, ainda mais nessa idade... – acrescentou Gertrudes.

– Mas venham cá! Não andavam por aí uns boatos de que era da turma dos maricas? – perguntou uma das comadres.

– Pois a mim me parece que ele é muito é namorador, isto sim – retorquiu a outra.

– Ora, ora, senhoras! Vendo sempre maldade onde não há – ponderou Candinha, abanando-se com o leque.

– É verdade! – afirmou Maria Emília, com ar sério. – Tudo isso dá o que pensar. Ele está em idade em que já deveria estar casado há muito tempo. Ele não andará ali pelos seus 30 e poucos anos?

– Olhem, minhas amigas... que ali tem... Vou pedir informações dele ao meu primo, que mora em Lisboa. Ele foi juiz em Sintra, não foi? Pertinho de Lisboa. Lá tudo se sabe... – afirmou Gertrudes, com convicção.

— Não perca o seu tempo, minha amiga — disse Josefa, em tom conciliador. — Hoje em dia já não é mais como na nossa época. Deixa o homem viver a sua vida de solteiro em paz. O que nós temos com isso?

— Sei lá, não é? Atualmente nada temos com isso, mas quem sabe no futuro não possamos vir a ter... — ponderou Maria Emília, com ares compenetrados, de grandes mistérios. E abanou-se fortemente com o leque.

Os olhos de Bárbara e Inácio se encontraram e ela mordeu o lábio, sem graça, desviando o olhar. Não gostou de ser tratada daquela forma desdenhosa pelo ouvidor. Nenhum homem jamais a tratou assim. Afinal, eles sempre a bajulavam! Havia ali pelo menos uns três que dariam a sua fortuna para cortejá-la! E ele ainda a chamou de menina... *Se bem que esse era o costume lá em Portugal, pelo que dizia o pai. Chamam-se a todas as moças de meninas... É, mas não foi muito educado. Ele foi meio debochado comigo*, pensou.

— Acho que foste finalmente fisgado, meu amigo... — murmurou Nicolau Coutinho, aproximando-se de Inácio por trás, a tempo de surpreender a troca de olhares entre ambos.

— Caríssimo Nicolau! Onde andavas? Já estava aqui a sentir a tua falta. Não é nada disso que estás a pensar. Essa moça me deixou intrigado, é só... Pareceu-me ter uma personalidade forte e ser bastante ousada, além de inteligente. Gosto disso em uma mulher. Mas é difícil ver-se isso na idade dela.

— Ousada, inteligente e bonita, você quis dizer... Realmente, não pensava em encontrar tal formosura aqui nesse fim de mundo. É uma pérola. Que pele! Que olhos! Que sorriso! — exclamou Nicolau, encantado.

— Hum... pareces muito interessado...

— Não mudes de assunto, seu espertalhão. Podes acreditar, a moça não é nenhuma criança. Deve andar aí pelos 18 anos, não achas?

— Nicolau, meu amigo, estás cego? A menina acabou de sair dos cueiros...

— Ah, sim! Então queres dizer que vais desdenhar tal formosura?

Inácio fingiu desinteresse e continuou:

— Além do mais, por incrível que pareça, ultimamente me deu certa saudade de Joana, aquela ingrata. Comecei a pensar que talvez eu não estivesse completamente curado, como acreditava. Sabias que ela me escreveu? Disse que sente minha falta, pede para eu voltar a vê-la, se me compreendes...

— Compreendo perfeitamente, como não? Compreendo que já é hora de te libertares dessa Joana, ou *Jônia*, como quer que a chames... E o novo namoradinho dela? Não será que ela te escreveu porque ele a dispensou? Esquece essa mulher, meu amigo. Vida nova. Estamos na colônia! E olha que aqui, pelo que vejo, tu terás ampla possibilidade de aumentar a tua fortuna e prestígio. Se ainda por cima consegues uma bela mulher, o que mais um homem pode desejar?

Alvarenga pediu ao criado que lhe trouxesse um cálice da aguardente da terra. O amigo tinha razão. Já era tempo de começar uma vida nova. Joana não lhe pertencia mais, se é que algum dia havia pertencido...

– Meu amigo, tu tens razão! Temos muitos motivos para comemorar! – exclamou Inácio, tomando de um só gole a aguardente. – Vamos enterrar o passado! Ainda bem que te tenho aqui comigo.

– Calma, Inácio, deixa para afogares as mágoas em outro sítio. Já soube de um bom lugar... Vai nos levar lá o advogado Bernardo da Silva Ferrão, grande sujeito, tu vais gostar dele. É o mais bem informado sobre esse tipo de divertimento aqui nessa roda, e bem do tipo de companhia alegre que nós gostamos – afirmou Nicolau, com uma piscadela.

– E esse rapazote, esse tal de Antônio? Sujeitinho meio pedante e impertinente, não? – perguntou Inácio, com despeito.

– Eu notei mesmo os olhares fulminantes que dirigiste a ele – Nicolau deu um sorrisinho de deboche. – Não tenho muitas informações sobre o rapaz, se é o que queres saber. É muito novo ainda e parece-me totalmente enamorado da tua bela Bárbara, não é? Mas não senti muito entusiasmo por parte dela. Sabes como são as mulheres: aqueles olhos brilhantes, a respiração ofegante... essas coisas que elas sentem quando estão apaixonadas...

– Tu és um pilantra, Nicolau – riu Inácio.

– Bom, mas vou me informar melhor com o Bernardo, a respeito. Depois de alguns goles, meu amigo, sabe-se de todos os podres desta cidade – ambos riram.

Do outro lado do salão Bárbara se aproximou do grupo em que estava o irmão José Maria, Antônio e José Eleutério.

– Antônio, o que aconteceu contigo? Estás passando bem? Receio que tenhas bebido mais do que devias...

– Já sei, Babe, não gostaste, foi isso? – disse Antônio, mal-humorado e um pouco fora de si, chamando-a pelo apelido com que a tratava desde criança.

– Ora, Antônio! Até parece que tu não me conheces! Pois saibas que embora tenha adorado ver a tua coragem ao declamar o tal poema, fiquei um tanto sem graça, porque todos olharam para mim! Olha que coisa estranha! – protestou e riu, fazendo-se de desentendida. – Mas compreendo o quanto te custam esses improvisos, meu amigo.

– Obrigado, Babe, tu me conheces melhor que todo mundo. Desculpa-me se o poema que recitei fez-te sentir incomodada – disse Antônio, com a voz hesitante em razão do álcool. – Sabes que por nenhum momento quis te constranger – murmurou. – Além do mais, não podes negar que é um poema muito belo e inspirador.

– Ora, tu vês beleza em tudo, Antônio – refutou Bárbara, sorrindo.

– Não, tu estás errada Babe! Ouso contrariar-te agora e dizer-te que apenas aprecio a verdadeira beleza, e em momentos especiais eu a celebro – e lhe lançou um olhar apaixonado, a que ela retribuiu com um sorriso tímido. Antônio, encabulado, emendou: – Por um momento pensei que tu poderias não gostar da minha atitude, pois hoje tu não me pareces muito alegre.

– De fato, não estou. Tive dores de cabeça à tarde e nem iria descer, mas meu pai me obrigou. Não fosse por isso, estaria eu sossegadamente no meu quarto, a ler as poesias que tu me trouxeste.

– Uma pena tu te sentires assim, Bárbara – disse-lhe José Maria. Tu és sempre tão alegre. Poderias também ter declamado um dos teus bonitos poemas para nós.

Ela balançou a cabeça, em negativa.

– Não estou te reconhecendo, minha irmã. Tu amas ler os teus poemas!

– Só que hoje, José Maria, além de tudo, estou de mau humor – respondeu, observando, de longe, o ouvidor.

ALECRIM E MANJERONA
São João Del Rei

> *E vós também, ó côncavos rochedos,*
> *Que dos ventos em vão sois combatidos,*
> *Ouvi o triste som de meus gemidos,*
> *Já que de Amor calais tantos segredos.*
>
> "Idílio", Domingos dos Reis Quita

– Babe, tu não vens?
– Eu hoje não saio de casa! Tenho que estudar o francês. Madame Henriette disse-me que preciso melhorar a minha pronúncia! – respondeu.

Bárbara tinha os olhos muito vivos, o rosto corado. Havia acordado alegre, aparentemente sem motivo.

– Ai meu Deus! – retrucou Maria Inácia. – Basta essa D. Henriette entrar por aquela porta e eu sinto calafrios. Eu bem que tento poupá-la de perder tempo comigo. Já disse à mamãe que não quero saber de nenhum outro idioma!

– Minha irmã querida, tu tens apenas 12 anos e um mundo de coisas a aprender pela frente. Se continuares assim, com essa preguiça, não vais ser capaz de escrever nem em português. Nunca vi isso, uma mocinha da tua condição, sem querer estudar – ralhou Bárbara.

– Vamos parar com isso e sair um pouco para refrescar, meninas? – interrompeu Francisca. – Está um calor danado! Babe, vem conosco! Quando voltarmos tu estudas...

– E onde é que vocês estão pensando em ir? – perguntou Bárbara, sem muito interesse.

– Ora, o de sempre. Vamos à casa de tia Emília – disse Francisca. – Tomamos um refresco com Alice e vemos as gravuras que ela recebeu da Europa. Se preferires, podemos ir ao comércio da rua Direita, para ver as novidades. É só para dar uma volta, não vamos demorar muito...

– Tudo bem, tu me convenceste. Estou mesmo com saudades de Maria Alice. Desde o sarau para o ouvidor aqui em casa, na semana passada, que não a vimos. E Anna e Teresa, não irão conosco? – perguntou Bárbara.

— Claro, e eu por acaso perco uma oportunidade de sair de casa, irmãzinha? — respondeu Anna Fortunata, já se aprontando.

— Teresa está no quarto das crianças, indisposta. Engraçado, desde o sarau para o ouvidor que ela está sempre assim, quieta... — observou Francisca.

— Pudera — respondeu Anna. — Ela ficou sabendo que papai estava tratando com o coronel Moinhos de Vilhena sobre o casamento dela com o filho. Teresa nunca viu o moço e nem sabe se ele é bonito, feio, se tem bons modos ou se é mal-educado. Não sabe nada sobre ele!

— Mas papai não poderia fazer isso! — protestou Bárbara. — Como é que arranja assim um casamento para Teresa sem ela nem saber quem é o futuro marido! Vou conversar com ele assim que ele voltar da fazenda!

— Calma, meninas — ponderou Francisca. — Papai não faria isso sem consultar Teresa. Ele não age assim e deve ter uma explicação para essa atitude! Mas, então, Babe, vais conosco ou não?

— Esperem só um minutinho — respondeu Bárbara. — Vou apenas me arrumar um pouco porque, do jeito que estou, assim descabelada, vou acabar assustando as pessoas!

— Deus nos livre de sair de casa desarrumadas! — retrucou Francisca. — Mamãe iria nos dar uma boa sova, isso sim. Mas tu não precisas te preocupar, Babe, estás linda como sempre.

— Ah, mas nunca se sabe, não é? Vai que encontremos aí pelo caminho com algum rapaz interessante. É sempre bom estar prevenida — disse Anna Fortunata, rindo.

As meninas se aprontaram em alvoroço e chamaram a aia Lucíola para acompanhá-las. Ao voltarem do passeio na casa da tia Maria Emília, no caminho elas pararam para descansar em um banco da praça próxima ao fórum, onde havia um chafariz, árvores e um belo jardim. As quatro conversavam animadamente, sentadas à sombra, enquanto Lucíola buscava um pouco de água para beberem. As irmãs pediram à Bárbara que lhes contasse uma história, e ela disse que iria contar a que estava lendo — *A guerra do alecrim e da manjerona*. Era uma história antiga e muito repetida em Portugal. Bárbara respirou fundo, levantou-se e pondo-se de pé, fechou os olhos, como se estivesse se concentrando. Começou então a narrar a história:

> Era uma vez dois belos fidalgos que andavam no seu passeio matinal por Lisboa, quando viram passar duas moças seguidas de uma criada. Elas estavam cobertas com os seus véus, como era costume

na época, mas eles conseguiram ver, mesmo assim, que eram muito bonitas. Eles se aproximaram e, com muitas gentilezas, as cumprimentaram e começaram a conversar com as donzelas, sob a observação severa da criada. As moças ficaram impressionadas com a educação dos moços e, antes de irem embora, apanharam no jardim da praça um ramo de alecrim e de manjerona e entregaram a eles, afirmando-lhes, em tom de brincadeira, que aqueles eram os seus nomes. Feito isso, foram-se embora misteriosamente, sem dizerem nem os seus verdadeiros nomes e nem onde moravam. Depois de muito investigar, os rapazes descobriram que as donzelas eram sobrinhas de um senhor de nome D. Lanzerotti, velho muito rico e avarento, que explorava minas de ouro no Brasil. O velho criava as meninas e as guardava como tesouros. Não admitia que nenhum rapaz da cidade lhes fizesse a corte, porque já havia comprometido uma delas em casamento, enquanto a outra iria para o convento. Ao saberem disso, aumentou o interesse dos moçoilos pelas donzelas, fosse pela sua beleza, fosse pela enorme fortuna do tio.

– Que interesseiros! – interrompeu Maria Inácia. – Quer dizer então que eles ficaram entusiasmados depois que souberam que elas eram ricas?
– Quieta, Maria Inácia! – ralhou Francisca. – Deixa a Babe continuar a história. Vai Babe, conta logo o que aconteceu depois...

Pois então, como eu estava dizendo, eles mandaram o seu criado encontrar um meio de se corresponderem com as moças, pois começaram a observá-las, de longe, e estavam ficando apaixonados. O criado, cumprindo as ordens dos amos, ofereceu dinheiro para uma aia, uma senhora de idade que trabalhava com D. Lanzerotti. Em troca de dinheiro, ela passou a levar e trazer as cartas de amor para os casais de namorados. Um dia, desesperados para encontrar as donzelas, eles combinaram com o seu criado e a tal aia um meio de entrarem na casa. Durante a noite, quando o velho se recolheu para dormir, a criada abriu a janela e o criado colocou uma escada para ambos subirem. Enquanto isso, ele prometeu que ficaria do lado de fora, de prontidão, para auxiliar os seus patrões, caso fosse necessário. O dia começou a raiar e os rapazes decidiram que deveriam se apressar para ir embora. No entanto, quando foram procurar a escada – Ah, coitados! – descobriram que a escada pela qual subiram, havia caído lá embaixo. Desesperados, eles olharam em volta e não viram o criado que, de tanto esperar, acabou por dormir em algum canto. Mas não podiam gritar por ele, senão acordavam o tio. As moças se apavoraram, porque não havia meios de sair da casa. D. Lanzerotti, todas as noites antes de dormir, fechava as portas e guardava consigo mesmo as chaves. Todos entraram em pânico! Amanheceu. D. Lanzerotti acordou e chamou a criada para lhe arrumar o seu café, mas a criada, apavorada de medo, não apareceu. Ele desconfiou e foi atrás do pessoal da casa. No quarto das moças, bem escondidos atrás do armário, estavam os fidalgos, a tremer. Elas disfarçaram e fingiram que estavam dormindo, para enganar o tio. Por sorte, o criado dos moços acabou por desconfiar de que alguma coisa não estava bem, em razão da demora dos seus patrões. O que ele fez? Com muita astúcia, ele resolveu gritar lá de fora, com a força total dos seus pulmões: – FOGO! FOGO! A casa de D. Lanzerotti está pegando fogo!

Bárbara começou a gesticular com as mãos, imitando a cena, e as irmãs e a aia quase se sufocaram, de tanto rir. Bárbara desde criança tinha esse dom de contar histórias como ninguém. Em seguida, continuou:

Com tanto barulho lá fora, D. Lanzerotti resolveu abrir a porta para ver o que estava acontecendo. Foi então surpreendido com uma multidão de gente, que vinha lhe prestar socorro, achando que a casa estava mesmo pegando fogo. O velho ficou parado na porta, sem entender nada, enquanto as pessoas entraram de repente em sua casa, procurando por toda parte, em busca do incêndio. Os espertos rapazes se aproveitaram da confusão e fugiram desesperadamente, acompanhados do seu fiel criado, que já preparara os seus cavalos. Quando se apercebeu do que aconteceu, D. Lanzerotti ficou furioso! Jurou perseguir os abusados até a morte. A partir daí começou a guerra que ficou conhecida como a do "alecrim e da manjerona". Mas o resto eu tenho que ler primeiro, para depois contar para vocês...

Bárbara estava de frente para as irmãs, imitando os personagens e não percebeu que havia uma pessoa parada atrás de si, observando-a. Era o ouvidor, que passava pela praça em direção ao fórum. Ouviu os risos e subitamente parou quando viu Bárbara fazendo um gesto largo, abrindo os braços e representando uma história.

No dia do jantar, ficou impressionado com a audácia e beleza daquela filha do Silveira, como era mesmo o nome dela? Eram tantas moças... Bárbara! Sim, não se esqueceu. Mas vendo-a agora, com a luz do sol brilhando nos seus cabelos, achou-a muito, mas muito mais bonita. Parecia que uma ninfa, daquelas que ele tanto exaltava em seus poemas, havia descido dos céus e estava ali, a borboletear em plena praça de São João Del Rei. Sentiu um aperto indescritível no peito. Ela era linda! Tinha os olhos claros e brilhantes, a pele fresca e rosada, uma beleza pura e sem aqueles disfarces de maquiagem, tão comuns nas mulheres da Corte. O seu sorriso era cativante, sincero, capaz de derreter o mais insensível dos corações! E o porte. O porte era altivo, esbelto, como o de uma verdadeira rainha. Estava com um simples vestido branco, de rendas, com uma larga fita da mesma cor amarrada na cintura e parecia mais bonita assim do que qualquer outra mulher que jamais vira. Tinha os cabelos amarrados por um lenço, que já estava se soltando em razão dos gestos e estripulias que fazia para as irmãs. Cachos caíam pela sua testa, descendo displicentemente até os ombros. Estava encantadora! A sua inocência e ao mesmo tempo intensa feminilidade o faziam indefeso diante dela. Ele estava embevecido. Não conseguia esconder o olhar de admiração sobre a moça. Pela primeira vez em sua vida ficou imóvel, sem saber o que fazer.

As meninas subitamente pararam de rir. Bárbara estava tão entretida na sua representação, que não reparou que o ouvidor estava ali, bem atrás dela, parado, olhando-a boquiaberto. As irmãs fizeram-lhe um sinal discreto.

Bárbara então virou o rosto e deu de cara com Inácio. Ficou vermelha, mas manteve o olhar, firme. Ele gaguejou:

– Senhorita Bárbara... Me... desculpe... Estava passando... e vi as meninas aqui... Resolvi parar para cumprimentá-las... Não quis interromper, por favor, me desculpem... – E tirando o tricórnio da cabeça, fez uma reverência.

Bárbara olhou para ele, calmamente, sem se embaraçar e, elegantemente retribuiu o cumprimento.

– Excelência! Que prazer revê-lo! – disse. – Estava aqui a contar para as minhas irmãs a história "O alecrim e a manjerona". O senhor deve conhecê-la, não? – perguntou.

Inácio continuou encabulado. *O que é isso, homem?*, pensou, *mantenha a compostura!*

– Ah, conheço muito bem, senhorita. É uma bonita história. E muito engraçada – disse, com um sorriso. – E pelo que pude notar, a senhorita conta as histórias com muita vivacidade, não é mesmo?

As meninas riram baixinho e sussurraram entre si. Era engraçado ver a irmã, Bárbara, totalmente senhora de si, ali empertigada, conversando com ninguém menos do que o ouvidor da comarca como se ele fosse o primo José. E o ouvidor, ao contrário, totalmente sem graça, gaguejando, parecendo uma criança que tivesse sido pega fazendo alguma coisa errada. Francisca resolveu interferir, para ajudar a irmã e quebrar a esquisitice da cena.

— Ministro, desculpe-nos, não o vimos chegar. O senhor não interrompeu nada, pois creio que a história já estava mesmo no final, não é, Babe? Estávamos tão empolgadas que não reparamos que o senhor estava passando por aqui.

Inácio escutou, distraído, o que lhe dizia Francisca, com os olhos fixos em Bárbara. Após uns segundos de hesitação, que pareceram horas, ele finalmente se endireitou e, virando-se para Francisca, respondeu:

— Não se preocupem com isso, meninas, pois antes de ser juiz sou também apreciador das boas histórias. Pude perceber que a senhorita Bárbara tem um dom e isso é digno de elogios. Os contadores de histórias são artistas. Sempre têm muita sensibilidade.

— Muito obrigada pela parte que me toca, Excelência — disse Bárbara, com um sorrisinho no canto da boca.

— Ah isso é verdade. A nossa irmã é uma especialista em contar histórias, ministro, e não escolhe tempo nem lugar — acrescentou Anna. — Veja o senhor que ela resolveu nos contar essa bem aqui, no meio da praça!

Todas elas riram, olhando para Bárbara, que fez uma cara feia para Anna, mas acabou por achar engraçado aquilo tudo.

— Como são ingratas essas minhas irmãs! Pois foram elas mesmas que me pediram! Agora dão a entender ao senhor ouvidor que eu sou uma louca, como se eu tivesse o costume de sair por aí declamando nas praças da cidade...

Bárbara sorriu e olhou diretamente nos olhos do ouvidor. Inácio sentiu de novo aquele aperto no peito. *Que sensação estranha aquela! Foi a mesma que sentiu no dia do sarau na casa do Dr. Silveira. Tinha a impressão de que já a conhecia, de muito tempo, e no entanto, era apenas a segunda vez em que se encontravam. O que aquela moça estava fazendo com ele?*, pensou, intrigado.

— Tenho certeza de que elas não quiseram dizer isso, senhorita Bárbara — falou mecanicamente, sem desgrudar os olhos dela. — Nem eu poderia pensar nada de errado a seu respeito...

Para esconder a sua falta de graça resolveu mudar de assunto e, dirigindo-se à Francisca, perguntou:

— E como está o senhor seu pai, senhorita? Não o tenho visto no fórum, depois daquele fabuloso jantar que me ofereceu a semana passada.

Bárbara permaneceu em silêncio, apenas observando.

— Fico feliz que o senhor tenha gostado do jantar, ministro — respondeu Francisca. — O nosso pai está em viagem. Foi cuidar da fazenda em Catas

Altas, mas deve voltar amanhã ou depois. Ele também apreciou muito a sua gentileza ao aceitar o convite e comparecer à nossa casa.

– Ora, o que é isso! Foi uma grande noite! Por favor, digam a ele que lhe mando meus cumprimentos, como também à sua mãe, D. Maria Josefa. Espero rever o seu pai, em breve. Ficarei muito feliz com uma visita dele ao meu gabinete, no Fórum.

– Certamente não faltará oportunidade para esse encontro, Senhor ouvidor – respondeu Francisca, com respeito.

Inácio curvou-se levemente em uma mesura e, recolocando o tricórnio, fez um gesto para se despedir. Bárbara não disse uma palavra, apenas olhava fixamente para o ouvidor, sem entender. Essa aparente timidez dele deixou-a perplexa. Naquele momento ele não aparentava ser tão arrogante, como lhe pareceu no dia do jantar. Ele olhou-a mais uma vez, intrigado e sem jeito, e fez-lhe nova reverência.

Quando ele se afastou, Anna Fortunata comentou:

– É impressão minha ou esse homem ficou caidinho pela Babe?

– Eu estou pensando do mesmo jeito, Anna – concordou Francisca, piscando o olho para a irmã.

– Babe! Tu conquistaste o ouvidor! – Maria Inácia deu um gritinho, batendo palmas. A aia Lucíola fechou a cara:

– Que assanhamento é esse, Maria Inácia? Deixa tua mãe saber...

– É mesmo, meninas, vamos parar com isso – disse Anna Fortunata, escondendo o riso. – Senão daqui a pouco toda a cidade vai ficar sabendo que a "menina Silveira" fisgou um peixão! O pessoal daqui já morre de inveja de nós. Agora sim é que vão ter motivos de sobra... – acrescentou.

– Pois eu acho que vocês estão sonhando. E o que é pior: com o travesseiro dos outros. Ora, meninas, está na cara que esse homem não pode ver um rabo de saias... – afirmou Bárbara, com ironia. – Entendo bem esses tipos, que são comuns nos romances que leio. Como eu não demonstrei ter ficado encabulada, ele se desconsertou todo e aí ficou com aquela cara de abestalhado...

– E não ficaste encabulada, Babe? – perguntou Maria Inácia, com ar inocente.

– Bom, para ser sincera, ficar eu fiquei, minha irmã, mas fiz o que deveria: respirei fundo, estiquei o pescoço e fingi que não tinha nada a ver com isso. Funcionou, não foi?

– Ora, e como! – disse Francisca. – Por um momento acreditei até que tu irias mandá-lo ajoelhar-se... – brincou. – Acho que tu darias mesmo uma boa atriz.

— Meninas, acho que já está na hora de voltarmos, senão mamãe vai ficar preocupada — ponderou Bárbara, colocando fim à conversa.

Elas então tomaram o caminho de casa, rindo e comentando sobre a falta de graça do ouvidor e a desinibição da irmã.

Inácio, ao contrário, seguiu para o fórum bufando de raiva. *Que papelão ele havia feito em frente àquelas meninas! Ficou ali, com cara de bobo*, pensava, mal-humorado. *Logo ele, um homem experiente, que já viu de tudo...*, resmungava para si mesmo. *Não se lembrava de nenhuma vez que tivesse ficado assim, sem palavras diante de uma mulher. Nem a italiana Anna Zamperini lhe provocou reação semelhante. E essa Bárbara nem era uma mulher, era uma mocinha!*

Entrou na sua sala com o semblante fechado, amuado. Nicolau Coutinho, o amigo que trouxe consigo do Rio de Janeiro e que agora exerce a função de seu secretário particular no gabinete do fórum, notou a sua alteração e perguntou, debochado:

— Então, Excelência, que cara é essa, alguma coisa o desagradou?

— Vai ver se eu estou na esquina, Nicolau — respondeu Inácio, ríspido. — Não me amoles!...

— Uhhhh... Essa resposta foi forte: um soco na boca do estômago! Estou aqui, nocauteado — brincou. — Na condição de teu amigo, posso ao menos saber o que houve?

— Agora não, Nicolau, deixa-me quieto. Vamos trabalhar porque tenho muitos processos para ler e coisas para resolver. Ninguém me disse que essa comarca estava assim tão desorganizada e com tantos problemas! — afirmou, emburrado.

— Está bem, chefe — disse Nicolau, rindo. — Vamos nos concentrar no trabalho e deixar esses assuntos particulares para depois. Afinal, são particulares, não são? Tu não és do tipo que te aborrecerias tanto por questões profissionais...

— Essas moças, Nicolau, filhas daquele advogado, o Dr. Silveira e Sousa... — começou a resmungar, mas não prosseguiu. Controlou-se a tempo, caso contrário teria que contar para o amigo em detalhes o que ocorreu. Podia imaginar a cara de sarcasmo de Nicolau ao saber o que tinha acontecido e a sua reação.

— Ah... entendi... Aquelas belas meninas... Lembro-me bem delas, no dia do jantar. — Nicolau olhou de soslaio, com um sorrisinho maldoso. — O que aquelas meninas *tão* lindas teriam feito de *tão* mau assim ao Dr. ouvidor, para ele chegar aqui no seu local de trabalho *tão* mal-humorado? — replicou Nicolau, cínico.

— Nicolau, se tu fizeres mais uma gracinha, juro que te parto a cara.

— Meu Deus. O negócio é sério! Está bem, chefe, não está mais aqui quem falou. Vamos esperar a tempestade passar, aí tu me dizes o que ocorreu.

Inácio não respondeu. Respirou fundo, a cabeça a dar-lhe voltas. Estava com raiva de si mesmo, do seu comportamento tolo naquela tarde. Contrafeito e aborrecido, voltou ao trabalho.

***

Dois dias depois, no final da tarde, o servidor do fórum anunciou a presença do advogado Dr. Silveira e Sousa, pedindo para falar com o ouvidor. Inácio imediatamente o mandou vir à sua presença.

— Que prazer, Dr. Silveira! Soube que o senhor estava viajando – disse Inácio, levantando-se para cumprimentá-lo, com um largo sorriso.

Silveira nem fazia ideia de como o ouvidor ansiava por reencontrá-lo, com a esperança óbvia de ter alguma notícia da filha.

— Ora, o prazer é meu, ministro – respondeu o Silveira, satisfeito com tão calorosa recepção. – Vim porque minhas filhas me falaram sobre o encontro com o senhor, no chafariz, e aproveitei então para passar por aqui e apresentar-lhe os meus cumprimentos. Desculpe-me a impertinência daquelas moças, Dr. Alvarenga – são umas tontas... – disse, balançando a cabeça, com paternal tom de voz.

— Que tontas que nada, Dr. Silveira, o senhor é um homem modesto. Pois lhe digo que o senhor pode se orgulhar de ter filhas muito inteligentes e bem-educadas!

Silveira sorriu, orgulhoso, e perguntou:

— Então, Dr. Alvarenga, está gostando da nossa vila?

— Muito, Dr. Silveira, muitíssimo. São João Del Rei é uma boa terra, excelente clima, há aqui pessoas cultas, uma casa de ópera, enfim, estou quase me sentindo no Rio de Janeiro! Receio apenas que esteja um pouco abandonada pelo Senado. Seria de se esperar que uma cidade tão rica tivesse a atenção das autoridades para as reformas de que necessita. É preciso providenciar o calçamento das ruas, a construção de chafarizes e praças para embelezá-la, a substituição das pontes de madeira por pontes de pedra, só para ficarmos nesses exemplos... – Inácio falava gesticulando, demonstrando grande entusiasmo, para impressionar o Silveira.

— De fato, Dr. Alvarenga. Alegra-me saber que o senhor, como a maior autoridade em São João del Rei, demonstre essa preocupação com as coisas da terra. Poucos o fizeram, até agora. O Senado, no entanto, anda sem receitas suficientes para empreender essas obras, como o senhor já deve ter sabido.

– A situação da comarca realmente não é boa, Dr. Silveira, e estou bastante preocupado. A seca está trazendo enormes prejuízos à economia da vila. Essa estiagem demorada fez quase secar os rios e as fontes. Os pobres roceiros estão desesperados, pois chegam às vezes a fazer até três plantações, sem resultado. As farinhas estão muito caras, só não há, por enquanto, ainda bem, falta de feijão.

– Foi por este motivo, Dr. Alvarenga, que eu estava lá para as minhas terras em Catas Altas, de onde cheguei apenas ontem. Trouxe muitas provisões, porque aqui em São João a vida está muito cara. Para quem tem uma família grande como a minha, nem se fale. Lá em Catas Altas o clima é bom, tem chovido e as plantações estão prosperando.

– E ainda tem a falta de homens, Dr. Silveira. Não sei se o senhor está a par, mas com essa guerra com os espanhóis lá pelos lados do sul, foram recrutados aqui em Minas dois mil soldados para o Rio de Janeiro e quatro mil para São Paulo. O resultado é o que aí está: não se tem mão de obra nem para os trabalhos de mineração, nem para as plantações.

– É Ministro, estou sabendo. Mas realmente o pior foi bulir com os mineradores e os fazendeiros. Andou tudo inquieto porque não aparecia ouro. E por causa disso os soldados que deviam alguma coisa deixaram de pagar, pois careciam do dinheiro para a viagem. Tive receio de que houvesse uma rebelião, ou coisa assim...

– Deus nos livre de rebeliões, Dr. Silveira! Vamos tentar dar um jeito nisso, para acalmar as coisas. Mas para isso eu precisaria que o senhor, com o seu conhecimento da cidade, me ajudasse em uma empreitada.

– Estou às suas ordens, ministro.

– Veja, eu recebi ontem do governador D. Antônio de Noronha uma carta, em que Sua Excelência me dá a incumbência de aprontar os mantimentos necessários para o aprovisionamento dos soldados mandados para a guerra com os espanhóis. O Senado, no entanto, também não tem dinheiro para essa despesa. Não sei o que fazer!

– Infelizmente Dr. Alvarenga, também não tenho recursos que possam lhe ajudar... – lamentou-se o Silveira.

– Não, Dr. Silveira, não se preocupe, não estou pensando nisso. Somente cogitei sobre se o senhor não poderia me ajudar com os comerciantes.

Eu preciso que eles nos forneçam essa mercadoria a crédito. Eu mesmo me comprometerei a fazer pessoalmente o pagamento a todos, assim que receber o dinheiro da Real Fazenda, que o governador prometeu me enviar o mais breve possível, para essa despesa.

– Ora, se é assim, conte comigo para o que precisar, ministro. Sou um velho advogado que conhece bem essas terras e tenho idade para ser seu pai. Se eu puder ser útil à vosmecê, em qualquer circunstância, não se acanhe em me pedir. É só marcar o dia em que pretende fazer essa visita ao comércio, que eu terei o maior prazer em acompanhá-lo.

Inácio agradeceu, encantado com a sinceridade e a simplicidade do advogado. *"Esse parece um homem em quem se pode confiar"*, pensou.

– Dr. Alvarenga, gostaria de mais uma vez lhe fazer um convite. O senhor se sinta à vontade para aceitá-lo ou não. Só o faço porque imagino que o senhor e seu amigo Nicolau ainda estão se adaptando à cidade e talvez não tenham aqui muitos amigos.

– Dr. Silveira, já o considero meu amigo, portanto, uma vez mais lhe digo que não precisa tanta formalidade comigo – respondeu Inácio, dando-lhe um tapinha nas costas.

Silveira sorriu, lisonjeado e prosseguiu:

– Minha esposa Maria Josefa está planejando um piquenique com a família para o próximo domingo nos arredores da cidade. Há um lugar aqui perto, a Casa de Pedra. É uma gruta com linda paisagem à volta. Minhas filhas gostam muito de ir ali para cavalgar e passar o dia. Há muita sombra e um belo riacho, que faz com que o lugar seja bem mais fresco do que aqui. Acho que o senhor vai gostar. É coisa simples, mas vai ser animado. Vai a moçada toda lá de casa, os primos e primas, geralmente é uma festa. O Dr. Nicolau também está convidado. Seria uma grande honra para nós a presença dos dois.

Inácio sorriu de felicidade e o seu coração disparou. *"Outra oportunidade de ver Bárbara!"*, pensou. Claro que iria. Não recusaria esse convite por nada.

– Está aceito o convite, Dr. Silveira. Eu e Nicolau ficaremos encantados em fazer esse passeio no domingo. É só nos dizer o local e a hora.

– A minha família é grande, Dr. Alvarenga, e é difícil juntar todo mundo. Ainda por cima temos alguns parentes que estão sempre conosco. Acho melhor nos encontrarmos todos aqui bem cedo, na entrada do fórum, que é caminho, para então nos dirigirmos para fora da cidade.

– Pois aqui estaremos, a postos! – afirmou, com indisfarçável alegria.

No dia combinado se podiam ver na entrada do fórum escravos, carruagens, toda uma parafernália de coisas que transformavam o piquenique organizado por Josefa em uma festa.

A viagem até a Casa de Pedra foi animada por dois violeiros que o Dr. Silveira, em razão da presença do ouvidor, convidou também para participar. Ao chegarem ao local do piquenique, um belo vale recortado por um riacho de águas cristalinas, as pessoas se espalharam e os criados começaram a arrumar as mesas, bancos, almofadas, além de estender as toalhas para colocar o almoço. As moças e rapazes apearam dos seus cavalos e saíram para explorar um pouco a região, a pé. Iam em grupos, conversando e examinando a paisagem. Nicolau logo se aproximou de Alice, visivelmente encantado com a linda moça, de maneiras suaves e semblante calmo. Puxou conversa, contando-lhe sobre a sua vida no Rio de Janeiro e dos seus planos de permanecer em São João Del Rei, caso Inácio cumprisse a promessa de lhe arranjar um posto na comarca.

Inácio, remoendo o desconforto que sentia ao ver Bárbara acompanhada de Antônio, conversava com o Dr. Silveira e o comandante Luís Toledo. Josefa, Gertrudes e Maria Emília, com o auxílio dos criados, estavam atarefadas na preparação do almoço. As crianças brincavam com as amas. Francisca aproximou-se do pai e seguiu caminhando ao seu lado, junto com os outros homens. Silveira, rodeado de mulheres em casa, não criava as suas filhas como as demais famílias de São João, que mantinham as mulheres enclausuradas, como em um convento doméstico. Ele permitia que elas participassem das reuniões sociais, após determinada idade, e que conversassem com os visitantes da casa.

O ouvidor contava a eles como foi sua infância no Rio de Janeiro e sua partida para Braga, em Portugal, bem cedo, juntamente com sua irmã que acabou por se tornar freira no Convento do Salvador, na pequena cidade portuguesa. Francisca não se preocupava em esconder a sua admiração pelo ouvidor e o ouvia atentamente. Ele, por sua vez, enquanto relatava a sua própria história, não perdia de vista Bárbara e a vigiava, disfarçadamente, observando os seus movimentos. Mas a moça logo desapareceu no horizonte com Teresa, Antônio e José Eleutério. Havia proposto a eles uma corrida, pelo que eles montaram em seus cavalos e saíram em carreira.

O almoço foi colocado em cima de mesas rústicas de madeira, encobertas com toalhas de linho, e todos foram convidados por Josefa a se servirem, sentando-se informalmente nos bancos e toalhas colocados embaixo das árvores. Bárbara e Teresa chegaram correndo, com os rostos corados pelo exercício físico, logo seguidas pelos rapazes que vinham atrás delas, rindo. D. Josefa ralhou:

— Onde é que foram os fujões?

— Estávamos apostando corrida, mamãe — disse Bárbara, sem fôlego.

— Mas é covardia, porque Antônio é o melhor cavaleiro de todos nós. Eu e Teresa ficamos para trás! Somente ganhamos agora na volta, porque saímos na frente. — Ambas sorriam, felizes.

— Pois então agora se aquietem! Peguem os seus pratos e sirvam-se, antes que a comida esfrie — ralhou Josefa.

Inácio, de longe, observava Bárbara. Os seus olhos brilhavam, mas não se atreveu a se aproximar dela. Fingia prestar atenção à conversa do Luís Toledo, mas o seu pensamento estava distante. Ao se encaminhar à mesa para se servir, Nicolau sussurrou para o amigo:

— Aconteceu alguma coisa, Inácio, estás tão calado hoje...

— Estou bem, Nicolau, só um pouco indisposto. Mas já, já melhoro, vais ver...

Nicolau olhou para o amigo, desconfiado, e viu que ele observava Bárbara mais uma vez. *"Ah, entendi o motivo da indisposição"*, pensou Nicolau, ao ver a moça conversando com Antônio, com visível intimidade.

— Babe, preciso conversar contigo sobre um assunto importante — disse Antônio, puxando-a pelo braço e afastando-se dos demais.

— Diga, Antônio, sou toda ouvidos! — respondeu, surpresa.

— Estou pensando em mudar de planos, mas para isso queria a tua aprovação.

— Planos? Que planos, Antônio? — perguntou Bárbara, com um sorriso zombeteiro, querendo desconcertá-lo, coisa que fazia muito bem.

— Não me olhes com essa cara, Babe, que eu fico sem graça... Lembra-te que eu estava arrumando as coisas para ir a Coimbra no próximo ano, estudar leis? Pois acho que não vou mais.

— Como assim, Antônio Luís? Não vais? E vais ficar sem teus estudos? — perguntou, espantada.

— Não, minha querida! Acontece que descobri não ter vocação para o Direito, nada mais. Vou continuar estudando, óbvio. Só que em outro ramo. Quero ser médico! Estou pensando em ir para Montpellier, na França, estudar medicina! — Anunciou Antônio, em tom pomposo.

– O quê? Medicina? – Bárbara não se conteve e deu um pulo de alegria, enlaçando o pescoço de Antônio e dando-lhe um abraço. – Que maravilha! Sempre achei que tinhas jeito de médico!

– Juras? Achas mesmo? Ah, que bom que me apoias, Babe – disse Antônio, mal cabendo em si de contentamento.

– Claro que te apoio. Por que eu faria diferente, Antônio? Vamos correndo lá contar para os meus pais. Eles também vão adorar saber!

– Babe, mas tem mais uma coisa...

– O que é, Antônio? Diga logo – perguntou, com impaciência.

– Veja, nós dois temos sido amigos desde sempre, não é mesmo?

Bárbara sentiu um calafrio e se calou. Imaginou do que se tratava. Antônio prosseguiu, sem jeito:

– Tu sabias que és o amor da minha vida, a mulher que eu quero que esteja ao meu lado, sempre?

Bárbara ficou estática, sem saber o que dizer. Embora pressentisse que ele diria aquilo, não estava preparada. Antônio, tomando coragem, prosseguiu:

– Babe, quero pedir ao Dr. Silveira para fazer-te oficialmente a corte. Não vivo sem ti e decidi que não posso partir para a França sem antes firmar contigo um compromisso. Quero que sejas minha esposa, Bárbara Eliodora!

As pernas de Bárbara tremeram e uma lágrima escorreu pela sua face. Estava emocionada com o pedido, feito de forma tão carinhosa e singela por Antônio. Mas será que queria se casar com ele?

– O que é isso, Babe, estás chorando?

Antônio aproximou-se e beijou docemente a sua mão.

– Então, aceitas?

– Antônio, estou sem palavras! Nunca pensei... tu me apanhaste de surpresa...

– Ainda não dissestes se aceitas. Que história é essa de "nunca pensei"? Eu nunca deixei de demonstrar o meu amor por ti. – E segurando o seu queixo, delicadamente, acrescentou: – Eu te amo, minha querida Babe.

Bárbara abaixou os olhos e sorriu.

Naquela fração de segundo, Bárbara analisou friamente a situação. Afinal, ser prática era, na sua própria avaliação, uma das suas melhores características, tanto que conseguiu ficar solteira durante todo esse tempo, não obstante ter sido sondada por mais de um pretendente. Ela era exigente. Lembrou-se de todos os momentos que ela e Antônio passaram juntos, desde a infância. Ele tinha sido, sempre, o seu amigo fiel, a quem podia contar todos os seus segredos, sem medo. Ao mesmo tempo, questionava-se intimamente se essa grande amizade seria amor, e se esse sentimento seria suficiente para passar o resto da sua vida com ele. Por outro lado, já estava passando da idade de se casar e, apesar de sempre dizer o contrário, não queria ficar solteira a vida toda. Nenhum outro pretendente se equivalia a Antônio. É certo que agora aquele ouvidor dava sinais de que podia estar interessado nela. Mas aquilo era apenas um fogo de palha, sem maiores consequências ou compromissos. E também, nunca, de modo nenhum, se uniria a um homem como aquele. Deus a livrasse! E Antônio tinha todas aquelas qualidades maravilhosas que ela sempre admirou: a sinceridade, a calma, o bom senso, o equilíbrio. Além de ser inteligente e, reparando melhor, bem bonito. Sim, Antônio era o marido de que ela precisava. Seria feliz com ele!

Abraçou-o longamente e, com os olhos úmidos disse, com um sorriso:
– É claro que aceito, meu querido!

EMOÇÕES NOVAS
São João Del Rei

> Amor é fogo que arde sem se ver;
> É ferida que dói e não se sente;
> É um contentamento descontente;
> É dor que desatina sem doer.
>
> "Soneto", Luís Vaz de Camões

— Tudo bem, Inácio, dize-me logo, ao menos para desabafar, homem. Desde a semana passada que o teu humor mudou! Aliás, já há alguns dias tenho reparado isso. Vai, prometo que te ouvirei calado – disse Nicolau, acendendo um charuto e esparramando-se no sofá.

Inácio não havia ainda se recuperado do choque que sentiu naquele dia do piquenique, ao ver Bárbara com o rosto corado, a cara de felicidade daquele "moleque" que estava sempre junto dela e os cochichos e risadinhas das suas irmãs e primas. Depois foi o abraço da mãe e da tia no tal Antônio, como se ele fosse um filho querido. O pai, Dr. Silveira, sem saber de nada, perguntou o que se passava. Josefa, também visivelmente animada, mas sem adiantar a razão do pequeno tumulto, apenas lhe disse que teriam novidades quando chegassem em casa. Todos ficaram com olhares cúmplices uns para os outros, sem dizer uma palavra. *Estranha, essa gente de Minas!*, pensou, *tão cheios de segredos.*

O Dr. Silveira olhou para Inácio com um sorriso amarelo e deu de ombros. Como não contrariava a mulher, resolveu que esperaria chegar até em casa para saber o que ocorria. Chegou a comentar com ele e Luís Toledo, com um risinho sem graça, que eram coisas de mulheres, não devia ser nada importante. Foi quando Inácio ouviu Maria Alice sussurrar para Nicolau que Bárbara iria ser pedida em casamento, em breve. Aquilo foi como se um raio caísse na sua cabeça. A custo conseguiu disfarçar a sua decepção. Ficou mudo no caminho de volta, e mal se despediu das outras pessoas, ao chegarem a São João Del Rei.

Inácio então contou a Nicolau o que ocorreu no dia do encontro no chafariz e como ele se sentiu. E que desde aquele dia não conseguiu mais tirar a moça da sua cabeça. Nicolau não conseguiu segurar uma sonora gargalhada.

– Eu sabia! Eu sabia que tu estavas encantado por essa Bárbara! – gritou, dando um murro no ar.

– Ora, Nicolau, pare com essas observações cretinas. Tu me conheces bem, sabes que eu não sou de ficar assim. Já tive minhas paixões fulminantes, mas nunca me senti desse modo. Estou confuso – sentou-se defronte a Nicolau, colocando as mãos na cabeça.

– *Isso* sim é que é paixão fulminante, meu amigo. Talvez até algo mais, só vais saber com o tempo. Não sei dos outros sentimentos que tiveste, mas para ficares assim, como estás... o negócio é sério...

– Estou me sentindo como um bobo, Nicolau. Não sei o que fazer. Sempre soube lidar muito bem com as mulheres. Mas as que conheci até agora eram de certa forma previsíveis, experientes. Eram insinuantes, sensuais. Algumas me tocaram pela beleza, mas era uma beleza artificial, embaciada pelo uso de polvilhos e carmins. Essa moça é diferente. A beleza dela é... como eu diria... deslumbrante! E tem uma graça ao caminhar, ao sorrir. Além disso é inteligente, provocadora... Quando ela pousou em mim aqueles olhos eu achei que fosse desaparecer... Ela me olha como se enxergasse a minha alma, não sei se me entendes. Eu fico sem ação!

– Uhhhh... Isso está emocionante! E tu achas que ela sente o mesmo por ti?

– O que tu achas, Nicolau? Pois ela não está de namoro com aquele rapazote? Para dizer a verdade, sinto que ela me ignora completamente e até me olha com certo desdém.

– Emoções novas, senhor ouvidor! Certamente, emoções novas para quem sempre teve tudo o que quis... Menina esperta, essa, hein, sabe como conquistar...

– Não creio que esse comportamento dela seja deliberado. Não me parece que ela *queira* me conquistar, que conheça esses truques, próprios de mulheres mais experientes. Além do mais, pelo que vimos, ela estará comprometida em breve. Só espero não ser convidado para a festa... Era o que me faltava... Tenho que tirar isso da minha cabeça, Nicolau.

– É, meu amigo, não quero desanimar-te muito, mas pelo que me contou a prima, Maria Alice, aquilo ali é uma coisa esperada já há muito tempo. Os dois sempre foram muito chegados. Ela me segredou que Bárbara talvez não seja muito apaixonada pelo futuro noivo, mas há aquele tipo de pressão, tu sabes... essa coisa de interior, de estar ficando velha para se casar...

– Compreendo...

– Além do mais, Inácio, tu tens que considerar que há aquela lei que proíbe os juízes de se casarem com moças da própria jurisdição. A não ser que se consiga uma autorização real, o que considero um tanto difícil. Bom, isso é, a menos que tu peças auxílio aos teus amigos em Lisboa. E não creio que tu serias leviano ao ponto de pensar em comprometer uma moça de família como ela, aqui nesta cidade do interior de Minas, sem um casamento...

– Nicolau, tu ao invés de me apoiares, de me dares uma ideia qualquer, me desanimas ainda mais? E quem é aqui que já está falando em casamento! Meu pensamento não foi assim tão longe!

– Só estou sendo realista, meu amigo. Coisa que definitivamente tu não és... – resmungou Nicolau, aborrecido.

– Está bem, está bem, deixa para lá. Vou tentar esquecer isso tudo. E que tal a prima, a Maria Alice? Vi que estavas muito interessado nela, hein? Disse Inácio, mudando de assunto.

O rosto de Nicolau se iluminou.

– Ah, Inácio, acho que também estou apaixonado, mesmo! Maria Alice é linda, bem-educada, de boa família. Estou pensando seriamente em me fixar definitivamente por aqui, isto é, claro, se me arranjares o tal cargo...

– Podes ficar tranquilo, meu amigo – suspirou Inácio. – Em breve conseguiremos algo e aí tu poderás ser feliz.

– Ora, deixa dessa tristeza, homem. Isso não combina com o teu gênio! Pensa positivo! Mulher aos teus pés foi o que nunca te faltou. E que tal a irmã dela, a Francisca? Parece-me uma moça ideal para ti. Séria, compenetrada, prendada. Vai te ajudar a colocar um pouco de juízo nesta tua cabeça. E sem contar que não é feia!

– Não me atrai, Nicolau. Não me atrai – respondeu Inácio, distraidamente.

Antônio Luís pediu formalmente ao Dr. Silveira e Sousa para fazer a corte a Bárbara em uma reunião simples na casa do advogado, onde estavam presentes apenas os familiares. A mãe de Antônio, D. Maria Aparecida de Mendonça, que havia ficado viúva muito cedo e tinha apenas Antônio como filho, estava de certo modo feliz com o compromisso que ele assumia. Tinha receio de que pudesse vir a falecer a qualquer momento, muito embora gozasse de excelente saúde. Mas deixar o seu amado filho sem ninguém que pudesse cuidar dele era um tormento para ela. Gostava de Bárbara desde menina, mas achava que ela tinha um gênio muito forte, contrariamente ao seu filho, que era um rapaz calmo e muito cordato. Tinha dúvidas sobre se aquele casamento faria o seu filho feliz. O noivado ficaria para o próximo ano, quando Antônio voltasse da França para passar as férias no Brasil. Poderiam, assim, com mais certeza marcar o dia do casamento.

O ouvidor não quis saber das novidades, que lhe eram trazidas por Nicolau, e manteve-se convenientemente ocupado em suas viagens ao sul, para cumprir as ordens do governador quanto ao provisionamento das tropas enviadas à guerra contra os espanhóis.

O Dr. Silveira, embora satisfeito com o compromisso da filha com Antônio Luís, jovem que tinha fortuna e era filho do seu falecido melhor amigo, no fundo sentia uma ponta de decepção por não ter conseguido conquistar o ouvidor para o seio da sua família. Afinal, não era completamente idiota e pressentiu que o Dr. Alvarenga mostrou-se bastante interessado naquela cabeça-dura da sua filha. *"Bom, ainda bem que tenho outras filhas bonitas e em idade de se casar. Quem sabe não consigo fazê-lo se interessar por Francisca?"*, pensava, tentando se consolar.

O ouvidor, pelo seu lado, mostrava-se solícito em premiar o Dr. Silveira. Já tinha percebido que precisava ter a sociedade local ao seu lado, para administrar melhor não apenas a cidade, como os seus próprios negócios. Além disso, não pretendia desistir de Bárbara assim tão fácil e conquistar os favores do pai dela era um dos seus propósitos imediatos. Em pouco tempo providenciou a nomeação do advogado para o distinto cargo de almotacel da vila de São João del Rei, ao lado do Dr. Plácido da Silva e Oliveira Rolim, irmão do padre José da Silva Oliveira Rolim, que era sargento-mor e primeiro caixa administrador da Junta Administrativa da Intendência dos Diamantes.

Na época do Natal Inácio partiu para o Rio de Janeiro, com o propósito de passar as festas de final de ano junto da sua família. Somente voltaria nos primeiros meses do ano seguinte, quando Antônio Luís, entre mil juras de amor e muitas promessas, partia para a França. Deixava em São João Del Rei a sua bela Bárbara, comprometendo-se a voltar no final do ano para o noivado, lamentando-se por ter que ficar tanto tempo longe dela.

**

Iniciava-se o mês de março de 1777 quando Inácio retornou a São João Del Rei. Vinha do Rio de Janeiro, onde fora passar o Natal com a família. Havia aproveitado a viagem e resolvido passar uns dias em Santos, São Paulo, para visitar o seu querido tio Sebastião. Precisava de um conselho sensato sobre o rumo da sua vida e os últimos acontecimentos. Seu tio sempre fora o seu porto seguro, a pessoa em quem mais confiava. Voltou para a comarca corado, um pouco mais cheio de corpo, o que, em razão da sua boa altura, realçava o seu porte, dando-lhe excelente aspecto. Estava, além do mais, com aparência mais calma e bem disposto. Nicolau o recebeu com um forte abraço e um largo sorriso, na porta da confortável casa em que Inácio residia na companhia dos dois criados portugueses que havia trazido de Lisboa. Por conveniência para ambos, desde que tomara posse no cargo de ouvidor, havia alugado para Nicolau a casa ao lado da sua, e essa vizinhança contribuía para estreitar cada vez mais a amizade entre ambos.

– Inácio, bons ventos te trazem, meu dileto amigo! Já estava com saudades de ti! Mas, olha, estás com muito bom aspecto! Conta-me as novidades.

– Muitas novidades, Nicolau! – Disse Inácio, com entusiasmo, abraçando fortemente o amigo e também aos criados que prontamente lhe carregavam as malas para dentro de casa.

Assim que entrou, foi logo se esparramando no sofá e pedindo a Jerônimo que lhe preparasse um bom banho, pois estava exausto. O criado foi correndo atender ao patrão, enquanto o outro, Antônio, lhe preparava uma refeição ligeira. Ambos faziam tudo por Inácio, com quem trabalhavam há anos e por quem tinham verdadeira afeição.

– Vejo que não destruíste a casa com tuas folias enquanto eu estava fora, Nicolau – disse Inácio, com uma sonora gargalhada, enquanto tirava as botas e as jogava displicentemente para o lado. – E os criados parecem bem tratados... pelo menos colocaste comida nesta casa...

– Mas veja só! Quem de nós sempre gostou de festas ruidosas foste tu, fanfarrão! Sabes que sou um homem discreto e, agora, comprometido – disse Nicolau, piscando-lhe o olho.

– Como assim, comprometido? O que andaste aprontando enquanto eu estava fora, homem? Fizeste alguma bobagem e agora estás encrencado, é isso? Valha-me! – disse Inácio com seu vozeirão, levantando as mãos. – Era o que me faltava!

– Não é nada do que estás pensando! Também não sou assim tão irresponsável, ora!

— Então diz-me logo! — disse Inácio displicente, encaminhando-se para o quarto onde Jerônimo já lhe preparava a banheira com os óleos franceses de que ele tanto gostava. Nicolau o seguia, enquanto falava.

— Bom... bem que eu te queria como padrinho, Inácio, mas tu te demoravas tanto lá no Rio de Janeiro que resolvi eu mesmo criar coragem e agir por minha conta. Pedi ao Dr. Silveira que intercedesse por mim junto à D. Maria Emília para fazer a corte a Maria Alice.

— Maria Alice? Aquela moça sobrinha do Dr. Silveira?

— Ela mesma! Estou apaixonado, Inácio. Aliás, tu certamente não percebeste que a notei desde a primeira vez em que a vi, naquele sarau em tua homenagem na casa do Silveira. Quero me casar — disse Nicolau, com ar sonhador...

— Ora, ora, mas tu não perdes tempo, hein? Bom, então só me resta dar-te os parabéns! Fizeste uma bela escolha, a moça, pelo que me lembro, é realmente muito bela. E tem dote?

— Excelente dote. O pai era rico fazendeiro e deixou tudo para a filha única. As fazendas são agora administradas pela mãe, com o auxílio do cunhado, o Dr. Silveira. D. Maria Emília me confessou que precisa de alguém que assuma os negócios — disse Nicolau, com entusiasmo.

— Pois então tu te saíste muito bem, hein, Nicolau...

— Inácio, não sou perdulário como tu e o dinheiro é bom, sim, mas tu sabes bem que não sou interesseiro — respondeu Nicolau, rispidamente.
— Quando aceitei vir contigo para São João não foi por outro motivo que me ver livre dos compromissos em que meus pais pretendiam me fixar, casando-me com a horrorosa prima Josélia, que tinha muito mais fortuna do que qualquer um aqui...

— Está bem, está bem! Eu estava só a caçoar de ti, meu amigo... esquece o que eu te disse. Tu fazes bem em escolher o laço em que vais colocar o teu pescoço... hahahahahahahaha.

— Tu és um descrente no amor humano, Inácio! Acho que precisas encontrar alguém que te enlace de verdade... — e sorriu, com malícia... — Por falar nisso, amanhã é domingo e tu bem que poderias me acompanhar à missa, pois vou me encontrar lá com Maria Alice...

— Ah, não acredito que até a missa passaste a frequentar... estás mesmo apaixonado...

— É o costume por aqui, senhor ateu. Ademais, talvez te interessasse saber que toda a família Silveira costuma frequentar essa missa das 11 horas. *Toda* — enfatizou.

Inácio fechou o semblante e ficou calado, pensativo, enquanto se ensaboava. Nicolau mudou de assunto.

– Bom, mas conta-me as novidades do Rio de Janeiro. E de Santos, já que lá também estiveste.

– Nada de muito estimulante, tal como essa tua "marcha nupcial"... – e deu uma risadinha sem graça. – Almoços em família, idas ao teatro. Joguei o gamão com o marquês de Lavradio, que tem feito muitas melhorias na cidade, precisavas ver... Encontrei um velho amigo, que chegou ao Brasil pouco depois de mim, e eu ainda não sabia: o Manuel Inácio da Silva Alvarenga. Grande poeta, o Manuel.

– Conheço apenas de nome – disse Nicolau, distraído. – Não foi ele quem escreveu aquele poema – "Glaura"?

– Sim, foi ele. Convidei-o, a propósito, para vir se estabelecer como advogado em São João. Ele conhece várias pessoas aqui e vai se dar muito bem na advocacia, creio eu. Veio no mesmo navio que outro amigo, o Antônio Diniz da Cruz e Silva, que agora é desembargador da Relação do Rio de Janeiro. Estive com ele, ceamos juntos na sua casa e conversamos até altas horas sobre a vida no Brasil. Ele foi um dos fundadores da Arcádia de Lisboa, não sei se já te falei a respeito...

– Ah, sim, vagamente... Olha, com tantos poetas juntos, tu poderias formar uma nova Arcádia aqui no Brasil, quem sabe? Aquele advogado, o Bernardo da Silva Ferrão, também poeta e escritor, lembras-te dele, não? Nós o conhecemos logo no primeiro dia do sarau em casa do Silveira.

– Como não? Pois eu me esqueceria daquela nossa noitada, após o sarau? – riu gostosamente. – Gente muito boa, o Bernardo. Acho que tu me deste uma boa ideia. Vou pensar melhor sobre isso... Tenho mesmo que ir a Vila Rica, conversar com o Dr. Cláudio Manoel, a quem não vejo desde o ano passado. Vou ver qual é a opinião do nosso "mestre" a respeito.

– Há ainda o Basílio da Gama, que é de São José. Soube que virá para estas bandas visitar a família, ainda este ano.

– É verdade, tinha me esquecido. Pois tu não acreditas que o irmão, o Antônio Caetano, também veio no mesmo navio que o Manuel? Disse-me ele que o maroto veio para ser vigário auxiliar na Vila de São José, aqui ao lado. Vê a minha "sorte"! – exclamou, com sarcasmo, enxugando-se e vestindo o elegante roupão que o criado lhe entregava.

– Antônio Caetano Villas Boas, o padre? – surpreendeu-se Nicolau. – Pois sinto te dizer que o fulano vai se estabelecer de vez não em São José, mas aqui mesmo, em São João Del Rei. Vai ficar responsável pelas duas paróquias. E nem bem chegou, já anda a construir uma péssima fama entre a população. Não gosta de rezar missa – pelo que sei, até hoje não rezou nenhuma. Vive afirmando que está doente, só para ser substituído por outro padre.

– Que maçada! Aquele homenzinho nunca me engoliu. Intolerável, aquele rapaz. Muito diferente do irmão, que é um cavalheiro. Um pretensioso, isso sim... Gosta mesmo é de proclamar aos quatro ventos a sua mentirosa ligação com os descendentes de Vasco da Gama.

– Não sabes o que mais: adora dinheiro e mulheres. Corre o boato que está a desviar todo o dízimo da paróquia de São José, que por sinal é muito rica, e a cobrar até pelo sacramento da extrema-unção. Tem uma amante e desfila de vez em quando com ela pelas ruas da cidade. Um escândalo!

– É um desonesto e libidinoso, esse padre – vociferou Inácio, com raiva. – Devia se envergonhar de usar a batina!

– Outra notícia, não sei se boa ou ruim...

– Diz logo, Nicolau, para com esses rodeios.

– Chegou aqui para ti uma carta da Sra. Joana de Lencastre.

Inácio fez um muxoxo.

– Pelo visto, não estás mais interessado... – reparou Nicolau.

– Nem um pouco. Posso dizer-te com segurança que Joana já faz parte do meu passado. Soube notícias dela por Manuel. Coitado do meu amigo – é mesmo um trouxa! Ele e Basílio andavam arrastando uma asa por ela. Manuel fez-lhe inclusive uns versos no seu novo poema – "Templo de Neptuno". Alguma coisa como:

> Da alegre Sintra a desejada serra
> Mal aparece, e o vale que, ditoso,
> De Lília e Jônia a voz e a lira encerra.

Declamou Inácio, com voz de deboche.

– Hummm... – resmungou Nicolau. – Sinceramente, a vi naquela vez que estive em Lisboa a te visitar e nunca achei que ela tivesse assim tantos encantos...

– É uma mulher sedutora, Nicolau. Lá isso eu não posso negar. Disse-me o Manuel, no entanto, que algum gaiato descobriu que ela andava a plagiar versos, não é espantoso? Pois um dia, por morte da mãe, dizem que Joana leu um soneto de inspiração clássica, pretensamente composto por ela, em que havia um verso: "Alma ditosa e pura, que gozais". Nicolau Tolentino, ao que parece, fez outro, afirmando que D. Joana teve a colaboração de seus "adjuntos" para compor, pois não era capaz de versejar sozinha. Lascou-lhe logo os versos:

> Mas o soneto é bom e obra de preço;
> Grandemente fizeram os adjuntos
> Sobre a letra redonda o seu congresso.
>
> Porém ela e mais eles todos juntos,
> Se é que haviam rezar o que anda impresso,
> Mais valia a sequência dos defuntos.

Inácio deu uma sonora gargalhada.
— A mulher, então, além de tudo, é uma falsária – riu. – Bela bisca! Pois parece que ela continua a se lembrar de ti. Abre a carta que estou curioso.

Inácio abriu a carta e a leu, com um sorriso nos lábios. Joana contava-lhe as novidades de Lisboa, a doença do rei, o descrédito de Pombal, as suas visitas à Leonor de Almeida em Chelas e as notícias da Corte. Dizia-lhe que o considerava ainda um grande amigo e que foi o melhor amante que teve. Que tinha saudades suas, e que esperava ansiosamente o seu retorno a Lisboa, em breve. Inácio parou por um momento, e ficou pensativo, olhando pela janela. Subitamente, entregou a carta a Nicolau e disse-lhe, resoluto:

— Lê e julga por ti mesmo, Nicolau. Depois queima a carta, por favor. Como tu mesmo me disseste, aquele dia, tenho que seguir a minha vida. Curioso que já não sinto mais nada por ela! Isso tudo o que está ocorrendo me lembra aquela cançoneta do Metastásio, "A *Liberdade*" – que o Basílio da Gama conseguiu traduzir tão bem:

> Mostra-me agrado, ou ira:
> mas vê que é neste estado
> perdido o teu agrado,
> perdido o teu rigor.
>
> Não fazem os teus olhos
> em mim o antigo efeito:
> não achas o meu peito
> disposto em teu favor.

— Isso mesmo, meu amigo! Vejo-te em grande forma! Alegre e inspirado, o que é melhor de tudo! Mas convenhamos que essa Joana é uma mulher insistente, não tenho dúvida. Apesar de tudo que aconteceu entre vós, e o caso dela com o Anastácio Cunha, já é a segunda ou terceira vez que te escreve, desde que chegaste ao Brasil.

– Nisso Joana se parece comigo, Nicolau. Eu também sei ser insistente... – respondeu, com ar enigmático.

Nicolau olhou para ele de soslaio, sem entender.

– Inácio, meu amigo, de qualquer modo essa senhora realmente não vale a pena e já passou, é passado. Ademais, creio que o teu coração tem andado ocupado, talvez no Rio de Janeiro, terra de belas mulheres. Ou estarei enganado? – insinuou Nicolau.

– Tu me conheces bem, meu amigo. No entanto, não consegui me envolver seriamente com ninguém no Rio. Uns namoricos aqui e ali, nada de mais. Mas, de fato, não deixei de pensar em Bárbara. Tu a tens visto?

– De vez em quando. Ela está sempre com Maria Alice. Outro dia perguntou por ti.

– É mesmo? – Os olhos de Inácio se iluminaram.

– Mas não fiques tão entusiasmado, Inácio. Foi uma pergunta educada. Ela vai ficar noiva no final do ano.

– E por que essa demora? Pensei que já tivessem ficado noivos.

– Soube que o rapaz vai primeiro ver se gosta do curso em Montpellier. Volta no final do ano para o noivado e para acertarem o casamento.

– Bom, então eu tenho um ano pela frente... – disse Inácio, com um sorrisinho no canto dos lábios.

DELICADA FLOR
São João Del Rei

> *Quem és, do claro céu ínclita filha?*
> *Vistosas penas de diversas cores*
> *Vestem e adornam tanta maravilha.*
> *Nova grinalda os gênios e os amores*
> *Lhe oferecem e espalham sobre a terra.*
> *Rubis, safiras, pérolas e flores.*
>
> "A gruta americana", Manuel Inácio da Silva Alvarenga

O domingo amanheceu ensolarado e a família Silveira se preparou para ir à missa, na Igreja Matriz de Nossa Senhora do Pilar. Assistir à missa era o programa dominical das famílias, além de ser o local onde as moças casadoiras podiam ver os rapazes e serem vistas. O Dr. Silveira ia à frente, acompanhado de D. Maria Josefa, seguidos das filhas mais velhas, das criadas e das crianças. Encontraram-se no local com D. Maria Emília e Maria Alice, mais bonita agora que havia iniciado o namoro com Nicolau. Todos se arranjaram nos seus bancos e cadeiras, levados pelos escravos. Cada um trazia o seu próprio assento, que se diferenciava segundo a importância e a riqueza de quem o utilizava. As autoridades e os ricos fazendeiros sentavam-se nas primeiras fileiras. Os escravos e criados ficavam ao fundo, sentados no chão ou em pé.

Maria Alice sentou-se ao lado de Bárbara e de Francisca. Teresa estava próxima a Anna Fortunata e Maria Inácia. A todo momento Maria Alice se voltava para olhar para a porta, na esperança de que Nicolau entrasse a qualquer momento. D. Maria Emília, percebendo a atitude da filha, fez-lhe sinal para que se comportasse e se concentrasse no livro de orações. Bárbara estava linda no seu vestido azul escuro, cheio de pequenos botões que o fechavam atrás, deixando exposta a alvura da base do pescoço. O corpete era justo e marcava a sua fina cintura. Tinha os cabelos presos com fivelas, bem arrumados e empoados, sem a peruca, que detestava.

Estava em silêncio, e no seu íntimo pedia a Nossa Senhora do Pilar que lhe indicasse se tinha agido corretamente ao aceitar o namoro com Antônio. Não queria de forma alguma magoá-lo, mas não se sentia preparada para o noivado e o casamento. Arrependeu-se de ter consentido, naquele dia do passeio à Gruta da Pedra. Mas *o que* poderia fazer? – Pensava. Antônio era tão bom, tão carinhoso, tão amigo! Não teve força para lhe dizer que não o amava. Ou será que o amava? Não sabia se era ou não amor o que sentia por ele. Mas, enfim... Já estava feito. Agora era ir até o final. Nossa Senhora do Pilar a orientaria. Pensando melhor, iria seguir o conselho da aia Lucíola e se consultaria com a negra Emerenciana, a Ciana, que Lucíola lhe disse que jogava os búzios como ninguém e adivinhava o futuro com precisão. Isso mesmo – decidiu –, ela consultaria a Ciana! Em segredo, óbvio, porque senão a mãe a mataria!

Estava em meio a esses pensamentos quando Teresa foi cutucar Maria Alice e, sem querer, esbarrou nela. Nicolau acabava de entrar na igreja. Bárbara automaticamente se virou e seus olhos se encontraram diretamente com os do ouvidor. Sentiu um calafrio na espinha e o coração disparou. O ouvidor fez-lhe um cumprimento respeitoso com a cabeça e foi se sentar mais à frente junto de Nicolau, no local destinado às autoridades. Silveira assim que o viu empertigou-se todo e acenou-lhe de longe, com um largo sorriso no rosto, recebendo na hora um beliscão de Josefa, que lhe murmurou baixinho que aquele não era local nem hora apropriado para bajulações.

Anna Fortunata sussurrou para Teresa, mas Bárbara ouviu:

– Não sabia que o ouvidor já havia voltado. Ele não estava no Rio de Janeiro? Como ele está corado e parece mais bonito do que antes! Pena que é um pouco velho para mim!

D. Josefa olhou para trás, com ar de censura, e Teresa fez-lhe um sinal para se calar.

A missa transcorreu enfadonha, exceto para Maria Alice, que estava o tempo todo a observar Nicolau que, de vez em quando, discretamente se virava para lhe dirigir olhares apaixonados.

Terminada a missa, foram todos para os cumprimentos no pátio do lado de fora da igreja. Era o momento de convívio social entre as famílias quando as crianças brincavam, comiam amendoim torrado e corriam, enquanto os pais conversavam e as moças e rapazes flertavam. Nicolau logo se aproximou para cumprimentar D. Maria Emília e conversar com Maria Alice, combinando para fazer-lhes uma visita à tarde, à hora do jantar. Silveira procurava o ouvidor com os olhos, para o cumprimentar. Quando o viu, fez-lhe um aceno amistoso, ao que o ouvidor se aproximou. O advogado estava muito grato a ele pela indicação e nomeação para o cargo de almotacel na Câmara e queria de toda a forma demonstrar o seu agradecimento pela indicação. O ouvidor tirou o chapéu para cumprimentar D. Josefa e as filhas, e ficou próximo à família do Silveira, respondendo às inúmeras e cansativas perguntas do advogado sobre como tinha sido a sua viagem ao Rio de Janeiro e escutando sobre o futuro noivado de Bárbara e de Maria Alice. Por sorte, alguns outros advogados que ali estavam com as suas famílias também requisitavam a atenção do ouvidor e ele teve que se afastar.

Ao caminharem de volta para casa, Nicolau pediu licença à D. Maria Emília para acompanhar Alice, que estava de braços dados com Bárbara. Os três seguiram atrás das famílias, a pé, conversando animadamente, na curta distância que os separava da casa de Maria Emília. A eles se juntou o ouvidor, com o pretexto de fazer companhia a Nicolau que, entretido na própria conversa com Maria Alice, nem lhe prestou atenção. O casal foi se afastando aos poucos, Josefa, Silveira e Maria Emília iam conversando à frente, com os demais, e nem repararam que o ouvidor tinha ficado, deliberadamente, para trás, caminhando sozinho com Bárbara.

– Soube que a senhorita ficou noiva do seu amigo, o Antônio, não é esse o nome dele? – perguntou Inácio, com desdém, fingindo não se lembrar do nome de Antônio. – E então, para quando é o casamento?

– Ainda não fiquei noiva, Excelência – respondeu Bárbara, com um risinho. – Vamos formalizar o noivado no final do ano.

– Por favor, senhorita Bárbara, não me chame de Excelência. Afinal, acho que, além de não ser tão velho assim, considero-me um amigo de sua família.

– Obrigada, ouvidor, pela consideração que o senhor sempre demonstrou ao meu pai. Então, como devo chamá-lo?

– Meus parentes e amigos me chamam pelo meu primeiro nome, Inácio – respondeu, com timidez, segurando o chapéu junto ao peito.

– Bonito nome, ouvidor. Gosto de Inácio. Lembra-me santo Inácio de Loyola, o santo padre criador da ordem dos jesuítas, não é assim? Mas o senhor não acha que há excessiva intimidade em nos tratarmos pelo primeiro nome? Afinal, sou uma moça comprometida – disse com uma expressão marota.

– De fato. Não fica bem em público – respondeu Inácio, sorrindo. – Mas pelo menos posso chamar-te de Bárbara quando não houver ninguém por perto, como agora?

Bárbara riu e fez que sim, com a cabeça. Achou divertido o modo como o ouvidor se dirigia a ela. Ele sorriu de volta. Na sua presença ele sempre parecia estar ressabiado.

– Minha irmã tem quase o mesmo nome da senhorita: chama-se Ana Bárbara. Ela é freira e vive em Braga, cidade de onde veio a minha família – acrescentou, um tanto sem jeito.

– Deduzo, então, que a senhora sua mãe tinha bom gosto para nomes – Bárbara divertia-se com a situação, embora um pouco incomodada com a atenção dele.

O ouvidor sorriu, encantado com a desinibição e o espírito atilado da moça.

– Infelizmente, minha mãe morreu quando eu era muito jovem. Mas minhas tias me deram muitas informações. Chamava-se Angela Michaela e dizem que ela era uma mulher muito bonita, inteligente, elegante e que amava o meu pai.

– Gostei também do nome dela! – Bárbara exclamou, continuando a brincadeira.

– É, minha mãe era descendente de nobres espanhóis, deve ser por isso que eu tenho essa aparência física, pois minhas tias dizem que eu puxei a ela – respondeu, completamente à vontade com Bárbara.

Com certeza ele herdou dela essa cor de pele e esse porte elegante, pensou Bárbara, começando a se sentir envolvida por uma crescente admiração por aquele moço que, apesar de exercer um cargo tão importante, comportava-se com extrema simplicidade. Continuaram a conversar naturalmente, como se fossem velhos conhecidos. Bárbara perguntou-lhe se ele ainda estava a escrever poemas, e ele lhe respondeu que havia parado por um momento, por ausência de musas inspiradoras. Bárbara sorriu de novo e ele sentiu como se estivesse flutuando.

Uma sensação nova e agradável de ternura o invadiu por inteiro. Tinha vontade de abraçá-la ali mesmo, beijar aquela sua boca perfeita, acariciar-lhe o rosto e os cabelos, cujas mechas começavam a se desmanchar com o vento.

Ele parece mesmo interessado em mim, refletiu Bárbara, apreensiva. Não era completamente ingênua. Tinha vários admiradores, alguns declarados, outros não. Sabia identificar com clareza a impressão que causava no sexo oposto. *E eu não posso negar que sinto por ele uma sensação esquisita, um misto de atração e certa repulsa. Este é um terreno pantanoso, no qual não me sinto segura. É melhor eu me afastar desses pensamentos, e concentrar-me em Antônio, no meu noivado. Este homem representa encrenca*, pensou resoluta.

Uma sombra perpassou o rosto de Bárbara e ela apertou o passo. Tentava, inconscientemente, fugir do ouvidor. O sorriso fugiu dos seus lábios e ela emudeceu. Um aperto no peito. Uma sensação ruim, como uma premonição. Ao chegarem à casa de D. Maria Emília ambos se despediram respeitosamente. Nicolau beijou a mão de Maria Alice e a de sua mãe e seguiu o seu caminho, com a promessa de voltar à tarde. O Dr. Silveira não tinha visto que o ouvidor estava atrás de si, caminhando ao lado de Bárbara, os dois sem dizerem uma palavra, em um silêncio que se tornou constrangedor para ambos. Olhou para eles com surpresa e fez um cumprimento com o chapéu.

***

O ano de 1777 foi difícil para o ouvidor da comarca do Rio das Mortes. A seca, que desde o ano anterior castigava as plantações, fez com que o preço dos gêneros alimentícios subisse às alturas. A maior parte dos homens que representavam a força de trabalho da colônia foi despachada para a guerra contra os espanhóis, no sul do país, de modo que não havia mão de obra suficiente para fazer face nem aos trabalhos agrícolas e nem à mineração. O preço do ouro, em razão da momentânea escassez de gente para o retirar dos filões, subiu incrivelmente. A coroa portuguesa, a seu turno, não queria saber dos contratempos. Queria a sua parte na extração, o que deixava os mineradores angustiados.

A partir de abril de 1777, sem dinheiro no Senado para custear as despesas da guerra, o ouvidor, auxiliado pelo tenente Antônio Luís da Silva, que servia de escrivão da Provedoria, começou a percorrer as principais lojas de São João em busca de provimentos para enviar aos soldados do sul. Eram necessários tecidos, farinhas, cordas, armas e mantimentos que deveriam ser expedidos com as tropas que iam a caminho de São Paulo, via Tororó e Mogi das Cruzes. O Dr. Silveira, que conhecia todos os comerciantes da região, prestou-lhe importante apoio, acompanhando-o e auxiliando-o a conseguir a venda das mercadorias com promessas de próximo pagamento. Muitas vezes, o ouvidor tinha de se ausentar da comarca, acompanhando parte do trajeto das tropas para que conseguissem em outras paragens os mantimentos que, por estarem escassos, não podiam ser encontrados em São João Del Rei e nas redondezas.

Inácio gostava de viajar. Apreciava esses momentos que passava na solidão das estradas, em cima de um cavalo, para pensar na vida, meditar sobre as suas leituras, compor versos e cantar. Essas viagens realizadas para o abastecimento das tropas tinham vindo a calhar. Aproveitava para conhecer as terras existentes no sul da capitania, próximas à divisa com São Paulo, que eram conhecidas pela sua fertilidade, ótimas para a produção agrícola. Inácio tinha planos de expandir os seus negócios para além da Fazenda Boa Vista, que lhe foi dada pelo tio Sebastião. Era de família de comerciantes e o empreendedorismo estava nas suas veias. Não pretendia, isso era claro para ele, passar a vida toda fechado em um gabinete no fórum. Não. Gostava da vida ao ar livre, da liberdade, e essa sensação por certo a magistratura não lhe proporcionava e nem lhe proporcionaria.

Além do mais, era bom não estar em São João todo o tempo a pensar em Bárbara. Aquela moça tornara-se uma obsessão em sua mente. Não podia ouvir falar o nome dela que o seu corpo se retesava. Tentava, a custo, retirá-la do seu pensamento. Afinal, ela estava comprometida, e não lhe dava nenhum sinal de que pudesse estar minimamente interessada nele. Inúmeras vezes, surpreendia-se a espiar pela janela do fórum, como se ela fosse passar pela praça a qualquer momento, com as irmãs. Algumas vezes a vira de longe, a caminhar de braços dados com Maria Alice, a prima que estava prestes a ficar noiva de Nicolau. Havia indicado o nome do amigo ao Real Gabinete para o exercício do cargo de juiz das Sesmarias, o que lhe proporcionaria prestígio e vencimentos respeitáveis, além dos emolumentos pelo registro das terras, que não eram de se desprezar. Nicolau não cabia em si de contentamento. Tinha planos para o casamento.

A vida pessoal de Inácio, no entanto, não ia nada bem. Mulheres não lhe faltavam. Aonde ia tinha sempre à disposição companhia para passar a noite ou se divertir. Mas isso não lhe bastava. A imagem de Bárbara ocupava-lhe incessantemente o pensamento e lhe trazia grande inquietação. Não conseguia mais se interessar por ninguém. Percebia que o Dr. Silveira, agora transformado em amigo, insinuava o interesse da sua filha Francisca, mas ele disfarçava e mudava de assunto, sempre que a ocasião aparecia. Não bastasse esse turbilhão de emoções em que se debatia, sem saber ao certo o que devia fazer, que atitude tomar ou se devia ignorar isso tudo e encontrar outra moça para acalmar o seu coração, apareceu-lhe o problema criado por Antônio Caetano Villas Boas.

Aconteceu exatamente quando Inácio estava mais relaxado e até de certo modo conformado com a sua sorte. No retorno de uma de suas viagens, recebeu uma reclamação contra o padre Caetano. Inácio Xavier de Coelho era tutor dos filhos órfãos de Antônio Leite Coimbra, proprietário de grande extensão de terras situadas na comarca do Rio das Mortes, levada a leilão público para pagamento das dívidas deixadas pelo defunto. No curso do processo o representante dos menores não foi notificado. O padre, que queria arrematar as terras para si mesmo, falsificou o documento no qual o tutor consentia com a venda das terras. Com isso, o imóvel foi arrematado por um valor muito baixo.

Diante dessa grave acusação, Inácio pediu a Nicolau que verificasse o processo e não houve dúvidas sobre a fraude. A única forma de restabelecer a situação dos menores era anular tudo desde o início. Mandou chamar o advogado do padre ao fórum, para tentar resolver amigavelmente a situação. Em seu lugar, no entanto, veio o próprio Antônio Caetano. Entrou no fórum com arrogância, exigindo falar pessoalmente com o ouvidor. Inácio o recebeu polidamente, sem demonstrar intimidade, o que o irritou ainda mais. Além de alardear a sua suposta descendência ilustre, Antônio Caetano também costumava se gabar, sem que o outro tivesse conhecimento, da sua amizade com o atual ouvidor.

– Excelência – disse Caetano, com fingido respeito. – Posso continuar a chamá-lo de Inácio, como fazia nos tempos passados, em que eu tinha a honra de frequentar a sua casa em Sintra, ou terei de mudar o tratamento, em razão do seu ilustre cargo?

Percebendo a ironia, Inácio foi cauteloso.

– Em primeiro lugar, bom dia e seja bem-vindo, *padre* Antônio Caetano. Não tive o prazer de sua visita antes, então, deixe-me primeiramente cumprimentá-lo pela sua designação como pároco desta Comarca. Devo dizer-lhe que somente tive conhecimento da importante notícia por meio de terceiros, não obstante nossa *amizade* – respondeu Inácio, realçando propositalmente o "amizade".

– Ora, ouvidor, não me consta que Vossa Excelência seja assim, vamos dizer..., um homem devoto. Caso contrário, já teríamos nos encontrado nas missas que, pelo que me lembro, Vossa Excelência nunca teve o hábito de frequentar.

Inácio segurou a língua. Ia responder-lhe duramente que o padre também não comparecia às missas e, portanto, não poderiam mesmo se encontrar. Mas se conteve. O ambiente sempre ficava tenso, quando Antônio Caetano estava por perto.

– Talvez haja uma incompatibilidade entre os nossos horários – respondeu Inácio, seco. – A propósito, podemos fazer o seguinte, em razão da nossa amizade familiar: aqui no fórum nos tratamos como deve ser, e deixamos os tratamentos particulares para quando estivermos em ambientes familiares, o que acha, padre Caetano?

— Perfeitamente, Excelência, como quiser. Devo dizer-lhe, inicialmente, que meu irmão Basílio me escreveu e mandou-lhe muitas lembranças.

— Muito obrigado. Gosto muito do seu irmão.

Caetano fez uma cara de desdém.

— Imagino que vosmecê tenha vindo até aqui por conta do seu processo.

— Então, Excelência! Meu advogado me disse que o senhor pretende anular a compra que fiz da Fazenda da Fortaleza, que pertenceu a Antônio Leite Coimbra. Isso é um absurdo, com todo respeito! Eu participei do processo de arrematação legalmente, fiz a minha oferta e não posso agora ser prejudicado porque o tutor dos menores não foi notificado – protestou Caetano, levantando o tom de voz.

— Padre Caetano, veja bem. A questão é legal e o tutor das crianças está coberto de razão. Se ele não foi notificado, a arrematação não tem valor. Qualquer juiz do reino faria o mesmo...

— Como não foi notificado, Inácio? – Caetano exaltou-se. – Pois se ele me deu uma carta de consentimento, que está no processo!

— *Padre Caetano* – reforçou o tratamento –, o tutor já demonstrou que a assinatura contida no documento não é dele. Salta aos olhos que a sua assinatura foi falsificada.

— Ah, muito bem! Quer dizer então que agora sou considerado um falsário!

Levantando os braços, Caetano continuou a gritar impropérios:

— Era o que me faltava. Isso não vai ficar assim. Vou encher aquele vagabundo de pancadas. Eu não posso me conformar! Já paguei uma parcela. E com o meu prejuízo, ninguém se preocupa? Não admito isso e farei tudo o que estiver ao meu alcance para que isso não ocorra. Se necessário vou recorrer à Soberana, caso essa anulação se concretize. O Marquês de Pombal, seu protetor, caiu em desgraça, meu caro ouvidor. Basílio continua no poder – disse autoritário, em tom de ameaça.

Inácio ficou vermelho e respondeu no mesmo tom:

— Pois vá à soberana ou ao papa, ou a quem Vossa Senhoria quiser. Aqui mando eu. Não vou permitir injustiças nas minhas barbas. A anulação já está determinada. E muito me surpreende que *vosmecê*, um padre, um emissário de Deus, como dizeis, não tenha o menor escrúpulo em prejudicar três crianças inocentes, que somente têm para se manter essas terras que o pai lhes deixou!

– Pois se é assim que Vossa Excelência acha que está certo, não vou perder aqui o meu tempo a discutir. O senhor está cometendo um grande erro. Veremos mais à frente. Esse mundo dá muitas voltas, Excelência – disse, mal controlando a raiva, uma terrível expressão de ódio.

Inácio não revidou. Se o fizesse, teria que lhe dar um murro, ali mesmo. Ou então, mandar prendê-lo, pelas agressivas ameaças que ele descaradamente lhe lançava ao nariz. Conseguiu conter-se; nem soube como, em atenção à amizade que um dia tiveram e ainda pensava ter com o seu irmão, Basílio da Gama. Nunca gostou daquele Antônio Caetano. Só não podia imaginar que aquela discussão realmente ainda lhe renderia muitos dissabores. A partir daquele momento, as relações entre eles estariam rompidas para sempre.

* * *

Bárbara estava sentada na varanda, lendo um livro, quando ouviu a criada abrir a porta para um mensageiro. Pensou que fosse alguma das cartas de Antônio, enviadas religiosamente a cada quinze dias. Teve um sobressalto ao ouvir o rapazote anunciar que vinha da parte do ouvidor e trazia uma correspondência para a senhorita Bárbara Eliodora.

– Carta do ouvidor para mim? – Bárbara pulou da cadeira, espantada. A criada subiu as escadas correndo, trazendo imediatamente o envelope em uma pequena bandeja de prata. Era de fino papel de linho, com o monograma I.J.A.P. subscrito com uma letra elegante e endereçado a ela. Vinha acompanhado de um pequeno livro, com poesias de autoria de Claudio Manoel da Costa. Suas mãos tremeram ao abrir o envelope.

> Senhorita Bárbara Eliodora,
>
> Desculpe-me a ousadia de me dirigir pessoalmente à senhorita. Mas faço-o por uma razão nobre: em primeiro lugar, porque desde o dia em que nos vimos, na saída da Igreja Matriz, não tenho outro cuidado, em razão da nossa breve conversa, senão pesquisar acerca do significado do seu nome: Bárbara Eliodora. Pensei inicialmente que o Eliodora se grafava com H, assim poderia vir de *helios*, o sol, o que para mim faria todo o sentido. A senhorita se parece mesmo, com todo o respeito, com um facho de luz. Mas qual não foi a minha surpresa ao constatar que o seu Eliodora vem de uma delicada flor, do gênero das tulipas, que curiosamente minha tia

Maria, em Braga, gostava de cultivar! Fiquei, senhorita, me perdoe, mas muito, muito mesmo, impressionado com a justeza do seu nome. Inclusive comentei o fato com o senhor seu pai, dia desses aqui no fórum, e ele se sentiu envaidecido, devo dizer, porque me disse que a escolha do seu segundo nome foi dele.

Em segundo lugar, senhorita, sem querer importuná-la mais com a minha impertinência, sabedor do seu interesse e gosto pela literatura, envio-lhe um livro recém-publicado em Lisboa por um amigo meu, o Dr. Cláudio Manoel da Costa. Espero em breve poder recebê-lo em São João Del Rei, para um sarau literário, no qual terei a oportunidade de apresentá-lo à sua ilustre família. Desejo que aprecie a leitura e, que um dia, possa eu ter a ventura de discuti-lo com a senhorita.

Com o meu mais profundo respeito e admiração,

Inácio José

Bárbara leu de novo. Não quis acreditar. O que significava aquilo, afinal? Franziu o cenho. *"Um facho de luz? Delicada flor"*? *"Impressionado com a justeza do seu nome"*? *E quer dizer então que o seu pai agora ficava a comentar sobre ela com o ouvidor, e nem lhe dizia nada?* Mordeu o lábio, nervosa, e escondeu rapidamente a carta no meio do livro. Por sorte, sua mãe e irmãs estavam ocupadas com os arranjos dos vestidos que seriam usados no noivado da prima Maria Alice, e não viram o mensageiro chegar. *"Meu Deus, o noivado é amanhã"*, pensou! Esteve tão entretida na leitura, antes da inesperada carta, que se esqueceu da promessa feita a Maria Alice de ir à sua casa no dia anterior ao noivado, para ajudá-la nos últimos preparativos com o seu vestido e arranjo do cabelo!

– Mamãe! – gritou Bárbara. – Preciso sair agora! Tinha me esquecido de que prometi à Alice ajudá-la hoje!

Escutou de longe o assentimento de D. Maria Josefa e correu a chamar Anna Fortunata para acompanhá-la. Ao sair, tomou o cuidado de guardar antes, bem trancados na gaveta da sua cômoda, a carta e o livro enviados pelo ouvidor.

No dia seguinte, a casa de D. Maria Emília amanheceu em alvoroço com os preparativos para a festa de noivado de Maria Alice com Nicolau. Criados corriam de um lado para outro, atarefados. Alice era filha única, cheia de exigências, e sua mãe queria que tudo saísse à perfeição, embora a recepção fosse destinada apenas aos parentes e amigos mais íntimos. D. Maria Josefa, tia e madrinha da noiva, desde cedo ajudava sua irmã a preparar o jantar, que seria servido mais tarde naquele dia, por volta das 18 horas.

As moças estavam felizes com a alegria da prima Alice, e admiravam a sua sorte em ser pedida em noivado, em tão pouco tempo, por um rapaz tão bonito, educado e distinto como o Dr. Nicolau. O casamento teria que ser realizado em breve, antes de sair o ato real de sua nomeação para o cargo de juiz das Sesmarias, conforme a indicação feita pelo ouvidor da comarca. Depois que isso ocorresse incidiria a odiosa proibição de casamento com moças da sua jurisdição e eles não queriam correr esse risco. Como os decretos reais demoravam em geral muito tempo, eles ainda teriam alguns meses para fazer os preparativos do casamento.

Aguardava-se também, em breve, o noivado de Teresa com Matias Vilhena. Ele era filho do coronel Matias Gonçalves Moinhos de Vilhena, por sua vez padrinho de batismo de Iria Claudiana e amigo do Dr. Silveira. Embora no início Teresa tivesse ficado chateada com o arranjo de casamento feito pelo seu tio, ele lhe assegurou que somente se concretizaria a promessa se ela aprovasse o noivo e concordasse. Teresa conheceu o moço e ficou entusiasmada. Havia, portanto, nada menos que três noivados combinados na família para aquele ano, sendo que o de Bárbara e Antônio somente ocorreria próximo ao Natal de 1777. Anna Fortunata começava a ficar incomodada com o fato de não ter aparecido ainda um pretendente para si mesma. Dentre as filhas mais velhas do Dr. Silveira, Anna era, de longe, a mais aflita para se casar.

No horário combinado, estavam os parentes e amigos reunidos na sala de jantar quando chegou pontualmente o noivo. Não era polido atrasar-se nesse tipo de compromisso, pois representaria um desrespeito à família da noiva. Nicolau vinha acompanhado do seu padrinho, o ouvidor Inácio José de Alvarenga Peixoto, encarregado de fazer o pedido oficial. Estavam ambos muito bem vestidos, com elegantes casacas bordadas em fios de ouro e prata, meias de seda branca, sapatos pretos brilhantes com fivelas, trazendo, à cintura, belos espadachins dourados. Alice entrou na sala pelas mãos do seu tio, Dr. Silveira e Sousa, que fazia as vezes do seu pai, falecido há alguns anos. Estava deslumbrante em seu vestido de cambraia de linho branco com delicadas linhas amarelas, amplas saias engomadas e o corpete ricamente bordado em fios de ouro. Tinha o rosto empoado e os lábios realçados por um leve toque de carmim, no limite permitido para uma jovem donzela. Usava uma linda peruca alta, enfeitada com flores e pássaros, como era a última moda na Europa. Alice estava sempre por dentro do que ocorria na metrópole e sempre foi a moça mais bem informada da vila sobre modas e etiquetas.

Nicolau, que era um rapaz de boa formação e também muito afeto às questões relativas à elegância, suspirou de emoção ao ver a beleza da futura noiva. No momento combinado Inácio efetuou o pedido em nome do seu afilhado, como era o costume, exaltando as qualidades do noivo e a sua disposição em honrar a sua futura esposa, não se esquecendo de realçar as ilustres origens familiares de ambos. O noivo beijou respeitosamente a mão da noiva, onde colocou um rico anel de compromisso. D. Maria Emília e sua irmã Maria Josefa choravam copiosamente. As primas abraçaram e beijaram a noiva, emocionadas. Afinal, era a primeira delas a ser formalmente pedida em casamento. Após os brindes e o jantar, Francisca sentou-se ao clavicórdio para tocar, ocasião em que alguns pares aproveitaram o clima alegre da casa para arriscarem uns passos de dança.

Inácio se desvencilhou do grupo de cavalheiros que havia rodeado o noivo para cumprimentá-lo e alegou algo para se aproximar de Bárbara, que estava conversando com Teresa. Ela já o tinha avistado e, ao perceber que ele se dirigia para o local onde se encontrava, sentiu o estômago se contrair. Depois da carta do dia anterior, estava insegura sobre como se comportar. Ele sorriu com simpatia para ambas, que o cumprimentaram com um cordial movimento com a cabeça e o leque. *Ele é mesmo muito atraente*, pensou Bárbara. Inácio se surpreendeu. *Seria minha imaginação, ou vi um brilho diferente no olhar dela?*, pensou, com esperança. Virou-se diretamente para Bárbara e perguntou-lhe, sem rodeios, se já havia iniciado a leitura do livro que ele havia enviado. Teresa olhou para Bárbara com surpresa, fazendo-a engolir em seco.

– Ainda não tive tempo, Excelência – respondeu, sem graça por não ter contado nada para Teresa, nem para ninguém. – Os preparativos do noivado da minha prima nos ocuparam por demais. Inácio olhou-a, duvidando se ela teria ao menos lido a carta. – Mas o folheei e posso lhe dizer que fiquei muito contente com a sua gentileza em me ofertar o livro – apressou-se em dizer. – As poesias do Dr. Cláudio Manoel da Costa são sempre ótimas. Já tive a oportunidade de ler algumas. Perdoe-me por não ter ainda lhe agradecido. E o seu bilhete, Dr. Alvarenga... também foi encantador – acrescentou, com timidez. – Muito obrigada.

– Não por isso, senhorita – e olhou-a nos olhos, rindo para si mesmo, apreciando aquele momento.

Bárbara enrubesceu. Teresa voltava os olhos de um para outro, sem entender nada. Acabou por não conter a curiosidade e perguntou diretamente para a prima, ignorando a presença do ouvidor:

– Que "bilhete encantador", Babe? Será que apenas eu não estou sabendo de nada? – perguntou, com um tom de repreensão na voz.

– Nada disso, Teresa. Eu é que não tive tempo ainda de mostrar a ninguém o livro que me foi ofertado pelo ouvidor. Encaminhou-me ele junto com um bilhete muito gentil – respondeu Bárbara, tentando disfarçar, olhando-o de soslaio, visivelmente embaraçada.

– Espero sinceramente que a senhorita tenha gostado – afirmou Inácio, com um sorriso malicioso. – E em breve vou lhe cobrar a leitura, pode ter certeza.

Agora quem ficou sem graça foi ela, pensou Inácio, satisfeito com a sua pequena vingança.

Bárbara ficou vermelha novamente, e escondeu o rosto com o leque. Inácio fez uma reverência e se afastou.

– Babe, o que está acontecendo? – quis saber Teresa, apreensiva. – Há alguma coisa entre ti e este homem que ninguém saiba? Percebi por aqui um clima estranho... um tanto... não sei... de sedução – sussurrou.

– Teresa, minha prima, não me olhe desse jeito porque te confesso que nem eu sei o que está ocorrendo. Estou tão confusa... – denotava certa aflição na voz. – Já há algum tempo que noto a atenção dele para comigo, mas posso lhe garantir que não o incentivei e nem procurei isso. Aliás, tenho até o evitado, sempre que posso. Tu sabes que não simpatizei com ele, desde o primeiro dia em que esteve em nossa casa. Agora, isso. O que será que ele quer comigo? Quando chegarmos em casa, eu te mostrarei o que ele me escreveu, e talvez tu possas me auxiliar a desvendar esse mistério.

– Ele age como se estivesse apaixonado, Babe. Sei que isso é lisonjeiro, pois afinal ele é quem ele é. E, vamos ser sinceras: é um homem e tanto! Mas tenho receio por ti, minha prima. Ele é experiente, maduro, conhece a vida melhor que nós. Pode tanto te envolver maravilhosamente, como te machucar bastante. Além do mais, tem o Antônio. No teu lugar, eu manteria distância. Acho que aproximar-se dele é mexer com fogo!

– Não pretendo me aproximar dele, Teresa – falou Bárbara, sem convicção. – Estou intrigada, é só.

– Tomara que seja só isso, prima querida. De qualquer modo, sabes que podes sempre contar comigo.

O CONTRATADOR MACEDO
Vila Rica

*O pior é, que lambe d'estocada
Aos peraltas o seu cruzado novo,
Menos a mim, que nunca paguei nada!*

"Soneto LI", Antônio Lobo de Carvalho

João Rodrigues de Macedo era um português baixo, nariz levemente adunco, lábios finos, olhos azuis brilhantes, perscrutadores, inteligentes. Os cabelos claros já denunciavam o início da calvície. Tinha os ombros largos e era cheio de corpo, mas andava com o passo decidido, elegante, a cabeça erguida, o que o fazia parecer um pouco mais alto. Vestia-se com apuro, como um nobre, embora sua família fosse, desde priscas eras, ligada ao comércio. Era rico e não se envergonhava em demonstrar isso. Nasceu em Coimbra e veio cedo para o Brasil, acompanhando o tio, o desembargador Antônio Roriz de Macedo, que exerceu o cargo de Provedor Geral da Real Fazenda da Capitania de Minas Gerais entre 1741 e 1744. Deixou na metrópole dois irmãos: José e Bento Rodrigues de Macedo, ambos comerciantes prósperos e parceiros nos seus negócios no Brasil.

João Macedo mudou-se definitivamente do Rio de Janeiro para Vila Rica em 1775, quando arrematou em leilão público o rico contrato de arrecadação das entradas da capitania de Minas Gerais. A Coroa portuguesa começou a descentralizar a arrecadação dos impostos na colônia brasileira a partir de meados da década de 1770. Assim, em vez de contratar funcionários para todos os cargos da administração, atividade que seria muito dispendiosa e daria muito trabalho, a Real Fazenda resolveu transferir a tarefa de recolhimento dos impostos para terceiros, por meio de licitação pública. Quem fizesse o maior lance arremataria o direito de cobrar os impostos em nome da coroa e, em retribuição, receberia um pagamento, representado por uma porcentagem sobre o valor arrecadado. O arrematante desses contratos era também chamado de *contratante ou contratador*.

O contrato das entradas na capitania de Minas Gerais, arrematado por Macedo, era, de longe, o mais rentável do reino. As "entradas" eram os direitos alfandegários pagos pelas mercadorias que cruzavam as fronteiras entre as capitanias. O contrato envolvia o recolhimento de uma espécie de imposto de circulação que incidia sobre todos os gêneros de mercadorias que viessem para o território mineiro – secos, molhados, escravos ou gado.

Minas Gerais concentrava a maior população e a maior riqueza do Brasil colônia. Os centros urbanos mineiros, que haviam atingido nível de desenvolvimento invejável no campo não só econômico como arquitetônico e cultural, demandavam uma grande quantidade de bens, que vinham não apenas de outros cantos do Brasil, mas principalmente da Europa. Havia ainda o rendoso comércio de escravos, essencial para o trabalho nas minas de ouro, sobre o qual também se pagava os impostos. A quantidade de escravos em Minas, nessa época, era maior do que a população livre. Além disso, Minas Gerais era passagem obrigatória para os produtos vindos do Rio de Janeiro em direção à capitania de Goiás, que começava a despontar como grande polo de produção pecuária.

A partir de 1777, Macedo também arrematou o contrato de arrecadação dos dízimos em Minas Gerais. Por ele, a Real Fazenda deveria recolher as contribuições devidas à Igreja Católica, repassando-as às paróquias, mediante retenção de uma parcela, a título de pagamento. Macedo passou a arrecadar esses valores, em nome do Fisco e da Igreja. Conseguiu amealhar, ainda, o contrato das entradas das capitanias de São Paulo e Mato Grosso, e alguns contratos menores, como o das "passagens dos rios". A travessia dos rios que necessitassem de canoas ou balsas era paga. O direito de cobrar esse pedágio era prerrogativa da Coroa, que o arrendava a alguém, que retinha parte do valor recolhido como pagamento. No Rio de Janeiro, de onde tinha vindo, Macedo mantinha, em sociedade com o seu primo Domingos José Gomes, um lucrativo comércio de gêneros alimentícios. Girava esse comércio especialmente em torno do abastecimento varejista do açúcar, produto de grande valor.

João Rodrigues de Macedo era, portanto, um homem não apenas extremamente rico, mas muito influente, em razão do dinheiro e da rede de favores e pessoas que gravitavam ao seu redor. A administração da cobrança de todos esses impostos, que envolviam fortunas imensas, bem como dos seus negócios, exigia que o contratador tivesse à sua disposição uma organização complexa e profissionalizada de cobradores e fiscais, como também de homens de confiança.

Exercia o poderoso contratante real, com maestria, a sua posição no jogo de poder que começava a se delinear naquela incipiente sociedade formada sobre os veios auríferos. Distribuía benesses, fazia favores. Eram comuns os pedidos para custear algum estudante talentoso mas sem recursos, com o que ele angariava o favor não apenas de quem o indicava, como de toda a sua família. Vários estudantes brasileiros foram estudar em Coimbra, por conta e empréstimo de João Rodrigues de Macedo. Recebia diversos pedidos de emprego, que atendia sempre que podia, nos seus muitos escritórios. Dava festas pomposas, relacionava-se com as autoridades locais, a quem enviava mimos e adiantava o valor dos vencimentos, que eram encaminhados pela Coroa por intermédio dele. Os funcionários públicos da Coroa viviam endividados. João Rodrigues de Macedo sempre dava um jeito de auxiliar.

Chegando a Vila Rica, Inácio hospedou-se na casa do seu amigo Cláudio Manoel da Costa, poeta e advogado ilustre, com quem se correspondia desde os tempos de estudante em Coimbra. Cláudio era possuidor de notável cultura e sua biblioteca particular, talvez a maior da colônia, possuía mais de quatrocentos volumes. Era homem afável, distinto, elegante, gostava de receber os amigos em sua casa para alegres saraus. Inácio contou-lhe os seus planos de fundar uma Arcádia, um núcleo para o culto da poesia em São João Del Rei, o que foi recebido por Cláudio Manoel com entusiasmo. Combinaram que se reuniriam em breve, assim que Basílio da Gama e Antônio Diniz da Cruz e Silva pudessem se juntar a eles. Estavam conversando quando um emissário veio lhes trazer o convite de João Rodrigues de Macedo para cear em sua casa. O contratador, que tudo sabia, foi informado da presença do ouvidor da comarca do Rio das Mortes na cidade e não perdeu a oportunidade de agradá-lo.

— Vamos, Inácio? — disse Cláudio, bem disposto. — Não há lugar em Vila Rica onde se coma melhor do que na casa de Macedo!

— Esse convite vem mesmo a calhar, Cláudio. Preciso falar com ele sobre negócios. Tenho umas dívidas pendentes ainda em Portugal, com a casa de Dionísio Chevalier, que está à beira de um processo falimentar. E também quero começar a explorar as lavras da fazenda da Boa Vista. Preciso de dinheiro!

— Então estamos indo ao lugar certo, caro amigo. Não há outro lugar onde o dinheiro corra com mais facilidade nesta colônia do que pelas mãos de João Rodrigues de Macedo!

Macedo os recebeu tão bem que Inácio ficou lisonjeado. Pareciam velhos amigos. Falaram sobre Coimbra, sobre o irmão Bento Rodrigues, sobre a família de Inácio e sobre as relações que mantinham no Rio de Janeiro. Tinham, ademais, interesses profissionais em comum. Macedo necessitava do apoio do ouvidor da comarca do Rio das Mortes para a execução das suas cobranças. Era uma troca de favores.

– Mas então, o Dr. Alvarenga quer passar a se dedicar também às fazendas? – perguntou Macedo, enquanto fazia um sinal ao escravo para servir a Inácio e Cláudio uma dose de aguardente. – Vai abandonar a magistratura ou pretende ficar com as duas coisas?

– Essa é uma questão delicada, Dr. Macedo – respondeu Inácio, com certo incômodo, ajeitando-se na cadeira. – Os meus planos envolvem a organização de uma fazenda mista, que alie a exploração mineral ao cultivo de cana-de-açúcar, para abastecer novos engenhos.

Macedo ouvia, com vívido interesse.

– A ideia é inteligente, Dr. Alvarenga. Quando uma atividade estiver em baixa, a outra a sustenta. Bem pensado – disse Macedo, olhando fixamente para o ouvidor.

– Mas tenho que ser sincero e lhe dizer que a minha condição de magistrado me impede de exercer outra atividade lucrativa, Dr. Macedo. Há, no entanto, certa complacência da Coroa, que flexibiliza a lei, e eu preciso incrementar a minha renda. O meu vencimento como ouvidor não é suficiente para fazer face a esses investimentos.

Macedo assentia com a cabeça, compreensivo. Entendia onde o ouvidor queria chegar.

– Não se pode esquecer também, Inácio – acrescentou Cláudio Manoel – que há aquela Ordem Régia, desde 1743, que proíbe a concessão de licença para a feitura de novos engenhos de aguardente aqui no Brasil. Não sei como irás contornar isso!

– É verdade, Cláudio. Mas essa é uma das medidas mais idiotas que eu já vi! A Coroa quer nos manter aqui no cabresto – desabafou, irritado. – Pois se nos deixassem produzir a aguardente, poderíamos inclusive abastecer o mercado em Portugal, ora!

Macedo ouvia silenciosamente, sem opinar.

– Mas no meu caso – continuou Inácio – já tenho um engenho velho na fazenda e a questão seria apenas transferi-lo para um local mais apropriado, e reformá-lo. Penso que não terei problemas em conseguir uma licença da rainha para isso.

– Tenho certeza de que não, Dr. Alvarenga – afirmou Macedo, bem-humorado. – E se houver algo que eu possa lhe ajudar, pode contar comigo.

Inácio olhou para Cláudio e sorriu, satisfeito. As coisas começavam a dar certo. Macedo havia simpatizado verdadeiramente com aquele moço de modos francos, jeito de boa-praça e que falava tão desembaraçadamente dos seus planos. Ademais, precisava muito dele, como ouvidor. Inácio acabara de encontrar mais um financiador dos seus sonhos e extravagâncias.

Ao retornar a São João Del Rei, uma preocupante notícia o esperava. Nem bem entrou no fórum, quando Gomes da Silva Pereira, que frequentemente o substituía quando ele estava fora, o abordou:

– Dr. Alvarenga, desculpe-me incomodá-lo com uma má notícia, assim logo na sua chegada, mas acho que o senhor não pode deixar de tomar uma providência.

– Fala logo, homem! Que cara de preocupação é essa?

– Ontem à noite, a polícia parou o padre Caetano para explicações. Hoje, faz uma semana que ele começou a andar acompanhado de seis ou sete escravos, armados de porretes e adagas. Quando foi interpelado pela polícia, ele disse que estava fazendo isso para se proteger do senhor, pois se sentia ameaçado!

– Ameaçado? Ora, essa é que me faltava! Acho que esse padreco está passando dos limites!

Inácio suspirou, aborrecido. Estava certo de que esse ato representava uma afronta, uma forma de intimidá-lo, de dizer a ele que estava pronto para a briga. Uns dias antes de viajar para vila Rica, ele havia mandado recolher na casa de determinado alfaiate da Vila algumas peças de veludilho cor-de-rosa pintado de preto, pertencentes ao padre Antônio Caetano. O tecido era idêntico ao de uma casaca inglesa que Inácio havia trazido de Lisboa e que usou uma vez em uma solenidade na Câmara. O padre importou o mesmo tecido e mandou o alfaiate fazer uniformes para os seus escravos. Se aquilo não era provocação, o que era?

FUTURO INCERTO
São João Del Rei

> *Deixai, não a vejais; eu vo-lo imploro;*
> *Que se seguir quiserdes, o que eu sigo,*
> *Chorareis, ó pastores, o que eu choro.*

"Sonetos. Poemas escolhidos, n. III", Cláudio Manoel da Costa.

Bárbara entrou sozinha no pequeno cômodo que ficava nos fundos da casa do capitão José Maria Fonseca. Lucíola a acompanhava, mas ficou do lado de fora, aguardando. Emerenciana, a emissária dos orixás do candomblé, religião que trouxe da África, negra alforriada, tinha permissão do dono da casa para ali receber as pessoas que quisessem consultar os "santos" e lhes prestar homenagens. Sentada em frente a uma pequena mesa coberta com uma toalha imaculadamente branca, a velha senhora fez-lhe um sinal para se aproximar. Sorriu para Bárbara com simpatia: a menina era amiga dos negros, tinha energia boa. Não perguntou o seu nome, mas sentiu que era filha de Iansã, a corajosa e valente orixá que, por uma curiosa coincidência, era associada à santa Bárbara, na religião católica.

Sem dizer uma palavra, a negra fechou os olhos e murmurou algo como se fosse uma prece. Em seguida, esparramou pela toalha uma coleção de pequenas conchas do mar, de vários tamanhos, todas com mais ou menos a mesma forma: os chamados "búzios". Eles eram, segundo Lucíola lhe explicou, a escrita dos orixás. Era o instrumento pelo qual eles se comunicavam com os seus filhos que tinham o dom da profecia. Ciana olhou para a mesa, rezou e jogou os búzios de novo. Repetiu o processo mais umas três vezes. Depois falou, tomada de respeito e admiração:

– A menina é fia de Iansã, a orixá das guerra, dos raio, das tempestade. A nega já sabia disso, antes memo de jogá os búzio. Ocê é forte, fia, tem muita corage. Esses cabelo ansim, meio avermeiado, denuncia logo. Não gosta que as pessoa dê ordem procê, é a menina quem manda. Sabe o que qué e é muito determinada. Ninguém engana a menina, não... Mas tem o coração bom, derretido como mantega, capaiz de tirá as coisa de casa prá dá a quem percisa.

Bárbara sorriu. Ela era assim mesmo. Ciana jogou as conchinhas de novo.

— A negra tá veno muitas terra, muita riqueza, gente beijando as mão da menina. Gente importante. Um moço bonito e muitos fio. Vai se casá em breve, ah, isso vai. Um home muito bão, meio atrapaiado, mas muito bão. Veio de longe prá se casá com a menina...

— Antônio! — gritou Bárbara. *Graças a Deus, era Antônio!*, pensou, com alívio, lembrando-se do ouvidor.

— Antônio? — perguntou a negra, olhando para ela com ar espantado. Jogou de novo. — Não, menina, os búzio num tão confirmando esse nome não. Parece sê um home mais veio que esse Antônio, um home muito importante. Pode de sê que a menina ainda vai conhecê ele. Num tenho certeza. Mas vai mudá tudo na vida da menina. E vai sê assim, de repente. Vejo muitas festa, muitas viage, muito oro...

Bárbara sentiu uma contração no estômago. *Seria Inácio?*, pensou, apreensiva.

— Oia, fia, tem aqui uma criança prá nascê. Vai sê uma criancinha linda. É uma menina. Depois vão vir otros. Mas essa menininha vai sê a luz dos teus óio, e do teu futuro marido. Pur causa dela, ele vai fazê di tudo. Vai ficá qui nem bobo pela menina, purque ela é na verdade um anjo do céu que veio à terra pra mode de ajudá ocêis a se ajeitá.

Bárbara riu feliz. Sempre tinha sonhado em ser mãe.

Ciana continuou jogando os búzios:

— Engraçado. Esse home gosta muito d'ocê, vai te amá demais, mas parece de que ele vive enrolado com muitas dívida. Ele num pensa em se casá não. Teve uma decepção muito forte com alguma muié... — jogou os búzios de novo. — É, mas vai casá sim. A fia tem de tomá uns banho de arruda com manjericão, prá acertá as coisa. A nega tá vendo muita inveja aqui em volta d'ocêis, muita disputa.

Ciana emudeceu de repente. Fechou os olhos e rezou, agora em voz alta, naquele idioma estranho, que devia ser a língua dos orixás. Lançou os búzios novamente. Franziu a testa, como se custasse a entender a mensagem. Parecia ter visto algo que a aterrorizou.

— O que foi, Ciana? — Bárbara perguntou, aflita.

— Nada não, menina. Não carece de sabê. Essa nega aqui tá ficando muito véia, às vêis custa a entendê as mensage. A menina vai sê muito feliz. Esse home vai amá muito ocê e ocê a ele. Ocêis dois vão sê muito queridos e sua casa vai vivê cheia de gente, vai dá muitas festa. Agora, chega, tô cansada. Vai, fia, senão tua mãe vai ficar preocupada com tua demora – disse, apressando-a.

– Está bem, Ciana. Olhe, trouxe aqui uma ajudinha para os seus santos.

– Num carece não, que num cobro pelos meu serviço. Mas se quisé dá, dá pros pobre, viu? Eles percisa mais do que nóis – respondeu.

Bárbara aproximou-se da negra, e deu-lhe um abraço.

– Obrigada, Ciana!

A negra ficou comovida com o gesto da moça. Seus olhos se encheram de lágrimas, e ela a abraçou também.

– Vai com Deus, fia, que os orixás a proteja. Num deixa nunca de cendê uma vela pra santa Bárbara. Ela é que te protege!

Quando Bárbara saiu, ela jogou os búzios mais uma vez. Não podia ser. A menina não merecia! Era boa demais... A mensagem, porém, era muito clara: um homem em uma forca.

**

Inácio prosseguia perseverante no seu plano de conquistar Bárbara, a qualquer custo. Começou a enviar-lhe versos escritos por ele mesmo ou copiados de outros poetas, praticamente toda a semana. Bárbara lia constrangida, as irmãs riam e debochavam toda vez que o mensageiro anunciava uma carta do Dr. Alvarenga. A situação era embaraçosa. A família começou a ficar incomodada com o que consideravam um "excesso de atenção" e D. Maria Josefa pediu ao marido que gentilmente fizesse o ouvidor perceber que Bárbara estava comprometida. A continuar esses bilhetes – ponderou Josefa – logo D. Maria Aparecida, mãe de Antônio e sua amiga, ficaria sabendo e certamente contaria ao filho. Silveira, no entanto, parecia não se importar com as advertências dos familiares. Estava completamente envolvido pelo ouvidor, que lhe dava prestígio e atenção como nunca antes recebera. Gostava dele e, no fundo, até apreciava esse interesse por sua filha.

Bárbara, a seu turno, ficava cada vez mais confusa com o turbilhão de sentimentos contraditórios que identificava dentro de si. Antônio havia lhe escrito confirmando a sua chegada a São João em dezembro, para oficializar o noivado. Por outro lado, tinha ficado impressionada com o que lhe havia dito a negra Ciana, de que provavelmente não seria Antônio o homem que se casaria com ela, mas outro, mais velho. A suposição sobre quem poderia ser esse homem era algo que ela queria afastar do pensamento.

Aconselhada pela mãe, que nesta altura já estava ciente de tudo, não respondia aos bilhetes do ouvidor, o que o deixava mais angustiado e, provavelmente, muito mais apaixonado. Até mesmo Francisca já havia perdido as esperanças de conquistá-lo e seu pai sequer tocava mais no assunto.

No começo de julho, o Senado da vila organizou uma sessão especial, na Casa da Ópera, em honra ao falecimento de D. José I, rei de Portugal. O músico Inácio Coelho foi convocado para fazer uma apresentação, regendo o seu coral, sob pena de, caso os músicos faltassem, "serem presos trinta dias na enxovia da cadeia desta vila e pagarem vinte oitavas para as despesas do conselho". Inácio aproveitou para convidar alguns homens ilustres para discursar em homenagem ao rei e ele próprio declamaria um poema de sua autoria, feito especificamente para a ocasião. À cerimônia compareceu toda a família Silveira, como convidada especial.

Ao terminar a cerimônia, Bárbara viu Inácio se encaminhar para o grupo em que estava sua família. Seu caminho, no entanto, foi interrompido por Bernardo Ferrão, o advogado boêmio que tinha se tornado o companheiro mais assíduo de Inácio, agora que Nicolau andava às voltas com os preparativos para o casamento. Com ele estava sua irmã Joaquina Maria, uma moça loura, de estatura média, cuja beleza era conhecida por ser demolidora dos corações dos rapazes da pequena sociedade são-joanense. As meninas Silveira e suas primas detestavam Joaquina Maria, porque ela era vaidosa, fútil e se achava a moça mais bonita da cidade. O irmão morria por ela e queria a todo custo arranjar-lhe um bom casamento. Ficou patente para todos, portanto, com que intenção Bernardo estava ali, apresentando a sua bonita irmã ao ouvidor. A moça conversava com Inácio abanando o leque e olhando-o de modo sedutor. Inácio, a seu turno, não estava com cara de quem estava incomodado. Ao contrário, parecia realmente encantado com a beleza e os modos de Joaquina.

Nicolau comentou em voz audível aos que estavam ao seu redor, inclusive Bárbara, que desde que conheceu Inácio ele estava sempre rodeado de mulheres bonitas. Os homens riram, cúmplices. Teresa cutucou Bárbara, que já havia reparado nas atenções do ouvidor para com a moça.

– Esse ouvidor não perde tempo, hein? Veja só... Creio que, diante do teu silêncio em relação aos bilhetes dele, ele começou a se pavonear para outras bandas... – comentou, solidária com a prima.

Bárbara comprimiu os lábios, visivelmente contrariada com o que acabava de ver e ouvir. Maria Alice, ao perceber o comentário de Teresa, se aproximou.

— Essa Joaquina é mesmo terrível, não é? Jogando todo o charme em cima do ouvidor. Ouvi Nicolau dizer que o Dr. Bernardo Ferrão agora vai sempre à casa do Dr. Alvarenga e que ambos saem quase todas as noites juntos, para beber e farrear. Com certeza quer também que as famílias se unam – acrescentou Alice, com desdém.

Bárbara, que continuava a observar a conversa do ouvidor com Joaquina, acabou por desviar o olhar e responder às primas:

— Desde o início eu havia vos dito que esse homem não podia ver um rabo de saias. Está aí a prova. E depois as primas se espantam de que ele me escreva aqueles, hum, *versinhos infantis* – disse, fazendo cara de deboche. – Com certeza Joaquina terá uma coleção deles, em breve... – afirmou, com despeito.

— Bárbara, não seja tão dura – afirmou Maria Alice, contemporizando. – Nicolau é amigo dele e já me confidenciou que o ouvidor teve um caso com uma viúva em Lisboa e, depois disso, não se interessou mais seriamente por ninguém. Acho que somente tu o tens interessado ultimamente... – disse, olhando-a de soslaio.

— Ora, Maria Alice, poupe-me – respondeu Bárbara, ríspida. – Eu tenho lá alguma coisa a ver por quem ele se *interessou* ou não? Ele que corteje quem ele quiser, afinal, vou me casar, se Deus quiser, muito em breve! Se ele pensa que vai me impressionar com esses bilhetinhos, está muito enganado. Eu é que não vou cair na lábia dele. Ele deve agora estar rindo da minha cara!

— Calma, prima – pediu Teresa.

— Eu por acaso sou alguma qualquer, Teresa, para ele imaginar que possa me conquistar assim tão fácil? Bem se vê o tipo que ele é! Mamãe tinha razão. Pois agora eu não apenas não vou responder, como vou rasgar todos os bilhetes dele sem ler, bem na frente do emissário! – disse, sem esconder a raiva.

As primas abanaram os leques, com mais força, e se entreolharam. Que explosão! Nunca antes tinham visto Bárbara reagir dessa forma! Estavam surpresas! Para alívio geral o primo José Eleutério, que havia começado a fazer a corte à Anna Fortunata, e Nicolau, se aproximaram das moças e o grupo disfarçou e passou a falar de assuntos mais amenos.

Bárbara havia afinal se distraído, rindo das brincadeiras de José Eleutério, quando Inácio conseguiu se desvencilhar de Bernardo e Joaquina. Aproximou-se de Nicolau e murmurou-lhe disfarçadamente alguma coisa ao ouvido e saiu de perto do grupo. Passados alguns minutos, Nicolau convidou a sua noiva para dar uma volta pelos jardins, pedindo a ela que também chamasse Bárbara, pois ela parecia estar precisando sair um pouco. Maria Alice concordou, percebendo as intenções do noivo e logo puxou Bárbara pelo braço, convidando-a para tomar um pouco de ar puro, pois o ambiente ali naquele salão estava meio pesado. Bárbara assentiu, com prazer, pois já não suportava mais estar ali dividindo o mesmo espaço que Inácio. Estava louca, na verdade, para ir-se embora para sua casa, conforme confessou à prima.

Sentaram-se os três em um banco nos jardins e estavam calmamente conversando quando Inácio chegou e perguntou se eles se incomodavam de ele se juntar ao grupo. Alice sorriu e disse que ele seria sempre bem-vindo. O coração de Bárbara disparou e ela ficou lívida. Continuaram falando banalidades, comentando sobre a solenidade até que Nicolau pediu licença aos dois para conversar um assunto particular com a sua noiva. Tomou o braço de Alice e foram saindo, deixando o outro casal a sós. Bárbara olhou aflita para Maria Alice, sem saber o que fazer. A prima sorriu para ela, tranquilizando-a.

– Não se preocupe, Babe, não vamos nos demorar, mesmo porque, se minha mãe nos vê assim, sozinhos, vai me dar uma bronca daquelas. Dr. Alvarenga, poderia nos fazer o favor de fazer companhia à minha querida prima, por alguns minutos?

– Com prazer, Maria Alice. E, olhe, cuidado com esse Nicolau, hein, esse homem é muito abusado... – brincou.

Nicolau fez uma careta para ele e os dois se afastaram. Assim que ficaram a sós, Inácio virou-se para Bárbara, que estava sentada, muda, olhando para o outro lado do jardim.

– Senhorita Bárbara, por favor, posso falar-te um minuto? – perguntou Inácio.

– Claro que sim, Dr. Alvarenga – respondeu, aparentando uma calma que estava longe de sentir.

– Por favor, insisto em que me trates por Inácio. Sinto-me melhor assim, se não te importas.

– Tratar-te-ei por Inácio, como preferes – assentiu Bárbara, com um suspiro. Resolveu que era melhor enfrentar, do que fugir. – O que gostarias de falar comigo?

Inácio silenciou por um momento, depois prosseguiu, hesitante.

– Gostaria que me desculpasses por te falar assim, mas é que me encontro bastante angustiado, Bárbara. Já te enviei alguns bilhetes, poemas, e tu não me dás a mínima indicação de que a minha atenção é bem-vinda.

Chegava a ser patético. Seus olhos brilhavam de emoção e Bárbara viu que ele não estava brincando.

– Creio que o ouvidor tem incomodado muita gente, não é? Certamente, todos nesse salão já estão sabendo quem será a próxima destinatária desses teus... "bilhetes"... digamos assim – retrucou Bárbara, com sarcasmo. – Creio que o senhor é pródigo em bilhetes para as mulheres que admira, não é, Sr. ouvidor?

– Não acredito que... – Inácio sorriu. – Não, Bárbara, estás enganada. Desculpe-me se dei a entender erradamente minhas intenções em relação à senhorita Joaquina. Bernardo se tornou um grande amigo e quis me apresentar a irmã. Conheci-a nesse momento!

– Bom, desculpe-me, Dr. Alvarenga, ou melhor, Inácio. Não tenho nada com isso, de qualquer modo. Joaquina é uma bela moça e o seu irmão, sempre *muito zeloso* – frisou –, faz bem em apresentá-la aos rapazes solteiros – respondeu, ainda agastada. – Somente não entendo por que o senhor está enviando tantos bilhetes e poemas a mim!

Ele sorriu, visivelmente feliz.

– Não adivinhas, senhorita? Preciso eu ser mais explícito?

Bárbara corou e prendeu a respiração. "*Ai, meu Deus, o que devo fazer? Tenho que desviar esse assunto*", pensou. Cautelosamente, ponderou.

– Confesso-te, Inácio – prosseguiu Bárbara –, que estou muito confusa. Sinto-me envaidecida e honrada com a tua atenção, mas penso que compreendes o suficiente que dei minha palavra a Antônio e ficarei noiva no final do ano. Não posso crer que um homem tão distinto como vosmecê esteja a brincar com os sentimentos de uma mulher que sabe já estar comprometida.

Inácio ouviu aquele nome e contorceu-se de ciúmes.

– Por favor, Bárbara, não pense que é meu intuito causar-lhe qualquer incômodo. E se eu estou sendo inconveniente, peço-te que me advirtas. Eu sou um homem já vivido, eu compreenderei. Sei também da delicada posição em que te encontras, pois, pelo que soube, conheces o teu futuro noivo desde criança. Mas, creia-me, o que sinto por ti é genuíno e nunca me vi assim envolvido por tal sentimento antes. Apenas gostaria que me dissesses se te causo repulsa ou se posso ter esperanças.

Bárbara sorriu, encantadora, e todo o mau humor se foi. Como não se sentir tocada por tal declaração? Olhando-o diretamente nos olhos, disse:

– Esperança é uma palavra cheia de significados e promessas, Dr. ouvidor... – respondeu, com um sorrisinho maroto.

Ele sorriu de volta, e insistiu, bem humorado:

– Sim, concordo contigo. Não creio que estejas em posição de falar em esperanças. Mas quanto a repulsas, tu podes me dizer, ou não?

– Não, Inácio, não me causas repulsa, se é o que queres saber – recuperando o seu jeito brejeiro, que tanto o encantava. – Não agora. Quando te conheci, posso dizer que sim. Devo, no entanto, ser sincera em te fazer saber que não posso lhe oferecer nada além de minha amizade.

Inácio sorriu. Os olhos brilhavam como o de um menino que recebeu o primeiro sorriso da namorada. Era certo que queria muito, muito mais do que isso. Mas ele era um homem persistente. Por enquanto, era o melhor que podia conseguir e isso já o alegrava.

– Senhorita Bárbara – disse, simulando formalidade, com ar brincalhão – Por ora, saber que poderei desfrutar de algum mínimo momento que seja da tua companhia, ainda que apenas pelos laços da amizade, já me faz o homem mais venturoso da terra.

E beijou-lhe respeitosamente a mão, controlando-se para não abraçá-la ali mesmo, nos jardins do prédio da Câmara de São João Del Rei.

***

– Bárbara, minha filha, estou preocupada por ti. – D. Josefa tinha o semblante austero. – Todas as vezes que esse Dr. Alvarenga vem à nossa casa para discutir algum assunto com o teu pai, ele sempre dá um jeito de pedir para que tu apareças na sala. Repara, filha, tu estás praticamente noiva. São João é uma cidade pequena, daqui a pouco todos vão comentar. Não fica bem, veja o que eu te digo!

– Minha mãe querida, essa tua preocupação não tem razão de ser, pois não estamos todos a conversar, eu, Dr. Alvarenga e meu pai? Pelo que me consta, o ouvidor frequenta também outras casas aqui em São João e é sempre bem recebido. Ontem mesmo contou-me ter estado na casa do sargento Joaquim Pedro da Câmara e lá ficou até a hora da ceia.

– Ora, Bárbara, não se faça de tonta porque eu a conheço muito bem – repreendeu-a Josefa. – Ele vem aqui por tua causa e tu sabes bem disso. E, além do mais, já vi o teu pai dormindo, enquanto tu e ele conversavam... e mais de uma vez!

Bárbara corou. A mãe tinha razão. Todos já haviam percebido o interesse explícito do ouvidor quanto às atenções que dispensava a ela e ele mesmo não fazia nenhuma questão de esconder isso.

– Mas, mãe, diga-me, o que eu posso fazer? Recusar o chamado do meu pai? Desfeitear o ouvidor, dentro da nossa própria casa? Além do mais, tenho que reconhecer ser ele um homem bastante inteligente, culto, as conversas com ele têm sido muito proveitosas. Ele é uma das poucas pessoas aqui na vila com quem eu posso discutir os livros que leio. Antes eu tinha Antônio, mas ele infelizmente está longe...

– Sim, eu sei. Longe dos olhos e longe do coração! Tenho notado um brilho diferente nos teus olhos e uma ansiedade no teu comportamento, quando o ouvidor é anunciado nesta casa. Sobre o que, afinal, tanto conversam?

– Sobre muitas coisas, mãe, mas acho que senhora não iria compreender...

– Pois tente me explicar – respondeu Josefa, impositiva.

Bárbara hesitou.

– Ele demonstra muito gosto em ler as poesias que eu escrevo e diz-me que as aprecia, de verdade. Ensina-me alguns recursos de métrica e rima, para aperfeiçoá-las. E temos discutido alguns filósofos modernos, como Voltaire e Rousseau, cujos livros ele tem me emprestado. Ele disse ao meu pai ter ficado realmente surpreso em encontrar alguém aqui em São João com o meu conhecimento, e o papai ficou muito envaidecido disso. Pode perguntar a ele, mãe.

Bárbara tinha o rosto corado, os olhos brilhavam.

– Bárbara, sou tua mãe e a mim tu podes dizer tudo – afirmou Josefa, meneando a cabeça. – Somente quero o teu bem, filha. Mas já observei como tu te transformaste ultimamente. Está escrito no teu rosto. Tu estás te apaixonando por esse homem, não estás?

Bárbara abaixou os olhos, incapaz de encarar o olhar severo da mãe. Nada respondeu.

– Era isso que eu temia – afirmou Josefa, com indignação. – Bárbara, minha filha, olhe por ti mesma. O teu pai, pelo que já pude constatar, não fará nada. Está completamente enfeitiçado por este ouvidor, que o adula de todos os modos. Disse-me que em breve será indicado para o cargo de Procurador da Câmara! Vejas tu! Nem bem concluiu o seu mandato como almotacel e já está a ser indicado para um dos cargos mais importantes da Câmara! Tudo por obra e graça desse ouvidor, *que quer nos comprar a filha, é óbvio* – berrou. – E o cego do teu pai é o único que não vê isso! Ou então, o que é pior: vê e se faz de desentendido! – Josefa estava furiosa.

— Não fale assim, mamãe! Também não precisa exagerar. Ele gosta do nosso pai. Disse-me ter perdido o dele muito novo e tem pelo papai um sentimento quase filial.

— Ora veja só! Já estás a defendê-lo! — Bradou Josefa. — Isso é conversa para tolos. Uma boa bisca, isso é o que ele é. Pois eu te digo, Bárbara Eliodora: afasta-te desse homem! Proíbo-te de voltar a conversar com ele, nessa situação. Se teu noivo sabe disso, não te vai perdoar!

Bárbara sabia que quando a mãe a chamava pelo nome completo, era bom não revidar. Simplesmente conseguiu dizer, com timidez:

— Mas mãe, como eu posso fazer isso? Pois se ele vem aqui, à nossa própria casa?

— Dá uma desculpa qualquer. Diz que estás com dor de dente, de cabeça, resfriada, enfim, qualquer desculpa que quiseres inventar — refutou Josefa, imperativa. — Quanto ao teu pai, deixa comigo que eu mesma resolvo isso. Se ele não enxerga, eu tenho que guiá-lo!

Bárbara não ousou contestar e nem tampouco desobedecer à mãe. Com seu natural bom senso, compreendeu que, de fato, aquilo não estava caminhando bem. Os encontros com Inácio estavam cada vez mais frequentes, tornando-os a cada dia mais próximos, ainda que sob a vigilância da mãe. A continuar aquela situação, que Bárbara sabia somente depender dela própria para evoluir para algo mais sério, ela teria fatalmente que romper com Antônio. E isso não era justo, pois afinal já havia dado a sua palavra ao seu futuro noivo, a quem não poderia decepcionar. Era uma decisão dura para si mesma, pois já havia se acostumado àquelas tardes tão agradáveis que passava conversando com Inácio, discutindo filosofia, história, e até mesmo compartilhando algumas confidências. Houve um dia em que, quando o seu pai cochilava, ele segurou a sua mão e nela depositou, demoradamente, um beijo. Sentiu as pernas tremerem, o coração acelerar-se — nunca ficou assim, perto de Antônio! A sua mãe tinha razão. Aquilo não estava certo e ela tinha que fazer algo.

— A senhora tem razão, mamãe! — respondeu, com tristeza. — Não vou fazer nada que possa magoar Antônio. Vou seguir as suas orientações.

A partir desse dia, quando Inácio chegava para visitar o seu pai, Bárbara passou a não sair do quarto e algumas vezes alegou estar resfriada ou não estar se sentindo bem. Como bom entendedor, Inácio percebeu a mão de D. Josefa nesse súbito recolhimento da filha e, com jeito, perguntou ao Dr. Silveira se não estava sendo incômodo. Esse, embora também contrariado, mas tendo sido orientado e advertido pela mulher, confirmava a indisposição alegada pela filha.

Para cortar de vez aquela situação, Josefa afirmou ter necessidade de viajar até à fazenda de Catas Altas, que se situava a algumas horas de viagem e, portanto, bem distante da influência do ouvidor. Inventou que precisava orientar os empregados quanto à criação de porcos, galinhas e outros itens para o consumo da família em São João Del Rei. Levou consigo Bárbara e Anna Fortunata, que por sua vez andava enamorada do primo José Eleutério. Avisou a todos que o seu plano era de retornar apenas próximo ao Natal.

Em São João Del Rei, a vida prosseguia. Em agosto de 1777, José da Silveira e Sousa foi eleito Procurador da Câmara e em setembro do mesmo ano foi reconduzido ao posto de Almotacel da Vila, pelo que passou a exercer concomitantemente os dois cargos. A guerra com os espanhóis chegou ao fim com a assinatura do Tratado de Santo Ildefonso, selado pela rainha de Portugal, D. Maria I, e o rei da Espanha, Carlos III. Pelo acordo os espanhóis manteriam a disputada colônia do Sacramento e a região dos Sete Povos das Missões, outrora dentro do território do Brasil colônia. Em troca, com os portugueses ficaria a margem esquerda do rio da Prata, algumas faixas fronteiriças ao sul e, principalmente, recuperariam a ilha de Santa Catarina, recentemente ocupada pelos espanhóis.

O ouvidor não teve mais que se preocupar com o abastecimento das tropas, que voltariam em breve do sul do país, para alívio geral, pois então seria restabelecida a situação econômica da capitania. Restava somente agora diligenciar pelo pagamento das provisões que havia comprado dos comerciantes locais, a crédito, em nome da Fazenda Real.

Sem viagens a serviço a fazer, e com a rotina dos trabalhos do fórum, a ausência prolongada de Bárbara e a constatação de que ele não poderia mais vê-la trouxeram à Inácio uma sensação insuportável. Sentia falta dos finais de tarde que passava, pelo menos duas vezes por semana, na casa do Dr. Silveira, a conversar com Bárbara, a admirar-lhe a beleza e a inteligência. Estava a cada dia mais apaixonado por ela, mas, por respeito ao seu pai e a ela própria, que o tratava realmente como a um amigo, não tinha coragem de se declarar mais abertamente.

Não podia sequer pedir para fazer-lhe a corte, em face da situação dela. Temia que qualquer deslize seu, ou arrebatamento, a fizesse fugir de si. Sem ter outro meio de extravasar aquela sensação de sufoco que lhe ia pelo peito, passou a frequentar mais assiduamente as tabernas, de onde saía completamente embriagado. Bernardo Ferrão algumas vezes o acompanhava. Tentava, a todo custo, insinuá-lo nos braços da sua irmã Joaquina. Mas qual o quê! A única vez em que ficou a sós com ela não suportou dez minutos da sua conversa fútil e sem conteúdo. Gostava de mulheres inteligentes e intrigantes, como Bárbara! E sabia que, como ela, não encontraria outra nem em São João Del Rei e nem em qualquer parte do mundo!

Escreveu um poema e meditou se deveria ou não entregar-lhe, mas como fazê-lo chegar às suas mãos? E o que ela pensaria dele, tomando essa liberdade e se declarando assim, tão abruptamente? Seria, sem dúvida, muito arriscado, mas já não conseguia mais reprimir esse sentimento, que o ocupava todo. Lembrou-se de o Dr. Silveira ter lhe dito que partiria no dia seguinte para Catas Altas, para buscar a mulher e as filhas para as festas de final de ano. O Dr. Silveira era um bom homem. De modo interessado ou não, Silveira já o considerava, após tantos favores, como a um filho. Vendo o sofrimento de Inácio e percebendo que o sentimento do ouvidor pela sua filha era genuíno, consentiu em levar, ele próprio, uma carta sua para Bárbara, com todo o cuidado para que Josefa não percebesse nada. Caso contrário, seria ele quem estaria em apuros com a sua mulher. Advertiu-o, no entanto, de que não estava se prestando ao papel de "cupido", pois o ouvidor bem sabia da situação da sua filha. Fazia aquilo somente em razão da amizade e por entender que ele não escreveria nada que fosse motivo de desonra para ela. Inácio concordou e compreendeu a apreensão do pai, garantindo-lhe que em hipótese alguma traria qualquer constrangimento à sua filha.

Ao chegar à fazenda, Silveira abraçou demoradamente as filhas. Notou que ambas estavam tristonhas. Mais tarde, estando a sós com Bárbara, piscou-lhe um olho e entregou-lhe a carta, em segredo. Bárbara pegou sem jeito o envelope com o já conhecido monograma, e deu um beijo carinhoso e agradecido no seu velho pai, que lhe sorriu, condescendente. Sabia que ele estava fazendo aquilo por amor a ela e correndo o risco de enfrentar a reprovação da esposa. Bárbara correu para o estábulo, pegou o seu cavalo e cavalgou para longe, sem que ninguém percebesse ou soubesse para onde tinha ido. Estava ansiosa por ler o que Inácio lhe havia escrito. Não era na verdade uma carta. Era um poema e vinha com um bilhete em que ele elegantemente lhe revelava a saudade das suas despretensiosas conversas dos finais de tarde. O poema dizia do tempo em que passava o autor a contemplar as belezas de certa *Marília*, nome arcádico dado à sua musa, que não era outra, senão ela própria:

Marília bela,
Vou retratar-te,
Se a tanto a arte
Puder chegar.
Trazei-me, Amores,
Quanto vos peço:
Tudo careço
Para a pintar.

Nos longos fios
De seus cabelos
Ternos desvelos
Vão se enredar.
Trazei-me, Amores,
Das minas d'ouro
Rico tesouro
Para os pintar.

No rosto, a idade
Da primavera
Na sua esfera
Se vê brilhar.
Trazei-me, Amores,
As mais viçosas
Flores vistosas
Para o pintar

Quem há que a testa
Não ame e tema,
De um diadema
Digno lugar?
Trazei-me, Amores,
Da selva Idália
Jasmins de Itália
Para a pintar.

Mãos cristalinas,
Roliços braços,
Que doces laços
Prometem dar!
Trazei-me, Amores,
As açucenas,
Das mais pequenas,
Para as pintar.

A delicada,
Gentil cintura
Toda se apura
Em se espreitar.
Trazei-me, Amores,
Ânsias que fervem:
Só essas servem
Para a pintar.

Pés delicados
Ferindo a terra,
Às almas guerra
Vem declarar.
Trazei-me, Amores,
As setas prontas
De curtas pontas
Para os pintar.

Porte de deusa,
Espírito nobre,
E o mais, que encobre
Pejo vestal.
Só vós, Amores,
Que as Graças nuas
Vedes, as suas
Podeis pintar.

  Bárbara fechou os olhos, o coração angustiado. Não sabia o que fazer. Ao voltarem a São João Del Rei, outra correspondência esperava por ela. Dessa vez vinha de Paris, e era de Antônio. Estava empolgadíssimo com os estudos, com a escola em Montpellier e com as novas amizades que tinha feito. Não poderia, no entanto, voltar para as festas de fim de ano. Havia recebido um convite irrecusável do seu renomado professor José Maria Joaquim Vigarous para visitar o maior centro de pesquisas em medicina da Europa, localizado na Universidade de Sorbonne, em Paris, onde ele estava naquele momento. As férias somente aconteceriam no verão, quando ele então cumpriria a sua promessa de regressar ao Brasil. Dizia estar morrendo de saudades e louco para voltar a vê-la.
  Bárbara leu lentamente a carta, que qualquer outra mulher amaldiçoaria, por significar o adiamento do compromisso. Ela, no entanto, suspirou aliviada.

PARTE III

A ARCÁDIA DO RIO DAS MORTES
São João Del Rei

> *Dizei-me o que vos fiz, Árcades fracos,*
> *Que tendes tanto empenho em destruir-me,*
> *Se confessais que não podeis seguir-me,*
> *Pedi a Deus vos dê melhores cacos.*
>
> "Soneto aos Árcades de Lisboa", Pina e Melo

— Manuel, precisamos conversar! – disse Inácio, puxando a cadeira para o poeta Manuel Inácio da Silva Alvarenga, que estava exercendo a advocacia na comarca do Rio das Mortes.

— Vim logo que me chamastes! Estava em meio a uma carta para o marquês de Lavradio, que quer a minha volta ao Rio de Janeiro para...

— Não, não podes voltar agora! – interrompeu Inácio, aflito. – Recebi ontem uma carta do Cruz e Silva, dizendo-me que chegará a São João em poucos dias. Vem aqui para presidir uma devassa e escreveu-me pedindo apoio.

— Ah, o Cruz e Silva... – respondeu Manuel, com má vontade.

— Eu sei da tua antipatia por ele, Manuel, mas escute a minha ideia. Tu não achas que seria uma ótima oportunidade de aproveitarmos a presença dele e fundarmos aqui a nossa Arcádia do Rio das Mortes? Ele tem prestígio e renome, pois foi um dos que fundaram a Arcádia Lusitana!

— Não posso deixar de concordar contigo, meu amigo, apesar das minhas ressalvas. A sua ideia é boa. Ainda vem a calhar que Basílio esteja em São José, de modo que já somos quatro.

— Quatro não! Temos ainda o Cláudio Manuel da Costa, que certamente virá, o Bernardo Ferrão, que também é poeta! O que não faltará é gente, Manuel. – Inácio gesticulava, entusiasmado. – Vamos fazer uma solenidade suntuosa em homenagem ao desembargador Antônio Diniz da Cruz e Silva no Senado e, depois, um sarau. Vou ver com o Dr. Silveira se ele nos apoia, cedendo a sua bela casa.

— Ah, ele certamente o fará, Inácio! O Dr. Silveira sempre fará até o impossível para agradá-lo – respondeu Manuel, com uma ponta de despeito. *Depois do cargo que tu deste para ele* – pensou – *ele tem mesmo é que fazer todas as tuas vontades.* – Quanto ao Cruz e Silva – continuou – tu irás também conseguir o entusiasmo e a pronta adesão dele, com essa homenagem. Não conheço homem mais vaidoso na face da terra!

— Não seja tão sarcástico, Manuel. Cruz e Silva é um homem bom e talentoso, embora deva reconhecer que depois do sucesso do seu poema "Hissope" ele passou a se dar uns ares de superioridade. Mas tem valor. Tu vejas que em pouco tempo de magistratura ele já é desembargador da Relação do Rio de Janeiro.

— Ora, Inácio, tenha piedade da minha inteligência! – exclamou Manuel, com rispidez. -- Antônio Diniz da Cruz e Silva é um obstinado, um homem que quer chegar ao topo, custe o que custar. Assim ele vai galgando os postos, cada vez mais alto. Ele só se move e faz amizades em razão dos seus próprios interesses. Então não sabes que a fundação da Arcádia Lusitana lhe abriu as portas da nobreza, sem a qual ele nunca entraria no mundo dos poderosos?

— De fato, concordo que ele ali fez muitas amizades importantes. Inclusive a do Morgado de Oliveira, que foi quem lhe conseguiu a promoção... – concordou.

— Pois então – disse Manuel, meneando a cabeça. – Dizem que agora ele luta para conseguir o hábito da Ordem de São Bento de Avis, porque quer se transformar em um nobre. Ele se envergonha da sua origem humilde, ao contrário de mim. Há quem diga que ele mentiu nos exames da magistratura quanto à tal "mancha de mecânico". E veja que tanto a avó como a mãe dele eram costureiras!

— Nem me fale nesse exame, Manuel! – protestou Inácio. – Só de pensar nele, sinto falta de ar. Aquela prova é uma vergonha. Eu mesmo passei por aquilo e até hoje, ao me lembrar de todo o processo envolvendo o meu avô, sinto-me indignado!

-- Tudo bem, Inácio, vamos mudar de assunto. Apesar de tudo eu tenho que reconhecer que vai ser bom para nós se o Cruz e Silva nos apoiar! Vamos então logo aos preparativos!

— Isso Manuel! Otimismo! Vou hoje mesmo ver os arranjos no Senado e conversar com o Dr. Silveira sobre o sarau!

Josefa concordou a contragosto com a festa em sua casa, para não afrontar o marido. Desenvolvera verdadeira antipatia pelo ouvidor que, embora não estivesse mais frequentando a sua casa com a assiduidade de antes, continuava a enviar alguns bilhetes para a sua filha. Simulava até mesmo encontros casuais, quando ela saia a passear com as irmãs. Ainda bem que Bárbara não havia perdido completamente o juízo, e continuava firme no compromisso que fez com Antônio. *Bom, pelo menos até agora...* – pensava Josefa, preocupada.

A fundação da Arcádia do Rio das Mortes começou com uma sessão solene no prédio do Senado, com discursos de oradores exaltando a importância daquele momento e a honrosa presença dos ilustres convidados. Concluída a solenidade, os convivas se encaminharam para a residência do Dr. Silveira e Sousa. Por determinação do Senado, houve iluminação geral por três noites, por toda a vila. A casa estava cheia de pessoas ilustres que conversavam, bebiam e dançavam. Para marcar o início da sociedade poética, a música parou e deu lugar à leitura e declamação de poesias.

Bárbara, Francisca e Anna Fortunata cochicharam entre si, como se estivessem combinando alguma coisa. Rindo muito, elas se aproximaram do seu pai e sussurraram no seu ouvido. Os olhos de Silveira se iluminaram e ele se dirigiu ao meio do salão, pedindo a atenção dos presentes.

– Meus senhores e minhas senhoras. É uma alegria inominável para este velho advogado receber aqui em nossa casa, por uma deferência do distinto ouvidor desta comarca, Dr. Inácio José de Alvarenga Peixoto, tão ilustres e nobres personalidades. Os que me conhecem há mais tempo sabem como sempre prestigiei as letras e especialmente a poesia. É uma honra poder encerrar, com esse modesto sarau, as solenidades de constituição da nossa Arcádia. Pelos notáveis nomes que hoje compõem a instituição, em breve ela se firmará como a mais importante desta colônia, no que se refere à valorização da literatura portuguesa.

Uma salva de palmas ecoou pelo salão. Silveira fez um gesto de agradecimento, e continuou.

– Como contribuição ao brilho desta grande festa, minhas filhas mais velhas, Bárbara Eliodora, Francisca Maria do Carmo e Anna Fortunata resolveram prestar, em nome da nossa família, uma singela homenagem aos presentes. Venham aqui, minhas filhas...

Todos os olhos se voltaram para as três moças que naquela noite, ricamente vestidas e com sua natural simpatia, estavam ainda mais belas. Inácio olhava para Bárbara, encantado e surpreso. Todos bateram palmas e elas, com desenvoltura, agradeceram. Francisca postou-se ao clavicórdio e começou a tocar um *pot-pourri* de músicas clássicas. As outras duas ao seu lado acompanhavam a irmã, cantando com voz suave e melodiosa. Foi um sucesso. As pessoas batiam palmas entusiasmadas para o trio. As três nunca haviam se apresentado antes, juntas, e a própria família, nunca as tinha visto cantar assim.

Ao final da apresentação, Bárbara tomou a frente e falou:

– Agora, meus amigos, com a licença do nosso pai, quero prestar uma homenagem ao grande poeta de Minas Gerais – com licença, é claro dos demais, de outras terras – fez uma brincadeira, provocando risos. – Trata-se do único poeta aqui que, talvez pela sua conhecida timidez, não tenha declamado um único verso, embora seja autor de tantos – Dr. Cláudio Manuel da Costa!

A plateia veio abaixo em aplausos. Os olhos do advogado encheram-se de lágrimas e ele fez um aceno com a mão para Bárbara, comovido.

– Dr. Cláudio, vou declamar um trecho do poema "Vila Rica", de vossa autoria, em que o senhor, com o pseudônimo arcádico de *Glauceste Satúrnio*, fala dessas terras mineiras, tão ricas, e que tanto orgulho têm dado ao povo português e ao povo que nela habita. Fala inclusive, mamãe, nesse poema – disse, dirigindo-se a D. Josefa –, de nosso antepassado, o paulista Bartolomeu Bueno, um dos primeiros a apresentar amostras do ouro de Minas Gerais ao governador do Rio de Janeiro! – D. Josefa fez um meneio com a cabeça, e riu. *Essa minha filha não tem jeito, mesmo. Quem resiste a ela?*, pensou, envaidecida.

E Bárbara declamou, com o seu talento de contadora de histórias, os seguintes versos:

> Cantemos, Musa, a fundação primeira
> Da Capital das Minas, onde inteira
> Se guarda ainda, e vive inda a memória
> Que enche de aplauso de Albuquerque a história.
>
> Tu, pátrio Ribeirão, que em outra idade
> Deste assunto a meu verso, na igualdade
> De um épico transporte, hoje me inspira
> Mais digno influxo, porque entoe a Lira,
> Porque leve o meu Canto ao clima estranho
> O claro Herói, que sigo e que acompanho:
> Faze vizinho ao Tejo, enfim, que eu veja
> Cheias as Ninfas de amorosa inveja.
> E vós, honra da Pátria, glória bela

> Da Casa e do Solar de Bobadela,
> Conde feliz, em cujo ilustre peito
> De alta virtude respeitando o efeito,
> O Irmão defunto reviver admiro:
> Afável permiti que eu tente o giro
> Das minhas asas pela glória vossa,
> E entre a série de Heróis louvar-vos possa.
>
> Rotos os mares, e o comércio aberto,
> Já de América o Gênio descoberto
> Tinha ao Rei Lusitano as grandes terras,
> Que o Sul rodeia de escabrosas serras.
>
> O título contavam de Cidades
> Pernambuco, Bahia; e as crueldades
> Dos índios superadas, já se via
> O Rio de Janeiro, que fazia
> Escala às Naus: buscando o continente
> De Paulo, uma conquista esta patente,
> Que aos Portugueses com feliz agoiro
> Prometia o diamante, a prata, o oiro.

 Ao terminar, Bárbara fez uma graciosa reverência ao Dr. Cláudio Manoel que, num gesto de reconhecimento, levantou-se e beijou-lhe a mão. Foi um momento de emoção indescritível. Silveira estava com os olhos marejados de orgulho da filha. Inácio com os olhos fixos em Bárbara, segurava-se para não correr a abraçá-la. Outro homem, no entanto, também a admirava, boquiaberto com a sua beleza e desinibição: Antônio Diniz da Cruz e Silva. Ao terminarem os cumprimentos, ele imediatamente se dirigiu ao centro do salão e pediu ao Dr. Silveira licença para dizer umas breves palavras, dizendo-se inebriado pela magnitude daquela comemoração:

 – Dr. Silveira e Sousa, estou tão deveras admirado com esse maravilhoso dia festivo que passo em São João Del Rei, que não tenho palavras para agradecer ao ilustre povo desta terra e nem a Vossa Excelência, que tão calorosamente nos acolheu. Permita-me fazê-lo, no entanto, louvando a beleza e a graça das suas três filhas, na forma de soneto que compus ainda agora, lembrando-me da célebre contenda entre as deusas Hera, Afrodite e Atena. Esteja certo de serem deusas, Dr. Silveira, as suas encantadoras filhas.

 E declamou, pavoneando-se:

Absorto entre as três Deusas duvidava
Páris à qual o pomo entregaria:
Sem véu as perfeições de todas via,
E quanto mais via, mais vacilava:

Se qualquer de per si atento olhava,
Em seu favor a lide decidia,
Mas logo resolver-se não sabia
Quando juntas depois as contemplava,

Em fim um não sei que, que a Natureza
Mais liberal com Vênus repartira
O move a dar-lhe o prêmio da beleza.

Ah! Se igual entre vós lide se vira,
O mesmo Páris, cheio de incerteza
Nunca a magna contenda decidira.

Os convidados aplaudiram o poema e deram vivas às três moças. Elas agradeceram ao poeta pela homenagem com um gracioso meneio de cabeça e se curvaram para ele em reverência, dobrando o joelho e segurando a saia, como se costumava cumprimentar os membros da realeza. Cruz e Silva emocionou-se verdadeiramente, mas seus olhos se fixaram especialmente em Bárbara, embevecido. Inácio não conseguiu disfarçar os ciúmes que sentiu com aquelas insinuações do Cruz e Silva e comentou com Nicolau, que estava ao seu lado:

– Que versinhos bobos! Cruz e Silva era capaz de fazer melhor, não achas? E quem ele pensa que é, cortejar assim abertamente à Bárbara? Será que não sabe que ela é comprometida? Fosse outra a ocasião, eu lhe faria ver o quanto velho e idiota ele é!

– Calma, homem, controle-se! – apaziguou Nicolau. – Quem tem que se incomodar com esses galanteios é o futuro noivo dela, e não tu. Lembra-te: tu és apenas amigo dela, ouviste: *amigo*. E amigo não tem direito de impedir que outro homem a corteje. Mesmo porque, até onde eu sei, ela continua solteira! – provocou Nicolau, com um sorrisinho.

Inácio ficou vermelho de raiva.

– Raios o partam Nicolau! Vá para o inferno! – bradou Inácio, para espanto dos que estavam ao seu lado. – Pois vou resolver isso hoje mesmo! – E saiu de perto do amigo, furioso.

Maria Alice veio correndo para perto do noivo, para saber o que tinha acontecido.

– Nada não, minha amada! Eu apenas o estava provocando e dando uma forcinha para o Destino. Só lamento dizer que, se tua prima não resolver logo se casa com Antônio ou se o dispensa, o nosso ouvidor vai enlouquecer em breve... – disse, pensativo. Ambos se entreolharam, e riram com cumplicidade.

Eu vou resolver isso hoje, pensava Inácio, enquanto procurava Bárbara, decidido. No caminho encontrou-se com Basílio da Gama.

– Inácio, meu velho, preciso falar a sós contigo.

– O que foi, Basílio, não pode ser outra hora? Tenho que resolver um assunto, primeiro.

– Acho melhor não, e te digo por quê, se pudermos ir a um local mais reservado.

Inácio olhou em torno, procurando Bárbara com os olhos, angustiado. Viu-a com as suas irmãs, conversando com Cruz e Silva e sua raiva aumentou. *Ele parece um porco guloso. A boca parece estar até salivando*, pensou.

– Inácio, estás me escutando? – chamou Basílio. – E então?

– Está certo, Basílio. Acho melhor mesmo não resolver nada agora, senão vou perder a cabeça.

Basílio da Gama olhou para ele, sem entender.

– Tudo bem, vamos lá fora, à varanda. Preciso de ar – disse Inácio, passando a mão pelos cabelos.

***

O governo do Marquês de Pombal sob o reinado de D. José I durou vinte e sete anos. Nesse período, o poderoso ministro teve papel central na vida política e econômica portuguesa. As grandes reformas administrativas e econômicas que instituiu no país, no entanto, trouxeram no seu âmago o ressentimento de pelo menos duas classes de pessoas, sumariamente alijadas não só do governo, como também dos seus louros: os nobres e os padres jesuítas. A queda do marquês era esperada com ansiedade pelos parentes das inúmeras vítimas do seu despotismo, muitas encarceradas ou mortas em circunstâncias desumanas. Com mais expectativa ainda essa derrocada era aguardada pelos velhos fidalgos e pelos membros da outrora influente Companhia de Jesus. Eles tinham a esperança de que voltassem a exercer o poder com a morte do rei, antevendo a gloriosa realização das suas vinganças e ambições pessoais.

D. José I, após ter sido acometido de uma paralisia na língua e submetido a copiosas sangrias, passou para a sua esposa, a rainha Mariana Vitória, as tratativas de todos os negócios do reino. Pombal, que até então era temido por todos, viu afrouxar, com essa medida, a sua aura de autoridade, influência e respeito. A partir daquela data, o rei proibiu o marquês de entrar na sua câmara pessoal para qualquer despacho, o que até então ele fazia todas as vezes que ia tratar dos negócios do reino.

Rei morto, ministro deposto. Com a morte de D. José I, em fevereiro de 1777, começou a aparecer uma quantidade enorme de panfletos e sátiras contra as ações do marquês. Bastou o rei cerrar os olhos e aquilo que era dito com a maior cautela e segredo tanto nas cortes como nas ruas passou a ser publicamente alardeado com desenvoltura. Foram dias de agitação imensa. O que aconteceria ao Marquês de Pombal? Seria castigado pelos excessos do seu governo? Seria enforcado? Entregue ao Tribunal da Inquisição por ter perseguido os jesuítas? Eram as perguntas que se ouvia em toda a parte.

Sebastião José de Carvalho e Melo já estava com 78 anos. Embora caminhasse um pouco curvado, a idade não tinha prejudicado a sua disposição e poder intelectual. Conhecedor das normas protocolares, assim que o antigo soberano morreu ele encaminhou à rainha um pedido de licença para se retirar para a sua quinta, afirmando que a sua avançada idade e moléstias não lhe permitiriam continuar no Real Serviço. D. Maria aceitou o seu pedido de demissão com alívio.

O domínio do Marquês de Pombal chegara ao fim. D. Maria ascendeu ao trono em um clima de entusiasmo e euforia, em grande parte por causa, na verdade, da deposição do ministro. A mudança governamental ficou conhecida como a "viradeira", denominação dada ao período pelo poeta satírico Nicolau Tolentino. Houve manifestações públicas de apreço à nova rainha e o povo comemorou nas ruas a sua nova soberana. A maior demonstração de ódio popular ao governo pombalino ocorreu exatamente naquele local edificado como símbolo da sua administração: a praça do Comércio. Incitado pelos jesuítas, o povo jogou pedras na base da estátua equestre de D. José I, exigindo da rainha que retirasse do seu pedestal o medalhão de bronze com a efígie do Marquês de Pombal. Assustada com a ferocidade dos protestos, a soberana mandou que no seu local fosse colocada uma tarja de bronze com as armas da cidade de Lisboa. Dizem que, ao saber do episódio da estátua equestre, o Marquês de Pombal teria dito: "agora sim é que Portugal vai à vela".

O rei D. José I não teve filhos homens e, como em Portugal não havia uma lei sálica que excluísse as mulheres da sucessão, Maria, sua filha mais velha, acabou por se tornar a primeira monarca da história do país.

Era uma jovem senhora tímida, amável e afetiva, que sofria de acessos de melancolia e de agitação nervosa. Sua instrução era limitada. Havia sido educada pelos jesuítas sem nenhuma preparação para os assuntos de Estado. Era extremamente religiosa e havia tentado algumas vezes convencer o pai a enviá-la para um convento, para melhor servir à Igreja, instituição pela qual nutria profundo respeito.

Por conta dessa religiosidade, um dos primeiros atos de D. Maria I foi a restauração do poder dos jesuítas que, sabedores da disposição e fragilidade da rainha, reclamaram e exigiram o restabelecimento do seu prestígio. D. Maria I fez tudo o que pôde para corrigir e compensar as perseguições sofridas pela Companhia de Jesus no passado: ofereceu polpudas pensões aos padres jesuítas libertados, enviou dinheiro ao Papa para cobrir os custos da manutenção de padres no exílio e restaurou os nomes dos santos jesuítas no calendário das festas religiosas.

Em meio a essas mudanças, um ex-jesuíta e ex-pombalista conseguiu sobreviver à "viradeira": José Basílio da Gama. Basílio tinha essa imensa capacidade do camaleão, de se adaptar com facilidade às novas circunstâncias. Foi assim com o Marquês de Pombal, quando caiu nas suas graças após renegar anos de favores recebidos dos jesuítas. No governo de D. Maria I, enquanto a maioria das pessoas ligadas ao governo anterior eram banidas da Corte, perseguidas ou simplesmente demitidas, Basílio virava tranquilamente o seu barco na direção dos novos ventos. Com seu grande instinto de sobrevivência e por ser um mestre na arte da bajulação, Basílio saiu-se muito bem na empreitada de adesão ao novo governo. Pouco tempo depois da morte de D. José, quando o povo aglomerado nas ruas e praças apedrejava a efígie de Pombal, encontrava-se Basílio na real varanda, ao lado dos cortesãos e fidalgos que beijavam a mão da nova soberana. Ali mesmo compôs um soneto alusivo ao momento. A rainha o manteve no cargo de real secretário e, pouco tempo depois, o agraciou com o título de escudeiro.

Com o restabelecimento do poder da Igreja, a Inquisição retomou a sua antiga ferocidade, quase como um poder do Estado. Para essa finalidade, duas instituições criadas na época de Pombal para controlar as ações políticas dos súditos foram reforçadas no reinado de D. Maria I: a Real Mesa Censória e a Intendência Geral de Polícia.

A Real Mesa Censória foi instituída para o exame dos livros que poderiam ser vendidos, lidos ou impressos em Portugal. No governo pombalino, em razão da tendência liberal dos membros da Mesa, foi parcialmente liberada a circulação dos livros de Voltaire, Montesquieu e John Locke. A maior parte dos homens cultos da época liam os pensadores iluministas e, de certo modo, simpatizavam com as novas ideias filosóficas.

O novo governo, no entanto, temeroso dos fatos ocorridos na América do Norte e da sua repercussão na Europa, considerava essas ideias como subversivas e via nelas uma ameaça ao poder real. Comentava-se que toda a ação de Pombal devia-se à posse secreta das obras de Maquiavel. O estado de insurreição do povo da América do Norte era atribuído a Descartes, que estabeleceu na filosofia e nas mentes o espírito da dúvida. As obras de Rousseau e de Voltaire foram condenadas. O conteúdo daqueles livros, agora vistos como malditos, passou a ser matéria-prima para uma infinidade de processos secretos e condenações para quem fosse encontrado com um deles.

Em razão disso, tornou-se necessário reforçar o poder da Intendência Geral de Polícia. O intendente Pina Manique, homem feroz e determinado, fazia verdadeira caça aos livros perigosos em toda a parte. Invadia as livrarias e bibliotecas particulares e mandava vasculhar toda caixa de livros que chegava ao país. Grandes fogueiras de livros ardiam em praça pública. Na colônia, a publicação de qualquer papel havia sido proibida desde junho de 1747. Os habitantes do Brasil, fossem portugueses ou não, se quisessem publicar qualquer obra, tinham que pedir licença à metrópole. A proibição recrudesceu sob o governo de Maria I.

Portugal marchava a passos largos para o obscurantismo das letras e o retrocesso político e econômico. A ferocidade e os desacertos do novo governo produziram um ditado popular: *Mal por mal, antes o Marquês de Pombal.*

***

O ar estava fresco lá fora. A lua ia alta e o céu, coroado de estrelas, convidava às conversas amenas, sem pressa. Inácio respirou fundo. Estava agitado. Basílio pegou a sua taça de vinho e a rica caixa de rapé, de ouro cravejada com pedras preciosas, e sentou-se calmamente em uma cadeira da ampla varanda do casarão, observando Inácio.

Basílio era agora um homem rico, cheio de prestígio e de poder. Vestia-se com apuro, com os melhores alfaiates ingleses, tinha dinheiro para viajar e conhecer o mundo. Havia conseguido, mesmo após a queda do seu protetor, o Marquês de Pombal, afirmar-se nas graças da soberana.

Diziam à boca pequena, na Corte, que era Basílio quem mantinha Maria e seu marido informados dos planos de Pombal, quando era o poderoso ministro quem realmente governava e Maria não passava de uma provável aspirante ao trono.

– Tu pareces incomodado, Inácio, posso saber o que te aflige? – perguntou Basílio, tomando um gole de vinho.

– Coisas do coração, amigo. Estou completamente enfeitiçado. Sim – refletiu –, acho que esse é o melhor termo. Estou completamente enfeitiçado por uma mulher que está comprometida com um "maricas" que ela conhece desde a infância! – disse, abrindo os braços, desolado.

Basílio sorriu.

– Parece essa a tua sina, Inácio, se ver embeiçado por mulheres comprometidas, não é? O que é isso, rapaz! O que te acontece que não sais desse redemoinho? Tu, sempre rodeado das mais belas mulheres, escolhes para cortejar exatamente aquelas que não podem ser cortejadas... – E riu, com gosto, caçoando do amigo.

– Ora, Basílio, por favor, pare com essas brincadeiras de mau gosto senão daqui a pouco vou te mandar ao inferno, como fiz com Nicolau há pouco – disse Inácio, com raiva.

– Não desperdice as tuas parolices comigo, Inácio, que de inferno já estou cheio. Senta-te que preciso conversar contigo, a sério.

Inácio olhou em volta e se sentou, pedindo ao criado para lhe trazer uma dose de aguardente, para se acalmar. Tomou de um gole uma taça e pediu outra.

– Pronto, estou às tuas ordens, poderoso secretário – disse Inácio, mais descontraído. – O que tens de tão importante assim para me falar?

– É sobre meu irmão, Antônio Caetano.

Inácio fez cara de enfado, que Basílio não gostou.

– Sim, o que tem ele? – respondeu, de má vontade.

– Vejo pela tua expressão que tu não simpatizas com meu irmão, Inácio, então vou ser direto. Ele reclamou comigo que tu estás a persegui-lo, sem motivo. Que ele arrematou legalmente uma determinada fazenda – Fazenda Fortaleza, creio – e que tu resolveste embaraçar-lhe os negócios, por puro despeito. Disse-me que provavelmente tu quererias a fazenda para ti mesmo.

Inácio ficou vermelho e disse, exaltado:

– Mas isso é a maior sandice e afronta que eu já ouvi nos últimos tempos! Basílio, tu pareces não conhecer o irmão que tens! Pois saibas que o teu padreco falsificou a assinatura do tutor dos menores, proprietários da fazenda, para simular o consentimento dele à arrematação!

Basílio ficou consternado.

– Então tu realmente crês que o meu irmão seria capaz dessa baixeza? – Basílio levantou a voz, indignado. – Meu irmão resolveu seguir a carreira eclesiástica porque é um homem bom, Inácio, não foi por dinheiro. Pois eu lhe digo o que aconteceu: o que aconteceu foi que esse tutor arrependeu-se do negócio e agora está a inventar histórias! – bradou, levantando-se.

– Basílio, há prova nos autos! Eu não decidiria assim, se tivesse dúvidas quanto à questão. Mas o fato é que há três crianças envolvidas. Eu te mostro o processo, se quiseres... – ponderou Inácio, ao ver que o outro tinha se exaltado.

– Recuso-me a aceitar que tu pensas assim do meu irmão, Inácio! Tu nos conheces há tempo suficiente. E acho que não preciso te lembrar que se tu tens hoje este posto, foi por ajuda minha, que não apenas te avisei da existência dele, como intercedi junto ao Pombal por ti! – exclamou Basílio, o dedo em riste.

Inácio ficou lívido. Então agora Basílio, depois de tudo o que Inácio tinha feito por ele, apresentando-o a Pombal quando ele estava na miséria, acolhendo-o, e ao seu irmão, em sua casa de Sintra, levando-o a conhecer os melhores salões lisboetas, vinha lhe jogar na cara que lhe devia o posto de ouvidor?

– Então é assim, Basílio? Bem me diziam os meus tios que o favor é a véspera da ingratidão! Não vou confrontá-lo! Tu sabes o que me deves e o que eu te devo. Sabes sim, porque não és idiota. Agora, quanto ao teu irmão, acho melhor apurares por ti mesmo o que ele anda fazendo desde que veio para São João Del Rei.

– O quê? Estás a insinuar mais infâmias? – gritou, colérico.

– Não são infâmias. Tu precisas abrir os teus olhos e calar-te, antes de partir assim na defesa do teu irmão. Não reparaste como ele tem vivido, no luxo e na ostentação, muito embora os seus parcos recebimentos como pároco? E aquela carruagem faustosa que ele anda a desfilar pela vila, no nariz de todos? E a vida libidinosa que ele vive, escandalosamente, com as próprias primas?

Aquilo era mais do que Basílio poderia suportar. Deu um tapa na cara de Inácio, que revidou com um soco bem dado que quase quebrou o dente do outro. Com o rosto sangrando, Basílio ainda tentou acertar o estômago de Inácio, mas este era mais forte e conseguiu imobilizá-lo segurando os seus braços para trás com uma mão e com o outro braço dando-lhe uma gravata no pescoço. Por sorte o padre Toledo estava perto da porta e ouviu o barulho, vindo ver o que era. Utilizando-se também de força, conseguiu separar os contendores e apartar a briga, amenizando a situação. Emprestou um lenço a Basílio, para limpar o sangue que escorria da sua boca e os afastou. Eles ajeitaram as casacas e se recompuseram. Basílio pediu polidamente desculpas. Havia se exaltado mais do que necessário. Ainda assim, olhou para Inácio com ódio e, sem se despedir dos demais, retirou-se da festa.

– Dr. Alvarenga, desculpe-me, mas há algo que eu possa fazer para ajudar? – perguntou o padre Toledo, amigavelmente, entregando-lhe um copo d'água. – Não tive como não ouvir parte da discussão...

– Basílio é irmão do seu colega, o padre Antônio Caetano – afirmou, ainda se recompondo. – E eu, como juiz, tive que decidir uma causa contra ele. Só que Basílio não admite os defeitos do irmão. Com a minha língua solta, acabei por falar coisas que não devia, embora fossem todas verdadeiras.

– Ah, aquele pústula! Não é somente a vosmecê que ele incomoda, Dr. Alvarenga. Aquele padre não vale nada, todo mundo aqui sabe disso. Não perca o seu tempo se preocupando com ele. Se vós fizestes o que era certo e justo, não há nada a temer.

– Não tenho dúvida de que agi corretamente, padre Toledo. Mas pelo visto, perdi o amigo. Sempre gostei muito de Basílio.

– Se perdeste ou não, vais saber mais tarde. Talvez ele ao final chegue à conclusão de que vosmecê estava certo. E quer saber mais: se perdeste um amigo, ganhaste outro – afirmou, bonachão. – Vamos, apruma-te que a festa ainda não terminou. Amanhã quero que vás à minha casa, em São José, para conheceres a minha biblioteca e almoçar comigo. E de quebra vais tomar um copo do melhor vinho francês, que recebi ainda ontem. Quero não, exijo, ouvidor! – disse, dando-lhe um amigável tapinha nas costas e convidando-o a entrar de novo, juntos, no salão.

A MAÇONARIA
São José Del Rei

> *A estampa do fiel mártir de Cristo*
> *Vai, senhor, no seu dia competente;*
> *Que um fidalgo que tem mesa de gente*
> *Com São Braz deve sempre andar bem quisto.*
>
> "Soneto XIV", Antônio Lobo de Carvalho

A casa do padre Carlos Toledo em São José Del Rei era um dos mais belos casarões de toda a capitania de Minas Gerais. Aos 47 anos de idade, Carlos Toledo revelou-se um homem ambicioso, já possuidor de notável fortuna entre fazendas, lavras e escravos. Nascido em Taubaté, capitania de São Paulo, estava morando em Lisboa quando foi nomeado como vigário da rica comarca do Rio das Mortes. O padre vivia ocupado com a sua produção agrícola e minerações de ouro, provavelmente mais do que com o seu trabalho paroquial, que ele levava sem muito entusiasmo. Tinha muito orgulho da sua respeitável biblioteca, que revelava ser ele leitor dos grandes filósofos antigos e do seu tempo. Mantinha-se, ademais, em constante intercâmbio de livros e informações com o seu amigo, o cônego Luís Vieira da Silva, por sua vez também conhecido pela sua cultura e amplo conhecimento filosófico. Tinha fama de excelente orador e tanto os seus sermões nas igrejas, como os casos engraçados que contava para os amigos, eram bastante apreciados.

Inácio apeou do seu cavalo e contemplou a bela mansão onde vivia o padre. Havia aceitado o convite para uma visita e era esperado para o almoço. Padre Toledo se apressou em vir pessoalmente abrir-lhe a porta. Um escravo de uniforme azul claro prontamente segurou as rédeas do seu cavalo, levando-o para a cocheira, enquanto o ajudante de ordens do ouvidor lhe retirava a capa e arranjava os seus pertences.

– Grande honra a minha receber o ilustre ouvidor da comarca do Rio das Mortes! – anunciou Carlos Toledo com um sorriso, dando-lhe um forte abraço. – Fez boa viagem?

— Tranquila, meu amigo, muito tranquila. Eu gosto muito de viajar por estas paragens. Lembra-me Braga, a cidade onde eu passei a minha infância. Mas o amigo tem aqui uma notável morada! Bem me aconselhou certa vez o meu tio a seguir a carreira sacerdotal! Mas acho que não levaria o mínimo jeito — disse Inácio com o seu vozeirão, risonho, retribuindo-lhe o abraço.

— Faço o que posso com as minhas economias, ouvidor — retrucou o padre, aceitando a brincadeira. — E veja que ainda tenho que ajudar os irmãos que trouxe de São Paulo, um deles vosmecê já conhece, o Luís Vaz de Toledo Piza, que tem mulher e sete filhos. O soldo dele mal dá para alimentar aquela quantidade de bocas famintas. Eu sempre digo a ele que somos sócios naquela "empresa familiar". Só que ele ficou com a melhor parte: fazer os filhos. Eu fiquei com a pior: a de criá-los! — Riu alto com a própria piada e foi caminhando com o ouvidor para dentro de casa.

Acomodaram-se na ampla sala, enquanto o padre pedia a uma escrava que trouxesse refrescos e um jarro com água limpa e toalha para o ouvidor se recompor da viagem.

— E então, ouvidor, depois daquela fatídica noite do sarau, teve notícias do Basílio? — perguntou o padre. — O irmão, o tal Antônio Caetano, esteve aqui por estas bandas. O próprio tio dele, o João de Almeida Ramos, anda escandalizado com o comportamento do sobrinho. Veio me dizer que ele chamou o Caetano às falas, dizendo-lhe que não poderia continuar com essa briga com vosmecê, pois poderia se dar mal. Aconselhou-o até a retirar determinadas expressões mais fortes dos sermões, que soavam como ofensivas.

— Em primeiro lugar — disse Inácio, pegando o jarro para lavar as mãos e o rosto —, vamos deixar dessas formalidades e nos tratar sem cerimônias. Assim ficamos mais à vontade. Mesmo porque, ao que sei, vosmecê é bem mais velho do que eu — afirmou Inácio, com jeito brincalhão, ao que o padre riu, concordando.

— Quanto ao padre Caetano — continuou —, os conselhos do tio parecem não estar fazendo nenhum efeito, Toledo. Aquele padre é uma peste. É afastado de Deus, isso sim. Agora tem tido o desplante de me ignorar, quando eu estou assistindo às missas. Outro dia recusou-se a me entregar a comunhão, alegando estar com dores repentinas. Deixou-me esperando à mesa da Sagrada Eucaristia, até que outro padre viesse ministrá-la. Falei que desse jeito ele acaba me afastando da Igreja, o que para mim até não é tão mal... — e soltou uma sonora gargalhada.

– Deixe estar que ainda daremos um jeito nele – afirmou o padre Toledo, sério.

– Mas, respondendo à sua pergunta, o Basílio, ao que sei, voltou para Lisboa. Não tive mais notícias dele.

– Aquele ali é outro – afirmou Toledo, balançando a cabeça. – Soube bem das malandragens dele quando morei na metrópole. Bom poeta, não nego, mas extrapola no quesito da bajulação aos poderosos e falsidade no trato pessoal. Um escroque. Não é muito melhor do que o irmão.

Inácio concordou, servindo-se de um refresco que lhe oferecia a escrava. E pensou: "*O padre é boa prosa. Simpatizei com ele desde o primeiro dia em que nos encontramos, no sarau na casa do Dr. Silveira*".

– Mas por falar em Lisboa, vamos lá para conheceres a minha pequena biblioteca – convidou o Toledo. – Ainda bem que o intendente Pina Manique, agora o novo algoz português, não teve ainda coragem de enfrentar a viagem para o Brasil para vir aqui xeretar as nossas estantes. Caso contrário eu estaria encrencado, meu amigo, com os livros que tenho. Dizem que o homem está tal qual um cachorro perdigueiro farejando os leitores dos filósofos iluministas. Vê conspiradores em toda a parte. A cada dia fica mais difícil importar esse tipo de obras, ainda que de forma clandestina. Que saudades dos tempos pombalinos!

– É verdade. Podiam falar tudo do Pombal, mas era um homem ilustrado e, aqui para nós, o melhor administrador que Portugal já teve – acrescentou Inácio, com que o outro concordou.

Inácio percorreu com os dedos os títulos da rica biblioteca do padre, que o observava, atento, para ver a reação que lhe causavam. Ali estavam as obras do Abade Raynal, Montesquieu, Voltaire, Rousseau, obras de botânica e mineralogia, além dos clássicos da antiguidade. Inácio ficou maravilhado e elogiou a qualidade das obras. O padre impressionou-se, por seu lado, com a vasta cultura que o ouvidor demonstrava ter, não apenas dos filósofos e escritores antigos, como Homero, Ovídio, Plutarco, Sófocles, Platão e Aristóteles, mas também dos modernos. Revelou-se admirador especialmente da obra de Virgílio, em quem, conforme afirmou ao padre, se inspirava para a maior parte das suas composições. Discutiram longamente sobre as novas ideias de Rousseau, os ditos espirituosos de Voltaire e a penetração que suas ideias estavam tendo na Corte francesa. Comentaram ser a própria rainha Maria Antonieta admiradora das suas obras, e que algumas vezes havia recebido Voltaire em Versalhes.

— A rainha da França certamente age sem ter noção da extensão dos seus atos. Essa admiração por Voltaire ainda vai lhe custar a perda do trono... – afirmou Inácio, distraidamente.

O padre Toledo o olhou, admirado e curioso com aquela afirmação. Era assunto delicado falar-se abertamente em quedas de monarquias e coroas, após ter a Inglaterra, país com quem Portugal mantinha o maior fluxo de comércio, perdido as suas ricas colônias na América. A criada veio lhes dizer que o almoço já estava servido e eles rumaram para o salão.

Terminado o esplêndido banquete, em que se conversou sobre amenidades e se ouviu a música tocada e cantada pelo talentoso escravo Domingos, Carlos Toledo perguntou a Inácio, como quem queria sondar-lhe o espírito:

— Esse governo de D. Maria I está muito mal, não achas? Cercou-se ali de uns tipos, como esse marquês de Angeja, que me façam o favor! – disse, levantando os braços. – Aquele gordo lambão nada mais faz do que bajular a rainha e o seu real marido. E pensar que foi nomeado presidente do Real Erário!

— De fato, não tem sido muito feliz, a Soberana – respondeu Inácio, com cautela. – Soube que *Filinto Elísio*, meu grande amigo desde a época em que formamos o Grupo da Ribeira das Naus, fugiu de Lisboa e encontra-se foragido na França. Sequestraram-lhe todos os bens e ele atualmente vive na miséria. Foi considerado inimigo de Portugal, por uns tantos sonetos que escreveu e por ser alegadamente defensor de Pombal. Olhe que isso nem é verdadeiro! Eu e Basílio éramos bem mais próximos do ministro do que ele.

— Ah, sim, o *Filinto*, eu ouvi contar isso também. No período em que eu estava em Lisboa a notícia que corria era que ele andava enrabichado com uma das meninas do marquês de Alorna, a Maria – branca e loura como uma ninfa dos jardins de Apolo! Ele a batizou com o nome arcádico de *Daphne*. À irmã, Leonor, ele chamou de *Alcipe* que, segundo eu soube, casou-se com um conde e mudou-se para Viena. Mesmo enclausuradas, elas faziam enorme sucesso nas rodas literárias.

— É verdade, acompanhei de perto essa paixonite dele – concordou Inácio. Era *Filinto* quem as sustentava, quando estavam no Convento de Chelas, enquanto o pai estava na prisão. – O fato é que o marquês de Alorna, ao sair do Presídio da Junqueira, em vez de agradecer ao *Filinto*, começou foi uma feroz perseguição contra ele. Sempre ouvi dizer que "o favor é a véspera da ingratidão". Aí está mais um caso que comprova o dito popular.

– Mas o que me incomoda, Inácio – continuou o padre, voltando ao assunto –, não é apenas esse caso do *Filinto*. Esse governo está se caracterizando por perseguições sem fim, principalmente aos homens de ideias. Isso me deixa assustado, confesso. Um país que não tem homens com ideias arrojadas, não vai para a frente. Veja a situação lastimável para a qual vamos caminhando aqui no Brasil, meu amigo, com a queda da produção aurífera e o excesso de impostos. Se paga por tudo nessa colônia, até para se ter escravos! E não podemos desenvolver indústria nem para vestirmos a nossa gente! Coisa absurda! Não sei o que será de nós, e por quanto tempo suportaremos esse jugo da metrópole – bradou o padre, como se estivesse pregando, com vigor.

Inácio olhou para ele, desconfiado.

– O que queres dizer com isso, Toledo? – perguntou Inácio, espantado. – Sabes que esse tipo de conversa não nos cai bem – afirmou, olhando para os lados, para ver se havia alguém espionando.

– Fique tranquilo, meu amigo, aqui podemos falar livremente. Estou tocando nesse assunto porque sei dos teus estudos, do seu gosto pelos filósofos modernos. Creio que já é tempo de começarmos a discutir essas ideias, ao menos entre os homens letrados. Venha cá, veja o que acabei de receber secretamente, de um amigo que chegou de Lisboa, vindo da França.

E dirigiu-se para um amplo armário de madeira que se encontrava na sala, com prateleiras que exibiam um rico serviço de porcelana das Índias. Com destreza, abriu uma minúscula trava oculta em um dos cantos que revelava um fundo falso. De lá tirou, com cuidado, um maço de papéis já meio amassados, certamente pelo excesso de manuseio.

– O que é isso? – perguntou Inácio, perplexo. – Para que tanto segredo?

– Leia e veja por si mesmo – disse o padre, entregando-lhe os papéis.

Inácio levou um susto ao ler o título – *Recueil des Lois Constitutives des Etats Unis de L' Amérique* – nada menos que a tradução francesa da "Coletânea das Leis Constitucionais dos Estados Unidos da América".

– Toledo, tu és louco? Isto aqui é pólvora pura! Como conseguiste esta cópia?

– Um amigo me conseguiu – disse, vagamente. – Gostaria muito que tu lesses o documento, para depois, se quiseres, podermos discuti-lo com calma. Reparaste que as treze colônias americanas agora se autodenominam "Estados Unidos da América"? Pois bem, pense nisso. Leve o documento para ler em tua casa, se tiveres interesse, desde que depois o devolvas. Convém apenas tomares cuidado e o guardares em lugar seguro.

Há um grupo de amigos que começou a se reunir em Vila Rica, na casa do contratador Macedo, para discutir essas ideias, em sigilo.

Inácio estava estupefato!

– Na casa do Macedo discutem-se essas ideias? Estou surpreso!

– Inácio, meu amigo, há mais coisas acontecendo aqui nas tuas barbas e que não sabes. Se não for abuso, vou te convidar para participar de uma dessas reuniões, para ver se tu te afinas conosco, desde que me prometas que sobre isso guardarás segredo absoluto – disse o padre, e fez uma pausa, esperando pela reação do outro.

Inácio, assentiu com a cabeça, sem tirar os olhos daquelas folhas. O padre acrescentou:

– Creio que tu já ouviste falar na Maçonaria...

– Que estudante brasileiro em Coimbra não ouviu, meu caro? – respondeu ironicamente Inácio, sentando-se para ler o documento com mais calma.

DECLARAÇÃO
São João Del Rei

Entre sombras o dia luminoso
Já se desmaia, já se desfigura.
Já vai por toda a terra a noite escura
Espalhando o descanso deleitoso.

"Soneto XXXIII", Domingos dos Reis Quita

Bárbara andava de um lado para o outro no seu quarto, sem saber o que fazer. Ficou estupefata com o que ocorreu no final do sarau em sua casa, em homenagem à criação da Arcádia. Soube que houve uma briga na varanda entre o ouvidor e Basílio da Gama e que o ouvidor, mais forte, levou a melhor, mas Basílio saíra do recinto bufando de raiva.

Seu pai foi atrás dele, para tentar consertar as coisas, mas Basílio foi taxativo: agradecia a hospitalidade, mas não ficaria nem mais um momento no mesmo ambiente em que estava aquele "ouvidorzinho de merda", como ele mesmo o chamou. E ainda por cima, desfilou para o Dr. Silveira uma série de impropérios contra o ouvidor, chamando-o de desonesto, fanfarrão e mau pagador. Que ele não tinha moral para falar do seu irmão, porque todo mundo sabia que ele havia deixado em Portugal uma quantidade enorme de dívidas, que nem se ele trabalhasse honestamente durante o resto da sua vida conseguiria pagar. Silveira ouviu a tudo aquilo calado e no final apenas disse, conciliador: "Não vale a pena estar assim com essa mágoa, meu filho. Deixa a raiva passar e talvez vós podereis chegar a um bom termo. Vou tentar falar com o ouvidor. Afinal, vós fostes amigos há tanto tempo!". Mas Basílio não deu ouvidos e nem tampouco mudou o seu ânimo, pegando logo a sua carruagem e partindo.

Teresa ouviu tudo e contou a ela. O pai entrou de novo no salão pensativo e não tocou mais no assunto. Momentos depois da briga, viu o pai conversando com Inácio a um canto, talvez lhe dando conselhos. Eles agora andavam assim, na maior amizade, como pai e filho. Talvez porque Silveira ficasse sempre cercado das filhas mulheres e porque o seu filho José Maria fosse ainda muito novo, o seu pai sentisse falta de um filho para conversar. Ou talvez porque, como lhe disse a mãe, o ouvidor andava mesmo a papariçar o seu pai de todas as formas, principalmente lhe indicando para cargos no governo. Ela, por sua vez, durante a festa, não conseguiu se desvencilhar das atenções daquele magistrado chato e pegajoso, o Cruz e Silva, que depois que recitou um poema para si e para as irmãs se achou no direito de passar o resto da noite a cortejá-la. Não estava mais suportando aquela conversa melosa, aqueles olhos miúdos a encará-la com segundas intenções e a dizer o quanto ela era bonita. Teve até o desplante de lhe afirmar que "se fosse Páris não teria dúvida sobre a quem entregaria o pomo de ouro". Velho sem-vergonha!

Ela tentou por duas vezes alegar alguma coisa para se afastar dele, mas ele não a deixava ir e, quando por um momento conseguiu se safar fingindo que precisaria refazer a toalete, ele a esperou voltar. Anna Fortunata, que estava com ela, também não queria saber do magistrado. Estava de olho em um cavalheiro mais jovem, João de Faria Silva, escrivão da ouvidoria que flertava descaradamente com ela. Ah, Anna. Anna ainda ia se dar mal com essa sua vontade de se casar a qualquer custo! Vai ver era por isso que o primo José Eleutério andava arredio e não parecia mais estar interessado nela.

Quando ela menos esperava, o ouvidor se aproximou e, para retirá-la de perto do Cruz e Silva, disse que ela estava sendo chamada pela sua mãe, D. Josefa. No começo ela não entendeu nada, já que a sua mãe estava muito bem sentada e entretida com as amigas no fundo do salão e certamente nem estava dando falta de ninguém, quanto menos dela. Mas mesmo assim foi lá ver o que a mãe queria e deixou o ouvidor conversando com o Cruz e Silva. Quando perguntou à mãe o que era e esta lhe disse não saber de nada, ela ficou branca de raiva. Ao virar-se para o ouvidor, o espertinho lhe acenou com a mão e sorriu. Ela então percebeu a jogada e que tinha sido feita de boba. Que atrevimento! Ele fez aquilo só para a afastar do Cruz e Silva que, no entanto, continuava seguindo-a com os olhos para onde ela fosse.

Por um lado, ela até gostou, de fato, de não precisar ficar a ouvir aquela voz irritante do Cruz e Silva, chamando-a de deusa e parecendo que ela era um doce de leite, pronto a ser lambido. Por outro, sentiu-se como uma perfeita idiota. Além do mais, que liberdade era aquela que esse ouvidor pensava ter consigo, a ponto de retirá-la, assim, de algum lugar, sem sequer saber se ela queria sair dali? Fechou a cara e não olhou mais para ele. Para sua sorte Teresa se aproximou dela e as duas ficaram comentando sobre a festa, quando também chegaram o Nicolau e a Maria Alice e todos ficaram ali reunidos, contando casos e conversando.

Pois não é que o atrevido do ouvidor surgiu por trás dela e quase lhe deu um susto quando puxou levemente o seu braço e lhe disse que queria apenas dar uma palavrinha? As primas ficaram se entreolhando, com risadinhas maldosas, o que a deixou muito sem graça. O ouvidor então a levou até próximo a uma janela e ela notou nitidamente que algumas pessoas olhavam para os dois e comentavam. Ele primeiro lhe disse, zombando dela, que ela então tinha conquistado mais um juiz ali naquela sala. Ela retrucou dizendo que não tinha intenção de conquistar juiz nenhum, se é que o tinha feito. Aí ele foi tão direto e ela levou um susto tão grande que quase desmaiou. Ele lhe disse que a amava, que nunca tinha amado uma mulher como ela e não estava mais suportando ficar assim longe dela. Não queria saber dessa história de amizade e nunca poder vê-la. Que a viagem que ela fez para Catas Altas quase o matou de tanta angústia e ele tomou uma decisão: queria muito pedir ao seu pai para lhe fazer oficialmente a corte.

A prima Maria Alice lhe disse, depois, que ela ficou branca da cor do vestido e por uns bons minutos ficou olhando para ele, com cara de assustada. De fato, ela ficou assim mesmo, pois aquela declaração a deixou completamente muda. Fazer-lhe oficialmente a corte? Esse ouvidor deveria estar ficando louco! E será que ele se casaria com ela? Tinha que admitir que, enquanto ele falava, ela sentiu uma alegria tão profunda, que não sabia explicar. Ficou um bom tempo olhando para ele e imaginando como seria ser beijada por aquele homem tão sedutor, ser envolvida naqueles braços fortes... Não podia negar que ele a atraía fortemente e todos os músculos do seu corpo respondiam que ele era o homem da sua vida. Mas logo afastou esses pensamentos pecaminosos. Quem sabe se não estaria se iludindo?

Maria Alice lhe disse ainda ter ouvido de Nicolau que Inácio sempre foi contra o casamento, por convicção, e que ela foi a única mulher que verdadeiramente despertou nele esse sentimento. Bom saber, afinal, a fama dele de mulherengo já era conhecida de todos na vila. Aquelas saídas com o Bernardo para as tabernas em São João já tinham dado o que falar. Quando ele terminou de falar, as únicas palavras que conseguiu articular foram as de que iria pensar. E então ele ficou olhando para ela e se afastou, visivelmente decepcionado. Ela ficou ali na janela, sem saber para onde ir, até que as irmãs se aproximaram para salvá-la daquela terrível situação. Mal a festa terminou e ela correu para o seu quarto, onde ficou se revirando na cama a noite inteira sem conseguir dormir.

E agora, o que ela faria? Havia tantas coisas a pensar: esse passado conturbado dele, essa quantidade de dívidas que ele tinha. Como é então que ele estava pensando em lhe fazer a corte? Precisava conversar direitinho com ele sobre isso tudo. E, afinal, havia Antônio. Ah, meu Deus, Antônio! Será que ela teria coragem de escrever para o seu futuro noivo dizendo que não assumiria o compromisso? O Natal passou e ele lhe escreveu uma carta apaixonada e lhe enviou de Paris um lindo presente: uma caixa de madeira trabalhada com madrepérolas que deve ter custado uma fortuna! Mas o fato é que ela se sentia cada vez menos animada a responder às suas cartas. Mesmo porque, ele parecia muito entusiasmado com a sua vida na França e, ao que tudo indicava, parecia que queria viver ali para sempre. Ela não queria morar em Paris e sair de perto da sua família, ainda que visitar Paris fosse um sonho. Ah, sim, ainda tinha a sua mãe. Pois no Natal o ouvidor mandou enviar à sua casa um maravilhoso presente para a sua mãe: uma canastra com cortes de tecidos ingleses de várias cores e da melhor qualidade. E rendas da Bélgica! Onde ele teria arrumado isso, meu Deus? Mandou dizer à D. Josefa que era um "pequeno mimo" pela acolhida que ela lhe deu em sua casa. A mãe, ao invés de ficar feliz, ficou morta de raiva: "Não me compra!" – disse D. Josefa, aos berros. "Se ele acha que vai comprar alguém da minha linha com esses presentes está enganado!" A mãe não gostava dele. Quem gostou mesmo dos presentes foram as irmãs Anna e Maria Inácia. Francisca não, Francisca era como ela, gostava mais de livros e de música.

E será que ela gostava mesmo daquele homem abusado, que brincava assim à sua custa? Ah, Virgem Maria, o que é que ela deveria fazer? Pior foi descobrir que, realmente, gostava dele. Era um sentimento totalmente diferente do que sentia por Antônio. Ao pensar nisso sorriu, aquele sorriso que deixa as pessoas com jeito de bobas, o sorriso dos apaixonados. Não tinha dúvidas. Era amor o que sentia. A mãe certamente morreria de desgosto, mas ela precisava conversar com o pai e se aconselhar com ele, ver o que ele achava.

Bárbara pensava tudo isso andando nervosa de um lado para o outro, torcendo as mãos, quando ouviu uma batida à porta. Era Lucíola.

– Sinhá Bárbara, recado para vosmecê.

Abriu a porta e a escrava lhe entregou um envelope com um monograma conhecido. Olhou para Lucíola com olhar espantado e perguntou como ela tinha recebido aquilo e se sua mãe tinha visto.

– D. Josefa num viu não. Eu tava lá na fonte, apanhando água, quando chegou um criado do Dotô de nome Jerônimo e me pediu para entregar isso para a menina, sem demora. E que num era para comentá com ninguém. Me deu até uma moeda, olha aqui, Sinhá. Disse que vai voltá lá na fonte daqui a dois dias, para ver se a Sinhá tem uma resposta para mandar para ele.

– Dois dias? Está bom, Lucíola, tudo bem, pode guardar a moeda para ti. Mas não conte nada para a mamãe, combinado?

Assim que a escrava saiu Bárbara abriu a carta, com os dedos tremendo. E leu:

> Bárbara,
>
> Sei que agi como um tolo ontem à noite falando-te sem maiores cerimônias e peço-te desculpas por isso. Eu deveria ter me contido, mas não consegui! Não tenho certeza de como o meu pedido foi recebido por ti, mas tenha a certeza de que fazer-te a corte é hoje o meu maior desejo. Não tenho outro sonho do que o de estar perto de ti, para toda a minha vida. Estou indo hoje para São José, visitar o padre Carlos Toledo e verificar algumas questões administrativas naquela vila. Se aceitares conversar comigo, nem que seja por alguns minutos, poderei explicar-te tudo e me desculpar pessoalmente pelo que houve. O meu criado, Jerônimo, voltará para apanhar o bilhete, na fonte, com a tua criada. Espero a tua resposta daqui a dois dias, quando eu estarei de volta. Se Jerônimo retornar sem nada, compreenderei o teu silêncio como uma negativa. Mas rogo-te que me dês ao menos uma chance de te falar. Nada me dará maior ventura.
>
> Com todo o respeito e admiração,
>
> Inácio José

Bárbara dobrou lentamente a carta e a guardou com todas as outras que ele havia lhe mandado, ao longo daqueles meses. Aspirou o perfume do papel, sentiu o cheiro de Inácio. Fechou os olhos e pensou nele, no quanto o amava. Agora não havia como fugir, precisava tomar uma decisão.

– Tenho que conversar sobre isso com o meu pai. Urgente!

ESPERANÇAS RENOVADAS
São João Del Rei

> *Já não se escuta mais que o som gostoso*
> *Desta sonora fonte que murmura.*
> *E já vai pouco a pouco a mágoa dura*
> *Fugindo deste coração saudoso.*
>
> "Soneto XXXIII", Domingos dos Reis Quita

D. Josefa acordou animada e feliz aquele dia. Mandou encher a casa de flores, recomendou às escravas que limpassem cuidadosamente a casa e a prataria e estava até cantando enquanto arrumava as coisas no seu lugar. As meninas estavam na cozinha tomando o café da manhã, quando ouviram o barulho e a cantoria da mãe na sala.

– O que deu na mãe hoje? – perguntou Francisca. – Há tempos não a vejo assim tão alegre!

– Parece que vai ter outra festa aqui em casa – respondeu Anna Fortunata. – E com essa arrumação toda, sobrou para mim: eu acordei bem cedo e nem bem levantei da cama quando ela me disse que hoje eu teria que tomar conta dos nossos irmãos mais novos. Eu estava ainda com tanto sono que nem perguntei por quê.

– Outra festa? – estranhou Bárbara. – Tu estás sabendo de alguma coisa, Lucíola?

– As menina num vão contá que eu disse nada, tá bom? Mas eu ouvi onte um home conversando cum seu pai e sua mãe na sala. Acho que ele tava pedindo a mão de Teresa para o fio dele. E acho que eles vem aqui hoje, prá jantá.

– Não acredito! Mas assim, tão depressa? E será que a Teresa já está sabendo? – espantou-se Francisca. – Ela foi lá para a casa da tia Maria Emília passar uns dias para ajudar a Maria Alice nos bordados para o enxoval e vai ver nem está sabendo de nada.

– Tá sabendo de tudo – respondeu Lucíola. – Tua mãe já mandou avisá à tua tia Maria Emília prá trazê ela para cá hoje, pra se arrumá.

— O coronel Moinhos de Vilhena não perdeu tempo, hein — comentou Anna, com uma pontinha de despeito.

— O Matias, filho dele, parece ser bom moço e Teresa aceitou o noivado de bom grado quando finalmente o conheceu — disse Bárbara, distraída, com o pensamento longe.

— Eu não me conformo. Então nós já temos três casamentos arranjados na família em pouco menos de um ano e eu continuo solteira... — resmungou Anna Fortunata.

— Deixa disso, Anna — ralhou Francisca. — A nossa hora vai chegar, não precisa ficar desesperada. Mesmo porque casar só por casar não vale a pena. — E dirigindo-se à escrava Lucíola: — E a mãe está tão feliz assim, é por causa disso, Lucíola?

— Se é! Sua mãe já veio aqui na cozinha umas três vez pro mode de dar as orientação pra Raimunda sobre o que fazê pro jantá. Tá feliz mesmo. Disse que Teresa vai fazê o melhó casamento das três.

— Mamãe adora essas famílias tradicionais — concluiu Francisca. — Esses Vilhena são de linhagem espanhola antiga, como eram os Bueno, da família dela. O coronel Matias já recebeu até a medalha da Ordem de Cristo!

— Nisso a Maria Alice, coitadinha, saiu perdendo. O Nicolau é de família de comerciantes — retrucou Anna Fortunata. — A Babe se deu um pouco melhor: Antônio também tem lá os seus parentes importantes — disse, olhando de soslaio para a irmã que estava calada, pensativa.

Bárbara terminou o seu café e saiu da cozinha, enquanto as irmãs comentavam sobre os noivados e preparativos do casamento, inclusive o seu próprio. *Agora é que ficou mais difícil falar sobre o assunto com o pai*, pensou. Sentiu um mal-estar só de imaginar qual seria a reação da mãe quando soubesse que ela estava pensando em terminar com Antônio para ficar com o ouvidor. *Uma notícia dessas hoje iria estragar a alegria dela, coitada da mãe.* Resolveu que esperaria o melhor momento para falar ao pai, tomando o cuidado para que a mãe não soubesse de nada, pelo menos por enquanto.

Passou a manhã e Bárbara não encontrou jeito de falar com o Dr. Silveira. À tarde, quando todos estavam se aprontando para o jantar, viu-o sozinho na sala que lhe servia de escritório e pediu-lhe licença para entrar.

— Pai, posso lhe falar um minuto ou o senhor está muito ocupado?

— Claro que pode, minha filha. Estou aqui apenas examinando os papéis de uma demanda que ajuizarei no fórum amanhã, mas não é nada importante. Sente-se aqui comigo, minha querida.

Bárbara adorava o pai. Ele era um homem simples, gostava de conversar e, coisa rara naquela época, dava às filhas liberdade para falar sobre os mais diversos assuntos. Era carinhoso e afável com todas elas, ao contrário da mãe, que sempre teve mão de ferro na condução da casa e na educação dos filhos. Bárbara ficou hesitante sobre como começaria ou o que deveria dizer, mas o sorriso que o pai lhe deu foi encorajador, e ela sentiu que podia abrir o seu coração com ele.

– O que foi, filha? Algum problema com suas irmãs? Ou quem sabe com Antônio? Perguntou o pai, piscando-lhe o olho, para animá-la.

– Não, papai, nada com minhas irmãs. Estão todas muito bem e felizes com tantas festas e noivados. Mamãe é que parece estar mais feliz do que todas nós, não é?

– Ah, filha, somente irás compreender quando tiveres filhos, especialmente filhas. Teresa é como se fosse nossa filha, pois desde pequenina vive conosco. Casá-la bem, com um rapaz como o Matias significa para nós o cumprimento da promessa que fizemos à mãe dela, antes de morrer.

– Bonito isso, papai. Também estou muito feliz por Teresa. Ela merece tudo de bom.

– Então o que te preocupa, filha? É Antônio, não é? Ou será que é o ouvidor? O pai piscou-lhe novamente o olho, e ela sorriu.

– Tu me conheces, pai.

– Sim, Babe, sei reconhecer um rosto apaixonado de longe. E algo me diz que esse brilho que vejo em teus olhos tem um nome: Inácio José de Alvarenga Peixoto.

Bárbara corou e baixou os olhos, envergonhada.

– Como o senhor soube? – perguntou, feliz porque o pai voltava a chamá-la pelo seu apelido de criança, e porque ele estava facilitando as coisas para ela.

– Ora, Babe, aquele tolo, apesar do alto cargo que ocupa, é transparente aos olhos de qualquer um. Ele não esconde de ninguém o amor que tem por ti e, quando me deu o bilhete para te entregar em Catas Altas, jurou-me que respeitaria o teu compromisso com Antônio. Segredou-me, no entanto, que tu é que o escolheria, se tu quisesses, porque ele já era todo teu. E eu vi a alegria nos teus olhos quando eu te entreguei a carta dele.

– Pai, e o senhor não me disse nada? – Bárbara estava com os olhos cheios de lágrimas.

– Não achei que era o momento, filha. Tu ainda estavas muito insegura e eu não tinha certeza se gostavas mesmo dele ou não. Tu ias e vinhas, davas esperanças e depois o tratavas com desprezo. Acho que ele ficou maluco com tuas reações! – disse Silveira, rindo e fazendo Bárbara rir com ele.

– Tenho muito medo, papai. Sabes o quanto eu sou cautelosa para decidir qualquer coisa. Teresa contou-me as coisas horríveis sobre ele que ela ouviu por acaso, naquele dia da festa aqui em casa. Além do mais, a vida dele sempre foi no luxo, na ostentação, nas rodas da aristocracia em Lisboa. Mesmo no Rio de Janeiro, sua terra natal, ele tem prestígio até com o governador. Bailes na corte, jogos, dívidas e mulheres parecem ser coisas banais na vida dele. Uma vida completamente diferente da nossa vidinha simples aqui do interior. Um homem assim se acostumará à vida de casado, com uma moça como eu?

Silveira suspirou e pensou profundamente antes de dizer qualquer coisa. Sabia o peso da sua resposta naquele momento e as expectativas que criaria na mente da sua filha. Não queria que ela tivesse decepções e a felicidade dela vinha em primeiro lugar, não obstante reconhecesse a repercussão de um consórcio daqueles na sua vida financeira, que não andava muito bem.

– Minha filha, em primeiro lugar eu te digo, não por ser teu pai, mas por observar o que todos dizem: tu tens beleza e inteligência raras. Estás em condição de frequentar, com a mesma desenvoltura do que qualquer moça europeia, os bailes reais, se fosse esse o caso. Ele teria, isso sim, muita sorte se te desposasse. Quanto ao que disse Basílio, não sabemos se é verdade ou não.

– Obrigada, papai! Mas quanto à vida que ele levava já ouvimos rumores por outras pessoas, que não Basílio.

– Bárbara, querida, ninguém é perfeito! Não tenhas ilusão de que encontrarás para marido um homem que venha para ti como o príncipe encantado dos contos de fadas. Nem Antônio, que tu consideras o homem adequado para ti, está livre de ter defeitos. O fato de ele ser o nosso menino querido, como o é, não garante que serás feliz ao lado dele.

Bárbara abaixou a cabeça, concordando.

– O ouvidor, pelo que sei – continuou o pai – é um homem bom, de bom coração. Ele é poeta, sensível, inteligente e muito disposto para o trabalho. O passado de um homem não significa que ele não possa mudar. E, ademais, creio que cabe a ele, e não a ti, escolher se acha melhor a vidinha simples de São João Del Rei ou o fausto da corte em Lisboa, não achas?

– Papai, o senhor me conforta com a tua sabedoria – disse Bárbara, aninhando a cabeça no colo do pai. – Tens razão, quanto à Antônio. Eu o amo, mas de uma outra forma. E por isso não quero que ele se magoe comigo.

Como posso romper com ele agora? E tem mais! Soube que os juízes têm impedimento de se casar nos locais onde trabalham. Isso é verdade?

– Babe, veja bem, eu não estou aprovando de antemão um rompimento teu com Antônio. A escolha é tua, não minha, e o que escolheres para ti, eu, como teu pai, irei te apoiar, podes contar comigo. Sabes que ajo assim, embora esse meu comportamento não seja o normal, reconheço. Aliás, sempre fui acusado de ter o coração mole com as minhas filhas, o que me fez alvo de muitas críticas, especialmente da tua mãe! E riu. Quanto ao casamento, de fato existe a proibição. Outra vez, Babe, digo-te que cumpre a ele dizer como é que resolverá essa situação.

– E Antônio?

– Tu saberás administrar isso sem magoá-lo, filha, tenho certeza.

– E mamãe? – perguntou Bárbara, sorrindo e dando um tom de brincadeira à voz.

– Bom, esse é um problema bem mais complicado, riu o Silveira. Mas deixe aqui com o teu velho pai...

Bárbara abraçou o pescoço do pai, com imenso carinho, e deu-lhe um beijo na testa. Sentia-se leve como um passarinho, alegre com aquela conversa que a deixava à vontade para decidir o seu destino, sem pressões. À noite, durante o jantar, estava feliz e brincalhona. Teresa estava linda, com um vestido que lhe fora emprestado por Maria Alice, pois Josefa não teve tempo de mandar-lhe preparar um novo, como queria, em razão da pressa em que tudo aconteceu. O noivo olhava embevecido para Teresa e lhe deu de presente um belíssimo anel de diamantes.

Bárbara observava a felicidade da prima, pensativa. Decidiu que teria que fazer alguma coisa em relação aos seus próprios sentimentos e seu futuro. O pai tinha razão: Inácio é quem tinha que se explicar e, afinal, fora isso que ele próprio dissera no seu bilhete. Somente depois de conversar com ele e analisar as suas razões é que pensaria em como romper com Antônio. Essa era, sem dúvida, a parte mais difícil. Mas ainda não sabia se devia fazer isso assim tão rápido.

* * *

Inácio aguardava, ansioso, a volta de Jerônimo. Ele tinha ido à fonte com instruções de esperar pela escrava da família Silveira o tanto que fosse preciso, mas que voltasse com notícias, de qualquer jeito. Tinha chegado de São José no dia anterior, à noitinha, e não havia pensado em outra coisa que não fosse a resposta de Bárbara. Tinha até esboçado um poema para ela, mas só o colocaria no papel se a resposta fosse positiva. Não tinha idade e nem paciência para mais desilusões. Tinha passado um dia agradável na companhia do padre Toledo, vistoriando a vila, conversando sobre amenidades, sobre os clássicos e também sobre a sociedade secreta que estava sendo convidado para participar. Tinha tido informações sobre a Maçonaria em Coimbra, e também em Lisboa, por intermédio de alguns amigos que frequentavam as suas reuniões secretas e repletas de ritos estranhos, que apenas os seus membros compreendiam. Era uma sociedade poderosa, composta de homens cultos e comerciantes ricos, com ramificações na Inglaterra, França, Alemanha e alguns outros países da Europa. Na América do Norte, diziam, estava por detrás dos movimentos que culminaram com a independência das treze colônias. Ingressar em tal sociedade, naquela fase da sua vida, em que pretendia se estabelecer e fincar raízes no Brasil, era uma coisa a se pensar. Mas não naquele momento.

Jerônimo havia saído de casa há pelo menos três horas e nada de chegar. Normalmente, era por volta de 10 horas da manhã que as mucamas iam à fonte, conversar umas com as outras, saber as novidades da vila e buscar água para o banho das sinhazinhas. Os outros escravos e a gente do povo iam mais cedo. Jerônimo vinha observando o horário em que Lucíola, a escrava das meninas do Dr. Silveira frequentava a fonte e ficou na espreita. Foi até um pouco mais cedo, porque achava que aquela negrinha com ares de importante tinha a cabeça meio avoada e poderia ter se esquecido do que havia combinado com ele naquele dia em que ele lhe entregara o bilhete do patrão. *Não se pode confiar nesses escravos*, pensava Jerônimo, balançando a cabeça, com pesar – *quanto mais nas mulheres, que são ladinas e espertas.*

Ele era um homem bronco, português filho de lavradores, nascido na região do Minho. Acompanhava o Dr. Inácio desde que ele tinha se mudado para Sintra, onde começou a exercer a magistratura. Conhecia toda a família Alvarenga e sempre recebia recomendações das tias do Doutor, de Braga, para cuidar do "Inacinho" e não deixar que ele se metesse em encrencas.

Ah, aquelas boas senhoras! Se elas soubessem da metade das confusões do sobrinho, ficariam escandalizadas. Jerônimo deu um sorrisinho de satisfação: *Bem que ele vinha se esforçando, mas esse Dr. Inácio era arteiro demais!*, pensou. Nesses anos na companhia do seu inquieto patrão, tinha visto praticamente de tudo – bebedeiras, mulheres, jogatinas, cobranças de credores... É... a vida ao lado do Inacinho não era nada monótona. O homem era um corisco! Sempre disposto, animado, alegre, brincalhão. Gostava da vida boêmia, dos bares, das músicas, danças, festas. Mas era um homem de bom coração, igual a nenhum outro. Nunca o tinha visto maltratar ninguém, nem o mais desengonçado dos seus escravos. Era só ele saber que alguém estava precisando que ele ajudava. E tirava do bolso sem dó, mesmo que estivesse cheio de dívidas como, aliás, sempre estava.

A mulherada é que nunca o deixou. Ele nem precisava ir atrás, lembrou-se. *Havia uma mulher bonita e muito elegante: alta, magra, com a pele de porcelana e cabelos bem negros, uma portuguesa de nome Margarida, que vivia perseguindo o Inacinho na porta do fórum. O escravo da moça pedia a ele que entregasse seus bilhetes ao patrão. E era rica, pois todas as vezes o tal escravo lhe dava algumas moedas de ouro, só para entregar o bilhete. Mas Inácio não quis saber dela. Teve também aquela italiana maravilhosa, parecia uma deusa loura! Nunca na vida tinha visto uma mulher bonita como aquela. E a turma toda querendo a italiana e só o Inacinho é que ia para a sua cama, hehehehehe... o seu patrão era um homem de sorte! Depois teve aquela viúva, a D. Joana – dessa ele não gostava não, era muito enjoada e metida a besta. A amiga dela, sim, a D. Teresa, essa era diferente. Bonita, alegre, tratava bem os criados, uma verdadeira dama! Uma pena ter durado tão pouco. Nessa época o patrão andava ainda com a cabeça meio virada por aquela viúva. Credo! Ficou com medo dele cometer uma bobagem. E depois houve tantas outras que ele nem se lembra do nome. Mas essas eram as mais bonitas.*

Agora, embeiçado por uma mulher como ele estava por essa tal de D. Bárbara, nunca tinha visto não. Por duas vezes já acordou com Inacinho falando o nome dela de noite. Será que ela o enfeitiçou? Tinha ouvido muitos boatos, quando chegou ao Brasil, de que as mulheres brasileiras eram danadas nesses feitiços de apanhar homens. Aprendiam com as escravas africanas! Por trás daquela aparência de respeitabilidade, as sinhazinhas faziam de tudo, todas as sem-vergonhices possíveis e ainda entregavam oferendas nas encruzilhadas para segurar os amantes. Meu Deus! Para falar a verdade, reparando bem, achava que o Inacinho até estava ficando mais magro! Vai ver tinha sido mandinga mesmo! Precisava se informar melhor sobre esses feitiços! E a mulher esnobava ele, tudo por conta de um moço franzina a quem ela tinha prometido noivado. Vai entender! Com uma moça bonita como aquela outra, a D. Joaquina, irmã do Dr. Bernardo, praticamente se atirando prá cima dele, mas mesmo assim ele não querendo nada com ela. Ele precisava mesmo era de uma mulher que organizasse a sua vida. Uma que pusesse ordem na cabeça dele. Vai ver essa D. Bárbara é que era a mulher certa para ele, mesmo, refletiu.

Jerônimo cansou de esperar por Lucíola, sentado embaixo de uma árvore, porque o sol estava muito forte. De repente, quando estava de saída viu a mocinha dirigir-se tranquilamente para buscar água na fonte, como se nada tivesse acontecido. Vinha com um pote na cabeça, vestido justo, toda faceira com aquele seu andar que era quase um rebolado, jogando charme para os homens que estavam na rua àquela hora. Jerônimo olhou para ela com raiva. Essa rapariga está debochando de mim. Deve ter me visto aqui esperando e resolveu me provocar, essa desmiolada. Que ela é bonita, ah, isso ela é. Mas tem o nariz muito empinado e se dá ares de patroa – uma metida a besta, pensou, e deu uma cusparada. Jerônimo correu até onde ela estava e a pegou pelo braço, dizendo, ríspido:

– Chegaste muito tarde, menina, achas que estou à tua disposição? Então não combinei contigo para me encontrares hoje, no mesmo horário? E como é, trouxeste a resposta da tua patroa?

Lucíola levou um susto. Havia se esquecido completamente do combinado com Jerônimo.

Ai, meu Deus! Será que a sinhazinha se esqueceu também?, pensou. Sinhá Bárbara não tinha nem tocado mais no assunto com ela. Sinal de que, se ela não se lembrou, é porque não queria dar resposta nenhuma, concluiu Lucíola, achando-se muito inteligente.

– Larga o meu braço, seu bruto. Quem ocê pensa que é para me segurar assim? – respondeu Lucíola, puxando o braço com força.

– Tu me levaste uma moeda, sua assanhada, em troca do teu pequeno favor. Agora quero o bilhete de resposta para entregar ao meu patrão.

– Num tem bilhete – respondeu Lucíola.

– Como assim, não tem bilhete, sua petulantezinha? Vou te dar uma sova. Tua patroa não leu o que Dr. Inácio lhe escreveu?

– Se leu ou num leu, num sei dizê, que eu num fiquei lá do lado dela prá vê – riu Lucíola. – Agora, eu cumpri o prometido, purquê intreguei o tar bilhete. Mas te digo que sinhá Bárbara num é muié de ficá respondendo bilhete, não sinhô. Quem ocê tá pensando que ela é? Num tenho resposta prá te dá, e esse seu dotorzinho aí devia era de desisti dela, que é uma moça comprometida, viste? – gritou fazendo uma careta, debochando do criado de Inácio.

Jerônimo teve vontade de dar uma surra naquela mocinha atrevida, mas conteve-se e a deixou ir. Abaixou a cabeça, desolado. Teve pena do patrão. Ele iria ficar muitíssimo decepcionado com a notícia, mas não tinha jeito. Tinha que voltar para casa e lhe dizer que não havia resposta. Talvez fosse melhor assim. Quem sabe agora ele não tomava jeito e procurava uma mulher que gostasse dele e pudesse fazê-lo feliz, como ele merecia.

Sentado em sua escrivaninha, no improvisado escritório de trabalho que fez em sua casa, Inácio esperava. Qualquer barulho na porta ou relinchar de cavalos lá fora e ele se alarmava, pensando ser Jerônimo. Tinha tentado se distrair lendo um livro ou folheando os autos de um processo que estava em sua casa para estudar, mas não conseguia tirá-la do pensamento. Sonhava com Bárbara durante o dia, de olhos abertos. À noite, então, a saudade e a vontade de estar com ela, de vê-la nem que fosse de longe, era praticamente insuportável. Houve dias em que, sem ser visto, chegou a rondar a casa do Silveira, à noite, com a esperança de ver a sua sombra passar por detrás de uma janela. Não podia viver assim. Se ela não aceitasse a sua corte, iria pedir à soberana para ser transferido de comarca. Não suportaria viver na mesma cidade que ela, vendo-a casada com outro homem.

Ouviu o rangido da pesada porta de madeira e levantou-se de imediato. Não precisou dizer nada. Jerônimo olhou para o patrão, cabisbaixo.

– Esperei até agora, doutor, e a escrava não veio – mentiu. – Achei que não vinha mais, por isso voltei. Já passou em muito da hora de os escravos irem buscar água à fonte. Pode ser que tenha acontecido alguma coisa – disse, e baixou a cabeça, temendo encará-lo, procurando minorar a sua decepção.

– Tudo bem, Jerônimo, fizeste bem em voltar. Não tem importância – afirmou Inácio, com ar tristonho. – Peça aos escravos para me arrumarem a liteira, pois preciso ir ao fórum despachar.

– O patrão não vai almoçar?

– Não, Jerônimo, obrigado. Estou sem fome.

Sentiu uma tristeza tão grande, que lhe doía o peito. Teve que se controlar para não chorar. Afinal, homens não choravam. Ainda mais por causa de uma mulher! Não conseguia entender porque ela não lhe deu ao menos uma chance de dizer-lhe o que sentia, de estar com ela, depois de tudo o que ele lhe tinha dito e escrito. Aquela mulher havia tomado todos os pedaços do seu coração e ele não desejava ninguém mais. Somente Bárbara. Mas ao não ter lhe dado nenhuma resposta ela deixou claro que não tinha o mesmo sentimento por ele. Agora era tocar a vida para frente, fazer o requerimento para a rainha e esperar pela mudança de comarca. Não sabia nem se ia conseguir, porque qualquer pedido de providência administrativa, naquela desorganização em que andava o Gabinete Real português, poderia levar meses, até anos.

A tarde se arrastou, lenta, e Inácio acabou por se envolver nas atividades do fórum. Nicolau entrou no gabinete, conversou, contou casos de Maria

Alice, riu que nem um bobo, entusiasmado com o casamento próximo. Estava tão absorto na própria felicidade que nem notou que o amigo mal ouvia o que ele falava. Os advogados iam e vinham, faziam requerimentos, as audiências seguiam o seu curso e nesse burburinho o final do dia chegou, sem muitas surpresas. Terminado o expediente, Inácio pediu a sua liteira e saiu. Nunca havia se sentido tão só, em toda a sua vida. Chegaria em casa, colocaria os seus chinelos, pediria a Jerônimo e Antônio que lhe preparassem o banho como ele gostava e ficaria lendo um livro, para ver se o sono vinha mais rápido. Não tinha vontade de sair. Nada de farras em tavernas, de esbórnias. Nada de sair com Bernardo, que o tinha convidado, inclusive, para cear em sua casa. Talvez em breve saísse para uma viagem maior, a Santos, ver o seu tio Sebastião, que não estava bem de saúde.

Era início da noite quando chegou em casa. O sol, naqueles dias, estava se pondo mais tarde e ainda era possível ver alguns raios alaranjados no horizonte. Como era bonito o pôr do sol em São João Del Rei! Primeiro ele começava a tingir-se de um laranja escuro, quase vermelho que ia aos poucos se esmaecendo, tomando tonalidades arroxeadas, até escurecer. Depois viriam as estrelas, muitas, que no céu limpo de São João parecia um grande tapete de diamantes. Parou na soleira da porta de sua casa para admirar aquele céu maravilhoso, o ar fresco e os seus perfumes suaves, de jasmins e damas-da-noite. A noite foi descendo lentamente sobre a vila, onde já se via, aqui e ali, serem acesos os primeiros lampiões. Lembrou-se da sua pequena Braga, das suas tias, e deu-lhe uma vontade enorme de voltar para Portugal, onde sempre havia companhia, onde nunca estava sozinho. Tinha saudades de Pedegache, dos amigos da livraria do Desidério, do seu amigo Rodrigo e do seu primo Tomás Gonzaga. Sentia falta do carteado na casa do capitão Dionísio, a quem, aliás, precisava arrumar um jeito de pagar a sua dívida. *Vou voltar para a minha terra, as minhas raízes – visitar minha irmã, meus parentes, rever os meus amigos... Não posso ficar aqui. Tenho que esfriar a minha cabeça e acalmar o meu coração*, pensou, resoluto.

Virou-se para entrar em casa e Antônio Xavier já se preparava para pegar a sua casaca, quando um trote apressado e um relinchar de cavalo fizeram-no voltar-se para ver o que era. Mal podia acreditar no que estava vendo. Em cima do seu cavalo, vestida com uma elegante roupa de montaria e usando um garboso chapéu que prendia os seus longos cabelos, sorria-lhe a mulher mais bonita que já vira em sua vida.

– Bárbara? – perguntou, surpreso, o coração acelerado.

— Eu pensei que o ouvidor iria preferir se eu mesma lhe trouxesse uma resposta ao bilhete que me escreveu... – respondeu, sorrindo com aquele seu jeito maravilhoso de menina sapeca, que fazia Inácio se sentir como se tivesse 16 anos.

Ele segurou-a nos braços, ajudando-a a descer do cavalo. Não conseguiu resistir-lhe mais. Abraçou-a com ternura e deu-lhe um beijo terno e apaixonado. Parecia que há séculos ambos esperavam por aquele encontro de corpos e de almas. Não foi preciso nenhuma palavra. Depois ele a envolveu nos seus braços com carinho e ficaram um tempo que pareceu uma eternidade apenas abraçados, o coração lentamente retomando o seu ritmo. Bárbara, com a cabeça apoiada no seu peito, tinha os olhos fechados. Várias vezes ele tinha sonhado com aquele momento. Finalmente, ela conseguiu murmurar:

— Inácio, não posso me demorar. Saí escondida de casa, e quando derem pela minha falta, minha mãe colocará todos à minha procura.

— Fique assim só mais um minuto, meu amor! Quietinha! – disse, sussurrando, e colocando levemente os dedos sobre os seus lábios. – Deixa-me olhar para ti, para eu ter certeza de que tudo isso não é apenas um sonho. Inácio examinava lentamente cada parte do seu rosto, passava a mão delicadamente sobre o contorno dos seus olhos, da sua boca, os seus cabelos, como se quisesse gravar na sua mente o retrato da mulher que amava.

Ela obedeceu e ficou quieta, absorvendo toda a ternura daquele momento.

— Bárbara, Bárbara, meu amor, meu grande amor! Tu és o amor da minha vida, eu nunca mais quero me separar de ti. Quero que tu sejas minha noiva, minha mulher, tudo o que eu quero na vida é ficar ao teu lado.

Abraçou-a e beijou-a novamente com ardor. Nem perceberam que já estava escuro, e eles estavam sozinhos, em pé, parados em frente à casa dele.

— Tu sempre me surpreendes – prosseguiu ele –, acho que essa é uma das razões de eu ter me apaixonado por ti. Eu estive hoje o dia inteiro ou a pensar o que tu me responderias ou a me conformar com tua recusa – riu, segurando delicadamente o seu queixo.

— Inácio, há tanto o que conversar. Mas agora não. Agora eu preciso ir. Somente vim para que soubesses que...

Ele a interrompeu, com o olhar angustiado:

— Diga-me somente uma coisa: amas-me? Posso pedir-te em casamento?

Bárbara sorriu, ante a expressão de angústia que viu no rosto dele. Ela delicadamente colocou a mão na sua face, com carinho, e lhe disse, olhando-o nos olhos:

– Agora sei que amo.

– Serás minha, custe o que custar. Amanhã, irei ter com o teu pai, para acertarmos tudo – disse Inácio, resoluto.

– Ainda não, meu querido – retrucou, com tristeza. – Ainda não é a hora. Precisamos conversar sobre várias coisas antes.

– O quê, por exemplo? O teu compromisso com aquele maricas? Ele que se atreva a chegar perto de ti, depois de hoje – Inácio riu. Como estava feliz!

Bárbara também sorriu.

– Esse é apenas um dos assuntos – brincou. – Deixa-me ir, está ficando tarde e escuro.

– Não vou deixá-la ir sozinha, nessa escuridão. Espera que vou arrear o meu cavalo e acompanho-te até em casa.

– Não! Por favor não faça isso. Todos vão ver. Minha mãe me mata! – assustou-se Bárbara. Eu vou sozinha, não tem perigo.

– Senhorita Bárbara Eliodora, eu sou um cavalheiro, antes de tudo. Sigo-te a distância, então. Ninguém irá nos ver – disse Inácio, imperativo, fazendo sinal ao empregado, que se encontrava próximo à entrada da casa, para lhe trazer o cavalo. – Como faremos para nos encontrar novamente? Não conseguirei passar nem mais um dia sem te ver – disse, estreitando-a novamente nos braços e beijando-a apaixonadamente.

– Amanhã à tarde minha mãe e minhas irmãs irão ao comércio, comprar os tecidos para o enxoval de Teresa. Eu deveria ir com elas, mas vou dizer que não estou me sentindo bem. A partir do momento em que elas saírem, teremos algum tempo para conversarmos a sós. Mando Lucíola, minha criada, avisar ao teu Jerônimo.

– Sim senhora! – Ele fez uma mesura, curvando-se. – Estarei de prontidão aqui mesmo, à espera do teu chamado.

Ela sorriu.

– E eu estarei esperando por ti no pomar ao fundo da minha casa, atrás do jardim. Lá não vai ninguém a essa hora. O pequeno portão estará apenas encostado, é só abrir.

– Essas horas de espera serão as mais longas da minha vida! – retrucou ele, com todas as letras da felicidade estampadas no seu rosto.

– Agora tenho que ir – disse Bárbara, desvencilhando-se gentilmente dos seus braços, que custavam a soltá-la.

Ele lhe deu um beijo na fronte e despediu-se. Bárbara montou rapidamente no cavalo e, virando-se para ele, acenou-lhe com a mão.

EM SEGREDO
São João Del Rei

> *Já o feliz instante vem chegando,*
> *Já me vejo nos braços da alegria,*
> *Que estou há tantas horas suspirando.*
>
> "Soneto XXXIII", Domingos dos Reis Quita

A vida de Inácio começava a entrar finalmente nos eixos. O desembargador Antônio Diniz da Cruz e Silva foi designado para relatar o processo do inventário dos bens deixados pelo seu pai no Rio de Janeiro. Após a homenagem que recebeu em São João Del Rei, quando da fundação da nova Arcádia, Cruz e Silva sentiu-se tão lisonjeado que resolveu atender ao pedido de Inácio para tomar a frente do processo, de modo a resolver de vez a sua briga com o seu ex-tutor, que se arrastava há anos. Com isso, seus bens seriam finalmente liberados e ele poderia começar a pagar as suas dívidas ou, o que eram seus planos, investir nas suas fazendas. Quanto ao coração, as coisas também começavam finalmente a caminhar quando ele já tinha perdido as esperanças. Agora restava apenas fazer um plano sobre como ele conduziria a situação, em face dos empecilhos de ambas as partes, que eles teriam que vencer.

Estava ele já começando a ficar despreocupado, sonhando com o seu próximo encontro com a amada quando recebeu uma carta do bispo de Mariana, em que lhe convidava, com muitos rapapés, para comparecer à sede paroquial para tomar um café e tratar de alguns assuntos importantes. Indicava o bispo certos comentários ouvidos na vila de que sua Excelência era ateu confesso, leitor e seguidor das ideias contra a religião expostas por Voltaire. Além disso, não frequentava a missa dominical e nem tinha apreço pelas coisas da Igreja Católica.

Inácio praguejou. Sabia exatamente a fonte de tais mexericos. O convite do bispo, no entanto, o deixou preocupado. Ser acusado de ateísmo era ofensa grave, considerando-se que Estado e Igreja viviam em perfeita simbiose. Por causa desse tipo de conversa ele já tinha visto várias pessoas serem queimadas nas fogueiras da praça do Rossio, em Lisboa, pelo Tribunal da Inquisição. Resolveu procurar o seu amigo padre Toledo, para se aconselhar.

— Eu reconheço Toledo, que desde que cheguei a São João Del Rei fui poucas vezes à missa. Agora mais essa do Caetano: ir me enredar com o bispo! Eu gostaria mesmo era de lhe dar um murro na cara e resolver isso como homem, mas tenho cá por princípio que não bato em nada que use saias: seja padre ou mulher — disse Inácio, com raiva.

— Mas então tu te sintas escusado desse teu princípio, Inácio, porque já viste que aquele lá não honra a batina, embora a use. Os votos de castidade por ele abraçados foram rompidos há muito, como é do conhecimento de todos — retrucou o amigo. — Eu só acho que tu não deves agir assim em respeito ao cargo que tu próprio ocupas. Não te ficaria bem.

— Esse irmão do Basílio é uma víbora. E tem mais, soube que ele anda falando também que não vou mais ao fórum para despachar, que tenho assessores que despacham por mim. Nicolau ficou preocupado, porque outro dia teve que esclarecer para um advogado que era eu mesmo quem despachava os meus processos, a qualquer hora em que fosse procurado e que o meu gabinete estava aberto a quem quisesse ver.

Toledo pensou um pouco e depois disse:

— Essa briga com Caetano já está mesmo passando dos limites. Quanto a esse problema dos seus despachos, pelo que entendo tu és o corregedor da comarca e só deves satisfações à soberana. Daqui a pouco essas conversas vão se diluir por si sós, desde que tu, meu amigo, realmente compareças ao serviço!

— Ora, Toledo, é claro que tenho comparecido. As minhas ausências, quando ocorreram, foram por um bom motivo: a guerra do sul. Mas a guerra terminou e eu ultimamente não saio mais de São João Del Rei, o que para mim nem tem sido muito bom, para te dizer a verdade. Para atender ao pedido do governador de fazer a provisão das tropas tive que fazer inúmeros débitos com os comerciantes locais, por conta da Real Fazenda, mas dando a minha própria garantia de pagamento. Eles agora querem receber o que lhes é devido e eu tenho que andar de loja em loja pedindo prazo, até que o João Rodrigues Macedo receba por sua vez o dinheiro, como coletor dos impostos, e possa repassá-lo para mim.

— Por falar em Macedo — acrescentou o padre —, ele pediu-me para convidá-lo para uma partida de gamão na casa dele, na próxima semana.

Está construindo uma mansão em Vila Rica que será a maior da colônia. Ainda não está pronta, mas pelo que vi dos projetos, será luxuosíssima e ele já está mandando vir de Lisboa todo o mobiliário.

– Gosto do Macedo! Parece, no entanto, ser a minha sina com aquela família: ser devedor eterno. Primeiro, foi Bento, em Coimbra, agora Macedo. E eu aqui, um pobre devedor, sempre.

– Mas e a herança do teu pai não vai sair logo, agora que, pelo que me disseste, o Cruz e Silva ficou responsável pelo processo?

– Graças a Deus, parece que agora a coisa anda. Já recebi até uma parte, em adiantamento, que ainda quero ver como administrar. Estou pensando em fazer investimentos na minha Fazenda Boa Vista, e colocá-la a produzir. Mas terei que fazer isso, por enquanto, na surdina, pois sabes que os juízes não podem ter outra atividade.

– De fato, terás que dar um jeito nisso. Então? Posso mandar dizer ao Macedo que iremos? Ele disse que vai avisar Cláudio Manuel também. Estou pensando ainda em apresentá-lo a um grande amigo nosso, que faz parte do mesmo grupo: o mestre Antônio Francisco Lisboa, conhecido por todos como "o Aleijadinho". Assim que estivermos em Vila Rica, faremos um contato para visitarmos o ateliê dele. Ele só nos receberá se avisarmos com antecedência, pois está com a saúde debilitada.

– O escultor? Será uma honra! Vi alguns trabalhos dele em Vila Rica e fiquei impressionado!

– Ele é o maior de todos, sem exagero. Seu talento só é comparável ao do italiano Michelangelo. E veja que eu passei um tempo na Itália e, portanto, conheço a obra dos dois. Pena que a doença o tem incapacitado, dia a dia. Mas ele não esmorece. Está sempre trabalhando! Um exemplo para todos nós! – respondeu o Toledo, entusiasmado.

– Era isso o que o seu colega deveria fazer – trabalhar – e não ficar a amolar os outros que trabalham – observou Inácio, voltando ao assunto. – E o que eu devo fazer, me diga, em relação às acusações de que sou ateu? Acho que terei que começar a assistir missa em São José, porque aqui na vila, com esse padre, está cada vez mais difícil.

– Calma, meu amigo. Tive uma ideia. Porque não empregas uma pequena parte desse dinheiro que recebeste em adiantamento da tua herança em prol da Igreja? Com uma boa esmola, consigo para ti a função de provedor do Santíssimo Sacramento e protetor da Venerável Ordem Terceira. Soube ainda que o altar da capela de Nosso Senhor dos Passos é o único na Igreja matriz que não possui uma lâmpada digna a iluminá-lo.

Mande vir uma, bem bonita, do Rio de Janeiro ou mesmo de Lisboa. Isso vai impressionar a todos, especialmente ao Bispo.

– Uma lâmpada de prata! Grande ideia! E vamos introduzi-la com grande pompa, com a tua participação – disse Inácio, abrindo os braços, já pensando na solenidade.

– Isso! Tu e essas tuas manias de grandezas. Mas fazes bem. Isso vai causar sensação, e vai calar a boca dos teus inimigos.

– Bom, agora que já resolvi quanto à lâmpada de prata, deixa eu me preparar para encontrar a minha lâmpada de ouro, aquela que vai iluminar o meu caminho para sempre!

– E quem é a escolhida para tão difícil missão? – Brincou o padre.

– Bárbara Eliodora, a flor mais perfumada que já encontrei na minha vida!

Padre Toledo balançou a cabeça, pensativo. Sabia que Bárbara estava praticamente noiva e temia que o amigo fosse se meter em mais uma confusão.

***

Lucíola caminhava lentamente pelas ruas de São João Del Rei, em direção à casa do ouvidor. Ia cumprir a tarefa dada por Sinhá Bárbara de comunicar-lhe que a mãe e as irmãs já haviam saído de casa e que ela o estaria esperando, como combinado. Lucíola era uma moça desinibida, despachada, mas tinha cabeça de vento. Gostava das meninas da casa, que a tratavam com carinho, mas tinha lá os seus sonhos de grandeza. Queria se casar com um homem branco que lhe desse do bom e do melhor. Como Chica da Silva, a famosa negra alforriada que conquistou o coração do contratador de diamantes José Fernandes de Oliveira e vivia no maior luxo no Arraial do Tejuco. A tarefa dada pela sua patroa conferia-lhe a oportunidade, que não era tão comum, de passear pela cidade, ver os homens e jogar um pouco do seu charme. Vestiu, portanto, o seu melhor vestido, enfeitou o cabelo com uma fita que ganhou de Anna Fortunata e lá se foi, toda contente, dar o recado ao Dr. Inácio. *Que importância tinha se a sinhazinha esperasse um pouquinho*, pensava. *Não faria mal dar uma voltinha.*

E assim passou uma boa parte do tempo. Quando finalmente conseguiu bater à porta do ouvidor, já havia se passado mais de uma hora que saíra de casa. Bárbara esperava, aborrecida com a demora, preocupada com a chegada da mãe e das irmãs. Fez Lucíola prometer ficar de boca fechada, caso contrário contaria para a mãe sobre os seus encontros secretos com o feitor da fazenda do coronel Moinhos de Vilhena, futuro sogro de Teresa.

Ao chegar à casa do ouvidor, Lucíola encontrou-o já impaciente, e foi ele mesmo quem atendeu à porta. Nem aguardou Lucíola terminar de falar e saiu, deixando-a parada ao lado de Jerônimo, com a boca aberta. Pegou rapidamente o seu tricórnio e o cavalo, pois não queria deixar Bárbara esperando-o nem por um minuto. Jerônimo olhou para Lucíola com ar desconfiado:

– Então, mocinha, estás muito faceira hoje. Pelo teu jeito suponho que vieste correndo dar o recado da tua patroa, pois não?

– É claro que vim correndo, seu idiota. E pare de me chamar de mocinha, que tenho nome, ouviste?

– Sei muito bem que tu, para estares assim, com esses ares tranquilos e toda enfeitada, vieste a passo de tartaruga, para aproveitar a paisagem e flertar pelo caminho. Conheço muito bem o teu tipo.

– Num te meta com assuntos que num são da tua conta, seu imbecil! – respondeu Lucíola, zangada.

– Quando o patrão voltar, eu saberei se tu falaste a verdade. Se não... hahahahahahaha... – zombou Jerônimo – eu mesmo me encarregarei de te dar uma lição.

Lucíola fechou a cara. *Como detesto esse empregado do ouvidor. Tão metido a besta. Ele acha que só por ser branco, livre e português, é melhor do que eu, mas na verdade vive como escravo do Doutor,* pensou, e saiu pisando duro.

No quintal de sua casa, Bárbara andava de um lado para o outro, já aflita. Teve um sobressalto quando ouviu o portão se abrir, devagarinho, e aparecer lentamente o rosto de Inácio, cauteloso, olhando para os lados. Um luminoso sorriso enfeitou o seu semblante, quando os seus olhos se encontraram e ele viu que não havia perigo. Parecia um adolescente e não a mais alta autoridade daquela vila, que entrava furtivamente por aquele portão dos fundos, para ver a namorada. Ela o fazia se sentir assim, sem jeito, como um garoto. Bárbara retribuiu o seu sorriso e ele correu para ela, abraçando-a e beijando-a com paixão. Bárbara quase perdeu o fôlego. Nunca havia sido beijada daquela forma. Sabia que era muito cedo para tal intimidade, mas ela veio com tanta naturalidade, desde o último encontro, que se tornou inevitável. Mas convinha não abusar da sorte. Ela foi a primeira a recuperar o bom senso.

— Inácio, vamos tomar cuidado. Alguém pode nos ver aqui assim e então colocaremos tudo a perder – disse, afastando-o com delicadeza. – Demoraste muito, não sei quanto tempo ainda teremos. Minha mãe saiu há quase duas horas. Daqui a pouco estará de volta.

— Pois nem bem esperei tua escrava dizer uma palavra e já estava em cima do meu cavalo, vindo ao teu encontro – respondeu Inácio, mexendo com os seus cabelos.

— Então aquela tonta da Lucíola demorou-se mais do que deveria! Ela irá se ver comigo! – disse Bárbara, chateada. – Mas não tem importância, não vamos perder tempo com isso agora. Eu queria muito conversar contigo. Tudo isso que está acontecendo conosco está me deixando confusa. Mesmo esses beijos, essa proximidade... nunca me senti assim antes e sei que tudo isso não fica bem para uma moça como eu.

Bárbara corou e abaixou a cabeça, sem graça. Inácio prendeu o seu queixo, fazendo-a olhar bem nos seus olhos e depois, segurando as suas mãos, chamou-a para se sentar ao seu lado, no banco do jardim.

— Bárbara, minha bela amada. Desde o dia em que pus os olhos em ti, não penso em outra coisa senão em te querer ao meu lado. Eu te amo, como nunca amei ninguém, de verdade. Quero que seja minha esposa, é tudo, nunca me casaria com nenhuma outra mulher. Quanto ao beijo, me desculpe se fui além da tua confiança. Mas não consegui me controlar... Tu sempre me deixas assim... Lembra-te do dia em que te vi contando histórias para as tuas irmãs, na praça? Aquele dia passei várias horas me mortificando porque fiquei com cara de bobo, olhando para ti, sem saber o que fazer... – disse Inácio, sem jeito.

Bárbara não aguentou, e riu.

— Tu és mesmo um sedutor incorrigível, senhor ouvidor. Sabes dizer as palavras certas para amolecer o meu coração. Pois saiba que o teu beijo só foi dado porque foi aceito por mim, seu tonto. Não faço nada que eu não queira. Eu também queria muito beijá-lo – afirmou, levantando a cabeça com orgulho.

— Humm... já suspeitava que a senhora era uma moça voluntariosa, D. Bárbara – respondeu Inácio, rindo também. – Mas suspeito ter sido esse um dos motivos pelos quais eu me apaixonei por ti – afirmou, brincalhão. – Minhas tias sempre me disseram que eu precisava encontrar uma mulher mandona, e acho que as preces delas foram atendidas – para sanar os meus pecados! E deu uma gargalhada. – Tu precisas conhecê-las. Elas vão gostar de ti!

Bárbara riu da cara que ele fez ao dizer isso e deu-lhe um beijo na face.

– E agora, o que fazemos, Doutor? Vais me raptar como um homem das cavernas, e depois me levar para a tua gruta no meio da floresta? Ou podemos ter algum relacionamento mais civilizado, considerando a minha situação de moça comprometida e a tua, de ouvidor desta comarca?

– Bom, se tu quiseres ser raptada, como quiseste o meu beijo, eu não terei outra opção... – e deu uma gostosa gargalhada, achando muita graça naquela conversa, tão inusitada de se ter com uma moça de família como ela. – Acho que vou ter que me acostumar com o teu comando, minha bela! Mas antes disso, creio que terei que me explicar com o teu pai e tua mãe. E pedir-lhes oficialmente para fazer-te a corte. Ou melhor, pedir a um amigo para ser o meu padrinho e fazer por mim o pedido. Não é assim que se faz aqui nesta capitania?

– Bom, pelo que sei, não apenas aqui, mas em todas as famílias de respeito nesta colônia. No entanto, temos aqui um problema, Sr. ouvidor. Não sei mais o que fazer e nem tampouco como proceder em relação à Antônio, meu futuro noivo. Sinto que o estou traindo, e não queria que ele se magoasse comigo. É meu amigo de infância, tu podes compreender?

Inácio sentiu ciúmes em vê-la falar assim do outro. Controlou o seu gênio e olhando-a nos olhos, disse-lhe, com toda calma que conseguiu encontrar:

– Minha bela flor Eliodora, entendo os teus escrúpulos, embora deva confessar que morro de ciúmes desse rapaz, desde o dia em que o vi contigo, no piquenique na Gruta das Pedras. Estavam os dois ali, tão íntimos, e eu achei que não teria a menor chance! Pensas então que agora vou ter piedade dele? – disse, com desdém. – Escreva-lhe uma carta, explicando tudo, e pronto. Ele vai entender. Afinal, nenhum homem em sã consciência deixa uma mulher linda como tu para trás e se muda para outro continente. Eu, pelo menos, nunca faria isso. Ele não te merece!

Bárbara riu da dor de cotovelo embutida no seu tom de voz e na solução simples que ele estava lhe sugerindo, de modo a ficar livre de Antônio. Também não podia exigir que ele compreendesse a complexidade do que aquele ato de rompimento representaria, em face de uma amizade que envolvia as duas famílias há anos.

– Não posso fazer as coisas assim dessa maneira, meu querido, não seria justo. Antônio me escreveu e me disse que estaria em São João no final do mês. Gostaria de falar com ele pessoalmente. Devo isso a ele, e espero que tu compreendas. Afinal, quando eu aceitei o pedido dele, nem suspeitava que um dia pudesse vir a amar outro homem.

Inácio não gostou da primeira parte da afirmação, mas respirou fundo. Viu que no fundo ela tinha razão e essa resolução dela só vinha confirmar a força da personalidade e do caráter da moça que ele amava.

– Bom, pelo menos tenho que agradecer que esse homem seja eu! Faça como quiseres, minha bela, eu compreendo. Desde que eu tenha a certeza de que tu serás minha, não faz mal aguardar mais um pouco. Já esperei tanto tempo, e sem esperanças, devo dizer! – E fez uma brincadeira segurando o seu nariz. – Mas até lá, morro de paixão se não puder vê-la. Tu queres dizer com isso que não poderemos nos encontrar? – perguntou, com angústia na voz.

– Não fica bem, Inácio. É melhor para nós dois não nos encontrarmos até eu resolver a minha situação – ponderou.

– Não posso admitir isso, Bárbara! Não depois de te ter em meus braços! Aí me pedes demais – afirmou, imperativo.

– Mas como faremos para nos encontrar? Ficaremos à espreita de uma saída da minha mãe, para que venhas furtivamente me encontrares aqui, no jardim?

– Eu darei um jeito nisso. Vou pensar em algo – respondeu Inácio, determinado.

– Meu amor, eu também não quero ficar longe de ti. Mas minha mãe tem me vigiado como um cão a proteger o seu dono!

– Não me importo. Estarei à espreita – disse, abraçando-a.

– Por falar nisso, acho melhor ires agora, elas devem estar por chegar.

– Só mais um momentinho, querida. – Ficou parado, admirando-a. – Como posso resistir a essa tua boca perfeita... linda...

Inácio foi falando e beijando-a suavemente nos lábios, até envolvê-la novamente nos braços. Estavam tão absortos que levaram um susto ao ouvir Lucíola berrar lá da cozinha, com a sua voz esganiçada, que a panela estava no fogo, código combinado com Bárbara para indicar que a mãe acabava de chegar. Ela olhou para Inácio, assustada, e eles riram, como crianças pegas fazendo alguma travessura. Ele ainda teve tempo de dizer-lhe que a amava, antes de sair rapidamente pelo portão dos fundos.

***

Os dias que antecederam ao final daquele mês de novembro foram os mais angustiantes da vida de ambos. Tinham de guardar segredo, a pedido de Bárbara, que não queria que ninguém soubesse do romance, enquanto não resolvida definitivamente a sua situação com Antônio. Encontravam-se apenas formalmente, nos finais das missas ou vez por outra, quando então estava presente toda a família Silveira. Às vezes, conversavam por uns minutos, ocasião em que o coração de Bárbara batia tão acelerado que parecia sair pela sua boca. Custava a disfarçar. Francisca e Maria Alice desconfiavam de que alguma coisa estava ocorrendo, tanto pelas atitudes dela, como pelo comportamento do ouvidor, tão alegre e brincalhão, mas que agora estava sempre sério, compenetrado. Bárbara, quando o via, ficava corada, escondia o rosto com o leque e tentava não se aproximar dele, para não dar na vista.

Inácio, cujo caráter sanguíneo o impelia a extravasar os sentimentos, não aguentou e desabafou com seu amigo Nicolau. Estava a ponto de explodir. Quando soube, Nicolau teve um acesso de riso, deixando Inácio como uma fera.

– Raios o partam, Nicolau, eu ainda te quebro as costelas se continuares a zombar de mim, como tens feito nos últimos tempos. Sou por acaso algum palhaço?

– Inácio, me perdoe meu grande amigo e futuro primo! Mas quem te conheceu antes e depois de Bárbara não tem como deixar de notar a tua mudança. O que essa moça tem feito contigo é digno de um romance de cavalaria – disse, referindo-se aos amores românticos cantados pelos cavaleiros na Idade Média. – E tu, por tua vez, confesso jamais ter tido notícia de que um dia ficou assim, tão embeiçado. Ela tem feito de ti gato e sapato!

– Estou a ponto de fazer uma loucura, Nicolau. Não estou suportando mais. Qualquer dia faço como ela me disse: pego-a pelos cabelos e levo-a para uma caverna qualquer, no interior do Brasil, longe de todos. Vamos viver apenas de amores no meio da floresta! – disse, rindo de si mesmo.
– Não sei o que foi pior: ter vivido na dúvida sobre se ela me amava ou se, depois de tê-la tido nos braços, simplesmente vê-la e não poder tocá-la.

– Ai, deve ser mesmo difícil. Mas sabes o que eu penso: somente assim alguém poderia te laçar de vez. Tu eras como um animal arisco, homem! Agora, com essa linda Bárbara, que além de bonita, de verdade... – Inácio fechou a cara, em desaprovação. Nicolau riu e continuou – bem, além disso, é inteligente em todos os sentidos. Com ela, tudo contigo foi diferente. Lembras-te do que eu te disse, no primeiro dia que a viste?

– Sim, Nicolau, tens razão em tudo o que me disseste – respondeu Inácio, conformado.

— Graças ao bom Deus, minha querida Alice não tem nenhuma dessas complicações. É igualmente bonita, mas totalmente livre para mim. Vamos nos casar no próximo mês e viver felizes para sempre. O nosso casamento, não sei se te contei, ocorrerá juntamente com o da prima dela, Teresa, com o Matias Moinhos de Vilhena. Resolvemos fazer uma festa só, já que seremos todos parentes.

— Tu tens boa sorte, meu amigo, e te congratulo por isso. Essa demora toda com Bárbara parece até castigo que o amor me dá. Eu gostaria ao menos de conseguir entregar a ela o poema que fiz, enquanto não a posso ver.

— Pois vou fazer-te esse favor, primo. Hoje mesmo haverá uma reunião na casa de D. Maria Emília, com a família toda, para verificarmos os detalhes finais da festa de casamento. Suponho que Bárbara irá. Eu me encarregarei de entregar-lhe a tua carta.

Inácio deu um sorriso amarelo, embora agradecido. No fundo se sentia um pouco enciumado da liberdade com a família Silveira de que já gozava o seu amigo Nicolau.

— Tudo bem, tu que agora já és parte da *família* – disse, com despeito, enfatizando a palavra família –, entrega-a para mim, mas com cuidado, hein?

— Pode deixar comigo!

Nicolau cumpriu o combinado. Naquela mesma noite conseguiu aproximar-se de Bárbara e, sem que ninguém notasse, entregou-lhe discretamente o bilhete. Ela agradeceu com um leve aceno de cabeça. Guardou-o rapidamente, num gesto mecânico e olhando para os lados, para que ninguém percebesse, no decote do vestido. *Inácio vai ficar maluco quando eu lhe contar onde foi que ela guardou o seu poema – e vou acrescentar uns detalhes picantes!*, Nicolau riu intimamente, com uma pontinha de prazer em poder brincar com ele mais uma vez, dando-lhe mais aquele pequeno sofrimento.

Bárbara chegou em casa e logo se escondeu no quarto para ler a carta, fora das vistas das irmãs. Abriu um largo sorriso ao ler o que ele tinha escrito. Era um simples bilhete, acompanhado de uma linda poesia. *Tão sedutor, esse Inácio*, pensou, suspirando feliz.

>Minha flor,
>
>Enquanto sofro, morrendo de saudades, escrevi este pequeno soneto para a minha Marília, já que eu não posso dar a ela o seu verdadeiro nome.
>Do teu,
>
>Inácio

Poema do tempo de Marília

Passa-se uma hora, e passa-se outra hora
Sem perceber-se, vendo os teus cabelos;
Passam-se os dias, vendo os olhos belos,
Partes do céu, onde amanhece a aurora.

A boca vendo, aonde a graça mora,
Mimosas faces, centro dos desvelos,
Vendo o colo gentil, de donde os zelos,
 Por mais que os mandem, não se vão embora.

Que tempo há-de passar! Gasta-se a vida,
E a vida é curta, pois ligeira corre,
E passa sem que seja pressentida.

Ah, Marília, Marília, quem discorre
Nas tuas imperfeições, gostosa lida,
Que alegre vive, que insensível morre.

 Bárbara segurou a carta e beijou-a, sentindo o perfume de Inácio, impregnado no papel de boa qualidade. Ele era sem dúvida um homem elegante, sofisticado até nos mínimos detalhes. Também ela custava a suportar aquela espera. Mas tinha que aguardar a chegada de Antônio. *Tomara que seja logo*, pensou –, *toda essa indefinição está me consumindo!* Guardou a carta e foi para a cozinha tomar o seu chá de capim-cidreira com broa de fubá com as irmãs, antes de dormir.
 – Viu algum passarinho verde por aí, Babe? – perguntou Anna Fortunata, desconfiada.
 – Passarinho verde? A esta hora? Não, de jeito nenhum. O meu passarinho é lindo e azul... – respondeu, cantarolando. – É tão bom ver Maria Alice e Teresa felizes, não é, meninas? – acrescentou, com um suspiro de felicidade.
 As irmãs se entreolharam, mas nada responderam.
 No outro dia cedo, nem bem tinham terminado de tomar o desjejum, receberam os Silveira uma visita inesperada. Era D. Maria Aparecida de Mendonça, amiga de D. Josefa e mãe de Antônio. D. Aparecida chegou esbaforida, com um vestido elegante e excessivamente perfumada. Ela era uma mulher do tipo autoritário, decidida, que ficou viúva e rica muito cedo, com um filho para criar. Vinha anunciar que estava de viagem marcada para a França, para onde iria de mudança com o objetivo de

acompanhar o filho nos estudos. Estava se sentindo muito só em São João Del Rei. Aquela notícia assim, tão repentina, causou estranheza. Josefa foi a primeira a perguntar, sem rodeios:

— Cida, mas então Antônio não virá esse mês para firmar o compromisso com a nossa Bárbara? – disse, visivelmente surpresa.

— Ah, Josefa, creio que ele não poderá voltar por enquanto. Sei que ele havia prometido isso para a nossa Babe. Mas o fato é que ele está muito envolvido nos estudos. Acho que Bárbara, como quer o bem dele, vai compreender. Afinal, vai ser melhor para ela também que ele volte da França com o diploma o mais rápido possível. — E dirigindo-se a Bárbara, acrescentou:

— Bárbara, minha filha, com minha carta veio outra para ti. Leia depois, com calma. Na verdade ele queria que eu te entregasse a carta antes de qualquer coisa, pois queria que tu soubesses desses "nossos" planos por ele mesmo. Mas eu resolvi me antecipar, porque sigo amanhã para o Rio de Janeiro, onde tomarei o navio na próxima semana. Não queria me atrasar nem mais um dia! – disse Aparecida, com ênfase, parando para tomar o café que a criada lhe oferecia. – Ele te ama muito, filha – continuou, com o ar compadecido de futura sogra que causa um aborrecimento inesperado à nora.

As irmãs se entreolharam, e contiveram o riso. Na mesma hora todas elas se lembraram do caso contado por Teresa, sobre aquela moça de São João, a Catarina, que ficou esperando pelo noivo que foi estudar na França e voltou de lá casado. Olharam para Bárbara, para ver sua reação, mas a irmã continuava imóvel. Ela levantou-se mecanicamente para apanhar a carta das mãos de D. Cida, sem dizer uma palavra. Não esperava por aquilo e estava angustiada só de pensar que o adiamento da vinda de Antônio poderia significar mais demora nos seus planos. Foi o próprio Silveira quem interveio, para colocar as coisas nos seus devidos lugares.

— Minha querida Cida, tu sabes o quanto eu te admiro, e ao nosso Toninho, que praticamente vi nascer. O teu falecido esposo era meu amigo e eu o considerava como a um irmão. Portanto, nossas famílias sempre foram ligadas por laços de quase parentesco e creio não haver motivo para melindres entre nós.

D. Cida concordou com as palavras gentis e amáveis do Silveira, esperando pelo que viria depois.

— Pois então, Cida – continuou Silveira, depois de uma pausa. – Todos nós no fundo esperávamos que um dia Antônio e Bárbara viessem a se casar. Mas há agora uma situação nova e, vamos ser sinceros, indefinida

– um noivado que iria se realizar no final do ano passado e ainda não se concretizou. – Silveira fez uma pausa, olhando-a diretamente nos olhos. – Claro que por motivos que considero muito válidos, afinal Antônio não pode se ausentar da França neste momento.

– Veja bem, Silveira – disse Aparecida, interrompendo-o – não quero dizer com isso que Antônio não voltará a São João antes de terminar os estudos. É claro que voltará, mas provavelmente não este ano.

– De qualquer modo – prosseguiu Silveira – do nosso lado, Cida, temos que pensar na nossa filha. Ela é moça, tem o direito de ter os seus planos, que podem não ser os de Antônio. Afinal, ao que eu saiba, ele não a consultou sobre esse demorado período na França.

Bárbara vibrou interiormente de alegria com as palavras do pai. Ele era, mesmo, um excelente advogado! Quase não acreditou quando ele, após olhar novamente Aparecida nos olhos, disse, resoluto:

– Cida, minha amiga, eu sinto muito, mas diante desse fato novo que tu agora nos comunica, eu devo lhe dizer que, de minha parte, como pai, considero Bárbara liberada do compromisso com o teu filho. Veja, não podemos exigir que Bárbara fique aqui esperando indefinidamente por ele, não é justo.

Houve um silêncio constrangedor na sala. Poderia se ouvir o bater de asas de uma mosca. As irmãs olharam para Bárbara, que continuava imóvel, mas somente Silveira percebeu que seus olhos brilhavam. D. Josefa também estava paralisada, sem saber o que dizer. Seu marido tinha acabado de rejeitar o pedido de noivado do filho de seu melhor amigo!

D. Aparecida demorou alguns minutos para recuperar o fôlego e afinal dizer:

– Bom, Silveira, posso lhe assegurar que a intenção de Antônio não era essa e penso que isso sequer passou pela cabeça dele. – *Antônio não vai me perdoar por isso*, pensou, preocupada. – Como já disse, ele ama a sua filha e quer se casar com ela. Mas se tu achas que Bárbara não deve esperá-lo, é claro que compreendo.

Bárbara foi ficando furiosa. Estavam tratando do seu destino como se ela não estivesse na sala e sua opinião e nem sua decisão contassem para nada! Foi Josefa quem veio involuntariamente em seu socorro, embora suspeitando, no íntimo, que aquele novo acontecimento, de certo modo, era do agrado da filha.

– Silveira, acho que essa é uma decisão que cabe à Bárbara e Antônio tomar, não achas? E tu, Bárbara, minha filha, o que pensas disso tudo?

Bárbara respirou fundo e, olhando nos olhos da mãe respondeu, decidida.

– Fico feliz que tenhas me perguntado, mãe, afinal, é do meu futuro e do de Antônio que se está tratando nesta sala! D. Cida, a senhora sabe o quanto gosto de Antônio e o quanto somos amigos inseparáveis desde crianças. Aceitei o pedido dele e tenho sido leal durante todo esse tempo, como todos aqui podem testemunhar. Claro que eu quero o bem dele! E se o bem dele é ficar mais um período na França, para aproveitar melhor os seus estudos, nós temos que respeitar!

Cida balançou a cabeça, com um sorriso no rosto, em aprovação.

– Agora, D. Cida, a senhora há de concordar que eu preciso pensar também em mim. Ficar nessa indecisão, é angustiante! Acho que o melhor é pensarmos do seguinte modo: como meu pai me liberou do compromisso, vou considerar que as coisas estarão como sempre estiveram entre nós: uma amizade verdadeira. Quando Antônio resolver voltar, poderemos novamente falar sobre noivado, se for o caso. Eu vou ler a carta dele, com muito carinho, e a responderei hoje mesmo. Peço-lhe o favor de levá-la para mim, na sua viagem.

Silveira olhou para filha, com orgulho. Bárbara tinha sido extremamente hábil, e D. Cida, ao que parece, ficou satisfeita com a resposta.

– Claro que levarei a tua carta, minha filha. Antônio ficará feliz com ela! Vamos então dar tempo ao tempo, não é verdade? As decisões devem ser tomadas no tempo certo, quando forem possíveis. Aliás, foi isso que eu disse ao meu Antônio, quando ele pediu ao Silveira para fazer-te a corte. Ele queria partir para a França já noivo de Bárbara, mas eu o adverti de que seria muito cedo. Precisava primeiro cuidar dos estudos. Os estudos eram a prioridade!

Todos se entreolharam, estupefatos. Foi Josefa quem falou.

– Realmente, causou-me surpresa, Cida, ele ter deixado o noivado para depois, mas pensei que isso se devia à pressa na viagem, e não a uma sugestão tua – disse, com nítido tom de crítica na voz.

– Bom, o que está feito, está feito – respondeu Aparecida. – Vamos agora esperar pelos acontecimentos.

E dizendo isso, despediu-se polidamente de Josefa e das filhas, levantando-se o Silveira para acompanhá-la até à porta. Bárbara continuou sentada, enquanto os demais se despediam. Não podia acreditar no que acontecera. Ontem mesmo estava sem saber como resolver a situação e agora ela se resolvia, por si só! Só poderia ser um milagre! Agradeceu mentalmente à Nossa Senhora da Conceição, a quem tinha feito uma promessa, acaso tudo chegasse a bom termo. Finalmente estava liberada para Inácio!

As irmãs, que já suspeitavam do namoro escondido com o ouvidor, ficaram felizes e correram a abraçá-la.

– Que bom, Babe – declarou Anna Fortunata –, agora estás livre para namorar com quem quiseres!

– E o próximo pretendente, quem será, quem será? – brincou Maria Inácia.

– Eu não sei não, mas suspeito que é aquele passarinho que estava voando por aqui ontem! – exclamou Francisca, caçoando da irmã.

Josefa olhou para as filhas e torceu o nariz. Sabia que agora não tinha como impedir o ouvidor de frequentar a sua casa.

BOAS-NOVAS
Vila Rica/São João Del Rei

> *Enchei os ternos votos*
> *Da nascente esperança portuguesa;*
> *Por caminhos remotos*
> *Guia a virtude ao templo da grandeza:*
> *Ide, correi, voai, que por vós chama,*
> *O rei, a pátria, o mundo, a glória, a fama.*

"À mocidade portuguesa", Manuel Inácio da Silva Alvarenga

Na luxuosa casa do contratador João Rodrigues de Macedo em Vila Rica, o jogo corria solto. Inácio aceitou o convite e resolveu passar o dia em Vila Rica, para distrair a cabeça, aproveitando um pouco a hospitalidade do banqueiro, que era pessoa agradável e bom anfitrião. Macedo era solteiro, gostava de desfrutar do poder que o dinheiro lhe proporcionava e não hesitava em usá-lo para aumentar a sua rede de influência. A nova mansão ainda não tinha ficado pronta, mas ele já patrocinava, desde que se mudou definitivamente do Rio de Janeiro para a capital de Minas Gerais, animados saraus, reuniões sociais e jogatinas, que varavam pela noite afora. A partir de determinado horário, a diversão esquentava: muitas damas chegavam no final da noite, para entreter alguns seletos convidados. A administração da casa ficava por conta do coronel Vicente Vieira da Mota, homem de aspecto bonachão e simpático, que era o braço direito de Macedo.

Aquele era um ambiente em que Inácio, definitivamente, se sentia à vontade, embora ultimamente estivesse pouco afeito às noitadas. Com Macedo conversava sobre negócios, os atuais e futuros, muito embora a simpatia entre eles só aumentasse. Ambos eram afeiçoados ao Rio de Janeiro e à Lisboa e apreciavam conversar sobre os luxos e mordomias que a vida nesses lugares, mais do que em Vila Rica ou São João Del Rei, proporcionava.

Naquela noite, havia conhecido pessoalmente o padre José da Silva e Oliveira Rolim, famoso no distrito diamantino pelo seu prestígio e riqueza obtida na exploração das suas jazidas. Era um homem de personalidade forte, contraditória, interessante, que ao mesmo tempo em que vestia a batina, dedicava-se sem nenhum escrúpulo ao contrabando de diamantes e de pedras preciosas. Além disso, chamava a atenção o fato de manter um romance estável e ter filhos com a mulata Quitéria Rita, filha de Chica da Silva com o contratador João Fernandes de Oliveira. A pedido de Bento Macedo, Inácio havia nomeado, no ano anterior, o irmão do padre, Plácido Rolim, para o cargo de almotacel da vila de São João Del Rei. A personalidade inquieta e abrasadora do padre Rolim combinou muitíssimo bem com o gênio de Inácio. Ficaram amigos de imediato. Rolim também era maçom, como Toledo e Macedo. Inácio já estava começando a sentir, pelo nível dos assuntos que ali se tratavam e pela notoriedade dos seus integrantes, que o seu ingresso naquela instituição seria uma questão de tempo.

Durante o dia, foi com Cláudio Manuel visitar o mestre Aleijadinho e o encontraram trabalhando em mais uma de suas belas esculturas. Antônio Francisco Lisboa era um mulato de olhos esbugalhados e muito vivos, que denotavam a sua inteligência brilhante e senso de humor refinado. A doença ia paulatinamente deformando o seu corpo, mas nem assim ele perdia a sua obstinação pela busca do talhe perfeito, do ângulo e da expressão adequada para cada santo, anjo ou pórtico que saísse das suas mãos. Recebeu-os com um sorriso e cumprimentou efusivamente Inácio, cujas poesias ele conhecia por intermédio de Cláudio Manuel, de quem era muito amigo.

– Dr. Alvarenga, que honra dá a este pobre artesão a sua presença nesta casa!

– Ora, o prazer é meu, mestre Lisboa! Suas obras o fazem afamado em toda a colônia. Sinto apenas que ainda não tenhamos um exemplar desse teu maravilhoso talento em São João Del Rei.

– Mas terão em breve, Dr. Alvarenga. Estou aqui, justamente, trabalhando no projeto do átrio da Igreja de São Francisco de Assis, encomendado pela Ordem Terceira. Tomás! – gritou para o seu escravo. – Traga o melhor vinho que tivermos em casa, para eu servir aos meus amigos.

Passaram o resto da manhã em prosa animada com o escultor, que se revelou muito bem informado sobre tudo o que acontecia na metrópole e na colônia. Queixava-se dos desmandos da Coroa e das medidas cada vez mais restritivas impostas à produção de gêneros alimentícios, ferramentas e tecidos. Quanto às ferramentas ele se sentia particularmente prejudicado.

— Se este país fosse livre, Dr. Alvarenga, vosmecê veria as riquezas que iriam brotar da indústria do seu povo, mais do que a simples exploração do ouro. Tenho andado por aí, em razão do meu trabalho, e ouço as reclamações das pessoas. Ninguém está satisfeito com o que está acontecendo. Os impostos só aumentam e o preço das mercadorias também!

— Este é um assunto perigoso, mestre Lisboa — ponderou Inácio, balançando a cabeça.

— Perigoso mas necessário, não achas, Inácio? — interveio Cláudio, concordando com o Aleijadinho.

— Sim, tenho que reconhecer que as coisas não andam bem. E pelo que soube, mesmo em Portugal o governo de Maria I não tem agradado. As perseguições aos homens de letras é o maior dos absurdos...

Inácio revezava as suas queixas com as anedotas e casos engraçados que contava, fazendo com que o mestre Antônio Lisboa desse boas gargalhadas, esquecendo, temporariamente, as suas dores. Ao se despedirem, já eram grandes amigos.

Hospedou-se na casa de Cláudio Manuel da Costa, amigo que partilhava dos mesmos gostos literários e com quem poderia, mais livremente, abrir o seu coração quanto às coisas do amor. Cláudio não era casado. Vivia maritalmente com uma negra alforriada de nome Francisca, com quem tinha dois filhos. Quando soube do sofrimento de Inácio por conta da filha do Dr. Silveira, não teve dúvidas em aconselhá-lo a lutar pelo seu amor com unhas e dentes. Tinha conhecido a moça no dia do sarau na sua casa pela criação da Arcádia e ficou nitidamente impressionado com a presença de espírito de Bárbara, a sua cultura, graciosidade e beleza.

— Meu amigo — disse ele, com a fleuma que lhe era peculiar — apressa-te a conquistar aquela mulher para ti, antes que outros o façam. Ela é a mais rara pedra preciosa, entre todas as mulheres que já tive oportunidade de colocar esses meus olhos. Uma moça que em vez de gastar o seu tempo com mexericos, como é comum na idade dela, dedica-se a ler no original em francês os filósofos, não é para simplesmente se amar... é para se venerar! É a musa que estava por detrás dos teus poemas, Inácio! Vais deixar que outro, por qualquer motivo, se atreva a preceder-te?

Após ouvir tais palavras, Inácio quase enlouqueceu de ansiedade. No dia seguinte, voltou correndo para casa. Esgotou os cavalos, mas não se importava. Já não suportava ficar nem mais um dia sem ver Bárbara e tinha tomado uma decisão: de qualquer jeito, tivesse ela resolvido a questão com esse Antônio ou não, ele não esperaria mais. Iria tomar um banho, descansar da viagem e enviaria um recado ao Dr. Silveira de que precisava falar com ele. Não iria se submeter aos escrúpulos infundados de Bárbara de esperar pelo noivo, para romper o compromisso e só então ele poder corretamente fazer-lhe a sua corte. Bah! Ele não era homem que tivesse espírito para tantos rapapés!

Estava ele confortavelmente instalado na banheira que trouxera junto com a sua elegante mobília de Sintra, tomando o seu banho preparado pelos criados, quando entrou pelo quarto, subitamente e sem aviso, o amigo Nicolau. Vinha com aquele seu jeito maroto, um sorriso brincalhão nos lábios, com a cara de que ia caçoar do amigo mais uma vez. Resolveu contar a notícia aos poucos, após ser cumprimentado efusivamente por Inácio.

– Grande Nicolau! O que estás fazendo aqui que não estás lá no fórum, tomando conta de tudo para mim? – perguntou, fingindo ar severo.

– Já estou a caminho, patrão! – debochou Nicolau. – Vim aqui somente para te dar um alô. Enquanto tu foste passear lá por Vila Rica, esse teu escravo estava aqui, trabalhando por dois. E então, viste alguma coisa boa por lá? – perguntou Nicolau, maldosamente, com uma piscadela de olho.

Inácio fingiu não entender.

– Na verdade, quase nada! Joguei gamão na casa do Macedo, renegociei as minhas dívidas e conversamos sobre certas reuniões que acontecem ali, que depois eu te conto com calma – disse, enquanto se ensaboava.
– Conheci também o mestre Aleijadinho. Que pessoa impressionante, Nicolau! Homem culto, talentoso, pena a doença o estar levando aos poucos.

Jerônimo ofereceu um licor a Nicolau.

– Que maravilha. Também quero conhecê-lo – afirmou, distraidamente. – Entreguei o teu bilhete – disse, de chofre, saboreando lentamente o seu licor.

Inácio se levantou imediatamente da banheira, interessado.

– E então, qual foi a reação dela? Conte-me tudo.

– Inácio, ela estava belíssima! Estava assim, com um vestido azul de rendas, com um corpete justo que lhe afinava a cintura e lhe ressaltava o colo. O decote era todo circundado por bordados prateados – Nicolau ia explicando os detalhes, como se sorvesse todo aquele momento. Inácio arregalou os olhos. – E aí, Inácio, eu cheguei sorrateiramente perto dela e lhe disse que tinha um bilhete teu para lhe entregar. Ela ficou vermelha como carmim, o que realçou mais a sua beleza, olhou para os lados e encobriu o rosto com o leque, como fazem as moças recatadas. Inácio, tu não acreditarias o que eu vi: ela, coitadinha, ficou sem ter o que fazer com o bilhete na mão. Desesperada, com medo de que alguém visse alguma coisa, ela o acomodou embaixo do seio esquerdo, o lado do coração! Que linda visão eu então tive, meu amigo – disse, suspirando.

Inácio partiu para cima dele, furioso.

– Olha o respeito, canalha! Vejas de quem falas e dobra essa tua língua!

Nicolau soltou uma grande gargalhada.

– Deixa disso, Inácio. Para com isso! – pediu Nicolau, se defendendo dos sopapos que lhe dava o amigo. – Sabes muito bem que só tenho olhos para minha amada Maria Alice! Só achei que tu gostarias de saber onde foi que ela guardou o teu bilhete, ora!

– Seu paspalhão. Faça outra brincadeira dessas e te arrebento – gritou Inácio.

– Calma, calma! Se tu me arrebentas, não posso nem te contar as boas-novas.

– Que boas-novas? Vai, diz logo, antes que eu mude de ideia – disse Inácio, soltando-o.

Nicolau empertigou-se, arrumando-se, e voltou a se sentar.

– Tu estás muito alterado, Inácio – comentou. – Nem suportas mais uma brincadeira! Onde está aquele homem debochado que eu conheci?

– Desculpa-me, Nicolau, mas eu não consigo ficar assim, em passo de tartaruga, esperando as coisas acontecerem. Sou ativo, gosto de tomar a frente das decisões e nesse meu relacionamento com Bárbara estou me sentindo exatamente o oposto...

– Mas então folgo em te dizer que os teus dias de martírio terminaram, meu amigo. As forças do Universo conspiraram ao teu favor – fez uma pausa, com um gesto teatral.

Inácio o olhava, com a boca aberta, sem entender.

– O Dr. Silveira liberou a tua amada do compromisso com o maricas, homem! Estás livre para se casar com ela hoje mesmo! Isso se ela quiser, é claro – completou Nicolau, recuperando o tom brincalhão.

Os olhos de Inácio brilharam.

– Conte-me tudo. Os detalhes. Rápido!

***

Bárbara aguardava ansiosa o momento de contar para Inácio as novidades. A dispensa do seu compromisso com Antônio pelo pai, a carta que escreveu para ele colocando fim ao noivado, enfim, tudo o que tinha acontecido nos últimos dias em que ele esteve fora, em Vila Rica. Mal podia esperar a sua chegada. Foi quando o próprio Jerônimo, e não mais um menino de recados, bateu na porta da casa do Dr. Silveira e pediu para entregar uma carta do Dr. Inácio para a Senhorita Bárbara. D. Josefa achou aquilo um descaramento, e ralhou com a filha:

– Mas como esse homem é rápido! Ainda não deu tempo nem da Cida chegar ao Rio de Janeiro e ele já está tomando essas liberdades! Não sei onde isso vai parar!

Bárbara riu, baixinho, pegou logo a carta e foi correndo para o seu quarto. Caiu na gargalhada ao ler o que Inácio tinha escrito. *Ele não perde a oportunidade de caçoar de mim*, pensou, feliz! *Certamente já soube da notícia.*

Minha bela flor,

Soube por Nicolau da "triste" novidade. Estou tão aborrecido com o que ocorreu, que enlouquecerei de saudades se não puder encontrá-la o mais rápido possível, para consolá-la dessa dor do rompimento do seu "quase-noivado". Prometo remediar isso. Saiba que vê-la de longe, e não poder tocá-la, tem me consumido os dias e as forças. Se não quiser que eu morra em breve, e a deixe viúva, antes mesmo de desposá-la, encontre-se comigo hoje, às quatro horas da tarde, no início do caminho para a Casa de Pedra. Estarei lá, dando água para o meu cavalo, que ainda não se recuperou totalmente da viagem. Venha com Lucíola. Eu levarei o Jerônimo, para tomar conta dela. Por favor, não aumente mais a minha agonia.

Teu, agora espero que para sempre,

Inácio.

Francisca se aproximou a tempo de tomar a carta da mão da irmã, para ler. Logo se ajuntou Anna, Maria Inácia e até as menorzinhas, Iria, Joaquina e Mariana, todas ficaram em volta de Francisca, que lia a carta em voz alta. Bárbara tentava tirá-la da mão da irmã, mas elas impediam, rindo e brincando com ela.

– Ah! Então tu vais encontrar-te com ele hoje? Agiste rápido, hein, minha irmã? – falou Francisca, com uma pontinha de ciúmes.

– Ainda não sei! – afirmou Bárbara, mentindo. – Dá-me aqui esta carta.

– Não, não, nada disso. Dá-me aqui, deixa eu ver – disse Anna Fortunata, tomando a carta das mãos de Francisca. – Olha, então Lucíola é tua cúmplice! Que fingida! Nem nos contou nada! – exclamou.

– É claro que não, pois eu a proibi! – respondeu Bárbara.

– Que romântico – suspirou Maria Inácia – adorei esse final: "Teu, agora espero que para sempre"!

Elas ainda ficaram mais um tempo zombando da irmã, quando Bárbara finalmente conseguiu tomar a carta de volta.

Francisca olhou para a irmã, séria.

– Tu vais mesmo se encontrar com ele, Babe?

– Eu vou, Francisca, de qualquer jeito. Eu o amo e já esperei tempo demais – respondeu, decidida.

– Claro, qual de nós não iria, Francisca? Se eu tivesse um homem daquele apaixonado por mim, acho que até fugiria com ele, se ele quisesse... – afirmou Anna Fortunata, com um suspiro.

– Ora, tenha modos, Anna. Isso lá é coisa que se fale? – ralhou Francisca. – Queres que eu vá contigo, Babe? Aquela Lucíola é muito fofoqueira, não devias confiar nela – afirmou.

– Obrigada, maninha, mas se tu fores, mamãe vai desconfiar. E eu quero antes combinar com Inácio como faremos tudo, para que mamãe não se aborreça novamente comigo. E quanto à Lucíola, deixa que eu sei como controlá-la.

– Bom, tens razão, nesse ponto. Mamãe está desconsolada com o que ocorreu entre ti e Antônio. Mas ela deu razão ao papai, pois, na verdade, Antônio não cumpriu a promessa dele. E acho que não gostou nem um pouco daquela história da D. Cida tê-lo aconselhado a não formalizar o noivado de imediato. Tu, ao contrário, te mantiveste firme no compromisso durante todo esse tempo – ponderou Francisca.

– Então, minhas irmãs, torçam por mim!

Todas se abraçaram, solidárias com a irmã. Ela merecia ser feliz!

No horário combinado, lá estava Inácio, com a aparência um pouco cansada, em razão da viagem. Não queria, no entanto, esperar nem mais um momento para ver Bárbara e poder abraçá-la. Quando a viu despontar ao longe, seu coração disparou. Fez um sinal para Jerônimo se afastar enquanto a ajudava a descer do cavalo. Entregou as rédeas do animal para Lucíola e a mandou esperar com o criado, a uns bons metros de distância. Segurou as mãos de Bárbara e a levou para se sentar em um tronco de árvore, embaixo de uma sombra. Olhou para ela com paixão e abraçou-a, apertando-a contra si, beijando suavemente os seus olhos e depois cada parte do seu rosto, para depois se demorar na sua boca. Bárbara, sem fôlego, tentava fracamente resistir, mas acabou por ceder e corresponder aos seus carinhos.

— Meu amor — conseguiu ao final dizer ele —, deixa-me, deixa-me beijá-la assim, por favor. Espero há tanto tempo por ti, que por pouco não cometo a loucura de buscar-te em tua casa e te levar para mim!

— Eu também, meu querido, estava morrendo de saudades de ti! Mas vejas que estamos aqui à beira de uma estrada e sempre pode passar alguém e nos ver assim...

— Tens razão, como sempre. Mas me diga como posso me controlar, contigo assim tão perto de mim?

Ele sentia uma atração irresistível por aquela mulher. Seu perfume, formas, modos, tudo nela invadia o fundo do seu ser, despertando-lhe os instintos masculinos como nenhuma outra antes tinha conseguido. Ao mesmo tempo em que queria protegê-la contra tudo e contra todos, queria possuí-la totalmente, numa ânsia que o fazia perder a cabeça. Ela assentiu aos seus beijos mais ousados, e abriu os lábios, também sentindo a delícia da força das suas mãos na sua cintura, da pressão dos lábios dele contra os seus. *Que se danassem as convenções! Tinha esperado tanto por aquilo e gostava de ser beijada com paixão, daquela forma*, pensou, surpresa com a mulher ousada que estava descobrindo dentro de si mesma.

Enquanto isso, Lucíola, ao longe, cruzava os braços e esperava, emburrada. Jerônimo observava com malícia as suas pernas longas, torneadas, as ancas que balançavam com graça quando ela caminhava com aquele vestido simples, que revelava as suas curvas, bem feitas. Fixou-se nas carnes firmes, os seios empinados — encarou-a com desejo, ao qual ela correspondeu. Também ela o achava bem garboso. Ainda mais porque ele era uma espécie de secretário do ouvidor e compartilhava, portanto, de uma parte do seu poder. *Pois vou acalmar essa morena, agora mesmo*, pensou Jerônimo. E antes que a moça se desse conta, o português agarrou-a num abraço e sussurrou-lhe algo no ouvido, ao que ela riu, satisfeita. Levou-a para trás de um grande arbusto. Para sua surpresa, Lucíola não lhe resistiu. Entregou-se a ele ali mesmo, com ardor, com a força animal do sexo ao qual ela já estava acostumada. Jerônimo se surpreendia com a intensidade daquele encontro, e já começava a achar que aquela atrevida, afinal, era mais bonita e apetitosa do que ele imaginava.

Há poucos metros dali, o outro casal tentava recuperar o juízo e conversar.

— Inácio, meu amor, por favor, vamos parar com isso que daqui a pouco Lucíola e Jerônimo vão nos ver — implorou Bárbara, tentando afastá-lo.

— Não se preocupe, querida. Pelo que conheço de Jerônimo, ele está tomando conta direitinho da tua mucama — riu Inácio.

— Mas de qualquer modo, não vamos assim tão depressa, que me deixas sem graça — disse, desvencilhando-se dos braços dele. — Pela tua carta, vi que já estás a par das novidades — completou, mudando de assunto, para distraí-lo.

Ele continuou a envolvê-la pela cintura e pousou um beijo leve nos seus cabelos, conformando-se.

— Claro que sim! Soube por Nicolau, minha bela, que correu a me trazer a boa notícia, assim que cheguei. Fiquei em estado de graça embora, para te dizer a verdade, já houvesse tomado a minha decisão, na viagem. Prometi a mim mesmo que procuraria o teu pai de qualquer jeito, o mais rápido possível. — E olhando diretamente nos seus olhos, perguntou, com imenso carinho: — Tu ainda queres ser a minha noiva, a minha esposa, a mulher da minha vida? Pois saibas que, se disseres que não, eu vou fingir que não ouvi — brincou.

Bárbara riu.

— Pois nem penses em não me querer! — refutou Bárbara. — Agora que estou completamente desimpedida, se não fizeres o pedido logo, há uma fila de pretendentes lá fora — empinou o nariz e fingiu que o tratava com desdém, para enciumá-lo.

— Mas então não posso perder nem um minuto! — exclamou Inácio, entrando na brincadeira. — Vou hoje mesmo à tua casa, falar com o teu pai. E vou levar Nicolau, como meu padrinho, afinal, ele já é quase parte da tua família. Não há melhor padrinho do que ele! Posso levar também o padre Toledo, para demonstrar que sou um homem sério, que não tem só inimigos na Igreja!

Ambos riram, felizes, como somente os apaixonados sabem ser nesses momentos.

— Hoje não, meu amor, ainda é muito cedo! Deixa-me falar primeiro com o meu pai e minha mãe e assim que eles estiverem prontos, eu mandarei te avisar.

— Mais demoras! — resmungou. — Sou impaciente, quero já te pedir em casamento — afirmou, com determinação.

Bárbara abaixou a cabeça, e o sorriso dos seus lábios se foi.

— O que foi, minha flor, falei alguma coisa que te decepcionou?

— Não é nada contigo. Quer dizer... é quase... É sobre o pedido de casamento. Tenho pensado muito sobre isso. Estou preocupada porque soube que há uma proibição na lei a respeito do casamento dos juízes com mulheres da sua jurisdição. Não imagino como tu estás pensando em superar isso... – disse, tristonha.

– Eu também já pensei nisso, Bárbara – respondeu Inácio, sério. – Se teus pais consentirem com o nosso noivado, escreverei no mesmo dia um pedido à soberana para que dê a autorização para o nosso casamento. Posso inclusive pedir para ser transferido de comarca, até que o casamento se realize. Eu espero que a autorização real, com os amigos que tenho em Lisboa, saia em breve.

– Mas então há mesmo esta possibilidade? Ah, meu Deus, que alívio! Inácio, meu amor, eu estava tão angustiada com a possibilidade de não podermos ficar juntos... – O rosto de Bárbara se iluminou novamente, como se tivesse tirado um peso imenso dos ombros.

Inácio segurou o seu queixo e fez-lhe uma brincadeira no nariz.

– Minha querida criança! Não precisas te preocupar! Eu nunca tive conhecimento de que a rainha negasse um pedido desses. Pode demorar um pouquinho, mas sempre sai. Além do mais, vou te revelar um segredo, minha flor, que peço não contes para ninguém, além dos teus pais, ao menos por enquanto – Inácio fez uma pausa, como se hesitasse.

– Diga, sou toda ouvidos!

– Eu pretendo abandonar a magistratura, assim que terminar o meu tempo de serviço na ouvidoria – afirmou com cautela, observando a reação dela. – Pretendo me dedicar às minhas fazendas, e ainda adquirir outras. Em pouco mais de um ano eu já estarei liberado. De qualquer modo, se a autorização da soberana tardar, só teremos que esperar esse tempo de terminar o meu serviço. Para mim, serão séculos, mas aí não haverá impedimento algum para o nosso consórcio.

– Ah, Inácio, meu querido, que bom ouvir isso! Mas tens certeza quanto a abandonar a magistratura? Achas mesmo necessário? É uma carreira tão bonita e sei que tu te empenhaste tanto em conseguir esse posto... Seria uma pena ver-te afastado das tuas funções.

– Não pense assim, Bárbara! Já fui juiz por um bom tempo e agora quero mudar de vida, contigo. Vamos fazer grandes coisas juntos, tu irás ver!

Bárbara sorriu, feliz.

– Acho que meu pai também vai gostar de saber desses teus planos! Vou para casa agora mesmo combinar tudo com ele. – E dizendo isso levantou-se, animada, e chamou por Lucíola, mais de uma vez.

A criada saiu esbaforida detrás dos arbustos, consertando o vestido e ajeitando o cabelo, apressada.

– Já vou, sinhazinha, já estou indo patroinha... – respondeu.

Inácio olhou para Jerônimo e deu um sorrisinho maldoso.

– Prepara o meu cavalo e o de Sinhá Bárbara, Jerônimo, já é hora de voltarmos para casa.

Inácio deu um beijo na testa de Bárbara e os dois se despediram, com novas juras de amor.

A PAZ DOS AMANTES
São João Del Rei

> Sentei-me junto dela, que dormia
> Sobre a florida relva reclinada,
> Beijei-lhe a mão formosa, e delicada
> Sem turbar-lhe o sossego, em que jazia.
>
> "Soneto XIX", Domingos dos Reis Quita

Não foi fácil convencer D. Josefa a aceitar que o ouvidor fosse à sua casa para fazer o pedido de noivado. Ela sabia o que isso significava: a presença constante dele nas reuniões de família, acompanhando-os às missas, aos bailes e a todos os eventos sociais em que a sua filha comparecesse. Sem contar as horas que passariam conversando na sala, e ela tendo que mandar as escravas servirem cafés, chás e bolos. Ainda não tinha conseguido simpatizar com o ouvidor, embora até se esforçasse. Isso se devia a algum motivo que não sabia explicar, mas no fundo do seu coração de mãe tinha a sensação de que ele representava encrenca para a sua família.

Seu sangue de bandeirante a alertava de um perigo, por enquanto ainda não identificado. No dia em que o viu pela primeira vez, no sarau em sua casa, realmente o achou um homem muitíssimo charmoso, galanteador e, porque não dizer, bonito. O tipo de homem pelo qual toda moça suspiraria. Sentiu, no entanto, uma pontada no coração e temeu pelas suas filhas, três delas em idade de se casar. Homens vaidosos não eram, em geral, bons maridos! E os bonitos, então, um perigo!

Naquela mesma noite, teve um sonho estranho, que não contou às filhas para não impressioná-las. Sonhou que estava em um maravilhoso vale, onde havia um riacho de águas cristalinas, muitas flores e árvores em volta. No imenso gramado, que parecia um grande tapete verde esmeralda, as suas filhas mais velhas brincavam. De repente, um grande temporal se armou, nuvens negras cobriram todo o céu e começou a chover uma chuva forte, com muitos raios e trovões. Ela tentava encontrar as filhas, perdidas no meio da tempestade, e não conseguia. Tudo em volta ficou escuro, ela gritava... gritava... e as filhas não respondiam... Acordou no meio da noite, molhada de suor e assustada. Acendeu o candelabro ao lado da sua cama e ficou ali, uns bons minutos, recuperando-se do susto. Levantou-se e correu ao seu oratório para rezar para Nossa Senhora da Conceição, para que protegesse as suas filhas de todos os perigos. Teria sido aquele sonho um aviso? Certamente não era um bom sinal!

Além disso, pensava ser muito recente o rompimento de Bárbara com Antônio. Um novo compromisso iria fatalmente suscitar comentários maldosos entre as pessoas na vila. Silveira, no entanto, argumentou ser aquilo inevitável, e que aconteceria mais cedo ou mais tarde, quisesse ela ou não. E, ademais, ponderou, seria melhor que os dois se encontrassem com o consentimento da família do que se começassem a namorar escondido, o que provavelmente fariam, pelo que conhecia dos dois. Aí sim, as fofocas viriam. Nada em São João Del Rei ficava escondido por muito tempo, garantia o Silveira. Ela concordou em parte com o marido, mas, noivado?... Que ele fizesse a corte à Bárbara por um tempo – vá lá, porque a coisa parecia fora de seu controle. Mas que deixassem o noivado mais para a frente. Quem sabe até lá Bárbara não descobriria quem ele verdadeiramente era, por debaixo dessa estampa de homem sedutor, e não reassumiria o compromisso com Antônio? Aquele sim, era um bom rapaz! Família conhecida, boas intenções, fino, educado. Esse outro, ninguém nem sabia nada sobre a família dele!

A insistência do ouvidor, no entanto, acabou por convencer Silveira de que seria melhor que ficassem noivos logo. Argumentou que, para encaminhar o pedido de autorização à rainha, teria que haver um compromisso formalizado. Quanto mais adiassem, mais tempo demoraria a resposta. Bastava ver o caso de Nicolau. Há mais de seis meses havia sido enviado o pedido da sua nomeação para o cargo de juiz das sesmarias e até aquela data não havia saído o ato da soberana. Bom para Nicolau que, assim, podia se casar com Alice sem nenhuma restrição, mas o fato demonstrava como o Real Gabinete estava demorando a processar os despachos! Com tais argumentos ele convenceu o Silveira e outra saída não havia, que não a de marcar logo o dia do noivado.

Desse modo, no dia combinado a família Silveira se reuniu novamente para celebrar mais um enlace. O casarão se iluminou para aguardar o noivo e o seu padrinho, e as moças da casa mais uma vez se esmeraram nos vestidos e penteados. O salão foi decorado com uma profusão de flores, escolhidas pessoalmente por Bárbara. A prata imaculadamente limpa brilhava à luz dos inúmeros candelabros e lustres. O jantar foi preparado com cardápio esmerado e todo o luxo e requinte que a etiqueta recomendava. Josefa se esforçou para que tudo fosse do melhor. Queria demonstrar para o ouvidor quem era a família na qual ele estava tentando entrar. E se havia alguma coisa de que se orgulhava, era das suas origens.

Inácio compareceu pontualmente. Estava vestido com capricho, o cabelo aparado, a barba feita, recendendo a água de colônia francesa. Com ele vinha o padre Toledo, cuja presença foi solicitada pelo noivo para dar a maior respeitabilidade possível ao pedido. Bárbara e as irmãs aguardavam serem chamadas pelo pai para aparecer na sala. Ela usava um lindo vestido verde, que realçava o azul dos seus olhos e os reflexos avermelhados dos seus cabelos. Pelo decote se podia ver a pele alva, revelando pequeninas sardas que apareciam nos ombros e no nariz, que lhe davam um ar sapeca, mas ao mesmo tempo bastante sedutor.

O noivo levou uma caixa de tabaco de presente para o Silveira. Era produto fino, de excelente qualidade, que começava a ser produzido em escala comercial na capitania da Bahia de Todos os Santos. Para Josefa trouxe uma rica e trabalhada caixa de chá inglês, um mimo para a sua futura sogra. Nicolau se atrasou um pouco. Antes de ir para a casa do Dr. Silveira ele tinha ido buscar a noiva e a mãe dela. Silveira aproveitou-se do fato para pedir à Josefa e ao padre Toledo que os deixassem a sós, pois pretendia ter uma conversa particular com o ouvidor. Convidou-o, enquanto esperavam pelo padrinho, a dar uma volta pelo jardim.

– Meu caro Inácio, quero te dizer o quanto esse consórcio me enche de alegrias! Tu tens tido tanta afinidade comigo, que já te considero como a um filho. Faça minha filha feliz e terás em mim não um sogro, mas um pai. Agora, antes de concretizarmos o que tu vieste fazer aqui hoje, gostaria de conversar contigo sobre algumas coisas, se não te importas.

– Com certeza que não, Dr. Silveira. Se pretendo entrar para vossa família, deverei devotar-lhe obediência, como o faria ao meu próprio pai – respondeu, respeitoso.

Silveira sorriu, satisfeito com aquela resposta. Colocou a mão nos ombros do noivo, conduzindo-o para o jardim.

– Veja, meu filho, há algumas coisas que precisamos esclarecer, para minha tranquilidade e, principalmente, de D. Josefa. Ela anda muito preocupada com esse teu pedido e a custo convenceu-se, como tu já deves saber.

– Sim, Dr. Silveira, Bárbara contou-me que a mãe queria que deixássemos para concretizar o noivado mais para a frente, em razão do compromisso anterior, para não gerar comentários. Mas o senhor sabe que isso ocorrerá de qualquer forma, Dr. Silveira, e não sou homem para ficar dando ouvidos a mexericos.

– Isso, filho, fazes muito bem. Quanto a esse ponto estamos de pleno acordo. Mas há algo muito mais importante, que nos preocupa...

Inácio olhou para ele, apreensivo.

– É a questão da tua possibilidade de casamento, meu filho. Bárbara me tranquilizou quanto às tuas providências em relação à proibição de te casares, por seres ouvidor da comarca. Penso que, nessa parte, tu deves tomar todas as cautelas, para não prejudicares nem o teu posto e nem, obviamente, a honra da minha filha. Deves comunicar à rainha, o quanto antes. Agora, quanto à tua vida financeira, Inácio, me desculpe a indiscrição, mas ouvi dizer que tu acumulas uma enorme dívida, tanto aqui, como aquelas outras que deixaste em Lisboa. Receio não chegar a tanto o dote que receberás pelo casamento com Bárbara...

Inácio engoliu em seco. Já esperava ser confrontado por conta desse problema, mas não sabia que o futuro sogro seria tão direto.

– Dr. Silveira, quanto ao casamento, imagino que Bárbara já tenha lhe referido que amanhã mesmo, com a tua permissão, uma vez oficializado o noivado, encaminharei o requerimento à soberana, pedindo para me isentar da proibição legal e autorizar o nosso consórcio. Espero que, com a influência de alguns amigos que tenho na metrópole, a permissão seja concedida em breve.

Fez uma pausa, e sentaram-se em um dos bancos do jardim.

– Quanto às minhas dívidas, Dr. Silveira, não vou negar ao senhor que elas também me preocupam, mas não tanto – disse, pensativo. – Eu tenho planos, Dr. Silveira, e acho que poderei resolver isso logo, pois pretendo começar a me dedicar a outros negócios. Não sei se o senhor sabe, mas o meu falecido pai nos deixou, para mim e minha irmã Ana, uma considerável herança, suficiente para nos mantermos, se fosse o caso, até o final da vida sem termos com o que nos preocupar.

-- Mas se é assim, Inácio, porque tu ainda não resolvestes o problema das tuas dívidas? – perguntou, surpreso.

– Essa é uma longa história, Dr. Silveira. O nosso antigo tutor, quando éramos menores, quis nos passar a perna. Desde então, estivemos em uma briga judicial que demorou anos. Só recentemente recebemos uma parte da herança que, embora não fosse suficiente para pagar as minhas dívidas, pelo menos me permitiu rolá-las mais um pouco. Mas não é só isso. Eu tenho imóveis no Rio de Janeiro, recebidos do meu pai, e uma fazenda em Campanha do Rio Verde, que recebi por doação do meu tio Sebastião, que o senhor conhecerá em breve, pois espero convidá-lo para passar uns dias em São João Del Rei.

– Será uma grande alegria para nós e uma tranquilidade para Josefa conhecer a tua família, Inácio!

– Sem dúvida. E eu também pretendo, Dr. Silveira, investir nas minhas terras e ainda adquirir outras. Espero até contar com o seu apoio e ajuda, quem sabe sendo meu sócio nessa empreitada. Vou investir em um novo tipo de fazenda, que está fazendo muito sucesso na América do Norte. Trata-se de um modelo misto de produção: criação de gado, engenho de cana e mineração, todos interligados. Um projeto maravilhoso – exclamou, com os olhos brilhando de entusiasmo – que tocaremos juntos, caso o senhor se alie ao empreendimento.

Silveira arregalou os olhos, já antevendo os lucros que obteria nessa parceria com o futuro genro.

– Conte comigo para o que precisar, meu filho – disse, rindo e dando-lhe uns tapinhas nas costas, animadíssimo com o projeto. – Estou mais tranquilo agora por saber dos teus planos. Vamos entrando lá para dentro que tua futura noiva deve estar aflita. E parece que o teu padrinho Nicolau também já chegou com as suas duas Marias: Emília e Alice.

Nicolau fez o pedido de noivado em nome do amigo e o noivo colocou no dedo de Bárbara um lindo e caro anel de compromisso, que arrancou das mulheres suspiros de admiração. O pai, emocionado, abraçou o casal, dizendo-lhes palavras de apoio e carinho. As mulheres rodearam a noiva para apreciar melhor o anel e lhe abraçar. Inácio prometeu aos futuros sogros que em janeiro traria os parentes do Rio de Janeiro e São Paulo. Josefa ficou mais tranquila. Apesar de tudo, ela queria a felicidade da filha e, se as coisas não correram do modo como havia previsto, o importante era ver como Bárbara estava feliz.

Todos brindaram e Inácio beijou respeitosamente a mão da sua noiva, dirigindo-lhe um olhar ardente de paixão, que a deixou ruborizada. Não via a hora em que pudesse ficar novamente sozinho com ela, e beijá-la como queria.

***

A igreja matriz de Nossa Senhora do Pilar fervilhava de gente para assistir ao casamento. A família de Nicolau veio em peso do Rio de

Janeiro. Todos queriam cumprimentar e prestigiar o novo juiz das sesmarias da comarca do Rio das Mortes. Do outro lado, também a família do coronel Matias Moinhos de Vilhena, cuja fidalguia se estampava no brasão e na insígnia da Ordem de Cristo, encontrava-se presente para celebrar o enlace do seu filho Matias com a bela Teresa. As famílias Silveira e Bueno aumentavam o cortejo, sendo que dessa última desceram os parentes da capitania de Goiás e de Mato Grosso. Praticamente todas as casas de familiares e amigos foram requisitadas para hospedar o grande número de convidados, vindos de todas as partes, para a maior festa que já se viu na cidade. O bispo de Mariana foi convidado pessoalmente para presidir à celebração. Depois que Inácio doara ao altar de Nosso Senhor dos Passos da igreja matriz uma rica lâmpada de prata e se tornara benfeitor das ordens religiosas mais importantes da cidade, ele se tornara seu amigo. Inácio muitas vezes comparecia à casa paroquial para tomar vinho e jogar conversa fora, pois o bispo era apreciador da sua boa prosa e anedotas.

O ouvidor da comarca, em seus trajes de gala, antes de se dirigir à igreja passou pela casa do Dr. Silveira, para acompanhar a família da sua noiva. Tinha a intenção de pedir autorização ao pai de Bárbara para levá-la consigo ao casamento, acompanhada de algumas das suas irmãs, na sua própria carruagem.

– Só se for por cima do meu cadáver! – bradou Josefa, irritada. – Estou espantada que tenhas tido a coragem de me consultar sobre uma loucura dessas, Silveira!

– Mas, Josefa, o que é que tem? O moço é o ouvidor da comarca, e noivo da nossa filha! – respondeu o Silveira, com os olhos arregalados.

– De jeito nenhum! Podia ser o próprio governador, em pessoa! Ele que, se quiser, espere pela nossa filha na porta da igreja, como todos os outros – afirmou, resoluta.

Silveira voltou à sala, sem graça, para se justificar com Inácio. Encontrou-o beijando a mão da sua filha, admirando-a com olhar apaixonado. Bárbara estava linda! Usava um vestido azul claro bordado com pequeninas pérolas. Os seus cabelos estavam presos em um coque alto, enfeitado com pequenos grampos com detalhes em prata que deixavam cair sobre os ombros e costas, soltas, algumas mechas que se desmanchavam em cachos graciosos. Tinha nas delicadas orelhas brincos de ouro e pedras preciosas. Usava um pouco de carmim nos lábios e um leve toque de pó, para a pele ficar mais acetinada.

Silveira tossiu discretamente, para que eles notassem a sua presença, e logo disse:

— Inácio, meu filho, acho melhor que vás na frente e espere por nós na porta da igreja. Iremos logo em seguida.

— Está bem, Dr. Silveira, eu compreendo. Não tem importância. — Fez um cumprimento ao futuro sogro, beijou novamente a mão da noiva e saiu.

Não tem importância mais algumas horas de espera, pensou. Os dias que se seguiram ao noivado tinham sido românticos, com cândidas conversas na sala da família, observados sempre por Josefa ou por alguma das irmãs, em que ele apenas havia conseguido, de vez em quando, segurar-lhe rapidamente a mão. Mas aquela noite tinha que ser diferente. Já não aturava mais aquela distância física, os olhares lânguidos, a sede que estava de aspirar o perfume de Bárbara, a vontade de cobri-la de beijos. Tinha preparado uma surpresa para ela e só esperava o momento certo para colocar em prática o seu plano.

Havia pensado em tudo, nos mínimos detalhes, com seu fiel criado Jerônimo. Nicolau havia até lhe pedido, uns dias antes, para receber em sua casa alguns dos seus parentes que viriam para a festa. Ele se recusou dizendo que infelizmente não poderia atendê-lo, porque a sua cozinheira estava doente. Mentiu deliberadamente para o amigo. Queria transformar a sua casa em um lugar decente para estar sozinho com Bárbara naquela noite, que esperava ser a mais especial da sua vida.

Inácio entrou na igreja logo após a família Silveira mas logo deles se separou, indo ocupar o seu lugar de honra à frente. Antes de rumar para o seu posto, no entanto, ainda conseguiu sussurrar no ouvido de Bárbara que precisava falar com ela a sós, e que desse um jeito de se desvencilhar dos outros, durante a festa. Bárbara assentiu discretamente com a cabeça, embora soubesse como seria difícil se separar das irmãs e dos vários parentes que estariam na festa e que fariam questão de cumprimentá-las.

A cerimônia de casamento foi bonita e emocionante. Josefa e Maria Emília, abraçadas, choravam de alegria pelas filhas, que usavam vestidos de noiva idênticos, como se fossem irmãs. Estavam radiantes em beleza e alegria. Os noivos também não ficavam atrás, cada qual mais elegante na sua roupa de gala, com cravos perfumados na lapela. Ao término da celebração do casamento, os convidados rumaram para a festa na parte externa do casarão de Maria Emília, onde foi armada uma enorme tenda iluminada por lanternas coloridas. A noite estava alegre, com muita comida, bebida e um grupo de músicos que tocava as modinhas e os minuetos para os casais dançarem. Francisca, Anna Fortunata e Maria Inácia, muito faceiras nos seus vestidos novos, flertavam com os rapazes. Francisca foi convidada para dançar o minueto por um português, parente distante de Nicolau, havia se mudado recentemente para o Brasil. A partir de então, ele não mais se desgrudou dela. Anna Fortunata se insinuava para o ajudante de ordens do ouvidor no cartório, de cujo nome Bárbara não se lembrava.

Estavam todos tão entretidos nos festejos que nem repararam quando Inácio discretamente pegou Bárbara pela mão e a levou para longe daquele burburinho. Escondidos por uma imensa árvore, ele a beijou e abraçou como se não a visse há longo tempo.

– Inácio, tu és um louco! Se nos pegam aqui, estou perdida... – disse Bárbara, afastando-o.

– Minha noiva amada, minha querida. Já te disse o quanto tu estás linda, especialmente hoje?

Ela sorriu, encantadora.

– Tu és um conquistador incorrigível!

– Preparei hoje algumas surpresas para ti, espero que gostes – disse Inácio, misterioso. – Fecha os teus olhos.

Ela obedeceu, rindo daquela brincadeira. Ele então tirou do bolso do colete um belíssimo colar de pedras preciosas cor de laranja, que colocou gentilmente no seu pescoço. Eram topázios imperiais, somente encontrados nas minas de Vila Rica, adornados com pequenos diamantes. Ficou um tempo admirando o efeito que a joia fazia naquele colo branco e perfeito, olhando para a mulher que amava e estava ali, de olhos fechados, na sua frente, sorrindo maravilhosamente para ele.

– Posso abrir os meus olhos? – perguntou Bárbara, intuitivamente passando os dedos pelo pescoço.

– Claro que podes, meu amor. Mas o efeito da joia em teu corpo é só para mim. Venha aqui, deixa-me tirar o colar, para que tu o vejas.

Ele segurou-a e a virou novamente de costas, para abrir o fecho do colar. Sem conseguir resistir, encheu-lhe a nuca de beijos. Ela sentiu cócegas e brincou com ele, tomando-lhe o colar das mãos.

-- Inácio! É lindo! Deve ter custado uma fortuna!

– A minha maior joia, a que realmente vale uma fortuna, Bárbara, é o teu coração.

Ela sorriu para ele e dessa vez foi ela quem tomou a iniciativa de puxar o seu pescoço para lhe dar um leve beijo nos lábios.

– Humm... na verdade eu achava que merecia algo melhor do que isso... – disse Inácio, brincalhão. – Planejei algo especial para nós dois esta noite. O meu maior desejo é ficar a sós contigo, nem que seja por uns momentos. Prometo que não te desrespeitarei e nem farei nada que não queiras. Confias em mim?

Ela fez que sim com a cabeça, e ele pegou a sua mão para que saíssem furtivamente pelo portão dos fundos. Inácio fez um sinal para Jerônimo, que já esperava pelo patrão com a carruagem do lado de fora dos muros da casa de Maria Emília. Ao segurar o seu braço para ajudá-la a entrar no coche, Inácio percebeu que Bárbara olhava para ele, apreensiva.

– Ninguém notará a nossa ausência, meu amor, eu te asseguro. Retornaremos à festa sem que haja tempo de alguém reparar que saímos. Tenho tudo preparado. Meu ajudante de ordens estará atento e mandará um recado a Jerônimo, caso aconteça algo fora do previsto.

Ela sorriu e, sem dizer uma palavra, entrou na carruagem. Confiava nele. Inácio estava com o coração acelerado, ansioso por saber qual seria a reação da noiva diante do que havia preparado. Não tocou nela, até chegarem ao destino. Apenas a olhava diretamente nos seus olhos, observando cada detalhe do seu rosto, das suas feições delicadas, do colar de topázios e diamantes que se acomodou tão perfeitamente naquele seu colo que arfava com o suspense e a proximidade inesperada. Ficaram em silêncio, absortos na presença um do outro. Inácio não queria macular a força daquele momento com palavras. Somente queria olhar para ela, aconchegando-a no seu peito, enquanto afagava os seus cabelos.

Jerônimo abriu a porta para descerem da carruagem em frente à própria casa do noivo, que aparentemente estava às escuras. Bárbara sentiu o peito apertar, mas deixou-se guiar por ele, segura pela sua mão. Ao entrarem, ricos candelabros de prata iluminavam a sala e seguiam pela casa adentro. Um maravilhoso perfume fez com que ela olhasse para o chão e reparasse que os luxuosos tapetes haviam sido cobertos com inúmeras pétalas de rosas. Na sala de jantar, uma mesa estava impecavelmente posta, com arranjos de flores, velas, pratos de porcelana e cristais da melhor qualidade. Encontrava-se servida nas travessas uma refeição de carnes frias, frutas, pães, queijos. Duas taças aguardavam serem preenchidas com o vinho da garrafa que se encontrava ao canto. Inácio sorriu, satisfeito. Tinha que recompensar Jerônimo. Ele se superou em termos de esmero, elegância e capricho.

– Inácio, meu amor, o que é isso? Eu não posso...

Ele colocou os dedos nos seus lábios, impedindo-a de continuar a falar.

– Minha flor, deixa que eu seja o teu escravo e te sirva esta noite. É a primeira vez que ficamos a sós. Eu te preparei com carinho mais essa surpresa: mandei fazer um jantar somente para nós dois. Não sou nenhum homem das cavernas, como tu dissestes – brincou, sorrindo. – Quero apenas passar alguns momentos contigo, sem ninguém por perto a nos vigiar. Vamos brindar ao nosso noivado, futuro casamento e eterna felicidade!

Puxou a cadeira para que ela se sentasse, e serviu-lhe o jantar e o vinho. Ela estava mesmo morrendo de fome, não havia conseguido comer nada durante a festa e apreciou a comida saborosa e o vinho que com ela combinava tão bem. Inácio era um perfeito cavalheiro e tinha modos refinados, diferente dos rapazes de São João. Ali poucos eram educados e alguns até comiam com as mãos.

Ainda bem que a mamãe sempre fez questão de nos ensinar os bons modos à mesa, como na severa etiqueta francesa, pensou.

Ao terminarem, uma das criadas entrou com uma reluzente bacia de prata, com água perfumada, e ofereceu-a a ambos para lavarem as mãos, secando-as em uma alva toalha de linho. Logo depois a mesma moça retirou os pratos e copos e desapareceu silenciosamente para dentro de casa, sem dizer uma palavra, deixando-os novamente às sós.

Inácio encheu os seus copos com mais um pouco de vinho e aproximou-se de Bárbara, convidando-a a brindar pela felicidade de ambos. Eles tomaram o vinho juntos, olhando-se nos olhos, enquanto ele a puxava para si, com a mão na sua cintura. Bárbara tinha o rosto abrasado pela bebida e por todo aquele ambiente sedutor que ele havia criado à sua volta. Ele a achou incrivelmente bonita, agradecendo aos céus por ter encontrado a mulher dos seus sonhos. Beijou-a longa e profundamente e depois, sem tirar os olhos dela, ele soltou os seus cabelos, que caíram pesadamente sobre os seus ombros. Estudou por um instante o rosto da amada. Bárbara estava nervosa, emocionada, o coração batendo acelerado, fora de controle. Mesmo assim, agia de modo a demonstrar uma calma e segurança que estava longe de sentir. Inácio queria eternizar aquele momento, que os relógios parassem, que o tempo fosse só deles, sem pressa.

– Ah, Bárbara, Bárbara, meu amor! Tua beleza me enlouquece... Queria tanto que fosses minha, esta noite e todas as noites e dias da minha vida. Para que esperarmos mais tempo? Tu me tens completamente! Sou todo teu e não quero saber de mulher nenhuma. Sabes disso, minha flor – disse, abraçando-a com imenso carinho, tentando dar tempo para acalmar os seus instintos.

Sentimentos contraditórios se agitavam dentro dele. Não queria pressioná-la, tê-la de qualquer modo, sem o seu consentimento. Ao mesmo tempo, não sabia como lhe resistir. Olhou para ela, que parecia compartilhar das mesmas emoções. Estava indecisa, hesitante, tinha medo. Ao mesmo tempo, sentia-se fortemente atraída por ele. Amava-o de todo o coração e o seu corpo respondia com tal intensidade aos seus carinhos, que muitas vezes sentia que ia desfalecer. Vendo, no entanto, a hesitação no rosto de Bárbara, Inácio considerou melhor desistir. O amor que sentia por ela era maior do que a forte atração física.

– Vamos embora, querida, vamos voltar para a festa. Se ficarmos aqui mais um momento, não respondo por mim. Já resisti demais!

Inácio afastou-a gentilmente e tomou o resto de vinho que se encontrava no seu copo, virando-se com o intuito de chamar Jerônimo, para lhe pedir que preparasse a carruagem para voltarem.

Bárbara segurou o seu braço, decidida.

– Não! Eu quero ficar – disse, a voz sumida, mas firme.

Ele olhou para ela, incrédulo. Ela sempre o surpreendia! Beijou as suas mãos e a pegou no colo, levando-a para o seu quarto. Depositou o seu corpo no leito imaculadamente arrumado com lençóis do mais puro linho, como uma louça delicada, sem pressa. Inácio desabotoou com habilidade e gentileza os vários botões das costas do seu vestido, desatando carinhosamente os cordões do seu corpete. Bárbara tremia. Sentiu pudor, medo da nudez, do desconhecido, mas o amor que sentia e a suavidade de Inácio a fizeram se esquecer do mundo e das suas convenções. Queria amá-lo e ser amada por ele, nada mais importava. Inácio sentiu-se quase em êxtase quando finalmente pode tocar com suas mãos o corpo da amada, sentindo a sua pele cálida, macia. Bárbara estremeceu, entregando-se totalmente àquela sensação maravilhosa, inebriante. Deixou-se ficar, abandonada nos seus braços, deitada ao seu lado enquanto ele explorava cada centímetro do seu corpo.

– Linda, tu és linda, meu amor! – dizia Inácio, sôfrego de paixão.

Ele a beijou com carinho e a possuiu, lenta e apaixonadamente. Bárbara tinha o rosto tranquilo, uma sensação de plenitude que nunca havia sentido na vida. Olhou para a janela, onde lá fora a noite escura desvendava um caminho prateado de estrelas. Acariciou o corpo de Inácio, sentindo o seu cheiro, o seu gosto. Seus corpos nus, deitados lado a lado, abraçados, eram iluminados pela luz fraca das velas, e pela clara luz da lua. Inácio a contemplava, absorto. Nicolau tinha razão: somente agora sabia verdadeiramente o que era amar. Ela olhou para ele e sorriu.

– Inácio, meu amor, e agora? – Uma ruga vincou a sua testa, e ele a beijou.

– Agora tu és minha mulher para sempre. Não haverá nada mais que nos separe. Qualquer que seja a lei dos homens, já me considero teu fiel esposo. Venha aqui, quero te ver mais uma vez, apenas com o colar que te dei.

Ela virou-se e ele ficou um tempo que pareceu uma eternidade apenas admirando o seu corpo de curvas perfeitas, as coxas macias e cheias, a cintura, os seios que saltavam ao seu toque. Beijou-a novamente, e a possuiu mais uma vez.

Jerônimo bateu na porta, com cuidado. Precisavam ir. As pessoas na festa já estavam se preparando para ir embora e alguém falou no nome de Bárbara.

Ela se levantou, assustada. Ele a acalmou, não precisava se preocupar. Mas o tempo bastou apenas para se vestirem, e Jerônimo, dando toda a velocidade possível na carruagem, conseguiu deixá-la em casa antes de os pais chegarem. Foi o tempo exato para Bárbara se meter embaixo das cobertas e simular que estava se sentindo indisposta. Mentiu que havia pedido ao noivo que a levasse para casa, acompanhada da escrava Lucíola. Esta, participando da farsa, sob a influência de Jerônimo, de quem agora era amante, confirmou tudo.

MARIA IFIGÊNIA
Catas Altas

> *Ecos do Rio das Mortes,*
> *Repeti com doce agrado*
> *O exercício mal seguro*
> *Que anda naquele teclado.*
> *Duas mãozinhas pequenas*
> *Procuram de cada lado*
> *O sigiloso caminho*
> *Que está na solfa indicado.*
> *Ai, como parece certo!...*
> *E como vai todo errado...*
>
> "Romanceiro da Inconfidência, Romance LXXVII
> ou da Música de Maria Ifigênia", Cecília Meireles

Quem visse o brilho nos olhos e o sorriso de felicidade estampado no rosto do ouvidor e de sua noiva não poderia deixar de suspeitar que ali havia bem mais do que simples encontros na sala de estar da família ou prosaicos beliscões durante a missa, prática que os rapazes da época haviam trazido de Portugal. A coisa andava bem mais séria. Já não conseguiam mais viver um sem o outro. Sempre davam um jeito de se encontrar, com a cumplicidade do casal de criados, Jerônimo e Lucíola.

O ouvidor arrumava qualquer pretexto para, a toda hora, estar na casa do Dr. Silveira, conversando com ele sobre os negócios e flertando com Bárbara. Aproveitava para passar-lhe disfarçadamente bilhetes marcando encontros em sua casa ou nos sítios desertos e idílicos que havia ao redor da vila, onde somente podiam ir a cavalo. Às vezes, a mãe se distraía e os dois conseguiam furtivamente escapar para o quintal nos fundos da casa e se consumir em beijos e carícias apaixonadas. O magnetismo sexual entre eles era forte, difícil de esconder. D. Josefa rezava todas as noites para que a autorização da rainha saísse rápido. Sentia que eles precisavam se casar logo, e advertia o marido. Mas Silveira não se importava.

Francisca tinha sido pedida em namoro pelo português Feliciano Xavier Salgado, primo de Nicolau, enquanto Anna andava de amores escondidos com o escrivão João de Faria. As primas casadas, juntamente com os respectivos maridos, não deixavam de visitar a família, quase que diariamente. O burburinho das moças e o vai e vem dos rapazes implicava uma grande movimentação de escravos na sala e na cozinha, com a preparação constante de chás, sucos e bolos para atender a tanta gente. O casarão da rua da Prata nunca havia passado antes dias de tanto movimento e alegria.

Inácio andava atarefado com os seus novos projetos. Após o noivado decidiu firmemente que precisava consertar a sua vida, pagar as suas dívidas e ficar rico para que, quando deixasse de vez a ouvidoria, pudesse dar à futura esposa uma vida digna de uma rainha. Essa era a vida que ele imaginava para ela. Estava tão envolvido na remodelação da Fazenda Boa Vista, comprando escravos, construindo casas e reformando as instalações, que deixou em segundo plano as suas funções judiciais. Recebeu em razão disso uma forte reprimenda do governador, em nome da rainha. Estava bastante atrasada a arrecadação do Subsídio Literário, imposto colonial incidente sobre as bebidas e destinado à instrução pública. Inácio deu de ombros. Estava obstinado. Queria ampliar os seus negócios.

– Dr. Silveira, preciso dos seus conselhos, urgente! – disse Inácio, entrando abruptamente no escritório de Silveira, sem avisar.

Silveira o encarou, surpreso.

– Imagino que deve ser importante mesmo, Inácio. Sente-se e me conte logo – pediu o Silveira, ordenando a um dos escravos que lhes trouxesse uma bebida.

– Dr. Silveira, soube hoje de uma notícia que me deixou agitado! Lembra-se do contratador João de Sousa Lisboa? Pois bem. Ele faleceu há um mês e fui informado de que as suas fazendas vão ser vendidas em leilão, para divisão entre os herdeiros!

Silveira fez um assentimento com a cabeça, ainda sem entender a razão de todo aquele nervosismo do outro.

– Eu soube sim, Inácio. São realmente fazendas muito boas. Parece-me que são as Fazendas Ponte Alta e Bom Retiro, ali na região do Paraopeba, não são?

– Essas mesmo, Dr. Silveira. Muito boas é modo de dizer. Elas são excepcionais! – Inácio abriu os braços, entusiasmado. – Aquelas terras são tudo o que eu sonhei para o meu empreendimento: são férteis, possuem grande manancial de água, abundantes recursos florestais e, pelo que pude apurar, têm minas de ouro e cobre praticamente inexploradas! E, o que é melhor, Dr. Silveira, estão próximas a Vila Rica, favorecendo o transporte da produção.

– E tu sabes por quanto serão vendidas?

– Ainda não sei o preço, mas o senhor sabe que em leilões o valor nunca é muito alto. O problema não é esse... – Inácio fez uma pausa. – O problema é que, como ouvidor, não fica bem eu adquirir propriedades em leilão judicial. É até proibido. Sempre se pode argumentar que eu usei da minha influência e posição para me beneficiar do negócio.

Silveira pensou por um momento e disse:

– Inácio, meu filho, é certo que tu não podes adquirir as fazendas em nome próprio, mas outro poderá fazê-lo em teu nome. Se tu quiseres e tiveres confiança em mim, poderei apresentar-me como comprador e oferecer um lance a essas fazendas.

– O senhor faria isso por mim, Dr. Silveira? Quer dizer, por mim e por Bárbara, pois já me considero seu genro. Podemos ser sócios, se o senhor concordar!

– Claro, Inácio, claro! – exclamou Silveira, animado. – O dote de Bárbara irá em adiantamento de parte da fazenda!

Inácio mal conseguiu se controlar, de tanta felicidade. Pulou de alegria, como um menino, e beijou a mão sogro, agradecido. Uma dúvida, no entanto, passou pela sua mente:

– Dr. Silveira, mas quando eu me casar com tua filha, seremos parentes. A proibição da lei é clara quanto à arrematação de bens em leilão – não posso eu, e nem os meus parentes...

– Ora, meu filho – sorriu-lhe o Silveira, condescendente – enquanto o casamento não sair, não haverá parentesco entre nós, não é? Nesse meio tempo, já teremos arrematado as fazendas. Depois que elas forem transferidas para o meu nome, estareis livres para o casamento. Podemos até fazer a festa lá mesmo! Ouvi dizer que a sede é belíssima, precisa apenas de uma reforma.

Os olhos de Inácio brilharam. A cada dia gostava mais do seu futuro sogro e, porque não dizer, seu novo pai.

Realizada a arrematação, Inácio logo deu início aos investimentos. Queria iniciar uma larga produção de aguardente, paralelamente à exploração das lavras. O engenho que existia no local era movido a bois, construído havia anos. Não tinha capacidade para moer tanta cana quanto a que produziria na próxima safra. O seu plano era construir outra fábrica, perto da anterior, que seria movimentada pela água que a própria fazenda forneceria. Seria mais possante, aperfeiçoada, mais adequada aos projetos de desenvolvimento do novo fazendeiro. O Silveira exultava com o entusiasmo do futuro genro e com a perspectiva de ficarem ricos.

***

A alegria dos arrematantes, no entanto, durou pouco. Os sócios e fiadores do coronel Sousa Lisboa não gostaram da engenhosa manobra e logo deduziram quem é que estaria por trás daquela vantajosa aquisição. Entraram na Justiça com um pedido de anulação do leilão judicial. Arguiram as irregularidades do processo, o preço vil da arrematação e o descarado conluio entre o ouvidor, o advogado Silveira e as autoridades locais. Afirmavam que a arrematação tinha sido uma fraude e queriam que as fazendas fossem reavaliadas. A ação teria que ser julgada pelo juiz da comarca de Vila Rica, fora da interferência do ouvidor da comarca do Rio das Mortes. Para a defesa do Dr. Silveira foi contratado o maior advogado da capitania de Minas Gerais: Cláudio Manuel da Costa. A briga judicial envolvia grandes valores e interesses. Prometia durar.

Nesse meio tempo, Bárbara acordou certo dia com uma ânsia de vômito incontrolável. Há dias vinha passando mal, estava abatida, sentindo náuseas e tonturas. Pensou que tinha comido alguma coisa estragada. As irmãs contaram para a mãe que Bárbara estava doente e Josefa imediatamente mandou chamar o médico para vê-la. O diagnóstico do médico foi simples: a "doença" tinha nome: era gravidez! Ao ouvir isso, Josefa desmaiou. "Um escândalo!", era a única coisa que conseguia repetir, ainda em estado de choque, quando recuperou a consciência.

A notícia caiu como uma bomba no meio da família. Josefa não saiu mais do quarto, não se sabia se pelo mal-estar que estava sentindo ou pela vergonha. Mandou as escravas chamarem com urgência a irmã Maria Emília, para acudi-la e consolá-la. Ela chegou esbaforida e pouco ajudou, pois também ficou tão atônita ao saber da novidade que as sobrinhas tiveram de socorrê-la com chás e compressas de água fria na testa. Silveira, ao seu turno, ficou mudo, sem saber o que fazer. Pôs a mão na cabeça e sentou-se a um canto, desconsolado. Já havia reparado nas intimidades com que ambos se tratavam, mas não imaginava que tivessem chegado a esse ponto. As irmãs, espantadas e curiosas, queriam saber os detalhes. Bárbara somente chorava. Ela até havia suspeitado, mas acreditava que as ervas que as escravas lhe ensinaram a tomar preveniriam a gravidez.

As viagens de Inácio eram constantes. Ia de São João Del Rei à Campanha do Rio Verde, de lá voltava e já seguia para as fazendas da Paraopeba arrematadas pelo futuro sogro. Ao chegar à cidade, como sempre fazia, Inácio mandou Jerônimo ir avisar à noiva que ele iria apenas tomar um banho e em seguida lhe faria uma visita. Quando entrou na casa do Dr. Silveira levou um susto. Em vez de ser recebido logo à porta pela noiva, com os carinhos habituais, encontrou toda a família solenemente na sala: o pai, a mãe, as irmãs e a tia Maria Emília. Bárbara estava pálida como cera, sentada com as mãos cruzadas no colo, e sequer olhou direito para ele quando entrou. Inácio ficou assustado! Começou a pensar que alguma coisa de muito ruim tinha acontecido. Josefa e Maria Emília o encaravam com os olhos fuzilando de raiva. Pareciam duas feras prontas a saltar em cima do seu pescoço. Involuntariamente, deu um passo atrás. Vinha com um lindo buquê de flores na mão, que depositou mecanicamente sobre a mesinha perto da porta de entrada. Não sabia se ria do inusitado daquela cena que se desenrolava à sua frente, ou se saia correndo. Silveira pigarreou e, olhando-o nos olhos, disse:

— Inácio, meu filho, sente-se por favor, precisamos ter uma conversa séria!

Ele olhou para os lados e para Bárbara, sem entender nada. Esperava que ela ao menos lhe desse uma pista do que estava acontecendo, mas ela continuava com a cabeça baixa. Silveira, verificando o constrangimento e o clima pesado que se formou na sala, falou para a esposa:

— Josefa, minha querida, pensando melhor, acho que deves ir com as meninas e tua irmã lá para dentro. Isso aqui deve ser uma conversa de homem para homem.

Josefa fez um gesto, em sinal de protesto, mas Silveira deu-lhe um olhar firme e severo e ela aquiesceu, retirando-se da sala, com as demais mulheres.

— Dr. Silveira, pelo amor de Deus, me diga o que está ocorrendo! — implorou Inácio, atônito.

Silveira respirou fundo, tentando se controlar.

— Meu filho, repare. Eu também já fui jovem e sei como são esses arroubos da juventude. Tu és um rapagão garboso, e a minha Bárbara é uma belezura, uma moça e tanto, hein? — e deu-lhe uma cutucada no ombro, sem graça alguma, só para tentar quebrar a tensão em que ambos se encontravam. – Tu és ouvidor, tens um cargo importante, mas sabes que como pai tenho que zelar pela reputação da minha filha, e...

– Dr. Silveira! – disse Inácio bruscamente, interrompendo-o naquele discurso moroso – Eu não sei do que o senhor está falando, mas de qualquer modo não tive a intenção...

Silveira nem esperou ele terminar a frase.

– Intenção? Bárbara está grávida! – gritou o Silveira, como que a colocar para fora uma trava presa na sua garganta. – Minha filha está grávida, seu irresponsável! – disse rispidamente. – Desonraste a minha casa! Traíste a minha confiança! E eu te recebendo aqui, como a um filho!... Eu devia era fazer como se fazia antigamente: dar-lhe um tiro no meio da cara – Silveira estava vermelho, alterado, gritando.

As mulheres, escutando atrás da porta, temeram que ele tivesse um mal súbito, e morresse ali mesmo!

– Grávida? – Inácio estava de boca aberta, os olhos arregalados. Engoliu em seco e disse, sem pensar: – Que maravilha, Dr. Silveira! Eu sempre quis ser pai!

– Ora, não me venha dar uma de sonso, seu idiota! Quem tu pensas que és? Isto aqui é uma casa de família e aqui nesta casa tu não és nada mais do que o desonrador da minha filha!

Ia já o pegando pelo pescoço quando Maria Emília achou melhor interferir e abrir a porta com estardalhaço. Josefa estava tão nervosa que tinha ido para o quarto, se acalmar.

– Calma, Silveira! Pare com isso! Vamos resolver isso de outra maneira, de forma civilizada. Vamos manter a calma – ponderou Maria Emília. – Não é o fim do mundo. Eles se amam. Inácio se casa com ela e pronto. Colocamos um ponto final nisso! Ninguém precisa saber que a Babe está esperando um filho.

Silveira soltou Inácio e eles se recompuseram, sentando-se novamente.

– Dr. Silveira – disse Inácio, sério, tentando aparentar calma –, eu amo sua filha como nunca amei ninguém. Nunca tive a intenção de desonrar aquela que será a minha futura esposa!

Silveira pediu à escrava um copo de água com açúcar, para se acalmar. Maria Emília foi quem interveio novamente:

– E então, meu rapaz, agora não tem outra solução. Para quando podemos marcar o casamento? – perguntou, com seu jeito prático de resolver as coisas.

— D. Maria Emília, o que eu mais quero na vida é me casar com Bárbara! Com filho ou sem filho, esse é o meu maior sonho! Mas o senhor sabe, Dr. Silveira, que enquanto não chegar a autorização real, não poderemos nos casar. Se eu fizer isso, serei não só destituído da minha função, como responderei pela minha desobediência perante a soberana. — Silveira olhou para ele com olhar feroz. — Além do mais — continuou —, agora com a ação judicial que foi interposta contra a nossa arrematação das fazendas, a situação ficou ainda mais complicada. Se houver casamento, o negócio vai ser anulado e aí é que eu fico sem nada: sem o posto, e sem as fazendas. Como vou cuidar da minha mulher e do meu filho, nesse estado?

Silveira balançou a cabeça e olhou para a cunhada Maria Emília, espantado e desolado. Não tinha pensado naquilo. Inácio tinha razão. O que dizia era verdade. Não poderia haver casamento.

— Então o que propões? — perguntou Silveira, com um tom de ameaça na voz. — Queres que a minha filha seja tua amante? — disse com ironia.

— Nunca me passou pela cabeça tal coisa, Dr. Silveira! — disse Inácio, ofendido. — Eu apenas acho que seria melhor para todos nós se conseguíssemos ocultar o estado de Bárbara por mais um tempo, até chegar a autorização real. Vou fazer de tudo para tentar apressar os papéis lá em Lisboa. Enquanto isso, dou-lhe minha palavra de honra de que cuidarei da sua filha como minha esposa, porque assim já a considero.

Maria Emília fez um muxoxo, em reprovação. Nem queria ver a reação da sua irmã Josefa, quando soubesse dessa conversa! Silveira também estava acuado. Não queria, ademais, estragar um negócio que estava se revelando tão promissor. Olhava para o teto, pensando, sem achar uma solução melhor.

— É, acho que o jeito vai ser esse mesmo, minha cunhada — finalmente disse para Maria Emília, ignorando o outro. — Vamos ter que explicar à Josefa. — Mas enquanto isso, Dr. Inácio Alvarenga — disse virando-se para ele, a voz alterada —, minha filha fica aqui dentro de casa, está ouvindo? E nada de sem-vergonhices aqui embaixo do meu teto, caso contrário eu não respondo por mim! Vamos aguardar essa autorização! E o senhor a providencie, rápido!

— Silveira, posso dar um palpite? — perguntou Maria Emília, com cautela. — Creio ser mais prudente levarmos Babe para a sua fazenda em Catas Altas, acompanhada de alguma irmã e amas, para não dar muito na vista. Seria bom que ela tivesse o filho longe daqui, para evitar o escândalo.

– Tens razão, cunhada – assentiu o Silveira. – Será assim!

Inácio acompanhava a conversa, atônito. Resolveu interferir:

– E eu, que sou o pai, não mereço ser ouvido? Pois eu não concordo! Eu quero ficar perto da minha mulher e ver meu filho nascer! – protestou veementemente Inácio.

– Senhor ouvidor – disse o Silveira, olhando para ele com ar agastado, pela primeira vez desde que o havia conhecido –, o senhor hoje aqui não tem o direito de dizer mais nada!

***

O pedido de anulação da arrematação das fazendas do Paraopeba atiçou a curiosidade do padre Caetano. Já havia notado que o ouvidor vivia metido na casa do advogado, pretenso arrematante daquelas terras. Em pouco tempo, começaram a circular pelas ruas da cidade pasquins dizendo que o Dr. Silveira era agora o homem mais bem quisto dos poderosos, porque mantinha as filhas em desonrosa prostituição, para alcançar os seus objetivos. Aumentava os boatos dizendo que na casa dele havia um estranho entra e sai de ministros e autoridades, com o sacrifício das suas belas e formosas filhas. Nos pasquins havia até um desenho com a caricatura do ouvidor, entrando sorrateiramente pelas portas do fundo da casa, com dizeres acima da pintura: *Lá vai o peralta para a festa!*

Enquanto D. Josefa vivia adoentada com a situação, e nem sequer saía mais às ruas, seu marido mantinha a postura de não dar ouvidos aos boatos, fingindo ignorar o falatório. Acreditava inocentemente que, agindo assim, as pessoas parariam de falar e o caso cairia no esquecimento. Ledo engano. Sua atitude, ao contrário do que esperava, foi alvo de maiores críticas. À boca pequena deram-lhe o apelido de "doutor surdo".

***

Acomodada na cabeceira da cama de sua mãe, no quarto de casal da fazenda em Catas Altas, Bárbara esperava o nascimento do seu bebê. Vestia apenas uma camisola de dormir, trazia os cabelos penteados em uma grande trança, tinha os pés inchados e a respiração estava ofegante. As dores haviam começado e o pai saíra de casa apressado para buscar a velha parteira na fazenda vizinha. Josefa segurava-lhe a mão e lhe dizia palavras de estímulo e conforto, incitando-a a ser forte. Era um alívio ter a mãe ali, consigo. Apesar de todos os dissabores que sabia ter lhe causado pelo seu romance com o ouvidor, principalmente pela sua gravidez prematura, a mãe a amava e lhe disse que não a abandonaria nesse momento.

As escravas já haviam corrido a colocar no fogo os grandes caldeirões, para ferver os panos de linho branco e as ervas que seriam usadas pela negra Sebastiana, quando chegasse a hora. No quarto, a mãe mandou colocar um altar com a imagem de Nossa Senhora do Bom Parto e as mucamas, ajoelhadas, acenderam velas e murmuravam preces baixinho, para proteger a mãe e a criança, e também para afastar os maus espíritos.

Do lado de fora, Inácio caminhava de um lado para outro, nervoso. Havia acabado de chegar de viagem, apenas a tempo de dar um beijo na testa de Bárbara e fazer-lhe um carinho, antes de Josefa fechar a porta para os trabalhos de parto. A partir daquele momento, somente as mulheres poderiam entrar ali. Bárbara sorriu para a mãe, agradecida, segurando-lhe fortemente a mão. Embora Josefa tivesse proibido Inácio de acompanhá--las a Catas Altas, o que certamente aumentaria e daria ensejo a maiores boatos, tratou-o com respeito e educação quando ele apareceu na fazenda, esbaforido como sempre, aflito. Bradava que ninguém nesse mundo o impediria de ver o nascimento do seu filho. Aquelas semanas ali, longe dele, fizeram aumentar nela a certeza de que o amava, de que viveria com ele para sempre, de qualquer maneira, ainda que sem casamento.

Enquanto esperava ansioso do lado de fora do quarto, torcendo as mãos, Inácio pensava também nos seus compromissos. Agora viajava feito um louco, entusiasmadíssimo com a gestão de suas fazendas e com os resultados que já começava a colher. Pediu dinheiro emprestado a Macedo, comprou escravos para o trabalho nas lavras, e já havia formulado à rainha outro pedido para reformar os seus engenhos. O mercado de aguardente e de açúcar era promissor, conforme lhe assegurou João Rodrigues de Macedo, especialista no assunto. Macedo controlava todo o comércio dessas mercadorias no centro-sul do país. Além do mais, esse tipo de produção agrícola poderia conviver tranquilamente com a exploração das suas lavras.

Tinha levado Jerônimo e a mucama Lucíola, cedida pelo Dr. Silveira, para cuidarem da Fazenda Bom Retiro, em Paraopeba, agora que os dois estavam vivendo juntos. D. Josefa preparou para a moça um bonito enxoval, as filhas deram-lhe alguns dos seus vestidos, e ela partiu, como uma verdadeira sinhazinha, de braços dados com o seu português. Despediu-se das meninas, feliz. Seriam administradores da nova fazenda do patrão.

Inácio também agora se empenhava em negociar e renegociar as suas dívidas. Teve um desentendimento sério com alguns comerciantes de São João Del Rei por conta dos pagamentos das mercadorias que eles haviam fornecido, a pedido do ouvidor, para o abastecimento das tropas na guerra do sul. Os lojistas tiveram conhecimento de que a Real Fazenda enviou ao contratador Macedo o dinheiro que lhes era devido, mas não haviam recebido nenhum tostão. Quando descobriram que o ouvidor havia negociado o dinheiro do Erário com Macedo, para que o contratador o abatesse do montante da sua dívida pessoal, ficaram furiosos. A combinação do ouvidor com Macedo causou revolta. Houve uma queixa geral, dirigida ao próprio governador, que lhe pediu para resolver urgente aquela situação. Inácio, habilidoso e com sua boa conversa, começou a percorrer as casas de comércio uma a uma, antecipando uma pequena parcela do dinheiro e explicando aos seus proprietários que em breve pagaria o resto. Afirmava que estava a ponto de receber o restante da sua herança no Rio de Janeiro. Assim, acreditava, havia conseguido acalmar o ânimo exaltado dos credores, ao menos por enquanto. Mas havia tanto o que se fazer! E precisava de muito mais dinheiro.

Estava absorto nessas divagações quando, de repente, ouviu-se ecoar pela casa um choro forte de criança. Olhou espantado para os lados, sem saber o que fazer, quando viu que o Dr. Silveira estava ao seu lado, calmamente enrolando o seu cigarro de palha e fazendo-lhe sinal para se acalmar. Já passara por aquilo várias vezes. Não era preciso estar tão agoniado. Ele se sentou, incomodado. Sua vontade era arrombar a porta do quarto e ver o que estava acontecendo.

Passado mais um tempo, que lhe pareceram horas, uma negra alta, de mãos fortes e sorriso largo apareceu à porta, carregando nos braços um embrulho onde se contorcia um bebê gorducho. Era a parteira Sebastiana que, olhando para Inácio com ternura e sem hesitação, depositou a criança gentilmente no seu colo, dizendo:

– É uma linda menina! O senhor está de parabéns. É uma criança forte e sadia. A mãe é boa parideira, a menina nasceu fácil. Ainda vai ter muitos outros, se quiser.

Inácio olhou enternecido para aquele bebezinho frágil nos seus braços, e não conseguiu segurar as grossas lágrimas que começaram a rolar pelas suas faces. Nunca pensou em sua vida que sentiria uma emoção como aquela, de carregar no colo a própria filha! Tentou disfarçar olhando para os lados, mas logo encontrou os olhos do Dr. Silveira, também marejados. Ficou parado, atônito, segurando a criança, sem jeito, até que por fim ela deu um chorinho e ele resolveu brincar com as suas mãozinhas, falando palavras de carinho. A parteira veio socorrê-lo, retirando o bebê dos seus braços e voltando com ela para o quarto. Ele fez menção de entrar. Queria ver Bárbara, saber como estava.

– Não senhor! – a negra o barrou, fechando a porta. – Sua mulher agora precisa de repouso e de se recompor! Somente amanhã à tardinha! – disse, imperativa.

Ele protestou, mas Silveira o pegou pelo braço e lhe disse, com tom paternal:

– Não vale a pena insistir, meu filho! Deixemos as mulheres tomarem conta de tudo, porque isso elas sabem fazer muito melhor do que nós – e riu. – Tu pareces cansado da viagem. Venha, vamos lá para a varanda apreciar o luar, que está uma beleza e tomar uma bagaceira das boas juntos, para comemorar e falar sobre os nossos negócios!

No outro dia, no final da tarde, após o jantar, Josefa finalmente permitiu que Inácio entrasse no quarto para ver Bárbara e a criança. Encontrou-a recostada na cama, recomposta. Estava sorridente, corada e bem-disposta. Ao seu lado, em uma poltrona, a ama de leite amamentava o bebê. Ele ajoelhou-se aos pés da cama, extasiado com aquela visão, que para ele parecia uma cena do paraíso.

– Minha flor! – disse, beijando-lhe as mãos com carinho. – Não tenho dúvidas, ao vê-la assim, ao lado da nossa filhinha, que tu és a mulher mais bonita que já pisou nesta terra! Sou o homem mais feliz do mundo! Ontem estava nervoso, temi por ti, pela nossa filha, mas veja que lindo presente tu me destes. Ela é tão linda como a mãe!

Bárbara sorriu para ele, embevecida.

– Ora Inácio, seu bobo, não exagere! Todos os bebês são parecidos. Somente daqui a alguns meses é que saberemos se ela puxou a ti ou a mim – retrucou carinhosamente, enquanto se virava para pegar o bebê dos braços da ama.

– Que nome lhe daremos? – perguntou Inácio, enquanto brincava com os dedinhos da menina.

– Maria Ifigênia. O que tu achas? Era o nome da minha bisavó paterna e gostaria de fazer uma homenagem ao meu pai.

– Acho lindo! – respondeu, totalmente enlevado. – Tu e nossa Maria Ifigênia, meus dois amores! Minha família!

Ele abraçou a ambas, com ternura. Tirou do bolso uma pequena caixa de veludo, que depositou no colo de Bárbara.

– Minha querida, abra, é um pequeno presente que eu trouxe para ti, meramente simbólico. Em breve lhe cobrirei de joias!

Bárbara balançou a cabeça em reprovação pelo exagero do amado. Olhou a caixinha e a abriu, curiosa. Dentro havia um colar com um delicado pingente, no qual foi incrustada uma pequena pepita de ouro, em estado bruto.

Ela pegou o colar, admirada com a sua simplicidade e beleza.

– Esse pingente, meu amor, que mandei confeccionar especialmente para ti, foi feito com a primeira pedrinha que extraímos das nossas lavras na Fazenda Boa Vista. É o símbolo da nossa sorte, do precioso metal que brotará das nossas terras. Quero que o carregues sempre contigo!

Os pais de Bárbara, observando de longe aquela cena, não tiveram como não se emocionar. *Vai ver eu estava enganada e esse rapaz vai ser um bom marido para a minha filha!*, pensou Josefa, enxugando discretamente uma lágrima que lhe caia dos olhos.

***

A vida de Bárbara e Inácio ia se ajeitando, na medida do possível. Ela resolveu ficar em Catas Altas até o final do seu período de resguardo. Findado esse período, no entanto, foi aconselhada pelos pais a permanecer ali até que a boataria se acalmasse. Enquanto isso, com a complacência dos futuros sogros, Inácio visitava a mulher e a filha na fazenda, sempre que podia. Era apaixonado pelas duas e, muitas vezes, viajava durante a noite inteira somente para passar umas poucas horas com elas. Não queria abandoná-las de jeito nenhum. Vibrava quando a filha fazia sinal de reconhecê-lo.

Maria Ifigênia era um lindo bebê, com a pele rosada e os cabelos louros. Tinha uns olhinhos espertos, que encantava os pais e avós. Foi, portanto, com pesar que D. Josefa teve que deixar a filha e a neta na fazenda com as amas, para voltar para sua casa em São João Del Rei. Dois fatos a preocuparam e exigiram a sua presença. O primeiro foi a notícia de que Teresa, grávida, estava com sérios problemas de saúde, que a obrigavam a ficar a maior parte do tempo de repouso. Matias, esposo amoroso e atento, percebera sinais de extremo cansaço em qualquer pequena caminhada que Teresa fazia e levou-a ao médico que, diante do seu estado, a proibiu de sair de casa.

O segundo era talvez mais sério e deixou Josefa bastante preocupada: Anna Fortunata. Maria Emília, em uma de suas visitas a Catas Altas, contou-lhe que, na sua ausência e de Silveira, João de Faria não saía mais de dentro da sua casa, e os dois estavam tendo um relacionamento amoroso, à vista de todos, sem a permissão do pai.

– Silveira, tu tens que tomar uma providência! Mais uma mãe solteira aqui dentro de casa eu não vou suportar – dizia-lhe Josefa, andando de um lado para outro. – Meu Deus, onde foi que erramos na criação dessas meninas?

– Não se preocupe, Josefa, vou resolver isso. Mande-me chamar Anna aqui – disse, com autoridade. – Quero que ela me explique direitinho essa história.

Anna Fortunata chegou à sala com os olhos vermelhos de tanto chorar. Para surpresa de todos, no entanto, resolveu enfrentar o pai e desafiá-lo.

– Então eu não posso namorar quem eu queira, meu pai? Somente Bárbara tem o privilégio nesta casa de dormir com o amante dela? E os falatórios, os pasquins? Por que o senhor só ralha comigo? Isso é porque João não é importante como Inácio?

Silveira não aguentou o atrevimento da filha e, sem pensar, deu um tapa no seu rosto.

– Vá para o seu quarto, sua insolente! Tu estás proibida de sair de lá sem o meu consentimento! – Silveira gritou, vermelho de raiva.

– Pai, calma! – ponderou Francisca – não ligue para o que a Anna disse. Ela está transtornada e de cabeça virada por esse homem!

– Pois eu vou agora mesmo ao fórum atrás desse moleque. E pensar que eu o ajudei tantas vezes! Desonrar a minha casa! Ingrato! Quem ele pensa que é?

Silveira chegou ao fórum transtornado, à procura de João de Faria. Por sorte encontrou-se com Nicolau pelo caminho, que o acalmou um pouco. Localizaram o rapaz trabalhando tranquilamente no cartório. Ao ver Silveira se aproximar, junto com Nicolau, João ficou lívido de susto. Mas era dissimulado e mau-caráter, de modo que tratou o Silveira como se nada tivesse ocorrido. Nicolau os levou para um local reservado, onde pudessem conversar à vontade. Silveira pediu satisfações:

– Com que autorização tu entras na minha casa, sem o meu consentimento, para se aproveitar da minha filha, seu moleque? – gritou o Silveira. – Sabes que posso te fazer perder o teu emprego junto ao ouvidor ou então, o que é melhor, mandar meus capangas te darem uma surra?

João de Faria olhou-o, com desprezo.

– O senhor pensa que é muito poderoso, não é, Dr. Silveira? Por conta de tua filha viver amasiada com o ouvidor, não é? Pois saiba que os teus dias de glória estão acabando. O ouvidor já disse que deixará a ouvidoria e aí o senhor não terá mais ninguém para protegê-lo.

Silveira pegou-o pelo pescoço.

– Seu irresponsável, insolente! Saiba que quando tu ainda usavas cueiros, eu já era advogado respeitado há muito tempo. Cala esta tua boca antes que eu te quebre os dentes! O que fizeste com a minha filha, diga-me! Vais ter que te casar com ela!

João de Faria deu um sorrisinho de deboche.

– Não fiz nada que ela não quisesse, Dr. Silveira. E disse a ela que não vou me casar. Estou voltando para o Rio de Janeiro, onde tenho uma noiva à minha espera! Vamos nos casar no final do ano.

Silveira se afastou, totalmente perplexo, sem saber o que fazer. Nicolau veio em seu socorro e deu um murro que acertou em cheio o queixo de João. A boca dele começou a sangrar e ele ainda recebeu outro, na boca do estômago, que o fez se contorcer de dor.

– Idiota! – gritou Nicolau. – Isso é para aprenderes a desrespeitar a filha dos outros. Suma daqui. Ande. Se não saíres imediatamente, será o ouvidor em pessoa que mandará te por a ferros!

João de Faria recolheu as suas coisas e colocou-se a correr. Nicolau voltou para acudir o Silveira, que se sentou em um banco próximo, sentindo uma forte dor no peito.

– Quer que mande chamar o médico, Dr. Silveira? – perguntou, solícito.

– Não, filho, obrigado! Já está passando. Estou ficando muito velho para tantas contrariedades... Minhas filhas, Nicolau... Estou perdendo o controle... – respondeu, com a voz triste, balançando a cabeça.

Em sua casa, Anna Fortunata chorava, trancada no quarto. *O que eu fiz de errado, meu Deus, para merecer isso? Por que não tenho sorte? Serei feia, por acaso? Por que nenhum homem quer um relacionamento sério comigo? Por que Teresa, Maria Alice e agora até Francisca, conseguem namorar e se casar e eu não consigo? Bárbara teve uma filha com o seu amante e vive em situação mais vergonhosa do que a minha, mas ninguém reclama com ela! O que será da minha vida?*, pensava, desconsolada, e jogou-se no chão, em pranto compulsivo.

À noite, enquanto todos dormiam, Anna Fortunata decidiu que não suportaria mais tanta humilhação. Sua vida não valia a pena. Nada valia a pena.

Saiu furtivamente pela porta dos fundos. Respirou o ar fresco da noite, olhou para o céu e pediu mentalmente desculpas ao pai e à mãe pelo que iria fazer. Saiu como um fantasma e se dirigiu para o centro da cidade. As ruas estavam completamente desertas, escuras. Nem uma viva alma, nem um barulho se poderia ouvir, mas ela não teve medo. Subiu a murada da ponte dos Suspiros e se jogou. Por sorte, dois andarilhos que estavam dormindo próximo à ponte ouviram o barulho e foram ver o que era. Anna ainda estava viva. Mas nunca mais foi a mesma. Após se recuperar das vértebras quebradas, das escoriações e machucados, pediu ao pai que a levasse para o convento, de onde nunca mais saiu.

VIDA TUMULTUADA
São João Del Rei

> *Entretanto, espero que vosmecê dê alguma desculpa a um mineiro, que tem a obrigação, e a necessidade de ser mentiroso como os outros.*
>
> "Carta ao capitão Vicente Vieira de Mota",
> Inácio José de Alvarenga Peixoto

A briga com os sucessores e credores de João de Sousa Lisboa pelas fazendas da Paraopeba arrematadas por Silveira para Inácio continuava acesa, exigindo o trabalho contínuo do advogado Cláudio Manuel. Para atender às questões relativas à ação judicial, aos trabalhos finais do seu mandato na ouvidoria e à administração das novas fazendas, Inácio teve que se desdobrar, intensificando a quantidade das suas viagens.

Mal tinha tempo de ir visitar a mulher e a filha. Para complicar, em uma das viagens acabou por apanhar malária e teve que ficar acamado em sua fazenda no Bom Retiro por um bom tempo, acometido das malditas febres, as sezões. Escreveu uma longa carta à D. Maria I, de Portugal, solicitando-lhe a dispensa do seu Real Serviço. Desmanchava-se em elogios à rainha e justificava a sua atitude com a desculpa de que, na nova função de fazendeiro e minerador, melhor serviria ao reino e à sua soberana.

Ao mesmo tempo, enviou uma correspondência à Basílio da Gama pedindo-lhe desculpas pelo ocorrido naquela noite em São João Del Rei. Aproveitava para lhe pedir, em tom bem humorado, que agilizasse o seu pedido de autorização para se casar com "a mulher da sua vida", caso contrário, se essa liberação demorasse muito, nem seria mais preciso. Basílio respondeu depressa e de modo efusivo. Disse que aceitava o pedido de desculpas, que sabia estar o irmão ultimamente fazendo muitas "tontices" e que ia fazer todo o possível em relação ao seu pedido. Tanta receptividade cativou e animou Inácio. Não estava na sua natureza fazer inimigos.

Lá em Catas Altas, sozinha com a filha e cansada da espera, Bárbara acordou um dia chateada e, sem aviso, juntou as suas coisas, as criadas e Maria Ifigênia e partiu para São João Del Rei. Ela não se intimidava por nada e não fazia sentido continuar ali, distante de tudo e de todos, recebendo notícias esparsas do que acontecia na cidade, por intermédio das suas irmãs. Sentia, sobretudo, imensa falta de Inácio, dos seus carinhos, do seu corpo, da sua presença. Não podia viver sem ele. Chegou à casa dos pais em uma tarde chuvosa, com uma quantidade enorme de baús e com Maria Ifigênia no colo. A mãe se assustou um pouco, mas acabou por concordar com a situação. Ela também não aguentava mais de saudades da neta e a chegada delas trouxe grande movimentação à casa.

A notícia, no entanto, de que a filha mais velha do Dr. Silveira teve uma filha do ouvidor e agora estava vivendo com a família, que acobertava aquela mancebia, soou como a explosão de uma mina no seio da pacata e tradicional sociedade são-joanense. Não se comentava outra coisa nas reuniões familiares, na Igreja, nas festas, nas apresentações de música. As mulheres faziam comentários maldosos e jocosos e algumas delas afirmavam ter visto o ouvidor, várias vezes, passeando com a filhinha no colo. Estavam todos chocados. Para complicar, uma nova leva de pasquins voltou a circular pelas ruas, denunciando o escândalo da continuação das relações de amizade entre o Silveira e o ouvidor, mesmo depois de ele ter desonrado a sua filha. D. Josefa, envergonhada, lamentava a todo momento o destino de Bárbara e Anna Fortunata e rezava pelas outras filhas. Bárbara, embora não demonstrasse, também estava incomodada e algumas vezes deixava transparecer para Inácio o seu desconforto em relação àquela situação.

Esses boatos enfureceram e agastaram de vez o ouvidor, forçando-o a tomar uma atitude mais enérgica. Enquanto os falatórios envolviam apenas a sua pessoa, tinha deixado a coisa passar, para não colocar mais lenha na fogueira. Agora não. O padre Caetano havia extrapolado os seus limites ao envolver o nome da sua mulher e da sua filha. Ameaçou o padre de prisão, se continuasse com aquilo e, diante da autoria confessa dos pasquins, abriu uma larga devassa e processou por injúrias o capitão Manuel da Costa Villas Boas e Gama e o seu primo, o alferes Caetano José de Almeida. Eram os parentes do padre Caetano que, incitados por ele, produziam e copiavam os folhetos que corriam de mão em mão. Reuniu ainda aquelas pessoas da vila que estavam insatisfeitas com os desmandos e promiscuidade do padre e, com o consentimento delas, redigiu uma longa carta, que na verdade era mais um relatório, e a enviou à rainha em nome dos moradores da vila de São João Del Rei. Nessa carta, se descreviam todos os malfeitos do padre, a vida profana e luxuriosa que ele levava e a indignação dos seus paroquianos.

Inácio já estava farto da magistratura. Como última manifestação de apreço ao seu sogro, antes de deixar a ouvidoria, ele o nomeou para o cargo de juiz de órfãos da comarca. Mais uma vez, imprudentemente, deitou lenha à fogueira da boataria maldosa: em breve começaram a circular os comentários de que ambos haviam se conluiado mais uma vez, agora para colocar a mão no dinheiro das criancinhas desamparadas. A vida do ouvidor parecia não ter mais sossego. E a sua conduta, na verdade, não ajudava em nada a minorar a sua situação.

**

– Está tudo bem contigo, Babe? Pareces distante... – perguntou Francisca à irmã, que estava calada, sentada sozinha na varanda da casa.

– Hã... Francisca... o que foi? Perguntaste alguma coisa?

– Acorda, Babe! – brincou a irmã, sorrindo. – Estou apenas querendo saber se está tudo bem contigo. Tens andado calada e pareces estar alheia a tudo.

Bárbara abaixou a cabeça e, após um longo silêncio, respondeu:

– Francisca, vou te contar porque preciso desabafar o meu coração. Ele está apertado e se eu não contar para ninguém, acho que vou explodir...

– Nossa, minha irmã! – exclamou Francisca, sentando-se ao seu lado. – O que está acontecendo? Alguma coisa com Maria Ifigênia?

– Não, graças a Deus, Ifigênia está crescendo forte e bonita. – E esboçou um sorriso cheio de orgulho ao pensar na filhinha. – É a minha situação com Inácio que me perturba. Veja, já se passou mais de um ano que ele deixou a ouvidoria e não falou mais em casamento. A autorização da rainha não veio, mas nem é mais necessária. Não há impedimento nenhum, Francisca!

Francisca remexeu-se na cadeira, desconfortável. Sabia que aquele estado de perfeita mancebia em que vivia a irmã era constrangedor para toda a família. Ela mesma, pensava, teve que explicar tudo com cuidado para o noivo, com medo de que ele achasse que havia uma excessiva liberdade de costumes dentro da sua casa.

– Eu posso imaginar como tu estás te sentindo, minha irmã – limitou-se a dizer, calando-se depois, com o semblante preocupado.

– Francisca, eu não entendo! Ele diz que me ama tanto... e à nossa filhinha... Mas fica aí, a cavalgar de uma fazenda para outra, como se essa vida quase como um tropeiro fosse o melhor dos mundos! Mal nos temos visto, ultimamente. E eu aqui, com vergonha de sair às ruas. Ontem mesmo, fui ao comércio na rua Direita e uma senhora, a vizinha da D. Gertrudes, virou-me o rosto! Como se eu fosse uma prostituta!

– Ora, Babe, também não exagere! – ponderou Francisca, querendo amenizar a situação. – Todo mundo aqui em São João Del Rei sempre te admirou pelos teus talentos e tua beleza!

Bárbara meneou a cabeça, tristonha.

– Não, minha irmã, não estou exagerando. Estou sentindo isso, na pele. Agora veja, é justo que Maria Ifigênia fique por tanto tempo sem ser batizada? Não podemos sequer levá-la à igreja, a pobrezinha, porque não se permite que os filhos de pais que não sejam casados recebam o sacramento! Eu não sei, Deus me perdoe, mas acho isso um absurdo: o que é que as crianças puras e inocentes têm que ver com isso?

Francisca concordava com a irmã, calada, ouvindo e meneando a cabeça. Bárbara continuava a se queixar, dando vazão àqueles sentimentos e palavras represados há muito tempo no seu coração.

– Não, Francisca – prosseguiu. – Mamãe tem razão quando diz que não fomos criadas para viver assim. Já imaginou se Maria Ifigênia, coitadinha, algum dia for discriminada e apontada nas ruas, como uma criança bastarda? Eu acho que morrerei!

Bárbara começou a chorar, soluçando. Francisca persignou-se, com o sinal da cruz.

– Credo, minha irmã, isso não vai acontecer, Deus nos livre!

Ao vê-la chorar, Francisca ficou indignada com o fardo que a irmã estava sendo obrigada a suportar. Até aquele momento, refletia, só havia pensado na sua própria vergonha, e na de sua família. Havia se esquecido de pensar na irmã, no quanto ela deveria estar sofrendo com aquela situação dúbia e indefinida em que vivia. De fato, pensando bem, receber Inácio no seu quarto, com o conhecimento de todos, quando não eram ainda casados, não devia ser agradável. A sociedade era hipócrita, e não hesitava em apontar aquelas que viviam assim como se fossem verdadeiras prostitutas.

– Babe, veja pelo ponto de vista positivo! – Francisca ainda tentou minorar o sofrimento da irmã, compadecida com a sua dor. – Inácio te adora, e à Maria Ifigênia, então, nem se fala. É louco por ela. Difícil se ver um pai tão amoroso. Nosso pai, também, de qualquer modo, entende justificada essa situação, porque como ainda se arrasta a tal ação judicial, haveria mais um motivo para anular a compra das fazendas, caso vocês se casassem.

– Ora, Francisca, poupe-me! – protestou Bárbara, secando as lágrimas dos olhos. – Não há ninguém aqui em São João que não saiba que eu e Inácio vivemos como casados! Depois que circularam os tais pasquins, então, estou me sentido a própria pecadora, a Maria Madalena de São João Del Rei!... E além do mais – acrescentou, já exaltada – que amor é esse que ele nos tem, que permite nos deixar assim, nesse estado? Será que as fazendas são mais importantes do que nós? E, além disso, Francisca, há mais de uma semana não tenho notícias dele! Nem uma carta, nem um bilhete sequer! Onde andará esse homem, minha irmã? Estou quase em desespero!

Francisca estava nitidamente incomodada. Levantou-se e foi até à janela, nervosa. Não sabia se contava ou não à irmã o que sabia, pois isso a feriria ainda mais, e não adiantaria nada.

– O que foi, Francisca? Por que estás assim com essa cara? Sabes de alguma coisa que eu não sei? – Francisca abaixou a cabeça, tentando esconder o rosto. – Anda, dize-me – Bárbara a segurou pelos ombros, forçando-a a olhar para si. – Não me esconda nada, minha irmã, por favor!

– Está bem, Babe, vou lhe mostrar o que sei. Julgue por ti mesma.

E foi ao seu quarto buscar um folheto, que entregou para a irmã, sem graça. Bárbara prendeu a respiração. Não podia ser verdade! Suas mãos ficaram geladas e o rosto tornou-se branco de indignação.

O pasquim mostrava uma caricatura de Inácio e João Rodrigues de Macedo jogando gamão com mais dois homens, e várias mulheres em volta, vestidas como dançarinas. Inácio tinha os olhos esbugalhados, e a boca aberta, como se tivesse ficado surpreso com o jogo. Macedo olhava de lado, dando um risinho de espertaza. Embaixo da gravura, uma frase dizia: *Lá vai o peralta, tentar recuperar o que roubou dos comerciantes, na jogatina do Macedo!*

Bárbara ficou lívida.

– Por que ninguém me contou nada, Francisca?! – ralhou com a irmã.

– Babe... – Francisca hesitou. – Papai viu, mas nós temíamos que tu te aborrecesses mais ainda. Mesmo porque, certamente é uma mentira. Todos sabem que Inácio tem inimigos e quem está por trás disso.

— Não, Francisca, agora essa situação passou da conta. Não vou mais aguentar isso! Estou cansada. Vou agora mesmo falar com o nosso pai. Isso não pode ficar assim! – disse, bufando de raiva.

Silveira estava calmamente sentado no seu escritório, lendo um livro, quando Bárbara entrou, exaltada. Atrás dela, Francisca tentava fazer sinal para o pai de que ela tinha visto a gravura.

— Pai, o senhor viu este folhetim?

Silveira olhou para o papel em suas mãos e abaixou os olhos, devagar, fechando o livro.

— Sim, filha, vi, mas não dei a ele a menor importância. Isso são mais calúnias contra Inácio, Bárbara, não se aflija tanto. É sempre assim com as pessoas que detêm ou detiveram muito poder, como é o caso dele. Há muita inveja, e na profissão que ele exercia não dava para agradar a todo mundo.

Bárbara suspirou. O pai sempre tentava defender Inácio.

— Pai, por favor, não vamos minimizar as coisas. O senhor tem visto como eu tenho vivido, com esse atraso na realização do nosso casamento. E agora isso! O senhor por acaso saberia me dizer onde se encontra o meu noivo e *provável* futuro esposo? Há mais de uma semana que não tenho notícias dele.

Silveira pensou um pouco.

— Filha, não vou te mentir. Ele está, de fato, em Vila Rica, creio que hospedado na casa do Dr. Cláudio. Pediu-me para não lhe dizer nada, mas ele precisava conversar com Macedo e colocar em ordem a contabilidade das fazendas. O negócio que ele tem em mente é grande, filha, vai ser preciso um investimento enorme!

— Então, pelo que estou vendo, ele confia mais no senhor do que em mim! Com todo o respeito, papai! E é assim, no jogo, que ele pretende quitar as suas dívidas? Francamente... Bárbara estava nervosa, andando de um lado para o outro.

— Bárbara, minha filha, não fique assim. Espere ele chegar. Ele me disse que não demoraria. Ele vai te explicar tudo.

— Papai, sinto muito, mas para mim chega. Foi a gota d'água. Não quero viver assim e não foi essa a vida que sonhei para mim. Já estou cansada de esperar pela regularização da nossa situação e da nossa filha. Não é justo nem comigo e nem com Maria Ifigênia. Ao menos o senhor deveria pensar em nós! – protestou.

— Bárbara, eu... – balbuciou o Silveira, sem saber o que dizer.

– Quero pedir a sua autorização para ir-me embora de São João Del Rei. Vou morar na fazenda de Catas Altas com a minha filha, e vou criá-la lá, até que as pessoas em São João se esqueçam de tudo isso. Acho que vai ser até bom, porque o senhor sabe como sou. Poderei auxiliá-lo a administrar a propriedade. Vou arrumar as nossas coisas e partirei amanhã mesmo, antes que Inácio chegue e nos encontre ainda por aqui.

– Mas, filha, veja bem o que tu estás a fazer. Teu noivo não vai gostar disso. E eu vou ficar encrencado.

– Não me importo se ele vai gostar ou não. Estou decidida, pai. O senhor permite que eu vá morar na fazenda?

Silveira meneou a cabeça, desolado. Sabia que quando a filha decidia alguma coisa, ninguém a demovia. *Tem um gênio horrível!*, pensou, fazendo uma careta.

– Está bem, Bárbara, assim seja. Não deixo de lhe dar razão! Se tu queres mesmo partir, vá com a minha benção. Vou mandar o teu irmão José Maria te acompanhar. Ele já é um rapazinho e ao menos lhe servirá de companhia. Além do mais, a sua mãe está preocupada com certas amizades que ele anda frequentando aqui em São João... Vai ser bom para ambos, acho!

– Obrigada, papai – disse Bárbara, beijando-lhe as mãos. – Vou já falar com o José Maria, para ele se aprontar também. O senhor poderia falar com a mamãe? Não gostaria de partir sem o consentimento dela também.

– Não se preocupe, Babe, falarei com ela – respondeu o pai. – E quanto a teu noivo, Babe, o que digo? Que tu partiste sem qualquer razão?

– Pai, o senhor diga a ele que a partir de hoje sou uma simples mãe solteira. Para ele não me procurar nunca mais e se esquecer de que algum dia teve uma filha – respondeu, decidida.

Silveira coçou a cabeça, preocupado. Nem queria imaginar a reação de Inácio à essa inesperada atitude da filha.

ORDEM DE CASAMENTO
Catas Altas

> *Rompa-se o forte laço, que é fraqueza*
> *Ceder a amor, o brio deslustrando;*
> *Vença-te o brio, pelo amor cortando,*
> *Que é honra, que é valor, que é fortaleza.*
>
> "Soneto à Alteia", Alvarenga Peixoto

– Inácio, filho, compreenda! Nós aqui em casa não tivemos nada com isso. Tu pareces não conhecer Bárbara! Ela é assim mesmo... faz o que lhe dá na cabeça...

– Dr. Silveira, mas ela precisava colocar aqueles homens armados impedindo a minha entrada na fazenda? Eu por acaso sou algum desconhecido, um bandido? Pegou-me desprevenido, caso contrário eu teria ido armado também e entraria lá de qualquer jeito. Onde já se viu? E ter a audácia de me impedir de ver a minha própria filha?

Inácio estava furioso. Erguia os pulsos, o rosto vermelho. Parecia que ia explodir.

– Filho, fique calmo. Assim não vais conseguir nada. Vamos tentar resolver essa situação de outro modo – ponderou o Silveira, tentando consertar a situação.

– Dr. Silveira, eu amo Bárbara e quero me casar com ela! Será que ela pode duvidar disso? O senhor está bem a par dos motivos pelos quais eu não fiz isso até hoje e o senhor mesmo concordou! Não estamos nessa situação sem o seu consentimento! – Inácio acusava o Silveira, exaltado.

– Não nego a minha parcela de culpa, Inácio. Mas lembra-te que foi o próprio Dr. Cláudio Manuel que nos aconselhou a agir com essa cautela.

– Sei... sei... Dr. Silveira. – Inácio andava de um lado para outro, nervoso. – Não adianta ficarmos aqui nos acusando um ao outro. Só sei que não vou perder Bárbara por causa disso... de jeito nenhum... e nem ficar sem ver a minha filha... O senhor tem que nos ajudar, Dr. Silveira!

Eu quero marcar o casamento para breve. Que se dane a fazenda e o que mais houver de empecilho a isso! – Disse, decidido, os olhos brilhando.

– Não, Inácio, espera! – ponderou o Silveira. – Não vamos nos afobar. Não é por causa de um ou dois meses a mais que colocaremos tudo a perder. O que está feito, está feito, não tem remédio. Temos só que convencer Bárbara a esperar um pouco mais.

Inácio pensou um pouco.

– Está certo, Dr. Silveira, o senhor tem razão – respondeu, deixando-se cair na cadeira, desolado. – Mas pelo menos o senhor poderia ir lá e explicar tudo isso para ela? Preciso vê-la, não suporto mais a ausência dela e da nossa filhinha! Quero que o senhor lhe entregue uma carta minha, com meu pedido de desculpas por tudo isso... Ela tem que me perdoar, Dr. Silveira!

– Claro que sim, meu filho. Amanhã mesmo seguirei para Catas Altas, com esse objetivo.

Inácio suspirou, um pouco aliviado.

***

Ao chegar à fazenda, Silveira encontrou a filha no canteiro de hortaliças, ajudando a cozinheira a colher verduras para o almoço. Estava usando um vestido simples de algodão rústico, o cabelo amarrado em um rabo de cavalo, tinha a pele corada pelos dias ao ar livre e sob o sol. Estava com excelente aspecto, não fosse pela ponta de tristeza que trazia nos seus belos olhos. Ao seu lado, Maria Ifigênia brincava distraída, com uma das filhas dos criados. Ao ver o pai, Bárbara correu em sua direção, abraçando-o.

– Babe, tu estás tão bonita! Como tem passado aqui nesse fim de mundo? – disse, brincando com ela.

Ela sorriu em retribuição.

– Muito bem, papai. Ifigênia tem se desenvolvido muito e vive brincando e correndo para todos os lados. Reparastes como ela cresceu? Adora ver os passarinhos, brincar na terra. Ela é muito esperta!

Silveira inclinou-se para pegar a neta no colo. Abraçou-a e beijou-a, com carinho.

– Bárbara, vamos lá para dentro. Preciso conversar a sós contigo. Onde está o José Maria?

– Ah, pai, aquele ali é um problema! Já estava para lhe falar sobre isso. Vive na senzala, atrás das escravas mais jovens. Qualquer hora dessas ele vai arrumar uma encrenca!

– Bom, deixemos isso para depois – disse, conduzindo-a para a sala do amplo casarão.

Depois de um momento de silêncio, após se sentarem, em que Silveira parecia meditar sobre como colocar o assunto, ele finalmente disse.

– Inácio esteve comigo, Bárbara.

Ela olhou para ele, e fez cara de desdém. Silveira não se impressionou e prosseguiu:

– Ele queixou-se de que viajou até aqui para vê-la, e tu não deixaste que ele entrasse na fazenda. Disse que puseste homens armados para proteger-te.

Bárbara virou o rosto, disfarçando o riso.

– O que foi? – perguntou o pai.

– Nada, pai! Aconteceu isso mesmo. Mas até que foi engraçado! Acho que dei a ele um bom castigo!

Silveira não conseguiu controlar o riso.

– Se deu, minha filha! – respondeu, levantando as mãos. – Ele está desesperado! Enviou-me para lhe pedir desculpas e dizer que quer se casar contigo ainda que se arrisque a perder as fazendas.

Bárbara olhou para o pai, surpresa.

– Eu é que ponderei a ele que não era a hora, Babe – continuou. Deveríamos esperar um pouco mais...

– Deveríamos... sei... e ele aceitou isso? – perguntou, irritada.

– Sim, filha, ele concordou comigo que era melhor esperar um pouco mais. Foi o próprio Dr. Cláudio quem nos aconselhou.

– Bons conselhos! – disse, com raiva, levantando-se. – Parece que ninguém se preocupa comigo e nem com Ifigênia. Nem o senhor, pelo visto. Homens! Desculpe-me, pai, mas vós todos sois iguais!

– Babe, seja razoável... Que diferença farão mais alguns meses? É só o tempo de o Dr. Cláudio obter a decisão judicial... Minha filha, eu investi uma fortuna naquelas fazendas... Se tivermos que devolvê-las, estou arruinado...

Bárbara olhou para o pai com raiva e não disse uma palavra.

Silveira, sem graça, continuou:

– Inácio me pediu para lhe entregar isso – disse, passando-lhe o conhecido envelope com monograma. Ela o abriu, com descaso.

– "Bárbara bela, do norte estrela..." – leu em voz alta, com deboche. – Mais um belo poema... – ironizou.

Rasgou o papel em pedacinhos e o jogou pela janela.

– Não quero mais saber de poesias e de pedidos de desculpas, papai. Cansei de tudo isso! O senhor e a mamãe não me criaram para viver assim. Imagino que perder as fazendas não seja agradável, mas em algum momento o senhor e o seu querido futuro genro pensaram que quem está aguentando a pior parte dessa história sou eu?

– Bárbara, minha filha, a situação saiu do nosso controle! Ninguém imaginava que a arrematação das fazendas fosse dar essa confusão toda. Era um negócio fácil! Só que, depois de iniciado, não se tem como voltar atrás sem se ter perdas consideráveis... – ponderou.

Bárbara deu de ombros.

– Pois o senhor fique sabendo, pai, e dê conhecimento a ele, que quem não quer casar agora sou eu. Estou muito bem aqui na fazenda e hei de criar a minha filha sozinha. E saiba que minha mãe me deu todo o apoio, desde o dia em que saí da sua casa – disse, resoluta.

Silveira ouvia cabisbaixo, sem saber o que fazer.

– Que seja, filha – disse, afinal. – Tu sabes o que é melhor para ti, não vou discordar.

Bárbara então deu-lhe um maravilhoso sorriso e disse, para alegrá-lo:

– Eu compreendo a sua situação meu pai e podes ter a certeza de que nada nesse mundo me afastará do senhor. Vem! Vou lhe mostrar como estou cuidando bem da nossa propriedade!

**

Era setembro de 1781, quando o bispo de Mariana, frei Domingos da Encarnação Pontevel, resolveu fazer uma visita pastoral à São João e São José Del Rei, instado pelas constantes reclamações do padre Caetano. O padre se aproveitou da presença do bispo para lhe contar, com detalhes sórdidos e toda a imaginação de que era capaz, sobre a situação promíscua e lastimável de mancebia em que vivia o ex-ouvidor com a filha de um dos maiores advogados da região. Acrescentou que esse relacionamento se dava à vista de todos e escandalizava os habitantes da cidade, que viam aquele homem que foi a sua maior autoridade viver em pecado. Para piorar a situação, o casal tinha uma filha, uma criança inocente e pagã, que necessitava ser batizada com urgência. O bispo estava escandalizado! Tinha um relacionamento amigável e cordial com o Dr. Alvarenga e nunca poderia imaginar que ele seria capaz de pecar tanto assim contra a Igreja. Resolveu conversar com o antigo ouvidor para recriminá-lo pela sua conduta e admoestá-lo a tomar uma providência quanto a esses inadmissíveis maus costumes. Imediatamente mandou chamá-lo à casa paroquial.

– Dr. Alvarenga – disse-lhe o bispo, ríspido. – Fiquei a par de uma conduta desonrosa de sua parte, contrária aos costumes e às regras cristãs: o seu relacionamento com a filha mais velha do Dr. Silveira, D. Bárbara Eliodora! O que é isso, Dr. Alvarenga? Um homem respeitado como vós! E ainda por cima agora há uma criança inocente, nascida dessa, desculpe-me, mas nascida dessa pouca-vergonha!

O bispo estava exaltado e gesticulava, com indignação! Inácio conteve a sua própria raiva. Só podia ter sido o padre Caetano para enredá-lo assim! O bispo se esquecia obviamente de criticar o próprio padre Caetano, que vivia em estado de promiscuidade maior do que qualquer outro. Ainda ia dar uma surra naquele padre, ah, se ia.

– Senhor bispo, eu posso explicar! – replicou.

– Não tem explicação suficiente para isso, Dr. Alvarenga! Pelo que eu soube, não há impedimento nenhum ao casamento, por parte de nenhum dos dois. Se continuam a viver assim, é por falta de vergonha na cara!

– Senhor bispo, mas eu quero me casar, acredite! No começo havia uma situação complicada, envolvendo meus negócios, que posso lhe explicar em confissão. Já resolvi que vou superar isso! – disse, agitado. – Só que agora quem não quer se casar é ela! Disse ao pai que não quer me ver e que eu esquecesse que temos uma filha! Para o senhor ter uma ideia, ela pediu aos capangas da fazenda que me pusessem a correr de lá!

– Ela não quer? Vá desculpar mas não acredito nessa história, Dr. Alvarenga – afirmou o bispo, com sarcasmo. – Isso são faniquitos de mulheres. Pois agora vão se casar de qualquer jeito ou vou excomungar os dois! Não admito que isso ocorra no meu bispado!

– Senhor bispo, o que o senhor ordenar eu cumprirei, com agrado. Eu até agradeço essa sua providência porque tudo o que eu mais quero nesse momento é me casar com D. Bárbara. Mas o fato é que ela se mudou para Catas Altas com a nossa filha. Disse que prefere viver lá, sozinha, sem mim.

– Vá buscá-la! Vá buscá-la e traga-a aqui o quanto antes. Vou expedir hoje mesmo uma portaria, determinando a realização desse casamento.

– Eu cumprirei essa determinação com muito gosto, Vossa Excelência Reverendíssima – disse Inácio, com pompa. – Agora, peço-lhe que o casamento seja realizado por outro padre, já que eu e o padre Caetano, como o senhor já deve saber, não nos damos muito bem!

Inácio torcia as mãos, de felicidade. Já começava até a gostar da Igreja. *Agora, sim, ela não tem como me colocar para fora*, pensou, com um sorriso. O casamento ficou marcado para o dia 22 de dezembro de 1781. Faltava combinar com a noiva.

***

Foi demorada a viagem que Inácio e Silveira fizeram de São João Del Rei a Catas Altas. Não sabia se pela ansiedade por ver Bárbara, ou se pelos percalços que enfrentaram no caminho, o fato é que ele era capaz de jurar que aquele tinha sido o caminho mais custoso que fez na sua vida! Quando entraram no casarão, encontraram-na sentada no chão da ampla varanda, vendo a aia brincar com Maria Ifigênia. Aquela cena era linda, e o comoveu. Estava com saudades da mulher, há mais de um mês sem vê-la, sem tocá-la, e ela ali, tão perto e ao mesmo tempo tão distante. A sua vontade era correr para ela, abraçá-la e beijá-la como antes. Ifigênia, ao ver o pai, estendeu-lhe os pequeninos braços e correu para ele, que a pegou no colo, com alegria, e a encheu de beijos.

Bárbara levantou-se rapidamente e olhou para Silveira, zangada:

– Pai, porque deixaste *este homem* vir até aqui? Já disse que não queria voltar a vê-lo! – Ela estava furiosa.

– Minha filha – ponderou o Silveira – vamos acabar logo com isso! – Olhava de um para o outro, perplexo.

– Bárbara, meu amor, escute-me! – implorou Inácio. – O bispo de Mariana esteve em São João e ordenou o nosso casamento, quer tu queiras, quer não. E até já marcou data: 22 de dezembro.

– Eu não vou me casar – teimou Bárbara, puxando Maria Ifigênia de seus braços.

– Ele ameaçou nos excomungar, Bárbara!

– E desde quando o senhor se preocupa com isso, Dr. Alvarenga? – debochou. – Quer dizer então que o senhor somente resolveu me tirar da desonra por imposição da Igreja? Não estou entendendo isso. Ainda mais por parte de uma pessoa que sempre se gabou de não dar importância nenhuma para o que os padres diziam... – afirmou em tom irônico, desafiando-o.

– Dr. Silveira, o senhor poderia nos deixar a sós? – perguntou Inácio, sério, fazendo um sinal para a ama se aproximar e pegar Maria Ifigênia. Não tirava os olhos de Bárbara, que o encarava, com o semblante fechado.

Quando todos saíram ele se aproximou e lhe disse, abaixando o tom de voz:

– Minha flor, para que tudo isso? Sabes que eu não vivo sem ti, Bárbara. Estou desesperado! Não faça isso comigo. Eu não estou querendo me casar por imposição de bispo coisa nenhuma! Eu já falei com teu pai que queria, de qualquer jeito!

– Desesperado, Dr. Alvarenga? E o que diz de mim, de tua filha, que até hoje é pagã, não pode ser batizada? E a vergonha que tenho passado, sendo tratada na sociedade como se fosse uma cortesã, da pior qualidade! Pensaste alguma vez nisso? E agora esses pasquins, que não param de circular? Um inferno! Quer dizer que primeiro foram as fazendas e agora me trocas pelas mesas de jogo? – Bárbara falava alto, esbravejava. – E ainda queres que eu te perdoe?

– Bárbara, meu amor, por favor, não me faças sofrer mais. Pareces que não conheces os inimigos que tenho. Aquilo tudo é armação do padre Caetano, para me desmoralizar. De fato, quando eu vou a Vila Rica, acabo participando de algum joguinho com Macedo, mas orgias, nunca! – exclamou, indignado.

– Mas então é verdade que tu tens jogado, pensando em ganhar dinheiro para pagar as tuas dívidas? – perguntou, colérica.

Inácio abaixou a cabeça, sem resposta.

– Eu te prometo que não farei mais nada disso! Estou arrependido! – Ele a olhava com olhar suplicante, apaixonado.

– Olhe – continuou. – Consegui uma linda casa para nós, próximo à do teu pai. É a maior e mais bonita residência de São João Del Rei. Só estou esperando que tu vás morar nela, comigo e com a nossa filhinha. Eu estou sofrendo muito, Bárbara, com isso tudo. Eu te expliquei naquela carta e naquele poema. Aliás, soube que tu o rasgaste, sem ler...

Bárbara deu um sorrisinho, satisfeita com aquilo que tinha feito.

– Estou cansada de tudo isso, Inácio. Não suporto olhar para Ifigênia, tão pequenina, e pensar que ela vai ser tratada pelos outros com desdém, como uma filha bastarda – suspirou, com tristeza.

– Vou reparar todos os meus erros, Bárbara, eu te prometo! Tu e Maria Efigênia serão tratadas como rainhas, serão reverenciadas. Não admitirei nada menos do que isso. – Tentou segurar o queixo dela, com ternura, mas ela se esquivou. – Perdoa-me, querida! – disse ele, com aquele seu sorriso sedutor. – Casa comigo, por favor! Caso contrário, vou morrer de infelicidade e tu serás a responsável por isso! – brincou, fazendo uma careta engraçada.

Bárbara não aguentou e começou a rir. No fundo também já não suportava mais ficar longe dele. Estava morrendo de saudades.

– Sério, minha flor. Tu és minha esposa desde o dia em que te amei pela primeira vez! – disse Inácio, aproximando-se dela para beijá-la.

Ela o afastou rapidamente com as mãos.

– Não senhor! Somente depois do casamento! – sentenciou.

O casamento de Inácio José de Alvarenga Peixoto e D. Bárbara Eliodora Guilhermina da Silveira ocorreu no dia 22 de dezembro de 1781, por Portaria do bispo de Mariana, Dom Frei Domingos da Encarnação Pontevel. A celebração foi consumada pelo reverendo Carlos Correa de Toledo e Mello, vigário da freguesia da vila de São José e feitas as mais diligências pelo mesmo vigário, que administrou o sacramento do matrimônio. Foram testemunhas o sargento-mor Luiz Vaz de Toledo e Pisa e José Maria da Silveira e Sousa, irmão da noiva.

Apesar de já terem vivido como casados e inclusive gerado uma filha, as normas da Igreja prescreviam a necessidade de um período de jejum amoroso, antes da coabitação e realização da cerimônia religiosa. Esta só ocorreu no dia 7 de janeiro de 1782, no pequeno oratório na casa dos pais da noiva.

No dia anterior, Bárbara foi acordada no meio da noite, na casa dos seus pais, sendo chamada à janela do seu quarto para ouvir uma serenata. Lá embaixo, um apaixonado marido, acompanhado dos músicos de um quarteto de instrumentos de cordas, soltava a sua voz melodiosa em homenagem à sua amada. No outro dia, terminada a cerimônia religiosa e o almoço que o Dr. Silveira ofereceu para os parentes e amigos mais próximos, Inácio pegou Bárbara de surpresa pelas pernas e a colocou nos ombros:

– Um dia, tu me perguntastes se eu te pegaria como um homem das cavernas e te levaria para viver comigo em minha gruta, não foi, D. Bárbara Eliodora?

Bárbara corou de vergonha e protestou, enquanto se debatia pendurada nas suas costas:

– Mas foi brincadeira, seu maluco!

– Adeus para todos. A brincadeira acabou e a minha agonia também. Tu és agora somente minha, minha esposa perante a lei de Deus e dos homens. Até mais, meus amigos!

Fez um aceno de despedida para os convidados e saiu levando a esposa nos ombros para a casa nova, sob aplausos e gargalhadas. Na outra semana, deixaram Maria Ifigênia com os parentes e partiram para uma longa viagem de lua de mel. Foram conhecer os parentes de Inácio em Portugal, as tias e a irmã, que estava no convento em Braga. Bárbara estava feliz! Era impossível resistir àquele *peralta*.

PARTE IV

CORONEL ALVARENGA
São João Del Rei/Vila Rica

Se o justo e útil pode tão somente
Ser o acertado fim das ações nossas,
Quais se empregam, dizei, mais dignamente
As forças destes ou as forças vossas?
Mandam a destruir a humana gente
Terríveis legiões, armadas grossas;
Procurar o metal, que acode a tudo,
É destes homens o cansado estudo.

"Canto Genetlíaco", Alvarenga Peixoto

— Nada como um casamento feliz para transformar um homem! — exclamou Nicolau, ao entrar na luxuosa residência de Inácio e Bárbara em São João Del Rei. — Estás até mais gordo, homem! Cuida-te, senão daqui a pouco não conseguirás nem cavalgar!

— Ora, vira esta tua boca para lá, Nicolau! — respondeu Inácio, dando-lhe um forte abraço. — E tu também estás muito bem-disposto! E esse sorriso bobo nesta tua cara? Novidades?

Nicolau se acomodou em uma cadeira na ampla sala de visitas. Olhou em volta e deu um assobio de admiração.

— Mas olha que casa! Isso é que é casa de fazendeiro rico! É sem dúvida a mais bem decorada de São João! Trouxeste mais móveis de Lisboa? Maria Alice vai ficar encantada! Pobre de mim...

Inácio riu, com gosto, acendendo um cigarro de palha.

— Coisas de D. Bárbara, meu caro. Tu sempre me dizias que eu gostava de luxo, é porque não conhecias minha mulher. Bárbara tem um bom gosto incrível! Agora sou eu que tenho que controlar os gastos. Poderias imaginar isso?

— Não, nunca imaginaria isso, meu amigo! São as voltas do destino. Mas, escuta, vais ao batizado do filho de Dom Rodrigo? Eu estou em dúvida se devo ir. Sabes como é, agora que Maria Alice está grávida...

– Não me digas! Mas então era esse o motivo de tua cara de bobo! Vem cá, amigão, dá-me um abraço.

E gritando para o novo escravo, esposo de Tomásia, disse:

– Euclides, pega lá uma cachaça da boa, que temos aqui o que comemorar! Bárbara já soube da novidade?

– Acho que está sabendo nesse momento. Elas estão todas reunidas lá na casa da minha sogra.

– Mulheres! – exclamou Inácio, com um sorriso. – Levantemos um brinde a elas, que tornam as nossas vidas muito mais alegres! E a tu, sabichão, que agora vais saber o que é felicidade! Meu maior tesouro está aqui dentro dessas paredes: minha família. Tu verás, quando teu filho, ou filha, nascer.

Após o brinde, Inácio continuou:

– Realmente acho que não deves ir, com Maria Alice nesse estado. É arriscado andar por essas estradas. Justificarei a tua ausência e o governador compreenderá. Dom Rodrigo é um fidalgo, e se tornou meu grande amigo. Fiz um poema dedicado ao pequeno Tomás, que lerei no dia da festa. Dei-lhe o nome de "Canto genetlíaco"!

– Então ainda encontras tempo para compor, Inácio? Tu és mesmo um espanto!

– Nessas minhas viagens eu vou meditando pelo caminho, Nicolau, e sempre me vem uma inspiração! Quanto a Dom Rodrigo, eu não poderia deixar passar essa oportunidade. Na verdade, embora dirigido ao filho, o poema é para o pai: ele é o melhor administrador que já tivemos na capitania. Escute o que eu digo, Nicolau: houvesse mais dois dons Rodrigos nesta colônia e nosso destino seria diferente. Poderíamos nos libertar de Portugal!

– Ora, pare de exagerar e dizer sandices, Inácio! Não é porque tu deixaste o cargo de ouvidor que vais agora arriscar o teu pescoço cometendo crime de lesa-majestade! – disse Nicolau, em tom de brincadeira.

– Que Deus me livre, Nicolau! Eu tenho mulher e filha para cuidar! Mas o que te digo, aqui entre estas paredes, é verdade: Dom Rodrigo é homem de ideias muito avançadas. Sabias que ele escreveu um relatório à soberana em que não só apontou as dificuldades encontradas pelos mineradores como também demonstrou os equívocos dessa administração ruinosa? Pediu, ainda, autorização para se poder desenvolver aqui uma industrialização do ferro e de tecidos! O homem é, além de inteligente, corajoso!

Nicolau deu de ombros.

– Suponho que a soberana nem se deu ao trabalho de ler essa "peça literária"... – disse, com ar de mofa. – E passou o tal relatório para o seu poderoso ministro Martinho de Castro que, por sua vez, o rasgou em mil pedacinhos...

– É, Nicolau, infelizmente, eu também não posso supor nada diferente disso...

Vendo o desapontamento no rosto de Inácio, Nicolau resolveu mudar de assunto.

– Mas, diga-me, parece que há um burburinho na vila sobre o caso de Maria Inácia. Ouvi dizer que tu deste uma surra no Joaquim Pedro Caldas, porque o encontraste no quarto dela! Isso é verdade? Mas esse Joaquim não é aquele rapaz que trabalhava na ouvidoria?

Inácio suspirou, com pesar.

– Esse mesmo! Sinto te dizer que é tudo verdade. Aconteceu o seguinte: meu sogro havia viajado para a fazenda com D. Josefa e as crianças. Bárbara me pediu para pegar um tacho de cobre na casa da mãe e eu fui lá buscar. Quando entrei, notei que a casa estava vazia e os criados estavam todos lá no quintal. Eu então ouvi uns barulhos estranhos vindos de dentro do quarto e uns gemidos. Corri a ver o que era e, quando abri a porta, peguei os dois em flagrante. Foi constrangedor! Eu gritei logo, com essa voz de trovão que você conhece: "Que sem-vergonhice é essa aqui?". Maria Inácia tremia toda, parecia um fantasma, de tão branca que ficou ao me ver. O Joaquim na mesma hora ajeitou-se e quis passar por mim, correndo, mas eu o barrei na porta. E aí dei-lhe uma surra dos diabos! Maria Inácia chorava desesperada e me pediu pelo amor de Deus para eu não contar nada para ninguém. Olha, um escândalo!

Nicolau desmanchou-se de tanto rir.

– Se não fosse trágico... foi muito engraçado. Eu posso imaginar a cena... Aquele Joaquim sempre foi um molenga covarde. Deve estar se borrando de medo de ti até hoje.

Ambos riram. Nicolau meneou a cabeça, lamentando-se:

– Coitado do Dr. Silveira, está pagando um preço alto por ter tido filhas tão bonitas! Mas deixa-me ir, então, Inácio. Não te esqueças de apresentar a Dom Rodrigo os meus cumprimentos – disse, despedindo-se.

– Não esquecerei, fique tranquilo!

***

No dia combinado, o governador Dom Rodrigo José de Meneses e sua esposa abriram os ricos salões do Palácio de Vila Rica para comemorar o batizado do seu filho. A sociedade compareceu em peso. Além dos moradores e autoridades de Vila Rica, veio uma grande caravana de São João Del Rei. Entre outros, Inácio com Bárbara Eliodora e a pequena Maria Ifigênia, já com 3 anos de idade. Dr. Silveira e Sousa, acompanhado de D. Josefa e da filha Francisca, com o seu esposo Feliciano Xavier Salgado. Eles haviam se casado havia poucos meses e aguardavam a autorização da rainha para se transferirem para Portugal, onde Feliciano possuía família e negócios.

Josefa suspirou, aliviada, quando mais uma de suas filhas finalmente se casou. Não bastasse o que já havia ocorrido, primeiramente com Bárbara, depois com Anna Fortunata, o seu genro tinha apanhado em flagrante o escrivão da ouvidoria no quarto de Maria Inácia. Eles haviam iniciado um namoro, com o consentimento dos pais, mas Josefa nunca poderia imaginar que, na sua ausência, a filha iria se entregar ao namorado dentro de sua própria casa! Mais um escândalo envolvendo a família Silveira e Sousa!

Josefa não sabia o que fazer com a filha de agora em diante, e afinal resolveu mandá-la para a casa de uns parentes no Rio de Janeiro, onde poderia ficar por uns tempos, até que tudo fosse esquecido. Mas as filhas não eram as únicas a lhe darem trabalho. Seu filho José Maria nem bem havia feito 18 anos e já levava uma vida desregrada, gastando o dinheiro do pai nas tabernas, com mulheres e com jogo. Aquele era outro problema que precisava ser resolvido, em breve. *Ah, as famílias grandes*, pensou Josefa, com um suspiro. *Tão difíceis de se criar!* Acalmou-se ao olhar para as duas filhas mais velhas, Bárbara e Francisca. Estavam as duas tão lindas e elegantes, ao lado dos seus maridos, ali na casa do governador da capitania! Elas sim, estavam fazendo jus à tradição familiar dos Cunha Bueno!

Entre os presentes na festa do governador, encontrava-se ainda o jovem tenente-coronel Francisco de Paula Freire de Andrada, comandante do Regimento de Cavalaria Paga da Capitania, e sua esposa Isabel Querubina de Oliveira Maciel, filha do guarda-mor José Álvares Maciel. O tenente-coronel era um homem culto, apreciador das artes, discreto e de temperamento moderado. Gabava-se de sua origem nobre, conquanto fosse filho ilegítimo do 2º conde de Bobadela. Sua esposa, embora não fosse muito bonita, era uma mulher afável, simpática e de aparência agradável. Era muito rica e o seu dote, acrescido à fortuna pessoal de que já dispunha o marido, colocava o casal entre os mais ricos da capitania. No dia da celebração do seu casamento, alguns meses antes, Inácio os havia homenageado com um poema a pedido do governador. Era aguardado o momento em que ele faria o mesmo naquela festa de batizado, dedicando alguns dos seus famosos versos a José Tomás de Meneses.

Bárbara estava sentada conversando com outras senhoras, quando viu o marido, a um canto, rindo com o padre Toledo e mais um homem de aparência distinta, um pouco calvo, gestos elegantes. Parecia um pouco mais velho do que Inácio e pela descrição que haviam feito dele, supôs ser o contratador João Rodrigues de Macedo. Mordeu os lábios de curiosidade e apreensão. Sempre teve muita vontade de conhecer aquele que era considerado o maior financista e o homem mais influente em todo o vice-reino. Embora o seu marido lhe devesse muitos favores e dinheiro, Inácio nunca os apresentou, nem tampouco o havia levado à sua casa. Virou-se em sua direção para observá-lo melhor e os seus olhos se cruzaram. Ela fez-lhe um cumprimento discreto, com o leque e ele a olhou com admiração, um tanto surpreso por não ter reparado nela antes. Inácio percebeu o movimento e a troca de olhares entre o contratador e sua esposa e, enciumado, tomou a iniciativa de apresentá-los.

– Macedo, permita-me apresentá-lo à minha esposa, D. Bárbara Eliodora.

Macedo piscava rapidamente os seus olhos azuis, prendendo a respiração. Não fazia ideia de que aquela bela mulher era a esposa do coronel Alvarenga. Mal conseguiu disfarçar o efeito que ela havia lhe causado: era uma jovem senhora extremamente bonita, elegante, discreta, distinta. O tipo de mulher pelo qual ele sempre ansiou, e que certamente faria uma bela figura ao seu lado. Macedo tinha passado a vida se relacionando com mulheres vulgares ou então com aquelas que enxergavam apenas o valor do seu patrimônio. Era uma mulher como aquela que ele deveria ter encontrado em sua vida, pensava, com certo pesar. Não ter ninguém ao seu lado quando abria os portões da sua casa para as festas e saraus não deixava de ser incômodo. *Bom*, pensou, *infelizmente ela já tem dono*. Deu um suspiro imperceptível e limitou-se a dizer, polidamente:

– Meus cumprimentos, minha senhora – disse com extrema gentileza, beijando-lhe a mão. – É um grande prazer conhecê-la. O Dr. Alvarenga já havia me falado sobre a sua beleza mas confesso que, vendo-a aqui, as minhas expectativas iniciais foram em muito superadas.

Bárbara olhou para ele, com um sorrisinho de satisfação. Apreciou o elogio, que soava bastante sincero. Teve boa impressão dele: pareceu-lhe um homem inteligente, perspicaz e, ao mesmo tempo, um perfeito cavalheiro. Resolveu ser um pouco ousada e lhe disse, com voz sedutora:

– Encantada, Dr. Macedo. Há muito tempo tinha vontade de conhecer o homem que tem distraído o meu marido em Vila Rica... mas ele nunca me deu essa honra... – Havia um tom de reprovação implícito na sua voz, que Inácio percebeu. – Alguns falam que o senhor tem muitos negócios – prosseguiu Bárbara – outros, que tem também em sua casa muitos entretenimentos... Espero que não sejam esses últimos que estejam a prender o meu marido aqui em Vila Rica, mais do que deveria...

Inácio deu um sorriso nervoso. Embora ele não se envolvesse mais com mulheres desde que se casou, sabia que ela estava se referindo às jogatinas na casa do contratador, às suas dívidas e à fama que cercava Macedo sobre as diversões que ele proporcionava aos seus hóspedes. Macedo percebeu a malícia da insinuação mas não se intimidou. Revidou, com bom humor:

– Minha senhora, com todo o respeito, se depender de mim e se isso lhe apraz, este homem não se demora mais aqui em Vila Rica nem um minuto além do necessário para a saúde dos seus negócios. Permita-me relembrar a ele, sempre que necessário, sobre a sorte que tem de tê-la ao seu lado – disse, com uma reverência galante.

Bárbara sorriu para ele ao comentar, como quem não quisesse nada:

– Muito obrigada, Dr. Macedo, não sabe o senhor como as suas palavras me confortam. Tenho certeza de que o meu marido encontrará a receita para o sucesso dos seus negócios se aconselhando com vosmecê, e não tentando a sorte por métodos duvidosos... – disse, com velada ironia.

Macedo a olhou intensamente com os seus brilhantes olhos azuis, admirando a inteligência e perspicácia daquela mulher.

– Certamente, que ele sempre poderá contar comigo, D. Bárbara – limitou-se a dizer.

Inácio sentiu o rubor subir à sua face e se conteve. Não ficava bem revidar a esposa, que estava nitidamente querendo provocá-lo sobre as promessas que ele lhe fez de não se envolver mais em jogos, a não ser por diversão. Controlando os ciúmes, avisou-lhe, com toda a calma de que foi capaz, que a esposa do governador, D. Maria José de Eça de Bourbon, estava querendo combinar com ela uma visita à Fazenda Boa Vista. Bárbara sorriu, agradecendo com charme à reverência de Macedo e pediu licença para se retirar. Já conhecia esse velho truque do marido, quando queria afastá-la de olhos cobiçosos. Juntou-se à D. Maria José, com quem travou animada conversação. Ela estava planejando acompanhar o esposo em uma viagem ao sul da capitania e haviam sido convidados por Inácio para se hospedarem na sua fazenda em Campanha do Rio Verde.

Macedo acompanhou Bárbara com os olhos. Desejou tê-la conhecido antes. *Por uma mulher como essa eu não sairia de São João Del Rei por motivo nenhum*, pensou.

Nunca iria revelar para ninguém, em respeito ao amigo, o amor platônico que passou a cultivar por Bárbara Eliodora, desde aquele dia. Dali em diante se preocuparia com a sua sorte e cuidaria dela, discretamente, enquanto ele vivesse.

Passados alguns minutos, o governador pediu a atenção de todos para que escutassem o poema especialmente composto por Dr. Inácio José de Alvarenga Peixoto em homenagem ao seu filho Tomás. Fez-se um cerimonioso silêncio e o ex-ouvidor da comarca do Rio das Mortes empostou a voz para recitar o seu "Canto genetlíaco". Ao lado do governador, ele declamou, com a voz embargada pela emoção:

> Bárbaros filhos destas brenhas duras,
> nunca mais recordeis os males vossos;
> revolvam-se no horror das sepulturas
> dos primeiros avós os frios ossos:
> que os heróis das mais altas cataduras
> principiam a ser patrícios nossos;
> e o vosso sangue, que esta terra ensopa,
> já produz frutos do melhor da Europa.
>
> Bem que venha a semente à terra estranha,
> quando produz, com igual força gera;
> nem do forte leão, fora de Espanha,
> a fereza nos filhos degenera;
> o que o estio numas terras ganha,
> em outras vence a fresca primavera;
> e a raça dos heróis da mesma sorte
> produz no sul o que produz no norte.
>
> (...)
>
> Isto, que Europa barbaria chama,
> do seio das delícias, tão diverso,
> quão diferente é para quem ama
> os ternos laços de seu pátrio berço!
> O pastor loiro, que o meu peito inflama,
> dará novos alentos ao meu verso,
> para mostrar do nosso herói na boca
> como em grandezas tanto horror se troca.

Aquelas serras na aparência feias,
— dirá José — oh quanto são formosas!
Elas conservam nas ocultas veias
a força das potências majestosas;
têm as ricas entranhas todas cheias
de prata, oiro e pedras preciosas;
aquelas brutas e escalvadas serras
fazem as pazes, dão calor às guerras.

Aqueles matos negros e fechados,
que ocupam quase a região dos ares,
são os que, em edifícios respeitados,
repartem raios pelos crespos mares.
Os coríntios palácios levantados,
dóricos templos, jônicos altares,
são obras feitas desses lenhos duros,
filhos desses sertões feios e escuros.

A c'roa de oiro, que na testa brilha,
e o cetro, que empunha na mão justa
do augusto José a heróica filha,
nossa rainha soberana augusta;
e Lisboa, da Europa maravilha,
cuja riqueza todo o mundo assusta,
estas terras a fazem respeitada,
bárbara terra, mas abençoada.

Estes homens de vários acidentes,
pardos e pretos, tintos e tostados,
são os escravos duros e valentes,
aos penosos trabalhos costumados:
Eles mudam aos rios as correntes,
rasgam as serras, tendo sempre armados
da pesada alavanca e duro malho
os fortes braços feitos ao trabalho.

Ao terminar, Inácio procurou pela esposa com os olhos. Esperava colher a impressão que tinha causado o seu poema. Ela retribuiu seu olhar ansioso com um sorriso tranquilizador e lhe fez um sinal discreto de aprovação, orgulhosa da composição poética do marido. O poema era fortemente nacionalista e, consequentemente, afrontoso à coroa. A ideia central do canto era de que o povo português, ao colonizar a terra brasileira, estava criando uma grande civilização, que seria autossuficiente e poderia produzir riquezas em benefício do seu próprio progresso. Sintetizava uma apologia ao trabalho, à importância dos negros, às riquezas da terra, à igualdade de bravura dos homens rudes das florestas com os fidalgos guerreiros da Europa. Demonstrava, enfim, grande entusiasmo cívico pelo lugar em que o homenageado, o filho de D. Rodrigo, havia nascido.

Apesar de todas as ideias ali expostas serem partilhadas pelo governador e pela maioria dos presentes, se declamado em outras rodas o poema teria sido considerado uma afronta à coroa. A insatisfação com a administração portuguesa na colônia começava a dar seus sinais. Com o "Canto genetlíaco", ela agora tomava a forma elegante de versos. Não por outro motivo, alguns anos mais tarde esse mesmo poema seria recitado como um hino, e declamado com emoção, entre aplausos entusiasmados, ao final das reuniões dos inconfidentes.

***

Inácio não estava brincando quando disse ao seu sogro, o Dr. Silveira, que queria dar à Bárbara Eliodora e à filha uma vida de rainha. Suas lavras nas fazendas dos Pinheiros e Boa Vista, em Campanha do Rio Verde, começaram a produzir bem e os seus negócios se ampliavam a cada dia.

Inácio tinha um espírito empreendedor, ousado, era um empresário nato. Nem se lembrava de que um dia havia estado em um gabinete no fórum, despachando como ouvidor. Sua vida era aquela, livre, na administração das suas fazendas. Com o seu dinamismo, iniciou nas suas terras no sul de Minas um elaborado trabalho hidráulico para a exploração das jazidas de minerais preciosos que, se por um lado exigiam grandes investimentos, por outro anunciavam grandes lucros. Somente nas lavras, Inácio contava com o trabalho de cerca de trezentos escravos. Isso sem contar a produção de aguardente. Foi preciso triplicar o seu antigo engenho na Boa Vista, o que ele somente conseguiu com a autorização provisória do governador Dom Rodrigo de Meneses, em face da proibição real.

Esses trabalhos não atendiam apenas aos seus interesses particulares. Eles acabavam por se reverter em benefício da pequena população da vila de Campanha do Rio Verde, com os progressos que ele levava à região. Seus investimentos na construção dos regos de passagem da água desencravaram as minas e lavras de vários produtores locais. Mais de quatro mil datas minerais passaram a ser exploradas, quando até então estavam abandonadas pela falta de expedição de águas. Tanta dedicação acabou por lhe granjear a alta patente de coronel das Milícias de Campanha do Rio Verde, título que lhe foi outorgado pelo novo governador da capitania,

Luís da Cunha Menezes. Levou o governador em conta, ademais, seu trabalho, anos antes, no abastecimento das tropas mineiras que foram para o Sul, na luta contra os espanhóis.

    Após o título, Inácio passou a ser conhecido na região como coronel Alvarenga. Todas as honras lhe eram dadas, por onde passasse, não apenas em razão do prestígio da patente militar, como também por seu empreendedorismo. O casal Alvarenga era recebido com admiração e respeito pela população de Campanha e passaram a dividir o seu tempo entre a sua morada em São João Del Rei e as casas das fazendas. Bárbara gostava do clima agradável do lugar e da terra boa, que produzia frutos bons para a saúde de Maria Ifigênia. Silveira e Josefa estavam contentes com a felicidade do casal.

    – Josefa, tu não achas que Bárbara anda exagerando, não? – perguntou-lhe Maria Emília um dia, enquanto elas bordavam. – Ir à missa dominical com aquela carruagem luxuosa que Inácio lhe deu me parece esnobação. E, além de tudo, ainda manda dois escravos estenderem tapetes na chegada, para ela e Maria Ifigênia não sujarem os pés! Se fosse minha filha, eu a advertiria. Em uma vila tão pequena como Campanha do Rio Verde, isso pode estar causando muita inveja! Cruzes! – acrescentou, persignando-se.

    – Olha, Emília, eu também já pensei sobre isso! Mas Bárbara me disse que é o marido quem quer assim. Demonstrar riqueza, segundo ele diz, ajuda nos negócios! Ele precisa disso, e o povo local de certa forma o idolatra. Mesmo porque, tu sabes o quanto Inácio é generoso. Ele ajuda todo mundo, é muito alegre, trata bem aos outros, até ao mais humilde criado. Todos ali gostam muito deles!

    – Tu agora também gostas muito dele, não é minha irmã?

    Josefa deu um suspiro de satisfação.

    – Tenho que admitir que aprendi a gostar dele de verdade, Emília. Qual sogra não gostaria de um genro que faz a filha tão feliz? E Maria Ifigênia? Ele é louco pela menina, vive brincando com ela e dá-lhe tudo do bom e do melhor. Os melhores professores da capitania estão hoje à disposição da minha neta!

    – Bom, se tu dizes que é assim, eu acredito. Eu cá acho um pouco de ostentação! Mesmo porque, Josefa, de que vale ele encher Bárbara de joias caras e vestidos, se ele não para em casa? O homem vive viajando de um lado para outro... Bárbara já se queixou de que as vezes se sente muito sozinha!

    Josefa riu.

— É, ela se queixa às vezes – concordou. – Ele de vez em quando leva Bárbara nas viagens mais longas, porque diz que não consegue ficar muito tempo longe dela. Eles se adoram, Maria Emília, foram feitos um para o outro. Mas também... – Josefa deu uma risadinha... – já me confidenciou Bárbara que quando ele chega... hummm... a casa treme... – disse Josefa, piscando um olho para a irmã, ao que ambas deram boas gargalhadas.

De fato, quando Inácio chegava em casa, fazia de Bárbara a mulher mais feliz do mundo.

— Minha flor, esses banhos que tu me preparas são o melhor prêmio que tenho por essa vida de viajante que eu levo. Sabes que venho pelas estradas, pensando neles?

— Hummm... – murmurou Bárbara, fazendo beicinho. – Somente pensas nos banhos?

Ele a pegou no colo e a jogou na cama, beijando-a com ardor.

— Para, Inácio, por favor! – disse, rindo. – Lembra-te que hoje temos convidados para a seresta que tu mesmo programaste! E além do mais, o teu tio Sebastião está lá fora, esperando por ti. Ele viajou de Santos até aqui só para essa tua festa. Tu tens que dar um pouco de atenção a ele.

— É mesmo – murmurou Inácio, de mau humor. – Mas o que eu queria mesmo era ficar contigo!

— Ah, querido, teremos todo o tempo do mundo mais tarde. Os violeiros que tu sempre convocas também estão aguardando as tuas instruções. Querem saber se tu vais cantar com eles hoje! Despacha-te, portanto, coronel! Há muitas providências a tomar para que essa tua festa seja, como sempre, um sucesso!

— Já vou, já vou, minha amada! Eu obedeço às tuas ordens! – Inácio começou a vestir-se, enquanto comentava: – Sabes que o tio Sebastião não poupa elogios a ti e a Maria Ifigênia? Diz que Deus foi pródigo comigo, embora eu não merecesse: mandou duas mulheres maravilhosas para tomar conta de mim!

— Ele é que é um amor, Inácio. Foi sempre o teu anjo da guarda. Vamos, vamos logo! E lembra-te que na próxima semana teremos o sarau na casa de São João Del Rei para os membros daquela pomposa Arcádia que tu criaste. O teu primo Tomás já confirmou presença!

— Tomás! Grande figura! Sorte a dele ter conseguido esse posto de ouvidor-geral em Vila Rica. Agora poderá ficar mais perto de nós!

Tomás Antônio Gonzaga havia assumido o cargo de ouvidor-geral em Vila Rica, em dezembro de 1782. Tomás era um pouco mais novo do que

Inácio, mas era mais sério. O primo admirava seu raciocínio lógico rápido, a sua vasta cultura e, sobretudo, o bom senso que demonstrava em qualquer situação, por mais embaraçosa que fosse. Era Tomás quem, embora sendo seu calouro na Universidade de Coimbra, o livrava das confusões e brigas em que ele geralmente se envolvia, nas noitadas estudantis. Ele era um homem elegante, galanteador, afável, sabia como agradar as mulheres. Era louro, tinha os olhos azuis e sua ascendência inglesa, por parte da sua mãe, conferia-lhe aspecto nobre. Sempre que os visitava na fazenda, levava flores para Bárbara e um pequeno mimo para Ifigênia, que o chamava de "titio". Na última visita que Tomás fez à fazenda, Inácio puxou a esposa a um canto, com um ar apreensivo:

– Estou preocupado com Tomás, Bárbara. Gostaria que tu falasses com ele. Ele te ouve muito.

Bárbara, pelo jeito do marido, supôs tratar-se de uma coisa muito séria:

– O que foi Inácio, pelo amor de Deus! Ele está doente? Ou será o caso dele com aquela desclassificada que te preocupa?

– Não! A Bernardina Quitéria? – Inácio balançou a cabeça, negativamente. – Daquela ali ele já se livrou, penso eu. Quem está com ela agora é o Joaquim Silvério dos Reis. Sabes a filha do capitão Baltazar João Mayrink, a Maria Dorothea?

Bárbara o olhava, sem entender.

– Sim, lembro-me de tê-la visto uma vez, com a tia. A mãe morreu muito nova, não é isso? É uma mocinha muito bonita.

– Pois o homem está de cabeça virada! Só fala nela. Perdeu a noção do ridículo! – Inácio falava gesticulando, indignado.

– Bom, só posso dizer que ele tem bom gosto, o que eu, aliás, sempre soube... – respondeu, com indiferença.

– Bárbara! A menina podia ser filha dele! Outro dia, eu estava conversando com ele, enquanto caminhávamos pelas ruas de Vila Rica, quando ouvimos um gritinho. Tomás, sabendo quem era, não se fez de rogado. Escalou o muro e caiu, como um ladrão, dentro do jardim da casa dela. Ela havia acabado de ferir o belo dedinho com um espinho, e o meu primo só faltou babar ao olhar para ela – Inácio imitava a cena, com deboche.

– Que romântico! – exclamou Bárbara, os olhos brilhando.

– Romântico? Ora, Bárbara, pare com isso! Eu nunca vi o Tomás agir assim! Ele parece um bobalhão. Daqui a pouco vão começar os mexericos. Na condição dele de ouvidor não fica bem...

Bárbara, ao ver a reação do marido, não conseguiu sufocar uma gargalhada. Fazendo um esforço para parecer séria:

– Olha só, quem fala... Muito bem, senhor meu marido, estou espantada! Eu tenho a impressão de que na tua família os homens parecem ter uma fraqueza por mulheres mais novas, não é, meu amor?

Bárbara piscou o olho para ele, provocando-o. Ela também era bem mais nova do que ele. Inácio olhou-a, divertido.

– Ah, minha flor! Tu sabes como me atentar, não é? Pois saibas que tu fostes a mais velha de todas as minhas namoradas! – Mentiu, com ar despreocupado, para lhe causar ciúmes.

Bárbara correu atrás dele, brincando:

– Vamos ver então se tu me aguentas, velhote! – e correu a persegui-lo, em volta da mesa da sala, ordenando: – E eu quero conhecer essa mocinha logo! Vai lá e convida-a, e aos parentes dela, para virem aqui almoçar conosco. Vou ajudar o Tomás e fazer-me de cupido. Afinal, ele é o homem mais charmoso dessa capitania!

Ambos sorriram, divertindo-se como crianças. Inácio, correndo na frente, gritou para ela:

– Não, estás enganada, minha senhora! O mais charmoso desta capitania sou eu! E sim senhora, minha patroa, o seu pedido é uma ordem! D. Maria Dorothea estará aqui, em tua presença, em breve.

INCONFIDENTES
Vila Rica

> *Entre todos os povos de que se compõem as diferentes Capitanias Do Brasil, nenhuns talvez custaram mais a sujeitar a reduzir à devida Obediência e submissão de vassalos ao seu Soberano como foram os de Minas Gerais.*
>
> "Salvaterra dos Magos", 24 de janeiro de 1788,
> Martinho de Melo e Castro ao Visconde de Barbacena

A Casa do Contrato era, ao mesmo tempo, a residência do contratador João Rodrigues de Macedo e a sede dos seus negócios. O prédio, moderno e bem construído, constituía-se de um magnífico casarão situado no centro de Vila Rica, na rua São José, perto da ponte do mesmo nome e próximo ao Palácio dos Governadores. Os salões inferiores eram ocupados pelos serviços de atendimento ao público, com funcionários treinados para orientar e encaminhar os clientes para o escritório adequado às suas necessidades. Para se atingir os recintos superiores, onde residia o contratador e onde ficava o seu escritório, era necessário subir por uma imponente escadaria de pedra branca polida, com corrimões que terminavam em uma bela escultura na forma de um florão.

O segundo andar possuía tetos pintados por artistas locais, imitando o que se usava na Europa, com cômodos amplos e luxuosamente mobiliados. Tapetes caros cobriam o assoalho de madeira de lei e podia-se ver, nas cristaleiras e estantes espalhadas com bom gosto pelos salões, conjuntos de pratos de porcelana da Índia, vasos chineses e delicados cristais. Um grande número de criados estava a postos para servir chá e café aos clientes mais poderosos, que procuravam o Dr. Macedo para empréstimos e outros favores. Somente alguns dos que ali compareciam obtinham permissão para o ingresso nos aposentos interiores, onde eram recebidos, ou pelo seu administrador geral, o capitão Vicente Vieira da Mota, ou, em situações raras, pelo próprio João Rodrigues Macedo.

Naquela noite, no entanto, não haveria reunião de negócios na casa do Macedo, nem concessão de empréstimos. Às 8 horas da noite, depois da ceia, alguns amigos foram chegando aos poucos e entrando discretamente por uma porta lateral, que dava para o final da rua do Palácio dos Governadores. Inácio chegou acompanhado de Cláudio Manuel e de Tomás Gonzaga. Macedo os recebeu na porta:

– Que honra a minha! Receber as três figuras mais ilustres desta capitania! – exclamou Macedo, cumprimentando-os efusivamente.

– Ora, não exagere, Macedo! – retrucou Cláudio. – Tu sabes muito bem que tu és o mais rico e, portanto, o mais ilustre!

Macedo riu com gosto, e os foi encaminhando para o salão. Lá dentro já se encontravam o padre Toledo, o tenente-coronel Freire de Andrada, o advogado Diogo de Pereira Vasconcelos, vizinho de Cláudio Manuel, e várias outras pessoas. Tomás puxou Inácio pelo braço e, apontou discretamente para um homem alto, de pele clara e cabelos muito negros, que gesticulava enquanto falava alto, em um canto.

– Inácio, vês aquele homem ali, falando com o Toledo e o Freire de Andrada? É o cônego da Sé de Mariana, o padre Luís Vieira da Silva.

– Nunca o vi antes – respondeu Inácio, observando-o. – O que tem ele?

– Ele assumiu o posto dele praticamente na mesma época que eu. Encontrei-o no Caminho Novo, quando estava próximo a Vila Rica. Cavalgamos por umas horas juntos e eu fiquei impressionado com o conhecimento dele a respeito da história dos povos. Quanto ao movimento nos Estados Unidos da América, então, sabe tudo, em detalhes.

Cláudio Manuel aproximou-se.

– Sobre o que falam, meus amigos? – perguntou.

– Estou aqui contando para Inácio sobre a viagem que fiz com o padre Luís Vieira – respondeu Tomás.

– Ah, eu o conheço. Homem notável. Formou-se em Filosofia e Teologia em São Paulo com apenas 22 anos e já é professor de Filosofia no Seminário de Mariana. É um orador e tanto. Seus sermões já estão se tornando tão famosos como os do padre Antônio Vieira! – afirmou Cláudio.

– Mas, aqui para nós... – sussurrou Tomás. – ...achei as ideias dele por demais avançadas e, para dizer a verdade, um tanto perigosas!

Cláudio fez sinal para que silenciassem. Macedo havia pedido a atenção dos presentes para falar:

– Meus amigos, esse vinho espumante que os meus criados estão servindo agora a vosmecês veio direto da região de Champanhe, ao norte da França. Neste momento, ele é o preferido nos salões nobres franceses, depois que Madame de Pompadour o instituiu como a principal bebida a ser tomada na corte.

Os convidados se entreolharam, surpresos, sem saber qual seria o motivo de tão importante celebração, a merecer uma bebida daquelas, cujo custo provavelmente era elevado.

– Eu teria mandado buscar na França esse vinho especial, para comemorar convosco a independência das treze colônias inglesas na América do Norte, que agora se autodenominam "Estados Unidos da América". – Fez uma pausa, olhando a todos, divertido. – Mas isso é notícia velha... – observação à qual todos riram. – Por isso vou pedir ao meu grande amigo, o cônego Luís Vieira para lhes contar as novidades, pois ele está ansioso para repartir com essa selecionada assembleia os acontecimentos recentes de que teve notícia.

Luís Vieira agradeceu o anfitrião e, empostando a voz, explicou:

– Meus amigos, há pouco mais de um mês, representantes das treze colônias libertas dos Estados Unidos da América se reuniram na França, mais precisamente no Palácio de Versalhes. Reuniram-se para a assinatura de um decisivo tratado, no qual a Inglaterra reconheceu publicamente, e perante outras nações soberanas, a independência dos Estados Unidos, colocando fim ao doloroso processo de libertação! Chamou-se a esse ato a "Paz de Versalhes" e os Estados Unidos se tornaram agora a primeira nação independente nas Américas! – disse, entusiasmado.

Alguns poucos bateram palmas, após o que se seguiu um silêncio sepulcral. Sem se intimidar, o padre prosseguiu:

– Penso que já está passando da hora de tomarmos algumas iniciativas aqui na colônia, tomando o exemplo dos Estados Unidos da América. Soubemos que na França o povo começou a se organizar. Em Portugal, os desmandos e arbitrariedades prosseguem, com o intendente Geral de polícia, Pina Manique, praticando tantas crueldades que conseguiu superar o próprio Tribunal da Inquisição. Persegue o dito intendente agora, sem dó nem piedade, todas as pessoas em que identifica algum sinal de pertencerem à Maçonaria, com medo de que possam se espraiar os ventos libertadores que vêm da antiga América inglesa. Há notícias vindas do reino de que o ministro Martinho de Melo e Castro está apenas esperando o momento adequado para impor aqui no Brasil a *derrama*, cobrando-nos sete anos de quintos em atraso. Serão setecentas arrobas de ouro, senhores! Pagas por cada um de nós!

Houve um burburinho na sala. Todos falavam ao mesmo tempo, indignados com a cobrança. Impor a derrama naquelas condições seria um completo absurdo! "Uma injustiça!" – berravam os mais exaltados. A extração do ouro estava a cada dia mais difícil, mal dava para as despesas, quanto mais para tirar tanto ouro para enviar aos cofres reais. O padre Carlos Toledo era o mais revoltado de todos. Inácio também tinha começado a falar alto, expressando a sua contrariedade, quando Tomás, discretamente, o puxou pelo braço:

– Cuidado, primo. É muito cedo ainda para expormos nossa indignação. Vamos aguardar. Não te deixes afetar pelas exaltações dos outros. Lembra-te da seriedade que tudo isso implica, Inácio.

– Estás certo, Tomás, tens razão. – E levando-o para um local mais reservado, junto à uma janela, disse-lhe: – O Macedo e o Vicente Vieira da Mota me convidaram para ingressar na Maçonaria. Padre Toledo também já havia me convidado. Acho que o que estamos vendo aqui hoje é apenas uma amostra de reuniões mais sérias e reservadas, que eles fazem aqui. O que o teu bom senso me aconselha, primo?

– Ainda não tenho uma opinião formada sobre isso, Inácio. Cláudio me disse que na Bahia a Maçonaria é fortíssima, contando com a participação de magistrados e intelectuais. Parece que no Rio de Janeiro os comerciantes e soldados estão aderindo em massa. Dizem que é ela que está por trás dos acontecimentos nas ex-colônias inglesas.

– Conversei com a minha esposa a respeito – confidenciou. – Ela pensa que eu devo entrar. Confia no Macedo. Acha que ele não se meteria, se não fosse coisa boa. Precisas vê-la falar! Ela acha que já está passando da hora de tomarmos alguma atitude!

– Bárbara é formidável, primo. Mas é mulher! Mulheres não são boas conselheiras nessas horas...

Inácio o olhou de soslaio.

– Eu, particularmente – prosseguiu Tomás – não me sinto confortável em participar de reuniões secretas, conciliábulos, conventículos. Isso me cheira a conspiração. E tu sabes as penas para tal tipo de crime...

– É, realmente tens razão, vou pensar um pouco mais sobre isso, primo – acrescentou Inácio, pensativo. – Escuta, por falar em Bárbara, ela quer fazer um almoço lá em casa, e me pediu que convidasse os familiares da tua amada, para que então ela possa ir também. A minha flor resolveu agir como cupido e quer te ajudar.

Os olhos azuis de Tomás brilharam de alegria.

– Primo, tu és mesmo um sortudo! Essa tua Bárbara Eliodora é a mulher mais interessante que já conheci. Olhe, ainda bem que a apanhaste primeiro porque senão teria em mim um aguerrido concorrente! – disse com um sorriso, brincalhão e bem-humorado. Estava animadíssimo com a proposta e o convite.

– Ora, não sejas tão engraçadinho assim, senão eu digo para ela cancelar tudo! – brincou Inácio. – Mas estás certo, novamente. Espero que tu tenhas a mesma sorte que eu tive com a minha flor, quanto à tua Maria Dorothea.

– Primo, amanhã te mostrarei uns poemas que fiz para ela. Eu a chamo de Marília e eu sou o seu Dirceu.

– Estás mesmo apaixonado! – Riu alto, dando-lhe um forte tapa nas costas. – Eu também já dei o nome de Marília à Bárbara, quando ela era noiva de outro... Mas isso é uma longa história, que um dia desses eu te conto...

– Não consigo te imaginar disputando uma mulher com outro, Inácio! Lembro-me de ti em Coimbra sempre rodeado das mais belas moçoilas, todas querendo te apanhar...

– Os tempos mudam, meu amigo – respondeu-lhe Inácio, e voltaram para o centro do amplo salão, onde um inflamado padre Toledo, já alterado pelo excesso de champanhe que corria à solta, falava abertamente em revolução.

***

Bárbara entrou no escritório que Inácio mantinha em sua casa e levou um susto. Lá dentro, o marido, juntamente com Euclides e mais alguns capangas, limpavam e preparavam várias armas de fogo, que se encontravam em cima de uma grande mesa.

– Valha-me Deus! O que é isso, Inácio? – perguntou, aflita.

– D. Bárbara, isso aqui não é assunto para mulheres! – disse Inácio, repreendendo-a. – Fique tranquila, está tudo bem!

– Tudo bem? Tu poderias, meu marido, ao menos fazer-me o favor de me explicar o porquê dessa quantidade de armas aqui em casa?

Inácio a olhou com mau humor e, pegando-a pelo braço, levou-a para fora.

– Bárbara, meu amor, não podemos falar muito na frente dos empregados. Confia em mim. Está tudo sob controle! – disse Inácio, mais amável.

– Quer dizer então que tu agora tens segredos comigo, meu marido? – perguntou Bárbara, em tom de desafio, olhando-o nos olhos. Não tinha gostado da forma como ele havia falado com ela.

Inácio balançou a cabeça, vencido.

– Está bem, vá lá. Eu não queria te preocupar, é isso, mas tu és mesmo tinhosa. A questão é o padre Caetano. Lembra-te da devassa que eu mandei instaurar contra ele e os parentes dele, por causa daqueles pasquins mentirosos que ele circulava na vila?

Bárbara assentiu com a cabeça, ainda séria.

– Pois o ouvidor que me substituiu, o Luís Ferreira de Araújo e Azevedo, levou adiante o processo. Mesmo porque o padre começou a difamá-lo também. Acho que esse padre tem inveja de todo mundo! Agora saiu a sentença determinando o banimento do cretino para longe de São João Del Rei. Ele deve ir para algum lugar que fique no mínimo a quarenta léguas de distância daqui!

– Graças a Deus! Finalmente vamos ficar livres daquele desalmado sem-vergonha! – exclamou Bárbara, com um suspiro de alívio.

– Ah, minha flor, mas tu achas que aquele homem entrega os pontos assim, tão facilmente? Pois ele disse que não cumprirá a ordem e mantém vários capangas na porta da casa dele. Afirma que vai resistir à bala. O ouvidor vai invadir a casa dele hoje à tarde, com os policiais. Ele me aconselhou a me proteger e à minha família, porque não se sabe a reação que ele e os parentes vão ter.

Bárbara ficou apreensiva.

– Inácio, acho então melhor eu ir com Maria Ifigênia para a casa do meu pai, até passar isso tudo. Assim ao menos tu não terás que te preocupar conosco.

Inácio pensou um pouco e afinal concordou.

– Está bem, querida, mas vou mandar mais dois homens para reforçar a proteção da casa do meu sogro.

Bárbara viu a preocupação no rosto do marido e conscientizou-se da seriedade da situação. Suspirou, conformada, e foi arrumar as suas coisas e as da filha, para saírem. Como previsto, o padre resistiu o quanto pôde. Depois de um violento tiroteio, que resultou em algumas mortes, finalmente a guarda policial conseguiu prender o padre Caetano e levá-lo a ferros para o Rio de Janeiro, onde deveria cumprir o seu banimento. Soube-se que meses mais tarde ele respondeu a outra representação, feita contra ele em Lisboa pela Irmandade de Nossa Senhora do Rosário. Antônio Caetano sempre arrumava uma briga, onde estivesse.

Aquele mês não estava sendo bom para o casal Alvarenga. Nem bem se livrou do padre, Inácio teve de enfrentar outra disputa, desta vez em relação à sua Fazenda Boa Vista. Mais uma vez, Bárbara viu o seu marido se armar e montar o seu cavalo para, na companhia de seus capangas, rumar para a sua fazenda no sul da capitania. Ela chorava na despedida e ele tentava tranquilizá-la:

– Bárbara, fique calma, querida! Prometo que voltarei são e salvo! Confie em mim!

– Por favor, Inácio, não vás! Aqueles filhos de D. Maria do Nascimento são uns assassinos. Foi assim que o pai deles morreu, em uma refrega. Eu temo pela tua vida, meu amor!

– Eu não posso deixar passar isso, Bárbara, senão perco toda a autoridade que conquistei, a duras penas, como coronel de milícias. Eles invadiram as nossas terras, mudaram o curso dos regos que eu mesmo cavei, para a mineração! Além do mais, Nicolau é juiz das sesmarias e está indo comigo. Vai ficar tudo bem!

– Deus te ouça! – disse Bárbara, secando as lágrimas, enquanto se despedia do marido.

A ida de Nicolau ao local da disputa, ao invés de arrefecer, acirrou os ânimos da viúva e dos seus herdeiros. Eles não aceitaram que o amigo do antigo ouvidor resolvesse a questão, ainda que fosse o juiz das sesmarias. Houve tumulto e o confronto entre os homens de Inácio com os de D. Maria terminou em agressão. Foi preciso chamar a força pública para aplacar os ânimos. Felizmente, a questão foi afinal dirimida pelo próprio governador da capitania e a situação belicosa se acalmou. A pedido dele, Inácio cedeu uma parte das terras e celebrou-se um acordo. Bárbara suspirou, aliviada. Essa era uma das muitas facetas do seu incontrolável marido: quando entrava em uma briga, não sabia como sair dela sozinho.

Em meio a esse período conturbado, Bárbara descobriu que estava grávida novamente. A alegria, no entanto, durou pouco, em face do falecimento da sua prima Teresa.

Teresa sempre teve uma saúde frágil. Teve problemas para engravidar, perdeu dois bebês e isso a deixou ainda mais fraca e abatida, acabando por adoecer. O marido, Matias, era dedicado, amava a esposa e cuidava dela com desvelo e carinho, principalmente após a doença. A terceira gravidez, no entanto, foi demais para ela. Conseguiu manter a gestação até quase o final. Certo dia, amanheceu passando muito mal, contorcendo-se em dores. Matias conseguiu buscar o médico para atendê-la, mas não foi suficiente. Teresa faleceu, bem como o bebê, nascido prematuramente. O marido quase enlouqueceu de dor. Desapareceu sem deixar pistas, provavelmente nas matas próximas à vila. Inácio colocou todos os seus homens para procurá-lo. Eles o encontraram dois dias depois, sozinho, desgrenhado, sem o seu cavalo, vagando por uma estradinha no caminho para São José Del Rei. Foi levado para a casa do seu pai, o coronel Matias Vilhena. A tristeza pela morte tão repentina de Teresa deixou parentes e amigos de luto por vários meses.

***

A capitania das Minas Gerais já não era a mesma depois que D. Rodrigo foi transferido para a Bahia e assumiu em seu lugar Luís da Cunha Menezes. Diferente do seu antecessor, o novo governador era um homem rude, ignorante, grosseiro, lascivo e, além de tudo, desonesto. Embora tivesse fama de ser duro nas suas disposições, andava rodeado de bajuladores e parasitas. Assim que se empossou no cargo, demitiu Cláudio Manuel da Costa da função de secretário do governo, sem maiores explicações. O conceituado advogado vinha exercendo essa função havia anos, servindo a vários governadores antes dele. Cunha de Menezes passava a maior parte dos seus dias em bordéis, acompanhado dos seus auxiliares, onde eles bebiam até altas horas. Seu grupo gostava da companhia das mulheres do baixo meretrício, sendo que muitas vezes as levavam para as festas no próprio Palácio dos Governadores. Os depravados e escandalosos costumes dos novos ocupantes do Palácio traziam crescente mal-estar na culta e abastada sociedade de Vila Rica.

Além da conduta moralmente reprovável, o novo governador era um homem mau. Quando decidiu construir a Casa da Câmara e a cadeia de Vila Rica, a população suspirou aliviada pensando que ele finalmente faria alguma coisa de útil para a cidade. No entanto, todos se espantaram com o que veio depois. Durante a construção ele empregou as maiores crueldades, submetendo os trabalhadores a torturas físicas inomináveis, além de colocá-los para trabalhar horas sem descanso. Para o trabalho sujo de castigar, torturar e espancar os presos e os escravos que cuidavam da construção, ele contava com o auxílio do seu fiel servidor, o sargento José de Vasconcelos Parada e Sousa, homem tão abjeto como ele próprio. A pretexto de agilizar a construção dos prédios da cadeia e da Câmara ele extorquia dinheiro da população, dos fazendeiros, dos comerciantes, até daqueles que tinham a falta de sorte de cruzar pelas estradas de Vila Rica e serem confrontados com seus capangas. Como se não bastasse, fazia negócios escusos e desviava o ouro que era arrecadado para os impostos.

A tudo isso assistia Tomás Antônio Gonzaga, que exercia suas funções de ouvidor da comarca corretamente, com zelo e responsabilidade. Esse seu comportamento, longe de agradar, irritava o governador, que passou a persegui-lo e desconsiderar as suas determinações judiciais. Ele queixava-se com os seus amigos mais íntimos, e já não suportava mais ver tudo aquilo e ficar de braços cruzados:

– Meus amigos, a situação entre mim e esse governador chegou a um ponto intolerável! Outro dia estava passeando calmamente pela rua Direita quando dei de cara com Bazílio de Brito Malheiro! Levei um susto! Eu tinha acabado de decretar a prisão dele, por homicídio. Fui apurar e a sua soltura havia sido determinada pelo governador! – Tomás andava de um lado para o outro, nervoso. – Esse homem tem conseguido afetar a minha saúde, com essa perseguição implacável que iniciou contra mim. Estou a ponto de estourar!

– Nem me fale nesse homem, Tomás! – respondeu Cláudio. – Só de pensar no que ele tem feito, sinto calafrios. Qualquer dia desses ele aparecerá morto e, olhem, não vão sequer achar o assassino, tal é o número de pessoas que o detestam!

– Soube que ele escreveu à própria soberana, acusando-me de corrupção. Agora vejam vosmecês: um homem como aquele, que anda explorando toda a gente, tem ainda a desfaçatez de dizer isso de mim! – Tomás estava exaltado.

– Não se abata, Tomás – replicou Cláudio. – Faz o teu serviço e deixa o resto para lá. Agiste bem naquele caso da disputa pelo Contrato das Entradas, que o Cunha Menezes deu ao José Pereira Marques. Todo mundo sabe que eles são sócios! Tu foste veementemente contra e, apesar de não teres conseguido impedi-lo, ganhaste o respeito da população e das pessoas mais instruídas da vila.

– Não sei não, Cláudio. Temo pela continuidade da minha função. Depois disso, não conseguirei mais nem olhar na cara daquele desclassificado!

Inácio escutava, calado. Também não gostava do Cunha Menezes, que considerava um péssimo governador, principalmente se comparado ao antecessor, o seu amigo Dom Rodrigo. Embora tivesse sido ele quem lhe havia dado a patente de coronel do Corpo de Cavalaria Auxiliar da comarca do Rio das Mortes, a verdade é que aquele título havia lhe custado uma pequena fortuna em suborno e presentes ao governador!

– Ah, vai, Tomás! – retrucou Inácio, tentando apaziguar os ânimos. Acrescentou, querendo brincar com o primo: – Todos nós estamos fartos de saber que as tuas brigas com ele têm um fundo nada nobre: os ciúmes que ele tem do teu romance com a loura Anselma, que tu, peralta, mantiveste como amante durante um bom tempo! Vais me dizer que não te encontras mais com ela? – e soltou uma sonora gargalhada.

Tomás ficou lívido e encarou Inácio, enfurecido. Ele estava se referindo à Maria Joaquina Anselma de Figueiredo, viúva de estonteante beleza e grande fortuna, embora dissoluta nos seus costumes. Corria o boato de que ela, após ter tido um tórrido caso amoroso com Tomás, correu para os braços do governador. Daí a verdadeira razão do ódio latente entre os dois homens, além das razões de Estado. Tomás negava. Cláudio custava a disfarçar o sorriso. Diante das insinuações de Inácio, Tomás replicou, com raiva:

– Tu e tuas brincadeiras inoportunas, Inácio! Se queres continuar meu amigo, não me toques mais nesse assunto! Sabes que depois que fiquei noivo de Maria Dorothea abandonei completamente aquela mulher! E ademais, pelo que sei, ele nem precisará sentir mais ciúmes ou coisa que o valha, porque ela foi morar com ele! – Tomás alterou a voz, e estava quase berrando.

– Calma, calma, vamos parar com isso, meus amigos! – interveio Cláudio – não há motivos para discutir por causa de dois desclassificados como aqueles. Eles se merecem, e não falemos mais nisso!

– Peço desculpas, primo... – disse Inácio, arrependido. – Reconheço que me excedi na brincadeira... Mas, vamos lá, o que é que queria nos mostrar?

Tomás respirou fundo e recuperando o ânimo, tornou ao assunto:

– Lembram-se das *Cartas persas*, escritas anonimamente pelo Barão de Montesquieu como uma forma disfarçada de criticar os costumes e os desmandos na França sob o reinado de Luís XIV? Pois então! Eu estou escrevendo também umas cartas, como se fosse um tal de *Critilo* ao seu amigo *Doroteu*, em Madrid. *Critilo*, nessas cartas imaginárias, conta as falcatruas de uma certa autoridade despótica, amoral e narcisista que governa o Chile. Eu as chamei de *Cartas chilenas* e dei o nome da autoridade de *Fanfarrão Minésio*. Compreendem a quem eu me refiro? – perguntou, os olhos brilhando, já recuperando o bom humor!

Cláudio e Inácio se entreolharam e caíram na gargalhada.

– Brilhante! Genial! – exclamou Cláudio Manuel. – Passa-me logo aqui, que eu quero ler!

– Eu também quero! – ajuntou Inácio.

As cartas começavam com os seguintes versos:

Cartas Chilenas
Em que o poeta Critilo conta a Doroteu os fatos de Fanfarrão
Minésio, Governador de Chile.

1ª Carta
Em que se descreve a entrada que fez Fanfarrão em Chile.

Pois se queres ouvir notícias velhas
– Dispersas por imensos alfarrábios,
Escuta a história de um moderno chefe,
Que acaba de reger a nossa Chile,
Ilustre imitador a Sancho Pança.
E quem dissera, amigo, que podia
– Gerar segundo Sancho a nossa Espanha!
Não cuides, Doroteu, que vou contar-te
Por verdadeira história uma novela
Da classe das patranhas, que nos contam
Verbosos navegantes, que já deram
– Ao globo deste mundo volta inteira.
Uma velha madrasta me persiga,
Uma mulher zelosa me atormente,
E tenha um bando de gatunos filhos,
Que um chavo não me deixem, se este chefe
– Não fez ainda mais do que eu refiro.

Ora pois, doce amigo, vou pintá-lo
Da sorte que o topei a vez primeira;
Nem esta digressão motiva tédio
Como aquelas que são dos fins alheias,
– Que o gesto, mais o traje nas pessoas
Faz o mesmo que fazem os letreiros
Nas frentes enfeitadas dos livrinhos,
Que dão, do que eles tratam, boa ideia.
Tem pesado semblante, a cor é baça,
– O corpo de estatura um tanto esbelta,
Feições compridas e olhadura feia;
Tem grossas sobrancelhas, testa curta,
Nariz direito e grande, fala pouco
Em rouco, baixo som de mau falsete;
– Sem ser velho, já tem cabelo ruço,
E cobre este defeito e fria calva
À força de polvilho, que lhe deita.
Ainda me parece que o estou vendo
No gordo rocinante escarranchado!
– As longas calças pelo umbigo atadas,

Amarelo colete e sobre tudo
Vestida uma vermelha e justa farda.
De cada bolso da fardeta pendem
Listadas pontas de dois brancos lenços;
– Na cabeça vazia se atravessa
Um chapéu desmarcado, nem sei como
Sustenta o pobre só do laço o peso.
Ah! tu, Catão severo, tu que estranhas
O rir-se um cônsul moço, que fizeras
– Se em Chile agora entrasses e se visses
Ser o rei dos peraltas quem governa?
Já lá vai, Doroteu, aquela idade
Em que os próprios mancebos, que subiam
À honra do governo, aos outros davam
– Exemplos de modéstia, até nos trajes.
Deviam, Doroteu, morrer os povos,
Apenas os maiores imitaram
Os rostos e os costumes das mulheres,
Seguindo as modas e raspando as barbas.

– Os grandes do país, com gesto humilde,
Lhe fazem, mal o encontram, seu cortejo;
Ele austero os recebe, só se digna
Afrouxar do toutiço a mola um nada,
Ou pôr nas abas do chapéu os dedos.
– Caminha atrás do chefe um tal Robério,
Que entre os criados tem respeito de aio:
Estatura pequena, largo o rosto,
Delgadas pernas e pançudo ventre,
Sobejo de ombros, de pescoço falto;
– Tem de pisorga as cores, e conserva
As bufantes bochechas sempre inchadas.
Bem que já velho seja, inda presume
De ser aos olhos das madamas grato.
E o demo lhe encaixou que tinha pernas
– Capazes de montar no bom ginete
Que rincha no Parnaso. Pobre tonto!
Quem te mete em camisas de onze varas?
Tu só podes cantar, em coxos versos
E ao som da má rabeca, com que atroas
– Os feitos do teu amo e os seus despachos.

Ao lado de Robério, vem Matúsio,
Que respira do chefe o modo e o gesto.
É peralta rapaz de tesas gâmbias,

Tem cabelo castanho e brancas faces,
– Tem um ar de mylord e a todos trata
Como a inúteis bichinhos; só conversa
Com o rico rendeiro, ou quem lhe conta
Das moças do país as frescas praças.
Dos bolsos da casaca dependura
– As pontas perfumadas dos lencinhos,
Que é sinal, ou caráter, que distingue
Aos serventes das casas dos mais homens,
Assim como as famílias se conhecem
Por herdados brasões de antigas armas.

– Dá-me aqui a pena – intimou Cláudio. – Está excelente, mas vamos enriquecer isso!

– Isso! Também quero ajudar! – aderiu Inácio.

Entre risos e versos os três passaram a compor as famosas "Cartas Chilenas", criticando as arbitrariedades do governador Luís Cunha Menezes e a administração portuguesa na colônia. As cartas, cuja leitura era disputada, passaram a correr de mão em mão por toda a capitania, gerando ódio entre as autoridades e simpatia da população. Embora se suspeitasse que o autor das cartas fosse Tomás Antônio Gonzaga, nunca se conseguiu identificar, ao certo, quem era.

FAMÍLIA E DÚVIDAS
Fazenda Boa Vista/Vila Rica/São João Del Rei

> *Sempre lhe rogo que me avise 15 dias antes de vir, para eu por em termos de apurar alguma catinha, que desde já lhe reservo, por dous princípios: o primeiro, para termos o gosto de apurar e agarrá-lo, e o segundo porque, se eu apurar antes de Vossa Mercê vir, só por milagre me poderá achar ouro na mão, que me quer tanto mal este maldito que, por mais que eu tenha, fez voto de nunca morar comigo. É verdade que a despesa desta casa tem sido grande, e ele não faz dois papéis nem que o matem: gastá-lo e havê-lo, é impossível. Agora que as águas estão prontas para me lavar a morrinha, espero ser rico, se a fantasia me não engana, bem que de boas vontades dizem que está o Inferno cheio.*
>
> Carta de 22 de setembro de 1786,
> ao sargento-mor João da Silva Ribeiro de Queirós,
> por conta de uma dívida, Inácio José de Alvarenga Peixoto

A produção de ouro nas fazendas do coronel Alvarenga havia aumentado consideravelmente, tornando-o um dos homens com o maior patrimônio da capitania, embora continuasse administrando suas dívidas. Quando Maria Ifigênia completou 7 anos, realizou-se uma grande festa na Fazenda Boa Vista. A casa sede, apesar de ser enorme, não foi suficiente para abrigar todos os convidados. Nem as duas casas de hóspedes bastaram, e foi preciso alugar quartos na hospedaria que ficava próximo à estrada para acomodar com conforto toda aquela gente.

A festa começou com uma missa celebrada pelo padre Toledo, na capela da fazenda, seguida de um lauto almoço, servido na área externa da casa. Um conjunto de músicos animava o ambiente, acompanhados por dois ou três cantores que se revezavam para entreter os convidados. Os escravos corriam apressados de um lado para outro, carregando bandejas de petiscos e bebidas, tendo sido o almoço servido em uma longa mesa, com nada menos que dez metros de comprimento. Ali estavam todas as iguarias da cozinha mineira, feitas com capricho, sob a direção da cozinheira Tomásia, nos amplos fornos e fogões de lenha da fazenda. Os doces, servidos em outra mesa quase do mesmo tamanho eram de dar água na boca: doce de leite cremoso ou em barra, cortados em cubos, ambrosia, rapadura, doces de figo, abóbora, cidra, laranja, banana – as frutas da terra. Queijos brancos, produzidos na fazenda, cortados em pedaços para acompanhar as iguarias.

Bárbara assistia a tudo sentada em uma confortável cadeira. Estava com uma barriga enorme, grávida mais uma vez. Maria Ifigênia era uma menininha linda, com a pele muito branca e rosada. Tinha os olhos claros da mãe e o cabelo antes louro, era agora castanho como o do pai. Era alta para a idade dela, muito esperta e inteligente, já dedilhava as primeiras notas ao piano e aprendia a ler em português e francês. D. Josefa era quem dava instruções e organizava a festa para a filha, em razão do seu estado. Bárbara vinha sentindo dores repentinas e tanto a sua mãe como irmãs se desvelavam ao seu lado, não a deixando fazer nada, temerosas pelo que havia acontecido com Teresa. Ao seu lado estava Maria Dorothea Seixas Brandão, a *Marília*, acompanhada da sua irmã Emerenciana. Já não era a primeira vez que comparecia à casa dos Alvarenga, pois Bárbara havia cumprido a promessa feita a Tomás, e por mais de uma vez a hospedou em sua fazenda, sempre acompanhada de uma das suas irmãs ou parentes.

– Para quando é o casamento, Dorothea? Já pensaram em alguma data? – perguntou com carinho para a moça bonita e suave, que era a paixão de Tomás.

Dorothea olhou para ela com certa aflição, e Bárbara compreendeu a dor que ia no seu íntimo.

– Não faço ideia, Bárbara. Tomás me disse que vai enviar o pedido de autorização à soberana em breve, mas espera primeiro sair a sua transferência para a Bahia. O pai dele lhe garantiu que ele será designado como desembargador do Tribunal da Relação daquela capitania.

– Hum... cargo importante! – comentou Bárbara. – Mas não há nem uma expectativa?

– Ainda não! Confesso-te que isso me traz certa apreensão, porque minha família demorou a aceitar a corte de Tomás. Sabes como é... a diferença de idade entre nós... E agora tem essa demora, essa indefinição...

Bárbara a fitou com pesar e disse-lhe palavras de incentivo:

– Bom, minha querida, se tu gostas mesmo dele, o jeito é esperar. Eu não posso dizer nada, pois tu deves saber que eu e Inácio não aguentamos essa espera... – Bárbara deu uma risada, bem-humorada. – Mas foi à custa de muito sofrimento, e não desejo isso para ti. Confia em Tomás! Ele é um homem maduro, responsável e, acima de tudo, te adora!

Dorothea sorriu para Bárbara, conformada. Ela era como uma irmã mais velha, e sabia do que estava falando. Bárbara, no entanto, na verdade disfarçava a sua preocupação. Sabia que a atitude de Tomás em adiar o casamento não se devia apenas à falta de autorização da soberana. Ele e o seu marido ultimamente tinham começado a se envolver em planos muito maiores, e isso lhe causava inquietação. Resolveu mudar de assunto, para distrair a sua futura prima:

– Sabes que meu pai quer casar minha irmã Iria com o Matias, viúvo de Teresa? – perguntou.

– Não acredito! – exclamou Dorothea. – Mas ele já se recuperou da morte da esposa?

– Penso que ainda não completamente. Mas meu pai tem razão: ele é jovem, e precisa arrumar logo uma esposa. Outro dia ele nos visitou aqui em casa e, quando Iria entrou na sala com Maria Ifigênia no colo, os olhos dele brilharam. Iria estava especialmente bonita naquele dia e, para falar a verdade, acho que ficou muito entusiasmada com o olhar que ele lhe dirigiu – disse Bárbara, sorrindo.

– É, então pelo visto vai dar certo! – respondeu Dorothea, já mais animada. – Mas veja, Bárbara, lá estão Inácio e Tomás com o Dr. Cláudio Manuel. Sobre o que será que tanto conversam? Parece coisa séria...

Bárbara procurou o marido com os olhos. Eles estavam em uma mesa mais afastada, conversando com ar compenetrado, como se trocassem segredos. Depois se levantaram e se encaminharam para dentro de casa, passando pela porta dos fundos. *O que será que eles estão tramando?*, pensou. Bárbara pediu licença à Maria Dorothea para se retirar, com o pretexto de que precisava dar ordens aos empregados, mas na verdade foi atrás de Inácio. Bateu à porta e a abriu de mansinho, vendo os três que conversavam, sérios, enquanto trocavam papéis:

– O que é de tão importante que faz com que vós estejais aqui afastados de todos? Inácio, meu querido, há muitos convidados lá fora! E tua noiva, Tomás, procura por ti! – disse, em tom de carinhosa reprovação.

Inácio olhou para Tomás, sem saber o que dizer. Ele não tinha segredos com a esposa.

– Podes mostrar à Bárbara, Inácio, mas só a ela, está bem? – disse, advertindo-o, por conhecer a falta de discrição do primo. – Trata-se de uma sátira que estou escrevendo, Bárbara, com o auxílio desses dois aqui, sobre o nosso "admirado" governador. Leia, quero a tua opinião.

Bárbara sentou-se para ler, e começou a rir.

— Ah, mas isso está mesmo muito engraçado, Tomás!

— E olhe, Bárbara, esse peralta aqui também me retratou — disse Inácio. — E com o nome de Floridoro, sabes por quê?

— Nem imagino! — respondeu Bárbara.

— Do grego: flor e presente. A flor és tu, que eu ganhei de presente.

— Ah, mas que romântico, Tomás! Adorei esse nome que puseste no meu marido — e riu. — Mas não estás a arriscar o teu pescoço? Nem em sonhos o Cunha Menezes pode suspeitar quem seja o autor desses versos! — ponderou, apreensiva.

— Já escrevi outras, prima, que estão circulando pela capitania e causando muitos comentários. Não é possível mais aguentar o governo daquele indivíduo, alguém tem que fazer alguma coisa, nem que seja por meio de crítica ao comportamento dele. Agora, isso é um segredo absoluto, que fica aqui entre nós, encerrado nesta sala — afirmou Tomás.

— Não tenho dúvidas disso, Tomás! Também acho que aquele ali merece uma lição. Mesmo em São João Del Rei, tenho ouvido muitas reclamações contra os excessos do governador e, devo dizer, também contra as autoridades portuguesas — respondeu Bárbara, pensativa.

— D. Bárbara, creio que na verdade o Dr. Tomás, com o nosso modesto auxílio, está apenas colocando um pouco mais de lenha nessa fogueira. Todos nós aqui sabemos que o povo está a cada dia mais descontente com tanta injustiça — disse Cláudio. — Como vai terminar tudo isso, só o futuro dirá!

Bárbara assentiu, com a cabeça e, com graça, decidiu retornar a atenção deles para a festa.

— Bom, meus amigos, na verdade eu vim aqui buscá-los para irem comigo ao salão. Escrevi um singelo soneto em homenagem à Maria Ifigênia, o nosso anjo doméstico, e gostaria de declamá-lo para alguns poucos convidados, apenas os que estiverem ali em volta do clavicórdio. Sinto-me um tanto inibida com grandes plateias!

— Ora, D. Bárbara, todos sabemos que a senhora é poetisa de valor. Não tem do que se envergonhar. Tenho certeza de que seus versos, ditados pelo coração, devem estar perfeitos! — disse-lhe Cláudio.

Inácio a repreendeu, com carinho:

— Mas não me disseste nada, minha flor! Claro, vamos todos lá contigo, estou louco para ouvir esses teus versos!

Os três seguiram Bárbara, que se postou perto do clavicórdio acompanhada da sua irmã Iria que, na falta de Francisca, agora morando em

Portugal, tocava uma música leve enquanto ela declamava, sob o olhar atento e apaixonado do esposo:

> Amada filha, é já chegado o dia,
> Em que a luz da razão, qual tocha acesa,
> Vem conduzir a simples natureza,
> É hoje que o teu mundo principia.
>
> A mão que te gerou teus passos guia,
> Despreza ofertas de uma vã beleza,
> E sacrifica as honras e a riqueza
> Às santas leis do filho de Maria.
>
> Estampa na tua alma a caridade,
> Que amar a Deus, amar aos semelhantes,
> São eternos preceitos da verdade.
>
> Tudo o mais são ideias delirantes;
> Procura ser feliz na eternidade,
> Que o mundo são brevíssimos instantes.

***

Inácio estava em Vila Rica, jantando na casa de Macedo, quando um mensageiro entrou apressado. Vinha de São João Del Rei e trazia um recado urgente para o coronel Alvarenga: D. Bárbara Eliodora não estava bem e corria risco de perder a criança. Inácio ficou pálido e um suor gelado lhe percorreu a espinha, com medo de que alguma coisa acontecesse à esposa e ao filho por nascer. Largou tudo imediatamente, pegou o capote e o chapéu e mandou que o escravo lhe aprontasse os cavalos para partir. Tinha pressa. Macedo também ficou preocupado. Tudo o que dissesse respeito à Bárbara lhe interessava.

— Calma, Inácio, espera que eu vou contigo. Não te deixarei sair para uma viagem tão longa a essa hora, sozinho pela estrada! — Vicente, rápido! — chamou o administrador. — Apronta os meus cavalos também e alguns homens para nos acompanhar. Vamos agora a São João Del Rei, junto com o coronel Alvarenga. Olhando com certa recriminação para o amigo, tinha um tom velado de reprovação na voz ao dizer:

— Como foi que tu a deixaste sozinha, Inácio, se ela estava tão próxima de dar à luz?

Inácio pareceu-lhe agastado ao responder:

— A criança só estava sendo esperada para nascer daqui a um mês, Macedo! E antes de sair de casa eu me assegurei de que Bárbara estava bem!

Macedo o olhou mais uma vez, com ar severo. Sentia-se uma tensão quase que palpável entre os dois homens. Ele suspirou fundo e conseguiu dizer:

— Ora, vamos logo, Inácio! O filho é teu e a esposa também. Nos apressemos!

Os dois viajaram a noite inteira, galopando sem parar, em uma pressa desesperada. Mal trocaram algumas palavras. Chegaram a São João Del Rei no outro dia bem cedo e enquanto Inácio corria para dentro do quarto, ansioso por notícias de Bárbara, Macedo, andando de um lado para o outro, aguardava na sala. Estava nervoso. Uma criada o atendeu com toalhas e água fresca para que ele se recuperasse da viagem. Inácio se assustou com a palidez da esposa e a apreensão que viu no rosto de D. Josefa e da parteira. Bárbara dormia e Josefa se limitou a dar um meio sorriso sem graça para o genro, ao ver o quanto ele estava sofrendo.

— Ela está muito fraca, Inácio – advertiu. – Perdeu muito sangue de ontem para hoje. Teve delírios após o parto, chamou pelo teu nome. Mas tu não estavas aqui... – disse devagar, medindo as palavras. – O médico já veio vê-la, mas não temos certeza se a criança sobreviverá. É um menino! Bárbara disse que lhe colocará o nome de José Eleutério, em homenagem ao primo que era seu amigo na infância.

Ele se ajoelhou ao lado da cama onde se encontrava a esposa, chorando convulsivamente:

— Bárbara, Bárbara! Me perdoa, meu amor, por eu não estar aqui contigo! Me perdoa, por favor!

Josefa colocou a mão no seu ombro, sem conseguir dizer nada. Fez-lhe sinal para ver o filho que estava embrulhado em mantas, pequenino e fraco, por ter nascido antes do tempo.

— Um menino! – disse Inácio, emocionado, retirando-o do colo da ama e segurando-o sem jeito nas mãos, impressionado com o seu pequeno tamanho e a sua fragilidade.

Josefa o interrompeu na sua tristeza, para dizer:

— Temos que conseguir um padre logo, Inácio. Temo que ele não resista e não quero que meu neto morra pagão!

Inácio olhou por um momento para a sogra, apreensivo, sem saber o que fazer. De repente, tomou uma decisão e disse, autoritário e determinado, virando-se para a ama:

— Apronta-te, e ao menino. Vamos agora mesmo para São José Del Rei. O Toledo o batizará!

Josefa olhou para ele, aterrorizada:

— Tu és maluco, meu genro? A criança não vai aguentar a viagem!

— Cala-te, minha sogra! Sobre a vida dele respondo eu! — respondeu, ríspido, o que não era do seu costume.

Josefa ficou muda. Nem ousava contrariá-lo, naquele estado. Inácio abaixou-se e deu um leve beijo nos lábios da esposa, falando baixinho, como se ela pudesse ouvi-lo:

— Fique tranquila, meu amor, à tardinha estaremos de volta. Ele vai viver, eu te prometo!

Segurou por um momento as mãos frias de Bárbara e saiu correndo, levando duas amas e o bebê e ordenando que se aprontasse urgente a carruagem. Macedo se preparava para tomar o desjejum, após aquela longa viagem.

— Venha comigo, Macedo, tu serás o padrinho.

— Mas nem comemos nada! — reclamou. E por que não o levas a batizar aqui mesmo, em São João Del Rei?

— Esqueceu-te que depois que expulsamos o Antônio Caetano a comarca está provisoriamente sem pároco? O mais próximo é o Toledo. Vamos logo que em poucas horas chegaremos lá.

Macedo concordou com um gesto conformado e saiu apressado atrás dele. Ainda bem que Tomásia lhes havia preparado um lanche reforçado para comerem no caminho. Chegaram a São José em poucas horas e José Eleutério foi batizado *in extremis*, com o apadrinhamento de João Rodrigues de Macedo. A criança estava bem, tranquila e as amas o untaram com óleos e o enfaixaram, para não pegar nenhum resfriado. Os homens se demoraram apenas o suficiente para descansarem um pouco e almoçarem, pois desde a noite anterior estavam viajando sem parar. Macedo, mais cansado, se espantava com a energia e a disposição de Inácio. Despediram-se logo de Toledo e puseram-se em marcha de volta para casa. Estavam receosos quanto à saúde de Bárbara.

Ao chegarem em casa com o bebê, D. Josefa estava postada em frente ao oratório, rezando. Deu graças a Deus quando viu que o genro conseguiu voltar com o neto, são e salvo.

— Aqui está de volta o teu neto, minha sogra, vivo e batizado. E não vai morrer, porque ele há de ser forte como o pai! — disse, com o bom humor característico. A sogra, até então enfurecida, não resistiu e deu-lhe um sorriso, feliz que tudo tivesse terminado bem. — E Bárbara, como está?

– Está se recuperando, Inácio. Ainda tem febres, mas o médico passou-lhe remédios que trouxe consigo do Rio de Janeiro. Creio que em poucos dias já estará boa.

– Graças a Deus! – suspirou, exausto.

Dona Josefa mandou preparar-lhes um bom banho e o quarto de hóspedes para Macedo, que havia decidido ficar ali hospedado por mais um dia. Tinham que descansar de toda aquela correria. Ademais, disse Macedo, somente voltaria para casa quando estivesse seguro de que o seu afilhado e D. Bárbara estavam fora de perigo. D. Josefa chegou a desconfiar e estranhar tanta preocupação, mas não disse nada. *Esse Dr. Macedo deve estar um pouco com remorsos*, refletiu. Seu genro estava passando muito tempo em Vila Rica, provavelmente hospedado com ele, e ela não sabia bem o porquê. *Certamente é por causa das dívidas. Inácio não tem limites para gastar dinheiro*, pensou, aborrecida. Nunca poderia passar pela sua cabeça que o verdadeiro motivo fosse a sua própria filha.

Na sala, Inácio e Macedo conversavam:

– Inácio, desculpe-me se a amizade me faz ser duro contigo, mas ouça: tu precisas cuidar um pouco mais da tua família! Deixar D. Bárbara aqui, nesse estado... já imaginaste se acontecesse o pior? – disse Macedo, acendendo um cigarro de palha.

– Eu sei, Macedo, eu sei! – respondeu Inácio, colocando as mãos na cabeça. – Tu fazes bem em me advertir. Se alguma coisa tivesse ocorrido à Bárbara, ou ao bebê, eu não me perdoaria nunca!

– Calma, homem! O mundo não foi construído em um dia e nem acabará em um. O problema é que tu queres tudo de uma vez só – lavras, agricultura, várias fazendas, vários tipos de produção! É muita atividade para um homem casado... – Olhou para Inácio e deu um sorrisinho. – Ainda mais com uma mulher bonita como a tua... – Pigarreou e continuou: – Eu consigo controlar todos os meus negócios porque sou solteiro, não tenho mulher e filhos com que preocupar...

– Estás certo, Macedo. Às vezes, penso que tenho mesmo que diminuir o ritmo, as minhas viagens... Bárbara tem se queixado de que tem ficado muito sozinha e que os meus credores sempre vêm aqui importuná-la, em nossa casa.

– Não, ela não merece esse aborrecimento, Inácio. Além do mais, se fosses mais modesto nas tuas ambições, não terias tantos credores à porta!

– Ora, Macedo – respondeu Inácio, irritado. – Sabes que não é bem assim. Eu alimento o investimento nas fazendas com a produção das lavras, e vice-versa. As atividades são interligadas! Só que a mineração é uma atividade incerta – às vezes dá muito e às vezes cavamos até o fundo do poço e não encontramos nem uma pedrinha! Mas a coroa não quer saber disso – quer a parte dela, de qualquer jeito! E agora tem mais essa, do Alvará de 1785, que mandou acabar com todas as manufaturas de tecidos e teares existentes na colônia! Tudo isso para nos obrigar a comprar de Portugal os panos de que necessitamos, até para a roupa para os escravos. Minha despesa aumentou muito!

– Essa medida foi um completo desastre! – concordou Macedo. – Ouço por aí que há muita gente revoltada. O governador, ademais, tem se utilizado disso para extorquir ainda mais. Outro dia um afilhado meu teve a sua pequena manufatura violentamente destruída pelos homens do Cunha de Menezes. Ele dava trabalho a algumas mulheres da região e todos os que estavam no local foram presos, açoitados e levados para a cadeia de Vila Rica. Se eu não o tivesse socorrido, a essa hora estavam todos da família encarcerados. Tive que dar vinte barras de ouro para o Parada e Souza, aquele crápula que assessora o governador!

– Isso é uma iniquidade, Macedo, uma vergonha! Quem é que aguenta uma coisa dessas? Não sei se tu sabes, mas Cláudio Manuel também tinha uma manufatura em sua fazenda, com máquinas que importou da Inglaterra. Produzia tecidos finos, de excelente qualidade. Perdeu tudo. Um prejuízo enorme!

Macedo balançava a cabeça, concordando.

– Inácio, meu caro, pensa bem naquele convite que te fiz, para ingressares na nossa associação. Ali nos protegemos uns aos outros. Vários amigos nossos participam e temos correspondentes na Europa e nos Estados Unidos da América. Pense bem. Não irás te arrepender.

– Pensarei, Macedo, pensarei – respondeu Inácio, com ar preocupado.

**

Inácio andava de um lado para o outro, no amplo salão da sua casa na Fazenda Boa Vista. Estava sozinho, recuperando-se das febres que subitamente o acometeram naquela viagem. Quando elas vinham, se estirava no solo, contorcendo-se com os tremores causados pela sezão. Ficava pálido e sentia frio. Euclides, zeloso, o cobria com um cobertor e ele ficava ali mesmo, pois mal conseguia se movimentar. Depois vinha a vermelhidão na pele e o suor, sinal de que o mal estava passando. As febres iam e vinham, em intervalos que podiam durar horas ou dias, quando então ele voltava a se sentir bem. As negras, na cozinha, preparavam chás de ervas e compressas para o sinhozinho, mas pouco adiantava. Só o tempo era remédio.

Tinha o pensamento agitado. Havia aceitado o convite de Macedo para ingressar na Maçonaria e passou a participar das reuniões secretas que ocorriam em Vila Rica. Agora ali, sozinho, em meio às alucinações causadas pela doença, tinha dúvidas sobre se deveria ter entrado ou não. As reuniões realizadas ora na mansão de João Rodrigues de Macedo, ora na casa do tenente-coronel Freire de Andrada, tornavam-se a cada dia mais frequentes. Reuniam-se para discutir o estado da administração colonial. Todo mundo estava "no arrocho". Macedo, ele próprio, tinha se tornado grande devedor da coroa, em razão de não repassar os créditos da arrecadação dos impostos. Se fosse imposta a derrama, como se anunciava, e cobradas as dívidas, ele também estaria em apuros.

Desde 1785, não só em Minas Gerais, como também no Rio de Janeiro, já se iniciavam as articulações das linhas mestras da libertação da colônia brasileira. Começava a ser encetado um plano de rebelião, nos moldes do que ocorreu na América inglesa, ainda que de forma muito cautelosa. Os mais inflamados adeptos de uma insurreição imediata eram os padres Carlos Toledo e Luís Vieira da Silva. Eles sabiam de cor todos os passos seguidos pelas Treze Colônias para chegarem à independência, e achavam que era possível repetir o processo. Era plano da Maçonaria, ademais, levar os ideais de liberdade, igualdade e fraternidade a todos os povos, e eles poderiam contar com o seu apoio, caso quisessem mesmo ir à frente com a ideia do levante. Até mesmo Tomás, sempre tão circunspecto e cauteloso, sentia-se indignado com o tamanho da violência e impunidade com que passou a agir o governador, ao que parecia, com amplo apoio da metrópole. A situação já estava insuportável, passando dos limites. Por conta disso, além de escrever as "Cartas chilenas", Tomás passou também a participar daquelas reuniões secretas.

Inácio colocou a mão na cabeça, em desespero – ela parecia que ia estourar! Sabia o que significava isso tudo – se desse certo, estariam todos bem, pelo menos, é o que esperavam. Ficariam libertos de Portugal, o Brasil seria uma nação independente e eles teriam liberdade para fazer os seus negócios, sem serem tão explorados como o eram. Haveria também uma moratória para os devedores. Agora, se desse errado... Meu Deus, se desse errado... Era bom nem pensar! Lembrou-se da pequena tentativa de insurreição em Vila Rica, em 1720, com Filipe dos Santos: o conde de Assumar mandou prender todos os revoltosos no morro do Ouro Podre e ateou fogo. O local passou a ser conhecido como o morro da Queimada! O líder, Filipe dos Santos, foi esquartejado vivo: quatro cavalos o arrastaram pelas ruas de Vila Rica e depois mudaram de rumo, puxando cada um para um lado. Morte lenta e cruel, essa era a pena para os que ousassem desafiar a coroa, ainda que em pensamento.

Os membros da Maçonaria estavam com a ideia fixa de que, se conseguissem o apoio dos Estados Unidos da América, seria meio caminho andado. Para isso, os comerciantes cariocas tinham financiado o estudante brasileiro José Joaquim da Maia e Barbalho, que estava cursando medicina em Montpellier, na França, para entrar em contato com Thomas Jefferson, embaixador dos Estados Unidos naquele país.

Em Minas, já se sabia que Joaquim da Maia havia iniciado uma ousada correspondência com o embaixador americano, acerca das iniciativas e probabilidades da rebelião no Brasil. Em seguida ele e Domingos Vidal Barbosa, também estudante em Montpellier, conseguiram se encontrar pessoalmente com Jefferson nas ruínas de Nimes, na França. Mas, ao que tudo indicava, Jefferson foi evasivo, embora tivesse prometido ajudar. Outra frente era aberta com os comerciantes ingleses que estavam interessados em negociar diretamente com a colônia brasileira, sem a intervenção de Portugal. O ponto de contato era José Álvares Maciel, cunhado do Freire de Andrada, que se encontrava na Inglaterra estudando metalurgia e fornos siderúrgicos.

A coisa já está tomando um rumo que daqui a pouco não tem volta, pensava Inácio. *E o que eu vou fazer? Aderir imediatamente aos planos? Mas e o risco? E a minha mulher, agora com dois filhos pequenos e mais um a caminho?*

A febre vinha mais uma vez, o intervalo havia passado.

– Que dor, que frio... Apressa-te Euclides, o cobertor, rápido... e as compressas... vou estourar por dentro... – Inácio se contorcia, delirava, chamava pela mulher. Uma hora, duas horas. O tempo passava e levava a sezão, aos poucos. Recuperou-se de novo. Levantou-se, tomou um café quente que o criado lhe trouxe, e pediu um banho.

Sentiu o corpo arrepiar, pensando na cena de Filipe dos Santos partido em pedaços. Teve medo. Lembrou-se, por outro lado, do desdém com que eram todos os brasileiros tratados pelos portugueses. A exploração sem fim. A pobreza por todo o lado. Isso o revoltava! Mas não era só isso. Ele também estava encrencado. A briga com os credores e sócios do espólio de João de Sousa Lisboa, de quem ele e o sogro arremataram as fazendas em leilão, se prolongava por mais de seis anos. As suas dívidas se avolumavam, em face dos pesados investimentos que continuava a fazer. O rendimento das lavras era inconstante.

A necessidade de pagar os seus credores e obter mais financiamento o levaram a João Damasceno dos Reis Figueiredo, sócio e irmão do contratador Joaquim Silvério dos Reis. Ele lhe emprestou dinheiro, mas com altos juros. Inácio havia pedido um empréstimo ao alferes José Antônio de Melo, com hipoteca das casas que possuía no Rio de Janeiro. Não pagou no tempo e modo combinado. O alferes escreveu uma carta ao governador e Inácio recebeu a ordem para pagar a dívida, de qualquer maneira. *Como farei para pagar tudo isso, meu Deus?*, pensava, e sua cabeça rodopiava, num misto de desespero e maleita.

A situação política em que havia se metido não era pior do que a sua situação financeira. *E agora, aquelas febres...*, pensava em Bárbara Eliodora e, nos seus delírios, via desmoronar o formidável castelo no qual ele a havia colocado como rainha.

***

Bárbara deu à luz mais um filho, dessa vez era um menino saudável, robusto, cujo primeiro choro ecoou pela casa com a força de um bezerro novo.

– É um Alvarenga! – brindou Inácio com o sogro, transbordando de alegria. – Vai se chamar João Damasceno! Quero lhe dar o nome do homem que tem salvado os meus dias.

– Não é esse João Damasceno o irmão do contratador Joaquim Silvério dos Reis? Ora, Inácio, francamente! O homem é um espanta-rodas. Ninguém gosta dele. Com tantos nomes por aí e escolheste logo esse... – resmungou o Silveira.

– Bom, o senhor sabe, meu pai, que não tenho apurado nada nas lavras ultimamente. João tem me socorrido. Para meu desespero, os credores parecem ter resolvido se juntar todos contra mim ao mesmo tempo! Creio que Bárbara não irá se importar – retrucou Inácio, um pouco sem graça.

– Não, claro que não, meu filho. Aquela ali o adora tanto que se tu propusesses chamar ao menino pelo próprio apelido do outro – "João das Maçadas" – era possível que ela concordasse... – e sorriu, servindo-se de mais uma dose de aguardente. – Mas, Inácio, diga-me uma coisa: como ficou aquela questão com o administrador da Fazenda Ponte Nova, o João Araújo de Oliveira?

Inácio franziu a testa, preocupado.

— Meu pai, nem me fale. Eu já estava mesmo para lhe contar. O homem enlouqueceu de vez. Cobrou-me os seus pagamentos atrasados e também o lucro da venda daqueles bois, que eu comprei em parceria com ele. Eu lhe disse que não tinha dinheiro para pagar naquele momento, que ele esperasse mais um mês. Pois o atrevido me desacatou eu tive que colocá-lo para fora da fazenda. Como eu teria que voltar para São João logo, porque não queria estar longe de Bárbara mais uma vez, na hora do parto, não houve tempo de comunicar o fato aos outros funcionários. O resultado é que, isso eu soube hoje, ele voltou à fazenda e saqueou tudo, levando o que bem quis, a pretexto de estar liquidando a minha dívida. Eu vou ter que colocar a polícia atrás daquele bandido.

— Inácio, deixe isso prá lá. Ele não pode levar a fazenda nas costas e o que quer que tenha carregado não deve cobrir o que tu deves a ele — ponderou o Silveira. — Ademais, os tempos estão difíceis, filho. Tu estás agora metido nessas reuniões secretas em Vila Rica e é melhor evitar fazer mais inimigos, que possam no futuro te delatar.

A parteira saiu do quarto para mostrar ao pai o bebê e Inácio o segurou, orgulhoso, enquanto dizia ao sogro:

— Vamos fazer do batizado deste menino a maior festa que essa vila já viu, Dr. Silveira. E vamos aproveitar e comemorar também o de José Eleutério, que não teve festa!

Silveira olhava para o genro, segurando com extremo amor e carinho aquele bebê, que parecia ainda menor nos seus braços fortes. Não pode deixar de pensar que, apesar de ter uma vida financeira tão desregrada, ele era um ótimo sujeito!

No dia 8 de outubro de 1788, celebrou-se com grande festa, na casa do casal coronel Alvarenga Peixoto e Bárbara Eliodora em São João Del Rei, o batizado dos dois filhos. No mês anterior, Inácio havia passado longo tempo em Vila Rica, de onde trouxe o primo Tomás Antônio Gonzaga para apadrinhar o pequeno João Damasceno.

— Então estás livre do "Fanfarrão Minésio", hein Tomás?! Poderás agora encontrar um novo desafeto para as "Cartas chilenas". Pelo sucesso delas, o povo vai querer que tenham continuidade! — exclamou Inácio, animado.

Tomás balançou a cabeça: — Se quisermos levar isso adiante, temos de pensar que já muita gente desconfia quem sejam os autores... Ademais, agora que saiu a minha promoção para o Tribunal da Relação na Bahia, tenho outros assuntos a me ocupar, além, claro, da política.

– E que tal o novo governador, o Visconde de Barbacena? – perguntou Inácio. – Sei que ele é teu conhecido já há algum tempo.

– É uma boa pessoa, Inácio, creio que tu também o conheces, não? Ele se formou em Direito em Coimbra e ajudou a fundar a Academia Real de Ciências de Lisboa. É um homem culto, ponderado, gosta de estudar história e botânica. Fui visitá-lo, assim que chegou. Achei engraçado porque ele não quis morar com a família no Palácio dos Governadores. Preferiu ir para a casa de Cachoeira do Campo, ao lado do Regimento dos Dragões.

– Hum... – murmurou Inácio, ressabiado – Será que ele desconfia de alguma coisa?

– Não sei dizer – respondeu Tomás. Embora ele se mostre sempre muito entusiasmado nas discussões sobre a riqueza da colônia e a possibilidade de se vir a estudar melhor os nossos recursos minerais, noto que ele tem sempre um pé atrás, quando a conversa evolui muito. Por natureza, ele é muito cauteloso. Alguns dizem que é dissimulado. Mas eu não acredito que um homem de ciências, um intelectual, possa ter um caráter mesquinho a ponto de ficar colocando armadilhas na conversação para nos testar.

– Sei não, Tomás, sei não... O fato é que eu o convidei para a festa de hoje e ele gentilmente recusou o convite. Embora tu aches que sou ingênuo, a verdade é que a ideia da rebelião já é comentada por aí, na rua.

Tomás fechou o semblante, pensativo.

– Mas deixa isso para lá, primo, que hoje é dia de comemorar. Vamos lá para fora, porque a música já está tocando! – Bradou Inácio, animado, puxando Tomás.

De fato, o novo governador ficou assustado quando percebeu a falta de pudores entre as pessoas de Vila Rica ao se falar em liberdade, mesmo em sua presença. Notou que grande parte daqueles com quem convivia conhecia o que tinha ocorrido na América Inglesa. Para sua surpresa, soube que até mesmo cópias da Declaração de Independência dos Estados Unidos da América corriam de mão em mão, entre o povo mineiro. Contaram-lhe que determinado alferes do Regimento do tenente-coronel Freire de Andrada, que era também exercia a profissão de dentista, pregava a quem quisesse ouvir que já era hora de o Brasil se libertar de Portugal e formar uma nação soberana. O que era pior, a seu ver, era que o povo aderia com entusiasmo ao discurso, o que revelava que uma rebelião ali se escondia em estado latente.

O visconde de Barbacena, homem que pela primeira vez assumia um cargo administrativo de importância, estava apreensivo com o que vira na capitania que ele teria que administrar. Não queria decepcionar os seus superiores. Sabia que o sucesso da sua carreira nos negócios da coroa dependia do resultado que obtivesse ali em Minas Gerais. O que mais o amedrontava era, no entanto, saber que caso ocorresse uma rebelião, ele seria o pivô dela. Ao assumir o governo da capitania ele trouxe na algibeira instruções secretas do ministro Martinho de Melo e Castro. Na carta o ministro, após fazer uma análise minuciosa da situação econômica e social da capitania, ordenava ao novo governador a imediata cobrança dos contratos e dívidas em atraso com a coroa e a imposição da derrama. As instruções que lhe foram dadas, portanto, eram dinamite puro, e fatalmente se converteriam no estopim da revolução. Realmente, ele tinha razão para temer.

As reuniões dos revoltosos ocorriam com regularidade, discutindo-se todos os prós e contras do movimento. Havia um sentimento generalizado de que o levante era urgente e necessário. Com os mineiros concordavam os comerciantes e militares cariocas, que já se sentiam preparados para a insurreição. O elemento de comunicação entre uns e outros era o alferes Tiradentes que, em razão das suas funções, foi encarregado de fiscalizar a nova estrada que ligava diretamente o Rio de Janeiro a Minas Gerais, o Caminho Novo. Era ele o principal divulgador do movimento e seu mais inflamado orador. Na opinião dos seus companheiros, inflamado até demais!

No dia em que se celebrou o batizado de João Damasceno e José Eleutério, portanto, os ânimos já estavam exaltados. Não se falava em outra coisa, em qualquer roda de que se aproximasse. Ali se encontravam reunidos os representantes de todos os seguimentos da sociedade: militares desde a mais alta até a mais baixa patente, padres, juízes, funcionários públicos, recolhedores de impostos, comerciantes, fazendeiros, mineradores. Quem quer que visse todas aquelas pessoas ali na casa do coronel Alvarenga, conversando e bebendo, a outra conclusão não chegaria senão a de que Minas Gerais havia se transformado em um caldeirão prestes a estourar. Bastaria uma simples fagulha para toda a casa vir abaixo. Essa fagulha era a derrama, e ela estava nas mãos de uma única pessoa: o visconde de Barbacena.

O batismo ocorreu na Igreja Matriz de Santo Antônio, em São João Del Rei. Após a homilia feita pelo padre Carlos Toledo, que presidiu a cerimônia, o cônego Luís Vieira da Silva tomou a palavra para também ele fazer um discurso apaixonado, em que realçava o país livre no qual aqueles meninos, como todos os outros meninos e meninas do Brasil, mereciam nascer. Foi vivamente aplaudido, em plena missa. Após o batizado, serviu-se um lauto banquete, regado à farta comida e bebida. Houve música, touradas, soltaram-se fogos de artifício. A um canto, os líderes do movimento combinaram a senha que seria utilizada para avisar aos outros sobre o início do levante: *tal é o dia do batizado*. Nada mais apropriado: batizado significava uma nova vida e era isso que se pretendia – vida para um novo país, prestes a nascer.

Na ampla e alta varanda do casarão Bárbara Eliodora observava o grande movimento e folguedos da festa, lá embaixo. Havia subido com a ama para cuidar de João Damasceno, que naquele dia contorcia-se com cólicas. Estava com o filho no colo quando avistou o marido lá embaixo, rodeado de um grande número de pessoas, o centro das atenções, como gostava de ser. Estava gesticulando, excessivamente alegre, falava alto. Com certeza havia bebido mais do que o costume. Ele virou o rosto de repente e viu a esposa, lá de cima, olhando para ele, com um sorriso no rosto. Naquele momento, com o filho no colo, teve mais uma vez a certeza de que ela era a mulher mais bonita que ele jamais tinha visto. Seus olhos se cruzaram e ficaram paralisados por um momento. Sem desgrudar os seus dos dela, Inácio gritou para os músicos, pedindo que parassem, e pediu aos presentes que fizessem silêncio. Com a sua voz firme e possante, ergueu o copo e fez um brinde:

– Bebamos à saúde da minha mulher, D. Bárbara Eliodora Guilhermina da Silveira, a mulher mais linda dessa capitania, e que ainda há de ser rainha do Brasil!

Houve uma grande comoção de alegria e os presentes, que já haviam consumido litros de álcool, explodiram em vivas.

Bárbara olhou para o pai que, a um canto, balançava a cabeça, em desaprovação. Fechou o semblante, preocupada. *Preciso conversar sobre isso com Inácio com urgência!*, pensou.

LIBERDADE QUE TARDA

São João Del Rei/Vila Rica

> *Ai, palavras, ai, palavras,*
> *Que estranha potência, a vossa!*
> *Todo o sentido da vida*
> *Principia à vossa porta;*
> *O mel do amor cristaliza*
> *Seu perfume em vossa rosa;*
> *Sois o sonho e sois a audácia,*
> *Calúnia, fúria, derrota...*
>
> "Romanceiro da Inconfidência, Romance LIII ou das palavras aéreas",
> Cecília Meireles

Bárbara inclinou-se para o marido, deitado de bruços, o dorso nu, e beijou-lhe delicadamente a base do pescoço, acariciando-o suavemente nas costas. Não cansava de admirar aquele homem, que continuava bonito aos 46 anos. Ele conservava os músculos fortes, a compleição rígida, o corpo esbelto e a pele morena de quem passava muito tempo ao ar livre, cuidando dos trabalhos da fazenda. O cabelo começava a ficar grisalho nas têmporas e isso aumentava o seu charme.

Era o homem que ela havia escolhido para si, e o amava. Não lhe importava como ele conduzia os seus negócios e nem se intrometia nisso. É claro que a incomodava ter que recorrer sempre ao sargento Luiz Antônio da Silva, amigo e sócio do seu marido, para as suas despesas quando ele não estava em casa. Inácio o deixava encarregado de suprir todas as suas necessidades e, ao que ela sabia, ele nunca havia reclamado. Também, se lhe faltasse alguma coisa, o compadre João Rodrigues de Macedo estaria sempre por perto, pronto para ajudá-la, com aqueles olhos azuis profundos e perscrutadores, que se demoravam nela.

Ela era feliz! As outras mulheres reclamavam da brutalidade dos maridos, que as procuravam apenas para fazer filhos, sem qualquer cuidado ou manifestação de carinho. Passados alguns anos do casamento, cansavam-se delas e viravam-lhes as costas. Muitos tinham amantes entre as próprias escravas, ou mesmo mais de uma família, como era costume banal ali na terra da mineração. Inácio era o seu homem e, para sua alegria, apesar de já terem três filhos juntos, ela ainda continuava a satisfazê-lo.

– D. Bárbara Eliodora! Se a senhora continuar a me provocar desse jeito, não respondo por mim! – sussurrou Inácio, a voz de quem acabava de acordar.

– Não quero que resistas, meu amo e senhor. Eu te quero, antes que montes mais uma vez naquele cavalo e me abandones aqui, solitária – respondeu ela, mordendo-lhe levemente o ombro. – Ou será que estás enjoado de mim? – murmurou, com a voz dengosa.

Inácio se virou e a beijou apaixonadamente.

– Ah, minha flor, o que seria de mim sem ti? Eu nunca vou me enjoar de estar contigo! Nunca!

Uma brisa fresca entrava pela ampla janela do quarto do casal naquela manhã clara de outubro. Lá fora ouvia-se o burburinho dos escravos limpando e organizando a casa, depois da festa do batizado. Dentro do quarto, o tempo havia parado, como sempre acontecia quando estavam juntos. Inácio e Bárbara permaneciam abraçados, ela com a cabeça recostada no seu peito, ele brincando com os cachos dos seus cabelos, pensativo.

– Tenho que partir hoje para Vila Rica com Tomás, meu amor. Há providências importantes a tomar, decisões, tratar de fechar o plano. O visconde de Barbacena está muito arredio, desconfiado, não sabemos se ele decretará a derrama ainda este ano. Temos de estar prontos, de qualquer jeito, quando isso acontecer.

– Inácio – Bárbara interrompeu-o, com olhar angustiado. Tive um pressentimento estranho ontem, quando tu me ergueste aquele brinde, na frente de todos, chamando-me de rainha... Tu não deverias agir assim, meu querido, ser tão inocente! Havia pessoas ali que não concordam com essa ideia de levante, como tu sabes...

O marido sorriu-lhe, dando-lhe um beijo leve na testa.

– Tu e teus pressentimentos, D. Bárbara Eliodora! Não necessitas te preocupar! Estamos fazendo tudo com muito cuidado. O Luís Vieira é um estrategista nato! Tu precisavas ver como ele já tem praticamente tudo esquematizado! Só precisamos discutir os detalhes. Agora, quanto ao brinde, desculpa-me minha flor. Eu acho que realmente me excedi! Mas vendo-te ali na varanda, tão linda com nosso filhinho no colo, perdi a cabeça. Tu me conheces bem. Às vezes é difícil para mim controlar a língua, ainda mais quando ela está molhada com tanta aguardente, como ontem! – disse, rindo.

Ela sorriu e disse, com um leve tom de reprovação na voz:

– É isso que me preocupa, Inácio. Tu falas sem pensar, e nas circunstâncias em que te encontras, isso pode comprometê-lo mais do que aos outros.

Ele a fitou, ressabiado:

– Que circunstâncias, querida?

– Ora, Inácio, todo mundo sabe que, apesar de todo o patrimônio que temos, tu deves dinheiro a muita gente. Muitos, inclusive os teus próprios companheiros, podem pensar que tu entraste nisso para te veres livre das dívidas, o que é uma mancha que tu não mereces!

Inácio ficou irritado.

– Estou surpreso que alguém possa pensar nessa hipótese, Bárbara! Tu, que conheces a minha história melhor do que ninguém, sabes que, dívida por dívida, isso faz parte da minha vida desde que eu era estudante em Coimbra! Os Macedo que o digam! Nunca me importei muito com isso. Admito que sempre levei uma vida muito desregrada, mas no caso das fazendas, dinheiro para mim significa investimento! Será que as mentes nessa porcaria de colônia são tão tacanhas ao ponto de imaginar que se possa produzir algo sem se investir? Além do mais, temos bens suficientes para quitar tudo, se for preciso! – disse com voz alterada, levantando-se e começando a se vestir.

– Não precisas ficar assim nervoso comigo, meu amor. Eu, como tua esposa, só o estou alertando.

Inácio pensou um pouco para dizer:

– Sei das tuas apreensões, minha querida. Mas nessa questão de dívidas saiba que há gente muito mais encrencada do que eu. O Macedo mesmo, com aquela fortuna toda, se a coroa resolver cobrar de uma vez a arrecadação do contrato das Entradas, que ele administrou, ele estará quebrado!

Inácio andava de um lado para outro, inquieto.

Bárbara se calou, esperando que ele se acalmasse. Depois levantou-se e puxou-o de volta para a cama, fazendo-lhe um carinho.

– Bárbara, eu nunca escondi nada de ti. Para ti eu posso abrir o meu coração e dizer que, no começo, eu realmente estava com muitas dúvidas quanto a entrar ou não nesse levante. Por tua causa, por causa das crianças... Essa é uma empreitada de risco, tu sabes. Mas foste tu mesma quem me incentivaste a tomar uma posição. E hoje eu sei que estou fazendo o que eu acho certo. Não podemos assistir a tudo isso que está acontecendo aqui no Brasil e ficarmos de braços cruzados, esperando que alguém faça algo por nós. Nós faremos o nosso futuro! Portugal nunca irá nos soltar, nem deixar de nos explorar, porque somos a galinha dos ovos de ouro. Eles viram o que ocorreu na América e já estão sentindo a pressão. É agora ou nunca! Temos tudo muito bem planejado e as condições nos favorecem.

Bárbara deu-lhe um beijo leve nos lábios, e sorriu. Ela gostava de ouvi-lo falar assim! Sentia orgulho dele, do seu idealismo, da sua energia, do seu otimismo, do que ele era capaz. E sabia, principalmente, que ele não era de fugir de uma boa briga.

Vendo que ele tinha retomado a calma, ela disse:

– Inácio, aquela discussão ontem à noite, lá na sala. Eu não quis dizer nada naquela hora, pois só havia ali homens, e cada um mais alterado do que o outro, mas... essa questão dos escravos...

Inácio a olhou, curioso.

– E o que pensaste, bela?

– Pensei que, nestes vossos planos, deveriam considerar a possibilidade de libertá-los. São pessoas que foram cruelmente retiradas das suas terras, apartadas dos seus entes queridos, para aqui ficarem trabalhando em condições horríveis. Elas não têm aquilo pelo qual todos nós no fundo estamos lutando, e que é o nosso bem mais precioso: a liberdade!

Inácio ficou pensativo.

– Mas há muitos entre nós – replicou –, inclusive nós mesmos, Bárbara, que somos proprietários de escravos. A maior parte dos fazendeiros e mineradores seria radicalmente contra essa medida. Perderiam uma fortuna, se isso ocorresse.

– Bom, se não se pode libertar os que já estão cativos, pelo menos os filhos deles, que tivessem nascido aqui no Brasil. Creio que eles merecem isso, depois de terem trabalhado tanto por esta terra, sem ganhar nada em troca.

Os olhos de Inácio se iluminaram!

– Como eu não pensei nisso antes? Claro! Com essa medida, ficaríamos no meio termo e mataríamos dois coelhos: atenderíamos aos radicais, que não querem se desfazer dos seus escravos e, ao mesmo tempo, damos um incentivo aos cativos para lutarem ao nosso lado, pela liberdade dos seus filhos e netos!

Ele abraçou-a forte e a beijou, entusiasmado.

– Outra coisa, meu amor, que me ocorreu – ela fez uma pausa olhando para ele, preocupada. Inácio a escutava, atento. Ela prosseguiu:

– Vamos pensar em todas as possibilidades, certo? Suponhamos que esse governador, que sempre me pareceu um tipo muito vaidoso e extremamente desconfiado, resolva não ordenar a derrama. E mais, temendo pelo futuro dele – pois sabidamente ele é uma pessoa que almeja grandes cargos – vá contar para o tio dele, o vice-rei Luís de Vasconcelos, que aqui em Minas a rebelião anda na boca do povo...

– Quantas suposições, Bárbara! Tu pensas demais, minha flor! Nada disso ocorrerá, fique tranquila!

– Mas, Inácio – ela insistiu. – Tu sabes melhor do que eu que esses atos de insubordinação à coroa são tidos como crime de lesa-majestade e a pena é a morte cruel ou a forca!

– Bárbara, para de pensar nisso! Dá azar! – protestou ele. – Olha, só para ficares mais tranquila – disse, instintivamente diminuindo o tom de voz – vou te contar uma coisa que é segredo absoluto.

Ela arregalou os olhos, prestando atenção.

– O Barbacena sabe de tudo e está propenso a entrar no movimento. Tanto Cláudio, como Macedo, têm conversado com ele. Ele deve muitos favores e dinheiro a ambos. E também deve ao duque de Lafões, que o colocou na Academia Real de Ciências de Lisboa. Sabes que ter pertencido a essa Academia foi o maior orgulho do Barbacena. Até hoje lamenta o fato de ter tido que deixar o cargo de primeiro secretário, porque o intendente Pina Manique acusava a instituição de ser ligada à Maçonaria, no que, aliás, estava coberto de razão...

Inácio fez uma pausa e depois continuou:

– O duque de Lafões deve conversar com ele também nos próximos dias. Ele, embora seja nobre, é um homem de ideias avançadas e apoia discretamente o movimento. Cláudio aventou com Barbacena a possibilidade de ele ser embaixador do Brasil, com a libertação, assim como Thomas Jefferson o é nos Estados Unidos. Ele pareceu bem interessado. – Inácio deu um sorrisinho, imaginando a felicidade do Barbacena em assumir esse posto. – Mas a verdade é que ele é muito hesitante, por isso ainda não se decidiu.

– Bom, se é assim – Bárbara suspirou, conformada.

Inácio começou a brincar com ela, fazendo-lhe cócegas:

– E quanto a crimes de lesa-majestade, meu amor, eu nada sei. Só tenho uma rainha, e ela está aqui na minha frente. E cá para nós, eu também não mereço o título de rei? – E fez uma pose engraçada, fazendo-a rir.

Ela nunca contou a ele, no entanto, que um dia a negra Ciana, jogando-lhe os búzios, viu um homem em uma forca, conforme lhe havia contado Lucíola. Mas poderia ser outro – pensou – não necessariamente o marido, o homem que Ciana tinha visto. Seu coração começou a bater descompassado e ficou apreensiva, ao se recordar disso.

– O que foi, minha bela? Ficaste inquieta! Algum outro pressentimento? Ele lhe sorriu, com carinho.

– Nada não querido – mentiu. Eu só estou pensando que vou ficar longe de ti, mais uma vez.

– Escuta, por que não vens comigo? Podemos ficar juntos na casa de Tomás, ele não se importará! Ele até gosta de companhia. Tem se sentido meio atormentado com esses planos. Sabes que ele é muito certinho, detalhista, e certas vezes fica angustiado quando vê a indecisão das pessoas.

– Não, querido, dessa vez não. Da próxima eu prometo que irei. Terei mesmo que ir a Vila Rica no próximo mês, para comprar alguns enfeites para a festa de santa Bárbara, então poderemos ir juntos. Por falar nisso, Inácio, não vás te esquecer, hein? Tu tens dois compromissos nos próximos meses, a que não podes faltar: serás patrono da festa de santa Bárbara, em 4 de dezembro, e seremos padrinhos do casamento de Iria e Matias, em abril!

– Anotado, minha rainha! – brincou Inácio, fazendo-lhe uma elaborada reverência.

Uma batida forte na porta do quarto os interrompeu. Era Tomás:

– Levanta, seu poltrão, que já são horas! Se continuares aí, no bem bom, sairemos daqui somente à noite – brincou.

Bárbara fechou a cara, como uma criança emburrada. Naquele momento, teve vontade de matar Tomás. Inácio olhou para a esposa com ar divertido e, para a consolar, deu-lhe um longo beijo de despedida.

***

Uma chuva fina e persistente caía sobre Vila Rica naquele final de dezembro de 1788. As ruas, muitas delas sem calçamento, estavam encharcadas de lama o que, aliado ao relevo acidentado, tornava difícil a circulação de charretes e até de animais. A noite estava escura e sem estrelas, iluminada pela fraca luz dos candeeiros. A cidade era só silêncio. Na noite de 26 de dezembro Inácio estava jogando gamão na casa de Macedo. Desde o dia em que partiu de São João Del Rei, tinha ficado hospedado na casa de Tomás. Ambos, com o auxílio de Cláudio Manuel, tinham estado atarefados, redigindo a Constituição e as principais leis do novo Estado. As reuniões se sucediam em lugares alternados e nunca com todos os conjurados, para não levantar suspeitas. As informações e planos fixados por um grupo em uma reunião eram depois passados por códigos para os demais, em uma bem articulada rede que os mantinha a par de tudo o que estava ocorrendo.

Inácio jogava com Macedo, mas estava distraído. Tinha o semblante fechado, preocupado. Macedo o examinou detidamente, e disse:

– O que há, compadre? Problemas em casa?

– Não, felizmente não, Macedo. Recebi uma carta de Bárbara dizendo-me que estão todos bem. É a primeira vez que passo as festas de final de ano longe de casa. Sei que é por um motivo nobre, mas isso me angustia. Sinto falta da minha família.

Macedo deu um suspiro e o consolou.

– É por pouco tempo, Inácio. Falta pouco para tudo isso acabar. Verás! O Álvares Maciel me disse hoje que o apoio da França e Inglaterra é garantido. Se chegar mesmo a armada inglesa no Rio de Janeiro, estaremos seguros. Minas Gerais é defensável por si só, em razão das montanhas. Se o Rio estiver protegido, os portugueses somente poderão vir até nós pelo Sul. E lá nós temos os teus homens e os de Toledo para nos proteger. Ou será que tu não estás seguro quanto aos homens que tens?

Inácio pareceu agastado ao responder:

– Claro que eu garanto o que prometi! Sou homem de palavra! O Freire de Andrada também veio me falar desse apoio estrangeiro mas eu, para te dizer a verdade, duvido muito. Vejas que todos estavam aí muito entusiasmados com as conversações com os Estados Unidos da América e eles pularam fora. Thomas Jefferson escreveu dizendo que acabaram de fechar um acordo comercial com Portugal e não podem nos ajudar. Somente depois da independência isso seria possível. Ora, valha-me – depois da independência, nem sei se precisaremos deles!

– Na verdade eles não têm, por ora, muito a oferecer, Inácio. Eles também estão lá metidos com as brigas internas – ponderou Macedo. – Não é fácil sair de um processo de dependência para o de independência. É custoso. Temos que estar preparados também para isso.

– A questão é a seguinte, Macedo: nessa guerra de libertação, é cada um por si. Não temos que ficar a esperar auxílio de ninguém. Temos que nos valer de nós mesmos e ponto final.

– Tens razão. Eu penso do mesmo modo. Mas acho também que o nosso movimento está se enfraquecendo com essa divisão interna entre monarquistas e republicanos. Já externei esse meu ponto de vista ao padre Luís Vieira. Acredito que essa questão deveria ser discutida depois, não agora.

– Hoje na casa do Freire de Andrada vamos resolver isso. Eu também acho que estamos perdendo o foco. Para te dizer a verdade, estou um pouco desanimado em ir à reunião hoje, por conta disso.

Macedo concordou:

– Tenho conversado sobre esse assunto com o mestre Aleijadinho. Aquele homem é de uma lucidez e inteligência impressionantes, Inácio. Além disso, é muito bem informado, pois tem clientes e amigos espalhados por toda a capitania. Ele já me confidenciou ter sentido que as pessoas estão dispersas em muito blá-blá-blá, muita teoria, mas não estão sendo pragmáticos. Em uma guerra, se não formos objetivos, ele disse, o barco vai à vela.

Nem bem havia terminado de concluir a frase quando Vicente Vieira da Mota entrou na sala, trazendo um bilhete para o coronel Alvarenga. Era de Toledo e dizia: "Alvarenga. Estamos juntos. Venha já".

Inácio leu o bilhete, com cara de enfado.

– É o Toledo que me chama para a reunião. Estão me esperando.

– Pois então vá logo e depois me conte o que se passou.

– Vou esperar mais um pouco. A chuva está forte – respondeu Inácio, pensativo, guardando o bilhete no bolso do casaco.

Na casa do tenente-coronel Freire de Andrada, comandante da tropa dos Dragões, estavam, além do anfitrião, entre outros, o José Álvares Maciel, cunhado do Freire de Andrada, o padre José da Silva de Oliveira Rolim, o alferes Joaquim José da Silva Xavier e Tomás Antônio Gonzaga. Esse último tinha preferido ficar na varanda, pois não queria se comprometer com a parte militar do movimento. A discussão estava acalorada. Inácio chegou e cumprimentou a todos, indo se postar em pé perto da porta, de onde podia ver e falar com Tomás. O alferes Joaquim José da Silva Xavier falava alto, gesticulava, garantindo inflamadamente o êxito da revolução. O plano era de que, uma vez iniciado o movimento, seria implantada uma Junta Governativa Provisória, formada pelos principais líderes civis e militares, sendo que o primeiro homem na hierarquia seria Tomás Antônio Gonzaga.

Tomando a palavra, o coronel Freire de Andrada pediu a atenção dos companheiros:

– Meus amigos, agora que estamos todos aqui, vou lhes explicar qual é o plano de ação que esbocei, com o auxílio do padre Luís Vieira e do alferes Joaquim José.

Inácio olhou para Tomás, que fez-lhe um muxoxo. Ele não simpatizava com o alferes, que na sua opinião iria colocar tudo a perder, por falar demais.

– Como já discutimos em outra reunião – continuou Freire de Andrada – penso estarem todos de acordo que a rebelião comece aqui em Vila Rica. É sede do governo, não pode ser em outro sítio. Faremos, no entanto, movimentos simultâneos em vários outros pontos, para distrair as atenções e impedir a concentração de forças da coroa.

Todos balançaram a cabeça, concordando.

– Temos informações seguras de que o Barbacena determinará a derrama em meados de fevereiro. Pois bem. Assim que a notícia sair, iniciaremos o levante, com a senha combinada na casa do coronel Alvarenga: "Dia tal é o dia do batizado". Nesse dia, todos deverão estar a postos. A derrama já estará divulgada e a população, naturalmente, estará inquieta. No dia anterior, enviaremos pequenos grupos de homens nossos, com armas escondidas sob os capotes, para se dispersarem pela cidade. No dia do batizado – fez uma pausa e riu – o alferes Tiradentes reunirá o máximo de pessoas na praça em frente à cadeia pública e incitará, com o apoio dos nossos, o povo à rebelião. Eles então cavalgarão até a casa do governador. Os Dragões, sob o meu comando, serão certamente convocados para a proteção do Barbacena, mas nós nos atrasaremos, propositadamente. Nesse meio tempo, o alferes prenderá o governador e, se ele resistir, cortará a sua cabeça. Quando eu chegar com a tropa e vir a multidão, estando o governador preso ou morto, perguntarei o que eles querem. Os nossos gritarão em coro, incitando os demais: "Liberdade, liberdade!".

Toledo não se conteve e bateu palmas, emocionado. Inácio olhou para ele com enfado. Já estava começando a achar o padre muito inocente para a dimensão do que estava sendo planejado. Resolveu apartear o Andrada:

– Mas assim, Andrada, o alferes toma a si a tarefa de maior risco e o sucesso da empreitada fica nas mãos de um homem só. Isso não é recomendável. Ademais, não concordo com a morte do governador. Ela não é necessária. Vamos prendê-lo e dar um jeito de colocá-lo, com a família, no primeiro paquete de volta a Lisboa. Mandamos assim um recado à metrópole.

As discussões recomeçaram. O alferes interveio:

– Não me importo em correr o maior risco, coronel Alvarenga. Já estou nisso de corpo e alma. Se algo me ocorrer, impedindo-me de cumprir a tarefa, designarei outro para me substituir. Quanto à morte do governador, ela é necessária, a meu ver, como ato de força e de convencimento – quem não estiver conosco, estará contra nós!

Mais uma vez o Toledo aplaudiu.

Inácio não se convenceu e protestou, com apoio de Tomás, que nessa altura já havia voltado para dentro da sala:

– E quer dizer então que vamos matar todos os reinóis? Isso é um absurdo! – afirmou.

Iniciou-se uma discussão acalorada sobre o destino do governador e dos portugueses. Afinal se decidiu que os reinóis que tivessem família e interesses no Brasil seriam poupados. Não chegaram à conclusão sobre o que fazer com o governador. Discutiu-se também sobre o que fariam com os negros. Álvares Maciel ponderou que não seria conveniente libertá-los, sob pena de prejudicar, no primeiro momento, a lavoura e a mineração. Inácio defendeu que se deveria dar a liberdade ao menos aos que tivessem nascido no Brasil, para incentivá-los a lutarem do lado deles. As opiniões se dividiram e ao final a proposta de Inácio foi aprovada.

As linhas mestras do plano foram traçadas. Eles tinham dois meses para providenciar as suas respectivas missões. Tiradentes tomaria a frente armada do movimento. Inácio traria gente de Campanha, cerca de duzentos homens armados. O padre Carlos Toledo e seus amigos, entre eles o coronel Francisco Antônio de Oliveira Lopes trariam homens das vilas de São João e de São José e o padre Rolim traria gente da região diamantina do Tijuco, mandando ainda trazer toda a pólvora de que pudesse dispor para Vila Rica. O mesmo encargo foi cometido ao coronel Domingos de Abreu Vieira que, por intermédio de Tiradentes, já tinha prometido contribuir com grande quantidade de explosivo. Quanto à forma de governo, ficou assentado que seguiriam o exemplo da América do Norte, proclamando-se uma república. Tomás Gonzaga agiria politicamente: como ex-ouvidor-geral, mas ainda com forte influência na capital, pressionaria o Intendente do Ouro, Francisco Gregório Pires Bandeira, para que convencesse o governador a lançar a derrama.

O plano revolucionário era ambicioso. Implicava a instalação de uma casa da moeda e a fixação do preço do ouro, para regular a economia interna. A nova capital do país seria São João Del Rei, em razão de sua melhor localização estratégica do que Vila Rica, a sua topografia e as condições de abastecimento eram mais favoráveis. Haveria a separação entre a Igreja e o Estado, mas a Igreja continuaria a receber os dízimos e, em contraprestação, se comprometeria a instalar educandários, hospitais de misericórdia e outros estabelecimentos semelhantes. A nobreza seria abolida – não haveria distinção de classe social. Seria criada uma universidade em Vila Rica, onde lecionariam professores brasileiros e estrangeiros. Montar-se-iam fábricas de tecidos de algodão e forjas para ferro, assim como fábricas de pólvora. As mulheres que tivessem muitos filhos teriam uma pensão do Estado, para incentivar a ocupação do território por brasileiros. Os militares teriam um aumento nos seus soldos. Os diamantes ficariam livres para extração de quem os quisesse buscar.

Discutiu-se ainda como seria a bandeira do novo país.

– Na minha opinião, a bandeira deve seguir a orientação maçônica: um tríplice triângulo, representando a liberdade, igualdade e fraternidade! A quem nos questionar, e não pertencerem à nossa irmandade, podemos sempre dizer que é o símbolo da Santíssima Trindade – afirmou o alferes.

Tomás, no entanto, discordou:

– Peço licença para discordar do alferes e lembrar a proposta de Cláudio Manuel, apoiada por Inácio Alvarenga. Ela é bem mais nacionalista. A bandeira deve conter um gênio ou índio quebrando as correntes que o prendiam nas mãos, nos mesmos moldes do que havia sido adotado para as "armas" da república norte-americana, com a inscrição *Libertas aquo Spiritus* (a liberdade do espírito).

Inácio pediu licença ao primo para apartear:

– Na verdade, Tomás, se bem me lembro, Cláudio depois concordou comigo em substituir a inscrição por outra, retirada de um verso do poeta Virgílio: *Libertas quae sera tamen* (liberdade, ainda que tardia).

A proposta de Tiradentes foi vencedora, mas a melhor inscrição foi a proposta por Inácio, que todos acharam muito bonita. Ao final da reunião, os companheiros pediram a ele que recitasse o seu "Canto genetlíaco", o que ele fez, com lágrimas nos olhos.

Outras reuniões tiveram lugar em casa de Cláudio Manuel da Costa, Tomás Antônio Gonzaga e na chácara de Francisco de Paula Freire de Andrada. No início de janeiro, o grupo se dispersou. Inácio passou uns dias em São João Del Rei e depois partiu para as suas fazendas na Paraopeba, próximas a Vila Rica, onde aguardaria o levante.

***

O ano de 1789 ficaria para sempre marcado na folhinha da vida de Bárbara Eliodora com a fita roxa dos paramentos da Quaresma. Não fosse pelo casamento de sua irmã Iria Claudiana com o viúvo de Teresa, Matias

Moinhos de Vilhena, poderia dizer que o ano transcorreu sem nenhum momento de alegria. Em abril, quando viu a procissão descer da Igreja Matriz, com os músicos da Lira São-joanense executando o *Stabat Mater* e a multidão carregando velas acesas para a Festa dos Passos, sentiu-se desfalecer. Sempre gostou da Semana Santa. Era um período bom, em que a família se reunia para rezar e se preparar para a Páscoa. Aí havia o almoço de domingo, os doces e as balas de puxa-puxa para as crianças, que as negras preparavam nos grandes tachos onde dissolviam o melado de cana-de-açúcar. Mas daquela vez foi diferente. Um arrepio de horror, gelado como as noites frias na sua fazenda em Campanha, percorreu a sua espinha. À frente da procissão estava, como sempre, uma grande cruz negra, com um lençol branco pendurado em volta das suas extremidades, carregada pelos membros da Irmandade de Nosso Senhor dos Passos. Um pressentimento ruim apertou o seu coração. Orou fervorosamente ao Salvador, ali representado com o rosto sofrido do martírio, e a cabeça espetada por espinhos. Bárbara estava inquieta, apreensiva. Teve medo. Pediu proteção para a sua família, especialmente para o seu marido, que ainda não havia retornado de Vila Rica, onde tinha ido em busca das últimas notícias do levante.

À noite, revirando-se na cama, flutuando entre o sono e a vigília, teve um sonho que a fez acordar com os próprios gritos. Viu o marido caminhando no escuro por uma estrada de terra, o rosto magro e encovado, abatido, a barba crescida e grisalha. Estava com as mãos presas por uma corda grossa. No meio do caminho, assaltantes o abordaram. Ele estava sozinho, indefeso, as mãos atadas. Ela pode ver claramente, no seu sonho, o brilho do punhal penetrando na garganta dele, e o sangue que jorrou depois. – Inácio! – Soltou um grito histérico, de desespero, acordando o pequeno João Damasceno que dormia ao seu lado naquela noite. João começou a chorar e ela agarrou-se a ele, apertando-o ao peito, protegendo-o, até que ele voltasse a dormir.

No dia seguinte, quando Inácio finalmente voltou de viagem e entrou barulhentamente pela porta da frente de sua casa, falando alto e chamando por ela como sempre fazia, sentiu um alívio imenso. Quase não acreditou. Correu para ele e o beijou como naquele tempo em que namoravam escondido, embaixo das árvores do jardim da casa do seu pai. Ficaram um tempo enorme abraçados, em silêncio, esquecidos de si mesmos, até que ele, com uma ruga funda de preocupação no meio da testa, conseguiu dizer:

— A derrama foi suspensa pelo governador, Bárbara. Temos notícias seguras de que o Joaquim Silvério dos Reis, que foi levado às nossas reuniões pelo próprio Luiz Vaz Toledo, nos delatou. Ele demonstrava estar entusiasmado, disse que ia nos fornecer homens, mas tenho certeza de que era tudo mentira. Ele era um espião, um Judas! Está tudo perdido... Essas semanas não tenho feito outra coisa senão andar de lá para cá, colhendo informações e analisando a situação. Tomás está assustado. Amigos nossos também estão delatando ou fugindo. Não sei o que fazer!

— Vamos arrumar as crianças e as nossas coisas hoje mesmo e fugir para Campanha, como havíamos combinado. Lá temos homens armados para nos defender e, em sossego, pensarás melhor! — respondeu ela, firme.

— Não sei, querida, sinceramente não sei... Tu acreditarias se eu te dissesse ter sabido por fontes fidelíssimas que o próprio Freire de Andrada escreveu uma carta ao Barbacena, nos delatando?

— Isso não é possível, Inácio, não posso acreditar! Só pode ser boataria. Logo ele, que não se importava em ceder a própria casa para as reuniões do grupo, com os filhos e a mulher lá dentro?

— Também custo a crer que seja verdade, mas recorda-te que eu sempre te disse que não poderíamos confiar totalmente nele? Que ele era um moleirão e que iria amarelar quando precisássemos? — Inácio balançava a cabeça, preocupado.

— Eu também sempre achei que ele era almofadinha demais, ares muito nobres, nunca me enganou... Mas daí a delatar os outros vai uma grande diferença, não achas?

— Não sei, minha bela, de repente parece que a loucura tomou conta de todo mundo... — comentou ele, com o olhar distraído, a mente conturbada. — Estou pensando em também escrever uma carta ao Barbacena. Pelo menos não poderão alegar no futuro que eu, sabendo de tudo, não tomei nenhuma providência.

— Estás maluco, Inácio? — protestou a esposa. — Nem penses em fazer uma coisa dessas! Já imaginaste que vergonha, passar para a história como aquele que participou da conjuração e depois traiu covardemente os amigos? Não, de jeito nenhum. Isso não combina contigo, definitivamente...

Inácio olhava para a esposa, com o pensamento distante. Não disse nada.

— E ademais — prosseguiu Bárbara — tu sempre foste um dos mais entusiasmados! Qual o legado que deixarás para os nossos filhos, se eles não puderem viver em um país livre?

— Tu tens razão, como sempre, minha flor... — respondeu após pensar um pouco, com um suspiro, resignado. — Desculpa-me se pareço que vou fraquejar. Mas é que estou tão cansado! Esses últimos dias têm sido tensos...

Virou-se para ela e a abraçou, carinhosamente. Bárbara, percebendo seu estado de apreensão, fez-lhe uma brincadeira inocente no rosto e sorriu. Ele a beijou de novo, momentaneamente feliz com a paz que ela lhe proporcionava. Sempre encontrou apoio nela, era seu esteio, seu pé no chão, a forte corrente que o ligava à terra, enquanto seus sonhos o levavam para longe, sem destino, como tinha sido no caso daquela conjuração. Se pudesse, queria voltar atrás e esquecer tudo aquilo. Estava sacrificando o que era mais sagrado em sua vida: a própria família. Mas agora era tarde demais. Tinha de seguir em frente e cumprir o combinado até o fim.

Olhou para a esposa com carinho e levou-a para o quarto. Amaram-se calma e ternamente. Inácio explorava cada parte do corpo de sua amada como se quisesse guardar na memória a sua imagem, como se pressentisse que aquela seria a última vez. No íntimo, Bárbara estava amedrontada, mas não queria que ele soubesse disso. Não naquele momento.

***

Na França, um rei fraco. Em Portugal, uma rainha louca. Em Minas Gerais, a delação de Silvério dos Reis, homem sem caráter, de quem os próprios governantes desconfiavam. O golpe de misericórdia na morte do movimento pela libertação da colônia viria em 15 de março de 1789, com a decisão do Visconde de Barbacena de suspender a derrama, por tempo indeterminado, ao receber a denúncia formal de Joaquim Silvério dos Reis.

Nesse dia, o denunciante compareceu ao Palácio de Cachoeira do Campo e delatou a conspiração ao governador. Sua denúncia era precisa e incriminava, principalmente, Tomás Antônio Gonzaga, de quem era desafeto notório. Não obstante sucinta, ela dava detalhes sobre o estado do levante, como, por exemplo, a senha que seria utilizada pelos inconfidentes e os nomes de quase todos eles. Alguns ele mesmo incluiria em acréscimos à denúncia, feita mais tarde.

O dissimulado visconde de Barbacena, quando suspendeu a cobrança da derrama, sabia que a medida, caso fosse determinada, seria o estopim da revolução. Acuado por seu tio, o governador, tomou as suas providências, temendo ser implicado também na conjura, uma vez que mantinha ótimo relacionamento com a maior parte dos acusados. Tratou de enviar para o Rio de Janeiro, o mais rápido possível, aqueles que eram considerados os principais chefes da conjura: Inácio José de Alvarenga Peixoto, Tomás Antônio Gonzaga e o padre Carlos Toledo. No Rio de Janeiro, o vice-rei, ao receber a carta de Barbacena com a denúncia de Silvério dos Reis, levada em mãos pelo próprio, determinou a prisão imediata do alferes Joaquim José para averiguações. Baixou ainda uma portaria instaurando a devassa, que ficou sob a responsabilidade do desembargador José Pedro Machado Coelho Torres, sendo escrivão o ouvidor do Rio de Janeiro, Marcelino Pereira Cleto.

Seguindo o exemplo do tio, após muita hesitação, o Visconde de Barbacena resolveu instaurar também uma devassa em Minas Gerais, paralela à do Rio de Janeiro, com a intenção de exercer algum controle sobre as informações. Designou para a tarefa o ouvidor de Vila Rica, Dr. Pedro José de Araújo Saldanha, e como escrivão o ouvidor de Sabará, Dr. José Caetano César Manitti. O ouvidor de Sabará era pessoa detestada pelos que o conheciam pelo seu mau-caráter e violência. Ele torturava as pessoas na prisão e as fazia assinar o que queria. Alternando a violência com a astúcia, prometia isentar aqueles que se sujeitassem aos seus intentos, praticando, com isso, as maiores falsidades e crueldades com os infelizes que lhe foram às mãos.

Cláudio Manuel da Costa foi a primeira vítima fatal de Manitti. Preso na antiga casa do contratador João Rodrigues de Macedo, transformada provisoriamente em prisão por requisição das autoridades, foi o advogado sexagenário jogado em um cubículo destinado ao armário onde se guardava as cabeças decepadas dos enforcados. No dia seguinte ao seu interrogatório, Cláudio foi encontrado morto em sua cela. No seu depoimento, ele havia implicado seriamente o visconde de Barbacena e outras autoridades na conjura. Dois médicos foram levados ao local onde estava o corpo e declararam que o advogado havia cometido suicídio. Todos sabiam que não era verdade. Logo após a sua morte, os auxiliares de Manitti rumaram para o local onde morava a filha de Cláudio Manuel, no sítio da Vargem, onde tinham informações de estar escondido o ouro que serviria ao movimento. Saquearam a casa, levaram as barras de ouro e, não satisfeitos, mataram de modo cruel todas as pessoas que ali se encontravam, inclusive os escravos. Alguns anos depois, seus ossos seriam encontrados, enterrados embaixo do assoalho da casa, de onde provavelmente todo o ouro inconfidente foi retirado.

Manitti andava pelas ruas de Vila Rica incentivando a delação, prometendo prêmios e vantagens para quem contasse detalhes da história. Muitos, fosse para se beneficiar, fosse para esconder a própria participação, ou mesmo para se vingar de alguém, atendiam ao pedido daquele sujeito ordinário e contavam suas histórias, inventadas ao gosto do inquisidor. O clima de horror impedia as pessoas de conversarem entre si. Ninguém falava nada, como medo de se comprometer. As pessoas se olhavam com desconfiança.

Domingos de Abreu Vieira, já idoso, obeso e com gota, foi aprisionado e jogado em um dos cubículos forrados de pedra da cadeia de Vila Rica, que ainda estava inacabada. Ali foi barbaramente torturado e obrigado por Manitti a assinar uma confissão, em que implicava seus companheiros. O mesmo aconteceu com o coronel Francisco Antônio de Oliveira Lopes. Felizmente, para Domingos Vieira, deixaram acompanhá-lo seu fiel escravo de nome Nicolau, que não tinha nada a ver com o caso, mas que pedia para cuidar do seu patrão.

O processo se arrastava, presos eram interrogados e reinterrogados meses depois, confrontados com outros prisioneiros para acareação, gerando muitos depoimentos contraditórios. A existência de duas devassas paralelas ensejaram conflitos de jurisdição, cuja solução era lenta. Muitos presos e testemunhas foram ouvidos nos dois processos. Somente para tirar cópia dos autos da devassa, com o fim de remetê-la para Lisboa, para conhecimento da rainha, o processo esteve parado por meses, pois todas as cópias eram manuscritas. Outras vezes, eram os próprios juízes designados para a apuração que adoeciam ou entravam de férias, e o processo não prosseguia.

Em julho de 1789, chegaram a Vila Rica os juízes do Rio de Janeiro, a mando do vice-rei, para juntar as provas obtidas nas duas devassas e para verificar o que estava acontecendo na devassa em Minas Gerais, pois havia denúncias de desmandos, corrupção e proteção de interesses na condução das investigações. Logo descobriram que havia uma proteção a determinados prisioneiros, como o tenente-coronel Freire de Andrada e seu cunhado José Álvares Maciel, ambos muito próximos do visconde de Barbacena. José Álvares Maciel era o preceptor dos filhos do governador e o tenente-coronel Freire de Andrada era comandante das tropas e pessoa da sua confiança. Ambos foram encaminhados para o Rio de Janeiro, sendo aprisionados juntamente com os demais que lá estavam.

Em setembro, o governador de Minas, o visconde de Barbacena, expediu uma portaria mandando sequestrar e apreender todos os bens do coronel Alvarenga Peixoto. Bárbara estava já acomodada em sua casa, na fazenda Boa Vista, em Campanha do Rio Verde, quando recebeu o próprio ouvidor da comarca, Luís Ferreira de Araújo e Azevedo, o escrivão e o seu meirinho. Fizeram a relação de tudo: os móveis, os quadros, os tapetes, os escravos, a pesada baixela de prata emprestada por sua mãe e que, por estar na sede da fazenda, não teve tempo de lhe devolver. A caixinha de rapé que Inácio levava consigo nas suas viagens, estampada com o seu retrato circundado por pedras preciosas também foi levada. As joias que ainda estavam consigo se foram. Ainda bem que tinha conseguido, com a ajuda do pai, esconder as mais valiosas! Ficou apenas com as roupas de uso pessoal, e mesmo assim as mais simples. Até seus vestidos de festa, de seda ricamente bordada, foram levados. Eles também valiam dinheiro numa colônia que não tinha o direito de produzir nem os tecidos para vestir decentemente seus escravos.

O ouvidor atual substituíra Inácio no cargo e era amigo da família. Estava visivelmente constrangido em ter de fazer tudo aquilo, e foi extremamente gentil com Bárbara e com os filhos ao cumprir a ordem de sequestro. Pediu à ela que assinasse uma declaração de que estava entregando todos os bens havidos do seu casamento, sob pena de perjúrio. Era a praxe. Ao final, orientou-a sobre o requerimento que ela deveria fazer, pedindo à Justiça que a apreensão recaísse apenas sobre a metade dos bens do marido. Como esposa, tinha direito à outra parte. Deixou ainda que ela levasse consigo seus escravos Tomásia e Euclides, até que se resolvesse tudo. Os demais lhe foram todos tomados.

A sede da fazenda foi trancada, Bárbara juntou os seus poucos pertences, os filhos, e saiu. Foi morar de favor com sua irmã Iria e com seu cunhado Matias. De uma hora para outra, Bárbara Eliodora, a mais rica e invejada senhora de toda a região, se viu sem nada, nem um teto para morar. Ergueu a cabeça e entrou com os filhos na carruagem preparada pelo cunhado, sem olhar para trás. Teve de se segurar para aparentar uma força que nem sabia que tinha.

Maria Ifigênia deu-lhe um sorriso de conforto, como se fosse adulta, como se compreendesse toda a dor da mãe. Os irmãos pequenos, sem nada entender, choravam.

ENCARCERADO
Rio de Janeiro, Fortaleza da Ilha das Cobras

> *Grilhão pesado os passos não domina;*
> *Cruel arrocho a testa não me fende;*
> *À força perna ou braço se não rende;*
> *Longa cadeia o colo não me inclina. (...)*
> *Esses males não sinto, é bem verdade;*
> *Porém sinto outro mal inda mais duro:*
> *Da consorte e dos filhos a saudade.*
>
> "Grilhão pesado os passos não domina", Alvarenga Peixoto

Junho de 1789. Um mês se passou, desde a sua prisão. Na Fortaleza de São José da Ilha das Cobras, encarcerado em uma pequena cela escura e úmida, Inácio José de Alvarenga Peixoto olhava, pela minúscula abertura na parede que lhe servia de janela, os últimos raios de sol que se esvaíam, deixando os seus rastros nas águas esverdeadas da baía de Guanabara.

Ao chegar ao presídio, após a longa e extenuante viagem desde São João Del Rei, poucos sinais restavam daquele homem altivo, cuja simples presença inspirava admiração, simpatia e respeito. Era um trapo humano. As faces encovadas, o cabelo crescido e desgrenhado, a barba enorme, as roupas em frangalhos. Nos pulsos e nas pernas, as feridas ainda não cicatrizadas, causadas pelas algemas e ferros, doíam. Não havia ali remédio nem assistência para os encarcerados. Às vezes, o servente que vinha lhe oferecer a refeição, duas vezes por dia, se apiedava do seu estado deplorável e lhe trazia, escondido embaixo da tigela, algum emplastro de ervas, para acalmar as suas dores. Eram essas as únicas vezes em que as grossas travas de ferro daquela ala do presídio se abriam. Não lhe era permitido trocar nenhuma palavra com quem quer que fosse. Puseram-no incomunicável, na severa disciplina a que chamavam de "segredo". Quando muito lhe chegava aos ouvidos o barulho da conversa dos soldados e dos serviçais no pátio.

Os vigias dos presídios se revezavam, espiando regularmente os prisioneiros pelos buracos nas paredes, para ver como eles se comportavam.

Esperavam que eles, em um momento de descuido, falando sozinhos, revelassem alguma coisa. Não se preocupavam muito em esconder que espionavam. Isso fazia parte da tortura – deixar o preso incomunicável, mas com a certeza de que era observado. Inácio, tendo sido juiz, conhecia bem todo esse método medieval de que se valia a máquina da justiça para obter a confissão. Era sempre o mesmo procedimento. Depois de deixar o prisioneiro quase enlouquecer com o confinamento, levavam-no para o interrogatório. Aí vinham as perguntas e reperguntas, até se esgotarem as suas forças. Ao final, vencido pelo cansaço e pela dor, ele acabava confessando coisas inimagináveis, depondo contra si mesmo e contra outras pessoas. Grande era o estado de confusão mental a que chegavam.

Os processos demoravam muito tempo, com inquirições sem fim, relatórios repetitivos, com o objetivo, além de buscar provas, também de submeter os presos a formas diferentes de tortura. Eram feitas ameaças veladas de causar sofrimento a parentes e amigos, ou então se ofereciam prêmios pela delação. Desse modo, o arcaico e inquisitorial sistema judiciário português forçava os indiciados a confessarem o que sabiam e o que não sabiam, além de implicarem conhecidos, amigos e parentes em fatos dos quais muitas vezes nem tinham conhecimento.

Inácio Alvarenga sabia como as coisas funcionavam, e a custo conseguia controlar o nervosismo e o temor pelo momento em que chegaria a sua vez de depor. Ensaiava exaustivamente o que iria dizer aos juízes. Simulava perguntas e respostas. Às vezes chorava copiosamente e pensava que iria sucumbir e enlouquecer, inconformado com o seu destino. Não havia ainda tido notícias da esposa e dos filhos. Tampouco soube que fim levaram os seus companheiros. Quanto não daria – todas as suas fazendas, com certeza –, para ser um homem pobre e livre, mas que pudesse ficar ao lado da sua família!

Ali, sozinho, naquele silêncio e incerteza, as horas corriam longas. As lembranças de tudo o que ocorreu nos últimos meses iam e vinham na sua mente, qual um redemoinho. Lembrava-se especificamente daquele dia em que havia sido chamado para comparecer ao quartel de São João Del Rei pelo tenente Antônio José Dias Coelho. Foi logo depois da Semana Santa. Imaginou logo o que seria, mas tentou manter-se calmo e agir com a frieza necessária para não se trair. Tinha chegado a São João no Domingo de Ramos, vindo de uma reunião em Vila Rica, na qual foram traçados os principais planos da conjura. Estava se preparando naquele momento para sair de viagem para as suas fazendas em Campanha do Rio Verde. Iriam começar a executar o projeto de rebelião contra a coroa mesmo sem o retorno do alferes Joaquim José, que tinha ido para o Rio em busca de reforços e ainda não tinha voltado. Inácio se incumbiria de trazer pelo menos duzentos homens armados de suas fazendas no sul de Minas. Teria que fazer isso célere, porque já corria a notícia de que o governador, o visconde de Barbacena, havia sido informado do levante pelo traidor Joaquim Silvério dos Reis.

Tinha, no entanto, calculado mal a sua viagem. Não pensava que o Visconde de Barbacena fosse agir tão rápido. Sabia que o tenente iria fazer o possível para incriminá-lo, e não estava disposto a criar confronto, naquele momento. Por uma artimanha do destino, aquele homem que o mandava chamar era o mesmo que, meses atrás, ele havia expulsado violentamente da casa do seu sogro, por tentar seduzir a sua cunhada Maria Inácia. Era também o mesmo a quem o antigo governador, Luís da Cunha Meneses, deu uma descompostura, na sua frente, há cerca de um ano e meio, por conta da questão da arrematação dos escravos de João de Almeida Ramos. Grande pendenga, na qual o governador claramente ficou do seu lado, contra o tenente. *É, de fato*, pensou com amargura, *o homem tem motivos de sobra para acumular mágoas contra mim...*

Compareceu imediatamente ao local determinado, acompanhado de Euclides, seu homem de confiança. Ali já o aguardava o tenente, com ares de superioridade e um sorriso irônico e mau no canto da boca. *Então, chegou a hora da sua vingancinha particular!*, pensou Inácio. Decidiu controlar o seu gênio e fingir não perceber a atitude veladamente hostil do tenente. A sua vontade era de lhe dar um murro na cara e quebrar o que sobrava de dentes naquela sua boca imunda. A custo se controlou, mas o bom senso o aconselhava a se portar como verdadeiro fidalgo, que era. Dirigiu-se polidamente ao tenente, cumprimentando-o e perguntando do que se tratava. Dias Coelho não foi de muita conversa. Disse que deveria acompanhá-lo ao Rio de Janeiro para averiguações, que seriam realizadas pelo próprio vice-rei Luís de Vasconcelos e Sousa.

– Não sei de muita coisa, meu caro coronel Alvarenga. Como sabeis, sou apenas um *humilde servidor* de Sua Majestade, disse o tenente, enfatizando as suas últimas palavras. Parece-me que há uma informação de que vosmecê estaria envolvido em uma rebelião, ou coisa assim...

– Rebelião? E eu lá sou homem de me envolver em rebeliões, tenente? Eu fui ouvidor desta comarca, se não te recordas.

— Claro que me recordo, coronel. E é isso que me causa um certo espanto. Um homem do seu prestígio, que já ocupou cargos por designação de nossa Majestade Sereníssima, ser suspeito de se envolver em subversão... Lamentável! – disse lentamente, como se saboreasse as palavras.

— Pois então o tenente me diga de onde partiu tão infame denúncia.

— Não sei ao certo, coronel. Parece haver chegado aos ouvidos do nosso vice-rei um boato de que aqui nesta cidade, e em Vila Rica, se falava abertamente em ideias de liberdade, de repúblicas e Américas inglesas...

— Não posso acreditar que um homem ilustrado como o nosso vice-rei possa estar dando ouvidos a esses boatos, que mais parecem mexericos de gente desocupada. Pois eu vos digo, tenente, que se há algo contra mim, somente pode ter sido armado por dois sujeitos completamente irresponsáveis: um certo alferes conhecido como Tiradentes, homem que alguns na vila acham que é completamente louco, e outro chamado Joaquim Silvério, que não vale a farinha que come. Para vos mostrar que nada tenho a esconder, aqui está a chave da caixa onde guardo os meus papéis – disse, retirando da cintura uma corrente onde guardava um molho de chaves. O tenente poderá ir pessoalmente à minha casa, que vos mostrarei tudo o que tenho escrito, para verificar que nada há que me incrimine nessa sórdida armadilha.

— Ora, ora, coronel, quem é que aqui está falando em alguma coisa sórdida e armadilhas? O vice-rei apenas o quer para prestar declarações, somente para esclarecer certas coisas, nada mais.

Inácio percebeu que o homem, a custo, continha o seu prazer em vê-lo naquela condição. Era óbvio que estava preso. Somente lhe restava agora agir de modo que a sua situação não ficasse pior.

— Tenente, essa é uma matéria muito delicada, sobre a qual eu gostaria de falar com calma ao próprio vice-rei. Mas estou às vossas ordens. Vou mandar Euclides buscar os meus cavalos, e podemos partir quando vos aprouver.

— Só há um detalhe, coronel. Tu sabes como são as coisas...

Chamar-me por "tu", quanta ousadia! Que intimidades são essas? Queria ver se nos velhos tempos esse tenentinho, pertencente à escória da força militar, ousaria se dirigir a mim desse jeito!, pensou Inácio, indignado, mas engoliu em seco o seu orgulho.

— Pois não, tenente – conseguiu dizer.

— Não que eu tenha algo a ver com isso. Como disse, só cumpro ordens, disse naquela voz arrastada, como uma cobra cascavel a enrolar-se para preparar o bote. Ao que parece – continuou – a coisa é mesmo séria. Crime de lesa-majestade. Sabe o coronel que somente a intenção desse crime já é punida com a maior severidade. Tenho, por isso, ordens de levá-lo em segurança.

Alvarenga estremeceu e por um momento suas pernas vacilaram. Sua cabeça rodou e pareceu que iria cair. Sabia o que aquilo significava.

– Gostaria ao menos de passar na minha casa, para explicar a viagem à minha esposa, que está grávida e com três filhos menores, conseguiu dizer, pálido.

– Como não, coronel? D. Bárbara merece todo o meu respeito e apreço – e deu um sorrisinho cínico.

Nisso, desapareceu do rosto do tenente qualquer vestígio de cordialidade. Mandou que o seu furriel João Rodrigues Monteiro o algemasse e o colocasse a ferros em cima do cavalo, que já estava arriado à frente do quartel.

Hipócrita! Sabia que estava fazendo aquilo só para que toda a cidade, e não apenas sua família, o visse humilhado. Queria que todos assistissem à cena do poderoso coronel Alvarenga posto a ferros, como um criminoso. Euclides tentou reagir, partindo para cima do soldado, mas ele o impediu. Não era hora de confusão!

– Calma, Euclides. Preciso que tomes conta de D. Bárbara e das crianças, por mim. Não compliques mais as coisas. Vai dar tudo certo.

– Se o sinhô diz que sim... – Euclides deu um passo atrás, compreendendo o sofrimento do patrão. – Farei do jeito que o sinhô quisé...

A passagem pela sua casa foi rápida. Pediu para entrar pelos fundos, para que as crianças não o vissem naquele estado. Nem gostava de se lembrar da tristeza e desespero estampados no rosto da mulher, quando o viu a ferros. Grossas lágrimas rolaram do seu rosto, mas ela não pronunciou nem uma palavra. Foi forte, como sempre. Encarou o tenente com valentia, dizendo-lhe que ao menos ele deveria dar-lhe tempo para arrumar o básico para viagem. O tenente, sabendo da força do seu caráter, não teve ânimo para negar.

– Tomásia, peça lá dentro para arrumarem já a mala do coronel – ordenou. – E faça também uma cesta de provisões para a viagem. Rápido!

Abraçou-o com ternura e lhe disse palavras de encorajamento:

– Não te preocupes, meu amor. Isso é passageiro e tenho certeza de que em breve tudo estará esclarecido. Coragem! Sê forte! Vou procurar ajuda, os melhores advogados, nossos amigos, vou falar com meu pai para seguir imediatamente para o Rio de Janeiro, ver o que se passa.

– Bárbara querida, estou confiante, apesar de tudo. Podes ficar tranquila. Cuida dos nossos filhos e, se precisar de alguma coisa, peça ao compadre Macedo. Ele sabe de todas as minhas contas e em razão da nossa amizade não irá te faltar. Espero voltar logo. Vou tentar, por todos os meios, falar direto ao vice-rei e desfazer esse mal-entendido.

Fez um carinho no rosto da mulher e com um afetuoso beijo na sua testa, se despediu. Nunca poderia imaginar que jamais voltaria a vê-la.

Seguiu também com ele o padre Carlos Correia de Toledo, preso pelo tenente quando tentava fugir para São Paulo. Curiosamente, havia uma grande escolta para os dois prisioneiros. Não se sabe se para prevenir uma fuga ou se para demonstrar o poder da coroa a todas as pessoas que vissem passar, acorrentados, tão conhecidas e importantes figuras. À frente ia o tenente Antônio Dias Coelho, seguido dos dois, algemados, cobertos de ferros e postos sobre cavalos que vinham puxados à direita por soldados.

Inácio olhou para o amigo Carlos Toledo e adivinhou o que havia se passado. Abaixou a cabeça, tristonho, e nada disse. Seguiram ambos em silêncio. Lá pela terceira noite os soldados, vendo a tranquilidade dos dois, deram uma folga na vigilância e se afastaram para jogar cartas. Foi quando puderam, enfim, conversar um pouco a sós. O padre Carlos contou, em sussurros abafados, como se deu a sua prisão.

– O meu irmão me contou da traição do Silvério e ninguém estava entendendo nada, porque ele também foi preso, junto com o alferes. Se ele traiu, porque então foi preso? Ele me disse também que em pouco tempo seríamos todos presos – sussurrou.

Inácio ficou calado um momento, o olhar vazio. Depois de alguns minutos, falou:

– Conheço bem o vice-rei, Toledo. Ele prendeu o Silvério para garantir que ele está falando a verdade. Quer uma confirmação. E isso ele não vai obter do alferes, pelo que sei. Vai ter que buscar outras fontes... Por isso as nossas prisões...

– Pode ser que tenhas razão – assentiu o Toledo. – O fato é que eu tentei fugir assim que soube. Meu plano era ir para São Paulo e de lá fugir para a minha fazenda dos Talhados. Daí eu tomaria rumo ignorado. Joguei fora os papéis que me comprometiam, coloquei uma grande cruz no peito, mais umas medalhas de santos e prossegui viagem, como um simples pároco. Eu tinha combinado com o coronel Francisco Antônio de nos encontrarmos no meio do caminho, para fugirmos juntos.

– Então por que o Francisco não foi preso? – surpreendeu-se Inácio.

– Ele teve sorte, eu fui preso primeiro. Próximo ao sítio de Manuel Fernandes eu dei de cara com o tenente e mais alguns soldados. Acreditas que eles vinham exatamente naquela direção? O patife então me mandou voltar, de modo a seguir com ele a São João Del Rei para fazer uma averiguação.

"Mas por acaso estou preso, tenente?" – eu lhe disse, surpreso.

"Não", disse ele, "não lhe dei voz de prisão, mas ordeno que me sigas."

– Mas que falta de sorte a sua! – exclamou Inácio. – Pois comigo foi a mesma coisa. O canalha disse-me o mesmo, que eu não estava preso, mas se tratava de "simples" averiguação!

– E mais – acrescentou o padre Toledo – antes de chegar a São João, mandou que eu apeasse do cavalo para que, junto com uns soldados, ficássemos escondidos no mato até segunda ordem. Afirmou que iria concluir outra diligência, não menos importante e se eu fosse visto com ele "espantaria a caça". Suponho que a "caça" em questão tenha sido vosmecê.

– Calhorda! Tudo isso cheira a grande perigo, Toledo. Acho que há mais coisas ocorrendo por aí do que possamos suspeitar. Vamos manter o combinado desde o início. Negar tudo. Veja lá! Tomemos muito cuidado, de modo a não revelar nada que possa nos comprometer ou aos nossos companheiros. Fiquemos vigilantes. Agora, silêncio!

Embora prometendo manter o combinado, no dia seguinte o padre deu com a língua nos dentes. Disse a um dos soldados que fazia parte da escolta que Joaquim Silvério e o Tiradentes eram uns tolos. Diante da simpatia e solidariedade do atento ouvinte às suas opiniões sobre o Silvério, Carlos Toledo acabou por se exceder e contar-lhe algumas passagens comprometedoras, entre as quais uma de que Joaquim Silvério dos Reis tinha ido à sua casa e se trancado no quarto com o seu irmão, Luís Vaz, para falarem sobre a conspiração.

Inácio ouviu parte da conversa do padre Toledo com o soldado e quase não acreditou. *Padre idiota*, pensou, *acabou de enrascar não apenas a si, como ao próprio irmão.*

De fato, esse solidário soldado que o tinha ouvido, meses depois seria convocado a depor como testemunha nos autos da devassa. E revelaria aos juízes toda essa inocente conversa, para a perdição do padre Carlos Vaz de Toledo.

Durante a viagem o tratamento que Inácio recebeu do tenente, por tudo o que ocorreu entre os dois em passado recente e pela notória brutalidade do condutor, foi o pior possível. O padre, embora também a ferros, era até bem tratado, em comparação ao seu companheiro de viagem. O tenente lhe impôs os piores e mais humilhantes castigos. As provisões que Tomásia tão cuidadosamente havia preparado para a sua viagem foram em poucos minutos consumida brutal e ruidosamente pelo tenente e seus soldados mais chegados. Comiam e olhavam para ele zombando e gritando-lhe impropérios. Em nenhum momento lhe deixaram sem os ferros no pescoço e nas pernas, que sangravam a carne em enormes feridas. Por onde passavam, as pessoas do povo olhavam para eles com um misto de medo, pena e angústia. Não se rejubilavam, como parecia ser o objetivo dos condutores. O fracasso da revolta contra os opressores portugueses atingia a todos. Alguns poucos se arriscavam e, na calada da noite, conseguiam levar aos prisioneiros algum alimento ou remédio. Mas corriam risco de vida.

Inácio lutava por se controlar, em face das imensas dores físicas e morais que lhe abatiam. Prosseguia a viagem, apesar de tudo, tentando se colocar alheio ao que se passava à sua volta, como que imerso em um mundo paralelo. Ia concentrado, pensando em como salvaria não só a sua própria pele, como a de sua família.

PRIMEIRO INTERROGATÓRIO

Rio de Janeiro, presídio da Fortaleza da Ilha das Cobras, 11 de novembro de 1789

> *Lesa majestade quer dizer traição cometida contra a pessoa do rei ou seu real estado, que é tão grave e abominável crime, e que os antigos sabedores tanto estranharam que o comparavam à lepra; porque assim como esta enfermidade enche todo o corpo, sem nunca mais se poder curar, e empece ainda aos descendentes de quem a tem, e aos que com ele conversam, posto que é apartado da comunicação da gente: assim o erro da traição condena o que a comete, e empece e infama os que de sua linha descendem, posto que não tenham culpa.*
>
> "Texto das Ordenações Filipinas do Reino de Portugal",
> ano 1603, Título VI, Livro V

O meirinho anunciou o início da audiência e tocou a sineta, mandando chamar o prisioneiro. Os quase seis meses que passou trancafiado em sua cela, incomunicável, fizeram ao preso grande estrago: tinha o rosto encovado, pálido, apático, a pele macilenta, os cabelos embranquecidos. As noites insones contribuíram para as olheiras fundas. Os olhos embaçados nem de longe lembravam o fulgor e o brilho que ostentavam, há poucos meses atrás. Vinha algemado, conduzido por dois soldados. Para comparecer perante os juízes da devassa, deixaram-no ficar mais apresentável: deram-lhe direito a um banho, barbearam-no e lhe forneceram roupas limpas. Era como se lhe tivessem retirado de algum abismo escuro, longe da civilização e da luz, e de repente o fossem levar para alguma espécie de sacrifício religioso. Sentiu medo.

Ao fundo da sala, três homens com ar severo, devidamente paramentados com suas vestes talares, aguardavam a condução do preso. Inácio olhou para o enorme crucifixo que pendia atrás da mesa de audiências e fez uma prece silenciosa. Nunca foi muito religioso, mas naquela hora sentiu uma afinidade incomum com Aquele que tinha sido pregado à cruz pela injustiça dos homens. A cruz. O símbolo do homem julgado e condenado sem direito à defesa! Também ele, como o Cristo crucificado ao seu tempo, sabia não estar ali, em frente ao tribunal dos homens, para explicar nada. Intimamente sentia que já estava condenado. Os inquisidores iriam torturá-lo de todas as formas, até conseguirem o que queriam. Uma confissão. Qualquer deslize seu implicaria a sua desgraça e, por consequência, a de seus amigos e companheiros. A sua cabeça rodou. Temeu fraquejar.

– Dr. Inácio José de Alvarenga Peixoto – anunciou o meirinho, com formalidade.

Inácio se aproximou e fez um cumprimento educado aos homens que iriam interrogá-lo. Estava sozinho. O sistema inquisitorial português não permitia que o réu se valesse de um advogado para orientá-lo no seu interrogatório. O homem sentado na cadeira mais alta, ao centro, fez-lhe sinal para sentar-se. Era o desembargador José Pedro Machado Coelho Torres, indicado pelo vice-rei Luís Vasconcelos para presidir a colheita de provas naquela devassa. Ele cumprimentou o réu com um sorriso amigável, esforçando-se para ser simpático. Inácio não se impressionou. Aquilo era um recurso usado com os tolos: mostrar-se compreensivo com o preso, para facilitar o diálogo, tática por demais conhecida pelos que tivessem lido qualquer manual de prática penal. Manteve-se em posição digna, ajeitando-se na cadeira o melhor que lhe permitiam as algemas e os ferros. Retribuiu o cumprimento respeitosamente, com um ligeiro aceno de cabeça.

Foram inicialmente feitas as perguntas de praxe, pelo escrivão da devassa, o juiz Marcelino Pereira Cleto. Devia indicar o seu nome, data de nascimento, filiação, estado civil e se tinha algum privilégio que o isentasse da Real Jurisdição de Sua Majestade. Em seguida o escrivão o examinou para ver se havia na sua cabeça alguma tonsura, ou seja, aquela pequena calva circular que os padres fazem no alto da cabeça, como um sinal de que são servos de Deus. Eles tinham direito a julgamento pelo Tribunal Eclesiástico. Ademais, a rainha de Portugal, D. Maria I, como se sabia, tinha um profundo respeito pela Igreja.

O desembargador Torres empertigou-se na cadeira e fez um sinal para o escrivão de que começariam as perguntas.

– Coronel Inácio José de Alvarenga Peixoto. Muito bem. O senhor então foi juiz de fora em Sintra e finalmente ouvidor da comarca do Rio das Mortes, pois não?

– Sim, Excelência, exerci ambos os cargos pelo tempo determinado em lei – respondeu Inácio, um pouco hesitante.

– Tem conhecimento, então, naturalmente, dos procedimentos legais. Gostaria inicialmente de saber se o senhor sabe a causa da sua prisão ou se tem alguma indicação sobre os motivos dela.

Inácio sabia que essa era uma pergunta "de aquecimento" para o que viria depois. Um mero exercício de retórica. Os inquisidores estavam estudando o terreno. Queriam ouvir, do próprio réu, o quanto ele sabia sobre a sua situação e do que estava sendo acusado. Inácio pigarreou. Após meses sem falar com ninguém, as palavras vinham com certa dificuldade. Estava, no entanto, preparado para essa pergunta, praxe nos interrogatórios judiciais, e respondeu com calma. Restringiu-se, inteligentemente, a relatar os fatos relativos ao momento da sua prisão, em que o tenente Dias Coelho disse terem sido presos Joaquim Silvério e Tiradentes. Respondeu que a prisão desses últimos, pelo que ouviu dizer, se deu supostamente por conta da liberdade com que o alferes falava em repúblicas e Américas inglesas e ele então entendeu que essa era possivelmente também a causa da sua prisão.

O tabelião transcrevia manualmente tanto a pergunta como a resposta, enquanto o desembargador dava continuidade ao interrogatório, agora em tom um pouco mais incisivo.

– Sobre essa questão de repúblicas e Américas livres, coronel Inácio, o senhor sabe de alguma coisa, ou por conhecimento próprio, ou por ter sido convidado? Pode ser também que o senhor tenha ouvido falar nessa matéria, ou ter percebido alguns indícios, que o fizessem suspeitar...

A pergunta, para aqueles que não estavam acostumados à linguagem forense, à primeira vista parecia ter sido feita de forma despretensiosa, solta, como se o preso estivesse sendo convidado a dar uma informação banal. No entanto ela era extremamente maliciosa. Se a resposta fosse afirmativa, ele teria que justificar como sabia e, portanto, incriminava a si e àqueles que ele mencionasse. O crime de lesa-majestade prescindia da prática de atos de subversão. Bastava ter conhecimento deles e nada revelar às autoridades, para ser considerado culpado. Se dissesse que não sabia de nada, poderia ser confrontado com outras provas que os inquisidores provavelmente já teriam colhido. Qualquer das opções exigia cuidado, pois representava um risco. Inácio preferiu seguir a segunda linha e negou tudo. Não foi convidado para nada, nem tinha ouvido falar. Como havia previsto, ao dizer que não sabia de nada, os inquisidores adotaram a estratégia de expor os depoimentos de outras testemunhas. Certamente, durante o tempo em que Inácio estava preso, eles já tinham tido oportunidade de recolher muitas informações.

O torniquete verbal começou a ser apertado, lentamente. Como uma cobra pronta a dar o bote, o desembargador Pedro José Torres disse-lhe ter ciência de uma conversa que ele teve com o coronel José Aires Gomes, sobre determinada notícia da existência da conspiração contra a coroa portuguesa. Perguntou-lhe se era verdade essa informação e que relato foi esse. O escrivão fez menção de anotar, mas o desembargador o impediu, com um gesto brusco. Ao transcrever as perguntas, cuidado ao citar nomes, recomendou.

Inácio não sabia, e nem poderia sabê-lo, que o coronel José Aires havia prestado depoimento, como testemunha, no mês anterior. Pensou rápido. Resolveu amenizar a descrição do fato, sem negá-lo.

– De fato, certa vez eu me encontrei com o José Aires na casa do João Rodrigues Macedo e ele me disse ter sabido por um oficial, vindo do Rio de Janeiro, que naquela cidade se falava de liberdade e do auxílio da França e de outras potências estrangeiras. Eu disse a ele que aquilo era conversa de estrada, não tinha nenhum valor, e que o tal oficial deve ter ouvido o galo cantar, mas não sabia onde. Uns dias depois eu fui à casa do tenente-coronel Francisco de Paula Freire de Andrada pegar um livro emprestado e ele também tocou no assunto, ao que eu retruquei que o Aires tinha me dito o mesmo. Mas acrescentei que eu pensava ter provavelmente o oficial se enganado e confundido a liberdade dos negócios, que era desejada pelos comerciantes, com a liberdade das Américas. Além do mais, Excelência, quem conhece o modo expedito de agir do vice-rei sabe que uma informação desse tipo, no Rio de Janeiro, não levaria nem meia hora sem que fosse investigada.

O desembargador se contorceu na cadeira, aborrecido com a clareza da resposta. Voltou à carga, perguntando:

– Mas então o senhor me diga uma coisa: o que é que o tenente-coronel Andrada e o coronel José Aires Gomes acharam dessa sua interpretação das notícias?

– Para lhe dizer a verdade, desembargador, ao José Aires eu nem dei ciência dessa interpretação porque ele é um homem muito bronco e não entenderia. Já o coronel Andrada concordou comigo, e nós não avançamos mais nessa conversa. Não demos importância ao assunto porque consideramos que ele era por demais absurdo.

Inácio saíra-se bem. Os inquisidores estavam nitidamente decepcionados e incomodados com o depoimento. Não estavam conseguindo o que queriam. Era preciso pressioná-lo mais, girar mais o torniquete. O desembargador Torres, mudando bruscamente a sua tática, deu um murro na mesa e advertiu o interrogado com veemência:

– Dr. Inácio Alvarenga, diga a verdade! O seu tom de voz era ríspido. O senhor por acaso pensa que nós aqui somos idiotas? É natural que essa conversa tenha se espalhado. Então ninguém mais falou sobre essa matéria? O senhor quer nos convencer que as coisas se passaram assim, dessa forma simplória? Sabe o senhor qual é a penalidade para os crimes de que está sendo acusado?

O desembargador tinha os olhos inflamados, o dedo em riste. Inácio engoliu em seco, lívido, e abaixou a cabeça. Claro que sabia qual era a penalidade para os crimes de lesa-majestade: a morte natural e cruel. A crueldade ficava a critério da ferocidade do executor ou do capricho dos juízes. Uma das formas ultimamente em voga era a de esmagar todos os ossos do condenado vivo, com uma marreta, até ele morrer, sem nenhuma misericórdia ou piedade. Ou então a amputação violenta e paulatina de membros do corpo. Sentiu o corpo gelar, só de pensar naquela hipótese. Estava cansado de tudo aquilo. Sabia que a técnica de se recrudescer o tom do interrogatório, ameaçando ou até utilizando-se da tortura, visava amedrontar o preso. O objetivo daquela audiência não era, isso estava muito claro, conhecer a verdade, analisar a ocorrência do crime e avaliar se o réu teve ou não participação nos fatos. O que se buscava ali era a justificativa para obter a incriminação do prisioneiro e isso eles aparentemente não estavam conseguindo.

Diante do seu silêncio, o desembargador ainda esbravejou:

– Soldados, aproximem-se – ordenou. – Levem o preso lá para as masmorras! Há alguém lá embaixo a quem o réu por certo não hesitará em dizer a verdade!

– Não ouvi falar em nada mais, Excelência, eu estou dizendo a verdade... – foi tudo o que conseguiu dizer, abaixando a cabeça e apoiando-a nas mãos, em sinal de desespero.

O desembargador fez um gesto aos soldados para voltarem aos seus lugares. Viu, pela expressão no rosto do prisioneiro, que estava conseguindo o seu objetivo, que era de amedrontá-lo.

– Pois então, Dr. Inácio Alvarenga, veja que interessante, disse o desembargador, abaixando a voz, mas continuando com o tom intimidador, de modo a se aproveitar da notória fragilidade do preso. Temos aqui umas provas que atestam ter uma determinada pessoa se aconselhado com vosmecê. Essa pessoa, uma testemunha, disse ter perguntado ao senhor o que deveria fazer quanto a uma proposta por ela recebida para arregimentar gente para fazer o levante.

Ah, então era isso, pensou Inácio. *Francisco Antônio de Oliveira Lopes deu com a língua nos dentes.* Teria de encontrar uma maneira de explicar isso, sem se complicar mais. Lembrou-se de que, quando souberam da traição do Silvério dos Reis, os amigos mais chegados haviam combinado duas estratégias: a primeira, resumia-se a negar tudo. A segunda era de que, se fossem confrontados com algum fato incriminador, colocariam a culpa no traidor. Inácio concluiu ser chegada a hora de passar para a segunda opção.

– Excelência, o que ocorreu foi o seguinte: o coronel Francisco Antônio de Oliveira Lopes esteve na minha casa, isso foi por volta de abril, se não me falha a memória. Vinha me perguntar o que eu achava que ele deveria fazer sobre um fato relatado pelo comandante Luís Toledo Piza. Segundo me disse o coronel Francisco, Luís Toledo recebeu do Joaquim Silvério dos Reis uma proposta de arregimentar gente, em troca de uma boa quantia de ouro. O comandante recusou, naturalmente. Eu então aconselhei o coronel a denunciar e, assim agindo, eu me considerei desincumbido dessa tarefa. Naquele momento eu estava me preparando para viajar de mudança com toda a minha família para Campanha do Rio Verde e não teria nem tempo e nem meios de fazer a denúncia.

– E por que o senhor não declarou esse indício antes?

– Eu achei que não era necessário, Excelência, respondeu. Mesmo porque eu havia relatado esse fato ao juiz, quando fui preso.

Seguiu-se um estudado silêncio, por parte dos integrantes da mesa. Depois o desembargador Pedro Torres olhou fixamente para o réu e continuou, cautelosamente, como um animal recolhendo as suas garras para depois, de surpresa, fincá-las diretamente na jugular da vítima.

– Coronel, por favor, acompanhe o meu pensamento. Se o governador tivesse sabido, por ter vosmecê mesmo lhe contado, dessa sua iniciativa em aconselhar o Sr. Francisco Lopes a denunciar, por certo ele não teria mandado prendê-lo. Ficaria claro para ele, no meu entendimento, que quem aconselha a denúncia é porque não está metido em nenhum plano de conspiração. Na verdade, essa sua atitude está mais me parecendo uma... digamos... ocultação maliciosa. Quando vosmecê foi perguntado sobre se sabia alguma coisa do levante, no início do seu depoimento, o senhor afirmou que nada sabia sobre isso. No entanto, há de concordar comigo que essa questão do oferecimento de dinheiro ao Sr. Luís Toledo pelo coronel Silvério para arregimentar pessoas era, de fato, indício suficiente de que havia, ao menos, um projeto de levante.

E movimentou a boca em um meio-sorriso, triunfante. Tiro final. *Quero ver agora como ele se sai dessa*, pensou o inquisidor.

Inácio continuou firme.

– Senhor desembargador, como o senhor mesmo disse, eu também tenho para mim que a pessoa que aconselha a denúncia é porque não está envolvida em nenhum projeto. Vossa Excelência há de compreender que o meu ânimo nunca foi o de ocultar nada. Mesmo porque, logo que eu fui perguntado sobre isso, eu contei tal fato fielmente, inclusive dizendo ao juiz que me ouviu extraoficialmente quando eu aqui cheguei, que ele poderia me perguntar o que quisesse, pois não me recusaria a responder.

O inquisidor insistiu. Não estava satisfeito com a resposta. Queria uma afirmação, uma confissão de culpa.

– Coronel Inácio Alvarenga Peixoto, o senhor diga a verdade! Gritou o desembargador. Continuo achando que o senhor está a ocultar algo. O que o senhor sabe sobre esse levante? Consta aqui do processo que havia mais pessoas de quem o senhor ouviu informações. O fato de ter omitido a questão do aconselhamento está parecendo ser uma estratégia para ocultar a sua culpa.

O desembargador deu, com essa afirmação, a estocada final. Pressionou-o, colocou-o contra a parede.

– Excelência, além das pessoas que eu mencionei, nenhuma outra falou comigo. Posso lhe afirmar que esse aconselhamento foi verdadeiro e não uma forma de desculpa.

Os inquisidores se entreolharam, e o desembargador fez um sinal para os soldados. O réu estava dispensado. Antes de sair, uma última lembrança, totalmente dispensável, mas dita com o claro intuito de causar mais aflição ao réu:

– O senhor será chamado a depor mais vezes, coronel. Espero que da próxima vez esteja mais... hum... colaborativo.

Inácio fez um movimento respeitoso com a cabeça em despedida e nada disse. Os soldados o pegaram pelos braços, para retornarem com ele à sua cela. Estava exaurido. Os meses seguidos de maus-tratos, sem ver a luz do sol, a alimentação escassa e deficiente, a falta de notícias da família, além da tensão causada pelo depoimento, cobraram o seu preço. Suas pernas bambearam. A vista se turvou. Daí em diante não soube mais o que aconteceu. Quando despertou, deitado na cela, tinha um pano molhado com ervas na fronte e um copo d'água ao seu lado. Um senhor já de idade avançada e de aparência modesta aconselhou-o a não se levantar. Diante da sua perplexidade, o homem fez-lhe um determinado gesto, somente identificável para aqueles que conheciam os sinais. Inácio suspirou, aliviado. Eram irmãos.

***

Com o auxílio dos amigos, Bárbara conseguiu finalmente retornar para a sua casa na fazenda. Seu pai contratou um advogado para dar entrada no fórum com o pedido de separação de cinquenta por cento dos bens sequestrados, em razão da meação a que tinha direito. O pedido foi deferido rapidamente pelo ouvidor, com o que ela pode enfim iniciar a administração da parte do patrimônio que lhe coube. A questão da meação irritou seus inimigos, que queriam vê-la humilhada, bem como os credores do seu marido, temerosos de que apenas a parte de Inácio não fosse suficiente para quitar toda a dívida.

A única maneira de estender o sequestro para os bens da esposa seria implicá-la pessoalmente na conjuração. Para isso, convenceram o mulato Xavier Vieira, professor de música de Maria Ifigênia, com ameaças e suborno, a contar que certa vez, quando ele foi repreender a menina durante as aulas, a mãe o advertiu de que a sua filha deveria ser tratada como princesa do Brasil. Acrescentou ainda que a esposa do Dr. Alvarenga era tão soberba que chegou a dizer que se o Brasil vivesse independente de Portugal sua família exerceria o governo, pela sua antiguidade e nobreza, pois era descendente das antigas famílias dos paulistas. Um vizinho do músico confirmou a história. Ambos foram ouvidos tanto em Minas Gerais, como no Rio de Janeiro. A afirmação era grave, naquelas circunstâncias. Caso fosse considerada verídica, Bárbara poderia ser acusada de alta traição à coroa: por ter algum dia, ainda que em um momento de alucinação, considerado a possibilidade de vir a ocupar, ela e a filha, o trono de Sua Majestade, a rainha de Portugal.

O desembargador Coelho Torres, que tinha vindo do Rio de Janeiro a mando do vice-rei para verificar as denúncias de abuso que estavam ocorrendo na devassa em Minas, foi até São João Del Rei para interrogar Bárbara Eliodora. Ela tinha o olhar sofrido, mas suave, e estava vestida de negro, como uma viúva. O desembargador parou para admirar aquela mulher de porte altivo, que conseguia permanecer incrivelmente bela, apesar de todo o sofrimento estampado no seu rosto.

— D. Bárbara Eliodora, é um prazer conhecê-la, embora em tão desoladora situação — afirmou Coelho Torres, demonstrando simpatia.

— Estou às suas ordens, desembargador. Desculpe-me se não me levantei diante de Vossa Excelência, mas ultimamente estou me sentindo muito fraca — Bárbara deu-lhe um sorriso triste.

— Compreensível, D. Bárbara. Não se incomode. Não sei se a senhora está informada sobre o objetivo dessa audiência... — sondou.

— Não senhor, nem imagino o que seja. Penso que possa ser alguma coisa relacionada ao meu marido, pois não?

— Mais ou menos — respondeu Coelho Torres, enigmático.

— Se eu puder ajudar, desembargador, estou à disposição, embora o senhor saiba que para nós, mulheres, as preocupações domésticas bastem. Praticamente nada sei sobre as atividades do meu marido — respondeu Bárbara, exatamente como tinha sido orientada pelo pai a fazê-lo.

Coelho Torres olhou para ela e acreditou, sem questionar. Nem lhe passava pela cabeça que algum homem ali na colônia ou mesmo no reino, em sã consciência, pudesse discutir esse tipo de assunto com suas mulheres.

— D. Bárbara — prosseguiu — permita-me então lhe explicar que me encontro nesta capitania a mando do nosso vice-rei, Sebastião de Vasconcelos. Foi instaurada aqui uma devassa, que corre paralela à do Rio de Janeiro, e na qual foram ouvidas algumas testemunhas. Uma delas eu imagino que a senhora conheça: o Sr. Xavier Vieira — disse, com um ar intimidador.

— Sim, conheço, desembargador. Foi professor de música de minha filha — respondeu Bárbara, calmamente.

— Pois bem! Esse senhor, em um dos seus depoimentos, disse que a senhora exigiu que ele tratasse sua filha como uma princesa... Ele acrescentou ainda que a senhora teria dito a ele que se a monarquia caísse — Deus nos livre! — exclamou, persignando-se — a sua filha seria princesa, de fato, em razão da nobreza da sua família.

Bárbara não aguentou e, pela primeira vez em meses, soltou uma gargalhada, para espanto do inquisidor. Era uma gargalhada nervosa, contida, e se devia ao inusitado da situação.

— Desculpe-me, desembargador, não quis de modo nenhum desrespeitá-lo — disse, recompondo-se —, mas é que a afirmação é tão absurda! Acho que realmente posso ter dito a ele a primeira parte... não me lembro... mas não a segunda, porque tal afirmação somente poderia ter sido feita por um pobre tolo! Os nobres não sucedem os reis no trono, a não ser que tenham linhagem real e, ao que eu saiba, isso nós nunca tivemos... – riu de novo, dessa vez discretamente.

– De fato... – respondeu Coelho Torres, desconcertado com a resposta.

– E, ademais, desembargador, se me permite, qual a filha que não é uma princesa para a sua mãe? – perguntou, olhando-o fixamente nos olhos. E, imaginando que o marido seria perguntado sobre certo brinde feito em uma festa na sua casa, há alguns meses atrás, acrescentou: – E para os maridos apaixonados, não serão todas as mulheres rainhas?

Embora o desembargador tivesse demonstrado ter ficado convencido da sua inocência, a possibilidade de ser incluída na devassa ainda aterrorizava Bárbara. A história inventada pelo mestre de música poderia ser apenas uma isca para acusações mais graves. Sem notícias do marido, e temerosa quanto ao seu próprio futuro, resolveu procurar o desembargador Antônio Diniz da Cruz e Silva, velho conhecido da família e amigo de Inácio desde os tempos de Lisboa. Tinha certeza de que ele a ajudaria, ao menos a saber como estava o marido.

Cruz e Silva já estava nomeado para o cargo de desembargador da Relação do Porto, e arrumava as malas para partir para Portugal em breve. A frieza e formalidade com que Bárbara e seu pai foram recebidos pelo desembargador causaram-lhe enorme decepção, aumentando o seu sofrimento. Cruz e Silva mal prestou a atenção às súplicas de Bárbara Eliodora. Em razão da sua recente promoção para um cargo de inegável prestígio junto à coroa, ele não queria se comprometer. Nem parecia o mesmo homem que, um dia, na casa dos seus pais, lhe dedicou um poema comparando-a, juntamente com as irmãs, às três deusas do Olimpo. O seu olhar agora não era mais de admiração, nem de ousada sedução, como naquela noite. Era um olhar de desprezo.

– D. Bárbara, eu infelizmente nada posso fazer nessa situação, a não ser aconselhá-la a voltar para São João Del Rei e cuidar dos seus filhos. Do seu marido, senhora, a Justiça cuidará!

Ela, sem se intimidar com aquela situação, olhou-o firmemente e lhe disse:

– Desembargador, se a Justiça que vai cuidar do meu marido for tão insensível e tiver a face tão cruel como a que o senhor me revela nesse momento, realmente, eu não tenho mais nada a esperar, a não ser a misericórdia divina.

Cruz e Silva engoliu em seco. Olhou para o Dr. Silveira, também seu velho conhecido, e ficou por uns momentos imóvel. Depois virou-se e saiu da sala, sem se despedir.

***

Ordem Terceira de São Francisco, 15 de dezembro de 1789

Minha querida Bárbara, meu único e verdadeiro amor,

Não sei nem como começar a escrever esta carta, para expressar toda a minha saudade de ti, minha amada, e dos nossos filhinhos queridos. Não faço outra coisa senão pensar no teu sofrimento e dificuldades. À noite, no escuro da minha solidão, somente a tua lembrança me consola. Morreria, se preciso e possível fosse, por um beijo teu. Mas tenho boas-novas. Depois de tudo o que passei nesses meses, em tão lastimável estado que te pouparei dos detalhes para não te causar maior aflição, fui finalmente transferido para a prisão da Ordem Terceira de São Francisco, ao lado do Convento de Santo Antônio. Embora permaneça no regime de segregação, pelo menos tenho agora uma cela um pouco mais arejada, refeições regulares e a possibilidade de uma caminhada semanal pelo pátio, por quinze minutos, um preso de cada vez, para não nos avistarmos. Não sei ainda quem são os outros nossos companheiros que também aqui se encontram, mas acho que não somos muitos. Estou melhor, querida, é tudo o que posso te dizer no momento. Não te preocupes comigo pois vou me ajeitando como posso.
O dia em que recebi a tua carta, minha flor, após tanto tempo sem notícias, foi o dia mais feliz da minha existência. A falta de saber como estavas me levou ao desespero e quase à loucura, em razão do teu estado de gravidez, quando me viu partir. Abençoe por mim o nosso filhinho, a quem não pude ver nascer. Tu colocaste nele o nome de Tristão, em razão da nossa tristeza e da famosa lenda celta, da qual sempre gostastes. Tristão e Isolda violaram, como nós dois um dia o fizemos, as convenções sociais e religiosas. O destino lhes impingiu uma morte dura. Conosco não será assim, minha amada. Nosso amor vencerá e a vida do nosso pequenino será alegre, como a nossa sempre foi. Soube que tu tiveste que te mudar com as crianças para a casa de tua irmã Iria, em Campanha, em razão do sequestro dos nossos bens. Fizeste bem. Fico mais tranquilo ao saber que tu estás segura. Seja forte como sempre foste, querida. Tudo isso vai passar em breve, eu te prometo.
Nossos amigos, do lado de fora têm trabalhado incansavelmente pela nossa defesa. Sei que tu também não tens esmorecido e que tens procurado auxílio com todos os nossos amigos aqui no Rio de Janeiro, o que certamente tem dado frutos, tanto que agora, ao menos, pude te escrever. Se muitos dos que antes compartilhavam das nossas festas e da nossa abundância agora nos viram o rosto, por outro lado há amigos, poucos, é verdade, com os quais ainda podemos contar. Tu sabes quem são. Estou confiante, minha amada,

de que todo esse pesadelo terminará, e que em breve poderei estar novamente contigo, com nossos amados filhos, na nossa casa.

Tive notícias, colhidas pelos nossos irmãos de além-mar, de que o movimento francês pela liberdade já deu seus passos mais ousados e há pouco votou-se uma Declaração Universal dos Direitos do Homem e do Cidadão. O povo está nas ruas, apoiando a revolução. Em Lisboa, há um grupo de homens sensatos que tenta convencer a nossa soberana de que será melhor perdoar os nossos atos e esquecer-se do assunto. Não querem dar motivos para uma revolta popular e colher os mesmos resultados desastrosos da falta de habilidade do rei Luís XVI em França. Estou otimista! Fiz um poema em homenagem à rainha, suplicando-lhe a mercê. Pode ser que assim ela se apiede de todos nós.

Eu acho que me comportei bem no meu primeiro interrogatório e agora espero com ansiedade o que virá pela frente. Mais não soube e nem posso escrever-te. Queima esta carta, assim que a leres. É mais seguro. Os tempos são difíceis. Dê um beijo na nossa princesinha Maria Ifigênia, e diga que eu a adoro, desde o dia em que soube que ela nasceria. E aos meninos José Eleutério e João Damasceno, que os amo e quero que cresçam homens fortes e corajosos e te ajudem a cuidar do Tristão. Sobretudo, meu amor, cuida de ti. Saiba que, se mantenho ainda um pouco da minha sanidade nesse estado deplorável em que me encontro, é por te amar, por recordar todos os momentos em que estiveste nos meus braços, por ter a esperança de que em breve estarei ao teu lado.

Teu, sempre e sempre,

Inácio

Bárbara dobrou a carta com os olhos cheios de lágrimas e ajoelhou-se aos pés do pequeno altar no seu quarto, em agradecimento. Graças a Deus, seu marido estava vivo e podia finalmente mandar-lhe notícias. Teve receio de que ele houvesse morrido na prisão, como aconteceu a tantos outros. Macedo havia lhe prometido que ela receberia notícias em breve. Nem conseguia imaginar a fortuna que ele certamente gastou com suborno, para que Inácio fosse transferido de presídio, tivesse um tratamento um pouco mais digno e agora, pudesse se corresponder com ela. A irmandade maçônica havia se desdobrado em uma teia invisível e solidária de auxílio aos seus desventurados membros que se encontravam encarcerados. Macedo, ao mesmo tempo em que tudo fazia para livrar-se a si próprio, tinha se revelado um incansável articulador do auxílio aos seus amigos.

Apesar de tudo o que aconteceu, Inácio continuava otimista e sonhador, como sempre. Bom sinal. Enquanto ele tivesse esperanças, lutaria pela sua vida e pela sua liberdade. Ela é que não acreditava em mais nada. As notícias que recebia eram bem diferentes. O mundo lá fora, na Europa, podia estar fervendo com a revolução francesa, em marcha irreversível de derrubada da monarquia. Mas ali, na capitania de Minas Gerais, onde retumbou pela primeira vez os clamores de liberdade iniciados pelos Estados Unidos da América e França, imperava o terror e a covardia. Tantas coisas haviam acontecido nos últimos meses, que sentia calafrios somente em se lembrar. O que a sua família estava passando era o retrato sangrento da maldade humana. Prometeu a si mesma nada contar para Inácio. Que ele sonhasse, essa era certamente a única coisa que lhe restava.

Olhou para Tristão Antônio, pequenino no berço improvisado ao lado de sua cama, brincando calmamente com um chocalho de brinquedo que lhe fez a irmã Maria Ifigênia. Uma sensação estranha, um sentimento ruim comprimiu-lhe os pulmões. Alguma coisa lhe dizia que ele não conheceria o pai. Lembrou-se do seu parto prematuro, das dores que sentiu, da vontade de morrer. Tudo se precipitou por conta daquele execrável tenentezinho Antônio Dias Coelho, que agora se dava ares de importante, o sujeito mais abjeto e amoral que já caminhou sobre a face da Terra!

Copiosas lágrimas desceram pela sua face ao se lembrar do dia em que estava na casa dos seus pais, fazendo planos sobre a sua mudança para Campanha do Rio Verde. Planejavam ainda como ocultariam os bens de valor, principalmente as suas joias, de modo a ter alguma coisa para se manter e aos seus filhos após o inevitável sequestro. Estavam todos tristonhos, falando em murmúrios para que ninguém os ouvisse, quando um estrondo e a gritaria dos escravos ecoou pela casa. A porta da frente foi aberta com um tiro de baioneta e de repente por ela entrou um bando de soldados armados, com caras de assassinos da pior espécie. Alguns escravos tentaram impedir a invasão e foram mortos ali mesmo, a facadas. Seguraram o seu velho pai com violência e levaram as mulheres para um canto. Estavam todos os de casa apavorados, pensando tratar-se de um assalto ou, quem sabe, de que seu pai também seria preso. Nisso, entrou calmamente pela sala o maldito tenente, com um sorriso malévolo que fazia reluzir o seu dente de ouro.

Olhou para Bárbara com sarcasmo e disse que estava ali para completar aquilo que seu marido tinha impedido, há algum tempo antes. Referia-se ao dia em que Inácio o tirou de dentro da casa de seus pais, com bofetões, quando o tenente, abusando da confiança de Maria Inácia, por quem estava apaixonado, havia tentado seduzi-la sexualmente. Após dar uma volta pela sala, desfilando a sua arrogância, Antônio Dias Coelho pegou a sua irmã com brutalidade e a levou para o quarto, onde a violentou impiedosamente. Enquanto isso, alguns soldados mais graduados se revezavam para estuprar as duas mucamas da casa, enquanto os outros faziam sinais obscenos e gritavam palavras de baixo calão. Parecia uma cena retirada do próprio inferno de Dante.

Bárbara ainda tentou reagir mas um soldado colocou-lhe a faca ao pescoço, dizendo que, se não ficasse quieta, seria a próxima. A mãe, D. Josefa, ao ouvir os gritos de terror de sua filha e das escravas ao serem estupradas, desmaiou. Dr. Silveira, já alquebrado pelos anos e pelos sofrimentos recentes, estava branco feito cera. A única coisa que conseguiu fazer foi pedir ao soldado que o prendia, com a voz praticamente inaudível, que por caridade lhe deixasse socorrer a mulher, caída no chão. Bárbara ainda teve forças para, ao ver o tenente sair do quarto, chamar-lhe às falas:

– O senhor envergonha a farda que usa, tenente, ao dar tal exemplo aos teus soldados. Que a infâmia e a desonra que nos fizeste agora caiam sobre ti e sobre todos os da tua geração!

– Não venha me jogar pragas, Dona, que não tenho medo dos teus feitiços! Saiba que somente vou respeitar vosmecê e à tua linda filhinha em razão do teu estado – disse, dando um sorrisinho asqueroso em direção de Maria Ifigênia que, apavorada, se escondeu atrás da mãe.

– Tu és o próprio demônio, tenente. Deus há de julgá-lo! Vociferou Bárbara, tremendo de ódio.

– Minha senhora, vou-me embora agora porque já estou satisfeito. Saiba que levei o valente do teu marido a ferros até o Rio de Janeiro – e deu uma risada acintosa. – Queria ver se a senhora soubesse o estado em que ele chegou lá, ainda manteria essa sua pose de mulher orgulhosa – e dizendo isso, com um olhar de desprezo dirigido a todos eles, juntou os seus homens e partiu.

Bárbara ainda conseguiu socorrer a mãe e aos escravos feridos, espalhados pelo chão da sala, onde uma poça de sangue se formou. Outros chegaram e recolheram os mortos. Maria Ifigênia, sem dar uma única palavra, correu para a cozinha para ajudar as escravas a preparar panos quentes e compressas para as mulheres que foram violentadas, que urravam de dor. Que força já demonstrava, aos 10 anos de idade, aquela menina! Quando finalmente conseguiram acudir a todos e já estavam o pai, a mãe e a irmã deitados, após tomarem remédios e chás calmantes, Bárbara começou a sentir uma contração na barriga tão forte, que cambaleou. Tristão nasceu no dia seguinte, após uma noite inteira de sofrimento.

SEGUNDO INTERROGATÓRIO

*Rio de Janeiro, presídio da Fortaleza da Ilha das Cobras,
14 de janeiro de 1790*

> *Não permita Deus que eu morra sem ver o fim dessa tragédia!*
>
> Exclamação feita pelo cônego Luís Vieira,
> ao ser encarcerado na Fortaleza da Ilha das Cobras

Inácio caminhava de um lado para outro, sem saber o que fazer. Seria chamado para novo interrogatório no dia seguinte, 14 de janeiro de 1790, e ainda não tinha chegado à nenhuma conclusão sobre como deveria se comportar. Apenas de uma coisa tinha certeza: não poderia deixar que Bárbara fosse envolvida nessa trapalhada em que havia se transformado esse malfadado projeto de conspiração. Deus do Céu! Quanta insanidade por algo que nem chegou a ocorrer! Se ao menos eles tivessem pego em armas, lutado... quanta violência por uma revolução que nem saíra do papel! *Mas a semente estava plantada, disso estava certo. E essa semente iria frutificar, quer esses malditos portugueses quisessem ou não!*, pensou, como consolo.

Há pouco tinha recebido uma estranha visita na sua cela. Um frade franciscano, que nunca tinha visto antes, apareceu para ouvi-lo em confissão. Fez um dos gestos característicos de identificação dos maçons, o que deixou Inácio mais tranquilo. Inácio não o identificou, no entanto, entre os frades que normalmente transitavam pelo presídio.

– Eu não tenho mais nada a confessar, padre – falou, com rispidez. – Aliás, eu já nem sei mais o que confessar, tão confuso eu ando a respeito de todas as coisas! Se vosmecê me permite, vou me deitar, porque não vale a pena falar nada! E o senhor, por favor, procure outro.

Inácio virou as costas para o padre, dando a entender que não queria conversa.

O frade sentou-se do lado de fora da cela e esperou calmamente. Passado algum tempo ele pediu apenas que o prisioneiro se ajoelhasse, pretextando dar-lhe uma benção. Depois segurou a sua cabeça, para disfarçar a atenção dos guardas, e murmurou ao seu ouvido:

— Filho, a situação é grave e peço que me ouças. Tenho algo a lhe dizer relativo à sua família e penso que possa lhe interessar...

Inácio ergueu a cabeça, espantado. Vendo a sua reação, o frade prosseguiu:

— Os juízes da devassa em Minas Gerais estão tentando implicar a sua esposa, D. Bárbara Eliodora, no crime de lesa-majestade.

Inácio levantou-se e olhou para o padre, incrédulo. *Não era possível! Agora essa!*, pensou. O padre fez-lhe sinal para se ajoelhar e ficar quieto.

— Há duas devassas em andamento: a do Rio de Janeiro, que não tem progredido muito porque, ao que parece, o seu amigo alferes não quer delatar ninguém e está assumindo toda a culpa. Agora, na devassa de Minas eles estão obtendo resultados porque o escrivão José Caetano César Manitti está torturando as pessoas em Vila Rica e as obrigando a assinar as declarações que ele queira.

O frade fez uma pausa, despistando alguns guardas que se aproximavam e, com a mão na cabeça do prisioneiro, rezou o Pai Nosso em latim. Quando eles se afastaram, prosseguiu:

— Eu não sei se o senhor sabe, coronel, mas o Dr. Cláudio Manuel da Costa morreu na prisão. Os juízes afirmaram que foi suicídio, mas ninguém na vila acredita nisso. Pelos métodos que o Manitti tem empregado para obter as confissões, há uma forte suspeita de que ele tenha sido assassinado!

— Não, não é possível! Não posso crer! Cláudio morto! — exclamou, visivelmente perturbado.

O padre colocou a mão sobre a sua boca, fazendo-lhe sinal para se calar.

— Silêncio, coronel, escuta até o final. Não tenho muito tempo. O que é mais grave, e inspira mais cuidados, em relação a vosmecê, é que o tal Manitti conseguiu convencer, sabe-se lá por quais métodos, o antigo professor de música da sua filha e um vizinho dele, a dizer que D. Bárbara se gabou de que se o Brasil fosse liberto de Portugal ela seria rainha e a filha seria princesa. Inácio não conseguiu conter um sorriso amargo:

— Isso é ridículo, padre! Quem acreditaria numa estupidez dessas? — indagou, balançando a cabeça.

O padre continuou:

— Filho, não duvides de que essa "estupidez", como tu dizes, é capaz de causar o maior dos estragos. A questão é implicá-la de qualquer modo, porque tua esposa conseguiu, com o auxílio dos teus amigos, reaver metade dos bens que foram sequestrados pela Justiça. Se ela for também denunciada, perde tudo em prol daqueles larápios, que estão se apropriando de bens dos prisioneiros e utilizando-se deles, da forma que queiram.

Inácio estava paralisado pelo que tinha acabado de ouvir. Primeiro, a morte de Cláudio. Conhecia-o bem, ele nunca seria capaz de cometer suicídio. Estava claro que o mataram, por alguma coisa que ele disse, ou então deixou de dizer. E agora essa infâmia em relação à Bárbara! Sentiu o corpo gelar até o último fio de cabelo somente em imaginar a esposa sendo presa e jogada em uma masmorra como aquela.

Não, Bárbara não! E os seus filhos, quatro crianças, como ficariam? Quatro crianças! Sentia-se morrer somente em pensar nessa possibilidade! *O suicídio! Se Cláudio realmente se suicidou, foi até um ato de coragem!* A ideia da morte passou pela sua cabeça como um bálsamo, uma solução. As lágrimas escorreram, grossas, pela sua face magra e pálida.

– Padre, pelo amor de Deus, me diga: o que eu posso fazer? – foi o que conseguiu perguntar, mesmo sabendo que, naquelas circunstâncias, não pudesse ajudar em nada! O tom da sua voz denotava o desespero e o abatimento que iam no seu íntimo.

O padre colocou a mão no seu ombro e deu-lhe um leve sorriso, demonstrando sua compreensão. Tentou acalmá-lo.

– Coronel, há um meio, sobre o qual lhe falarei. Mas antes disso quero tranquiliza-lo um pouco, informando-lhe que D. Bárbara está bem, assim como seus filhos, dentro das circunstâncias. Há um amigo de vosmecê, muito rico, que conseguiu se manter fora do processo, e que está atento. Ele tem zelado pelos interesses de sua esposa e a tem amparado. Não se preocupe quanto a isso.

Inácio suspirou, com certo alívio. Sabia que ele estava falando de Macedo, e realmente essa informação o deixou mais tranquilo. Então Macedo conseguiu se safar? Sabe-se Deus a que custo! Pelo menos havia alguém lá fora para olhar pela sua família. Sempre teve certeza de que ele tomaria conta de Bárbara, acaso ele próprio lhe faltasse. Dispôs-se a ouvir atentamente o padre, não obstante tivesse que se encurvar mais, em razão de estar sentindo uma forte dor no estômago. A tensão e angústia que estava sentindo o laceravam por dentro.

– Diz, padre. Sou todo ouvidos.

– Dr. Alvarenga – continuou –, temos alguém ao lado do Visconde de Barbacena, colhendo informações, de modo que estamos a par de tudo o que ocorre na capitania. O senhor certamente não sabe que o desembargador Coelho Torres esteve em São João Del Rei há alguns meses atrás e ouviu a sua esposa, informalmente. Ele ficou bem impressionado com a postura dela e se convenceu de que o depoimento daquelas testemunhas contra ela foi forjado... No entanto, coronel, o senhor sabe como é, ele é apenas um...

– Continue, padre, por favor – pediu Inácio, os olhos fechados.

– Bem, sabe-se que o desembargador Coelho Torres não ficou satisfeito com o seu depoimento. Disse que o senhor foi... como eu diria... muito reticente... Não disse nada do que ele queria ouvir, se me compreende.

Inácio balançou a cabeça, em assentimento. Sabia que o desembargador tinha ficado frustrado com o seu interrogatório. O frade continuou:

– Coronel, desculpe-me a franqueza, mas a questão é a seguinte: o desembargador está disposto a ajudar a sua esposa. Se vosmecê voltar atrás e der a eles alguns nomes, ele prometeu que deixará D. Bárbara em paz. Há um relatório que foi enviado ao vice-rei em dezembro passado, em que Coelho Torres faz um resumo dos fatos mais importantes da conjura e a participação de cada um, inclusive a vossa. Ele sabe de tudo, coronel. Por mais que se diga, se colham depoimentos, já se sabe de tudo. A tua participação, em especial, também foi revelada na carta-denúncia escrita pelo tenente coronel Freire de Andrada. Não há mais o que esconder. O desembargador apenas quer que vosmecê confirme alguns nomes.

Inácio ouvia, os olhos voltados para o chão. *Quer dizer então que o Freire de Andrada o entregou? Sujeitinho ordinário! A sua traição era pior do que a do Joaquim Silvério dos Reis. Este, pelo menos, tinha menos comprometimento com os companheiros, pois começou a participar dos planos apenas nos momentos finais, quando já estavam quase que perdidas as esperanças de o levante dar certo*, refletiu, com amargura. *Mas o Freire de Andrada não. Ele e o cunhado, o José Álvares Maciel, estavam naquilo até o pescoço!*, pensou, com amargura.

Voltou os olhos para o padre, hesitante.

– E como estarei certo de que ele cumprirá a palavra? – perguntou Inácio.

– Ele o fará! – limitou-se a afirmar o padre, resoluto, com o crucifixo nas mãos.

– Verei o que posso fazer – respondeu Inácio, ainda atordoado.

O padre retirou-se da cela, despedindo-se de Inácio com uma benção e uma oração, como lhe convinha.

Ele fará o que eu sugeri!, pensou o frade franciscano, com um sorriso de triunfo nos lábios. *Preciso avisar ao Coelho Torres!*

Inácio jogou-se no chão frio da cela, mal conseguindo sufocar os seus soluços. *Não é possível Cláudio morto e Bárbara ameaçada!*, pensava. Era demais. A dor o sufocava. Não conseguiria suportar tudo isso por muito tempo!

Mais tarde, um pouco mais calmo, tentou refletir sobre tudo o que tinha ouvido e colocar ordem nos seus pensamentos. Sozinho e no silêncio da sua clausura, Inácio rememorava cada detalhe da conversa que teve com o padre, e pensava em como agir. Não iria ser tolo de se incriminar pura e simplesmente. Não! Isso era contrário a qualquer tática de defesa. Tinha que achar um modo de dar esses nomes, sem se incriminar demasiado. Então o Coelho Torres já tinha o quadro completo? Se assim fosse, não havia como negar os fatos, mas podia, isso sim, mascarar as intenções. Desviar a atenção dos devassantes das reais proporções da conspiração. E era isso que ele iria fazer.

No dia seguinte, ao entrar na sala do interrogatório, estava se sentindo um pouco mais tranquilo. Tinha feito uma opção, e essa era salvar a esposa. O resto que se danasse. Já não tinha esperanças de sair vivo dali. Pelo menos ela ficaria de fora dessa farsa montada pelos juízes da devassa, a mando da coroa. Armaram um circo e esse espetáculo deprimente servia apenas para mostrar para o povo quem é que mandava ali na colônia. Já sabiam de tudo, certamente já tinham até a sentença pronta. Na impossibilidade de pegar todo mundo, haviam certamente escolhido alguns como exemplo. Ele estava nessa leva e seria arrastado, juntamente com os outros, para o inferno, o fundo do poço. Quando montaram o planejamento da conjura, sabiam que os portugueses não tinham navios suficientes para chegar a tempo de sufocar a rebelião. Diante do que ocorreu, eles estavam se valendo, naquele momento, do único método que conheciam para controlar os povos sob o seu domínio: a traição e a tortura. Arma dos povos fracos, e também das pessoas sem caráter.

Levantou os olhos e viu, sentados à sua frente, o desembargador José Pedro Machado Coelho Torres e o seu escrivão, Marcelino Pereira Cleto. Teve a impressão de que o desembargador o cumprimentou com mais simpatia do que da outra vez. Seria uma estratégia? Ele o convidou para se sentar e mandou que os soldados lhe retirassem os ferros, o que não tinha ocorrido no depoimento anterior. Na sua primeira declaração ele permaneceu algemado por todo o tempo. Após o escrivão lhe fazer as perguntas de praxe, o desembargador deu início ao novo interrogatório:

– Dr. Inácio José de Alvarenga Peixoto! – exclamou, com inexplicável bom humor. – No último interrogatório, se bem me lembro, avançamos muito pouco. Espero que esse período que o senhor passou na prisão, especialmente essa época das festas de final de ano, não é, *em que a família geralmente se encontra reunida* – frisou – tenha contribuído para refrescar a sua memória e alterar o seu ânimo em relação a esta investigação.

O desembargador fez uma pausa, e olhou fixamente para o prisioneiro. Tinha enfatizado deliberadamente a menção à sua família, e Inácio entendeu o recado. Suspirou fundo e fez que sim com a cabeça:

– Sim, desembargador. Eu confirmo tudo o que disse no meu interrogatório anterior. Mas há alguns detalhes que me escaparam na última inquirição. Talvez tenha sido porque eu estava cansado e nervoso, mas eu gostaria de acrescentá-los ao meu depoimento.

O desembargador Coelho Torres deu um sorrisinho, exultante. Virou-se para o escrivão Marcelino Cleto, que olhava para aquela cena, sem compreender muito bem.

– Escrivão, pode começar a tomar notas! Leia para o prisioneiro o seu depoimento anterior, para reavivar a sua memória. E o senhor vá acrescentando o que quiser, Dr. Alvarenga.

Inácio contou tudo, apenas tomando o cuidado de não se comprometer demais. Evitou fornecer detalhes de sua participação pessoal e de como tinha se envolvido até o pescoço naquele plano todo. Tentou ainda, como último recurso, como havia planejado, enfocar os fatos e amenizar as intenções, tanto em relação a si mesmo como em relação aos outros. Exceto quanto ao freire de Andrada! Esse ordinário se veria com ele.

Ao voltar para a cela jogou-se no chão de pedra, tomado por convulsões e crises de choro. Gritava coisas sem sentido, em desespero. Causava-lhe uma repulsa a si mesmo saber que possivelmente tinha acabado de comprometer alguns dos seus mais diletos amigos, entre eles o seu primo Tomás. Será que ele tinha falado demais? E se o frade estivesse mentindo? E se Bárbara não fosse salva? Não conseguia nem pensar em tal hipótese!

Ao entardecer, no entanto, o misterioso frade apareceu novamente à porta da cela, e fez-lhe um sinal para se aproximar. Simulando fazer uma prece, conseguiu dizer ao seu ouvido:

– Acalma-te, filho, fizeste o que era devido. A promessa será cumprida, e tu não serás mais importunado.

Não mentiu. Depois de mais ou menos um mês Inácio recebeu uma mensagem de Bárbara, escrita em um pequeno pedaço de papel colocado no fundo da vasilha da sua refeição. Ela dizia que estavam todos passando bem e que os filhos cresciam com saúde. Acrescentou que a pessoa que a delatou havia desmentido tudo e o processo contra ela tinha sido arquivado.

Inácio fechou os olhos, aliviado. Também ele não seria, como soube mais tarde, salvo algumas raras acareações, chamado novamente a depor. *Mas a que preço, meu Deus! A que preço!*, suspirou.

Escreveu depois um poema na prisão. Nele retratou o sofrimento que lhe causou a morte do grande amigo Cláudio Manuel da Costa, a quem imputava grandes virtudes e teve a sorte de morrer. Ele também outra coisa não ansiaria que não a própria morte, não fosse o amor que o unia à esposa e filhos:

> Eu não lastimo o próximo perigo,
> Uma escura prisão, estreita e forte;
> Lastimo os caros filhos, a consorte,
> A perda irreparável de um amigo.
>
> A prisão não lastimo, outra vez digo,
> Nem o ver iminente o duro corte;
> Que é ventura também achar a morte,
> Quando a vida só serve de castigo.
>
> Ah, quem já bem depressa acabar vira
> Este enredo, este sonho, esta quimera,
> Que passa por verdade e é mentira!
>
> Se filhos, se consorte não tivera,
> E do amigo as virtudes possuíra,
> Um momento de vida eu não quisera.

NO ORATÓRIO DA CADEIA PÚBLICA
Rio de Janeiro, presídio da Fortaleza da Ilha das Cobras

> *Nem por pensamento detraias o teu Rei,*
> *Porque as mesmas aves levarão a tua voz e*
> *Publicarão os teus juízos.*
>
> "Eclesiastes, versículo 20-X"

Na manhã do dia 17 de abril de 1792, o provedor da Santa Casa de Misericórdia foi chamado ao paço dos vice-reis pelo conde de Rezende, Dom José Luís de Castro, que assumiu o posto no lugar do vice-rei Luís de Vasconcelos. Na sua presença e na do desembargador Sebastião de Vasconcelos Coutinho, principal membro da Alçada Régia, foi o provedor orientado sobre como deveria preparar a sala do oratório da cadeia pública. Ali seriam reunidos os encarcerados, que se encontravam espalhados em presídios diferentes, para aguardar a sentença. Deveria ele primeiramente revestir as paredes, de alto a baixo, com panos pretos, e colocar no local vários tocheiros funerários, que seriam acesos no momento oportuno. Por cima dos panos deveriam ser afixadas cruzes prateadas. Ao fundo da sala seria colocado um altar para realização de missas e, acima dele, um grande crucifixo, ao redor do qual seis grandes círios permaneceriam acesos.

A ideia era transformar a sala em verdadeira câmara mortuária, de modo a incutir terror nos prisioneiros e prepará-los para o que viria depois. Deveriam ser convocados padres em número suficiente para assistir a todos. O provedor engoliu em seco, imaginando a cena do espetáculo que era convocado a montar. Teve a certeza de que algo terrível aconteceria. Pensou que talvez o plano seria matá-los todos, após a cerimônia fúnebre. Sem demonstrar o terror que se formava no seu espírito, fez uma profunda reverência ao vice-rei e ao desembargador e saiu. Tinha pressa. O trabalho deveria estar finalizado até às 8 horas da noite daquele dia.

Concluídos os trabalhos de preparação desse cenário de terror, os moradores da cidade do Rio de Janeiro foram surpreendidos, altas horas da noite, com um ensurdecedor tropel de cavalos. Eram mais de duzentos soldados, vindos de diversas companhias que, com as espadas desembainhadas, cercaram o prédio da cadeia. As pessoas se trancaram dentro de casa, horrorizadas. Corriam boatos de toda natureza. Dava-se como certo que a rainha D. Maria I enlouqueceu de vez e mandou matar todos os inconfidentes. Dizia-se que os soldados haviam sido enviados com ordens para retirar os corpos dos conjurados da prisão e executar sumariamente todos aqueles que demonstrassem qualquer contrariedade em relação à coroa. Já passava da meia-noite quando uma procissão de onze frades, trazendo uma grande cruz e velas litúrgicas, desceu a ladeira do morro de Santo Antônio, rezando em voz alta o Ofício dos Mortos. Conduzidos pelo padre-mestre Frei José de Jesus Maria do Desterro, dirigiram-se até à cadeia, onde se postaram na sala do oratório.

Das diversas prisões começaram a chegar os presos, algemados e unidos em grupos por pesadas correntes. Iam sendo colocados ao longo das paredes, protegidos por filas de soldados que se mantinham armados com baionetas e espadas. Os prisioneiros se entreolhavam, assustados. Para que tudo aquilo? Estavam todos tão extenuados, enfraquecidos pelos quase três anos em que se encontravam aprisionados, incomunicáveis, que seria uma piada se algum deles ali tentasse resistir ou, num surto de loucura, fugir. Durante toda a noite permaneceram assim, em grupos, jogados pelos cantos da sala do oratório. Continuavam algemados, feridos pelas correntes e em estado deplorável. A única posição em que conseguiam ficar, para não se ferirem mais, era a postura de semideitados nas esteiras improvisadas, colocadas ao longo das paredes. Muitos gemiam, agoniados pela dor física e moral. Outros rezavam. Outros ainda, vencidos pelo enorme cansaço, cochilavam como podiam.

Segregados há muito tempo, sem contato uns com os outros, emoções desencontradas explodiram de dentro de cada um deles no momento em que se viram face a face. Acusavam-se uns aos outros como responsáveis pela delação e sua própria perdição. Outros praguejavam. Havia ainda aqueles que pediam perdão aos companheiros próximos e, mesmo estando algemados, faziam um esforço para se tocarem com as mãos. Os padres se revezavam para oferecer aos prisioneiros um pouco de água e de consolo. Ninguém sabia o destino que os aguardava.

No dia seguinte pela manhã, os membros da Alçada Régia, tribunal criado especialmente por D. Maria I, para julgar os inconfidentes, foram ao oratório verificar se todos os denunciados se encontravam ali naquele recinto. Dela participava Antônio Diniz da Cruz e Silva, convocado especialmente para a missão de julgar os inconfidentes. Nenhum deles teve coragem de entrar. Delegaram a atividade de verificação para os meirinhos. Após o cumprimento dessa formalidade, que servia para confirmar se algum deles não teria sido fraudulentamente subtraído à execução da pena, reuniram-se sob a presidência do vice-rei para elaborar a sentença. Não era tarefa fácil, muito embora o desembargador Sebastião Coutinho estivesse, há pelo menos seis meses, rascunhando o que considerava serem os fatos essenciais para descrever a conduta e a culpa de cada um dos implicados. Feito esse trabalho, ele precisava apresentá-lo aos outros membros da Alçada, que deveriam chegar a um consenso sobre como formular a sentença. A questão se resumia aos fundamentos, uma vez que o resultado já havia sido definido muito antes, em orientação secreta que o desembargador Coutinho havia recebido do poderoso ministro da rainha, Martinho de Mello e Castro.

Essa atividade consumiu horas e horas de agonia, lágrimas e espera. Os membros da Alçada Régia estiveram reunidos desde as 8 horas da manhã do dia 18 de abril de 1792 até a madrugada do dia 19. Enquanto isso, os réus aguardavam, impacientemente. Sabiam que iam morrer, então apenas aguardavam a morte. Queriam que o julgamento fosse rápido, pelo menos aquela agonia teria fim. O único que se mantinha ainda em relativa tranquilidade era Domingos Vidal de Barbosa Laje. Tentava animar os outros, dizendo ter ouvido o comentário de um dos juízes, quando ele estava na sua cela, situada debaixo do vão da escada que dava para as salas do governador, de que a sentença seria comutada na última hora, e seria aplicada a eles a pena de degredo. Ninguém acreditou nele. Fizeram sinal uns para os outros, como se ele tivesse ficado louco. Mesmo Inácio, que sempre foi otimista, não tinha mais nenhuma esperança. Levantando a voz, acabou por dizer aos seus companheiros de infortúnio:

– Meus amigos, se houver exceção nesse caso, ela não se aplicará à mim e nem a nenhum de vós. Apenas Vidal e Salvador escaparão do laço!

No raiar do dia, entrou na sala onde se encontravam os presos o escrivão, desembargador Francisco Luís Alves da Rocha, acompanhado dos meirinhos e de vários soldados com as suas espadas em punho. Sentou-se na cadeira de espaldar alto, situada em frente ao grande crucifixo e, olhando ao redor, começou a ler a fatal sentença. Muitos presos suspiraram, com certo alívio, finalmente a agonia chegava ao seu fim. Nem se importavam mais com o resultado. A morte já não mais os assustava.

O escrivão empostou a voz para dizer:

> Vistos estes autos que em observância das ordens da dita senhora se fizeram sumários aos vinte e nove Réus pronunciados conteúdos na relação folhas 14 verso, devassas, perguntas apensos de defesa alegada pelo Procurador que lhe foi nomeado etc., mostra-se que na Capitania de Minas alguns Vassalos da dita Senhora, animados do espírito de perfídia ambição, formaram um infame plano para se subtraírem da sujeição, e obediência devida a mesma senhora; pretendendo desmembrar, e separar do Estado aquela Capitania, para formarem uma república independente, por meio de urna formal rebelião da qual se erigiram em chefes e cabeças seduzindo a uns para ajudarem, e concorrerem para aquela pérfida ação, e comunicando a outros os seus atrozes, e abomináveis intentos, em que todos guardavam maliciosamente o mais inviolável silêncio; para que a conjuração pudesse produzir efeito, que todos mostravam desejar, pelo segredo e cautela, com que se reservaram de que chegasse à notícia do Governador, e Ministros porque este era o meio de levarem avante aquele horrendo atentado, urgido pela infidelidade e perfídia: Pelo que não só os chefes cabeças da Conjuração, e os ajudadores da rebelião, se constituíram Réus do crime de Lesa Majestade da primeira cabeça, mas também os sabedores, e consentidores dela pelo seu silêncio; sendo tal a maldade e prevaricação destes Réus, que sem remorsos faltaram à mais inominável obrigação de Vassalos e de Católicos, e sem horror contraíram a infâmia de traidores, sempre inerente, e anexa a tão enorme, e detestável delito. (...)

A voz do escrivão foi se perdendo na cabeça do prisioneiro Inácio José de Alvarenga Peixoto como um navio em meio às brumas... Ele ouvia agora apenas uma voz distante e sem sentido. Foi apenas despertado da sua sonolenta letargia ao ouvir o seu nome:

> Mostra-se que na mesma Conjuração entrara o Réu Ignácio José de Alvarenga coronel do primeiro regimento auxiliar da Companhia do Rio Verde ou fosse convidado e induzido pelo Réu Tiradentes, ou pelo Réu Francisco de Paula, como o mesmo Alvarenga confessa a folhas 10 do apenso n. 4 da devassa desta Cidade e que também entrara na mesma Conjuração do Réu Domingos de Abreu Vieira, tenente coronel de Cavalaria Auxiliar de Minas Novas convidado, e induzido pelo Réu Francisco de Paula como declara o Réu Alvarenga a folhas 9 do dito apenso n. 4 ou pelo dito Réu Paula juntamente com o Réu Tiradentes, e padre José da Silva de Oliveira Rolim como confessa o mesmo Réu Domingos de Abreu a folhas 10 verso da devassa desta Cidade; e achando-se estes Réus

> conformes no detestável projeto de estabelecerem uma república naquela Capitania como consta a folhas 11 do apenso n. 1 passaram a conferir sobre o modo da execução, ajuntando-se em casa do Réu Francisco de Paula a tratar da sublevação nas infames sessões que tiveram, como consta uniformemente de todas as confissões dos Réus chefes da conjuração nos apensos das perguntas que lhe foram feitas; em cujos conventículos não só consta que se achasse o Réu Domingos de Abreu, ainda que se lhe comunicava tudo quanto neles se ajustava como consta a folhas 10 do apenso n. 6 da devassa da Cidade, e se algumas vezes se conferisse em casa do mesmo Réu Abreu sobre a mesma matéria entre eles e os Réus Tiradentes, Francisco de Paula, e o padre José da Silva de Oliveira Rolim; sem embargo de ser o lugar destinado para os ditos conventículos a casa do dito Réu Paula, para os quais eram chamados estes Cabeças da Conjuração, quando algum tardava como se vê, a folhas 11 verso do apenso 1 da devassa desta Cidade, e do escrito folhas 41 da devassa de Minas do padre Carlos Corrêa de Toledo para o Réu Alvarenga dizendo-lhe que fosse logo que estavam juntos. (...)

A voz do escrivão sumiu novamente. Inácio sentiu-se como que transportado para uma tarde ensolarada, na sala fresca e espaçosa de sua casa em São João Del Rei. As vozes na sala do oratório foram substituídas pelo riso de Maria Ifigênia ao piano, tocando para ele as modinhas que ele havia lhe ensinado em um passado muito... muito... distante... Ao seu lado, a sua Bárbara bela olhava para a filha, com admiração e orgulho. A imagem da família ia e vinha em sua memória, como num jogo de esconde-esconde. Subitamente sumiu, ressurgindo a voz do escrivão como que saída de alguma profundeza no seu inconsciente. Ele passou a ler a cominação das penas:

> Portanto condenam ao Réu Joaquim José da Silva Xavier por alcunha o Tiradentes alferes que foi da tropa paga da Capitania de Minas a que com baraço e pregão seja conduzido pelas ruas publicas ao lugar da forca e nela morra morte natural para sempre, e que depois de morto lhe seja cortada a cabeça e levada a Villa Rica aonde em lugar mais público dela será pregada, em um poste alto até que o tempo a consuma, e o seu corpo será dividido em quatro quartos, e pregados em postes pelo caminho de Minas no sitio da Varginha e das Cebolas aonde o Réu teve as suas infames práticas e os mais nos sítios (sic) de maiores povoações até que o tempo também os consuma; declaram o Réu infame, e seus filhos e netos tendo-os, e os seus bens aplicam para o Fisco e Câmara Real, e a casa em que vivia em Villa Rica será arrasada e salgada, para que nunca mais no chão se edifique e não sendo própria será

> avaliada e paga a seu dono pelos bens confiscados e no mesmo chão se levantará um padrão pelo qual se conserve em memória a infâmia deste abominável Réu; (...)
> Igualmente condenam os Réus Francisco de Paula Freire de Andrade tenente coronel que foi da Tropa paga da Capitania de Minas, José Alves Maciel, Ignácio José de Alvarenga, Domingos de Abreu Vieira, Francisco Antônio de Oliveira Lopez, Luiz Vás de Toledo Piza, a que com baraço e pregão sejam conduzidos pelas ruas públicas ao lugar da forca e nela morram morte natural para sempre, e depois de mortos lhe serão cortadas as suas cabeças e pregadas em postes altos até que o tempo as consuma as dos Réus Francisco de Paula Freire de Andrade, José Alves Maciel e Domingos de Abreu Vieira nos lugares de fronte das suas habitações que tinham em Villa Rica e a do Réu Ignácio José de Alvarenga, no lugar mais publico na Villa de São João del Rei, a do Réu Luiz Vaz de Toledo Piza na Villa de São José, e do Réu Francisco Antônio de Oliveira Lopes defronte do lugar de sua habitação na porta do Morro; declaram estes Réus infames e seus filhos e netos tendo-os, e os seus bens por confiscados para o Fisco e Câmara Real, e que suas casas em que vivia o Réu Francisco de Paula em Villa Rica aonde se ajuntavam os Réus chefes da conjuração para terem os seus infames conventículos serão também arrasadas e salgadas sendo próprias do Réu para que nunca mais no chão se edifique.

A leitura da sentença consumiu duas horas. Inácio não soube exatamente quanto tempo esteve ali, ouvindo aquelas vozes como se estivesse cochilando em uma pantomima, sem ter consciência exata do seu significado. Viu que os juízes se retiravam solenemente da sala, e de início não foi capaz de compreender se já havia terminado a sessão. Olhou para o frade que o assistia, atônito, como se tivesse retornado de um longo transe. Algumas das frases ditas pelo escrivão, no entanto, ficaram reverberando como um eco em sua mente. Teria ouvido direito? Seria ele enforcado, sendo depois sua cabeça cortada e espetada em um poste, diante da sua casa? E seus filhos e netos seriam declarados infames? Não podia acreditar! O padre assentiu com a cabeça. Colocou as mãos algemadas para o alto, e começou a gritar, em desespero.

– Bárbara! Bárbara! Não deixe isso acontecer comigo! – chamava a mulher, aos berros, como se ela pudesse fazer alguma coisa. – Bárbara, minha esposa! Ai meu Deus, meus filhos! Não!!!!! – Chorava compulsivamente, puxando os cabelos, numa cena patética que fez com que os padres em volta corressem a socorrê-lo. Tinha enlouquecido.

Ao seu lado, o velho Rezende Costa parecia uma estátua, paralisado pelo medo que enregelava todo o seu corpo. O seu filho, um rapazinho que ainda não tinha feito vinte anos, tentava consolá-lo. Abraçado ao pai, dizia-lhe, inspirado pela fé, palavras de conforto:

– Ah, meu amado pai, não desanimes. O que é morrer? Acabam-se as fadigas, os trabalhos, os tormentos que tanto consternam a todos durante a vida. Nós vamos para o céu; não é ocasião de desanimar. Aspiremos à imortalidade!

O pai olhava o filho com carinho. Grossas lágrimas desciam abundantes pela sua face. Os prisioneiros, ao redor, comovidos com aquela cena, também desataram em prantos.

Toda aquela leitura espetacular da sentença condenatória não passava, no entanto, de uma bem encetada e pérfida manobra. O objetivo era mesmo desestabilizá-los ainda mais e realçar o suposto "perdão" e "generosidade" da soberana.

D. Rainha I, no entanto, que por essa altura já se encontrava com a saúde mental totalmente debilitada, provavelmente não soube e nem tomou parte nesse aparvalhado teatro. Mas aos seus ministros em Lisboa interessava que o medo se espalhasse e a autoridade real fosse mantida, a qualquer preço. Seguindo o roteiro já previamente combinado, algumas horas depois, quando os réus ainda estavam impactados pela sentença que os condenavam à forca, entrou novamente pela porta do oratório o representante da Alçada, com todo o aparato anterior. Com o pretexto de que os desembargadores haviam examinado um recurso interposto pelo advogado dos réus, o escrivão passaria à leitura de um novo acórdão. Os prisioneiros que tinham alguma formação jurídica se espantaram. Para a defesa de todos eles foi nomeado um único advogado, o Dr. José de Oliveira Fagundes, contratado pela Santa Casa de Misericórdia. Não era crível que poucas horas fosse o suficiente para o defensor ler toda a sentença, escrever o recurso e vê-lo submetido e julgado pela Alçada em tão pouco tempo! Isso reforçava a suspeita, cogitada por alguns deles, de que a sentença tivesse sido escrita e fosse já conhecida há mais tempo.

O escrivão começou a ler o novo veredito, enquanto os réus mantinham a respiração em suspense. O que ele disse, em meio a toda aquela enfadonha linguagem jurídica, era que, por piedade da soberana augusta, apenas se manteria a pena de enforcamento e esquartejamento para o principal líder, o Tiradentes. Os demais seriam punidos com as penas de degredo perpétuo para a África e infâmia. Cada um deles seria remetido para um presídio em solo africano, onde deveriam passar o resto dos seus dias, sob pena de morte natural se voltassem a colocar os pés no Brasil. A alguns deles, cuja participação na Inconfidência foi considerada menor, como Tomás Gonzaga, impôs-se a pena de degredo temporário, por dez anos. Tomás havia conseguido, durante a instrução do processo, manter-se firme na negativa da sua participação e por isso obteve uma pena menos dura. Para sua felicidade, os investigadores não conseguiram perceber que, se ele não era o mais inflamado dos inconfidentes, foi ele quem, desde o princípio, pelo seu prestígio conseguido junto à população, principalmente após afrontar o governador Luís Cunha de Menezes, deu legitimidade ao movimento. Ele teria sido por escolha dos seus companheiros, acaso tivesse vingado a conjura, o primeiro presidente da República do Brasil.

Apesar de a pena ainda ser muito severa, considerando-se os locais inóspitos para onde estavam sendo encaminhados, os réus pularam de alegria. Sentiram-se como que bafejados por um sopro de vida. Gritavam vivas e louvores à bondade e clemência da rainha. Em um gesto simbólico e para causar efeito, após a leitura da sentença final os soldados se aproximaram dos prisioneiros para lhes retirar as algemas e os ferros. Os pobres diabos sentiram-se como se tivessem, afinal, sido libertados. Uma vez livres das correntes, extravasaram sem receios as suas emoções, rindo, chorando, abraçando-se. Aos gritos, davam vivas à rainha.

Inácio, como que alheio a toda aquela comemoração, parecia estar totalmente perturbado. Já não estava mais, desde os últimos momentos da sua prisão, em seu perfeito juízo. O período de sofrimento havia sido demais para ele. Na sua cela encontrou-se rabiscado pelas paredes o nome de Bárbara Eliodora, por diversas vezes, como que para manter-se perto dela. Aquelas horas que se passaram após a leitura da primeira sentença, em que imaginou o rosto dos seus filhos pequeninos, da sua filhinha Maria Ifigênia e da sua amada esposa a contemplarem a sua própria cabeça espetada em um poste em frente à sua casa minaram de vez a sua resistência.

Permanecia imóvel, transportado para algum outro lugar distante, que não aquela fúnebre sala do oratório. Falava coisas desconexas, citava frases em latim, culpava a mulher, que não o deixou trair os amigos, quando a rebelião desandou. Lamentava a orfandade dos filhos, especialmente da filha, por quem nutria especial carinho. Imaginava estar perante um tribunal divino, dizia que seria castigado por não ter seguido os seus próprios desígnios, ao invés de dar ouvidos à sua esposa. Foi preciso que o padre que o ouvia o admoestasse dizendo que a filha dele tinha outro pai, mais sábio, mais rico e mais poderoso, que era Deus. E que a sua esposa não o agradeceria se soubesse dessa manifestação, pois aquilo que ele havia dito poderia seriamente implicá-la em todos aqueles tristes eventos. Ele soluçava, chorava e pedia perdão ao padre, em uma cena cruel que revelava a sua total perda de juízo. Estava completamente fora de si quando foi lido o segundo acórdão, que lhe modificava a pena de enforcamento para o degredo. O frade que o assistia em confissão o segurou pelo braço, chamando-o à vida:

– Dr. Alvarenga, regozije-se! A rainha comutou a sua pena para degredo em Dande, em Angola. Não serás mais enforcado!

Inácio olhou para ele com olhos mortiços, embaçados, como que se o seu corpo estivesse ali, mas o seu espírito pairasse em outro lugar qualquer:

– Onde fica Dande, padre? Isso é no Brasil?

O padre lhe deu um sorriso triste.

– Não, filho, isso é um porto na África. Parece que tu tens amigos que escolheram esse local para ti, possibilitando a tua fuga, um dia – segredou-lhe o padre. – Quem sabe no futuro, quando estiveres mais forte, não poderás se juntar novamente à tua esposa e filhos?

– Um porto! – os seus olhos momentaneamente brilharam, como se voltasse a viver. – Posso fugir! Meu Deus, posso fugir!!! – dizia em alta voz, com lágrimas nos olhos, não obstante os sinais apreensivos de silêncio que lhe faziam os companheiros, implorando-lhe que se calasse.

Coroando com espinhos o seu destino, um dos soldados ouviu as palavras que haviam sido imprudentemente proferidas pelo prisioneiro e correu a contar aos juízes. Para não ficarem desmoralizados, eles trataram de corrigir a decisão, de modo que a pena aplicada à Inácio fosse alterada para o degredo na prisão de Ambaca, e não mais em Dande, como havia se estabelecido. Ambaca era um local situado no norte de Angola, no meio do território africano, onde não havia nenhum porto e que, pelo seu dificílimo acesso, não encorajava nenhum prisioneiro sequer a pensar em fugir.

Do outro lado da sala, apenas um prisioneiro não comemorava com os outros. Era o "chefe", o "cabeça da conjuração", como haviam entendido os respeitáveis juízes reunidos naquela Alçada Régia. A ele caberia o papel de "cordeiro imolado", na grande farsa montada para reprimir uma revolta em que somente alguns haviam sido escolhidos para representar o papel de réus. No relatório enviado pelo desembargador Coelho Torres ao vice-rei, em dezembro de 1789, já estava estampada a convicção de que o número de sediciosos era tão grande, que se eles fossem levar a ferro e fogo as prisões, deveriam enclausurar quase toda a população da capitania de Minas Gerais.

Tiradentes estava abatido, mas tinha o ar resignado de quem se ofereceu para o sacrifício supremo. Ao observar as manifestações de euforia dos seus companheiros, disse ao seu frade confessor que agora morreria tranquilo, sabendo que não levaria atrás de si tantos infelizes, que imprudentemente havia arrastado para aquela loucura. Consolava-se dizendo ter sido esse o seu desejo desde o início e todas as vezes em que esteve frente a frente com os ministros, rogou a eles que somente sobre a sua pessoa recaísse a fúria da lei. O julgamento mal havia terminado e uma grande forca de madeira começou a ser erguida no largo da Lampadosa. Tiradentes seria enforcado no dia seguinte, como exemplo, com grande pompa e cerimônia, para demonstrar a toda a população da colônia o que a lei reservava àqueles que quisessem desafiar a coroa.

Lá dentro da pomposa sala onde o vice-rei despachava diariamente, um lauto almoço regado ao melhor vinho português foi servido para os membros da Alçada. O desembargador Sebastião de Vasconcelos Coutinho se congratulava com os seus colegas, rindo e contando piadas para um animado Antônio Diniz da Cruz e Silva. Estavam exaustos, mas consideravam ter feito um bom trabalho. Tinham conseguido o seu duplo objetivo: aterrorizar o povo, e exaltar a sua louca rainha. Muitos deles já estavam com as suas promoções para postos mais altos na hierarquia judiciária garantidas. Cruz e Silva, por exemplo, seria nomeado para o mais alto cargo na colônia: seria chanceler do Tribunal da Relação do Rio de Janeiro. A sentença estava um primor, comentavam, e essa ideia do ministro Martinho de Mello e Castro de dar aos réus no último momento a comutação das penas, foi considerada genial. E riam-se com gosto.

– Foi uma jogada sensacional! – dizia um.

– Fantástico! – afirmava outro.

Estavam todos condenados, mas felizes!

Nenhum deles se importou com Tiradentes. Ele foi o escolhido para exemplo do que acontecia aos que ousassem desafiar a coroa portuguesa. De fato, na França, a primeira Constituição foi votada em 1791 e instalada a Monarquia Constitucional, de acordo com os princípios revolucionários. Em pouco tempo, as cabeças dos reis começariam a rolar. Era preciso tomar cuidado!

UM POEMA PARA BÁRBARA
Campanha do Rio Verde, 1793

> *Treva da noite,*
> *Lanosa capa*
> *Nos ombros curvos*
> *Dos altos montes*
> *Aglomerados...*
> *Agora, tudo*
> *Jaz em silêncio:*
> *Amor, inveja*
> *Ódio, inocência*
> *No imenso tempo*
> *Se estão lavando...*
>
> "Romanceiro da inconfidência,
> Fala dos inconfidentes mortos", Cecília Meireles

A casa sede da fazenda do coronel Alvarenga Peixoto em Campanha do Rio Verde estava silenciosa naquela manhã de final de janeiro de 1793. Havia mais de um mês que a chuva caía inclemente na fértil região do sul de Minas Gerais, alagando pastos, destruindo plantações, inundando as valas onde antes os negros cavavam em busca do ouro. Naquele dia, no entanto, o sol resolveu sair bem cedo, e uma brisa fresca, carregando o perfume do mato e da terra molhada penetraram no quarto onde Bárbara Eliodora, deitada, fazia as suas orações. As crianças estavam lá fora no quintal, brincando, aproveitando a estiagem. De longe ouvia-se os gritinhos do menor, Tristão, correndo com a ama atrás do cachorrinho que Maria Ifigênia ganhou do pai, poucos meses antes da prisão.

A saúde de Bárbara havia se abalado muito, após todos aqueles longos meses de espera do julgamento. Primeiro, foi o pavor que sentiu ao saber da primeira sentença que o condenou à forca, e as suas terríveis consequências. Depois, vieram a depressão e a tristeza pelo degredo perpétuo para um lugar perdido no imenso continente africano. Não bastasse, Inácio não teve estrutura emocional para suportar tanta tragédia e perdeu o juízo. Estava louco. Bárbara, por sua vez, contraíra inicialmente uma forte pneumonia, que a jogou na cama por mais de um mês. Teve, além disso, alucinações e pesadelos noturnos, fazendo com que alguns amigos suspeitassem de que ela também tinha enlouquecido. Dizia coisas desconexas e, segundo lhe contaram, ficava horas a fio sentada, enrolada no cobertor, com a cabeça baixa. Quando alguém se aproximava dela, falava coisas sem sentido e fingia estar distribuindo ouro em pó. Vivia em um mundo à parte, como que isolada de todos. Não fossem os cuidados das suas devotadas irmãs e de Tomásia, o carinho dos filhos pequenos, especialmente da filha Maria Ifigênia, provavelmente já teria dado adeus a este mundo insano, a este palco de perversidades. Graças ao bom Deus, no entanto, havia sobrevivido, lúcida. Tinha quatro filhos para criar, e não podia sequer se dar ao luxo de morrer, quanto mais de enlouquecer.

No dia 5 de maio de 1792, as corvetas Nossa Senhora de Guadalupe e Nossa Senhora de Brota partiram do porto do Rio de Janeiro, levando para Angola Inácio José de Alvarenga Peixoto, Luís Vaz de Toledo Piza, José Álvares Maciel e Francisco Antônio de Oliveira Lopes. Não havia autorização para as famílias se despedirem dos prisioneiros. O Dr. Silveira viajou até o Rio de Janeiro, com o objetivo de colher notícias sobre a partida do seu genro. Foi quando soube do lastimável estado de alheamento em que se encontrava. A vida tinha fugido das suas faces. Ele mais parecia um morto-vivo. Avisou à filha que nem valia a pena insistir em vê-lo. Bárbara chorou amargamente, mas consolou-se um pouco ao pensar que talvez nesse estado ele sofreria menos. Isso não tirava de dentro de si aquela dor profunda e constante, como se um pedaço de si mesma tivesse sido arrancado à força.

Bárbara resolveu se estabelecer definitivamente em Campanha. O clima fazia bem para a sua saúde e a dos seus filhos. Além do mais, ali conseguiam se manter longe da mancha da infâmia que a sentença jogou sobre eles. Ela era como uma lepra, uma doença silenciosa que comia as suas carnes, e embora não estivesse aparente, podia senti-la no olhar de preconceito das pessoas. Algumas vezes viajava a São João Del Rei, para visitar os parentes e os poucos amigos que lhe restaram. Tinha avisado por carta à freira Ana Bárbara Joaquina sobre o destino do irmão. Soube que a cunhada, também doente, pouco tempo depois morreu de tristeza.

As mulheres dos inconfidentes haviam se juntado em uma rede de solidariedade e apoio mútuos e de vez em quando se reuniam em São João ou em Vila Rica, para conversarem sobre os seus problemas, trocarem notícias e se auxiliarem. Algumas delas, como Eugênia Maria, amásia do alferes Joaquim José da Silva Xavier, foram reduzidas à condição de miséria após o sequestro dos seus bens. Viviam na dependência da caridade dos amigos. Hipólita Jacinta, esposa do coronel Francisco Antônio de Oliveira Lopes adotou o filho que Maria Inácia teve do tenente Antônio Coelho e que ele, mau-caráter como era, não se dispôs a reconhecer. Ele era o seu único consolo, na ausência do marido.

Gertrudes, esposa do comandante Luís Vaz de Toledo Piza, entrou em depressão profunda e mal conseguia se levantar da cama. Tinha sete filhos para criar e a condenação lhe tirou de vez o marido e o cunhado, que era quem na verdade sustentava a sua numerosa família. Isabel, esposa do tenente-coronel Freire de Andrada, teve dupla perda: o irmão, José Álvares Maciel, e o marido. Teve a sorte de contar com o auxílio dos seus pais para criar os quatro filhos, todos ainda muito pequenos. No começo ela sofreu com a desconfiança das outras mulheres. O seu marido havia sido um dos primeiros a escrever ao Visconde de Barbacena, logo após o Silvério dos Reis. Depois, vendo o seu sofrimento, todas acabaram por acolher Isabel no grupo das "viúvas da Inconfidência" que era como se denominavam. Todas sofriam e não havia quem não precisasse de apoio para suportar a adversidade.

A mais otimista de todas era a jovem Maria Dorothea. Tão moça, considerava-se viúva como as outras. Guardava com carinho o vestido bordado pessoalmente por Tomás, para um casamento que o destino não quis que acontecesse. Ela visitava as esposas, trazia notícias do Rio de Janeiro, onde tinha parentes e tentava injetar ânimo e força nas outras mulheres. Confiava em que após o período de degredo de Tomás em Moçambique ela se juntaria a ele. Dizia às demais, cujos maridos haviam sido condenados ao degredo perpétuo, que em pouco tempo muita coisa mudaria e elas poderiam se unir para pedir mais uma vez a clemência da rainha. Essas palavras simples de incentivo, proferidas por aquela jovem cujos traços de beleza e candura haviam sido imortalizados pelo seu amado noivo, sob os pseudônimos de Marília e Dirceu, trouxeram um alento de esperança em todas elas. Sim, tinham que ter fé!

Foi Marília, ainda, quem trouxe a notícia de que o mestre Lisboa, um dos inconfidentes secretos, estava lhes preparando uma surpresa. Havia recebido uma encomenda para esculpir as imagens dos profetas para a Igreja de Bom Jesus de Matosinhos, em Congonhas. Aleijadinho iria retratar os profetas com o rosto de cada um dos principais inconfidentes. Uma bela homenagem, que somente o tempo revelaria. Para isso ele trabalhava dia e noite, já com as mãos carcomidas pela doença, alimentado pelo desejo de deixar para a posteridade o registro da luta daqueles homens que, como verdadeiros profetas, anunciaram a liberdade. Maria Dorothea jamais poderia sonhar que, para sua tristeza, terminado o degredo, o seu amado se casaria com uma rica herdeira em Moçambique e nunca mais retornaria ao Brasil.

Estava perdida nessas lembranças, orando de olhos fechados, como fazia todas as manhãs, quando Tomásia chegou por trás de mansinho, com cuidado para não assustá-la e a chamou, com a voz doce:

– Sinhá, sinhá Bárbara. Tem um moço do Rio de Janeiro aí fora. Trouxe uma carta pra vosmecê.

Bárbara olhou para a criada com tristeza e a seguiu até a sala, onde um oficial a aguardava. Ela estava tão envelhecida, que o rapaz titubeou.

– D. Bárbara Eliodora? – ela assentiu com a cabeça. – Tenho ordens de entregar esse envelope somente à senhora.

– Muito obrigada, capitão! Tomásia, leve o moço para comer alguma coisa e descansar. Ele deve estar cansado da viagem! – conseguiu dizer.

O jovem lhe entregou um envelope pardo, pesado, com os brasões da coroa portuguesa. Vinha do governo da colônia africana de Angola. Bárbara sentiu um tremor percorrer-lhe o corpo, como uma descarga elétrica. Sentiu-se gelar dos pés até o último fio de cabelo. Respirou fundo e abriu o envelope, com cuidado. Dentro havia um relógio de bolso velho, de prata escurecida pelo tempo, duas fivelas de sapato também de prata e uma pequena lâmina de barbear. Havia também pequeno livro de orações provavelmente dado por algum padre que assistiu o marido na prisão. Junto aos objetos, uma pequena carta:

> Senhora Bárbara Eliodora,
>
> Cumpre-me dar-lhe a triste notícia do falecimento do seu esposo, coronel Inácio de Alvarenga Peixoto, no dia 27 de agosto de 1792, logo depois de chegar ao presídio de Ambaca. Foi o dito senhor vítima de maleita tropical contraída durante a viagem, conforme nos comunicou o capitão Francisco Antônio Pita Bezerra, comandante daquele presídio. Recebeu o seu esposo os cuidados devidos, cumprindo-me, se lhe serve de consolo, esclarecer-lhe que a referida doença atacou a tantos quantos se encontravam na dita casa correcional, desde soldados a funcionários e prisioneiros. Seguem

alguns objetos que se encontravam com o falecido, e mais uma folha de papel na qual se vê escrito um poema, que ele insistiu antes de morrer que fizéssemos chegar às vossas mãos.

Apresentando a Vossa Senhoria e à vossa família os meus sentimentos de pesar, subscreve-se.

Manuel de Almeida e Vasconcelos
Governador de Angola

Leu a carta mais uma vez. A notícia da morte do marido não a fez mexer um músculo da face sequer. Seus olhos, seu coração e sua alma estavam secos, encarquilhados como uma laranja de quem se tivesse sugado todo o sumo. A tristeza veio misturada com uma certa sensação de alívio. Ele finalmente se libertava do amargo sofrimento dos últimos anos. Desde o último dia que o viu, não sabia mais o que era viver sem chorar. Segurou o outro pedaço de papel, amarelado pelo tempo, e lentamente o desdobrou. Assustou-se ao ver ali escrito, com a elegante letra de Inácio, o seguinte poema:

À D. Bárbara Eliodora

Bárbara bela,
Do Norte estrela,
Que o meu destino
Sabes guiar,
De ti ausente,
Triste, somente
As horas passo
A suspirar.
Isto é castigo
Que Amor me dá.

Por entre as penhas
De incultas brenhas
Cansa-me a vista
De te buscar;
Porém não vejo
Mais que o desejo,
Sem esperança
De te encontrar.
Isto é castigo

Que Amor me dá.
Eu bem queria
A noite e o dia

Sempre contigo
Poder passar;
Mas orgulhosa
Sorte invejosa
Desta fortuna
Me quer privar.
Isto é castigo
Que Amor me dá.

Tu, entre os braços
Ternos abraços
Da filha amada
Podes gozar.
Priva-me a estrela
De ti e dela,
Busca dois modos
De me matar.
Isto é castigo
Que Amor me dá.

Um leve sorriso aflorou nos lábios de Bárbara Eliodora. Era aquele o mesmo poema que ela um dia havia rasgado, com raiva, quando eles brigaram, antes de se casarem. Recusou-se a lê-lo naquela ocasião. Estava farta das promessas e dos sonhos dele. Ele tinha sido sempre assim: otimista, sonhador, um pouco ingênuo. Sempre confiando em tudo e em todos. Talvez fosse exatamente por isso, entre tantas outras coisas, que ela o amava. Fechou os olhos e lembrou-se do primeiro dia que o viu, belo, elegante, garboso, no sarau na casa do seu pai. Todas as moças suspiraram ao vê-lo, menos ela. Mas no fundo, bem no fundo, tinha que reconhecer que desde aquele dia a sua vida tinha mudado. Ele a chamou de "menina" e ela ficou furiosa! Naquele momento, ainda que não tivesse plena consciência, havia começado a amá-lo. E assim seria, pelo resto dos seus dias. Um amor profundo, incondicional. Entre eles as palavras eram desnecessárias. Compreendiam-se pelo olhar, pelo toque, pelos gestos.

A entrega do poema foi a sua última mensagem: ele morreu pensando nela.

EPÍLOGO

> *E aqui ficamos*
> *Todos contritos,*
> *A ouvir na névoa*
> *O desconforme,*
> *Submerso curso*
> *Dessa torrente*
> *Do purgatório...*
> *Quais os que tombam,*
> *Em crime exaustos,*
> *Quais os que sobem,*
> *Purificados?*
>
> "Romanceiro da Inconfidência, Fala aos Inconfidentes mortos",
> Cecília Meireles

Após o falecimento do coronel Alvarenga Peixoto, Bárbara Eliodora continuou a administrar a parte dos seus bens e das fazendas que lhe ficaram pela meação do marido. João Rodrigues de Macedo tornou-se seu sócio e arrematou da Real Fazenda a outra parte do patrimônio que havia sido sequestrada. Tempos depois correu um boato de que um veio de pedras preciosas foi encontrado nas terras do coronel Alvarenga. Segundo estudos recentes, Bárbara conseguiu, até o final da sua vida, pagar a maior parte das dívidas do seu marido, inclusive a Casa de Dionísio Chevalier, seu principal credor em Portugal, que entrou em falência. Ela viveu confortavelmente até o final dos seus dias.

Durante muito tempo, escritores e até historiadores afirmavam que Bárbara Eliodora havia enlouquecido. A correspondência que manteve com João Rodrigues de Macedo e outros documentos comprovam que nunca perdeu a lucidez. Em 1816, ela foi admitida como irmã da Ordem Terceira do Carmo, de São João Del Rei, com dispensa de noviciado, e recebeu o hábito, fazendo profissão de fé, na forma do seu rito.

Morreu de tuberculose em 24 de maio de 1819, com a idade de 60 anos, em São Gonçalo do Sapucaí, MG, tendo sido enterrada com todas as honras.

A exaustiva pesquisa feita por André Figueiredo Rodrigues, em tese de mestrado apresentada à Universidade de São Paulo ("A fortuna dos inconfidentes", Editora Globo), demonstra que "(...) de todos os personagens, Alvarenga Peixoto destaca-se por ser aquele que mais apresentou estudos controversos e com erros de análise, se comparado à documentação manuscrita pesquisada." (p. 257)

O corpo de Inácio José de Alvarenga Peixoto repousa hoje no Mausoléu dos Inconfidentes, em Ouro Preto, Minas Gerais. O corpo de Bárbara, na Igreja Matriz de São Gonçalo do Sapucaí, Minas Gerais. Precisamos unir os dois!

REFERÊNCIAS BIBLIOGRÁFICAS

ALBUQUERQUE, T. *A maçonaria e a Inconfidência Mineira*. Rio de Janeiro: Editora Aurora, [s.d.].

ALGRANTI, L. M. Famílias e vida doméstica. In: SOUZA, L. de. M. *História da vida privada no Brasil: cotidiano e vida privada na América portuguesa*. São Paulo: Companhia das Letras, 1997. v. 1. p. 83-154.

ALMEIDA, C. M. de. *Ordenações Filipinas*. Lisboa: Calouste Gulbenkian, 1985. 3 v.

ALVARENGA, L.M. *Catedral Basílica de Nossa Senhora do Pilar*. Juiz de Fora: Esdeva, 1971.

ANDRADE, C. D. *Brasil, terra & alma*. Rio de Janeiro: Editora do Autor, 1967.

BARATA, M. A. O inconfidente Alvarenga Peixoto e o bicentenário de sua morte. *Revista do Instituto Histórico e Geográfico Brasileiro*, Rio de Janeiro, v. 377, p. 77-84, out./dez. 1992.

BIBLIOTECA NACIONAL DE PORTUGAL. Biblioteca Nacional Digital. <http://purl.pt/index/geral/PT/index.html>. Acesso em: 23 jan. 2015.

BRAGA, T. *Filinto Elisio e os dissidentes da Arcádia*. Porto: Livraria Chardron, 1901.

BRAGA, T. *História da Literatura Portuguesa: os Árcades*. Portugal: Imprensa Nacional – Casa da Moeda, 1984. v. 4.

BRAGA, T. *Introdução à teoria da história da Literatura Portugueza*. Porto: Livraria Chardron, 1896.

CARNEIRO, E. M. A.; Santos, M. J. Contribuição ao estudo da Inconfidência Mineira. *Revista do Arquivo Público Mineiro*, Belo Horizonte, v. 38, p. 11-129, 1990.

CASASANTA, G. Bárbara Heliodora. *Suplemento Literário de Minas Gerais*, Belo Horizonte, v. 4, n. 143, maio 1969.

COSTA, C. M. da. Vila Rica. [s..], [s.n.], 1773. Disponível em: <http://www.dominiopublico.gov.br/download/texto/fs000043.pdf>. Acesso em: 23 jan. 2015.

COSTA FILHO, M. *O engenho de Alvarenga Peixoto*. Rio de Janeiro: Instituto do Açúcar e do Álcool, 1959.

CRUZEIRO, M. E. Costumes estudantis de Coimbra no século XIX: tradição e conservação institucional. *Análise Social*, v. 15, n. 60, p. 795-838, 1979.

DANTAS, J. *O amor em Portugal no século XVIII*. Porto: Livraria Chardron, 1917.

EDMUNDO, L. *O Rio de Janeiro no tempo dos vice-reis*. v. 3. 4ª ed. Rio de Janeiro: Conquista, 1956.

FERNANDES, N. *A inquisição em Minas Gerais no século XVIII*. Rio de Janeiro: Ed. UERJ, 2000.

FERREIRA, D. G. *Cartas Chilenas - retrato de uma época*. 2ª ed. Belo Horizonte: Editora UFMG, 1986.

GAMA, J. B. da. *Quitubia*. Lisboa: Offic. de Antonio Rodrigues Calhardo, 1791. Disponível em: <https://ia700609.us.archive.org/14/items/quitubia01gama/quitubia01gama.pdf>. Acesso em: 23 jan. 2015.

GARCIA, B. *Instituições de direito penal*. São Paulo: Max Limonad, 1972. v. 1.

GONTIJO, S. e IBAÑEZ, A. *Marília de Dirceu: a musa, a Inconfidência e a vida privada em Ouro Preto no Século XVIII*. Belo Horizonte: Gutenberg, 2012.

GUERRA, A. *Pequena história de teatro, circo, música e variedades em São João Del Rei: 1717 a 1967*. São João Del Rei: Esdeva, 1968.

HOLANDA, S. B. *Capítulos de Literatura Colonial*. São Paulo: Brasiliense, 2000.

INTERNET ARCHIVE. Disponível em: <http://archive.org/index.php>. Acesso em: 23 jan. 2015.

IUS LUSITANIAE. Disponível em: <http://www.iuslusitaniae.fcsh.unl.pt/index.php>. Acesso em: 23 jan. 2015.

JARDIM, M. *Síntese factual da Inconfidência Mineira*. Belo Horizonte: Instituto Cultural CODESER, 1988.

JUNIOR, A. D. *História da Inconfidência de Minas Gerais*. 3. ed. Belo Horizonte: Itatiaia, 1968.

JUNIOR, A. D. *A Capitania das Minas Gerais*. Belo Horizonte: Editora Itatiaia, 1978.

JUNIOR, A. D. *Vila Rica do Ouro Preto - síntese histórica e descritiva*. Belo Horizonte: [s.n.], 1957.

LAPA, M. R. *Vida e obra de Alvarenga Peixoto*. Rio de Janeiro: Instituto Nacional do Livro, 1960.

LEITE, A. *A vida heroica de Bárbara Eliodora*. São Paulo: [s.n.], 1964.

LIMA, J. F. *Bárbara, a heroína da Inconfidência*. São Paulo: L.Oren, 1976.

LISBOA. Regia Officina. *Narração dos applausos com que o Juiz do Povo e Casa dos Vinte-Quatro festeja a felicíssima inauguração da estátua equestre onde também se expõem as allegorias dos carros, figuras e tudo o mais concernente às ditas festas*. Lisboa: Regia Officina Typografica, 1775.

LISBOA. Typografia Lacerdina. *A liberdade cançoneta de Metastásio: com a imitação franceza de J. J. Rousseau e as traducçoens portuguezas de José Basílio da Gama e de hum anonimo*. Lisboa: Typografia Lacerdina, 1710. Disponível em: <https://archive.org/details/liberdadecanonet00meta>. Acesso em: 23 jan. 2015.

MAXWELL, K. R. *A devassa da devassa: a Inconfidência Mineira, Brasil-Portugal – 1750-1808*. Tradução de J. Maia. Rio de Janeiro: Paz e Terra, 1977.

MEIRELES, C. *Romanceiro da Inconfidência*. Rio de Janeiro: Nova Fronteira, 1989.

MENESES, J. N. O gosto e a necessidade: em torno da cozinha mineira do século XVIII. Editado por U. N. Paiva. *Caderno de Filosofia e Ciências Humanas*, v. 6, n. 10, p. 18-34, abr. de 1998.

MOISÉS, M. *A literatura portuguesa*. 18. ed. São Paulo: Cultrix, 1982.

MOISÉS, M. *História da Literatura Brasileira*. São Paulo: Edusp, 1983. v. 1.

OLIVEIRA, T. J. B. *Cartas Chilenas - fontes textuais*. São Paulo: Editora Referência, 1972.

OLIVEIRA, A. *Gonzaga e a Inconfidência Mineira*. Belo Horizonte: Editora Itatiaia, 1985.

PEDEGACHE, M. T. *Nova e fiel relação do terremoto que experimentou Lisboa e todo o Portugal no 1. de novembro de 1755*. Lisboa: Officina de Manoel Soares, 1756. Disponível em: <http://purl.pt/21921/4/422376_PDF/422376_PDF_24-C-R0150/422376_0000_rosto-24_t24-C-R0150.pdf>. Acesso em: 23 jan. 2015.

PEIXOTO, A. *Obras poéticas*. Editado por C. A. Peixoto. Rio de Janeiro: Academia Brasileira de Letras, 1998.

PERRIN, D. *Inconfidência Mineira - causas e consequencias*. 2ª ed. Belo Horizonte: Imprensa Oficial, 1985.

PINTO, R. G. *Os inconfidentes José de Resende Costa (pai e filho) e o Arraial da Laje*. Brasília: Senado Federal, 1992.

PRADO, A. A. *Melhores poemas de Alvarenga Peixoto*. São Paulo: Global Editora, 2002.

PRIORE, M. del. O cotidiano da criança livre no Brasil entre a colônia e o império. In: PRIORE, M. del. *História das crianças no Brasil*. 3. ed. São Paulo: Contexto, 2002. p. 84-106.

PRIORE, M. del. *O mal sobre a terra - uma história do terremoto de Lisboa*. Rio de Janeiro: Topbooks, 2003.

PROENÇA FILHO, D. *A poesia dos inconfidentes: poesia completa de Claudio Manoel da Costa, Tomás Antônio Gonzaga e Alvarenga Peixoto*. Rio de Janeiro: Nova Aguilar, 1996.

QUITA, D. R. Obras completas de Domingos dos Reis Quita, chamado entre os da Arcádia Lusitana Alcino Micênio. *Lisboa: Typografia Rollandiana, com licença da Real Mesa Censória*, 1781. vol. 2.

ROBERTS, J. D. *Maria I: a vida notável de uma rainha louca*. Tradução de E. Rocha. Alfragide, Portugal: Casa das Letras, 2009.

RODRIGUES, A. F. *A fortuna dos inconfidentes: 1760-1850*. São Paulo: Globo, 2010.

RUEDAS DE LA SERNA, J. A. *Arcádia: tradição e mudança*. São Paulo: Edusp, 1995.

SANT'ANNA, S. *Inconfidências mineiras - uma história privada da Inconfidência*. Rio de Janeiro: Zahar, 2000.

SILVA, J. M. P. da. *Os varões ilustres do Brasil durante os tempos coloniais*. Editado por L. de Guillaumin. Paris: Livraria de A. Franck, 1858.

SILVA, J. N. *Brasileiras célebres*. Brasília: Senado Federal, 2004.

SILVA, J. N. *História da Conjuração Mineira*. Rio de Janeiro: Imprensa Nacional, 1948.

SILVA, J. N. *Obras poéticas de Ignácio José de Alvarenga Peixoto*. Rio de Janeiro: Livraria de B. L. Garnier, 1865.

SILVA, J. N. *Obras poéticas de Manuel Ignacio da Silva Alvarenga*. Rio de Janeiro: Livraria de B. L. Garnier, 1864.

SILVA, P. E. *Poesia do ouro: os mais belos versos da Escola Mineira*. São Paulo: Melhoramentos, 1964.

SOUZA, L. de M. e. *O diabo e a terra de Santa Cruz: feitiçaria e religiosidade popular no Brasil colonial.* São Paulo: Companhia das Letras, 1995.

TEIXEIRA, I. *Mecenato Pombalino e a poesia neoclássica.* São Paulo: Edusp, 1999.

TEIXEIRA, I. *Obras poéticas de Basílio da Gama.* São Paulo: Edusp, 1996.

TOPA, F. *A musa trovadora: dispersos e inéditos de D. Joana Isabel de Lencastre Forjaz.* Porto: Ed. do Autor, 2002.

VALLADÃO, H. *Campanha da Princeza.* Rio de Janeiro: Leuzinger S, 1937.

VASCONCELLOS, M. M. *Confidências de um inconfidente.* 1. ed. Editado por E. C. Ltda. São Paulo: EDICEL, 1981.

VENTURELLI, I. H. B. *Profetas ou conjuradores?* Campinas: [s.n.], 1982.

VERÍSSIMO, J. *História da Literatura Brasileira.* 7. ed. Rio de Janeiro: Topbooks, 1998.

VIEGAS, A. *Notícia de São João Del Rei.* Belo Horizonte: Imprensa Oficial de Minas Gerais, 1969.

Documentos consultados no Arquivo Público Mineiro

ATESTADO passado pelo Padre José de Mello a Barbara Eliodora referente à celebração de missa. São Gonçalo, 7 set. 1798. Arquivo Público Mineiro.

ATESTADO passado pelo Padre José de Mello a Barbara Eliodora por missa celebrada pela alma de Maria Ifigênia. São Gonçalo, 14 jul. 1798. Arquivo Público Mineiro.

ATESTADO passado pelo Padre Jerônimo Fernandes Lana a Bárbara Eliodora referente ao pagamento de missa pela alma de sua irmã, D. Maria. Boa Vista, 19 ago. 1798. Arquivo Público Mineiro.

DOCUMENTO em que Gonçalo Correia Neto pede à Administração da Real Fazenda que lhe pague a dívida deixada por Alvarenga Peixoto, o inconfidente confinado. [s..], [s.d.]. Arquivo Público Mineiro.

PAGAMENTO feito ao Padre Francisco Mendes Ribeiro pelo Alferes Lúcio José Monteiro, para missa pela alma de Maria Ifigênia. São Gonçalo, 5 ago. 1798. Arquivo Público Mineiro.

PAGAMENTO feito ao Padre João Machado dos Santos pelo Alferes Lúcio José Monteiro, em nome de D. Bárbara Eliodora, para celebração de missa pela alma de Maria Ifigênia. São Gonçalo, 10 ago. 1798. Arquivo Público Mineiro.

AGRADECIMENTOS

Em uma tarde cinzenta no final de dezembro de 2012 eu me sentei no meio-fio da calçada junto ao Palácio dos Governadores, em Ouro Preto, Minas Gerais. Dali eu tinha uma visão privilegiada da praça Tiradentes e de toda a larga avenida que vai até o outro extremo, o Museu da Inconfidência, passando pela estátua erigida em homenagem ao mártir da rebelião mineira. Não estava no meu melhor momento. Questionava minhas escolhas, perguntava-me intimamente o futuro que queria e, de certa forma, se o que eu fazia era o melhor de mim. O espírito daquela cidade deve ter resolvido me ajudar, e me convenceu de que talvez eu pudesse contar uma parte da sua história.

Ao sair de Ouro Preto, alguns dos seus fantasmas me acompanharam, seguidos de outros, vindos de São João Del Rei. Eram homens ilustres, intelectuais, poetas, magistrados, eclesiásticos, homens de poder. Eram mulheres que tocavam o clavicórdio e declamavam poesias, que bordavam e conversavam nas janelas, enquanto nas alcovas compartilhavam com seus homens a tessitura da intricada teia da vida. Eram também homens e mulheres do povo, mineradores, pequenos comerciantes, soldados, escravos. Todos imbricados, envolvidos no mesmo enredo. Propus-me a aceitar o desafio que eles me impunham, embora com algum receio. Nunca havia me aventurado pela literatura e sabia que a convivência com tais vultos não seria tarefa fácil. No desenrolar de todo aquele novelo, destacava-se o fio histórico do idealismo e da esperança, mas mesclado com muito, muito sofrimento. Logo compreendi que não era propriamente uma questão de escolha: os acontecimentos tomaram conta de mim intensamente, como uma paixão. Não havia outra alternativa senão a eles ceder.

Há muitas pessoas que nos inspiram e ajudam a escrever um livro. São eles os personagens dessa outra história, desenrolada ao redor da vida do próprio escritor, que enriquecem e tornam possível o trabalho de composição. Permitem eles a partilha generosa do seu tempo, do seu olhar, do seu conhecimento. Tornam-se parte do processo.

Durante a fase de elaboração, registro a simpatia de Mário Nascimento, guia do Museu da Cidade, em Lisboa, onde passei uma manhã e uma maravilhosa tarde de setembro como em uma viagem de séculos. Mário, além de me dar preciosas lições sobre o período pombalino, conseguiu, a meu pedido, com o Sr. Alfredo Magalhães Ramalho, informações sobre a provável localização do Solar das Picoas. Agradeço ao acadêmico imortal Alberto Venâncio Filho, que me presenteou com um dos últimos exemplares disponíveis na Academia Brasileira de Letras sobre a vida de Alvarenga Peixoto, escrito por Afrânio Peixoto. Também ao Sr. Afonso Balbino, guia de turismo em Ouro Preto, que me mostrou a casa de Tomás Antônio Gonzaga e contou detalhes da sua história que somente a tradição oral registra. À Rebecca Dias Ronzani, recepcionista da Casa dos Contos, que me cedeu uma cópia do estudo sobre o contratador João Rodrigues de Macedo.

Na primeira versão do livro, quando surgiu a dúvida sobre se o que estava escrito fazia sentido, eu pude contar com o incentivo e a ajuda de duas queridas amigas. Primeiro foi Lúcia de Toledo Piza Peluso, que por essas coincidências do destino eu descobri depois ser descendente de dois ilustres inconfidentes. Lúcia leu os originais e, ao lado dos elogios, que eu atribuo à nossa amizade, aconselhou-me algumas reformas importantes no texto, essenciais ao seu aprimoramento. Depois foi Daniella de Alencar Mendes, mineira de Juiz de Fora, escritora de grande sensibilidade poética, amiga das horas boas e ruins. Como eu, ela também se apaixonou por Alvarenga Peixoto, juntas, rimos e choramos por ele. Daniella me ajudou a ver aspectos da personalidade de Inácio que eu sozinha não teria percebido.

Passado a limpo o texto, veio o apoio essencial de outra amiga juizforana, a querida jornalista Leda Nagle, que me apresentou a Rejane Dias, do Grupo Autêntica e, por tabela, à Alessandra Ruiz, minhas editoras. Agradeço de coração a ambas por acreditarem em meu trabalho como escritora, e me receberem com tanto carinho no seu grupo. Alessandra, especialmente, foi vital na estruturação do livro. Foi ela quem, com seu olho experimentado, me apontou as falhas no enredo e me mostrou o foco. Tenho que confessar que, se a história agora está mais bem contada, eu devo a ela.

Registro o agradecimento de coração ao amigo inestimável, Ministro Carlos Ayres de Britto, com quem tenho aprendido inesgotáveis lições de cidadania, bondade e solidariedade. Agradeço-lhe por enxergar em mim virtudes de escritora que, após todos esses anos de fraterna convivência, devo na verdade estar imitando dele.

Sem palavras para dizer sobre o presente recebido da grande escritora e mulher notável, que com suas múltiplas histórias resgata a identidade e a cultura brasileiras: Mary del Priore. Mary, de quem sou admiradora há tempo suficiente para testemunhar que o seu sucesso é fruto de muito trabalho, sensibilidade e, sobretudo, generosidade!

Para o reforço da minha autoestima, o olhar sensível e poético da amiga-fotógrafa Maira Ribeiro de Oliveira foi um néctar. Obrigada pelo carinho.

Agradeço, por fim, aos verdadeiros donos dessa história - personagens que apostaram em um sonho e deram a sua vida pela liberdade. *Libertas quae sera tamen.* O verso de Virgílio, inscrito na bandeira de Minas Gerais, eternizou aquilo pelo qual lutaram, mas que o Destino não quis que conhecessem.

POSFÁCIO
UM POEMA PARA BÁRBARA
COMO ROMANCE HISTÓRICO

António Pedro Barbas Homem[1]

Mônica Sifuentes é prestigiada magistrada brasileira, com carreira que inclui passagem pelo Centro de Estudos Judiciários, a escola da magistratura portuguesa. Tem também importante produção científica no domínio do direito público, designadamente em torno das questões educativas e da metodologia judiciária. As suas publicações acerca do direito à educação, o papel dos tribunais superiores e a súmula vinculante tornaram-se referências fundamentais para a comunidade jurídica.

Aqui me atenho a escrever acerca da voga do romance histórico, em geral, e, especificamente, acerca de *Um poema para Bárbara*, livro com o qual a autora estreou na grande literatura.

As últimas décadas têm vindo a consagrar o romance histórico, de novo, nas preferências do grande público. Hoje, muitas livrarias, tanto em Portugal e outros países europeus como no Brasil, reservam-lhe um conjunto de estantes, tal o interesse e a disponibilidade que o público leitor demonstra por este tipo particular de literatura.

Editoras e livrarias especializaram-se neste género literário.

Nos últimos vinte anos, Portugal conheceu um renovado interesse pelo romance histórico. Saramago, com *Memorial do convento* e *A viagem do elefante*, é uma referência imprescindível.

---

[1] Doutor em Direito, é professor catedrático da Faculdade de Direito da Universidade de Lisboa. É também escritor e membro da Comissão de Conciliação e Bons Ofícios dos Diferendos entre os Estados da UNESCO e da Congregação de Educação do Vaticano, por nomeação do Papa Francisco.

Jornalistas como Miguel Sousa Tavares (*Equador*), historiadores e ensaístas como Vasco Pulido Valente (*Glória*), advogados como Germano de Almeida (*A morte do ouvidor*), são alguns dos escritores recenseados, mas a galeria de autores é vastíssima, de Diogo Freitas do Amaral a Domingos Amaral, Isabel Stilwell, Maria João Lopo de Carvalho, João Morgado, Carlos Vale Ferraz, Mário Silva Carvalho, Jorge Moreira da Silva, Maria João Fialho Gouveia, Ana Cristina Silva, Maria João da Câmara, Maria Antonieta Costa – apenas para falar de escritores dos nossos dias! Richard Zimler pode também ser aqui nomeado (*O cabalista de Lisboa*, entre outros títulos).

Na verdade, para referir apenas alguns escritores, porque a lista de romancistas históricos é bem mais extensa.

As biografias dos reis e rainhas de Portugal, para além do seu valor historiográfico, também estão na moda.

Do lado brasileiro, Laurentino Gomes com o romance *1808* e as suas sequelas popularizou o género em torno de uma época.

Será motivo para análise este interesse atual pelo romance histórico?

Não sendo dado a interpretações políticas e psicanalíticas, esse regresso do romance histórico em pleno século XXI, no momento em que os dispositivos electrónicos e digitais dominam as nossas vidas, é intrigante.

O nascimento do romance histórico no século XIX, com as primeiras gerações de romancistas históricos, Walter Scott e Charles Dickens em Inglaterra, Alexandre Dumas e Balzac em França, Alexandre Herculano e Pinheiro Chagas em Portugal, tem vindo a ser interpretado de modo diverso, tanto no plano político como no estético.

No século XIX, o advento do capitalismo e, posteriormente, do nacionalismo desafiava a identidade cultural e linguística dos Estados europeus existentes e colocava de modo dramático novos problemas sociais e económicos.

De modo paralelo ao romance histórico, o nascimento das ciências históricas, com a sua hermenêutica e metodologia próprias, constitui um evento central do pensamento e discurso científico do século XIX.

A historiografia avança paralelamente à literatura.

E, se a pretensão do discurso científico era a de se identificar com a razão, teórica e prática, para a literatura e para as artes ficou aberto o caminho para as emoções e para as paixões, matéria agora proscrita da ciência – fosse a ciência histórica, fosse a ciência jurídica.

Também neste ponto, o século XIX identifica um pressuposto teórico das tarefas científicas, certamente discutido e discutível, o da neutralidade política da ciência.

Pelo contrário, muitos dos romances históricos tinham uma clara intenção política e de reforma social.

Já o romance histórico do século XXI não parece ter um programa ideológico e estético definido.

No caso, *Um poema para Bárbara* não é um romance de tese.

De outro lado, não são frequentes os escritores de língua portuguesa que centram os personagens dos seus romances em juristas, especialmente juízes.

Quanto à figura abstrata do juiz, foi-se criando a convicção de que são seres cinzentos e sem interesse, neutros em relação às causas e com vidas igualmente neutras.

Em relação à literatura portuguesa contemporânea, a excepção mais notável é o romance de António Lobo Antunes, *Tratado das paixões da alma*, que torna um juiz de instrução criminal personagem literário, reconstruindo de modo admirável; e, aliás, sem grandes ilusões quanto à justiça em processos de natureza política, como o terrorismo, os anos de chumbo da jovem democracia portuguesa depois de 1974.

Mas muitos magistrados e advogados têm-se dedicado à literatura, construindo romances judiciais de maior ou menor valor (Julieta Monginho, entre outros autores, merece uma referência especial).

A construção literária do romance histórico não é fácil, menos ainda para épocas anteriores à da invenção do próprio romance, do teatro moderno e da imprensa periódica. A reconstrução dos diálogos entre pessoas afigura-se especialmente difícil, uma vez que não existem vestígios directos do modo como se falava nestes tempos.

O risco do anacronismo está sempre presente na narrativa histórica.

O português escrito, tal como o seu uso está documentado em leis, na prosa com finalidades éticas, na correspondência particular, no teatro, na poesia setecentista, é muito afectado para os nossos padrões actuais e pesadamente moralista.

Inversamente, a prosa e a poesia satíricas, em que Portugal sempre se destacou, são desbragadas e frequentemente alvo da censura e da repressão política. Como sempre aconteceu, isto ainda mais reforçava a procura desses textos

Em relação ao direito vigente antes do liberalismo, pela minha parte, em livros como *Judex perfectus* e *O espírito das instituições*, chamei a atenção para aspectos relativos ao controlo do juiz do *ancien régime*, necessariamente um homem, devendo estar casado, residir na comarca e ficar submetido a instrumentos de controlo sobre a vida privada.

Da maioria dos juízes quase se poderia intuir que a sua vida privada (como hoje diríamos) não tem nada de romântica ou interessante ou, adaptando as palavras de Eça relativamente a um seu contemporâneo e rival das letras no afecto da opinião pública, são pessoas que vivem, trabalham e morrem de mansinho

Dessa mansidão dos juízes trata alguma historiografia sob a forma da prosopografia. A metodologia destes estudos invariavelmente assenta na ideia do anonimato destes juristas, vistos como seres fungíveis, que tiveram carreiras judiciais mas não viveram vidas humanas!

Uns são retratados como elites políticas, egressos na universidade, matéria para estudos estatísticos sobre o número de bacharéis, sobre o índice de reprovação na prova de admissão à magistratura, a leitura de bacharéis, de estatísticas sobre as progressões nas carreiras até ao nível máximo de desembargador do Paço.

Mais recentemente, as propostas historiográficas valorizam os grandes dados, como as estatísticas.

A história dos *big data* (assim mesmo, em inglês), esconde, obviamente, que falamos de pessoas! Pessoas com sentimentos, diferentes, que assinaram sentenças, que condenaram réus a penas de morte, executaram o património de devedores, aplicaram os tormentos (tortura).

Porém, alguns destes juízes não tiveram uma vida anónima. Muitos exerceram altos cargos de governo, foram responsáveis materiais por leis que associamos ao nome de reis e secretários de Estado famosos ou ilustres diplomatas no estrangeiro ou estão consagrados como poetas e escritores fundamentais da língua portuguesa.

Alguns foram informadores das polícias políticas ao longo da história, deveram as suas carreiras ao convívio com a política ou foram juízes de tribunais políticos.

Outros, efectivamente, viveram, escreveram e julgaram de mansinho...

A prosopografia é interessante, mas tem limites como hermenêutica dos tempos históricos. Um deles, o mais óbvio, é o de diluir a história do humano nas estruturas impessoais do Estado.

Em relação ao século XVIII, já recordei *A morte do ouvidor* do escritor cabo-verdiano Germano de Almeida como um modelo de romance histórico – "narrativa histórica", nas palavras do autor. Grande prosador da língua portuguesa, criador de personagens fascinantes e sem dúvida um escritor apaixonado pelas pessoas comuns e pelas suas grandezas e misérias – pela comédia humana, à escala cabo-verdiana –, Germano de Almeida retrata um acontecimento de muita repercussão em Portugal na segunda metade do século XVII: a morte do ouvidor das ilhas, o julgamento dos responsáveis, que incluem como réus pessoas relevantes da sociedade de Santiago, e a execução à morte pela forca, o desmembramento dos corpos e a exibição pública das cabeças dos condenados em Cabo Verde.

É interessante observar que este livro, como *Um poema para Bárbara* em relação ao episódio da Inconfidência Mineira, documenta a eficácia do sistema punitivo português e dos seus magistrados.

A época em que se situa este romance corresponde ao agora presente no livro de Mônica Sifuentes.

O século XVIII é um século de contradições.

Frequentemente retratado como o Século das Luzes e de afirmação da ciência e da razão, foi também o século de grandes escritores da literatura mística. Conheceu, também aqui de modo antagónico, a teorização da monarquia pura, especialmente nos reinados de D. José e de D. Maria I. De outro lado, setecentos é o tempo das revoluções atlânticas, com a luta independentista americana e o seu constitucionalismo liberal, e a revolução francesa, com as suas diversas fases. Setecentos é também o tempo de grandes revoltas e resistências ao poder, em Portugal, em Cabo Verde, no Brasil.

Este período, tão rico e simultaneamente tão contraditório, é o tempo histórico do romance de Mônica Sifuentes.

O romance acompanha a vida de Inácio José de Alvarenga Peixoto, desde os seus tempos de estudante em Coimbra à sua condenação ao degredo, na sequência da participação na chamada Inconfidência Mineira. Nascido em 1744 e falecido em 1792 no exílio em Angola, a vida de Alvarenga Peixoto é um grande romance.

Hoje, a maioria dos documentos da Inconfidência Mineira estão disponíveis *online*, incluindo o auto do processo de devassa, o qual inclui os interrogatórios a Alvarenga Peixoto e a Tomás Antônio Gonzaga, entre outros réus deste processo. Está mesmo disponível a transcrição dos autos, o que muito facilita a pesquisa. Em relação a outros processos do reinado josefino ou de D. Maria I, a pesquisa não é tão fácil (vinhas do Alto Douro, Trafaria, Távoras, etc.).

A brutalidade da repressão penal das épocas dos reis D. José e D. Maria contrasta de modo flagrante com as ideias do movimento humanitarista penal, então em formulação.

A passagem de torturador a torturado, como foi o caso de Alvarenga Peixoto, juiz encarregado de casos criminais, constitui uma lição de vida de acordo com a máxima cristã "Não julgueis, para não serdes julgados; pois, conforme o juízo com que julgardes, assim sereis julgados" (Mt 7.1).

Mônica Sifuentes constrói um romance histórico que se cruza com a história da literatura, uma vez que a sua trama coloca no caminho de Alvarenga Peixoto alguns dos grandes poetas da língua portuguesa do século XVIII, como Basílio da Gama, Antônio Diniz da Cruz e Silva e Tomás Antônio Gonzaga. Poetas que se situam longe da *literatura nativista* (Pedro Calmón) posterior a 1822.

As estruturas fundamentais do Estado estão igualmente presentes na narrativa, contextualizando a vida do personagem principal e de outros juízes (juízes de fora, ouvidores, entre outras funções judiciais) que igualmente emergem no romance.

Recordemos alguns destes elementos relativos aos magistrados do Estado moderno: a formação na universidade de Coimbra, unicamente em direito romano; a leitura de bacharéis, prova de ingresso na magistratura; o exercício periódico e por mandatos limitados de cargos judiciais; a apertada vigilância e permanente controlo por parte das instituições centrais em Lisboa, a Mesa do Desembargo do Paço, o Conselho Ultramarino e os Secretários de Estados; o registo por escrito de todas as ocorrências; as inspecções e sindicâncias findo o exercício de funções.

Na verdade, é esta cultura jurídica que permite ao pesquisador de hoje encontrar provas dos factos históricos: actas dos julgamentos, sentenças fundamentadas, instruções aos oficiais da coroa, incluindo instruções secretas escritas, são, de entre muitos outros documentos, alguns dos auxiliares para a reconstrução do período em causa.

Em qualquer caso, é uma organização social assente no privilégio: escreve-se para Lisboa pedindo mercês e privilégios, como a comutação de penas decretadas por um tribunal. O investigador da história pré-liberal sabe que, ao lado de documentos escritos, designadamente sentenças judiciais, podem existir privilégios régios, como comutações e indultos de pena.

O romance reconstitui o percurso burocrático de Alvarenga Peixoto com grande minúcia. O seu processo de limpeza de sangue perante o Santo Ofício, nomeadamente, é descrito com grande rigor, identificando-se o seu papel na selecção e recrutamento dos juízes.

Mônica Sifuentes intercala textos diversos, da poesia de Alvarenga Peixoto e de Tomás Gonzaga a trechos do processo judicial da Inconfidência, o que dá maior verosimilhança à história.

Sem ignorar o risco do anacronismo, evitado por muitos romancistas históricos que não utilizam diálogos em discurso directo, cria diálogos que se afiguram coerentes, quer no vocabulário utilizado quer na estrutura sintáctica.

Mas o mundo da burocracia e do documento escrito esconde uma torrente de paixões e de emoções: pulsões sexuais, promiscuidades, negócios ilícitos, jogos e apostas, consumo excessivo de bebidas e drogas. Matérias que só esporádica e raramente chegam ao conhecimento das instituições centrais da monarquia.

O engenho literário de Mônica Sifuentes conjuga estes elementos com inegável mestria, sobretudo a partir da parte II do romance. Aí a narrativa levanta voo, a história começa a ser escrita com paixão e a figura de Alvarenga Peixoto ganha densidade emocional.

Em especial, Bárbara, amante e mulher de Alvarenga Peixoto, ganha espessura psicológica: de menina de boas famílias a mãe solteira, amante, cúmplice e vítima do processo da Inconfidência.

As figuras dos Inconfidentes são retratadas com inegável consistência, presas na sua complexidade humana e social. Longe do estereótipo do herói abnegado e altruísta, encontramos independentistas que lutam pelos seus interesses económicos, donos de escravos, magistrados, oficiais, comerciantes e padres, que constituem conjuntos de poderosas redes familiares e clientelares.

Ao contrário do projecto independentista americano, ao projecto político da independência da colónia não subjaz um programa ideológico liberal.

Sem se deter em muitos dos eventos políticos, Mônica Sifuentes não apenas não os evita, como acompanha o universo tipicamente masculino da justiça portuguesa nos trópicos. Deparamos com a dificuldade das estruturas do poder – o Estado e a Igreja – de colocarem na ordem comportamentos desviantes da moral católica, ainda mais quando são os titulares dos poderes religioso, militar e judicial os primeiros transgressores. A vasta prole dos padres conjurados ainda hoje é evocada na cidade de Tiradentes (já nas suas *Memórias*, publicadas por Camilo Castelo Branco, o Bispo do Pará escrevia que o Brasil, em matéria de sexo feminino, é terra *perigosa e ocasionada* para os clérigos).

A vida privada é permanentemente marcada pelas pulsões sexuais. As devassas eclesiásticas e outros processos permitem-nos surpreender o modo como a igreja criou, sem grande sucesso, aliás, instrumentos de controlo social. Mais interessante em relação a uma sociedade que ainda não inventou a opinião pública é a identificação das folhas volantes e pasquins anónimos, que serviam para dar voz aos mexericos e à suposta denúncia das infracções (desde os casos de mancebia às violações, entre muitos outros). A legislação penal portuguesa ocupou-se amiúde deste tipo de obras, profundamente desestruturadoras da vida social, mas também um instrumento relevante do ressentimento social numa sociedade escravagista, em que a ganância do lucro e do ouro encontrava na senzala um instrumento de opressão.

O romance histórico criou a sua própria estética literária.

O género tem as suas convenções artísticas e estilo. Dele fazem parte a articulação entre descrições de lugares naturais e edifícios e momentos narrativos.

Também aqui, a autora conjuga a descrição de lugares de Minas – Vila Rica (Ouro Preto), São João Del Rei, Tiradentes, Mariana –, fortalecendo o movimento para a conservação de muitos dos edifícios que são património tombado (ou "classificado", como se diz do lado do português europeu). Essas são cidades históricas brasileiras, cuja conservação permite capturar um momento único no tempo, em que portugueses inventam o Brasil e este se tornou o novo Portugal.

Tenho sustentado a tese de que o Brasil é o maior legado dos portugueses que partiram da metrópole. No vocabulário da língua portuguesa, inclusivamente nos vocábulos jurídicos, na arquitectura das cidades e dos edifícios, designadamente religiosos, na escultura, o Brasil é um retrato do Portugal de outros tempos. Para isso muito contribuiu o facto de as Ordenações Filipinas terem estado em vigor no Brasil até ao século XX. Em Portugal, desde o início do liberalismo que se assiste a um intencional esforço de modernização da sociedade, do Estado e do seu direito, que afastará significativamente o direito codificado da sua matriz histórica, contida nas Ordenações.

Especialmente nas cidades históricas de Minas Gerais, capturamos o modo como esse mundo antigo permanece no espírito das instituições brasileiras e na arquitectura colonial.

Mônica Sifuentes sublinha bem esse espírito quando descreve a beleza contrastante de Minas, mas também a sua aspereza, com serras quase intransponíveis e rios das mortes.

Se os movimentos políticos brasileiros do século XIX interpretaram a Inconfidência como o prelúdio da formação do "povo brasileiro", a mensagem que transparece é a de um movimento da elite económica e política branca, afastada do resto da população e especialmente dos escravos. Assim, as aspirações autonomistas giram em torno da protecção dos interesses económicos dos grandes proprietários, com os seus engenhos, explorações pecuárias e indústria da mineração, e dos financeiros e contratadores.

Era um mundo que as instituições da coroa acompanhavam à distância. E o sistema jurídico e judicial português era incapaz de dar respostas rápidas aos movimentos sociais e económicos que se colocam de modo dramático sobretudo na segunda metade do século XVIII.

Não encontramos acções das multidões nem a autora ficciona a formação de uma consciência nacional brasileira: o ambiente intelectual em que é gerada a Inconfidência Mineira é restrito a uma elite rica, poderosa e formada em Portugal.

Um ambiente masculino, de proprietários de fazendas e de escravos, titulares dos altos cargos da administração, justiça e exército, base do futuro coronelismo, quando o Estado se revela incapaz de garantir a ordem e a segurança no vasto território brasileiro.

A sentença final do processo da Inconfidência é um exemplo do funcionamento da razão de Estado: o Alferes Tiradentes é tornado um exemplo e será o único efectivamente condenado à morte, enforcado, sendo o seu corpo fragmentado e exposto nas vilas de Minas, como exemplo.

Fica a sugestão da autora, para a qual não existem provas concludentes, de que foram as cumplicidades maçónicas que evitaram castigos mais severos para os restantes implicados e que teriam permitido colocar em contacto os réus do processo com os seus familiares.

Alvarenga Peixoto enlouquece e morre à chegada ao seu exílio africano. Mas outros, como Tomás Antônio Gonzaga, recomeçam a vida nos lugares de exílio. Marília de Dirceu fica como recordação literária dos excessos amaneirados da poesia barroca, mas simultaneamente prelúdio para o romantismo em nascimento.

Gonzaga não tentará resgatar Marília.

Também neste ponto, Mônica Sifuentes cria sólidos personagens femininos secundários, como Marília. Numa época em que o estatuto jurídico da mulher a coloca em manifesta posição subalterna, as mulheres de Minas encontram-se bem caracterizadas do ponto de vista psicológico, fortes ou fracas, ambiciosas ou modestas, mas não são apenas figuras estereotipadas.

Um dos maiores trunfos do livro reside na consistência da figura de Bárbara Heliodora e na capacidade de descrever a transformação psicológica de Alvarenga Peixoto, do apogeu do poder e da glória terrena ao descalabro da prisão em cela solitária e à loucura.

Homens da razão política, judicial ou dos negócios são também homens de excessos. A fina arquitectura romanesca da autora permite configurar os traços humanos de pessoas que a razão de Estado brasileira elevou à categoria de heróis nacionais. A caracterização de Tiradentes ou de Cláudio Costa, entre outros personagens menores na trama principal da vida de Alvarenga Peixoto e de Bárbara Heliodora, evita o binómio da caricatura ou dos tipos humanos ideais.

O livro de Mônica Sifuentes é assim precioso, a um tempo para o investigador da burocracia colonial e para o estudioso da história da vida privada, resgatando do esquecimento a natureza humana dos servidores da justiça.

E é, com justeza, um excelente romance histórico que permite ver com novas luzes os inconfidentes, nas suas grandezas, nas suas misérias e especialmente na sua humanidade.

Lisboa, 23 de julho de 2016.

Este livro foi composto com tipografia Electra e impresso
em papel Avena 80 g/m² na Formato Artes Gráficas.